太古足音

有巢

王容芬 著

中央编译出版社
CCTP Central Compilation & Translation Press

出版前言

　　"太古足音"由《燧人》、《庖牺》、《有巢》三卷组成，分别写新石器时代晚期对人类文明做出重大贡献的三位首领——教族人钻燧取火的燧人、推广种五谷养六畜的庖牺和带领族人造巢筑屋结束穴居野处的有巢，亦即传说中的三皇。新石器时代的人类群体是母系氏族社会，由此决定了三皇的性别。希腊神话中领导生产和生活的也是女人，圣火女神维斯塔、农业女神得墨忒尔和建筑女神赫斯提娅。只是到了父系社会，神三皇才跟人五帝一道变成了男身，罗马女神也成了宙斯的下属，优娴贞静的维斯塔甚至被盗天火烧圣林的莽夫普罗米修斯替代。

　　《燧人》写火的发明，以黑龙江嘉荫和江苏马陵山大贤庄石器考古发现为依据，以河套文化为背景，以一万年前女首领燧人坎坷的人生和爱恨情仇为主线，叙述了这位发明钻燧取火技术的远古传奇人物带领燧人氏战胜艰苦的自然条件求生存的故事。

《庖牺》的历史依托是甘肃大地湾八千年前新石器时代遗址挖掘的坑、穴、灶、窖、墓、沟、房、窑址和近万件文物，尤其是最早的农作物标本黍。华夏的农业先驱，传说中或叫神农，或叫伏羲，或叫庖牺。庖牺这个符号最生动，传递的信息最多，由此成为书中教先民结罘网、造弓箭、养六畜、庖牺牲、种五谷的主人公。这位有多种重大技术发明的女首领，身后被庖牺氏立为庖牺娘娘。

由穴居到筑居是人类文明史的一大飞跃，《有巢》借助浙江河姆渡的考古发掘，还原了 5000 年前此地先人们的生产与生活，女首领有巢带领族人渔猎、栽培水稻、烧制彩陶、打井取水，特别是建筑干栏房，使有巢氏脱离了穴居野处，进入文明新阶段。

"太古足音"系列以考古发现为依据，以传说为素材，通过叙述填补文字历史的空洞，重构当时社会的生产与生活，再现新石器时代晚期的华夏文明。作品脱离神话与宿见，描写艰苦卓绝的劳作、失败中的觉悟、成功的喜悦、人际与族际关系中的爱恨情仇。书中融合科技史知识与社会人情，意在将传说中的神三皇还原成血肉之人。故事情节跌宕，语言通俗，引人入胜。

在读者中寻找自己

从前面两本《燧人》和《庖牺》的境遇来看，《有巢》也会是一本寂寞的书。在历史小说销售架上，它们在史商和清宫小说之下，甚至长时间被踩在后宫和太监脚下。知音少，弦断有谁听？

书还没写完，突然要跟读者说几句话非说不可的话。

《燧人》献给先人们，《庖牺》献给后人们。《燧人》出版时，《庖牺》已经交稿，《有巢》正在写。《燧人》正式上架前，我买了六十本，分别寄给我的文化界熟人，有中国的，有外国的。其中一位很快就回了信，说书很漂亮。书确实精美，是郁风、苗子夫妇连璧打造的，一位设计封面，一位题字，每一个细节都饱含匠心。当今世界，恐怕再也找不到这样的封面设计大师了。维也纳摄影艺术家可尼亚特偶然看到《燧人》封面，惊呼："这是真正的艺术啊！"

可惜，我一直没收到对《燧人》正文的反馈，忍不住要给最熟的几位打电话。我住在欧洲中部，算好时差，算好不影响人家吃饭，不耽误人家看电视，想好了怎么说，该问候哪些，客气到自己都不好意思了，才按一个个长长的号码儿。书倒是都收到了，往下就没话了。有两位给了评语，一位说："我根本就没看！"另一位说："确实投入时间看了点儿，只是不明白你写的是什么。"隔着万里的尴尬，我深感愧对，仿佛寄给人家的是广告，是垃圾，只有道歉，然后听人家说声"没关系"。几轮下来，我终止了不懂事的电话访谈。送书已冒昧，还要期待人家看，没有比强加于人更愚蠢的妄举了。

在这之后，我懂得了感激，感谢看中《燧人》、《庖牺》和《有巢》的策划人，感谢一字一句读完改完这三本书的责任编辑，感谢为它们穿衣的郁风和苗子先生，感谢把它们印出来和订起来的人，感谢订购、出售它们的每一家网上、街上的书店和书摊儿，感谢在网上和传统媒体上评论它们的相识与不相识的人。我还要感谢为了赚钱用不太正当的手段传播这三本书的人，人家毕竟看上了我的书，付出了劳动，让更多的人有机会阅读它们。

有时，守住自我比顺应潮流更难，《有巢》是历史小说，奉献给读者的既非绝色，亦非绝招儿，只是先祖留在黄土地上的足迹。读了，既不能养眼，也不能养家，但是有人心里需要它，您需要它，我需要它，咱们就是知音。希望我们通过书交融。

说实在的，我很腻歪时下谄媚征服者的历史小说主流。中华民族的历史被扭成几根大辫子，孙中山革了的命投了历史小说的胎，转世出来，一个个成了大帝，成了我们的先人。"我们"之中有作为的，是几个一刀剁了祖宗的根，最终成为人上人的大太监。

在辫子兴起之前我们已经有了很久远很灿烂的历史，当今考古学已经把神州大地上的第一把人造火推到一万年前。

作者识于 2006 年 12 月 15 日

目录

第一回

有巢氏夺生清水谷
虎剩儿丧命乱石窝

五　千年前，一个热得裂地死人的盛夏，正午的日头发威风到极致，喷出的白火要把这世界化了。

大河源头，有个日头威风没到的清水河谷，凉风习习，又一个天地。随着凉风涌进来一大群避日逃难的人，烂花花的衣衫，走飞了的鞋子，脏兮兮的麻袋卷儿，背着、抱着、拖着的孩子，哭哑了的小嫩嗓儿。人群呼啦呼啦往谷里涌，进来了后头还有，浪头似的看不见边儿。

走在人群最头里的是一位小个子老者，稀疏的灰发一绺儿一绺儿贴在头皮上，汗像露珠儿不断渗出来。老者不时回头看看长长的大队，直到望见了队尾，才放话："乡亲们，先歇下来吧，天忒热了，今儿不走了。嗨，白瓜，你们那儿都听见了吧?"队伍半当腰有人冒了一嗓子："听见啦，老五叔! 嗨，后头的听着啊：老五叔叫歇了，今儿不走了。老后头的，再帮着传一回啊!"后头又有人接过话来，往下传了。

灰头土脸的人们放下肩上的行装，呼啦啦奔到河边儿。男人扒光了跳进去，连喝带洗，不管水深浅，一条条大鱼似的往河心里跑。女人在河边儿圪蹴下，一捧一捧掬起水咕嘟咕嘟喝，解足了两年的渴，一头扎进水里，拨浪起一圈圈涟漪。孩子们在靠岸的浅水里和弄水玩儿，小的扑腾着俩腿儿狗刨，大的一猛子扎下去半天才上来。清凉的河水驱走了外面世界的酷热，洗净了一身风尘和劳乏。逃难出来的人感谢这条厚道的河，舍不得离开了，纷纷问那长者：

"老五叔，明儿还走吗？"

"老五叔，别走了，再走还得热死人！"

"老五叔，别走了，大人受得了，孩子可们受不了，瞧这一身痱子疙瘩！"

"老五叔，没处儿找这么凉快的地界儿了，明儿也别走了，咱就留在这儿吧！"

"老五叔，咱走的地界儿不少了，哪儿也没这儿好，走遍天下也难找到比这好的地界儿了。"

"老五叔……"

谷里的麦子熟了，风吹过来，带起一阵新粮的香味儿。老五叔抓了一把油黑潮润的土，嘴里不住"啧啧"。老人领着族人走了半个天下，还没有见过这么富的地方。他扔了土，直起腰来对众人说："嗯，这儿是个好地界儿，说实话，我也不想走了，可是能不能留下来，还得看人家地主儿让不让呐。嗨，我说，咱先别做美梦，人不把咱们打出去就是好的。"

有人说："老五叔，您说，这是谁家的地界儿呀？"

老五叔说："你问我，我知道呀？得问人家地主儿。"

那人说："一间房子都没有，一个人毛儿也瞧不见，没人住的地界儿，哪儿有地主儿呀？"

老五叔说："这儿可不是没人住的地界儿，住的人还都是勤快人呢。你们瞧瞧人家这庄稼，侍弄得多精致！"这倒也是，道儿旁麦子低头麻秆儿蹿，长得这么好，绝对不是野的。

乏透了的人们洗了，喝了，吃了，往河边儿地上一倒，就不动了。谷里静静的，光阴也不动了，只有无聊的知了儿直着嗓子叫，叫得外乡人眼皮子睁不开了。

"嗨！嗨！"

老五叔胳膊颤了两颤，睁开眼，有根鞭子杆儿正扒拉他。不知啥时候，来了一干人马，黑压压一片，少说也有二三百。马上的骑士挎弓插箭，威风气势。外乡人都醒了，男人一个个儿揎拳捋袖，女人抱住吓醒了的孩子，捂住孩子嘴。喊话的人年纪不大，身高树大，浓眉细眼，又挺有气度，不像个狠主儿。老五叔赶紧起身，猜想这人准是此地主人了，先使眼色比手势镇唬住自个儿的人，才赔起笑脸儿回话："呀，是贵主儿来了！我们是打东海边儿来的，姚江滩里的有巢氏，只因大水冲了家园，一路逃难到贵国宝地，累乏了，没顾上通报，还请宽谅我们这些不懂事理的外乡人。"

首领样的年轻人见这些人不像是打劫的匪盗，便说："这儿是咱庖牺国，不知道一下子来了这么多人，来不及迎接。要是您这会儿歇过点儿劲儿来了，就麻烦您先跟我去见一见家父。"来人里头有人告诉老五叔："这是我们庖牺国少君，少君这就领上你去见大君！"老五叔恭恭敬敬点头微笑，说："原来是少君，好啊！好啊！"一歪脖子叫身边一个黑不溜秋的小伙子："黑鱼，你扛上麻袋，跟上走一趟！"

叫黑鱼的小伙子扛起一个麻袋就要走。少君警惕地问："你这里头装的啥？"黑鱼直着脑袋说："宝贝。"老五叔让他放下麻袋，赶紧解开口儿上捆的绳儿，亮出浮头儿的贝壳儿，胳膊插进去，从下头抓上一把来，全是又大又好的上等贝壳儿。少君说："带这么多贝做啥？我们庖牺国眼下可没有这么多东西好换。"老五叔说："少君说到哪里去了！一点薄礼，不过表表我们对庖牺国大君的敬意。"少君还没见过这么送礼的，就叫自己的人留下陪着那些外地人，自个儿牵着马陪他们同行。

老五叔路上感叹："你们这河真是条福河呀！"

少君说："今年也不行了，往年河水浮漂漂沿儿跟地平着，伸手就能抓上鱼来。今年只剩下不到半河水了，庄稼叫水叫得厉害啊。"

庖牺大君府在清水河南岸的山上，上山可不似在谷里了，炎热炙烤，不大工夫儿，黑鱼浑身上下就跟水里捞起来似的，连麻袋都沤黑了。

庖牺少君说："热啊，没见过这么热的天，你们这一路上够受的吧？"

"可不是嘛！一过了嘉陵江就热上来了，越走越热，几十个老人没熬过来，全埋在半道儿了，就剩下我这把老骨头了。"老五叔说着唏嘘不已。

黑鱼笑着说："就是为了避热，我们才进了这条河谷。少君，你们这儿真是好地方儿啊！"

少君很得意，说："祖宗留下的好地方儿，清水河上下，就数我们庖牺富了。你们还走吗？"

老五叔说："我们巴不得留下呢，不过得要瞧大君愿意不愿意收留我们了。"

黑鱼赖不唧唧说："咳！倒是想走呢，可得走得动啊！再走，还得热死几十口子。"

老五叔白了他一眼，说："有你这么说话的吗？轻嘴薄舌，不取贵的东西！你不张嘴，人家就把你成当哑巴了？"

黑鱼吐了吐舌头，不敢吭气儿了。少君暗里发笑。

山坳里一排排土窑洞张着黑洞洞的大嘴，像蹲满了狮子。走到一片窑洞前头，上了一个大平台，瞧这气势，该是大君府了。少君喊了一声："爹，来客人了！"一位长者迎到门口，细长的眉眼里存着慈祥的笑意，伸手让着："快进来，里头凉快。"大君头发飘了灰，脑门儿上却瞧不出皱纹儿，红扑扑的脸膛有娃娃相。

窑洞里又是一个清凉世界，跟清水河谷不一样，人一进来，一身的汗刷地全落了，冷得一激灵，过了一阵儿才调过来，只觉着清凉好受。这一热、一冷、一凉，浑身舒坦透了。

大君问老五叔他们："客从哪方来呀？远道儿的吧？"

老五叔说："您说对了，东海边儿上。"说着忙解开麻袋，捧出一捧一色儿的大个儿上等朋贝，给大君送上前。"我们三千多口子有巢人，是从东海边儿上姚江平地逃难过来的，天热，急不择路，冒犯了大君庖牺国度，特地献上点儿薄礼赔罪。"

大君连连摇手说："太奢贵了！太奢贵了！实在不必，不必！"

老五叔说："大君有所不知，我们老家原来是东海湾里，地下埋的地上留的贝壳多了去了，实在不值个啥。听说外头人拿贝换东西，我们就背了两袋子，想不到来到这儿还成宝贝了。呵呵，货离乡远贵，人离乡远贱啊。"

大君说："货贵，还不是人千乡百里扛了来的？货是贵货，人也是贵客。刚才听您说，老家遭了灾了，又是江又是海的，是遭了水灾了？"

老五叔答道："大君说对了，姚江自古从南往北流，改道改得从西往东流了，把我们的房子和地冲毁了。东海的咸水卷着沙子倒灌回来，地全都淤死了，一连两年颗粒没收，人像秋后的草，一片一片饿倒了。南边儿江水冲，东边儿海水淹，我们一族人只好顺姚江旧道往西北逃生，沿着海边儿一直绕到长江，跟着大江一路逃难，过不了江，一直快走到头儿了，水小了，才过来了。"

少君叹道："刚才听说一路上热死了不少人，唉！"

大君也连连叹息道："一个东南，一个西北，也是咱们两家儿有缘儿，你们才千乡百里来到我们庖牺。到了我们这儿，就快到大江大河头儿上了，你们整整退回一条江来了，不容易，不容易！你们要是愿意，就在庖牺住下来吧。从这儿往上还有空地，你们可以靠山坡儿挖窑洞住。"

老五叔眼睛潮了，说："咱俩家儿东南西北大掉角儿，非亲非故，一面不面的，大君这么照顾我们，我真不知道说啥好了。"

大君说："那就随缘儿吧！缘分难得啊。"

老五叔稍微定了定，说："还有句话，我说了，大君千万不要恼啊。"

大君呵呵笑了，说："这老哥可真有意思，咱俩都这把子年纪的人了，头回见面儿，您没招我惹我，我可恼个啥呀？有啥只管说，只管说！"

老五叔说："是这么回事儿，我们有巢人祖祖辈辈不住洞，我刚才来时看见谷里还有空地，大君要是能划给我们一块地盖房子就好了，傍着山坡也行。"

大君没听说过盖房子，好生奇怪，问："盖房子？这可咋盖呀？"

老五叔说："大君，好盖，砍木头打桩子，在桩子上头打好木头底，往上盖就行了。"

大君乐了："老哥说的是搭窝棚吧？"

老五叔说："大君您说的窝棚是临时的，我们要住下来，就要盖真正的房子安下家来，不是拿树枝子搭棚子，是砍大树使粗木头盖房子。"

大君说："我活了一世，还没见过使木头盖家的，这回可要开开眼了。我们庖牺有的是地，也有的是树，你们喜欢住在谷里，也好。打老榆树桥往东走，只要是没有种庄稼的地方，你们随便儿使，盖房子也行，种地也行，只要是不结果儿的树，你们随便儿坎了盖房子使。"老五叔谢了又谢。大君说："在家千日好，出门儿万事难，你们逃难出来不容易，往后咱们就是好邻家了。"又嘱咐儿子："你带着这位大爷先去祭祭庖牺娘娘，讨个吉利！"

少君拿了一篮子当供果儿的鲜李子，领上两位客人下山了。老五叔问："祭拜娘娘的地方远吗？"少君说："庖牺娘娘的陵园离你们歇脚的地方儿不远儿，一会儿就到了。"老五叔叫黑鱼："你先回去拿一瓢贝来！"少君问："刚送了一大麻袋贝，咋又拿贝啊？"老五叔笑了："不能空着手儿祭娘娘啊！"少君也笑了，说："不必不必！这篮果子天一黑就都成了孩子们的了，您祭上一大瓢贝，可咋说呢？我们庖牺娘娘不要这个，天上使不着啊。人们都拿香果脆梨上供，也有献上一把野花儿的。这大热天儿，娘娘缺的是清水，大爷您舀一瓢清水来供上吧，呵呵。"

下了山往东，一阵阵清雅的香气扑面而来，一大片丁香林盖住了半边山谷。老五叔纳闷儿，刚才来的时候咋就没看见这片林子呢？到了一个有道儿的进口儿，少君说："大爷，这儿就是了。我先进去了。"老五叔连说："好，好，少君先请，我随后就来，随后就来。""大爷不必着急！祭拜娘娘要心静才行，大爷消消停停儿准备吧！"少君说完，转身进了丁香树林。

老五叔刚走几步儿，就看见黑鱼抱着捂着一个瓢风急火急赶过来了。老五叔要过瓢来，把贝壳儿"哗啦"倒地下了。黑鱼愣了，"老五叔您咋啦？不是说要祭拜人家娘娘吗？把宝贝全倒了，还拿啥祭拜啊？"老五叔说："人家庖牺娘娘不稀罕咱这个，这大旱天，一瓢清水才见诚意呐。黑鱼你先在这儿等着，等我祭拜回来了再收拾。"说着奔了清水河。

老五叔在河边儿净了脸，净了手，洗净了瓢，舀起一瓢清水，颤颤悠悠端着去了丁香林。一进丁香林，他就纳闷儿，心里叨叨：娘娘的大庙在哪儿呢？咋连个屋顶都看不见呀？这一大片野草，都半人高了，也不说拾掇拾掇，这庖牺国的人可真够邋遢的！

"大爷，这边儿来，打这儿进来。"少君已经祭拜完了，迎过来招呼他。荒草间有一条石头子儿铺成的洁净小道儿，石头子儿拼出了花样儿。往里走，看见了一大块厚厚的黑石板，一尘不染，能照见人影儿。石板上面供着瓜果李桃；石板后头是一个白色的石人，看那气势，该就是庖牺娘娘的真身了。少君指给他黑石板下面的一圈很宽的青石条说："我们都是跪在这上头祭拜，只要心静心诚，心里头求的事儿，庖牺娘娘都听得见。"

老五叔在正对石人的青石条上跪下，恭恭敬敬献上一瓢清水，在石条上磕了几个响头，闭上眼，定下心，求拜起来："大圣大验的庖牺娘娘，我们是有巢娘娘的后人，三千口子从姚江滩里逃难来到庖牺娘娘地界，求娘娘赐给我们一个家园，保佑我们一族老小平安，没灾没病没是非。我们有巢氏知恩图报，等定下来就给庖牺娘娘修大庙。"

等老五叔祭拜完了，少君说："大热的天儿，拿您这瓢清水给庖牺娘娘冲冲凉儿吧！"老五叔正愁没了瓢待会儿咋收拾一地的贝壳儿呐，连说："就是，就是，天儿热，娘娘也热。"这会儿他才看清了石人的模样儿：善眉善眼，细长的眼跟眼前的少君很像，娘娘体态丰满，手里拨捻着线锤儿，整个儿气态都似老家的有巢娘娘。

从墓园出来，老五叔说："野草太高了，这园子荒了，待会儿我带上人来给咱把草拔了。"少君哈哈大笑，说："这些草长了快四千年了，这是庖牺娘娘待见的草，可不能拔了啊。"老五叔马上打嘴说："罪过儿！罪过儿！我眼拙，嘴贫舌头贱不取贵，瞎说八道，瞎说八道。"少君说："大爷别价，不知不为怪嘛。这草叫狼尾巴草，我们祖宗从前吃的就是这草。后来庖牺娘娘教人种狼尾巴草籽儿，穗子一年比一年大，成了谷子。后来又种了麦子、棒子、豆子、高粱，这才有了五谷。留着这一片狼尾巴草，是为了后人不忘前人，辈辈儿记住来时路。"

老五叔惊奇地说："好厉害，那时候就种东西吃了！比我们姚江种稻子还早呐。这么说，庖牺娘娘比我们有巢娘娘可早多了。"

少君好奇地问："稻子是啥？"

老五叔说："就是长在水里的麦子，熬粥焖饭都好吃。"

少君又问："是有巢娘娘教你们种的？"

老五叔说："这倒不是，有巢娘娘以前多少辈子就有稻子了，有巢娘娘是上头鲻山人，下头滩里人先种的稻子，老辈子就有了。可是有巢娘娘教会了我们姚江的先人盖房子，让人们有了自个儿的窝，所以我们叫有巢氏，就跟你们叫庖牺氏一样。我们有巢娘娘原来有个大庙，也叫大水冲了。庖牺娘娘是石头身子，我们有巢娘娘是泥塑的身子，大水一泡就散了，嗨！"

少君说："我们庖牺娘娘的石身也换了不知多少回了，这个型儿还是我爷爷在的时候新立的。听老辈子说，原来娘娘身边儿还有石头刻的六畜，早都不知道哪儿去了。大墓的盖石和底下的条石也换过好些回了，风吹雨打日头晒，石头也禁不过年月哟，呵呵……"

老五叔这才明白黑石板下面就是庖牺娘娘墓，原来还以为是张供台哩，感慨地说："真是一地界一风俗啊！你们这儿跟我们姚江可太不一样了。"

打老五叔那时候往前一千五百年，今天的余姚平原也是夹在南北两条山脉之间。不知打哪年起，天热起来了，冬天不下雪。一年一年老是这么热，海也躁了，冲进了余姚平原，漫过了两边的山，平地成了浅海，山脉成了海堤。多少年后海水退了，留下了没膝的淤泥，谷跟山都高出一大截子来。所以老五叔说地底下埋的全是海贝壳儿。

那时候山高谷也高，汇集了南边儿山里雨水雪水的姚江只能奔地势低洼的西北，在今天的杭州湾里头入海，而不是像今天这样奔东流，在三江口与奉化江汇成甬江打杭州湾外口入海，那是老五叔说的改道以后的事儿啦。

海水退了之后，姚江改道之前，这块叫"滩里"的地界儿要多富庶有多富庶。沧海桑田，这样的地种稻收米，菱角、茨菇、荸荠伍的根本不用种，熟了随便儿采。肥鱼大虾更是顿顿下饭的冤家。

滩里北边儿山里有个地方儿叫鲻山，这地方儿海水灌了以后也沉下了老厚的淤泥，地底下埋了好些吃泥的大头鲻鱼，这地界儿就叫鲻山。鲻山住着一个氏族，人称鲻山氏。鲻山人他们住的是挖出来的土洞，一少半儿在地下。鲻山人靠打猎、种地为生，以烧陶和织麻为用。鲻山没水，种不了稻子，只能种些个高粱、棒子伍的大庄稼。

几年前，山里闹猛虎，族里出了个打虎英雄，套住、打死了十几只猛虎，从此很少再见到老虎。英雄出生入死，有一回硬是从虎嘴里挣扎出来，从此落下个"虎剩儿"的诨名儿。虎剩儿好了，落下一脑袋一脸疤瘌，眼裂了，嘴豁了，鼻子翻翻着，耳朵少了半拉，整个儿不是人样儿了。野兽见了这人，老远就逃。

有怕虎剩儿的，也有惦记上虎剩儿的。不怕贼偷，就怕贼惦记，虎剩儿被惦记上了，自个儿一点儿都不知道。他在明处儿，人家在暗处儿，再警醒的猎人，也防不住自个儿不知道的敌人。前年个虎剩儿去山涧里挖坑下网，这回他是大意了，连个伴儿都没叫上。那是一个血一样的黄昏，虎剩儿弯着腰挖陷阱，隐约觉得身后有动静儿，他想是风吹草动，没往心里去。突然肩膀儿被从后头拍了一下，虎剩儿当时昏了头，犯了个刚学打猎的人也不会犯的错误，本能地回了一下头，问："谁呀？"喉咙立刻被咬住了，这一下全完了，绳子、套子、锨、肩上的弓、腰里的箭，一件没使上。

害死虎剩儿的是个仇家，一只斑斓母虎，它的伴儿和两只虎崽子都死在虎剩儿手里。母老虎天天在山涧里晃悠，憋着仇人，直直等了一年，终于等到了一个最好的报仇机会。母老虎以为它的亲人在仇人肚子里，撕了虎剩儿的五脏六腑，拽出肠子肚子，也没见着。失望的长啸在洞里回荡，招来几十只同类，顷刻间虎剩儿只剩下几根血味糊啦的骨头。

虎剩儿身后留下女人和一个七八岁儿的小妮子，女人哭了七天七宿，从此俩眼成了一对黑窟窿。那只凶狠的母老虎夜夜长啸，不吃不喝，啸了几宿也死了。族里的人在山洞里找着它的尸首，剥了皮，给虎剩儿家送来。人们走了，瞎眼的虎剩儿女人把虎皮交给妮子，抱着她举起来，妮子把斑斓虎皮挂到了洞口儿上头，从此虎剩儿家有了一块虎皮门帘。

没了爹的孩子早早懂得了人生的难处，小妮子一天到晚在山里采果子、剜菜、拾柴，去溪边儿剥葛麻。娘在家里瞎摸合眼捻麻线，绑上腰机织成布，留着跟族里换嘴吃，地里收了啥分啥，族里的大娘隔三差五送些肉来。娘儿俩日子虽然凄惶，也还能凑合着过下去。

小妮子今儿个挖了半筐蕨菜，拽了四个甜瓜，摘了仨生葫芦，月亮爬上来的时候，柳条儿篓子已经装得满满的。她一喜欢，一气儿跑到下头的青泉边，把瓜跟葫芦镇在凉水里，把草根儿洗得干干净净。小妮子洗完了蕨菜，装起了葫芦、瓜，掬起一捧水，洗了把脸。月光照着青泉，清泉映着小妮子团团的脸，像半拉熟裂的甜瓜，两道又黑又粗的眉毛笑得飞起来。清泉涌着熟透了的甜瓜脸儿呵呵儿笑，月亮在天上的白莲花里藏着玩儿，清泉里的甜瓜时隐时现。妮子瞧着天不早了，赶紧背上筐往上走，回山腰的家。这么热的天，娘吃上一口凉凉的甜瓜，准会开心地夸她："好闺女儿！亲闺女儿！还是娘的闺女儿亲瞎娘！"

猛然间，前头林子里卷起一阵狂风，呼呼搅得昏天黑地。小妮子赶紧往道边儿一跳，趴在地上，筐里的甜瓜滚了，她也不敢去拾。随着昏黑的风，三只斑斓猛虎呼啸而来，两只大虎带着一只小老虎，小虎在小妮子藏身的道边儿停住了，鼻子呼哧呼哧嗅着。小妮子只觉得耳旁刮起了大风，憋着不敢出气儿，汗毛都立了起来。两只大虎见那小虎磨蹭着不往前走，返回来也呼哧呼哧地嗅，风更大了，吹得耳朵生疼。小妮子的手指甲全都抓进了地里，鼻子紧紧贴着地，一只蚂蚁在她后脖颈上爬，痒痒得抓心。蚂蚁绕着右边耳朵爬了半圈儿，居然找到了门儿，大模大样地爬进了耳朵里，串来串去。耳朵里起了炸雷，小妮子愤怒了，心里骂道："我怕了老虎，还能怕了你个小蚂蚁？叫你闹！"她用小手指头把耳朵堵紧，蚂蚁折腾得更凶了，耳朵里头轰隆轰隆的，又疼又痒，难受得脑袋都快裂了。小妮子上牙咬住下嘴唇，俩手狠命拧住大腿。

小老虎还在呼哧呼哧闻味儿，舌头舔到小妮子头上，热乎乎、黏糊糊的，一股难闻的血腥钻进小妮子鼻子和嗓子里，把肚里的东西往上拽。小妮子真想跳起来，吐那老虎一头一身。可是，她不能吐，只能绷住嘴，把涌到嗓子眼儿的恶水大口咽下去，臭水又涌上来，又咽下去，憋得脖子生疼，七窍火辣辣地冒烟儿。

两只大老虎呼哧呼哧走过来。小妮子耳边的风更大了，血腥的风。几声闷吼，一阵呼啸，过后一切都平静了。连耳朵里的蚂蚁也没动静儿了。小妮子蒙了，莫非自个儿已经进到老虎肚里了？又一只蚂蚁怕到她脸上，痒痒的。她这才知道，自个儿还活着，任凭那只蚂蚁满脸乱爬。她慢慢儿抬起头来，远远儿看见三根竖起来的尾巴，一晃又不见了。她纳闷儿了，老虎咋不吃她呢？她哪里知道，那是三只吃饱了的老虎，要不然她早就进了老虎肚子了。

小妮子吸了一口长长的气，"噗"地吐了出来，两根指头捏住脸上的蚂蚁，捻死了，又歪着脑袋倒出耳朵里头的死蚂蚁，这才爬起来。一起来，"哇"一口，肚里的臭水涌泉一样喷了出来，小妮子吐啊吐啊，翻江倒海吐了半天，全吐空了，嘴里苦辣辣的，只觉得脑袋空了，浑身发软。老虎早就没影儿了，她想起了家里的瞎娘，娘准等急了，在土洞口儿上转悠呢。月亮朝着她甜甜地笑，像是在说："妮子，没事儿了，快回家吧！别让娘惦念！"她把滚到地上的瓜找了回来，一个瓜摔裂了，透过绿皮缝儿瞧得见里头的红瓤儿。可惜只找到俩葫芦，她背起筐子上山了。

小妮子一路想着，要不要把遇上老虎的事告诉娘。"不行，不能说，说了，要把娘吓坏了。要是娘问，今儿咋回来得这么晚，我该咋说呢？嗯，就说路上贪玩儿，追花蝴蝶来着，摔了一个跟头。娘一定会生气，我就拿压腰儿葫芦儿哄娘。"她这样想着，就迈大了步子往上爬，不敢跑，一跑筐里的蕨菜就会颠出来。她急急忙忙往家赶，早到家一会儿，娘就少着一会儿急。

快到家了，却不见土窝儿里有火光，小妮子不安的心稍稍平静了，娘已经睡下了，还好！还好！没叫娘着太大的急，没叫娘等到这咱。

小妮子掀开虎皮门帘，娘给她留着门，门没推上。她蹑手蹑脚进了土窝儿，突然叫啥绊了个跟头，身子底下黏糊糊硬邦邦的，一股血腥钻进鼻子，跟小老虎呼哧出来的气息一样难闻。小妮子的心一下子揪紧了，赶快摸到火石打着了，点起插在石壁上的火把。

"啊……"小妮子叫得变了音儿，倒背过一口气，就啥都不知道了……

刺鼻的血腥味儿把小妮子熏过来了，身上贴着黏糊糊的凉汗，火把照着身旁一具血肉模糊的尸骨，那是娘。娘的肚子破了膛，一大堆曲曲弯弯的肠子拽了出来，身上露着撕烂的肉跟骨头。娘的眼窝成了俩血窟窿，嘴唇儿撕没了，露着白龇龇的牙，一直豁到后脖颈儿，耳朵生生扯没了，血哧糊啦的脑袋壳上粘着有一块没一块的头皮，只有长长的黑头发还跟活人的一样儿。

小妮子吓得魂儿都飞了，浑身汗毛支棱起来，"啊！"一声尖

叫，又背过气去了……醒过来脸上黏糊糊的，刚才正贴在娘那血
唬糊啦的头骨上，她止不住放声痛哭，这一哭就再也止不住了，
尖厉的哭声刺破寂静的黑夜，冲出土洞，在鲻山里回荡。谁家警
醒的狗叫了，一声串一声，可世界的狗叫，在大山里回荡。

人们还没睡，鲻山氏大娘和族里的人都举着火把赶来了。山
里人被土洞里凄惨的景象震惊了，这也太下作了！谁都说不出话
来，想哭又怕这半大孩子更伤心，都默默流泪，压抑着阵阵抽泣。

幽幽的火光里，鲻山大娘项上的珍珠串闪着权力的光辉，鲻
山离海滩不远，贝壳不足为贵，难得的珍珠成为权力的象征。大
娘从墙根拿过来一个麻布单子，遮住了不成样儿的骷髅身子和脑
袋，说了一句："瞎姐姐，你咋连一声儿都没喊叫出来呢？"人们
喊喊喳喳："准是叫畜生咬住脖子了。""瞎姐姐咋没养条狗呢？"
"嗨，自打老花狗死了，伤了瞎姐姐的心了。""唉，娘儿两凄
惶的！"

大娘抱起小妮子，对几个男人说："说啥都没用了，你们先去
后山，在虎剩儿兄弟的坟头旁边挖个坑，今儿黑间就把瞎妹子埋
了，入土为安。"

小闺女儿哭着央求："大娘啊，娘身上有血腥，先别埋！明儿
我背上娘去清泉洗洗，洗干净了再埋吧。"闺女满眼的泪花花里映
着大娘颈上大颗大颗灿烂的珍珠，珍珠在泪光里颤悠悠地闪。

大娘抽一口气，哽咽道："傻妮子，别说傻话了！说不定恶虎
一会儿又来了，连你娘的骨头都啃光了，连你也吃了。"又安排众
人说："今黑夜就把瞎姐姐的尸骨埋了，明天男人们设下套老虎的
陷坑。女人们挪动挪动，洞里腾出地方来，各家把老弱病残的接
过去住。夜里要有人醒着，黑狗、白狼，你们俩，还有二聋子，
你们仨值夜。回去都把门拴严实了，家家洞口全插上火把！"大娘
吩咐完，把小妮子放到地上，说："给你娘磕个头吧！"

小妮子扑到娘身上，放声号啕，使出平生的力气喊着："娘

啊！娘啊！亲娘啊！别丢下我啊、啊、啊、啊……娘啊，娘啊，先别走啊、啊、啊、啊！娘还没吃我拽来的甜瓜呐，啊、啊、啊、啊……甜瓜、葫芦在清泉里给娘洗净了啊，啊、啊、啊……"

哭声撕心裂肺，男人们止不住掉泪，女人们抽抽搭搭。大娘深深地抽一下鼻子，抹一把眼泪，一咬牙，抱起小妮子走了。山里回荡着"娘啊！娘啊！"的喊声，伴着老鸹"嘎嘎"的啼叫，把不宁的夜撕扯得七零八碎。

第二回

痴哥哥立意射凶鸟
俏妮子存心筑大巢

虎剩儿两口子喂了老虎，鲻山大娘把他们丢下的妮子领走了。大娘两口子只有一个小子，小子迟早要走，这时候收下虎剩儿的妮子，正了了他们一大桩心事。

妮子不敢在大娘家里住，她一见土窝儿就发憷，怕老虎又钻进来吃人。一到天黑，她就跟个松鼠儿似的，噌噌几下子爬到大娘家对面儿那棵白果儿树上，把原来家里当门帘的虎皮铺在树干分叉的地方，坐在上头，背靠着粗大的枝丫，脚蹬着另一根枝丫，再盖上一领薄草苫子，好在她人小身子轻，掉不下来。

黑间起风了，林子呼呼作响，像老虎吼叫。小妮子睡觉的树在道边儿上，树像是叫一群老虎围起来，老虎全都张着大嘴朝上叫唤，叫得大树忽摇来忽摇去。小妮子惶懂，俩手抓住一根树枝子往上蹿。树枝子折了，她摔下来，像个蛤蟆似的鼓了鼓肚子，就觉着死了，没有进的气儿，只剩出的气儿。这么着死了不知多大工夫儿，她又回来了，浑身疼得要命。风住了，雨大了，她恨大雨，死得好好儿的，又给浇醒了，回来受罪；好容易爬起来，只能回大娘家的土窝儿了。土窝儿黑洞洞的，啥也看不见，她怕惊了别人的觉，缩在墙旮旯儿，再疼也不敢出声儿，只是求告神神娘娘，叫她使劲儿疼，疼死过去就好了，就不知道疼了。

　　早起一家子醒了，都吓了一跳，当是进来条狼；等看清了小妮子浑身的泥和青伤血道子，又都心疼开她了，大娘不叫她再上树了。可是到了黑间，小妮子又爬到树杈子上去了，叫也叫不下来，谁说也不听。

　　打这往后，大娘一宿出来看几回，下雨了就把她抱回土窝儿里。日子长了，大娘也就由她去了，只是天天儿一大早儿过来叫她回去吃饭。她乖乖儿出溜下来，吃了饭就出去绕世界找吃的，摘树上的，挖地里的，背回一篓子来，顶上她吃大娘家的了。山里狼虫虎豹多，大娘实在不放心这么个孩子。小妮子不怕，仨老虎都没吃了她，她还怕啥？

　　吃了后晌饭，天还没全黑，小妮子早早儿上了白果儿树。树顶上有个喜鹊窝，一对儿喜鹊在窝里养了六只小喜鹊。自打她住在树上以后，喜鹊不敢再回来，去别处儿做了窝。

　　天还没黑，小妮子儿闲着没事儿，把支着窝的树杈轻轻拉下来，瞧那喜鹊窝有趣儿，细细端详起来。圆圆的巢斜靠在树杈上，像个大盆，外头是细树枝儿编来的。天转暖和的时候，走了的那对喜鹊叼了好些个树枝儿造起这个窝来，两口子一个编窝，一个衔泥。鹊窝里垫着细细的树枝儿，细枝枝上铺着软乎儿的干草，干草上絮着母喜鹊胸脯上的绒毛，瞧着就暖和舒适。编这么一个窝，那对喜鹊花了十几天工夫，小妮子觉着对不起那一家喜鹊，就不去动那窝，盼着喜鹊一家子有一天再回来。

　　大娘家听惯了喜鹊叫，天天早上都是听着那一窝喜鹊喜喳喳的叫声起来，自打听不见喜鹊叫了，老是没着没落儿的。连吃屎的小花狗儿都跟缺了啥似的，时不时仰起脑袋"汪汪"两声儿。小妮子觉得挺对不起大娘一家子，就想法儿把喜鹊招回来。她照着树尖上喜鹊窝的样子，和泥编树枝儿做了好几个喜鹊窝，拿泥糊在一个个丫杈上，窝里还放了喜鹊爱吃的肉虫子。喜鹊果然回来了，比那一家子还多，来了十好几只，一只只立在树枝上啄窝里的虫子。小妮子在树下仰着脖子看，喜鹊一点儿不怕，只管吃，一条肉虫子在嘴里甩两下儿，"忒儿喽"就吞下去了。

一下子来了这么多邻家，小妮子欢喜得也快成了喜鹊了。可是，这些长尾巴、黑身子、白肚皮的家伙，吃完了虫子，舔舔胸脯儿，啪啪翅膀儿又飞走了，一只也没留下。小妮子又气又难受，跺着脚儿朝天上一溜儿白肚皮啐着骂："一伙子没良心的贼，吃饱了就跑，连喳喳都没喳喳两声儿，哼，白喂你们了！"大娘过来听见了，笑话她："傻妮子，喜鹊是攀高枝的鸟儿，只在树尖儿上筑巢，人家瞧不起你造的那些烂泥窝，你就别瞎费些傻劲了！"

小妮子不甘心，又去捉了一小篮儿虫子，放进树上一个个儿喜鹊窝里。她就不信天下的喜鹊都那么没良心，哪怕有一只住下来，她也算没白费劲。搁完了虫子，她也累了，靠在树杈子上就睡着了。天上飞过来一大群黑毛白肚儿的喜鹊，落在白果儿树上，翅膀儿搭着翅膀儿把她抬起来，又飞上天去了。喜鹊的毛儿软软的，翅膀儿颤颤的。小妮子翻过身子来，趴着往下瞧。呵，山也小了，树也小了，人也小了，一会儿就小得看不见了。喜鹊托着小妮子飞呀飞呀，飞过姚江，飞过软江，飞过海螺湖，飞过大海。大海的那一边儿是山，树尖儿上全是喜鹊窝，漫山遍野的喜鹊喳喳喳喳叫。小花儿把尾巴摇成了圈儿，也学着喜鹊叫，叫出来不是"喳喳"，也不是"汪汪"，成了"呱呱"。

小花狗儿把小妮子吵醒了，外头在吵架，"汪汪汪汪"，"嘎嘎嘎嘎"，小花狗儿在跟一群老鸹吵。小妮子睁眼一看，天亮了，树上圪蹴着几十只黑老鸹，把头上的天都遮黑了。老鸹吃完了窝里的虫子，还舍不得走，吵，吵得树杈子哆嗦。小花狗儿也跟着吵，吵得天都快裂了。

　　吵得最凶的是大娘，大娘黑着脸站在树底下，抡着一根大棍子喊叫："死妮子，你给我下来！"小妮子见大娘生气，赶紧出溜儿下来。大娘举起棍子，照着小妮子做的窝咚咚咚咚一气捅。泥块儿土面儿掉了一脸，大娘"呸呸"吐了，咚咚咚咚捅得更狠了。老鸹蹲在枝枝杈杈上，呱啦呱啦叫得更凶了。

　　大娘家的小子瞧见了，嘻嘻笑，说："娘，别费劲啦，老鸹哪儿怕这个呀？人知道您捅不着，嘎嘎嘎嘎笑话您呐。来，瞧我的！"说着，拉开羊皮绷弓子，"叭"的一响，一只老鸹"咣当"摔在地上了。"呼"一下子，一树黑家伙全飞了。小子对妮子说："你多糊些老鸹窝吧，咱们就能天天儿吃烧老鸹肉了，呵呵。"大娘气哼哼地说："去去，要糊，就去后山远远儿糊去！不许在家门口搁这东西！招灾惹祸不吉利。"妮子眼里噙着泪儿，说："大娘，我真是给喜鹊做的窝啊，昨儿还来了一群喜鹊呢，谁知道今儿招来了一群黑老鸹啊！"

　　又一大群老鸹"嘎嘎"叫着飞过来了，全落在糊了窝的树上。小花狗儿跳着腿儿汪汪汪汪叫个不住。大娘的黑脸气白了，舞着根棍子朝树上打，呸呸呸呸朝天上唾，打够了，唾完了，甩了棍子，撂下一句话："都给我摘下来！一个也不能剩！"妮子吓得忙不迭答应："我这就上去摘，这就给您摘！这就摘！"再一瞧，大娘早没影儿了。

　　大娘家小子跑过来拦住她，说："别急，妮子，等等儿再摘！"说着举起他的羊皮绷弓子，又一只老鸹"咣当"摔地上了。妮子睁着圆眼说："你行啊！"小子说："妮子你先别摘树上的窝，等我再打几只老鸹，就有咱的后晌饭了。"妮子说："可是大娘非叫摘了，瞧不见她气成啥样儿了？摘了吧！"小子说："我娘那叫没事儿找事儿，喜鹊比老鸹好个啥？一样儿黑不溜秋，一样儿'抓啦抓啦'吵人。"妮子说:"喜鹊吉祥啊!"小子说:"吉祥个屁!那俩老喜鹊是一对儿贼,人一走,就蹦进洞里偷吃的。我早就想端了树尖儿上它们那老窝了。"妮子说:"人家都不回来了,你还端个啥?快上去把我糊的那几个窝摘了吧!你娘回来了瞧见窝还在,准又得生气。"小子没说话,"叭!""唰当!"又一只老鸹栽地上了。

妮子要出去找吃的了,小子央告她:"妮子,你再多编些老鸹窝,我就天天能打老鸹了。"

"不敢再惹大娘生气了,你帮我把树上的窝都摘下来吧!千万记住摘下来啊,别叫大娘回来瞧见犯堵!"

"这么大点儿个事儿,瞧你说了多少回了!没见过你这么啰唆的小人人。"

"行了行了,你答应了,我就不啰唆了。"

"要我答应你,你得先答应我个事儿。"

"啥事儿啊?"小子说:

"除非你答应再编一百个窝,我就给你摘下来。"

"这行,你先摘下来,我回来见树上没有窝了,就给你编一百个老鸹窝,咱们一块儿糊到后山没人的地方,你就练弹弓吧!"

"嘿,我说了算数儿,一准儿都给你摘下来!"

两人勾过小手指头,小子朝天上啐一口,妮子朝地上啐一口,才背上篓子走了。

娘在的时候,妮子采果子只管找结果子多的树,这会儿,她仰着头只顾看树上的鸟儿窝,不光是树上的鸟儿窝,还有石壁上的、地上的、水里的各种各样的鸟儿窝,她都爱看,只要看见个窝,就走不动了。鸟儿窝各种各样儿,千奇百怪,确实中看。燕子的窝是细草和燕子毛儿添上泥垒起来的,像半个靠着树杈的泥碗,碗上缀满了小疙瘩儿,准是叼了蛐蛐儿翻出来的泥球儿黏上去的。黄腰巧燕儿的嗓子特别甜,叫得比燕子好听,筑的窝也比燕儿窝好看多了，那窝跟它的名儿一样儿巧，跟它长得一样儿好看。巧燕儿的窝不是半拉，而是整个儿的，不是碗那样儿的，而是一个细细长长的压腰儿葫芦，小小的嘴儿，巧燕儿一缩身子就钻进去了。跟巧燕儿一比，一身黑的燕子只能叫拙燕儿了。

天暖和了，鸟儿们都忙着造窝筑巢。黄腰巧燕儿从清泉溪旁边的湿地上啄回泥来，找个树杈，把泥一点点地堆起来，一边堆泥，一边加进草根、细树枝儿，时不时低下头儿从胸脯儿上啄几根毛，絮进泥里去。妮子从地上捡了根儿巧燕儿毛儿，揉来揉去都好好儿的，原来鸟毛儿这么结实啊！不光巧燕儿造窝的时候添毛儿，妮子瞧见大的鹰、小的黄鹂儿都往泥里填鸟毛，就试了好几种鸟毛儿，抻过来揉过去，鸟毛儿都不折，她这才明白了，填上鸟毛，鸟儿窝就结实了。窝快造成了，母巧燕儿钻进去，趴下，肚皮紧贴着泥面儿转过来转过去，把巢里头磨得光溜溜的，然后坐在巢里，把公燕儿叼来的草根儿、树枝儿和着泥砌成一圈儿漂亮的巢口儿。最后公燕儿衔来干草衬在窝里，母燕儿把胸脯上的绒毛啄下来，絮在上面。

暖和和儿的巢筑成了，母燕儿在里头下了一窝蛋。妮子这才明白，原来两只巧燕儿千辛万苦筑巢，是为了它们的后代。过了二十九天，巢里飞出了八只小黑燕儿，个个儿腰里缠着一条好看的黄腰带，跟它们的爹娘一样儿。

丝燕儿爱干净，把精致秀气的巢筑在岩石壁上的洞里，它不叼泥，而是飞老远老远，一趟一趟从海湾里衔回来海藻，拌上嘴里的唾沫合成透亮儿的胶，粘成燕儿窝。丝燕儿的窝就像一对捧着的晶莹光明手，招得人们起歹心。山里有人掏了燕窝，回去煮着吃，说是从来没吃过这么好吃的东西，引得人们都去掰丝燕儿的窝。妮子可怜丝燕儿，就想，人家一嘴一嘴呕心吐丝造成个窝不容易，咱干吗图吃那一嘴就毁了人家的家啊？她跟大娘说："丝燕儿造个窝往大海里飞好几趟，肚子里的津水儿吐干了，才造出一个燕儿窝来。人们就那么不懂事儿，掰回来几嘴吃了，坑得丝燕儿没了家，又得来回来去飞着衔海藻造窝，造出来又叫他们掰吃了。求求大娘，别叫人们掰燕窝了。"大娘乐了，说："这样的事儿，我说了也没人听，馋嘴想吃的还是去掰，我又不能剁了他们的手。"

妮子不明白，瞪着圆溜溜的大眼，扬了两下粗眉毛，问："大娘有大珍珠串儿，大娘说了，谁敢不听？"

大娘呵呵笑了，说："珍珠串儿再大也打不疼人，大娘只能叫人家干啥，不能叫人家不干啥，除非是有人坏咱山里的事儿，大娘才能管住他。只要人家不干坏事儿不伤人，大娘就不能不叫人家干这干那，更不能不叫人家吃啥。要是那东西好吃，大娘就更没办法不叫他吃了。就算大娘说了'从今往后谁都不许掰丝燕儿的窝'，人家要是想吃，也还是会偷偷摸摸去掏。管不住的事儿，还不如不管。"

妮子叹息一声，说："唉，人呐！赶明儿丝燕儿不来咱这造燕儿窝了，瞧你们还掰啥吃！"

大娘说："这么说就对了，其实谁也帮不了丝燕儿，只有丝燕儿自个儿才能帮自个儿，有好东西不能露，严严实实藏起来才对。你瞧人家沙燕儿多大的本事，谁又能毁得了沙燕儿的窝？"

高高的峭壁上一溜一溜的黑窟窿成了鲻山一景儿，那是沙燕儿的窝。这些窟窿是一代一代的沙燕儿一嘴一嘴啐出来的，越啐越深。听大娘家小子的爹说，沙燕儿的窝深极了，伸进整根胳膊去也够不着头儿，甭想掏着沙燕儿蛋。妮子想，沙燕儿准是吃过人的亏，才学会了营卫自己，造出这么绝妙的巢来，那么高那么硬那么深的洞，啥狼虫虎豹也爬不上去，上去了也不能得逞。妮子想起了可怜的娘，恨自己连这巴掌大的沙燕儿都不如，没能给娘在高处造一个巢。

　　去年妮子给大娘家的小子编了一百个老鸹窝，穿上麻绳儿，两人挂到了后山的树上招老鸹。大娘家小子领着几个半大小子天天儿捉虫子，搁到老鸹窝里，然后就猫起来，等着老鸹来了拿弹弓打，大娘把他们打下来的老鸹分给各家儿。族里兴开了吃烧老鸹，小孩儿们特别爱吃烧酥了的老鸹骨头。妮子觉得罪过，对不起老鸹，跟大娘家小子说："其实老鸹就是长得难看，叫得不中听，也没有大罪过，一不进人家里偷嘴，二不咬人，当不得死罪。可恶的是那些吃小鸟儿的老鹰、大雕、鹞子，我出去找食就怕碰见这样的恶鸟儿，扑棱着翅膀瞪着贼眼从天上冲下来，饿疯了似的呱啦呱啦大呼大叫，张着血哧糊啦的嘴要吃人。"

　　小子哈哈哈哈笑咧了嘴，笑得眼角儿挤出了泪儿，笑够了，喘着气儿说："瞧把你吓的！我的傻妮子哎，那鸟儿哪是要吃人那，那是公的引逗母的呐。连这都不懂，傻妮子！"

　　"你这人真脏，咋啥都知道？心里头都想的啥呀！哼！"妮子皱着粗眉毛，甜瓜脸儿变成了倭瓜脸儿。

　　小子说："嘿嘿，啥东西入啥人眼呗，你瞧的是鸟儿巢，我瞧的是鸟儿啊。你说的那从天上往下冲的老鹰、鹞子伍的，那可不是吓唬人玩儿，也不是扑食儿，那是显摆本事呐。"

　　妮子不想听他说那些乱七八糟的，皱着鼻子说："得了得了，别有的没的瞎唠唠了！"

　　小子得意了："嘿，说你还不信，我就见过一只公鹞鹰，一股劲儿连着冲了一百多回，直到勾住了母鹞鹰的爪子，一对儿鹞鹰在天上翻筋斗玩儿。鹞鹰这东西好捉对儿，一天能捉上好几回，就在半天空里捉对儿，嘿嘿，真邪性啦。"

　　妮子听不下去了，脸夯拉下来，骂到："恶心死了，你要再说这些个丑事儿，我可不答理你了。"

　　小子赶紧说："好好，是不好听，你不爱听，我就不说了，还不行？"

妮子端起脸来说："我跟你说个正事儿。"

小子说："啥正事儿啊？说吧！甭跟我绕弯儿！"

妮子说："我想往树上挂上些大鸟儿巢，把这些恶鸟儿全都招来。"

小子纳闷儿了，问："你不是怕恶鸟儿吃人吗？干吗还招它们呀？全都招咱门口儿来，吓唬人玩儿还是咋的?"

"你不是说了恶鸟儿大呼小叫是干那啥的吗？知道了我还怕它？嘿，把恶鸟儿招了来，打下来好煮着吃烧着吃啊。连这都不明白，你可真够笨的了!"

"嘿咿，亏你想得出来！行啊，只要它们敢来，来一只，打一只。这些鸟儿大，肉多，又有好吃的了。你筑巢吧，有了大巢，大鸟儿就来了。"

"我只会照着样儿筑巢，可是恶鸟儿们的巢都在高高的岩石顶儿上，要不就在石头缝儿里，瞧不见里头啥样儿，就筑不出来。你本事大，上去给我弄一只大鸟儿巢来，我有了样儿就会筑了。"

恶鸟儿住得讲究，年年换新巢。大娘家小子爬到岩石顶上，在树尖儿上找到了一个废了的雕巢。他蹲在一个树杈子上，砍那些托着巢的树枝子，还不敢全砍折了，怕大巢掉石壁下头摔烂了。瞧着快要砍折了，他俩手够着去掰，脚下一滑，从树上摔下来了，好悬，都到岩石边儿上了！突然听到树上咯吱咯吱响，抬头看时，大巢掉了下来，"咕咚"一声巨响，巢竟然没摔坏！他圪蹴下瞧，好家伙，这哪儿是巢啊，简直是个大洞，大得能住进俩人去。

往回运这大雕巢可叫他犯了难了，那巢比他大多了，沉得背不动抱不动，只能拖，又拖不动了，靠住一棵树坐下，拿脚推。本来他把大巢扔下去就得了，自个儿再顺着峭壁慢慢儿往下出溜儿，他能上来，还怕出溜儿不下去？可是峭壁太高了，他怕摔坏了大巢，又怕半截儿叫峭壁上钻出来的树劫住了，硬是拖着绕到后山下来。一路上磕磕绊绊，碰见树密的地方儿，大巢过不来，还得砍树掰枝子，拖不了就推两下儿，推不了就抱几步儿。大巢运到家，小子两只手叫巢上的树枝子连扎带磨，手心全是泡，手背全是血道子。

雕巢圆咕隆咚的，造得那叫精致！里外三层，外头是树枝子编的，一边儿编一边儿加泥往起垒，泥里搂了不少狼毛儿野猪毛儿狐狸毛儿伍的，结实得掰都掰不动。当间儿一层蓬蓬松松，絮的竹叶儿和枯草。里面一层是从溪边儿叼来的紫蕨，密密匝匝地绕了好几圈。说不清这巢废了几年了，风吹、雨打、冰冻、日头晒，仍然牢不可破。

妮子把这个废巢里里外外看了个够，对大娘家小子说："算了，我不给它们筑巢了。"

小子问："说好了找个样儿回来，你好筑个大巢。好容易给你找回个老雕的废巢来，说不筑就不筑了？你不筑大巢，我咋打这些恶鸟儿啊？"

妮子说："你瞧这家伙多贼呀，把巢筑到悬崖峭壁上的树顶上，这么结实的巢就不要了，它咋会瞧得上我筑的巢呢？咋能上咱们挂好了巢的树上来住？再说，做这样一个巢也实在太费事了，十天也不准能造出一个来。"

小子说："这倒也是，咱们小瞧这些个害物儿了。可是我费了这么大的劲弄来这么个巢，你不照着样儿筑一个，对得起我的辛苦吗？"

妮子觉得他说的也是，就说："那我就筑一个巢，自个儿住进去当大鸟儿得了，呵呵。"

小子涎着脸说："别价，要筑就筑个大的，咱俩住。"

妮子生气了，好几天没答理他。二十天以后，一个新巢筑成了，是直接在树上筑的。跟那个废了的雕巢不同的是，妮子的新巢用八根小树干做底儿，她先用粗麻绳把八根树干牢牢地绑到白果树干分杈处，再把树干一根儿挨一根儿捆紧了，就着底儿插树枝子抹泥。这活儿一个人真忙活不过来，得亏大娘家小子不计较她的小性子，一直给她往上举泥递树枝子，在底下站着一铲子一铲子举泥可比在上头圪蹴着插插抹抹累多了。

妮子筑了个平底儿圆顶儿的大巢，为了不让风吹雨打，巢口儿小得刚能爬进一个人去。巢里头糊上泥，她又学着巧燕儿，手掌转着把里头拍平了，抹光了。等大巢干了，她真就住了进去，从此刮风下雨都不怕了。鲻山人不再管她叫妮子，都叫她"那个树上有巢的妮子"，叫着叫着就成了"有巢的妮子"，后来干脆成了"有巢"，反正都知道说的是她。

有巢爱自己一根树枝、一把泥编起来的巢，为了筑这个巢，她找来的树枝堆得比树还高，为了取土和泥，在清泉溪边挖了好几个大坑。住进巢里，她好几宿睡不着，趴着，跪着，站起来，把巢里上下左右亲了个遍。手摸摸，光溜溜儿的；脸蛋儿蹭蹭，凉乎乎儿的；舌头舔舔，咸不唧儿的。有巢尽情体会着有了巢的幸福，还有啥比人有了遮风避雨的窝更幸福的吗？娘要是有这么的巢，也不至于叫老虎吃了。

有了自个儿的巢，有巢没事儿了就爬进巢去，又探出脑袋来看世界，下看住石头洞的人，比鸟儿还得意，时不时学几声雀儿叫。新鲜了几天儿，她慢慢儿瞧出这巢的毛病来了。鸟儿一收翅膀儿就飞进巢里了，自个儿却要天天登高爬低，赶上喝多了、闹肚子就更讨厌了，要多不得劲儿有多不得劲儿。好在这种时候不多，一天累够了，爬进巢里能睡到天亮，凑合着吧！

有巢一躺下睡着了，梦见明晃晃的月亮地儿，自个儿捏着个生葫芦在泉边儿洗，手一松，葫芦顺着泉水跑了。她在边儿上追，葫芦在水里跑，细腰儿旋转，一起一浮，拍着泉水呵呵儿笑。有巢骂道："贼葫芦，赶死去呀？"眼瞅着要追上了，葫芦跳起来，翻了个个儿，呵呵儿笑着又跑了。她气得跳到水里追，水凉凉地，好舒坦！"瞧你还往哪儿跑！哈，逮住了！"她攥住了葫芦长长的细腰儿，脚底下一滑，摔水里了，葫芦从手心儿里溜了。她急得又要追，却拔不动脚，"讨厌！叫水草缠住了！"眼瞅着葫芦越漂越远，她急得干蹬脚。脚趾头蹭到石头上，嘎巴折了。

有巢醒了，一条小腿儿凉冰冰地，一摸，原来是叫长虫缠住了，好家伙，摸着有小孩儿胳膊粗！磕膝盖儿那儿是长虫脑袋，摸着圆乎乎儿的，尾巴缠在脚脖子上缠了两圈儿，她心里有了底儿，这是条吃耗子的菜花儿长虫，没毒，就一只手攥紧了长虫脖子，一只手一圈儿一圈儿从尾巴往下捯腾，捋直了，爬出半截身子，提溜起尾巴狠劲儿往树干上摔了几下子。长虫死了，她把长虫挂在树杈子上。

月亮地儿里，一对儿信子朝着她吞吞吐吐，一条黑黢黢的大长虫正顺着树干往上爬呢，身子跟着脑袋一缩一伸。有巢心里一紧，咕咚跳到地上，一下子崴了脚，疼得动不了，急得尖着嗓子喊："大娘，大娘！"花狗一阵"汪汪"，把人叫唤醒了，有巢瞧见小子跑出来了，就嚷："抄家伙，打长虫！"小子顺手抄了门口一根棍子，跑过来，问："哪儿？长虫在哪儿？"有巢指指大树，一抬头，只瞧见根又细有长的尾巴，一闪进了树上的巢。大娘家小子举起棍子照着树杈子上挂的长虫就抡。有巢气得骂："瞎了眼啦？那是条死的！"小子仰着脑袋说："没瞧见活的啊。"有巢说："钻巢里去了，没事儿，是条菜花儿。你把我拽起来！"小子去扶她，她拽住小子的手，往起一起，疼得龇啦哇啦叫。

大娘两口子出来了，小子急着嚷嚷："有巢打树上摔下来了，把脚给崴了。"大娘跑过来，圪蹴下给有巢摆治那只脚。小子他爹问："咋就摔下来了？"有巢说："巢里爬进根长虫来，我把它摔死了，往外一挂，见顺着树又爬上来一条，肚里一慌，就往下跳。嗨，笨死了！那条也是条菜虫，刚钻进巢里去了。"

大娘手底下嘎巴一声响，有巢疼得大叫一声，嘿，那只脚能站起来了！她跑出去，噌噌几下子爬上树去，一头扎进了大巢。

树下俩男人急得喊："下来！快下来！"大娘一劲儿摇头，啧啧："这么个疯妮子！"有巢探出半截身子，捏着长虫尾巴抡起胳膊啪啪往树上砸，砸够了，往地上一摔，又抓过树杈子上挂着的那条长虫摔了下去，人一出溜儿下了树。大娘说啥也不叫她上树了："跟我回去！你再这么瞎折腾，谁都睡不成了！"

有巢睡惯了巢，再睡这土洞真不好受，潮味、花狗身上的腥臊味儿、人身上的汗味儿争着抢着往鼻子里钻，哪儿有巢里跟她做伴儿的树味儿、天味儿、星星味儿好哇！有巢翻过来掉过去，直直折腾到后半宿才睡着了。等她醒来，一股香味儿钻进鼻子。大娘炖熟了一大锅长虫肉，浮头儿漂着一层红油。

大娘说："是一对儿呢，母的肚里全是软蛋，二十多个小球球儿。"

大娘家小子说："得，一锅炖了二十多条长虫，可惜了儿了！"

大娘说："净说糊涂话，还叫这东西下了蛋孵一窝小长虫儿啊？"

有巢瞧了半天没瞧见一个软蛋，就问："蛋呢？你们全都吃了？"大娘捞出个指甲盖儿大的黄球球儿，递到她嘴里，叫她尝尝。有巢吧嗒着嘴儿说："嗯，挺香的，就是太小了。"

大娘家吃了两天长虫肉，四口子解了几年的馋。长虫一根刺儿，进了花狗的嘴。畜生儿哪儿吃过这么好的东西啊，连闻都没闻见过，连着叫唤了两天，这个跟前儿噌噌，那个跟前儿噌噌，饿得不行了，才又吃屎去了。

大娘管着，不让有巢上树，她求大娘："好大娘哩，叫我上去睡吧！我怕了这土窝儿了，一到黑间就梦见老虎。"

大娘说："梦见啥都没事儿，反正吃不了你。得亏那天赶上的是一对儿菜花儿，要是毒长虫，你小命儿就没啦！你打这儿再别跟我提上树的事儿！提也没用。"

有巢说："这土窝儿里长虫就不来了？"

大娘说："啥都来，更甭说长虫了，可是洞里人多，出了事儿有个照应。树上就你一个人，出了事儿就麻烦了。"

有巢说："赶明儿我再筑几个大巢，咱都上树上住去。"

"尽说些浑话！好好儿的人，谁学那雀儿啊？也就你，哼！"

有巢上不了树，心里没抓没挠儿的。她也嫌树上那个巢不好，想筑个更好的，新巢得住着舒展，又能防住毒长虫伍的，让大娘说不出话来，好放她上去。她就留意各样儿的鸟儿巢，看它们的长处。这一留意，就有了收获：鸟儿筑巢不是为了自个儿住，而是为了在里头下蛋孵小鸟儿。其实有的鸟儿也不筑巢，海鸽把蛋下在光秃秃的崖壁边上，也不怕摔碎了。红隼和夜猫子把蛋下在人家的废巢里，斑鸠抢占喜鹊的巢，最不像话的是鹁鸪，偷偷把蛋下在柳莺的巢里就不管了，一天到晚在外头浪，"咕噜咕噜"满天叫。黑毛儿鹁鸪最奸了，瞅准了山鹧子的巢，等山鹧子一飞出去，卧地上扑哧下个蛋，硬嘴巴一叼，飞起来，鬼鬼祟祟搁人家巢里，又飞得没影儿了，再不管它的蛋。傻山鹧子也不管是不是自个儿下的，经心经意趴上好几天，全都给孵出来了。嘿咻，小鹁鸪天生不是东西，毛儿一干，就仗着自个儿个儿大，欺负起小山鹧子来了，趁着人家爹娘出去找食儿那么会儿工夫儿，拿屁股愣把小山鹧子从巢里拱出去，一个个儿摔死。山鹧子也贱，不管自个儿亲骨肉，倒一口口儿喂那野种，喂到小鹁鸪都比自个儿大了，嘴够不着了，就站到小鹁鸪脊梁上扒着够着喂人家。有巢咋也想不通，天下还有这么没心没肺的傻鸟儿。山鹧子才不管这个呢，啥鸟儿不是鸟儿啊？有鸟儿喂就尽到做爹娘的心了。

鹦哥儿唱得好听，可是太懒了，不筑巢，找个树洞，往里头铺一层干草，再垫上自己肚皮上掉下来的绒毛毛，凑凑合合就算是个窝了。鸠鸽儿的巢最简单，叼几根儿小树枝胡乱架起一个浅盘子来，透着亮儿，从树底下都能数得出里头有几个蛋。鸠鸽儿倒也想得开，能托住蛋，摔不了就行了。有巢瞧不起这样的破巢，要筑就筑个好的。

鸡、鸭、鹅的窝在地下，它们也不要样儿，在水边刨个浅坑，里头填上点儿干草、树叶，再打自个儿身上啄下毛儿垫在上头，就是个窝了。有窝就能下蛋、孵蛋，窝虽然简陋，可是能帮着传接后代就够了。

有巢想，雀儿好歹能给自个儿筑个窝，人不能不如一只雀儿，我要筑一个最好的巢。

月亮缺了圆，圆了缺，天儿冷了暖，暖了冷，有巢老是换新巢。大娘不乐意了，说她："你也成了恶鸟儿了，好容易筑起个巢来，还没焐热乎儿，就扔了。还不如花狗安生呢，狗不用喂不用管的，你可一年有半年筑巢玩儿。你也老大不小了，该收收心了，明儿跟我种地去！"花狗像是听见说它好了，尾巴摇成了圈儿。有巢却不服，心说："拿我跟花狗比？它吃屎，是不用养活。我叫你养活啦？你还吃我找回来的瓜啊菜的呢！该织的布我都织出来了，该干的活儿我都干了，闲着也是闲着，一早儿一晚儿抠饬一会儿，你咋就说我'一年有半年筑巢玩儿'呢？"

她这么想，可是不敢说。大娘家小子听见她心里嘀咕了，帮她说话："一早儿一晚儿，半年的工夫儿加起来，也没几天儿啊。妮子筑个巢，不招谁不惹谁的，比花狗可安生多了。花狗见了人家母狗就追着瞎叫唤，安生个屁！"

大娘说："就算没占工夫儿，好好儿的巢，干吗老换着玩儿啊？"

有巢说："越筑越好呗。这会儿你们都瞧不起我筑的巢，连我自个儿也瞧不上。总有一天我会筑出个好巢来，我待见，人们也待见，就都来筑巢了，不住这潮了吧唧的土洞了。"

大娘鼻子里哼了两声儿，"鲻山人祖祖辈辈都住的土洞，雀儿才住巢哩！"

有巢从此知道，不能跟大娘说筑巢的事儿了。她费了多少劲琢磨出来给鹬山人住的巢也不能说了，那巢下面是鸡、鸭、鹅的浅窝，上头搭得高高地住人。说是不能说了，可是她照样儿想，照样儿看。瞧得多了，有了比制儿，有巢看上了大鸟儿的巢，鹰隼雕鹫的巢不但大、结实，而且常常巢巢相连。她想，要是把鹬山人的巢筑在一起，一排一排连成一大片，狼虫虎豹就不敢来了。

有巢要筑新巢了，她央大娘家小子帮她砍树。小子黑间打猎，白天挨家，乐意跟有巢一块堆儿干这干那，就问："砍几棵?"有巢说："要砍出一块空地来，周边儿的树砍剩半人高。还得有筑巢的树，加起来少说得砍三十几棵。"大娘家小子说："这事儿不好办，一天咱俩顶多砍四五棵树，我娘回来一见砍了树，一定要闹。"有巢想了想，说："咱们一棵树每天砍一点儿，显不出来，到了最后，呼啦一下子全砍倒了，你娘再说啥都没用了!"小子说："有胆! 行，就这么定了!"

俩人偷偷摸摸儿砍开了，有巢一早儿一晚儿砍，小子早起紧着跟有巢一块儿干一会儿，吃了饭睡一觉，歇起来了接着砍。他们从里头砍，道边儿上的先不动。树上的砍口儿一天天加大，斧子砍秃了好几把，斧子把儿砍折了好几根。有巢使劲儿太大，把斧子把儿横着插进砍了的树上的口子里了，却拉不出来了，斧子把儿紧紧地嵌在砍口里。有巢眼前一亮，对大娘家小子说："别再砍了，就这么搁着，一掌往上，开新口子，重新砍。"小子急了，把斧子一摔，不干了，说："你可真会使唤人啊，合着我这些日子没事儿干，闲得磨泡玩儿呐? 你瞧瞧我这两只手，还叫手吗?"

有巢说："瞧那急赤白脸的样儿，至于吗?"拉住大娘家小子的手，那手上全是水泡，老了的泡结成了茧子，新的泡又薄又大透着亮儿。她鼻子一酸，眼泪儿扑嗒儿扑嗒儿掉下来，砸在小子手心儿里一块儿没了皮的嫩肉儿上，螫得他"咝咝咝咝"直吸凉气。有巢拾起他刚才摔的斧子，卡进树上砍出来的口子里，说："这个口子留着筑巢的时候用，两根木头这么卡住比绑起来结实多了。"

小子眼亮了，愣愣地站着，突然抱住有巢的脖子，在她脸上亲了一嘴。有巢脸上火辣辣地烧起来，瞪着圆眼，抖着粗眉毛，猛地推了他一跟头，啐了一口。

小子站起来，拔出卡在树上的斧子，往上比高一掌，"喀喀喀喀"发狠砍起来。

第三回

通一窍鳜鳍演竹锯
合双模黏土成豆身

鲻山大娘的男人是下头姚江滩里人，他是老大，下头一个兄弟一个妹子，兄弟跟了海螺山，妹子留在滩里，妮子不出门是老辈子传下来的制子。吃了后晌饭，妹子上山来了，带了几条鱼，马莲穿着。花狗一蹿老高，大娘又是吆喝又是打，把狗轰跑了。鱼长得挺怪，嘴小身子大，一身花里胡哨儿的。妹子把鱼递给大娘，说："今儿才捞上来的，给你们一家尝个鲜。这可是真正的鳜鱼，十网八网不一定捞上一条鳜鱼来，皆为我来瞧姐姐哥哥，我们大娘特意叫船上给挑出来的。哈，姐姐是贵人，有福气，今儿一下子赶上好几条鳜鱼。"大娘嘴里一迭连声儿谢着，刚要接过鱼来，赶紧又缩了手，惊叫起来："这鱼还活着呢！"

妹子乐了，说："穿着嘴提溜一道儿了，早死挺了，呵呵。"

"不能吧？鱼眼睛贼亮贼亮的，瞪得人发毛。"

"嗨，鱼新鲜眼睛才亮呢！"

有巢

大娘这才接过鱼来，还摸了摸鱼鳞，看动换不动换。妹子赶紧叮嘱："留神，这鱼的鳍厉害，瞧划破了手！"

大娘端详着手里的鱼，啧啧惊叹："这鱼可真够炫乎儿的！"

"嘿咿，姐姐不知道，鳜鱼是荤鱼啊，这么身儿打扮儿，为的迷惑小鱼小虾，小鱼儿小虾傻不唧唧瞧这身炫乎儿，忒儿喽，进那炫乎儿家伙肚里了，哈哈。"

"哟，这不成妖精鱼啦？"

"嘿咿，要么说鲜美莫过鳜鱼呐，这妖精跟吃草吃泥的鱼不一样，没一点儿草腥味儿，吃鱼长大的嘛。"

"哟，这妖精鱼比我们山里头人还福气呐，我们这儿一年到头儿连死鱼烂虾都吃不上，没见狗一见了鱼馋成啥了？他姨，你还没吃吧？我给你做点儿啥，快，一会儿就得。"

那个时候没有婚姻，也就没有姻亲一说，称呼儿也简单，按照辈分年龄，女的叫姐妹、姨、姥娘，男的叫弟兄、舅舅、姥舅。

妹子就是怕赶上人家吃后晌饭，才拿着鱼来的，见人家吃了饭了，只好说："我吃了来的，别麻烦了。"

她哥哥知道她的脾气，就说："你多早出来的啊？哪儿能吃了！来你哥哥家还这么客气，待会儿饿着肚子走那么远的道儿，没见过你这么傻的。他娘，你给摊张煎饼，打俩蛋。"

妹妹直说："我是吃了，今儿吃得早。别麻烦姐姐了。"

大娘支上锅，说："这有啥麻烦的！她姨，你可是有年头儿没来了。"

"一直惦记着姐姐呢，就是地里家里一大堆活儿，走不出来啊。小子呢？"

她哥说："小子去涧里下套子去了，后半夜才回来。"

大娘说："妹子今儿能走出来，准是有事儿吧？"

妹子说："姐姐说对了。滩里大娘家的大妮子要招人儿了，我先想到了咱家孩子，上来跟哥哥姐姐说一声儿。"

小子的爹说："人家大妮子可是百里挑一的好妮子。"

大娘说："大妮子底下不是还有个小妮子吗？她家俩妮子，叫大妮子上来吧。"

妹子犯了难，小子的爹说："咱不是还有有巢吗？"

妹子扑哧儿乐了，问："有巢？嘿，妮子还有叫这名儿的？啥时候养下的啊？我咋没听你们说起来过啊？"

大娘说："嗨，哪儿是我们养活的呀！是叫老虎吃了的虎剩儿两口子丢下的妮子，脾气又野又怪，自打过来，就不在家里住，爬树上睡觉，后来又学鸟儿做巢，住到巢里去了，这才落下'有巢'这么个野名儿。前几天下雨，树上招了长虫，我才把她叫回来住，刚才吃了饭又爬上去了，天生的野性子，改不了。"

妹子这才明白，笑了，"闹了半天是个雀儿啊，怨不得叫有巢哩，呵呵，这名儿！人家是个有巢的雀儿！"

"她不知道别人那是笑话她，还当是夸她呐，别人都住土洞，就她在树上有巢，美死啦。林子大了，啥雀儿都有。噷！"大娘把嘴撇到了耳根子上。

男人皱起眉毛，翻了她一眼，"我说你这人，老埋汰人有巢干吗啊？往后还得指望人家妮子呢！"

妹子说："就是，小子迟早是人家的，有个妮子才有指望。"

大娘下嘴唇儿噘得老长，说："甭听你哥瞎说！这么个半疯半傻的妮子能指望得了？指望个屁！一天到晚为她操不够的心。早知道是个招灾惹祸的东西，我就不收养她了。哼，妮子，妮子，这样儿的妮子真还不如没有呢。"

妹子说："姐姐这么说就不是了，这有巢就算半疯半傻，到底儿是个妮子，总比没有强啊。你不要，我可把这个有巢领回去啦，有妮子就能招上小子来，腿跟前多养活几个，一大家子，热热闹闹红红火火。"

大娘说："她姨，我巴不得你把她领走呢，就怕你们大娘不干，该说啦：'她鲻山盛不下的雀儿轰咱这儿来啦！'行啦，你家妮子一晃儿就大了，甭惦记这个有巢！待会儿出去一瞧见树上的大巢，保管你再也不会打她的主意啦。我还是那句话，你回去跟你们大娘说说，叫她家大妮子上来吧！"

妹子说："姐说得轻巧，我们滩里一直都是老制子，妮子不出门，这个，怕一时变不了。再说啦，滩里比鲻山富得多，人家大娘怕是不会把妮子送到山上来受委屈，还是叫咱小子下去享福儿吧。"

鲻山大娘笑呵呵地说："你俩哥出滩那时候你留下了。可是我们就这一个儿子，叫他出山，我们可不绝了后？再说，大妮子下头又是妹妹又是弟弟，她家人丁兴旺，你回去劝劝你们大娘，就让让这一步儿吧！"

妹子不敢答应，"我不过是个跑腿儿的，给你们两头儿串串，别的话儿真说不上。就算是我们大娘不在乎，这也是孩子们一辈子的事，还要他们自个儿愿意才行。我回去先跟我们大娘说说，她要愿意，过些日子，我带上她们娘儿俩上来一趟，叫俩孩子见上一面儿，说说话儿，瞧瞧投不投脾气儿。"鲻山大娘巴不得这门亲事成了，忙说："这样好，今儿咱就把好日子订下来吧！"于是说好了，过一个月妹子带着大妮子娘儿俩上山。要是人家嫌太急，妹子再跑一趟，要是人家不说别的，就这么定了。仨人又说了一会儿话，妹子下山去了。

滩里比鲻山富，吃的是白白的大米肥肥的鱼；滩里产麻，人们穿得也比山上强，不似山里人穿的粗糙的葛麻；鲻山烧陶的手艺还是鲻山氏大娘的男人从滩里带上来的，现在人家滩里烧的陶器更多了，不光有鲻山人使的碗和锅，还烧出了陶盘、陶盆儿，还有，滩里的陶器比鲻山的结实。

大娘早早儿起来把鱼炖上了，鳜鱼就是鲜，锅一开就飘出香味儿，一锅白汤儿，扎两下儿，熟了，比炖肉省火多了。吃饭了，小子问："哪儿来的鱼啊？""你滩里姨姨昨儿黑间给你带来的。"小子乐了，"嘿嘿，给我一人儿带来的？你们都别吃啊。"大娘也呵呵儿乐，说："我们都沾你的光，一人一条，吃吧！"她先拣了一条最小的，把脑袋、尾巴、肚皮留下，把个鱼脊搁到儿子碗里。小子拿起来就啃，吧唧吧唧吃得好香，吃光了肉，拉着鱼鳍在嘴里一抿，突然叫了一声，嘴咧着，血滴滴答答。他娘又心疼又气，骂他下作，"没见过你这么个吃式儿，几辈子没吃过鱼，连自个儿的肉都吃了。"

有巢把自个儿那条鱼脊梁上的鳍撕下来，好家伙，下半截儿都是小齿儿，没法儿不拉嘴！她突然眼里一亮，拿鱼鳍在棒子面儿饼子上来回划拉，划出道道儿，吃了进去。有巢撂下饼子就跑了，大娘摇着头叹息："这么个疯妮子，指不定想起啥来了，嗨！"小子说："您真爱操心！管天管地，还管得着人家拉屎放屁？噢！"他娘气得喊叫："你还哼哼哩，越来越不是你们啦！好好儿一顿饭，这是叫吃成啥啦！"

有巢爬到树上巢里拿出把石刀，照着鱼鳍上小齿儿的样儿在刀刃儿上刻满了斜齿儿，往泥巢墙上划拉，划拉出一个深道道儿。天还不黑，她下来插到砍好了的树口儿里，来回拉了好些下子，拽出沫沫儿来了。她心里一喜，猛着拽了两下子，石鳍折了。

磨石头、刻石头都费劲，有巢存了心，把木头劈成片儿，刻成鳍。木头好刻，可是没法儿使唤，她又换成了厚竹板，把一边儿削薄了，刻上了斜倾的齿儿。竹鳍虽然不如石鳍快，可是结实，使得上劲儿，有巢做了好几把，藏在树上大巢里。

日子越来越近了，鳝山大娘给小子散风儿，说滩里大娘家的大妮子这么好那么好。小子纳闷儿，"好好儿地，咋说起这来了？"大娘说："你滩里姨姨今儿又来了，说起大妮子样样儿好，整个儿滩里也找不到第二个了。"小子听着，闷不吭声儿。大娘问他想啥呐，他嘟囔了一声儿："啥也没想。"大娘没完没了地问这问那，他有一搭没一搭地支吾。大娘只好挑明了："你也老大不小的了，该成家了。我跟你爹看着人家大妮子挺好，家里也好，下个月你姨姨带上她娘儿俩上山来，你们俩说说话，行了，就早点把事办了。"小哥哥见支吾不下去了，就说："不行！"

大娘大吃一惊，问："你还没跟人家商量呢，咋就说不行？"

"不用商量了，不行就是不行！"

"你给我说清楚，大妮子那点儿配不上你？"

"她哪点儿都好。"

"那为啥说不行？"

"我配不上人家！"

"这个好说，你到时候答应人家就行了。"

"我不答应！"

"这话又是咋说的？你不是说人家样样儿都好吗？"

"实话跟娘说了吧，除了有巢，我啥人都不跟，就算是天上的娘娘，我也不跟。"

"有巢不行，绝对不行！"大娘的嗓子劈了，脸阴得快兜不住水儿了。

"有巢咋就不行？"小子等着这场狂风暴雨。

"你们俩不合适！"

"我们俩咋不合适？"小子一步儿不让。

"不合适就是不合适，这事儿不成！我说不成就是不成！"

"可是我待见她。"

"可是你娘不待见她！不管你愿意不愿意，这事儿就这么定了。"娘手指头捻着脖子上的珍珠，下了命令。儿子知道，这命令是不可抗拒的，天要下雨，由它去吧！

小子还是天天帮有巢砍树，只是话少了，有时候一天不吭一声儿。有巢本想跟他找棵树，使一回鳍试试，瞧他这半死人的模样儿，也没了心慌儿。她知道是自个儿得罪了人家，说了软话儿："还生气呐？那天我心里烦，不该啐你来着。得了，当哥哥的不记妹子的过，消消气儿吧，呵呵。"

"甭瞎想乱猜的，不碍你的事儿。"

"那你这是咋啦？又是谁招你啦？"

"你就甭问啦，知道了也没用。"

他越这么说，有巢就越纳闷儿，越想知道到底儿出了啥事。可是，甭管她咋哄咋套，小子打死也不张嘴了。嗨，这事儿，闷死人了！

这一天后晌变了天儿，风刮过来阵阵黑云，不大工夫儿成了铺天盖地的大雨。大娘瞧着雨老不住，估摸着天也不早了，就叫地里的人都回去歇了。有巢路上挖了一篮子菜，到家淋得精湿。一会儿大娘也回来了，也是浑身精湿。有巢递过手巾来，说："我还当是您早回来了呢。"大娘擦着头上的水说："刚才去涧里瞧了瞧，上头的水冲下来，干涧滩成了小溪沟子。"有巢又找出干衣裳来给大娘换。大娘说："瞧你自个儿那一身湿，还管我呐。"有巢说："我是回来送菜的，还得出去，换了也白换。"大娘说："咋都是这样儿的人呢？小子也是舍不得那点儿工夫儿，咋叫也不肯回来避会儿，淋得小水鸡子似的，唉！"

有巢知道，大娘心疼的不是自个儿，是她儿子，就趁势问："大娘，我哥这两天是咋啦？老阴着个脸绷着个嘴。是不是我哪儿得罪他了？我给他赔不是也好赔个明白。"大娘想，跟这妮子挑明了也好，就笑着说："想哪儿去啦你？你咋就得罪他了？得罪了也不至于的啊。呵呵，甭瞎想啊，咱谁也没得罪他。你哥他是有了好事儿了，那天你滩里姨姨来给说的，是滩里大娘家的大妮子，人长得好，山上山下再也挑不出来的好妮子了。你给他赔的哪门子不是啊？该给他道喜才是啊，呵呵。"

大娘得意洋洋说了个痛快，不想把个有巢伤成了啥样儿。那妮子雷击了似的，像半截树根戳那儿半天不动。脸灰了又黑了。大娘见她这模样儿，就说："有巢啊，你也是老大不小了，有些事儿也该懂了。自古男女之事，谁都得走这一步儿，我想着把大妮子接上来，你早晚是要走的人。你要是愿意，大娘留意，对上合适的人家，就给你说说。"

有巢心里轰地着起了火，直烧上脸来。她咬住下嘴唇儿憋了半天，到了儿还是没咽下去，喷出一股火来："大娘，您，您这不是坏祖宗的制子吗？"她说的是大娘轰她出门，又从滩里接一个女人上来，这是坏了自古以来"妮子不出门"的制子。

大娘没想到有巢会这么顶她，气得破口大骂："坏你娘个秃屌！猪嘴里吐不出珠珠儿来，噢！我们就这一个小子，由着你管了？我们小子一直当妮子养着，如今大了，从下头招个人来，也至于叫你恨成这样儿？人不能太没良心了，张嘴之前得手心手臂翻过来掉过去想想。我帮着给你家招个人儿，咋就坏了祖宗的制子了？你也忒不知好歹了！把你从老虎嘴里要出来，拉扯到这么大，这会儿你人大心大了，我们管不了了，反倒叫你管着了，哼！行啦，该干吗干吗去吧！"

有巢看透了，这个女人从来没把她当成家里人，为了招滩里的妮子上来，眼下是容不得她了，一块儿过了这么多年，要撵她走。她心也硬了，跟这个绝情的女人没得说了，抄起篮子，一扭身顶着雨出去了。

雨来得急，住得也快，湛蓝的天上架起了五彩虹，树一下子亮了起来，叶儿上还滴答着水珠珠儿，像泪洗过的。有巢吐了一口憋了半天的窝囊气，心里觉着好受了点儿。她不信滩里大娘也这么糊涂，会把她家妮子送上山来。照祖宗的制子，没有人能把她从这个家里挤走，可是，她自个儿不愿意在这儿挤着了，那个女人这回伤她伤得太狠，摔碎了的碗碴子捧不起来了。天下大了，她就不信没有容她的地方儿。

有巢在地里干活儿顶着一个工，来回道儿上采果子剜菜，挣的足够俩人吃的了，分出来管保饿不着自个儿，可是她不愿意一下子把事儿做绝了，因为碍着舅舅跟小子，这俩人没得罪她，尤其是舅舅，早就想着叫她上窑上学点儿手艺，要不是大娘梗着，她这咱学了不少了。

吃了后响饭，有巢说："今儿个天儿太热，我去树上睡去了，明儿见！"

舅舅说："好嘛常儿的，咋又想起上树来了？有巢，可别去啊！下雨上头也潮，看叫长虫蹿上去咬了！"

有巢笑笑说："没事儿，舅舅，要是捉住长虫，咱就再焖锅肉吃。"

小子也劝她："还焖肉呢，想得美！赶上条赤练子、竹叶儿青、白眉毛、扁尾巴伍的，你就没命儿啦，"

有巢一笑说："还有啥，你统统捉来吧，搁巢里试试，咱瞧瞧最后活着的是长虫还是我。"说完头也不回走了，噌噌儿下子上了树。

一进自个儿的巢，浓浓的亲切裹着土味儿扑面而来。她想起白天大娘那些话和刚才的冷脸子，心酸眼热，泪儿啪嗒儿啪嗒儿往下掉。得亏有这个巢，受了气有个躲着掉泪儿舔伤的地方儿。那边儿好像在吵吵，听不清说的啥，有巢转过脸来，猛地灌进来大娘一声吼叫："谁敢去，他今儿黑间甭回来！"

有巢猛地吸一口长气，肚里的委屈抻上来，她捂住嘴哭了，泪从鼻子吸到肚里，肩膀头儿抖得大巢直颤悠儿。哭着哭着没劲儿了，任凭扑下来的夜把她紧紧裹住，听着雨点子砸在巢顶儿上沙啦沙啦响，慢慢儿睡着了。

第二天吃过早起饭，大娘发了话："有巢啊，打今儿起，你甭去地里了，跟舅舅去窑上干活儿去！"

　　有巢没想到有这样儿的好事儿，掩不住心头欢喜，脆脆地应了一声："行。"

　　小子却觉着不对劲儿，问他娘："有巢跟着您在地里干得好好地，咋想起叫她去窑上了？"

　　大娘说："窑上人手不够，再说，有巢也不小了，该学点儿手艺了，不能老是采果子挖菜的。"

　　小子不服气，说："窑上又能学出啥来？不就是和泥拉胚吗？比小孩子过家家玩儿泥巴强不到哪去。"

　　他爹火儿了，骂道："你小子知道个屁！你又没在窑上干过，甭跟这儿瞎说八道！"

　　小子说："窑上好，好啊，我也跟着去学点儿手艺。"

　　大娘朝男人使劲儿晃脑袋，男人说："你想去，我还瞧不上呐。"

　　小子说："爹嫌我笨，架不住我用心学呀，谁不是学出来的？"

　　大娘对儿子说："有巢是你爹挑出来的，窑上的人都是挑出来的，那儿的活儿细，你粗手大脚干不了，还是跟着去涧滩打猎吧！咱家里干吗的都有，多好哇。"小子狠狠地咬着嘴唇儿，不张嘴了。

　　陶窑上一共三十多人，连舅舅六个男的，剩下的全是女人，都比有巢大得多，只有个叫拴儿的还是个妮子，也比她大。烧陶用的泥是红土掺白沙和的，五份儿土掺一份儿沙子。沙子是打姚江滩里运来的，运沙子、挖土、筛土、和泥是男人们的力气活儿。捏胚子是女人们干的巧活儿，先把陶泥掺和树叶揉匀了，揪下一块来摔打瓷实了，再揉，头上胳膊上全是汗，大汗滴子掉到泥上，揉了进去。等泥揉好了，再捏实成形儿，然后掏空，挖去泥胎里多余的泥料，最后趁着泥还不硬捏边抹光，就算成了一件泥胚。虽然像小孩儿捏泥巴，可是难多了，得捏薄了，捏匀了，不能一块儿厚一块儿薄的。

泥坯风干了，就能烧了，装坯、满窑、烧窑、出窑都是舅舅的活儿，窑就是一个用大块泥坯拱起来的圆咕隆咚的土包，外头抹层泥，顶儿上开个出烟的口儿，下头挖个烧火的膛子，其实就是一条放柴火的沟。干了的泥坯放在火膛子上面，膛子里烧木柴，火燎着泥坯，烟灰落在泥坯上，把坯烧硬了，变了色儿，四五天就能开窑了。

烧窑兑火候是手艺活儿，除了舅舅，谁也干不了。火在窑里上蹿下跳，左涮右转，火舌头舔着泥胚，一点儿一点儿让胚变色儿变硬。舅舅眼里瞧不见火，可是心里看得见火，旺一点儿烧崩了，弱一点烧不透，全看添柴了，舅舅能把握火候、火路、火势，抓住那种说不出来的劲儿。

有巢刚来，舅舅叫她先干最简单的捏胚的活儿。泥是两天前和好了的，在一个坑里盖着石头盖子闷了一宿，这会儿醒了。有巢拽了一疙瘩泥，瞧着别人的样儿捏。舅舅乐了，说："这哪儿行啊，泥还没练呢。"有巢摸不着头脑，问："咋练呀？"舅舅揪了一团泥，在木头案子上揉起来，"这泥不匀，捏成的坯不经烧，容易裂。多揉会儿，把里头的气儿揉出来，揉匀了，坯就好捏了。"舅舅把泥揉成了一朵大花儿的样儿，抓起来往台子上头摔，啪啪摔了半天，叫有巢跟她手里那疙瘩妮比比。嘿，就是不一样儿，练过的泥又光又滑，没练过的瞅着就生了吧唧的。

有巢把手里的泥也搁案子上揉起来，嘿咻，敢情跟揉面一样儿，越揉越软乎儿，越揉越筋道，摔那几下子过瘾着呐。舅舅叫过一个妮子来，比她大点儿，这儿就她一个妮子。"拴儿，你教教有巢。""哎！"

拴儿舀了一碗水，往泥上洒，洒完了又揉，揉完了把泥分给有巢一半儿，说："咱先捏个好捏的盘儿。"嗨，也跟小时候过家家儿捏玩意儿一样儿。有巢捏得挺快。拴儿说："这么着不行，这么着捏出来的一烧就裂。捏两下儿就得蘸蘸水，老得蘸水才行，其实是接着练泥呐，一直练到捏成了。"嘿呀，敢情没那么容易！有巢把那块泥揉了，从头儿蘸着水捏，捏成了形儿，照着拴儿的样儿，拿一块儿小圆石头擀平了，再把边儿捏薄了。捏好了的盘子都搁到架子上晾着。

捏了一前晌盘子，架子上满了，舅舅说盘子够了，别再捏了。有巢就跟着拴儿学捏碗。这回难了点儿，手得转着捏，薄厚得一样儿，最后得拿竹片儿里外刮平了。老得蘸水，一个碗得一口气儿捏出来刮平了，要不泥就干了。捏好了的碗跟碗搁一架子上，有巢俩手捧着碗去放，拴儿告诉她："不能这么着捧着，得一只手托着，一只手在上头虚护着，这才不变形儿。"

有巢心儿灵，学得挺快，做出来的活儿也瞧得过去了。拴儿瞧着，美滋儿滋儿的，"嘿呀，越捏越好了，往后我得跟你学了。"有巢说："跟我还不是越学越笨了？要不是你教给我，我到这会儿还不知道坯是咋出来的呢。"拴儿憨憨儿一乐，"嘿嘿，我也是才学会了的。"

舅舅也看上有巢的巧手儿了，想让她捏一样儿细口儿的罐子。滩里人啥都烧出来了，就是没有能打水的粗陶罐子，守着姚江使木桶打水，一路儿漏到家。舅舅想烧出盛水的陶罐来，去滩里换大米。那东西好吃，可是只产在水地，鲻山只能种高粱跟老棒子。

舅舅比划了个样儿，有巢练好了泥，就捏开了。罐子膛子大，紧着蘸水，还是捏着捏着就散了。她问舅舅，是不是泥太干了。舅舅看了看，说："泥倒不干，就是沙子掺多了点儿，得重新和泥，九分儿土掺一份儿沙子，也许好点儿。"舅舅亲自和泥，和好了，挖了个小坑儿搁里头，又溜了一层水，盖上醒着。

有巢又去捏碗，一边儿捏，一边儿琢磨罐子的事儿，捏着捏着手里的泥成了长长一条。旁边儿的那女人瞧她痴不棱登地，就说："嗨，这妮子捏的叫啥啊？"有巢吓得一激灵，没听见人家说啥，问："嗯？"那女人嗓门儿大起来："我说你这儿捏泥巴玩呐？"这一嗓子厉害，把所有的眼珠子都调过来了，扎得有巢脸上热辣辣地疼。拴儿比那女人嗓门儿还大，冲着她喊叫："干嘛呀你？显摆你嗓门儿大是咋着？人家新来乍到的，你甭欺生！就你那两下子，一边儿凉快去吧！"有巢心里一热，感激地朝拴儿点点头。人总得有俩仨好姐妹儿，受了气好有人给你说话儿，要不是拴儿，还不得叫这娘们儿欺负死啊。有巢搓着泥条儿，想着赶明儿咋报答人家拴儿。

舅舅过来了，"老远就听见你们戗戗，吵吵啥呐？"拴儿说："她有事儿没事儿冲着有巢嚷嚷，欺负新来的。"那女人急赤白脸说："你来得好，瞧瞧，这是干嘛呐？这么大人搓泥玩儿，我刚说两句儿，拴儿就来劲儿了，拉一个打一个的，啥做派！"舅舅瞧着有巢手里的泥条儿，问她这是做啥。

有巢把手里的泥条盘了个圈儿，递给舅舅说："这么一点儿一点儿往上盘，罐儿也许就立住了。"说着又揪了一块泥，搓成圆骨碌儿，递给舅舅。舅舅往上接着盘，她蘸上水接着搓泥骨碌儿，人们放下手里的活儿，新奇地瞧着这俩人干啥。

舅舅一只手托不住了，就搁到地上接着盘，到了儿盘出一个大肚儿罐子来。那个大嗓门儿女人咯咯儿笑开了，笑够了说："泥倒是使了不少，盛不了一碗水，你们到底儿会过家家儿啊。咱也搓骨碌儿玩儿吧。"拴儿听不下去，骂她："不哼哼还怕人不知道你个挨刀儿的！你知道个屁！"舅舅脸上青一块白一块的，狠狠瞪了那女人一眼，又使眼色让拴儿别再说话，俩人才都不言语。

有巢跪到地下，往泥罐儿里外溂上水，右手伸进罐子里头，左手在外头扶着，俩手夹着，泥条儿罐子转起来，下头慢慢儿薄了。"有巢，真有你的！"拴儿一嗓子，引出一片啧啧儿赞叹。大嗓门儿女人不吭气儿了，脸上腾起了窑火。罐儿捏好了，舅舅往地上撒了一把沙子，把罐儿坐到上头。有巢拿指头在罐儿上对着一边儿捅了一个窟窿，说："拴根儿结实绳儿，就能提溜了，俩罐儿一担就走了。"

舅舅朝人们高声说："没吃过猪肉的，这回都瞧见猪走了吧？都学着样儿捏吧，俩人捏一个罐儿。"女人们揉开了大块儿的泥，学着搓骨碌儿、盘罐儿。都是干过多少年的了，她们干这点活儿就跟玩儿似的。大嗓门儿女人又有了说的："就这，有个啥呀？"鼻子里哼哼着不服气。拴儿说："你能，你咋没想出来呢？"女人们都笑起来，七嘴八舌说开了："就是，咱咋没想出来呢？""我早就想烧个煮棒子的大锅，捏了多少回坯，就是戳不起来。这回好了，大物件儿都搓骨碌儿往上盘就行了。""还是人家有巢妮子有心思，一来就琢磨出来了。""有巢啊，没事儿多给咱琢磨这点儿，有好主意可别憋肚里啊。"说得有巢心里热乎乎地，还真就琢磨开了，她琢磨着咋做豆坯。

到收工，有巢琢磨得差不离儿了，回去路上，跟舅舅商量："舅，豆比罐子厚，不用搓骨碌儿往上盘，我想找两块木头，刻饬成模子，明儿把揉好的泥填进去脱坯，拿绳子绑起来，等干得差不离儿了，再把绳子解开，泥坯就立住了。"

这妮子神了，一眨巴眼儿就是一个招儿，舅舅服了她了，连说："好主意！好主意！豆脚、豆身、豆盘刻一个模子，豆盖儿单刻，大小跟豆盘配好了。"有巢点头说："是这样儿，就是豆盘子个儿大，得要粗木头刻饬模子。"舅舅说："行，回家拿上斧子咱就奔后山，找棵大树砍了！"

回到家里，大娘娘儿俩已经在了，舅舅叫上小子去后山砍树。大娘说："一大堆柴了，过几天再砍吧。"

舅舅说："有用。"

"谁不知道有用啊？可是砍回来一大堆往哪儿搁啊？下雨淋了沤了的。"

舅舅也不说啥就走了，小子赶紧跟出来。有巢不愿意跟大娘在一块儿，也跟出来了。剩下大娘一人儿叨叨："嘿，今儿这是咋了？一个个儿都疯魔啦，饭也不吃！"

有巢叫俩人等会儿，噌噌上了树，钻进大巢里拿了两把竹鳍下来。俩男人一人接过一把来端详，舅舅问："这是啥物件儿？"

有巢说："鳍，照着鱼鳍做的，能拉木头。"

小子愣了一下，突然大笑，说："对啦，那天吃鱼拉了我的嘴，就是根儿鳍。有巢真能琢磨！那鳍拉我嘴容易，这鳍能拉动树了？"

有巢说："能，先砍个小口儿，插进去来回拉，能拉出木头末儿来。"

小子点着头说："嗯，就跟拉我的嘴似的。"

舅舅心里赞叹，这妮子真了不得！嘴上说："能锯木头就是好锯。"

俩孩子笑他嘴一个不利落，把"鳍"说成了"锯"，一路嚷嚷"锯木头"，一路笑。舅舅也笑，说："行啦，这家什有了名儿了，就叫锯啦。"

仨人连砍带锯，干活儿不打磕巴儿，一棵合抱的大松树呼啦啦倒了。有巢喊里喀喳把树冠砍了，说："大娘说了不要柴火。"舅舅呜噜了一句："小心眼儿！"小子拖起整根儿木头回了，到家天还没黑。大娘正怄气呢，瞧见木头，脸儿才开了。"仨疯魔，还真有股子疯劲儿，这么会儿弄回棵大树来！"小子说："得亏了有巢的锯，噌噌几下子就锯折了。要是砍，且着呢！"小子嘴里跟大舌头似的"锯"来"锯"去，大娘不明白儿子说的是个啥，嫌他又在夸有巢，没好气，嚷嚷起来："'锯'，'锯'，'锯'饱了，不吃饭了？都啥时候了！"

吃了饭，有巢还想锯树，锯成豆那么高的短榾截儿，明儿好带着去窑上。舅舅说："又不是过了今儿没明儿个了，明儿再干吧！今儿锯出来也没用，反正那坑泥还得醒一天，明儿一天的工夫儿，咋也刻饬出来了。"

累了一大长天，有巢吃了饭倒下就睡着了，连个梦都没做，一睁眼，好家伙，天都快亮了。嘿咿，这一大觉睡的！她早早儿起来，剥了树皮，打根儿起量了半条腿高，砍了个印儿。大娘家小子起来了，跟她俩拉锯，到吃饭的工夫儿，锯了几截儿。舅舅拿斧子帮着全都一破两半儿了。

这时候大娘才看清了那把竹锯，问："这就是'锯'啊？有巢做出来的？"

有巢"嗯"了一声儿，说是照着鱼鳍刻饬出来的。

大娘说："这东西有用，没事儿了多做上些个，留着砍树使。"

小子说："那叫锯树！拿斧子才叫砍呐。"

大娘说："我嘴里还没绕利索哩，锯，锯，锯，咋这么别扭啊！既是打鳜鱼那鳍来的，干吗不叫鳜鳍呀，锯来锯去，嘴里跟含了块热肉疙瘩似的。"

小子说："谁叫娘不早说哩？都锯了半天了，改不过来了，叫成锯了，就锯吧！"

舅舅也说："锯好，省得跟鳍混了。"

大娘只好说："锯就锯吧，反正叫啥都是这么个东西。"

有巢心里头别扭，嫌这女人成心挑毛病，跟她过不去，就说："可不是我非要叫'锯'的，这名儿是舅舅起的，既然叫啥都是这么个东西，大娘愿意叫鳍，就叫鳍吧。只要能锯木头，呃不，能鳍木头就行了。"

小子扑哧儿乐了，大娘脸一下子拉长了，舅舅眼珠子剜了小子瞪有巢，嫌他俩忒不懂事儿。

吃了饭，有巢抱着两块木头要跟舅舅去窑上。舅舅说："反正你那坑泥今儿也醒不了，甭来回跑了，就挨家里刻饬吧，刻饬得细着点儿。"有巢说："刻饬个这，也用不了一天工夫儿啊，我后晌过窑上去。"舅舅说："刻饬够了就砍竹子做锯，甭来回来去跑了，瞎耽误些工夫儿！"他心疼有巢的工夫儿，让她一人儿挨家慢慢儿琢磨吧，说不定又能琢磨出啥新招儿来哩。这人，太难得了，得省着使唤。

大白天一人儿干自个儿喜欢的活儿，有巢开心死了。人知道人就好，心里痛快，干活儿也带劲儿。大娘跟她不对眼，瞧她咋都不是，她也是一听大娘张嘴就烦。小子佩服她，待见她，她也待见这个傻呵呵儿的男人。舅舅知道她的本事，知道她咋着能把活儿干得更好，她愿意这辈子跟着舅舅干活儿。她又想起窑上那大嗓门儿的女人，比大娘还容不得她，这么想着，乐了，许是自个儿长得野，不容于女人，只跟男人对脾气儿吧？

有巢锯上了劲儿，把剩下的半棵树全锯成了一截儿一截儿的。她只刻饬里面儿，细细儿刻饬细细儿磨，外头还是树的原样儿，刻饬好了，两半儿一扣，带着底儿绑起来，就跟树榾柮一样儿。豆模子刻饬得细了又细，高高的腿顶着个深盘子，浑身上下刻满了云彩花儿、水纹儿。有巢刻饬完了身子、盘，又可着盘刻饬了个盖儿，顶儿上挖了个窟窿儿，也刻满了水纹儿云彩花儿。豆盖儿一块，豆身子两块，三块木头一个豆模子，一直刻饬到天黑，刻饬出两套来。她心里念着舅舅的好儿，念着心疼人儿，给了她这一整天工夫儿。

早上起来，有巢把豆模子放进背篓里运下来，背过去吃饭。饭吃得不太痛快，大娘家小子阴着个脸，谁也不理，吃完早早儿走了。大娘说："有巢先去窑上吧，我跟你舅还得商量个事儿。"有巢知道他们商量啥，背上篓子走了。六块模子在篓子里打起架来，叮里咣当响了一路，叮当的有巢心烦意乱，真想摔了篓子，扔了这几块不识趣的木头。

有巢叮叮当当到了窑上，早来的女人们一下子围了过来，一天没见有巢，还都怪想的，尤其是拴儿，老远就跑过来了。听舅舅说了她在家里刻饬豆模子，都问她刻饬好了没有。等她一样儿一样儿拿出来，这个也拿起来看，那个也要过来看，全都啧儿啧儿说好。拴儿心儿灵，依托着模子装起泥来。有巢乐了，"就你手快！这泥不行，太散，得使小坑儿里的泥。"拴儿嘿儿嘿儿乐着说："还挺挑嘴嘿，小坑儿里的咋就好吃了？""小坑儿里掺的沙子少，我怕立不起来，才刻饬了这些个模子，包裹着帮着挺着。"

小坑里的泥醒好了，几个女人待见那豆模子，有的脱身子，有的脱盖儿。拴儿照着捏碗儿捏盆儿的样儿，摁上一层儿捏起豆盘豆盖儿来。有巢瞅着拴儿说："泥尽管往满里塞，使劲儿填，摁瓷实了，再拿竹刀往外抠，咱这是脱坯，跟捏坯不一样儿，靠压不靠捏。"

"呵呵，才来窑上两天儿，倒成了老手儿了，说起来一套儿一套儿的。"舅舅不知啥时候来了，瞅着有巢笑。有巢脸红了，说："舅舅，我多嘴了，其实人家比我强，拿起来就会干。我想了整整一宿，刻饬了一整天，才弄出这么点儿东西来。"在窑上，她觉得男人女人都跟她对脾气儿，都跟她想得一样儿，都是想着把活儿干漂亮了。也许是窑上的人都爱好儿也都知道好儿吧，谁也没说她不该这啦那啦地，比方这高脚豆，谁都没叫她做，她原想着要挨说挨损呢，没想到人们这么待见豆模子，连那个大嗓门儿女人也捧着一块儿模子端详，一句难听话也没说。

豆好脱，下头脚和身子两半儿模子糊满了泥，对起来绑紧了，糊上泥可着沿儿捏瓷实了，压平了。豆盖儿瞧着容易，脱起来可费劲了，顶儿上那个疙瘩抠不出来，折在里头了。舅舅说："甭带着疙瘩脱，捏个疙瘩趁湿安上去也行。"这法子好，装满了泥，摁瓷实了，再挖出来，刮光了，就齐活了。

豆盘子光光的，有巢觉着少了点儿啥，拿起竹刀儿刻了一圈儿横的竖的道道儿。舅舅问："这是啥啊？"有巢脸又红了，小声儿说："随便儿刻的，省得里头光秃秃的，外头印满了花儿，里头啥也没有，瞧着怪别扭的。"

大伙儿围着豆模子瞧新鲜，有巢悄悄儿盘开了罐子，罐子口儿小，得掏着转着刻饬，盘出来一个罐子，捏薄了，敦敦实实挺是样儿。人们都说好，跟着盘起罐子来。舅舅说："口儿上别捅窟窿眼儿了，捏两环儿摁结实了，留着穿绳儿。"有巢搓了俩小泥环儿，一边儿一个摁在罐子肩膀儿上，一只手在里头，一只手在外头，摁的瓷瓷实实地，抬起头来问舅舅："您瞧着还缺点儿啥？"舅舅想了想，说："还缺个豆那样儿的盖儿。"有巢照着罐子口儿大小捏了个盖儿，边儿比罐子口儿大一圈儿，刮去外头一圈儿泥，扣上去，正好儿坐在罐子口儿上。

第四回

盘泥罐开模脱大豆
烧柴窑闷火换肥鱼

俩 豆模子绑到晌午，有巢解开一个，把模子立着轻轻掰开，眉根儿缩了起来，泥坯不利落，有的地方儿粘下一块儿来。人们围上来，都说不错。有巢说："还不错呐？嗷！这么粗，缺一块少一块的。"其实没她说的这么厉害，就是粘了点儿。拴儿手上蘸了水，上下抹了抹，瞅着好多了。有巢说："行，这一招儿管用。可是，咋就粘住了呢？"人们也都在琢磨这事儿，有的说工夫儿大了点儿，有的说应该先往模子里溜点儿水再装泥，有的说泥揉得不到家，粘够了手上的汗跟油就不至于粘模子了。

湿水抹过的坯一会儿就干了，有巢摸了摸，还是不满意："摸上去不如手捏的坯光溜。"舅舅嘱咐解那一个模子的时候晃悠晃悠。晃悠晃悠解开了，果然好多了，可有巢还是嫌糙。舅舅说："甭管咋着，这是头一回，往后只会更好。又不是天天儿端着吃饭的碗，粗点儿不要紧，烧出来就光乎儿了。"又叫把豆盖儿外边儿也去一圈儿，把豆盘里头的沿儿刮了一圈儿，这么一来就盖严实了。

一对大豆戳地上挺是样儿，舅舅说："咱这豆个儿大色儿厚，敦实好看，他们滩里烧出来的豆就是个深盘子，白不呲咧、轻了吧唧的不持重，比咱这豆差远了，咱烧出来去滩里换鱼吃。"和泥的留留说："这一个豆还不得换他两条鱼？"大伙儿都笑他傻，拴儿说："一个豆就换两条鱼？"留留纳闷儿："一块泥换两条鱼还少？"拴儿说："你脑袋进水啦？啥叫一块泥？这会儿脱出来了，又是身子又是盘子又是盖儿的，还刻了这么多花儿，还是一块泥？烧出来就更不是一块泥了。"舅舅问："那依你们说，一个豆改换多少条鱼？"拴儿说："只要他们没有，又烧不出来，咱想换多少就换多少。"舅舅哈哈大笑道："你这妮子也太贪了！要得太多了，人家不换了，看你咋办！"大嗓门儿女人说："这不算贪，好歹还没要出个滩里男人来。"人们哄地笑了，拴儿气得骂："你不贪，连口猪都要！"大嗓门儿说："我不管你，爱要多少要多少要多少，要来了还不是大伙儿分？也有咱一份儿哇。"有巢说："嗨，哪儿能漫天要价儿啊？也得让人家换得起呀。"

舅舅听着这像个话，就问她："有巢，依你说，一个豆该换多少啊？"有巢想了想，"舅舅，咱不换一个，要换就换一对儿，一对儿豆换三篓子鱼。一回换几对儿，鱼就够分的了。"舅舅问："人家要一个一个换呢？""那就一个豆换两篓子鱼。"舅舅说："嗯，有主意！就是不知道人家干不干。""咱先要出价儿来，他要是存心跟咱换，嫌贵，咱再往下落，总得让人家换得起。出价儿不能太便宜了，要不人家会觉着咱的东西不是那么好。"旁边儿的人听了，都说："这妮子人儿不大，心眼儿可够多的！这么换，咱吃不了亏。"

脱出来的坯搁了两天，该进窑了。有巢跟舅舅商量："舅舅，两样儿泥掺的沙子不一样儿，要的火候儿恐怕也不一样儿，咱分开烧试试行不行？"舅舅皱了皱眉头说："这可不是啥好主意，就一个窑，一进去好几天，进不去得等着，全成干泥块儿了。"有巢说："我是说，这豆跟罐子不进窑烧烧试试。"舅舅奇怪了，问她："不进窑还能烧成了东西？""能啊，咱在外头起个跟窑差不多的，用不着那么大那么好，点上火烧烧试试。"

拴儿听着乐了，"这不成了烤肉啦？"

舅舅说拴儿："你就爱抬杠，多咱见过烤肉进窑里的？"

拴儿舌头吐出来，赶紧又吞进去，"哟，这也叫窑啊？"

舅舅说："咋不叫窑啊？老辈子还有露天架起柴来烧坯的，那才像烤肉呐。后来兴平地挖俩坑，一坑里头搁坯，一坑里头烧火，当间儿通一道沟，就是咱今儿的火道。有巢这窑比老辈子的强多了，再咋说也是糊起来的。烧得成烧不成，试试才知道。就算烧不成，坏也不过坏这几个，以后进窑就是了。"

有巢照着大窑的样儿在地上挖了一个火膛子，不过不是道沟，是个坑，一头堆满了一楂柮儿一楂柮儿的粗木头，把要烧的罐子围着火坑摆两圈儿，火坑上架起豆，豆盖儿跟罐子的盖儿码在空当里，上面再码起一层罐子来，剩下几个又往上码了半层，三层泥坯码好了，尖起一个堆来，坯件儿当间儿都有空当儿，让火苗儿能在每一件儿东西上里外烧。瞧着都摆放好了，有巢点着了火，外头盖上树枝子跟草，再拿稀泥糊严实，底下留个洞洞，跟筑巢似的，最后拿树枝子戳几个透气儿的眼儿，四下里晃悠几下儿，成了几个窟窿。烟从上头窟窿里钻了出来，有巢拿剩下的泥把底下的洞洞糊死了。

足足的火烧了一天一宿，有巢第二天来了，见外头的泥干了裂了，摸摸挺烫，窟窿眼儿里呼呼冒烟，火还没灭。到半后晌，不冒烟了，可是窝头糊得死死地，瞧不见里头啥样儿。有巢真想挑了瞧瞧，又怕没烧成，只得让它再捂一宿，慢慢儿凉下来。

夜里有巢睡不好觉了，也不知道她那窝头窑里头啥样儿了，好几回想去瞧瞧，出了巢口儿，又怕跑去扒开了没烧成，还不如焖上一宿，听天由命了。七想八想折腾了多半宿，有巢脑袋胀了，昏昏沉沉睡着了。

一阵鸟儿叫把她吵醒了，嘿，是一对儿黄鹂，一递一答叫得花哨。她探出头来，却见大娘家小子站在树下，撮着嘴，正朝着上头吹哨儿呢。小子一见她，一只手朝嘴里扒拉，示意她快下来吃饭。

有巢噌地跳下来。小子嘿嘿笑着说："甭这么慌里慌张的，饭还没得呢。"有巢拿十根指头拢着头发，感激地说："天都这会儿了！得亏你叫醒了我，我得去窑上了。""不吃饭了？""顾不得了，你们吃吧！"话音儿没落，却不见了影儿。

有巢跑到窑上。过了一宿，窝头窑还是温乎儿的。她找了根树枝子，插进顶儿上出烟的窟窿里，慢慢儿挑穿了一个窟窿，下手轻轻扒开。里头出来点儿水汽儿，没烟了。扒大了，露出黑黄的罐子，瞧那样儿像是成了。

等人们陆陆续续来了，窝头窑已经全扒开了。舅舅递给有巢俩贴饼子，叫她先吃去，又对众人说："别急着动，先过过风儿，等全凉了，再搬动。"他自个儿却一会儿摸摸，一会儿碰碰，到底儿忍不住，抱起一个罐子来。有巢一嘴饼子，问："熟了吗？"舅舅拿大拇哥指甲弹了两下儿，叮咚响得好听。"嗨，听这声儿像是熟了，那谁，把水桶提溜过来！"

舅舅舀了一碗水，倒进罐儿里，抱起罐儿摇晃来摇晃去，举起来对着日头照了一过儿，说："嗨，不漏。"他叫把罐子一个个儿灌了水试，有漏的就挑出来。有巢说："逛荡两下儿，怕瞧不出来漏不漏。不如倒满一罐儿水，多泡会儿，没洇出水来，才算真不漏。""行，那就一个一个地试。"水没那么多，一个罐子泡上一阵子，才能倒进另一个罐子里，几个男人又去洞滩里打水，女人们也干不下活儿去了，把这一堆豆跟罐子倒腾来倒腾去，就像是看才下生儿的孩子。有巢拿了俩罐子，系上绳子，也跟了去。

女人们照着样儿，也一人提溜俩罐子下去了。

除了俩有裂缝儿的，罐子都存住了水，泡了一宿没裂也没漏，嘿咿，成了！有巢要砸了那俩漏罐儿，人们都心疼，好容易捏咕出来的，又烧了半天。有巢说："留着又不能盛水，瞎裹些个乱。"有谁说："不能盛水也能盛别的呀，别砸，给我，拿回去盛粮食。"这话提醒了有巢，她想着有工夫儿了捏上些大口儿罐子，不用捅系绳子的窟窿眼儿，盖严实了就能存粮食。

舅舅待见有巢的窝头窑，说："这小窑还真不赖，要是搁大窑里烧几天可就烧崩了。"有巢说："那咱们就紧着拉坯捏罐子，三天烧一坟头儿。"舅舅说："我瞅着那些豆不赖，又不怕漏水。有巢你就甭管脱坯了，给咱多刻饬出些豆模子，赶明儿还得多脱上些豆坯，多烧几个坟头儿。烧出一批来，过些天咱背上篓子下去换米换鱼去。"

一听换鱼换米，人们的劲儿来了，有的说快点儿砍树，有了木头好做模子；有的说，先把罐子背下去，看能换啥；也有泼凉水儿的，说："滩里能有多富啊？都跟咱换了，人家自个儿吃啥呀？"舅舅说："滩里有多富，我可比你知道，米收的有数儿，姚江跟软江里的鱼可没数儿，他们多出些船，早出来会儿，晚回去会儿，多下几网就全有了。拿没数儿的鱼换咱有数儿的物件儿，他们一点儿也不亏！"人们听得啧啧儿咂舌，都说人家咋就那么富呢？偏咱生在这穷山旮旯儿！

也有人不信俩江里的鱼没数儿，和泥的里头就有个爱抬杠的，人们都叫他"杠头"。扛头说："俩江里的鱼越逮越少，总有一天逮尽了，他们滩里自个儿吃的都没了，还换个啥呀？"舅舅笑起来，"杠头，你光想着逮的鱼了，没算鱼还下子呢，一条鱼下一大堆子，一江的鱼得下多少子孵出多少鱼来啊？就那姚江，你拿根棍子在水里瞎胡敲上一气，准能漂上几条敲蒙了敲死了的鱼来。连小孩儿都会这个。咱给他们烧窑，他们腾出人来打鱼去，是便宜事儿，你甭想着他不换咱的。"杠头真是个死心眼儿，偏要问："要是哪一天江里没了鱼了呢？"舅舅说："江里没了，还有海呢！海里的鱼可是多少辈子也吃不完的，嘿嘿。"

有巢只知道丝燕儿是去海上叼了海藻回来筑巢，想着海离鲻山不会远，就问："舅舅，海在哪儿啊？"舅舅说："海啊？跟着姚江走，就走到海了。"杠头又有话说了："要这么说，咱离海比他滩里离海还近哩，赶明儿咱去海里逮了鱼跟滩里换盆儿换罐儿得了，站船上咋也比站这窑边儿上好受，热了扑通跳下去，跟大鱼似的游上一通儿，多解气！"人们哗地都笑了，有巢却不觉得好笑，丝燕儿能打海里叼回筑巢的材料儿来，为啥鲻山人就不能去海里逮鱼呢？舅舅说："咱离海远呐，五天也走不到。"

有巢着实佩服起丝燕儿来了，更叫她佩服的是杠头说的话："咱下一趟海得走五天，滩里比咱离海还远，他咋就能去呢？"就是呀，近的去不了，远的咋倒能去呢？没想到舅舅说："海大了去了，咱离海这一头儿近，人家滩里离海那一头儿比咱可近多了，所以人家能去咱不能去。咱就是那沙燕儿，钻鲻山的土窝儿吧！"

说着笑着，男的女的手里全都没闲着，和泥的和泥，搓条子盘罐子的盘罐子，一点儿也没耽误活儿。有巢一边儿盘罐子，一边儿想着海，这海到底儿是个啥样儿啊？海有多大啊？咋这头儿也是海，那头儿也是海啊？是一个海还是好几个海呀？海不都是河流到一块儿才成的吗？滩里人不跟着河咋能走到海里去呢？还能打哪儿走到海呀？她真想去看一趟海。不过，她想是想，可没有杠头那股刨根儿问底儿的劲儿，她来窑上没几天儿，怕说错了话叫人笑话。她只敢问跟拉坯烧窑的话，问错了也没人说她个啥。

杠头问舅舅："照您说的，不钻土窝儿，还能住哪儿啊？"

舅舅说："滩里住的就是搭起来的棚子，跟野猪窝差不多，哪儿有咱鲻山的洞好啊，风吹不着，雨浇不着，火烧不着。"

"嘿，您咱给说说，咱鲻山又不出鲻鱼，干吗叫鲻山啊？"

　　杠头就是厉害，有巢等着听舅舅咋说。

　　舅舅说："这我可不知道，我是外来的，你们说吧，我也想知道哩。"

　　谁都不知道，岁数儿最大的一个姥娘说："我小时候见人们挖洞挖出过大脑袋的鱼骨头来，大人说那就是鲻鱼的骨头。许是先前咱这儿有过鲻鱼吧。"

　　杠头说："那也不见得，许是谁家得了下头的鱼，吃了肉剩下骨头了呢。"他可真会抬杠。

　　姥娘说："那可不是一星半点儿的，好几家儿都挖出来过。那时候人们就觉摸着怪，因为这鲻鱼不是河里的鱼，莫非咱这地界儿多少年前是海边儿上？"

　　有巢想，是啊，海边儿的鱼待的地界儿准是海边儿上。这下她明白了，鲻山跟滩里都是叫海围着的，海退回去了，才露出来这一大片地来。

　　临收工，舅舅照例儿安排明儿个的活儿："明儿砍树做豆模子，等这坑泥醒好了，就脱大豆。"

　　第二天，有巢背来了一大捆竹锯，舅舅领上男人们，一气儿锯了十几棵树，又都锯成了榍柮，连破半儿都不使斧子了，用锯锯得齐齐儿地，整装的留着做模子，剩下的烧火使。舅舅不看大窑了，也跟着做模子。

　　人多出活儿，连脱带拉，两天出了四五十件儿坯，有豆有罐子。要开窑了，有巢跟舅舅商量："这么多坯，万一来场大雨，就全毁了。大窑这会儿闲着，摆大窑里烧吧。"舅舅说："大窑闲着也是闲着，就怕火候把不准烧废了。这可不是锅碗盘子盆，我拿不稳。"有巢说："舅舅，要是图保险，咱就在大窑里摆窝头，跟外头地上一样儿，只是一窑一窑烧得太慢。"舅舅说："那也不保险，进了窑的保险了，进不去的不还得浇了？干脆试一窑，勤看着火路，差不多了就开窑。"

　　舅舅敢拿主意，有巢就不怕了，何况舅舅懂得火候，知道该大该小，别人看不见的火路，舅舅看得见。坯全进了窑，舅舅拜了火神，点着了火。大伙儿静静地，窑里也静静地。慢慢儿有了响动，火越烧越大，像起风了，呼呼作响。有巢心里安定下来。

　　到开窑也没下雨，有巢后悔没烧窝头窑。舅舅说："宁叫咱白防了老天爷，不叫老天爷算计了咱。"其实有巢是怕大窑火候大了，这么多坯全烧裂了可咋好啊？她替舅舅捏着把汗，没想到开窑的成品比上回窝头窑烧得色儿还浅，许是烧件儿太多，火候儿倒不足了。东西晾凉了，盛上水，漏的倒也不多。舅舅挺知足，"头回不敢烧大火，下回稍微加点儿火就行了。"有巢说："我倒瞧着这色儿挺好的，不知道别人咋看。"女人们也都说色儿浅干净，色儿浅了好看。舅舅说："你们说好，那咱就这么烧下去。"人们都说对，见好儿就收才是好，万一烧过了头儿，可就没法儿摆治了。有巢说："舅舅要是待见色儿深的，也不用加火候儿，和泥的时候掺上把炭，烧出来，不就成黑的了？"舅舅乐了，说："行，咱赶明儿试试烧一窑黑家伙。烧出来的不少了，得腾腾地儿了，哥儿几个下去一趟，看能换回来大米还是鱼。"

　　女人家心细，找来一大堆草，把豆跟罐子一件儿一件儿里三层外三层裹好了，分着放进篓子里。男人们背起篓子，跟着舅舅下山了。

　　傍黑儿人们回来了，篓子里瓷瓷实实全是鱼。滩里人舍不得拿大米换，可是鱼给得够够儿的，一天捞的鱼紧着鲻山人装，要是再有多少篓子，还能装回来。人家大娘说了："守着姚江还能少了鱼？不够了，我叫人今儿黑间不睡觉，两条江里一块儿下网。"背下去的陶器不到一百件儿，换回来的鱼哪一篓子也有一百多条，算了算，一件儿换十条鱼还多呢，鲻山人要多知足有多知足。

　　鱼篓子全都背到大娘家门口儿，死鱼不能过夜，大娘叫赶紧喊人去，都来分鱼。一人一条，剩下的给了窑上的。嘴馋的回去煮煮吃了，留得住的把鱼泡到水盆儿里，等明儿前晌配饭吃，特别省俭的拿盐腌上了。大娘家分了四条，窑上的人多分了两条。六条鱼一大锅，头天炖好了，多放了点儿盐，第二天一大家子就着窝头美美儿地吃了两顿。大娘说："要是能换回点儿米来就好了。滩里人太刁了，一粒儿都不给，哼！"舅舅说："人家也没说死了不换，人大娘说了，'下回烧个这么高这么大的豆，给你们一篓子米。'"舅舅比到大腿根儿高，俩手拢了锅口大。有巢说："这好说，咱给她烧一对儿，换两篓子大米。只要她张嘴，要多大都行。就是模子不好刻饬，身子还凑合，豆盘太大了。"舅舅说："这么大的豆准是滩里大娘给族里祭神订的，刻饬出模子来也使不了一两回，干脆给她捏咕出来得了。"

和泥的时候舅舅叫多掺了一份沙子，又掺了炭面面儿。有巢说："少掺点草叶儿，多掺点儿炭面面儿，色儿还会重点儿。"舅舅依了她，没叫掺草叶儿。和出来的泥黑乎乎的，大嗓门儿女人哇哇乱叫："瞅着跟猪粪似的，怪恶心的。这能祭了神神？"有巢气得脸都白了，嘴里像叫人塞了猪粪，又恶心又憋屈。拴儿骂那女人："就你会败兴，你个拉猪粪吐猪粪的母猪，就不能闭上嘴？"舅舅也说那女人："张狂得不是你了，噢！"男人女人们全笑了，都说这母猪该骂。打这儿起，大嗓门儿女人落下个"母猪"的野名儿。

虽然舅舅说不用给大豆刻饬模子了，有巢还是想刻饬。上回锯的木头骨碌还没使完，吃了后晌饭她就刻饬开了，一直刻饬到天黑得瞧不见了。第二天早早儿起来接着刻饬，到吃前晌饭刻饬出来了豆脚豆腿的模子。

舅舅见了，说："你到底儿还是刻饬出来了！"有巢说："舅舅，这么高的泥坯，立不起来，只能倒着放，我怕坯干了着地儿一面儿的花纹儿压平了。回这刻饬的也只有豆脚、豆腿的模子，豆盘太大，木头不够，只能下手捏了。"舅舅说："这就够好的了。

捏豆盘子的时候，底下留个槽儿，等半干了，往槽儿里抹上泥，把豆身子对进去，就长到一块儿了，烧出来管保瞧不出来。"有巢说："对，就这么粘，粘的泥里甭掺沙子。"

模子里塞了泥，摁瓷实了，对起来绑紧了。有巢捏豆盘子，腾不出手来，嘱咐舅舅过一会儿就把绳子松一点儿，过一会儿松一点儿。舅舅问："这干吗啊？"有巢说："这么一点儿一点儿地解，也许泥就粘不到模子上了。"

豆盘又厚实又大，外边儿刻了云彩，里头刻了一个有巢心里的大巢，上下两层，一大排在豆盘里转了一圈儿，不细看还以为是花纹儿哩，上回就没人瞧出她刻的横道道儿竖道道儿是啥。

舅舅一回一回松模子，到最后解开一看，嘿咿，这回没粘！

豆盘子也半干了，底槽儿里糊上泥，跟豆身子对到一块儿，瞧出毛病来了：底槽儿小，豆身子也细，孤零零顶着个大厚盘子，别说这会儿顶不住，烧出来了也悬乎儿。舅舅只好叫一人儿扶着，一人儿围着豆柱子往粗里糊泥，把上头撑起来。糊好了，还得人扶着，一直等到干了。有巢往新糊的托儿上刻花儿，干了倒也显不出是补的。

这回有巢明白了，上次的小豆也有这毛病，不过豆身子粗了点儿，没显出来，往后上头的托儿得跟豆脚一般儿大，模子得是细腰儿两头儿粗才行。"唉，一个没想到，这么多豆模子全废了！"听她这么说，舅舅拿过一个小模子看起来，"不要紧，木头留得粗，把上头改改就行了。"可不是嘛，那些豆模子都是整木头刻饬出来的，只要往外再刻饬刻饬就能使唤了。大豆模子也能这么改，就是豆盘子的底槽儿得留大了。其实，不留底槽儿也行了，这么大的托儿还托不住？有巢琢磨来琢磨去，又放心了，就是改改模子的活儿，没糟践工夫儿材料儿。

舅舅说："为俩豆开一回窑不值得，多脱一对儿吧，留着咱鲻山祭神的时候摆供品。"有巢说："等我先改了模子再脱。"这一改，可没少旋下木头来，托出来整个儿一个大托儿。嘿，改模子的活儿多了去了，那一堆小模子都得改。

小窑烧了四宿三天，两对黑色的大豆出来了，透着肃穆庄重。舅舅跟有巢一人抱了一个，带回来交给大娘。大娘接过有巢怀里的，还烫哩。"哇！这么大个儿！"舅舅问她："嫌大了？""不大不大，真好真好！你们可真能干，会给咱鲻山挣大米了。"

剩下一对大豆，第二天舅舅敲了俩核桃，拿麻布包了核桃仁儿把豆盘豆身里里外外擦得锃亮，装俩大篓子里，带上和泥的留留，俩人背上下山了。

半晌午，留留回来了，叫赶快把剩下给大娘的那一对拿回来，也拿核桃油擦了，给滩里送去。人们问他咋回事儿，是不是滩里大娘犯刁，舍不得米，多要咱的豆。留留说："你们想左了！人大娘一见，待见得不行，还要订一对儿。大舅说有烧现成儿的，就叫我跑回来了。嘿，差点儿忘了，谁家里有细麻布，先借使使，铺篓子里省得米漏了。"人们又问，一对换多少米。留留说："说好了的，一个换一篓子米，两对儿四篓子，背回来也好给大伙儿分。大舅叫捎带再拿上一对儿罐儿，算饶的。"有巢领着拴儿赶紧跑家去，拿麻布裹了一对大豆，一路小跑儿赶回来。

留留又叫上两个人，一人篓子里装一个豆，他自个儿篓里装了俩罐儿，背了急急忙忙跑了。大嗓门儿母猪哼哼开了："至于吗？这么点儿东西去仨人？"拴儿说她："你耳朵聋了？人留留不说了嘛，待会儿背回来四篓子大米。你甭吃！"

日头还没落，四个人就回来了，打窑上过，舅舅放下篓子叫歇歇，又朝人们喊了一嗓子："回啦回啦！都传传，都去我们家门口儿分大米啦！"人们呼啦啦跑过来，围着四篓子白花花的大米，眼都直了，这个要背，那个也要背，最后也不知道谁跟谁把米篓子背到大娘家门口儿了。好家伙，早等了一大堆人了，全都端着个锅。

大娘叫人们分成四堆，一篓子跟前一堆，拿出一个碗来，一碗一碗把篓子里的米舀到自家瓮里，先量量有多少米，舀到半篓子，说："先一家儿一平碗分了，剩下的留着，下等回从滩里换了米来再一块儿分了。"大娘又拿出仨碗来，叫大伙儿瞧瞧，一般儿大，于是叫了仨女人帮她分，一劲儿嘱咐："把米抹平了，一家儿平平一碗，别多了少了分不均。"

分完了，余下不到半锅米，人们都说甭留着了，大娘家吃了得了。大娘嘻嘻笑着说："那我就留下了，就算是给有巢留的，要不是有巢琢磨出大豆来，咱也换不来米不是？"人们都赞同，还说："早没想到有巢身上，该给人家妮子多留点儿来。"大娘喊有巢，朝土窝儿里喊了朝树上喊，听不见答应，就说："也是个疯妮子，这么会儿工夫儿跑没影儿了。"

有巢打窑上回来就去林子里砍树了，那天跟大娘争完以后，她难受了好几天，最后总算想开了，兴许滩里大娘真让大妮子上来呢，她也甭想那指望不上的事儿了，甭管大娘咋待她，她都得对得起小子。她想给小子和大妮子筑个巢，也给鲻山人做出个样儿来。这些日子烧窑烧得她觉摸着自个儿还行，也相信人们了，只要是好东西，人们很快就能接受，不光鲻山人，滩里人也一样儿，只要东西好，保准亏不了。

小子白天给干了不少，后头两大溜树全张了嘴。

有巢来时，小子还在，他吃了饭才去涧里。有巢嘻嘻笑着问："好日子快了吧？还有多少天啊？"小子没好气地说："别人作践我也罢了，你也跟着踹一脚，这倒叫我没有想到。"

有巢瞪起一对圆眼嗔道："咦，问问你的大喜事，至于这么烟熏火燎的？呛死人啊？啥叫作践？我好心好意问问，咋就踹上一脚了？"

小子像咬了一口青杏儿，又酸又涩，憋红了脸咽下肚去，苦得说不出话来，吭哧吭哧地只管砍树。每一斧头都像砍在有巢心上，她难受，不干了，叫小子："吃饭去啦，今儿分了米了，滩里换来的。"说完一人儿走了。

大娘煮了一锅米，溢得可世界都是白花花的米，正拾掇呢，放水里泡了灰土还能吃，嘴里叨叨："瞧这事儿！多分了点儿，全糟践了！嗨，我没吃过，你也没见过？咋才不溢呢？"舅舅往锅里添了半瓢水，说："这么多年没吃了，我也忘了咋做米饭了，好像不该放太多水，好像锅开了得小火儿焖着。"

大娘见有巢回来了，说："分剩下一把米，人们说给你留着，瞧，全溢了！"有巢笑笑说："您瞧，分得不均不好吧？大娘也眼皮子浅了，贪人家一把米。"大娘说："怨我笨，没吃过猪肉，连猪走也没见过。我不会煮米，你舅舅吃米长大的，也不知道咋煮，嗨！"有巢说："没事儿，溢出来的就算我吃了。"舅舅说："还有你吃的哩，大伙儿给留了少半锅米哩，且吃呐。明儿再煮就溢不了了。"有巢说："再省也省不出多少来，想吃米还得跟滩里换去。舅，今儿滩里大娘说啥来？"舅舅说："一劲儿夸咱的豆烧得好，刻的花样儿也好。这不，半截儿又跑回来把咱留下的俩背下去了。"大娘这才发现昨儿拿回来那对豆没了，"嘿咻，还没使上一回呐！"舅舅说："这不换回米来了？咱自个儿的窑，想要，啥时候都能烧。"

有巢关心滩里大娘对鲻山窑里出来的东西的反应，追着问："舅，滩里大娘没说还想要啥？""说了，还想要罐子，家家儿都要。我说不要鱼了，要换大米。她问拿菱角补上行不行，我说那得看多少了，最后说成了一篓子菱角咱俩罐儿。"大娘吃过滩里妹子带来的菱角，说："菱角也能顶饭吃哩，不亏。"舅舅说："这会儿哪来的菱角啊？庄稼熟了才有菱角呢，且得等呢。"大娘说："嘿咻，等着才好哇，她是想跟咱过长的呢！"

小子回来了，皱着鼻子说："啥味儿啊？"仨人光顾着说话了，把饭给焖糊了。大娘端下锅来，一劲儿说："罪过儿！罪过儿！就这么点儿米，上头溢了，下头糊了，我算是笨死了！"一家子就着腌菜疙瘩吃了锅糊饭，都知足得不行。舅舅跟有巢商量大窑烧罐儿，有巢说："家家儿都要罐儿，要的真不少哩。舅舅，咱要是再开口窑，费事儿吗？"舅舅说："再开两口也行，就看人家给不给人了。"大娘接过来说："你咋知道我不给人？要多少人？"舅舅说："多一口窑，多出一倍的活儿来，还得要这么多人。干脆给四十个吧，十个男的，剩下全女的。"大娘想了想说："先给十个女人俩男人吧，等地里、洞里都闲了，再给你们添上，再多些个都行，这会儿人手紧，给不了这么多。"

小子一直闷声不响，突然冒了一声："算我一个！"把人吓了一跳。大娘问舅舅："他爹，你瞧他行吗？"舅舅说："这可不是你小子说的和泥玩儿土。"小子问他娘："那些人都得我爹一个个儿挑吗？"大娘说："窑上活儿甜，谁都想来，不挑还行？"有巢愿意小子来窑上学点儿手艺，这辈子别再跟狼虫虎豹打交道，就给他说好话："舅，叫我哥来吧，他心细，又有力气，挑沙子、挖土和泥，管保干好了，说不定以后还能替您看窑哩。"舅舅"嗯"了一声儿，小子喜得问："爹答应了？"舅舅说："瞧在有巢面子上，你明儿来试试吧，不行了还回洞里干去。"小子自是高兴，大娘肚里却直往上反酸水儿。

小子来窑上干活儿，有巢突然觉得别扭起来，老是躲着他，能不跟他说话就不说话。倒是那些女人们爱见他，这个叫："小子，没泥啦！"那个叫："小子，帮我把这罐子搬那边儿去！"他没个闲，旁边儿还有个爱说话儿的留留，叫他顾不上想别的。

后晌回来他还是帮着有巢砍树，见了她就问："我在窑上哪点儿做错了？"

有巢说："没觉出来啊，你干得挺好，大伙儿都待见你。"

"那你干吗不答理我？"

"你在窑上那么吃香，这个叫那个唤地，我哪儿插得上嘴啊？叫你一声儿，你再不赏脸，何必呢？"

"矫情！嗨，只要没得罪你就好。"

"嗨，想哪儿去啦？真小心眼儿！不过，咱俩还是远着点儿吧，省得你娘膈应。"

"快别提我娘！都是她坏的事儿。噢！"

"别这么说，她那也是为了你好，听说滩里妮子人挺好的。"

"听说，听谁说的？你见着了？"

有巢不能说是听他娘说的，只好说："都这么说，不是叫大妮子吗？滩里大娘家的，对了吧？"

"风儿倒散得快，这么会儿全都知道了，噢！"

有巢知道说错了话，着找补："不是说全鲻山的人都知道了，是说知道的人都说那妮子好，人长得也好，山上山下再也挑不出来的好妮子了。你亲姨给说的，还能错得了？"

"连你也这么说，噢！你们就齐打伙儿捉弄我吧！长得好？就跟你们见着了似的，长得好顶个屁！再好看的脸蛋儿，不入我的眼也白搭。"

得，越抹越黑了！不过，有巢听着挺受用，特别是那句"长得好顶个屁！"咂磨着，嘴里出来股甜味儿，越咂磨越甜，甜到了舌根儿里。

回到自家土窝儿里，小子的脸就长了，一句话也没了。舅舅说："在窑上好好儿的，咋一回来就这扁样儿了？"有巢怕小子说出啥来，大娘又要生气，赶紧揽过来："嗨，还不是跟我闹气儿！也不知道哪句话说错了得罪他了。"小子偏说："碍你啥事儿了？甭老跟着瞎掺和儿！"

有巢脸腾地红了，大娘脸刷地白了，舅舅黑起脸教训儿子："你小子别给脸不要！"小子发了狠，快把嘴唇儿咬下来了。

一到窑上，小子就活泛了，忙忙叨叨，答应了这头儿答应那头儿，女人们爱跟他说说笑笑，他也会回个话儿。舅舅鼻子里哼哼："挨家吊着个驴脸，一来这儿，就变了个人儿!"有巢瞧小子喜相，也不成心躲他了，跟着人们说说笑笑，肚里却咕噜咕噜骂："没心没肺的东西，傻活着吧!"也不知道是骂小子还是骂自个儿。

第五回

愚大娘信手抛珠玉
智酉长悉心收宝石

躲也躲不开，要来的日子到了儿还是来了，舅舅的妹子要带着滩里大娘跟大妮子上山来了。这一天鲻山大娘两口子跟小子都没出工，一早起来大娘就张罗开了，小子黑虎着脸，一家人前晌连顿正经饭都没吃成。有巢临走时，舅舅嘱咐她今天留神看着点儿大窑，不用加大火，只要不叫火灭了就行。有巢一听叫她看大窑，高兴得"哎"了一声走了。这清脆的一应，像是一锥子戳在小子心上，他恨这妮子薄情。

有巢到了窑上，就去看火。这窑已经烧了五天了，这会儿只用小火儿烘着，明后天就熄火了。窑边儿的空气又干又热，连地都烤得烫脚，有巢给呛得一个劲儿咳嗽，真想不到舅舅天天儿守着柴炉咋过的，难怪他的脸老是紫黑色。有巢最受不了夏天山洞里做饭时候的热，这里一年到头都是这么热，幸亏作坊跟大窑不在一块儿，受罪的只是舅舅一个人。有巢突然觉得，平时不吭不响的舅舅真是个好人。

"有巢姐姐！有巢姐姐！"一个小小子儿连呼哧带喘，一边儿跑一边儿张着手喊叫。有巢应着忙迎过来问："叫我干吗？"小小子儿说："大娘叫你赶紧回去一趟。"有巢问："大白天的，叫我回去有啥事儿？"小小子儿说："不知道，大娘让我来叫你，有好几个生人跟大娘说话儿，不知道啥事儿。"有巢心里一沉，滩里的人到底儿来了，可是，叫我回去干吗呢？

她把窑托给别人，急着往家走；快到了，老远了见几个人站在道边儿上；走近了，见是大娘、舅舅、小子和四个生人，那个脖子上挂珍珠的女人一定是滩里大娘，旁边儿的男人该是大妮子的爹了。有巢猜另一个女人是滩里的姨姨，她长得有几分像舅舅。那个妮子准是大妮子，这妮子长得太好看了，个儿是个儿，样是样儿，一头乌油油的长发像下大雨的时候后山下来的小瀑布，直泻到半当腰。有巢嫌弃起自个儿来，人比人，气死人，跟人家妮子一比，自个儿简直就是个见不得人的土耗子。她这么想着，脚底下就迈不开步儿。她想回避这尴尬的场面，我算谁呀？走过去了又咋跟人家说话儿啊？

"小贱人儿，你成心磨蹭啥哩？还不赶快给我过来！"鲻山大娘一见有巢就凶眉立眼地喊叫。

有巢不明白大娘为啥这么凶，只得快走几步儿，到了人们站着的地方儿，她豁然明白了，等着一场狂风雹子雨，反正是福不是祸，是祸躲不过。

鲻山大娘指着有巢准备筑巢的那片树，怒不可遏，问："小贱人儿，你疯了是咋的？变着花样儿毁啊，要不是姨姨眼尖问起来，我还不知道家门口儿的树全给拦腰砍了！一个妮子家，你咋这么一肚子坏肠子烂肚子哩？"

小子说："娘，您别冤枉人啊！有巢她砍不动。这树是我砍着玩儿的。"

大娘气更大了，骂道："砍着玩儿的？你吃饱了撑的？甭跟这儿裹乱！准是这个贼胎子小妖精撺掇你干的，我还不知道你肚里几根儿肠子？这么花花的肠子你没有！"

有巢见她开口骂人，连自个儿的爹娘都骂上了，血一下子涌上来，脸涨成了肝花，气儿也粗了，声儿也高了："大娘您说对了，主意是我想出来的，树是我砍的。可是，我不是妖精，更不是贼胎子，您也不是不知道我爹是谁我娘是谁。"

鲻山大娘见有巢居然顶她，火儿一劲儿往上拱，可是当着外人的面儿，她咋也不能跟个野妮子吵吵，只好强忍住拱上来的火儿，咬着嘴唇儿笑，"我就知道是你出的主意，你说说，你把树都砍成这样儿，到底儿要干吗？"那笑冷得像雪天刮刀子风，叫人骨头里起鸡皮疙瘩。

有巢直了下腰，胆子壮了，嘴硬了："大娘，我除了筑巢，别的啥也不干。砍半拉是因为怕您瞧见砍了一棵树就不叫再砍下一棵了。等您瞧见了，反正也砍了这么多了，您再生气也没用，我最后把巢筑给您起来就得了。"

鲻山大娘一听筑巢，气就不打一处来，粗声恶气训斥："给谁筑啊你？除了你，这天下还有第二个人住在巢里吗？好好儿一窝喜鹊叫你给挤走了，猴儿不是猴儿人不是人的，你像个啥东西？越惯越不是你了，没几天儿就换个巢，你成了恶鸟儿啦。这会儿又想起砍这么一大片树来，筑巢！筑巢！你还要筑多大的巢啊？明儿个，你要不把那些树都给我长出来，你就等着瞧吧！"

砍了的树还能长出来？人们见她气得都不知道说的是啥了，想笑又不敢笑。有巢却平静地说："大娘，树已经砍了，我没本事叫它们再长出来，只能锯了。您也犯不着生那么大气，我给您好好儿筑个像样儿的巢。"

鲻山大娘手指头哆哆嗦嗦，嗓音儿又尖又颤，急得活像猫打架："哪个要住你的巢？你别把人都当成鸟儿！筑巢，筑巢，筑你娘个屄！"

有巢也急了，当着众人大声大气地说："大娘，我可没把您当成鸟儿，您不要这个巢拉倒！本来也不是给您筑的，嘿。您跟我说过，我哥不下去，要叫人大妮子上来，就因为这，我才想起筑这个巢来。这个巢，是我给我哥和大妮子姐姐筑的新巢，他们俩要是说个不待见不稀罕，我就不筑了。"说完，她的眼光扫过小子，落到大妮子好看的脸上。

不等俩年轻人答话儿，滩里大娘先开口了："你就是那个叫有巢的妮子？"有巢嘴角儿翘了翘，微微点头"嗯"了一声儿，扬起头来，指着树上的大巢说："瞧，那就是我的巢。"滩里大娘说："我听你说了半天，到这儿才明白了，你砍树是为了给小子跟大妮子住个巢，我还得问问，你打算给他俩筑个啥样儿的巢啊？这巢又是咋个筑法儿？是不是跟树上那个一样儿啊？"有巢瞧着滩里大娘，扑哧儿乐了，这位大娘看起来比鲻山大娘年轻多了，黑里透红的圆分脸儿上修着端正喜相的鼻子、嘴，眉眼儿细长，一点儿也不叫人怕，只是一串大颗的珍珠在项上闪着逼人的光，一下子把鲻山大娘的普通珍珠项串比下去了。

鲻山大娘见滩里大娘要帮她教训有巢，那有巢傻不唧唧发愣，就揉了她一下子，"瞧你嬉皮笑脸的傻样儿！缺调少教的东西啊？人滩里大娘问你话呐，你要住个啥屎巢？没听见啊？聋啦还是哑巴啦？"

有巢正眼都没瞧鲻山大娘一眼，只对滩里大娘点了下头，说："大娘，我要给他们俩筑的巢跟树上那个不一样儿，这个巢不能筑在树上，得筑在地下。我想先把这些刻了印儿的树砍了，看能腾出多大地儿来，筑起来的巢比这块地儿小一圈儿，也不知道够不够大，要是小了，还得砍。"

滩里大娘眯起眼听着，细长的眼更细了，眼角儿挤出两撮儿细碎的密密的纹儿，像燕儿的尾巴，跟着细长的眉梢儿往上飞。

这大娘听完了仍然眯眼瞧着有巢，脑袋微微歪着，一张嘴，嘴角儿把两脸蛋儿往上挤，越发喜相了。"妮子，还得问你，我瞧着哪一棵树都上下砍了两斧子，你这像是有个啥说头儿啊，我说的对不对？"

一说到那些咧着嘴的树，鲻山大娘的火儿又上来了，不等有巢张嘴，气哼哼地说开了："有啥说头儿？噢！她还能有啥说头儿？犯贱呗，成心跟这些个树过不去，没事儿闲的，砍着好玩儿呗，噢！天生的贱！"

有巢鼻子里笑了一声儿，说："我没犯贱，不是成心跟这些个树过不去。"又瞧着滩里大娘，认真地说："您问这树砍得有啥说头儿，叫您问着了，这里头还真有个说头儿：上头的口子最后都要砍通了，锯齐了，连根儿留下那么高，当桩基；下头的留着当企口，留着往里头榫削好了的木头，好打底儿。整个儿巢都拿粗木头一根儿一根儿卯起来，再抹上泥，就结实了。"

滩里大娘抿了一下嘴，问："你这巢干吗不接着地筑呢？那不是又省事儿又省木头吗？"

有巢答道："大娘，接着地筑巢是省事儿，也能省不少木头，可是日子长了不行，地底下太潮，湿气往巢里洇，住长了人要作病。底下的木头叫地气沤着，巢也不结实，还是隔开了好，底下过着风，上头干松。再说，巢住高点儿，老虎、狼伍的上来费劲，住着平安多了。"

滩里大娘点了一下头，又问："干吗要留这么高的桩子呢？再低一点不是又省木头又结实吗？"

鲻山大娘听有巢说得眉飞色舞，心里就有气，这个滩里来的还一个劲儿往细里问，她怕有巢越加逞能了，可又不好说啥，毕竟人家问的是有巢。

有巢听滩里大娘问得在意，心里漾开一股知己的感觉，话也多了："大娘，留这么高用处可大了。您瞧，下头垫上沙子铺上干草，正好儿可以给鸡、鸭、鹅伍的当巢，下了蛋丢不了，孵蛋也有地方儿。干活儿的家伙有个搁的地方儿，洗了衣裳也能晾底下，下雨淋不着。嘿咿，这么高的空地儿，用处儿多着呐，小孩子家藏闷儿闷儿的地儿都有了。有了下头这一层儿，上头可就宽绰多了。"

滩里大娘笑了，一拍巴掌儿说："行，这个巢，我给我们家大妮子要下了！"大妮子脸腾地红了。

鲻山大娘先是一愣，后来咂摸过味儿来，喜得枯皱脸都开了，瞪大了眼睛问滩里大娘："这么说，你是叫大妮子上来了？我可得问一句准话儿，大妹子，你是不是这主意啊？"大妮子低下头不敢瞧人。

滩里大娘略略沉吟，"嗯"了一声儿。大妮子脑袋快扎胸窝子里了。

鲻山大娘补了一句："咱当着孩子们的面儿说说清了，大妹子今儿这话算数儿？"

"算数儿！"滩里大娘说话嘎嘣脆，朝鲻山舅舅的妹子扬了一下下巴磕儿，"她姨给做个证，我们大妮子上来，他家小子不用下去了。"又对鲻山大娘说："这下可称了你的意了，瞧乐成啥啦！可是咱说好了，大妮子上来，可不去你老土窝儿里，要住有巢妮子筑的新巢。"

"那还有不行的？只要大妮子上来，住哪儿都行。呵呵。"鲻山大娘笑起来其实挺好看的。

滩里大娘转过脸来瞅着有巢说："你一个妮子家，筑这么大个巢太费劲了，怕到了日子筑不出来啊。"

有巢的惊喜一点儿也不比鲻山大娘的小，她做八个梦也想不到，这个滩里大娘会喜欢上她要筑的巢，就问："大娘，离姐姐他们的好日子还有多远啊？"

滩里大娘说："快了，刚才跟你们大娘商量好了，日子订在满月那天，她家小子下去，还有十二天。可是这回大妮子上来了，到时候你树还没砍完呐，新人到时候怕是住不进新巢了，还得住你们家那老土窝儿。"

鲻山大娘喜滋滋儿地说："这个好说，好说，咱把日子往后推推，推到下一个满月，巢准就筑好了，到时候新人住新巢。一块儿过日子长哩，不在乎早两天儿晚两天儿，呵呵。大妹子，你说是吧？"

滩里大娘摇摇头说："不好，说好了的日子，都报了神祇了，再往后推，天地嫌咱心不诚，要生气了。这么着吧，到日子我还是把大妮子送上来，先住你们的土窝儿，啥时候巢筑起来，啥时候再住进去吧。"

鲻山大娘摆出一张和善的脸，跟有巢商量："我说有巢啊，你整天要筑巢，这回真要你筑巢了，你就不能快着点儿干，赶在好日子前头把巢筑起来？"

有巢脸上现出了难色，就算一天不吃不喝地干，也打不下巢的根基来，还甭说白天得去窑上干活儿了。一直闷声不响的小子开口了："我跟有巢一块儿筑这个巢，别的活儿先放下，到时候准能筑好。"有巢心里明白，他说这话，不过是想多跟她在一起些时日罢了，只得苦笑着摇摇头，说："不行，俩人没明没黑干也筑不起来。"大娘说："添上我跟你舅，说啥也筑起来了。"有巢听了哭不得笑不得，"大娘您哪儿知道筑巢的难啊！树上那个巢还筑了十好几天呢，这么大个巢，别说四个人了，再多几个人十二天也筑不起来。不是我叫唤，实在是活儿太多了，砍木头、清场子、埋桩子、搭架子、打巢底、起四面大墙、上顶子，活儿多了去了！光和泥使土就使海了去了，挖咱们土窝那么大个坑，出来的土还指不定够不够呢。"

滩里大娘听她说得瓷实，知道这是个干过的人，就说："这个巢，算是我送给大妮子他们俩的喜礼儿，有巢，你跟我们一块儿筑吧！"有巢高兴得连连点头。鲻山大娘脸上白一阵、红一阵，嘴张了又张，甭管多别扭，她都想得开，大妮子上来，她这辈子能守住儿子，对得起祖宗，这才是真格儿的。她拍拍胸脯儿，大拇哥一竖，说："咱鲻山有的是人，到日子管保把这巢筑起来，大妹子就别操心了。"

滩里大娘笑了，说："我也想学着点儿，赶明儿在我们滩里也筑巢，家家儿都住进巢里，再也不住野猪棚子了。"

鲻山大娘这才明白过来人家的盘算，说："行，咱两家一块儿筑，更快了，说干就干，明儿你们就上来。"

滩里大娘说："我就待见痛快人，说干就干，明儿大妮子他爹就带着人上来。"又对有巢说："妮子，你先回家去跟你家里大人说一声，今儿下山去我那儿住，咱们好好商量商量这巢咋个筑法，我们滩里有的是干活儿的人，有的是好斧子好家什。"

有巢心里的感动出出儿往上爬，招得鼻子痒痒地，眼里潮了，想说啥，又咽了下去。

自打滩里妹子后晌发现了这几棵砍得怪怪的树，鲻山大娘心里就犯起堵来，碰见这些砍腰树太不吉利了，她真怕这门子说得好好的亲事会叫这几棵破相树砸了，别说叫人大妮子上来了，怕是送自个儿小子下去都难了，这兆头儿实在不好啊，莫不是天地神神找茬儿吧？这会儿她终于看明白了，人家滩里的不但没有嗔怪那些豁嘴子树，还挺待见这个有巢，还要跟她一块儿筑新巢，这可真是邪性了。鲻山大娘虽然一听筑巢脑袋就大，但是既然滩里大娘喜欢，她也乐得做个顺水人情，于是对滩里大娘说："她爹她娘都叫老虎吃了，家里就剩下她一个人，跟着我过日子。大妹子要是瞧上了，就把有巢领回去吧！"

有巢听着这话，心里一阵堵得慌，"我又不是件儿陶器，她问都不问一声儿就把我送人了，真敢不把人当人啊！"尽管腻歪，可是不敢说出来，心里窝着一口气。

滩里大娘软心肠儿，听说是个没爹没娘的孩儿，眼圈儿就晕了，拉着有巢的手，"闹了归齐是这样儿啊，可怜见的孩儿！我就待见妮子家，大妮子归了她了，妮子，我得听你自个儿说一句，你愿意跟着我吗？"

有巢真没想到人家这么把她当个人，肚里酸甜苦辣一块儿往上冒，也不知道是个啥滋味儿了，一时想起死了的爹娘，眼睫毛儿快噙不住水儿了。

滩里大娘见她伤心，就说："我也是想到哪儿就说了，你要不愿意，算我没说哈。"

鲻山大娘说："嗨，这话说到哪儿去啦！难得你这么疼她，她还有个不愿意的？她那是心里热的。"

滩里大娘瞅着有巢的脸，问："妮子你真的愿意啊？"有巢绷着嘴，抹了下鼻子，狠着吸溜两下子，重重地点了下头。

鲻山大娘笑着说："好事儿连连，今儿个喜庆。你们甭急着回去了，我去好好儿烧顿饭，咱大人孩子热闹热闹。"滩里大娘说："老姐姐，你张罗了一大天了，这会儿也该歇歇了。我这就带上有巢下山，今儿晚上好好儿合计合计，明儿就带着人上来，好好儿给他们小两口筑个新巢。明儿你招待人们吃饭吧，怕是要吃上你几天呢！"鲻山大娘忙说："瞧你说到哪儿去了！请还请不来呢，还甭说都是来给我干活儿的。要多少人，只要你说句话，咱俩家儿一块儿干，早早把新巢给孩子筑起来。"滩里大娘说："姐姐这主意好！我跟咱有巢妮子回去商量一下，看用多少人手，再把活儿分分。明儿晌午人就都上来了。"

人们走了，小子说了声儿，"我去窑上了"。也走了。大娘说："等等你爹，一块堆儿走。"他爹说："叫他先走吧，我还有话跟你说。"大娘说："啥话非这会儿说呀？不能留到黑间？"男人说："留到黑间怕憋死了。你倒是大方，两句话就把有巢送人了，真不知道人贵！"大娘说："舍只家雀儿换来丝燕儿，我觉么着值了。"

男人说："值啥呀？你丢大发儿啦！有巢可不是只家雀儿。"大娘说："瞧不出来我丢了啥。有巢有啥啊？她不是就会筑个巢吗？各花入各眼，她滩里稀罕，让她筑去！他们住的那野猪棚子跟老鸹巢也没啥两样儿，哪儿有咱鲻山祖祖辈辈的土窝儿舒坦啊，热天凉快冷天暖和。"男人说："傻哪女人，打这往后，你就再别打算换人家滩里的大米、菱角、鱼啦！"女人听着别扭，鼻子哼哼着呲打他："傻男人，你也太没志气了，没见过你这么浅的虾皮眼，噘！"男人说："你眼皮子深，你有志气！人有巢请一族里的人吃了一顿大米饭，有能耐你也请一回！"

女人换了个话茬儿："男人家心思就是粗，你就没瞧出来咱孩儿跟有巢眉来眼去的？她留在咱家里，长了不叫个事儿。难得今儿滩里的跟她对了脾气儿，我做个顺水儿人情儿，把她给出去了，对咱两家，对这傻妮子都只有好，没啥不好的。你就别老念叨几粒儿米两条鱼啦！"男人说："不透气儿的死牛犄角，傻尖傻尖地，跟你说不清，算了！我得去窑上了，有巢走了，没人看窑。"大娘说："我就不信，她刚才回来会没靠给个人，你甭跟我使性子，哼！""使啥性子啊？除了她，窑上哪个也靠不住。"男人摔过来一句话走了，女人胸脯上像挨了一捶闷拳头，噎得疼。

有巢长这么大，还是头一回出鲻山，跟刚出巢的小雀似的，瞅啥都新鲜，连吸气儿都那么好受。虽说是后晌了，山外头却像是大早起，花、草和泥土的香味儿裹着露水味儿。杏花儿落了一地粉，树枝上憋出了小手指头肚儿大的青疙瘩儿，酸得人牙痒。大妮子兴奋地喊叫："看呀，起虹啦！"有巢顺着大妮子手指看去，西边儿天上起了七彩虹，罩住涌动的云景儿，好像开出一只天眼，叫人窥见了神神娘娘住的地方儿。那圆圆的半个天圈儿炫乎得好看，最下头是紫色儿，挨着往上是蓝的、绿的、明黄的、腌蛋黄的和火红的，最外头挨着天的是明灰色儿；虹圈儿外头，隔过厚厚的浑浊的天，又是一弧模糊的虹，看不清那么多色儿了。

有巢好生奇怪，"没见下雨啊。"大娘说："咱在山里的时候，这儿准下过雨。"有巢深深吸了一口气，一直新鲜到脑袋里，"我说呢，哪儿来的露水味儿！"

前头出现一条闪动的河，有巢还没见过河，就跟到了另一个世界似的。姚江像一碗河可边儿可沿儿的水，一动就往外溢，拍得岸边儿石头啪啪响。落霞映在水里，红光闪烁，衬着摇曳的水草和岸边儿油油的绿苔，活像个喜俏的妮子。大妮子告诉有巢："这就是姚江，好看吧？"有巢说："好看，跟这江的名儿一样娆冶。"大妮子说："咱下去坐船回去。"江边儿大柳树上拴了只小船儿，也是有巢没见过的。大妮子先跳下船去，拽住有巢的手，她也跳了下去，心里头扑腾扑腾地，脚底下站不稳，人跟着船摇晃，真怕掉到水里去。她抓住船帮儿坐下了，水流得很慢，她还是怕把这木头家什撞翻了。

等人们都上来，大妮子立在船后头，撑起比人高的竹竿，戗着水插下去，船朝前蹿出去老远，惊飞一群野鸭子，甩下一道蓝天绿树的景儿，拔起来又插下去，又过去一道景儿，一会儿就瞧不见拴船那棵大柳树了。

有巢朝后坐着，瞧得着了迷，羡慕这个俏拔坚劲的妮子，心里渐渐不怕了。大妮子说："这妹子你不晕呀？坐倒船时候大了头晕，转过去朝前看吧。"有巢转了过去，前边儿的景致煞是好看，瞧着江水到头儿了，一拐弯儿又是一番气象，就像是那会唱的妮子唱出来的一曲秀气而又风流的歌儿、软软的绿色儿的歌儿。一路上啥啥都比山里软，连风跟气儿都是软的。

行了一阵，河分成了两股儿，水呼呼而来，那响动像极了山上林子里起了风，软软的歌儿里掺进了男人粗犷的吼。大娘指着急急奔来的那条水告诉有巢："这条是北山下来的软江，流到姚江算到头儿了。"有巢说："这软江可有股子硬气儿啊！"滩里舅舅乐了，"也就这段儿硬点儿，赶上下坡儿，水急了点儿。上头是好几条小溪沟子汇起来的，没啥响动。"有巢啧啧不绝，"啧啧，软的硬的都好看，有了水就有了灵气儿，下头比山里好看多了，啧啧。"滩里大娘说："到咱家那儿还要好看哩，夹在两条江当间儿，姚江跟软江这一对水灵灵的眼睛，可给咱滩里添灵气儿了。今儿咱走姚江回来，明儿去的时候绕点道儿，走软江，好景致儿你都看看。"有巢一会儿左顾右盼两岸的绿树红花儿，一会儿遥望悠悠远来的江水，心也飞到了水天交界，从来没有的宽适。

船跟着江弯了几个弯儿，影影绰绰见到一片模模糊糊的灰，像一大群趴着的灰灰狼。大娘告诉有巢："快到了，前头就是咱滩里。"有巢睁大眼往前看，近了才看清了，原来是一大片尖顶子窝棚。大妮子收了竹竿，把船舶在河湾里，她爹先跳上岸，拽住缆绳，大娘跟着上来了，伸手拽住有巢，等人们都上来了，大妮子爹把船拴到了大柳树上。

"她水姨，走，上我们家吃去！"大娘招呼着鲻山舅舅的妹子。"不啦，出去一整天啦，家里还惦念着哩。"大娘说："那就下回谢你啦，这事儿多亏了你两头儿张罗。"水姨说："咱谁跟谁啊？没说的，呵呵。"大娘也呵呵笑着说："对，咱谁跟谁啊？这回成了拐弯儿亲戚了，更近乎儿了，呵呵。"

水姨消失在一片灰不楚楚的尖顶儿棚子和水牛、猪、羊的叫声里。有巢跟着滩里大娘三口儿沿着河又走了一阵儿，才往上走，最边儿上的一个孤零零的窝棚就是他们家。老远就听见"嗝——啊咯，嗝——啊咯"的叫声，一对大灰鹅挺着胸脯儿拍打着翅膀儿摆着尾巴扭过来。有巢想上去摸摸这可爱的东西，大娘赶紧喊住她："妮子，可别招这东西，欺生着哩，叫它啄一嘴就掉一条子肉。留神！"话音儿没落，有巢的一根手指头已经刁在鹅嘴里，骨头夹得生疼。大妮子掐住鹅脖子，鹅才松了嘴，恶狠狠地瞪着有巢，张着黄嘴"嗝——啊咯"叫唤，头顶儿上的黄疙瘩一鼓一鼓凶得吓人。大妮子啪啪地打那只咬人的鹅，一边儿打一边儿骂"恶贼"。有巢疼得咝咝地吸溜儿气儿，手指头嵌进去一圈儿印儿。大娘掰着她指头看了看，放进自个儿嘴里嗫了几下子。有巢疼得不那么厉害了。

滩里大娘家里还有一个十一二岁的妮子跟一个七八岁的小子。小妮子长得喜相，一对儿细眯眯的笑眼儿跟着眉梢儿往上弯弯，嘴角儿也往上弯弯出一对笑窝窝儿来。小子长得像爹，粗眉大眼厚嘴唇儿，憨厚里透着机灵。

小妮子带着弟弟，连干活儿带要一整天了，巴巴儿地总算盼到大人回来了，赶紧端出一盆煮菱角来，说是蛋蛋跟着她采来的。大娘拿过一个剥开，咬了一口，连说："好甜！好甜！有巢你尝一个。"又对一对小儿女说："因为你们俩今天一天都乖，娘给你们带回一个能干的姐姐来。"有巢打心里喜欢这俩娃娃，一手拉住一个，说："在山上人家都管我叫有巢，你们叫啥呀？"小闺女儿说："我叫小妮子，我兄弟叫蛋蛋。姐姐干吗叫有巢啊？"大娘告诉俩孩子："这个姐姐会筑巢，所以叫有巢。有巢姐姐要给咱滩里筑巢呢。"小妮子没听懂，问："筑巢干吗？养雀儿啊？"蛋蛋喜欢得直叫："筑巢养雀儿！筑巢养雀儿！"大妮子说蛋蛋："瞧你那样儿，真像只雀儿！筑巢才不为养雀儿哩，筑大巢，给人住。"俩孩子不明白，为啥人要住雀儿巢。大娘说："跟你们说不清，等筑出一个来，看见就知道了。明儿就先给大姐筑一个。"小妮子知道大姐快有好事儿了，问："在哪儿住啊？"大妮子红着脸说："小孩子家家，甭打听那么多，都饿了，还不盛饭！"小妮子答应一声，去给人们一碗一碗盛饭。蛋蛋闹着要筑巢，大娘问他："你吃饭了没？"蛋蛋说吃了。大妮子说："吃了出去玩儿会儿，啥时候筑巢，啥时候叫你。"

小妮子今儿焖的米饭，烧的梅子鱼。大娘对有巢说："不知道你今儿来，小妮子瞎胡做的，你凑合着吃。从今儿咱是一家人，不拿你当外人，有啥吃啥，想吃好的了，说一声儿。"有巢说：
"不怕大娘笑话，我长这么大，还没见过这么好的饭菜哩，更别说
吃了。这小妮子真行啊，这么大点儿就会做饭了。"鱼炖得挺烂，
吃不出刺儿来，有巢是真饿了，就着饭呼噜呼噜儿嘴就吃完了。
小妮子有眼力见儿，要过有巢的碗又给盛了多半碗，上头搁两条
一拃长的梅子鱼。有巢好感动，自打娘死了，还没人这么侍候过
她。她朝小妮子笑笑，心里想着往后咋报答人家。

饭碗端在手里轻得没有分量，有巢看着着发亮的榆木色的大
碗，问："大娘，这碗是咋烧出来的？这么轻。"小妮子扑哧儿
乐了，说："烧出来的碗哪有这么轻的？"说着咯儿乐开了。这
妮子咋这么爱乐啊？有巢又问："这碗不是窑上烧出来的？"大
妮子说："这碗是木头镟出来的，所以这么轻。"有巢端着碗举
到眼前，左瞧右看，还是看不出来，就又问："啥树的木头这么
亮这么光啊？"大娘说："你没见过，那又光又亮的是涂的生漆
啊。"有巢又问："大娘，生漆是啥啊？我啥都不知道，您可别
笑我啊！"大娘的男人说："妮子，这没啥，我才来的时候也是
啥都不知道，没人笑话咱。生漆是漆树割开流出来的白水水，
过一会儿就变成这色儿了。等山上的活儿忙活完了，叫小妮子
带上你各处儿跑跑，也瞧瞧这儿的人咋割漆。"

饭和鱼都好吃极了，加上肚子空了，有巢还真没少吃。她心
里头说，怨不得舅舅老想着烧出豆跟罐子来滩里换大米呢！

大娘指着旮旯儿的几个大黑豆问有巢："妮子，你们那豆盘子
里刻的是啥花花呀？我跟你舅猜了两天也没猜出来。"有巢说：
"那是我刻的巢，筑不成，刻着解解馋。嘻嘻。"舅舅纳闷儿，问：
"巢咋转成圆圈儿了？"有巢说："那是一排巢，巢连着巢，为的
是防狼虫虎豹。豆盘不够大，要是能刻下了，我就刻出一大片巢
来，让一族的人都住进去。"大娘说："这妮子太有心了，往后咱
滩里筑巢就靠你了。"又问："你知道这大黑豆是咋烧的吗？"有

巢说："除了火候，从和泥到做坯我都知道。"大娘又问："烧罐子你会吗？""会，和泥是男人们的活儿，九份红土掺一份沙子，出模子、脱坯、烧窑我都干了。"大娘听得眼睛亮了，手重重地往大腿上一拍，说："咱一边儿筑巢，一边儿开窑烧豆烧罐子！"

吃了饭，大人们商量起筑巢的事来。有巢说："要是人手够，我想把那巢再筑大点儿。"蛋蛋跑回来了，一听说筑巢，就嚷嚷："说好了筑巢叫我，你们干吗不叫我就筑开巢了？"大娘说："刚要叫你，你就跑回来了。去，跟二姐去撮河边儿一簸箕沙子来。"小妮子知道是要画图，答应一声，拿上个柳条簸箕出去了，蛋蛋颠儿颠儿在姐姐屁股后头跟着。

有巢突然想起啥来，说："大娘，得赶紧砍几根粗竹子。"大娘问干吗使。有巢比划着说："做锯树的锯，上头倒是有，可是不够使的。"大娘不明白锯是啥东西，有巢说："就跟鱼鳍上的倒齿儿似的，来回扯能把木头拉折了。"大娘哈哈大笑，说："鳍啊！真是一地儿一口音，啥锯啊锯的，呵呵呵呵。"原来人家当她是大舌头了，有巢跟着凑趣儿："嗨，您不知道，山里人吃不着鱼，连鳍是啥都不知道，吃鱼叫鳍拉破了嘴唇，说不清话儿了，把'鳍'说成了'锯'，后来照着鳍的样儿，刻饬出带齿儿的能拉木头的家什来，这家什就叫成锯了，哈哈。""哈，我说对了，还是皆为嘴不利落才这么叫的吧？"有巢光笑，不敢说，这嘴不利落的可正是打滩里去的呢。大妮子爹说："这嘴不利落的可是个大能人哩，听听，叫鳍拉了嘴，就能照着样儿刻饬出带齿儿的家什来拉木头，厉害啊！咱吃了多少辈子鱼，也没刻饬出一把竹锯来。我这舌头嘴也没少叫鳍拉破过，可一回也没往这上头想。"有巢感动了，这儿的人太知道好儿了。大娘笑话他："快别提你了，记吃不记打，再拉多少回，嘴拉烂了，你也做不出锯来！"

一家子嘻嘻哈哈笑，大妮子爹说："趁着你们都在兴头儿上，我可要泼点儿凉水儿了。我咋听着跟小孩儿过家家似的？

这巢筑得起来吗？别上去一大堆人，树也砍了，巢又筑不成，要不就是筑成了不能住人。这么大的事儿，咱可得想好了，别屁股一热说干就干，累了人力费了料，到头儿来啥也不是，你们可要落埋怨啦。"

滩里大娘说："妮子，你不知道，你舅这人专门儿捣乱，不管啥事儿都得先绊一脚。你还别说，有的事儿还真让他给绊住了，没干成。妮子，你就细细儿说说这巢咋筑，他明白了，就不跟咱捣乱了，呵呵。"

有巢把她想到的原原本本说了一遍。

大妮子爹说："行，你们娘儿俩接着商量，我跟大妮子去砍竹子，要多少？"有巢要一块儿去，大娘说："你要多少棵，说句话就行了，少了，他们俩就行了，多了，你舅吆喝几个人一会儿就砍回来了。"有巢说："那就拣粗的砍上十几棵吧。"

第六回

筑新巢伐木鲻山乐
修旧业坎柴滩里愁

大娘跟有巢商量："我想这巢还是筑大点儿好，不能只给小两口住，老俩也得住进来，才叫一家子。不能因为筑巢把人家的家给分了呀。你说，是这个理儿吧？"有巢倒是没想到这一层儿，再加上鲻山大娘和舅舅住的，这巢要比原来大一倍，筑这样的大巢，她心里又喜又怕，喜的是盼来等去，到了儿能筑大巢了，可是一下子筑这么大的，她心里真没底儿，怕头一回就砸锅，往后再也筑不成了。

小妮子端着沙子回来了，把簸箕放在桌上，蛋蛋跟在后头，手上沾满了沙子。有巢拿了根儿竹筷子，在沙上画开了，边画边说："下头是鸡鸭的巢，这儿是个梯子，有五六磴儿就够了，打这儿上去。上头是大巢，打这儿往起盖，外头一溜空着，搁东西，热天在外头做饭、吃饭。"蛋蛋俩手合着央告："这个巢给我吧。"有巢说："这是给大妮子姐姐的，赶明儿我再给你在滩里筑一个又大又好的。"蛋蛋问:"你说了算数儿?""算数儿。"大娘叫小妮子:"领着他出去玩儿会儿,大人说事儿,小孩儿别挨着儿裹乱。"

俩孩子走了,有巢说:"原来打算砍树砍出来的地方,这咋看还不够一半儿使的,加上外头这溜儿平台要扩出两倍大来。原来打算砍二十棵树,现在看来最少也得砍六十棵,地方儿才够大。"

大娘说:"爽性多砍上些吧,巢前后左右也要空出点来。木头使不了,咱拿啥换他们的。"

有巢说:"换啥呀?咱大老远上去帮着腾场子筑巢,不要他些个皮子罐子伍的,就够老实的了。山上有的是树,几根木头不值个啥,算她个人情儿。"

"要是这样儿,咱就多砍上些个树。"

"是得多砍点儿,我刚才说的只要腾出那么大的空地来,筑起巢来还要不少树作材料,整个巢底连平台算进去需要四十棵树。墙要八十棵树,房顶要三十棵,粗算要一百五十棵,加上底下支撑的长长短短也得三十棵,这就要一百八十棵了。如果外墙要厚,就要双层的,就是二百六十棵了。加上扩出来的巢前巢后,咋也得三百多棵,除了留桩子的一圈儿,全得打根儿上砍。"

大娘想了想说:"怕是不能这样儿留桩子,树根是活的,还会往上长,巢也跟着长,有长得快的,有长得慢的,你这巢可就晃悠了。"

有巢脸上腾起了火,咬着嘴唇儿,恨不得刨个地缝儿钻进去。

大娘装没瞧见,接着说:"这一圈儿留桩子的,依我看得连根儿刨了,换成长点儿的,烧了一头儿,就着坑埋进地里就不会再长了。"

"嗨,既错了,索性全都连根儿拔了吧,省得往后长出树苗儿来。嗨,天下还有我这样儿的傻瓜吗?臊死了!"

"妮子,可别这么说!要叫我说,天下没你这么精灵的了,除了你,还没谁想出给人筑巢来。"

"万幸啊，巢还没筑起来就让您瞧出毛病来了。要是那么筑起来了，活树托着巢往上长，还不得叫鲻山人骂死了！连姐姐的脸都没地儿搁了。"有巢想着都后怕，往后可得啥事儿都跟滩里大娘商量了，俩人儿就是比一人儿强，能少出岔子。

"妮子，这不还没筑吗？没事儿！不过，你说的全都连根儿拔了，这活儿可就多了去了，树大根深，刨一棵树可一点儿也不比搭一个窝棚省事儿啊。"

有巢大模样儿算了算，说："这活儿是不轻，俩人合起来一天能刨三棵树，要想五天刨完了，差不多要四十个人。这些树都要剥光了、锯齐了、削榫头、凿卯口，又是三四十人五天的活儿，还要几个人专门磨斧子，少说得百十人同时干活儿。到筑巢的时候有一少半儿的人就够了。除了树，还要挖土和泥，泥里要拌上兽毛，我想用撕碎的葛麻也行。"

大娘一边儿听一边儿咂嘴，见有巢一口气说完，道："乖乖，乖乖！筑个巢可真不是个容易事啊，百十人干十天才筑出一个巢来。光管饭就得好几袋子米，这巢，谁住得起啊？咱还是老窝棚里囚着吧。"

有巢起初以为大娘是在夸自个儿，听到后头才知道人家嫌费工。她可真着了急，大娘要不干了，她这辈子甭想再筑巢了。"大娘您听我说，我这也是冒说的，宁叫多了，不叫少了，其实使不了这么多人。再说，这是头一回筑大巢，又叫日子赶碌着，我心里没底儿，怕耽误姐姐的事儿，就想着跟您多要人，快点儿干出来。其实真使不了这么多人，我说冒了，您千万别叫我给蒙了。"

大娘瞧她急赤白脸的样儿，扑哧儿乐了。有巢赶紧凑上一句："大娘，往后咱滩里筑巢，肯定使不了这回这么多人。赶在不下地不打猎的时候，闲着也是闲着，不如筑巢，反正闲着也得吃饭，您说是吧？"

"嗨，这理儿还用你说？到那时候滩里筑巢又不用我一家儿管饭，各人吃各人的，要不就给谁家筑巢谁家管饭。可是眼下这百十人十天吃的，我上哪儿找去啊？"

"大娘，这又不是咱一家的事儿，干活儿的人，她鲻山家出一半儿，咱天天儿扛上去够咱的人吃的米就行了，四十人撑死了吃一袋子，您跟别人家借借，等有了再还人家。赶明儿我给您烧豆烧罐儿，保管把这回借的米给还清了。"

大娘一下子想开了，说："行，本来就是这理儿嘛，咱是给她鲻山帮忙儿的，就该她管饭，呵呵。咱这回倒贴她一半儿，叫她欠下咱的，往后咱滩里筑巢的时候，不用她出人，让咱们砍她鲻山一片树就行了。"

俩人又细细商量了一阵儿，听得外头叮里咣当响，知道是竹子来了，大娘跑出来，见来了十几个人，就问大妮子爹："跟人们说啦？"大妮子爹说："都知道啦。"大娘说："那好，明儿一早，咱上去四十个人，你扛上一袋子大米，明儿我再借去，挨着借上十天，不够的她鲻山给垫上，多出来的算咱们给她送礼了。"

大妮子爹跟她商量："上头全是力气活儿，窑上和作坊里都是老人和女人家，就不用动了。渔船上抽二十个，稻地里抽二十个，你瞧这么着行不行？"

大娘说："行，就这么着了，你把窑上的活儿交代个人儿，这几天领着人上去。鱼头，船上的人你带着，三青子招呼稻地的人，回去跟人们说一声儿，全带上斧子。"说着喊出有巢来，对众人说："忘了告诉大伙儿，这是我打鲻山带下来的闺女，叫有巢。有巢，你就势儿教教人们咋刻饬这锯。"

有巢要过把斧子来，一根竹子破了四半儿，又砍成胳膊长一截儿，举着说："往这一面儿上斜着刻一溜坚牙，指甲盖儿这么长，底下有小指甲盖儿的一半儿宽，上头尖，仿着鱼鳍那样儿一顺儿斜着。刻饬出来，来回拉扯就能锯折了木头。"有巢连比划带说，说到后来，人们都点头嗯嗯，说好主意。大娘说："那就回去一人先刻饬一把，明儿上山先带上，说不定使上了。别的人见了，就都跟着学了。"人们破了竹子，分着拿回去刻饬锯去了。

剩下大娘几口子，一边儿刻饬一边儿说话儿。大娘说："有巢头一两天先跟着去，活儿安排好了，就不用天天上山了。""别价大娘，头一回在地上筑巢，我还是从头儿到尾跟着好，往后咱筑巢时就有经验了。再说，舅舅也不能天天儿在山上守着呀！"大妮子的爹说："十来天还行，再多了就耽误家里的活儿了。"大娘心疼有巢，说："一个妮子家，跟着男人们干活儿，那不是你出的力啊！"大妮子知趣地说："娘，要不，我跟上有巢妹子做个伴儿吧！"大娘说："你要不怕人家笑话，就跟着上去也好，咋着也是给你筑巢啊。"有巢连忙说："使不得，使不得！姐姐长得这么俊，鲻山的人只顾得看姐姐了，就干不成活儿了。"大妮子的脸一下子成了落日的红霞，更俏了，她咬牙嗔道："我好心好意要陪你，你不但不领情，还说这话埋汰我，真不是东西！"有巢赶紧一个劲儿地赔不是。大娘说："大妮子不识耍，甭答理她！今儿忙活一天了，都累了，拾掇拾掇睡吧。"

有巢怕大妮子真生了气，紧着找补："是，是，睡了。姐姐，刚才大娘跟我说了半天新巢，说得筑个大巢，让鲻山大娘跟舅舅也住进去。"大妮子说："那还用说？甭管住洞还是住巢，一家子分不开。"有巢说："我就没往这儿想，多糊涂啊！后来我们说大巢底下养鸡鸭，顺着磴子上去，先是一溜空板子，搁东西、做饭伍的，后头才是大巢。也没问问姐姐待见不待见，姐姐要是瞧着哪儿不合适，趁还没动工，尽管说。"大妮子说："大伙儿给我筑巢，我还有个啥不愿意的？住新巢，山下山上我都是头一个儿，只有高兴和感激的份儿了。等到有巢妹子的好事儿成了的时候，姐姐再还这个情儿吧。"

这回轮到有巢找茬儿了，她脸一沉，嗔道："姐姐就会欺负老实人，再要欺负人，我就不给你筑巢了。"吓得大妮子连忙赔礼道歉：“好妹子哩，你可不敢生姐姐的气啊！姐姐是个拙人，不会说个话。妹子肚量大，可别生拙人的气呀！”

大娘趁这工夫儿数落女儿：“都是你爹惯的，张狂得不是个样儿了，这下可有人治住你了。”大妮子爹笑着对有巢说：“你才来，还不知道这家的制子，甭管啥事儿，最后的不是都落在我头上。有巢以后也学着点儿，事事站在你姨一边儿。”

这一家人真叫有巢打心里喜欢，大人厚道，孩子懂事，尤其是那爱笑的小妮子。娘死了以后，她头一回有了家的感觉，一个和厚喜乐的家，感动得半宿睡不着，在鰣山一回一回筑巢的事儿全想起来了，最后想到跟百十人一块儿筑大巢，真是想都没敢想的事儿啊。她又想明儿这百十人的活儿咋安排，全扎一块堆儿刨树站不开，不如滩里人连砍带锯，鰣山人跟着刨树根、剥树皮、截长短、刻饬榫头跟卯口伍的。树上巢里存了二三十把竹锯，加上黑间跟大娘一家刻饬出来的，还有昨儿后晌砍竹子的人自个儿刻饬的，够滩里人使唤的了。想着想着瞌睡虫儿悄悄儿爬上来了……

有巢一觉醒来，大人孩子早就都起来了，她挺不好意思，来人家头一天就睡了懒觉。小妮子做好了饭，她知道大人要上山，焖了一大锅白米饭，烤的鱼，还说：“多吃点儿，渴了上鰣山喝水去。”大娘说：“是这理儿，肚子里紧着装干的。”小妮子又咯咯儿乐起来。大娘说：“甭乐！山上活儿累，不填满了顶不下来一大长天。”有巢说：“不是说好了咱抬着米上去，他们管饭吗？”大娘说：“那也得这会儿吃饱了，宁叫撑着了，不叫饿着了。一大长天，就怕顶不到吃后晌饭啊，能吃多少吃多少，肚子里攒着，省得饿得难受。”有巢想，这家人就是实在，但愿鰣山的别坑人家。

吃了饭，大娘跟大妮子已经装了满满一袋子米，麻绳儿系不住口儿，这才抓出一把来，撂瓷实了，蹲几下子，总算绑住了。

一会儿上山的人都来了，腰里别着斧子，有几个人肩膀头上斜挎着竹锯，都是昨儿后晌跟舅舅一块儿砍竹子的。

到了鲻山，人们愣住了。鲻山人已经撂倒了一大片树，只留下砍了咬口的和里头的一片。有巢一眼瞧见舅舅跟小子，知道是他俩张罗着干的。见他们来了，鲻山人都撂下了手里的活儿，小子的眼里亮闪闪的。鲻山大娘迎了过来，大着嗓门儿招呼："哟，这么早就上来了？"滩里舅舅把一袋子米放下，说："不早了，工夫儿都耽误在路上了。这是我们今儿后晌的口粮，麻烦老姐姐了。"鲻山大娘也不掩饰心里的喜，说："还真给我背米来了，也不说咱们谁跟谁，太见外了，哈哈。"又拉住大妮子的手，心疼得不行，"你咋也跟来了？你爹娘舍得，我可舍不得。走咱拾掇别的去。"给众人撂下一句："筑巢的活儿，你们自个儿商量着干吧！"扛起米袋子来，对大妮子说："走啦！"大妮子连忙抢过米袋子来，跟上大娘走了。

鲻山舅舅跟滩里舅舅和有巢仨人商量起活计来："昨儿后晌今儿前晌撂了这么多树，做了记号儿的没敢动，圈儿里头的这就撂。你们瞧着地方儿够不够？"滩里舅舅说："我只管领人，活儿咋干还得问咱有巢，这妮子肚里有数儿。"有巢也不客气，接过话来："舅舅，干得挺好的，里头那块儿连砍了口儿的一块堆儿撂了吧，省事儿。"鲻山舅舅说："那圈儿树不是留着打底儿的吗？不费啥事儿，留着吧。"有巢脸红了，说："不留了，省得往上长。挖出来锯了根儿烧死了再埋进去，桩子结实，巢也牢靠。"鲻山舅舅一拍大腿，叫道："着啊！"有巢说："着啥啊？还不是滩里大娘瞧出毛病儿来了？得亏啊得亏，我这会儿还后怕呢。"鲻山舅舅对滩里舅舅说："那这么着吧，我们这些人接着撂树，滩里的都带着锯来了，就先拾掇撂倒了的树吧，砍枝子、剥皮、锯根，拿回去当柴烧。"鲻山舅舅是滩里长大的，知道滩里缺柴烧。

滩里舅舅叫人把撂倒的树都拖到道边儿上，远远儿地甩开两大溜，砍了枝子，剥开树皮，谁砍的剥的归谁。鲻山舅舅叫他家小子回家找找有没有葛绳。一会儿小子回来了，拿着一把绳子，说："娘说先使着，娘跟大妮子出去找葛藤去了，后晌准搓好了。"滩里舅舅说："不急，没绳子也不要紧，后晌先把树根弄回去，明儿带上绳子来。"鲻山舅舅笑了，"这么沉的大泥根子，咋带呀？趁早儿扔了。我们鲻山虽说是穷，可有的是树，随便儿砍枝子烧柴。你们见天儿回去背上一捆，没人当回事儿。"

山里从来没这么热闹过，那边儿几十个人放树，轰隆隆隆像一阵一阵的滚雷，这边儿喊里喀喳像姚江开了锅，对面儿说话听不见，得扯着嗓子嚷嚷，越发热闹了。滩里人干活儿利索，枝枝杈杈一会儿就砍秃了，皮也剥光了。有巢也从树上巢里拿出十几把锯来，小子瞧见了，赶紧跑树底下接着。有巢瞧着他，心里升起怜意，想说啥，却一口唾沫咽了下去，只咧了咧嘴，做出个笑来。小子也咧了咧嘴，下嘴唇儿哆嗦了两下儿，下巴往上皱，上半张儿脸挤出笑来，下半张脸绷着快哭了。有巢骂他"傻样儿"，他听不见，越发想知道，嚷嚷着："说啥哩？说啥哩？"隔着树，有巢也听不见，瞧他那急赤白脸的样儿，赶紧下来了，问："你说啥来？"小子说："我啥也没说，只是问你说啥来。"有巢竟想不起来自个儿刚才说了啥，只好说："忘了。"小子气得"喊"了一声，有巢也"喊"了一声，小子听得真着，心上像叫锯划了一下子。

有巢把锯给滩里人分了，自个儿留了一把。滩里舅舅说："这东西咋使唤啊？有巢你还得教教。"有巢拿斧子在一棵树头上砍了个印儿，把锯插进去，一只脚踩住树，一下一上拉扯起来，白色儿的锯末儿慢慢儿溢出来，散着清香。人们都学着样儿先砍个印儿，插进锯去拉扯起来，一时间噌噌嗡嗡响成一片。

趁着人们开了锯，有巢查看起摞倒的树来，连着圈里长着的那块，地界儿还是显小了，要是把长作宽，把宽里扩到道边儿上来，就差不多了。她算着明儿还得放一天树，后儿清场子，埋桩子，把地砸瓷实了，往后就是筑巢的活儿了，使不了这么多人，也用不了那么多天。

滩里有人喊起来："快跑！葛藤追上来了！快跑！"众人一看，原来是大妮子抱着拽着一堆一串一嘟噜的葛藤过来了，后头拖得老长。扯葛藤的时候人们爱喊"快跑，葛藤追来了！"大妮子说："大娘要搓绳子，我说，就捆个柴火，还用搓？这不，连叶子都拽过来了，谁磕着碰着了，拽一片糊上就不疼。"有巢说："姐姐来得正好儿，快帮我拉锯来！"大妮子撂下葛藤过来了，问："咋拉呀？"有巢拿斧子在树根上砍了几下子，把锯插进去，说："姐姐拽住那一头儿，我拉你送，你拉我送。来，拉吧！"姐儿俩坐地下，来来回回拉起了锯，别说滩里瞧着新鲜，连鲻山人都放下了手里的活儿，直着脑袋往这儿瞧，又是点头又是咂嘴，当然很多人也是瞧大妮子。

又有人喊起来："快跑！葛藤追上来了！"这回是鲻山大娘赶过来了，气吁吁，也拖着一大堆葛藤，一见大妮子就嚷嚷开了："这哪儿是你干的活儿啊？快放下，帮我做饭去！"大妮子笑着说："姨，拉着挺轻省的，叫我跟有巢把这棵锯折了吧，一会儿就完了。"大娘说："快着点儿过来啊！"又喊他家小子："帮我拽过一棵树来！"小子捡了棵小点儿的砍了枝子的树，跟他娘两个拽着走了。大妮子纳闷儿，问有巢："这是干吗？"有巢乐了："烧火啊，不是说做饭吗？"大妮子啧啧着说："这么好的木头，多可惜了儿的！"有巢说："树倒不可惜，山里有的是，可惜的是费劲砍了半天枝子，嗨，就图拽着省事儿了！"滩里舅舅直朝她使眼色，打着哈哈儿说："这妮子说的，不就砍了几斧子扯了两下儿锯嘛？枝枝杈杈的叫人咋拽啊？"有巢知趣儿，不吭气儿了。滩里舅舅叫大妮子过去帮大娘做饭，自个儿坐下，跟有巢拉起锯来。到底儿男人劲儿大，锯末噌噌下得快多了。

树杈子锯完了，人们都学着有巢他们的样儿，俩俩对着坐下，拉起锯来。那边放树，轰隆隆一阵响，腾起一片黄土，不停地响，半天里全是黄土。滩里舅舅说："人家把苦活儿全干了，咱坐这儿拉扯，有点儿不像样儿。"有巢说："明儿使不了这么多人了，来十来个儿就够了，姨姨也省得为米熬煎。"

道儿边上支了好几口锅，炖肉的香味儿飘了过来，男人们直咽唾沫。

"歇了歇了！吃饭啦！"大娘的粗嗓子把人们手里的锯吓住了，放树的也不干了，拍拍一身的土回家去了。有巢心想，这女人真尖，给她家干活儿，不管饭，滩里的人吃的也是自个儿背上来的米。她这人真使得出来！

一摞一摞刚开窑的大碗，还没使过。大娘招呼着："一人拿一个碗，过来盛饭盛肉，没别的，棒渣子炖獐子肉，都是你们滩里没有的，吃个新鲜。"又对滩里舅舅说："大兄弟，你扛上来的米，我没舍得煮了，一会儿给今儿放树的分了。反正你们滩里天天儿吃大米，今儿换换口味儿，呵呵，棒渣子比米禁饿。"

有巢听她这话这么别扭，谁不知道米比棒渣子贵？她脸皮真够厚的！滩里舅舅却说："可不是嘛，吃米吃俗了，尝尝山里的饭。"又说，"叫老姐姐破费了，明儿使不了这么些人了，上来十来个儿就行了，你也省点儿。"大娘说："你这么一说，我肚里就踏实了，筑个巢，哪能百十人干多少日子啊？谁家也管不起啊。"有巢说："是我糊涂，算错了。"鲻山舅舅说："谁也没筑过这么大的巢，哪儿能算得那么准啊？头一天来这么多人也没窝住工，树都摞了，也拾掇出不少来，明儿好干多了。"有巢说："舅，这地界儿还显窄了点儿，明儿再摞一片树吧，一直摞到道边儿上。"大娘一听就喳喳上了："那么一大片了还不够？你要筑多大的巢啊？"有巢说："这是滩里大娘的主意，说是新巢不能只给小两口儿住，把人家的家给拆了，得筑大点儿，一家子住一块儿。"大娘这才不说话了，这话要是有巢说的，她肯定要骂。鲻山舅舅说："难得人家想着咱，咱就好好儿筑个像模像样儿的大巢，一家子住着舒展，瞧着痛快。"

临了儿，大娘对滩里舅舅说："明儿别带米了，十来个人的饭我还管得起。"滩里舅舅说："哪儿能白吃你的啊？"鲻山舅舅哈哈笑了："这话说的，咋叫白吃啊？干一天活儿就不该吃顿饭了？"大娘说："就是嘛，你要是不落忍，就背一篓子鱼给我，我好给明儿来干活儿的鲻山人分了，米太少，一人一把也不合适。"滩里舅舅说："我多背上些个米，不就得了？"大娘说："我的实在兄弟哎，不是这么回事儿，我说的是那些干活儿的人稀罕滩里的鱼，皆为我们山里没有啊。嗨，咋说都叫你们笑话了。"滩里舅舅："这还不好说，守着姚江还能叫没鱼吃了？明儿一早下上两网，多背几篓子鱼上来，不值个啥。就是这鱼搁不住，来了就得分了。"鲻山舅舅说："行，叫他们明儿都带上水罐儿来，甭管死鱼活鱼，先泡起来，见水为鲜。"

滩里人吃饱了，喝足了，起来捆柴火去了。大娘拿出两条獐子腿给了大妮子，说："叫你娘他们也尝尝这个，这东西别说滩里了，山里也难吃上哩。碰巧儿昨儿个打着一对儿，赶上给你们炖了两大锅。"

天黑下来了，滩里人背起大捆的柴，迈着酸胀的腿摇摇晃晃下山去了。一路上人们吵吵，都说干吗明儿就来那么几个人。舅舅说："人手够了，人多了窝工，再说谁管得起这么些人天天儿吃啊？"鱼头说："不用谁管饭，他鲻山不是稀罕鱼吗？咱多下几网，多背几篓子上来，拿鱼换他们的棒渣子，两不亏。"三青子也说："来一天就不叫来了，啥也没瞧见。反正咱滩里往后也得筑巢，不如让大伙儿都跟着从头干到底儿，知道咋筑巢。"舅舅说："都跟人说好了，明儿突然又来了一大帮，他们本来就缺粮食，这不是要人家的好看吗？"三青子说："鱼头说多背几篓子鱼上来，要是还不够，我们一人交一把米，凑一口袋给她背上来。守着这么多柴火，还不趁着筑巢天天儿往回背？往后平白无故来砍人家的柴说不过去不是？"

有巢不知道滩里缺柴缺成这样儿，就跟舅舅商量："要不还都上来吧，咱帮他们多撂些树，场子宽敞点儿，他往后再筑巢也方便，撂下的树咱搬回来留着筑巢用。"舅舅还没张嘴，人们就七嘴八舌叫起来："好主意！好主意！"有巢脸红了，"叫少来人也是我的主意，光想着给她家筑巢了，没想到咱自个儿。舅舅，您说呢？"舅舅说："其实多来些人也没啥，就是怕人家招待不起。"有巢说："咱扛着米上山，没用她招待啊。鲻山人巴不得换咱的米跟鱼呐，没见一粒米都舍不得叫咱吃？白花花的米给咱换些个老棒渣子，哼！"舅舅说："也是，他们既然稀罕，咱就多背几篓子鱼上来，只是米可得你们各家儿自个儿拿啊，我们家供不起了。"鱼头说："那还用说？这是为了咱滩里筑巢，又不是你一家的事儿，自然不能天天吃你的。扛回去的木头大伙儿使，背回去的柴大伙儿分，大娘分嘴也得算上我们几十个人。我们给大伙儿干活，吃自个儿的，就亏了，呵呵。"舅舅说："我回去跟她说说，不会亏了咱哥们儿。"

滩里大娘听有巢他们一说，立马儿就答应了，还说："明儿原班儿的人上去，帮着放树，使不了的全都扛回来。临走跟人家大娘打个招呼儿，后天再多上去些人，不干别的，就撂树，趁这工夫儿，能砍多少砍多少，过了这工夫儿再要木头，可就得求她了。"

第二天滩里人早早儿起来下网，凑齐了一袋子米，扛着米，背着鱼篓子、空篓子，带着粗粗的葛绳，浩浩荡荡上山了。鲻山大娘一见又来了这么多人，心里发毛，嘴上却笑着说："咋又来了这么多人啊？全扎这儿来，不把滩里的活儿误了？"人们放下背篓来，鲻山舅舅把米袋子蹲地下，说："误不了，我们这是给两头儿干，这边儿放了树清出场子来，您还能接着筑巢，木头我们运下去，也是为了筑巢。吃的我们带来了，就怕你舍不得叫砍树。"

鲻山大娘说："呵呵，我怕你们砍树？你有本事把鲻山砍秃了，我也不心疼。就是别老带这么些东西来了，让人瞧着说我们沾滩里的便宜。"她瞧着一篓子一篓子的鱼，又对鲻山人说："这么多鱼，都给了你们几个，就太不均了。这鱼不能放，小子，你快去，叫人拿上罐子都来分鱼。"

滩里舅舅实在，说："鱼啊虾的我们那儿有的是，天天儿背个两三篓子不值个啥。"大娘说："你们别把姚江给捞净了啊。"滩里舅舅憨憨地乐："姚江捞净了还有软江哩，全都捞净了就下海捞去，咋也不能误了老姐姐吃鱼。"大娘说不过，让了："呵呵，我可没你本事大，河里没了下海去，鲻山的树砍没了可就是没了，别的山上的我做不了主儿，天上的树我搬不下来，只能等着再长出来了，呵呵。"虽是说笑，有巢听着也有气，老实憨厚的滩里舅舅成了油嘴滑舌头，她倒成了有一说一的老实人了！

人多出活儿，鲻山人把场地清理平整了，滩里人把木料全都刮平截齐了，按照有巢的要求，有的刻饬出榫头来，有的刻饬出卯口来，对扣起来，严丝合缝儿。

材料儿齐了，该埋桩子了。桩子是粗粗的大树锯的，齐齐的，全都一个半人高，上头锯了，下头过了火，涂了漆，埋进地里一半儿深，夯得瓷瓷实实地，俩人使劲都晃悠不动。两根儿桩子之间距离一样儿，跟横梁一般儿长。桩子不光埋了一圈儿，当间儿还横着埋了几道桩子，也都锯了楔口。横梁两头儿削了榫头，正好儿插进桩子的卯口儿里，占半拉，留半拉榫旁边儿的横梁。榫头蘸了胶，是滩里人熬的鳔胶，粘住就拔不动，尽管这样儿，有巢还是叫人又捆了葛绳，紧紧地四角儿绕住桩子。等所有的桩子都跟横梁榫住、粘紧、捆结实了，再把一道一道的竖梁榫到横梁上，榫头和卯口也是滩里人先就刻饬好了的，搭上去一压，正好儿扣上。都搭好了，成了一片长长的大台子——大巢的底儿打成了。

有巢上去走走，没事儿，蹦蹦，也没事儿。鲻山舅舅上来了，蹦蹦，台子不摇不晃，说："不错不错！就是这木头圆鼓隆咚的，踩上去站不稳当。"有巢说："还没完呢，这都的拿泥抹平了，活儿还多呢。"

往上的活儿全是泥水活儿，拿黄泥把一楂截儿一楂截儿的木头搭错着砌起来，越砌越高，成了四面墙，留了一个门儿。墙砌起来了，上头拿树枝子搭了个圆鼓隆咚的顶子，为的是下雨好走水。顶子檐儿宽，出到墙外一大截子，上头糊了一层泥，泥里掺了牛毛、羊毛、头发、烂麻头子伍的，为的是把得结实。人们最后把巢里巢外的地都抹上了厚厚的黄泥，缝儿填住了，地平了。

大灰鹅"呃啊呃啊"的惊叫把有巢吵醒了，起风了，风打着口哨儿呼呼叫，一个亮闪扎进窝棚里来，跟着两声闷雷，大雨点子噼里啪啦砸在窝棚顶上，就跟石头子儿拽在脑袋上似的。有巢担心山上的巢，才抹的稀泥，大雨一冲就全完了。唉，这会儿担心也没用，只能求告老天爷了。她爬起来，脑门子贴地跪着求告："老天爷，您先忍忍，过两天再下雨，过两天痛痛快快地下一场。老天爷，求您了，这么些人没明没黑地干，盖个巢不容易，老天爷，体恤体恤筑巢的苦人吧，说啥也别下雨啊！老天爷啊，收收吧！老天爷，我这辈子敬拜您，叫人们也敬拜您。老天爷……"

老天爷没听见她的求告，风呼哨得越厉害了，恨不得把窝棚掀了。有巢想跑到山上去，可是去了又有啥用呢？老天爷要毁，你也救不了。面对愤怒的老天爷，有巢感到自个儿就是一摊稀泥，一点儿劲儿也使不上。对老天爷，她只有敬畏，这会儿除了求告没有别的招儿。

老天爷慢慢儿静下来了，不呼哨了，可是雨却哗哗地下开了，窝棚里先是滴滴答答，接着噼里啪啦漏开了。一家子都起来了，端盆端锅接漏，棚子里到处是水，没块干松地方儿。这可是鲻山没有的，土洞地窝子再不济，可是不漏雨，门口儿坌高点儿，水灌不进来。有巢动摇了，这巢到底儿该不该筑呢？

瞧着有巢为山上的新巢着急，大娘劝她："哪儿有不漏雨的巢啊？筑起来了没塌就是好的。滩里的窝棚顶子尖，算是走水好的，还不照样儿漏雨？一辈子一辈子的人也过来了。能避住点儿就行了，妮子，人得知足，甭老想着跟老天爷较劲儿！人哪儿拧得过老天爷啊？"

大灰鹅直直叫唤了一宿，一家子守了一宿，只有蛋蛋在他娘怀里美美睡到天亮。天亮了，雨也住了，大娘跟舅舅出去拾掇棚顶儿，小妮子在外头起火做饭，呼哧呼哧吹不着边际湿柴火，呛得咯儿咯儿咳嗽。有巢跟大妮子端着盆盆罐罐往外倒水，回来又撅着屁股舀地上的水。蛋蛋问："啥时候下雨啦？这么多水！"小妮子咯咯儿乐起来，说："直直下了一黑夜，就你睡觉了，哼，醒了啥都不知道！"蛋蛋一听黑夜下雨了，唱着就往外跑："黑夜下，白天停，打得粮食没处儿盛。黑夜下……"唱得有巢心烦，还不知道山上的巢成了啥样儿了呢，她好像瞧见了黄泥汤子流了一地，台子趴下了，塌了的木头可世界滚……

第七回

喜巢成却遇无情雨
危舟倾偏逢要命风

有巢扒拉了几口饭，放下碗说："你们都慢着点儿吃，我上鲻山瞧瞧去。"舅舅劝她："急啥哩？等着跟大伙儿一块儿去吧！"有巢说："舅舅，别人不用来了，巢已经筑起来了，没咱滩里的事儿了。"大娘说："没咱的事儿了，你还上去干吗？"有巢说："我上去瞧瞧巢塌了没有，我起的事，该我收拾。别人跟去也没用，家家都漏成这样儿了，还是先拾掇自个儿吧！"大妮子说："谁不去我也得去，那巢好歹是给我筑的，甭管塌没塌，我都得瞧瞧去。"大娘说："你跟上去也好，碍着你的面子，你山上姨还不至于太跟有巢过不去。"有巢光想着新巢了，忘了鲻山大娘会借这事儿找茬儿，她感激大妮子娘儿俩的好心，想说句好话，却不知道咋说。大娘说："你们俩去吧，早去早回！"

姐儿俩走了，大妮子要撑船，小船儿里接了半船雨水，姚江里灌满了黄泥汤子，浪头接着浪头，大声呼叫着滚滚而下。船不用撑就冲下去了，大妮子横拿着竹竿，遇到湾儿就拿竹竿顶一下，好让船撞不到岸上。有巢心里跟这混浊的姚江一样，翻腾了一路儿，上岸时心淤住了，只觉得憋气，一句话也说不出来。大妮子劝她："别太往心里去了，咱就当没筑这个巢，一干人进山打了儿天柴，还落了不少整木头，这不白赚了？""可是，姐姐，这巢是送给你的喜礼啊。""你跟乡亲们的心到了，我心领了。没有新巢就住土洞呗，鲻山人祖祖辈辈住土洞，不是也过来了？没啥要紧的啊。"有巢不说话了，她就是为了鲻山人往后不再住土洞，才筑的这个巢，头一个就塌了，鲻山大娘指不定说出多难听的话来呢，从今往后别想再在鲻山筑巢了。她想在滩里接着筑，也不会有人帮她了，她一个人说啥也筑不起来一个大巢。天好的机会还是叫老天爷给冲了，唉，命里没有，不能强求啊。

进了山，有巢心里越发急了，俩脚却沉得抬不起来，上山脊梁弯得酸疼，就像背着一个死人去埋。她不能埋怨老天爷，怨就该怨自个儿，咋就没想到天会下雨呢？那顶子上该厚厚地苫儿层蓑草才是啊。大妮子问了她好几回，是不是身上不好，要不要歇歇儿，她都说"没事儿"，恨自个儿这就挂了相儿，强打起精神，硬挺着胸脯子，无奈两条腿不争气，跟不上劲迈不开步儿。

大妮子倒是好脾气儿，陪有巢一步儿一步儿挨着，磨蹭到半晌午，总算到了山腰里。眼瞅着离那新巢越来越近了，有巢的心吊起来，越吊越高，等望见那块缺了树的空地儿，喘气儿都费劲了，嗓子眼儿里像堵了块土坷垃，俩眼冒火星子，脑袋嗡嗡叫。她恨自个儿拿不起事儿来，窳成了这模样儿。老天爷不待见窳人，磨蹭也没用。她爽性快走几步儿，脚底下轻了，竟然跑起来，倒把个大妮子甩在了后头。花儿汪汪叫着朝她跑来，跳起前腿儿往身上扑，尾巴摇成了一朵大花儿。有巢捏了捏狗脖子，算是亲近了，甩下花儿，直奔大巢去了。到了地界儿，有巢半声尖叫，嗓子眼儿里扑出一口土坷垃似的气来。在后头颠儿颠儿跟着的花儿不知道出了啥事儿，跟着尖声儿汪汪。

大妮子听见有巢叫狗也叫，好吓了一跳，急赤白脸追上来。花儿朝着她扑过来。有巢赶紧喊住，叫大妮子把手伸到花儿鼻子底下，花儿才不叫唤了。有巢指着新巢说："姐姐你瞧！"嘿咿，大妮子也惊得差点儿叫出声儿来。

新巢好好儿地坐在平台上，平台干松利落，看不见一点儿水印儿。"嘿咿，山里根本没下雨！"大妮子这一叫喊，有巢才醒过味儿来，咋一路上就没瞧瞧地面儿湿没湿呢？她咕咚跪下，仰面朝天，念叨"老天爷啊"，腮帮子哆哆嗦嗦，又咚咚咚咚磕了好几个响头。

有巢起来，跟着大妮子顺着木头磴儿噔噔上了平台，花儿挤着蹦了上来。巢门开着，拿块石头顶着，里头的墙和地都吹得半干了。大妮子刚要进去，有巢拽住了她，说："地上一踩一个脚印儿，反正是你的巢，晚进去两天吧！"大妮子手摸着墙说："干得差不离儿了。"有巢说："嗯，到日子就干透了。这平台该拦起来，省得孩子跑着玩儿一不留神掉下去。"大妮子脸腾地红了，想嗔怪，瞧有巢没有要笑她的意思，就咽了下去。

旁边儿一个人也没有，都出工去了，连鲻山大娘也不在家。有巢说："走，姐姐跟我去窑上找鲻山舅舅交代一声儿，让他们找苇子把顶子苫上，把平台围住。"她捡起地下半截树枝子，朝前头一扔，花儿几步儿蹿出去，叼住木头，颠颠儿跑回来。大妮子说："这狗通人性哩。""可不是嘛，赶明儿你可得待它好啊！"大妮子脸烧了，接过木头，揉揉花儿后脖颈子。花儿摇起好看的尾巴来。走了一阵儿，大妮子问："还有多远儿？"有巢说："不远儿了，拐过去就是。"大妮子说："你一人儿去吧，我挨这儿等着，省得他们说这说那。"有巢说："窑上的人都挺好，没人说。"大妮子还是抹不开脸儿，有巢只好自个儿去了。花儿往前跑了几步儿，又回来了。大妮子圪蹴下，一只胳膊揽着狗，一只手捏它脖颈子，捏了脖颈子捏脊梁。花儿舒坦得一劲儿摇尾巴。

"嗨咻，那不是有巢嘛！"谁远远儿喊了一嗓子。有巢一瞧，正是大嗓门儿女人"母猪"。别人都朝这边儿看过来，这个喊"有巢"，那个喊"有巢"，有巢"哎、哎"答应着跑了过去，那情势就跟小孩儿奔娘去似的。拴儿跑了过来迎她，俩人抱住，就跟几年没见似的。小子也跑过来了，见她俩半天不分开，嚷了一嗓子："嗨，你呀，咋又回来了？想咱鲻山了吧？"有巢这才跟拴儿分开，捋捋头发，朝他笑着点头，"嗯，就是想啊。"小子脸红了。舅舅见真是有巢来了，掩不住喜气，瞪着眼咧着大嘴问："今儿咋有工夫儿来了？"

有巢也不回答，只是问："舅舅，咱这儿夜里没下雨啊？"

"没有啊，滩里下了？"

"可不是嘛，下得大着呐，外头里头都下，棚子漏得一宿不能睡。今儿来的路上可世界都是水，姚江、软江全都满了。咋咱这儿就没下呢？"

"我说哩，你咋又回来了，准是惦记你那巢吧？咱这儿可一个雨星儿也没见啊。呵呵，要不是老天爷叫你回来瞧瞧，你还不回来呢，是吧？"

"舅舅真会埋汰人！就是老天爷不下雨，我也该回来一趟，那巢还欠着点儿活儿呢。"

"我瞅着挺好的呀，有顶儿有底儿的，还欠啥活儿呀？"

"舅舅，还欠两样儿活儿：头一样儿，巢顶儿上还得去洇滩里找茅草或者苇子苫顶子，最好从下往上一层压一层拿泥糊住，省得叫大风掀了；再一样儿，巢前头的平台没遮没拦儿的，这可不行，得加一溜围挡，要不，孩子在上头跑太悬。"

听得人们都忍不住笑了，舅舅笑得顶厉害，半天止不住。"大妮子人还没过来呢，你这就想着孩子了，真是急茬啊。"把个小子笑得脸上起了霞，一百个不自在。舅舅倒是答应了："呵呵。行，这两样儿我都记下了，明儿就找人干去。"

有巢急了，眉头皱起疙瘩，说："不行啊，围挡早装晚装不吃紧，苫顶子的事儿可等不到明儿个，万一夜里来场雨，咱那巢就冲了！舅舅，我就是为这急着跑回来的，拖不到明儿啊，不管咋说今儿得把顶子苫上。"

拴儿说："瞧你急得！比自个儿的巢还上心。"

有巢说："我盖的巢，能不急吗？赶明儿给你盖巢，我也一样儿着急。"

拴儿照她嘴上拧了一把，"死妮子就不怕烂舌头？哼！"

有巢顾不得说笑，催舅舅赶紧苫棚子、拦台子。

舅舅说："行，咱这就去割茅草，后晌就苫上了。"他把看窑的活儿交代给人，叫上留留他们四个和泥的男人，说："走，咱这就割白茅去，给新巢苫顶子。"有巢说："舅舅，我就不去了，我得回了。"舅舅说："急啥哩？那边儿又没盖巢！既是来了，就甭急着走了，你跟着也给指点着点儿。"有巢小声儿说："舅舅，大妮子跟我做伴儿来的，她不好意思过来，挨那边儿等着呢，我不能叫她老等着呀。"又朝小子诡秘地笑。小子以为她心里有啥话当着众人说不出来，就朝她点点头，挤挤眼儿，那意思是：我都明白了。舅舅要找大妮子去，有巢说："她这会儿真是不好意思过来，迟早是你们家的人，舅舅就甭让人家难为情了。"舅舅一想也是，就说："那你叫上她快回吧！不容易的俩妮子，唉！"有巢接过来说："哎，我走啦，您找齐了茅草就苫上吧，有工夫儿再把平台围起来。"

人们见有巢要走，都上前来留她说说话儿。拴儿眼里有了泪儿，攥住她的手，有巢另一只手也攥住拴儿的手，就像抓着落水的人。舅舅说："才离开几天儿啊？不至于的，叫她走吧！还有人等着哩。""谁等着有巢啊？""谁呀？干吗不过来呀？""这人，怕咱吃了他是咋地？""把他叫过来！"人们七嘴八舌，舅舅只是笑，小子挺不自在。有巢也笑，听着人们没鼻子没眼儿瞎猜，就解释说："那人是滩里的，过几天你们就认识啦。这回我空着手儿来的，大伙儿想吃啥？下回给背上来。"拴儿说："啥也不要，你常回来瞅瞅就行啦，大伙儿都惦记你呢。"人们也都叫她有工夫儿回来瞅瞅。别忘了山里人。有巢动了情儿，有点儿不自在，赶紧说："行，那我走啦。"人们都要送她，叫舅舅拦下了。小子嚷了一嗓子："想咱山里了，就回来！"

接上大妮子要走，花儿非跟着。有巢说："这不行啊，你跟我一块儿把它送窑上去。"大妮子说："干吗非得我跟你一块儿啊？你带它去不就得了！""我要是一人儿带得了它，就不求你了。本来该你一人儿送过去的，哼！"大妮子只好跟上她往窑上走。花儿颠儿颠儿跑前头去了。

舅舅瞅见她们过来了，问："咦，咋又回来了？"大妮子紧着往有巢身子后头藏。有巢往肩膀儿后头努努嘴儿，说："花儿个势利鬼，要跟着去滩里，死活不回来。"舅舅乐了，"去就去吧，它又不吃粮食。"小子可急了："爹倒大方，去就去吧，去了不回来了呢？"连有巢都笑话他了："没见过你这么傻的！"大妮子扭身儿跑了。有巢抱起花儿来给了小子。

两人出了山已是正晌午，地上的水在日头底下腾成了齐腰的白汽，雾蒙蒙地浮动，人像在云里飘。树和景儿也被飘动的白汽缭绕，有巢情不自禁地叫了声："美！"

大妮子说："这山里山外就能差这么远，山外大雨灌满了河，山里连一滴雨都没下，老天爷真神了！"

有巢说："山里雨水就是少，一年下不了几回，人们使水省俭着哩。"

"甭管咋说，咱那巢算保住了，要不，还不得把你给急死！"

"嘿嘿，叫姐姐说着了。这回老天爷对得起我，我也算对得起姐姐你。舅舅他们这会儿正往顶子上苫茅草呢，夜里下雹子也没事儿喽。嗨，这颗心提溜了半天，总算放下来了。"

姐儿俩说说笑笑，一会儿就到了姚江边儿上。

往回撑船可费了劲了，顶着滚滚黄汤往上撑，跟逆水狂浪较劲儿，稍一松劲儿，船就退回来一大截子。大妮子立在船尾，胳膊憋得有小腿儿粗，咬牙蹬腿浑身使劲儿。小船儿碰着大浪头就打转转，有巢起来想帮大妮子一把，小船儿转得更厉害了，还摇晃。大妮子心里起急，嘴里也粗了："得了得了，你还还嫌不够乱啊？一边儿待着去！"

好歹撑到了两江口，大妮子使足了劲儿，一竿子往右斜插下去，把船撑进了软江。好险，浪头差点儿把小船儿吞了！过了几排浪头，水缓了，船也稳多了。有巢站起来说："姐姐撑了这半天了，该换换了，这儿水不急，让我试试，你在旁边儿说叨着。"大妮子是真累了，不得已把竹竿给了有巢，一屁股坐下，可心还在竹竿上，俩手虚着，一有事儿就能把住。

有巢站在船尾巴上，四周没依没靠，没抓没挠儿，心慌得乱扑腾。她怕掉水里去，俩腿劈开，脚从底下死死抠住船板，俩手紧紧攥着竹竿，心里才踏实了点儿。前头的水往下涌，插下竹竿去不是个容易事儿，提起来更不容易，竿子里灌满了水，死沉死沉的。船像个扑火的蛾儿，没头没脑乱撞，得亏有大妮子在旁边儿，一会儿往左拽一把，一会儿往右推一把，船才不转了。拨弄了半天，竹竿咋也插不到底，老是让水冲着往后插，插一竿子，船歪歪扭扭往前挪一点儿。大妮子指挥她："直着插呀！你这样儿根本借不上河底的劲儿。"说得容易，可是竹竿不听有巢的，一下水就往后斜。大妮子倒坐着，心里比撑船的还吃劲儿，船一晃，赶紧站起来护着。

过了一阵子，大妮子接过竹竿来，叫有巢歇会儿。竹竿到了大妮子手里，像个小玩意儿，船轻松地往前走。有巢说："你撑竹竿咋一点儿都不费劲儿啊？"大妮子说："瞅着不费劲，还是比平日累，大沟小沟儿的水全往下冲，跟竹竿较劲。"

瞧着大妮子轻松自如，有巢羡慕极了，说："啥时候能撑成你这样儿啊？"大妮子说："还得些工夫儿呢。滩里的孩子，还不会走道儿，就学撑船了。你才上船，且得练呢，呵呵。"有巢让她逗乐了，不信有这事儿。大妮子说："真的，孩子刚学走道儿老摔跟头，带到船上给根竹竿扶着，就不摔了，所以还没学会走道儿，就会撑竹竿了。滩里的孩子没有不会撑船的，就跟你们山里的个个儿会上树一样儿，呵呵。"有巢说："谁们山里的？我也是咱滩里人啊，不过是笨得要命，会走道儿十几年了，还不会撑船。"大妮子笑话她："不会撑船，就不算我们滩里人。"有巢央告她："来，我再学着撑上一会儿，你也喘口气儿。"大妮子教她："别站那么直，直直戳着太累得慌。扬起脑袋，眼往前看，别看水底下，把竿子贴住船帮，手略微松开，让竹竿掉下去，记住，直着往下掉，觉着竿子碰到河底的稀泥了，就该使劲儿了，一竿子撑到底，别打晃儿，船就直着往前走了。"

有巢照着大妮子教的做，竿子直着下去，戳到河底，借上了劲儿，船往前走了一大截子。有巢把握住了竹竿，能一大截子一大截子直着往前走了。河拐弯儿了，大妮子接过来，在水里轻轻往外一插，船也跟着拐了弯儿。大妮子教给有巢："想叫船往哪儿拐，就把竹竿往哪边儿插，插得越远，拐的弯儿也越大。这是戗着走，要是顺水走，轻轻摆摆竹竿就行了。撑船嘛，一个是直着撑，借上河底的劲儿，一个是左右摆，接着水的浮劲儿左拐弯儿，右拐弯儿。会这两样儿，就会撑船了。"有巢接过竹竿来又往前撑，不时小小儿地摆摆，算是会转向了，只是比起大妮子来还差得远。

说着练着不耽误事儿，船噜噜噜噜往前走。远远儿瞧见捕鱼的船了，大妮子"嗨嗨"吆喝起来。前头也"嗨嗨"地喊。有巢怕人笑话，把竹竿给了大妮子。大妮子撑起来快多了，一会儿就到了渔船群里。

　　鱼头站在船头问："你们俩干吗去了？别不是打鲻山回来的吧？"大妮子说："嗨，还真让你说着了，有巢不放心山上的新巢，上去瞧了瞧。"鱼头关切地问："咋样儿？一宿雨冲了吗？"大妮子说："嗨，瞎着急了，山里根本没下雨。不过也没白跑一趟，有巢嘱咐他们往顶子上苫蓑草了，再下雨就不怕了。"鱼头点着头说："这就好，得亏你们想着，要不，真下一场大雨，百十人的辛苦就泡汤了。"有巢这才红着脸说话："都怨我心太粗，该想到的没想到。"鱼头说："这谁也没想到啊，咋能怨你呢？还指不定有啥没想到的呢，大伙儿都得多想想，往后咱滩里筑巢就不至于出事儿了。"有巢感动地朝他笑笑。鱼头也憨憨地笑了，突然绷紧了脸，拽住网，龇牙咧嘴倒退着往上拉。

　　大妮子撑起船要走，鱼头直起脑袋来说："等等！"打网里掏出一条鱼扔过来，大妮子接住了，递给有巢，又去接鱼头扔过来的鱼。鱼溜滑，挣脱了有巢的手蹦到船板上。有巢圪蹴下，逮住了，刚攥住尾巴，鱼又出溜儿了，蹦到船帮儿上。眼瞅着鱼再一蹦就要跑河里了，有巢一脚跨过去抓。船歪了，正在接鱼的大妮子身子晃了晃，一条腿抬起来颤了半天，还是没站住，咕咚，连鱼带人掉河里了。

　　有巢没经过事儿，吓得哇哇大叫，自个儿不会水，抓了竹竿递过去。大妮子一把扒拉开竿子，抓住船尾爬了上来，气得骂："没见过你这么笨的了，连条鱼都抓不住，就会叫唤，哼！"有巢一劲儿赔不是，大妮子说："得亏是我，要是你掉下去了，还不定咋了呢！顾不住自个儿，还爱瞎咋呼！一只旱鸭子，跑我们水乡来添乱来了。哼！"有巢脸刷地白了，后脊梁凉森森地，恨不得一头扎水里，瞧着湿了半截的大妮子，又怨自个儿惹事儿，肚里搅和得乱糟糟的，到底儿说了一句："瞧这半身水！咱先回去吧，出来工夫儿不小了，看叫姨姨跟舅舅惦记。"大妮子扑哧儿乐了，

"嘿嘿，半身水也算个事儿！一身水还不活了呐？真是娇人说娇话！"有巢不说话了，反正说啥也是叫人笑话。

大灰鹅迎过来，一对儿围着大妮子叫唤，摇摇摆摆显勤儿。有巢心里骂："连鹅都势利眼，瞧不起山里人！"

黑间躺下，有巢睡不着了，就跟挨了一顿打似的，腰酸腿疼，俩胳膊不是自个儿的了，翻过来掉过去，咋躺着都受罪。俩胳膊又胀又酸，一会儿举到头上，一会儿朝棚顶儿举着，控着还好受点儿。撑了一会儿船就成了这样儿，怨不得人家骂娇气。她觉着自个儿是棵离了土的小树儿，换了水土，在滩里活不好。在鲻山，在窑上多自在啊，才去两天就熟门熟道儿了，大伙儿都待见她，舅舅也器重她，在这儿成了旱鸭子，叫人瞧不起。她怀疑出来是不是对了，回去呢？回不去了，鲻山大娘拿她换了大妮子，咋能还让她回去呢？一肚子恨全转到了大妮子身上，要是没有大妮子这档子事儿，她在鲻山好好儿的，有舅舅疼，有小子爱，有众人呵护。这妮子上去抢了她的人，占了她的巢，把她撵出来，还骂她"旱鸭子"。她在鲻山也受过气，可是谁也没笑话过她笨，是人都说她心儿灵手巧。

大妮子就躺在她身边儿，出气儿热嘟嘟地，咋躺着都躲不过那臭烘烘的湿气，不是喷到脸上，就是喷到脖子上。她受不了了，悄悄儿起来，抓了把米，拽开门出去了。看家的鹅醒了，有巢把米撒地上，鹅只顾吃米，没叫唤。

怨不得睡不着呢，今儿是满月！静静的夜里，听得见两江水哗哗流淌，有巢踏着遍地月光奔了软江。靠岸拴着一大溜小船儿，她跳上一只船，解开了绳子，拿起竹竿。小船儿不用撑，往下漂去。到拐弯儿的时候，她想起大妮子教的，轻轻摆摆竹竿，拨正了船头。漂了一段儿，她怕到了两江口把握不住，就拨着竹竿，居然让船掉过头来了。这回戗水，得使劲撑了，她记起大妮子说的，把竹竿贴着船帮，俩手虚扶着叫竹竿掉下去，碰到河底淤泥，猛力一撑，嘿咿，借上劲儿了！船往前蹿了一大截子。她笑了，心里舒坦，又撑下一竿子，照大妮子说的，真没错儿，船一截子一截子往上走，遇到拐弯儿，竹竿斜着撑下去，船就拐了，撑大发了，就再在那一边儿斜着轻轻撑一下，嘿咿，会了！她高兴得越撑越带劲儿，胳膊也不疼了，一会儿就过了刚才上船的地方儿。她正在兴头儿上，接着往上撑。

越往上水越浅越少，撑着费劲，有巢爽性一竿子插到底，把船掉过头来，顺着水漂下去，漂到两江口，船被浪头推着，一下子跳进姚江，顺流冲下去老远。有巢插下竿子，使出浑身力气，才拨回船头来。

在姚江里戗水撑船，可不是件容易事儿，连大妮子都费劲，何况是才下过雨，水急浪猛，又是黑夜。快到两江口了，有巢犹豫了一下，还是直着往上撑，没往软江里拐，她怕在浪口上翻船。战战兢兢过了两江口，她可就后悔了，水那个急呀，往上撑不动，往下会一泻到底，船跟水较劲儿，水比船厉害，冲得船打转转。她不断地斜插竹竿调整方向，船歪歪扭扭，半天走不了多远儿。不大工夫儿，有巢的劲儿就使完了，胳膊抽筋儿。她使出最后的力气，把船撑到岸边儿，拽起绳子要往树上拴，手没水劲儿大，船被冲出老远，竹竿也丢了。

有巢站不住，趴在船里，俩手紧紧抓住船沿儿，腿蹬得直直地，俩脚抠住船帮儿，努力不叫船摇晃，要是进来水，可就完了。这会儿，她知道旱鸭子的苦了，要是别人，没了船也能游到岸上，她却不敢离开船，右胳膊使着劲儿，想把船扭到岸边儿去。这一争，船翻了，把她扣在底下，她死死抓住船沿儿，俩脚拼命蹬住船帮，使浑身的劲，愣是把船翻正了。正过船来，她吐了好些呛进去的水，手脚却不敢松开。船又颠颠簸簸往下漂去。

半宿没睡，加上撑了一程船，漂了半天，有巢已经乏透了。虽是在大水危船里，眼皮子却黏糊起来，她提醒自个儿，这会儿千万不能迷糊，可是脑袋越来越晕乎儿，眼闭一会儿睁一会儿，人眯瞪一阵儿醒一阵儿，手脚渐渐松了。

河拐弯儿了，一阵顶头风把她刮醒了，前头风顶，后头水冲，好悬！有巢吓出一身汗，睡意全没了，又死死抓住船沿儿。水冲着船往前漂，风吹得船往左栽，风跟水较上了劲儿，把船掀起来，她抓着船沿儿的手脱了，人到了半空，突然一阵剧烈的疼，就不知道事儿了。

有巢醒了，头晕得像旋涡儿里的小船儿，一动，脑浆子就要逛荡出来。浑身上下没一块儿地方儿不疼，肉疼筋疼骨头疼，就跟从树上摔下来、就跟叫驴踢了一样儿。最难受的是大腿根儿那儿，像挨了刀子。脑袋也像挨了乱拳头，胀着疼，后脖颈子扭着疼，左耳根子扎着疼，右耳根子抻着疼，鼻子酸疼，眼沙疼。

她硬睁开眼睛，天蒙蒙亮了。"这是在哪儿啊？"想起来了，黑夜撑船来着。船呢？哪儿也看不见船的影儿，自个儿蜷在岸边儿一棵柳树旁边儿，准是翻船那一刹那撞到树上了，万幸捡了一条命！她撑着救命的柳树站起来，腿脚没一点儿劲儿，就靠在树上。看出来了，这是姚江的一个大湾儿，好像来过这地界儿。往河对岸望去，远处是灰蒙蒙的山，好家伙，都快到鲻山了！再漂下去，还不得进了大海？其实她也不知道大海在哪儿。

她过不了河，去不了鲻山，也到不了滩里，只能往回走，盼着碰上滩里的渔船。摔散了的人，迈一步儿都不容易，大腿根儿刀剜似的疼。疼也得走呀，她咬着牙，一步儿一步儿往前蹭。人一清醒了，身上也疼得清清楚楚，罪受大了。

天大亮了，有巢回身儿一看，看不见河湾了。不怕慢，就怕站，慢慢儿磨蹭，也走出这么远了。她有了信心，脚步儿竟然迈开了。走着走着听到了轰轰的水响，肚子也跟着咕咕响起来。到了两江口，她实在走不动了，就坐下看水，南来的水，东来的水。看着看着，软江水轰隆轰隆冲进胸膛，心猛地往起一涌，一阵憋得慌，俩手一个抓不住，神思就打指头缝儿里飘走了。

"都是我逼得她，人成了这样儿，唉，我该死！"有巢听见很远很远的地方传来大妮子的声音，很轻很轻，又听见滩里大娘的声音，也是很远很远，很轻很轻："有巢要是有个三长两短，咱不但对不起人家妮子，也对不起鲻山人啊。一个没爹没娘的孩儿，到了咱手里，遭了这么大的罪，叫人家咋说咱啊？叫人家骂咱滩里人心咋这么狠呢？你呀你，可是不给咱滩里做脸啊。""唉，娘说啥我都认了，对不起有巢妹子……"大妮子的声音渐渐远去，又远又轻，听不见了。

有巢昏昏沉沉睡了，身子掉进了冰窟窿，抖得瑟瑟，嘴里时不时说些个热话。等她睁开眼睛，天光大亮，不知啥时候躺到滩里大娘家里了。听大娘说，她直直睡了三天三宿。她却记不起三天前的事儿了，也没有气力去想，只觉得累透了，要好好儿歇歇儿，迷迷瞪瞪又睡着了。

醒过来，有巢干渴难耐，嘴里冒烟儿，半天咽了口又苦又黏的唾沫，舌头舔舔叫水的嘴唇儿，嘴唇儿上起了壳儿，硬得扎得慌。大娘端过来一碗米汤，温乎儿的。她喝了几口又睡着了。有巢再醒过来，天早黑了，一家子都睡了，她一直是靠边儿睡的，挨着大妮子，这会儿身边儿却躺着小妮子。

她睡不着了，身上好受了些儿，脑袋也清气了，能想想事儿。她记起了夜里起来去软江撑船，一路捋下来，那个月夜发生的事儿都记起来了，只是不知道咋回来的。大妮子呢？隐约听见过大妮子自责，听见大娘说大妮子，该不会为了她把大妮子撵走了吧？她突然恨起自个儿来，恨不得抽打自个儿一顿。身上又瑟瑟地冷起来，牙嘚嘚打战战，人叫鬼抓了去。

大妮子跳了姚江，她伸过竹竿去救，大妮子把竿子扒拉到一边儿，吐着红舌头骂她："你个鲻山来的旱鸭子，你个祸害人的小妖精儿，我死了你还要拿竹竿砸我，你心也太黑了，你不是人，是狼羔子虎崽子，你甭美，你也跟我一样儿，不得好死！不得好死！不得好死！不得好死……"

泥人儿还有个土性儿呢，有巢给骂火儿了，抢起竹竿朝水里那颗脑袋猛地砸过去，一边儿砸一边儿咬牙切齿骂："你个不知好歹的鬼，愿意再死几回，我成全你了，今儿叫你死个痛快！叫你死个舒坦！"竹竿子抢出了火星子，她停不下来了，胸里的怒气全打竹竿头上泄了出来："你才是妖精呢，夺我的人，抢我的地界儿，占我的巢，把我挤到这鬼滩里，打死你！打死你！打死你这个死鬼妖精！……"

竹竿子劈了，竹批儿满天飞，水洇洇地红了，红水里汩汩冒出白脑花子，一条江里开满了红的白的花，花里有个声音不停地叫："有巢小妖精儿！有巢小妖精儿！有巢小妖精儿！有巢小妖精儿！……"叫得有巢脑袋快要迸了，她俩手扣紧了，胳膊夹着脑袋可世界打滚儿。

"有巢姐姐，醒醒儿！有巢姐姐，你哪儿不好啊？"

有巢睁开眼睛，呼哧呼哧喘气。棚里点上了麻籽儿灯，滩里大娘跟舅舅都起来了，小妮子攥着她的胳膊摇晃，一劲儿叫"有巢姐姐"。有巢明白过来了，只觉得口干舌燥。滩里大娘端过来一碗米汤，她咕嘟咕嘟喝了。"后晌就晾上了，你一直没醒，眯眯瞪瞪说热话。"有巢脸热起来，问："姨，我都说啥来？"问了又后悔，心里怕怕地。"发烧说的浑话，前言不搭后语，听不出说的啥。嗨，这场罪受的！"听大娘这样说，有巢踏实了，又问："姨，姐姐去哪儿了？"问了更后悔了，牙刮着嘴唇儿着急。"我姐去鲻山不回来了，有巢姐姐，我进了新巢，那么大，还有大台子，蛋蛋在台子上跑过来跑过去，都不想回来了。"

原来是这样儿！她咋把大妮子的好日子给忘了呢？一股涩涩的愧意爬上来，嗓子眼儿里刺闹得不行。她使劲儿咳了两声，说："我这不成了鹁鸪占了柳莺的巢了？我把姐姐挤走了，挤到穷山里了。"大娘扑哧儿乐了："傻妮子净说些傻话！大妮子可不是叫你挤走了的，鲻山大娘愿意，我愿意，大妮子也愿意，几下子情愿，有你啥事儿啊？"有巢鼻子酸了，大娘的话明明白白：那小子不情愿。

"大妮子走的时候，你睡得死沉死沉的。大妮子哭了好几天，临走叫我务必告诉你，千万别生她的气。大妮子是个有嘴没心的人，你呢，气性也太大了点儿，为了两句话半夜起来往鲻山跑。"

"不是啊，大娘，我那一宿睡不着，去软江学撑船去了，没往鲻山跑。唉，还没跟您说呢，把个船也跑了，竹竿也丢了。您瞧我干的都叫啥呀！"

"我说呢，你咋大早起在两江口躺着！谁都知道跳口子难，那地界儿翻船的多了。你不会撑船就敢跳，越不会越不怕，可真有你的！得亏你命大，撞到岸上了。要不是大妮子眼尖，我们娘儿俩就找到鲻山去了。"

"唉，丢这么大的人，现这么大的眼！大娘，其实我打软江跳过去了，打算从姚江回来，撑上去一截子，就让大水冲下来了，竹竿也没了。拐弯儿的时候风把船顶翻了，把我摔到一棵树上，摔昏了。我醒了找不着船，就往回走，到两江口走不动了，一睡睡到这咱。"

大娘吓得声儿都变了："乖乖！乖乖！你好大的本事好大的命啊！一个人夜里撑两条江，要不是神神娘娘护佑着，你呀，八条命也没了！"

"就算神神娘娘让我捡回来一条命，没有您跟姐姐，我还是得死在两江口。我这命是姨姨跟姐姐给的，我欠你们的，几辈子也还不清。"有巢说着，鼻子酸了，嗓子也涩了。

大娘最受不了这样的话，说："快别这么说！咱谁跟谁呀？一家子谁欠谁的呀？"

舅舅说："要说欠，是大妮子欠有巢的，她欠你一个新巢，呵呵。"

　　"舅舅，别说这巢是大伙儿盖的了，就算大妮子姐姐欠我一个巢，可是我欠她一条命啊，我们俩到哪儿也摆不平。"她还记着刚才的梦，胸口上像趴了一只野猫，尖爪子在她胸脯子乱抓一通，抓得她疼到心里。

　　大娘笑了："呵呵，小小个人儿，动不动就命长命短的，没那么邪乎，谁也不欠谁的命，咱不说这个了。离天亮还早，都躺下再睡一觉吧！"

　　有巢睡不着了，刚才的梦缠着她，她怕了自个儿，咋就会起了杀人的心呢？而且杀的正是大妮子，那个给她帮了那么多忙的人。梦是心中想，她这人心太狠了，忘恩负义恩将仇报，她骂自个儿不是人，比畜类还不如。人自责起来也狠着呢，有巢十个指头在胸脯子上乱抓，抓得火烧火燎。天亮了一看，胸脯子上全是小红疙瘩儿，跟起了痱子似的。趁人看不见，她又抓起来，抓得指甲缝儿里全是血水儿。

　　病好了，有巢添了个没事儿抓胸脯子的毛病，脖子往下抓得烂洼洼的，老流黄水儿，也不知道疼。一结了壳儿，又抓破了，这么抓抓，她心上就好受点儿，日子长了，成了毛病，管不住自个儿的手了。这毛病见不得人，一背着人，她就嗖嗖抓上几下子过过瘾。再热的天，那地方儿也捂得严严实实的。不知道的人，还说这妮子真谨慎，到底儿是山里来的，哪儿像咱这儿的妮子似的，个个儿儿祖胸露怀。

第八回

羡薄坯手笨难成器
贪大树水急险丧生

有巢病才好了，就要去渔船上。大娘说："甭说是你了，整个儿滩里也没个女人上渔船。你要是实在闲不住，就跟着舅舅去窑上吧，那儿有的是活儿，随你挑着干。"

舅舅问她："一个妮子家，干吗非要去船上啊？"

有巢脸红了，说："我是山里来的，既到了咱滩里，就该学会撑船、打鱼、下水，不能老当旱鸭子啊。"

一家子全给逗乐了，小妮子笑得咯咯儿的，说："有巢姐甭急，游水、撑船不算个啥，到时候就会了。我们这儿像我这么大的妮子，没上过渔船，也会游水撑船。"有巢脸红了，说："我哪儿能跟你们比啊，笨得差点儿喂了王八。"蛋蛋小嘴儿挺会哄人："有巢姐，真的甭着急！撑船游水算个啥啊，我啥都会，我教你。"有巢想起大妮子的话来，滩里的孩子不会走就会撑船了，不敢小瞧蛋蛋，认真地说："蛋蛋，那我就真跟你学了，见天儿吃了后晌饭教我一会儿，行不行？"蛋蛋两眼眨巴得像一对儿不安生的小黑兔儿，居然要出价儿来："有巢姐姐，咱可得说好了，不能白学，你得给我筑个巢，要外头有大台子的，就跟你给大姐筑的那样儿的。"有巢使劲儿忍着笑，说："行啊，你要啥样儿的，姐姐就给你就筑啥样儿的，比大姐那个还好。"蛋蛋伸出一根儿手指头说："拉钩儿！"有巢勾住那根儿笋芽儿似的指头儿，算是说定了。

"嗨，有巢姐，下水得先学憋气。"蛋蛋挺是回事儿的。

"行啊，啥时候跟你学啊？"

"要学这会儿就学。"

"哟，这会儿咋行啊？我得跟舅舅去窑上干活儿去了。"

"嗨，跟你说，要跟我学就得听我的，我说行就行。你一路儿上就学会了，使劲儿吸上一大口气，能憋多远憋多远，憋到不行了，再使劲儿吸上一大口气，越憋越长。"

"嘿咿，蛋蛋真会教！我就一路儿上憋着，瞧能憋到窑上不能。"

"哈，谁能有那么长的气呀？你使劲儿吸上一大口气，数着能走多少步儿，快不行了，把剩下的气儿吐了，再使劲儿吸上一大口气，数着能走多少步儿。越憋气儿越长，有巢姐姐，听我的，没错儿！"

"行，就听蛋蛋的，回来的时候我也数着步儿憋气，瞧能憋多长。吃了后晌饭咱就下水去。"有巢真就吸了一大口气。

"嗨，有巢姐姐，咱啥时候筑巢啊？"

有巢"呒"一声把气吐了，喘了两下才说出话来："蛋蛋，这会儿顾不上说这个，我得走了。等我后晌回来，咱俩再好好儿商量筑巢的事儿。"

"嗨，后晌早点儿回来啊！"

有巢打心眼儿里待见这小东西，这么点儿个人儿，就知道筑巢了，这孩子跟她是一事儿。

滩里窑上干活儿的人比鄙山少，连和泥的带捏坯的，归了包堆不到二十人，还都是些稻地里弯不下腰渔船上站不住脚的姥娘，俩男人和泥，舅舅管装坯、满窑、烧窑、开窑。有巢挺不过意，对舅舅说："这也太照顾我了，干船上的活儿难，不叫干，地里的活儿累，也不叫干，来咱这儿合着叫养起来了。我这可是成啥人啦？"舅舅说："有巢啊，你可别小瞧咱这儿的活儿，你当窑上的活儿是个人儿来了都能干啊？这些姥娘都是在这儿干了一辈子的了，谁也顶不了。叫你来这儿，不是照顾你，是器重你，窑上的活儿往后总得有人接，不能叫绝了后。"有巢来了这些日子，还是头一回听舅舅说重话，俩肩膀头儿猛地夹着胳膊打了个激灵灵，可不敢小瞧窑上的活儿了。

滩里的土比山上的白，一溜一溜的白胎滑腻爽眼。那些姥娘做坯不像鄙山窑上那样儿捏咕，而是一只手托着泥，一只手抹，泥在手里转得飞快，捏出来的坯又薄又匀。有巢咋也学不会，转不快就拉不匀，也薄不了。她心里起急，倒把坯捏坏了，只好毁了，又和成泥，气得骂自个儿："笨蛋！手比爪子还笨！"旁边儿的姥娘笑着劝她："妮子，甭那么急，日子长了，见天儿转自然就转快了。我们都捏了二三十年坯了，你才来，哪能一下子就捏好了啊？又没人催你，先慢慢儿练几天儿。"

舅舅并不希图有巢捏多薄的坯，而是看中她脱的罐儿啊豆伍的厚重大件儿。滩里人去河里打水，家家都要使罐儿，可是滩里的陶罐儿不结实，上回鄙山人背下来的罐儿，一下子就抢光了。豆是祭神时盛供果的，大娘还想再要几个，礼多了神神不怪，保佑滩里人有米有鱼。舅舅叫有巢先做几个豆坯，要上回换回来那么大个儿的。

本来应该先刻饬出豆模子来，可是滩里没有大树，有巢想，只好先捏豆盘，等啥时候上鄙山砍棵粗树拉回来，再刻饬豆模子脱豆盖、豆脚、豆身，豆盘底下留个大圈儿的深槽儿，供神神的时候把豆盘套到豆身的托儿上，就是个像模像样儿的豆了。

做豆，讲究和泥，有巢不知道滩里的泥是咋掺着和的，就问："舅舅，淄山的豆里头掺了炭，瞧着色儿重。咱和泥的时候还掺炭吗？"

舅舅说："我说后来换的那两对大豆色儿咋那么重呢，闹了半天是掺了炭了，嗨！掺，咱也得掺。有巢啊，你在淄山咋做的，来这儿还咋做，该掺啥就掺啥，该掺多少就掺多少。咱这儿泥里是四份儿土掺一份儿沙子，不知道淄山掺多少。"

"平常捏盆儿捏碗儿的泥是五分儿土掺一分儿沙子，罐儿跟豆掺得少，九分儿土掺一分儿沙子，沙子掺多了立不住。舅舅，淄山的土都是红烧土，不像咱这儿的土这么白，掺点儿炭就上色儿。"

"要这么说，咱这儿的泥里还得多掺炭，祭神的器物白不哧啦的不取贵。沙子就还是九分儿对一分儿掺吧，咱这儿的土比淄山的红烧土黏，多掺些炭散不了，色儿也厚实，祭神神的时候透着庄重，省得神神说咱心不诚。"

吃了后晌饭，蛋蛋拽着有巢要去河边儿练游水。有巢拿了斧子、锯，想撂一棵粗点儿的树做豆模子使。舅舅和小妮子也跟了来，大娘还有不少活儿，留在家里。一路儿上，蛋蛋数着步儿，让有巢练憋气。有这小东西盯着，偷不得懒，有巢直憋得头昏脑涨，俩眼冒星星。

人们跟着蛋蛋走到一条河汊子里，河不宽，岸却很高。蛋蛋指着天边儿红黄的火说："瞧，多好看呐！"小河在那里拐了弯儿，有巢真想跑过去追那片火。蛋蛋说："这儿的水清，咱就在这儿练吧。"有巢只好说："行，等先锯了一棵树就跟你练。"蛋蛋说："我领你去看一棵树，可是你不许锯了啊。"孩子蹦蹦跳跳沿着河汊子跑，活像只练飞的小雀儿。

雀儿不知道啥时候飞了，有巢看不见蛋蛋，急着喊："蛋蛋！

蛋蛋！""嘿，我在这儿呐！"有巢急跑几步，瞧见一个坡儿，蛋蛋在半空里晃悠，旁边儿是一棵大树，粗大的杈子伸出来。走近了，才见树杈子上套了两根粗绳子，下头拴着一块木头，蛋蛋就坐在木头上，俩手抓着绳子悠来悠去。小妮子说："蛋蛋真奸，这么好的地方儿，连我都不告诉，噢，往后甭吃我做的饭了！"蛋蛋一边儿悠着一边儿说："嘿，这不是带你过来瞧了嘛？还给人当姐姐呐，小气鬼儿，喝凉水儿！"

　　舅舅下了坡儿，瞧了瞧绳子，又上到树上瞧了瞧杈子上绑得结实不结实。有巢也下来了，蛋蛋跳下来，满大方地说："有巢姐姐你坐坐，好玩儿着呢。"有巢掰着木头看了看，说："不行，这太悬了，蛋蛋，悠起来绳子一秃噜，你就摔惨了。""结实着呐，摔不着，掉河里也不怕，我会游水。""不行，赶明儿我找块大木头，两头儿钻俩眼儿，绳子穿过去，系一死疙瘩就开不了了。舅舅，您瞧那树杈子经得住吗？"舅舅说："杈子够粗也够结实，经得住蛋蛋，再大个人也经得住。我还说蛋蛋能干儿呐，没想到有巢心更细。"有巢说："蛋蛋是能干儿，这么点儿个人儿就能想出这样儿的点子来，大了还不成精啦？"蛋蛋嘴咧得老大，肉嘟嘟儿的脸蛋儿上凹下俩坑儿。"咱俩一块儿筑巢，拉钩儿？"蛋蛋歪着脑袋伸出一根指头来。"拉钩儿！可不许后悔啊。"俩指头勾到一块儿，蛋蛋使劲儿往后拽，嘴唇儿一碰："不后悔！"有巢使了劲儿才拽出指头来，说："筑巢要木头，豆模子要木头，哪儿找大树去啊？"蛋蛋说："走，我这就带你找大树去！"

　　小妮子在树底下打悠悠儿，悠起来咯咯乐，像半空里叫的黄雀儿。蛋蛋踩着小河上架的一根木头，几步儿跑了过去。舅舅下了河，趟水过去。有巢怵这根独木桥，瞧着水不到舅舅磕膝盖儿，也下了水。过了小河，是一大片草地，草高得没了大人腰，蛋蛋俩胳膊紧扒拉，才露出脊梁来，瞧着跟在绿河里游水似的。仨人划拉得草沙沙响，扑啦啦惊起小雀儿、虫虫儿、蝇子乱飞，土味儿的野香腾着湿嘟嘟的燠热，浓得泥一样塞鼻子。

走过一片草地，又是一个小河汊子，比刚才那个窄多了，也不深，瞧得见水底下的石头。蛋蛋老远跑过去，一蹦就到了对岸。河汊子那一边儿有棵老橡树，树杈子都有小树粗。蛋蛋往起一蹿，拽住了一根横着的树杈子，悠上去又跳下来，对有巢说："你瞧，这棵树可够大的了吧？"有巢瞧着地上鼓着的根根节节，说："这树砍不动，砍动了也不能砍，怕惊了神神。"蛋蛋说："这可是我知道的最大的树了，这么一大片地儿，就这两棵大树，剩下的净点子蒺藜、胡颓子伍的矬子。"有巢说："就这两棵树，就更不能砍了。"舅舅说："先前也不是就这两棵，全叫人砍完了，这两棵成了精了，人们不敢砍。"有巢说："难怪这两棵长得这么大这么粗！甾山可没这么粗这么大的树，山里头树挨树，树挤树，挤得全都缩着夹着往上蹿，去争那点儿日头；下头连叶儿都没有，直倒是直，风一吹就打晃儿。也就道边儿上跟空场儿上的长得好，是材料儿。砍一片树，旁边儿一圈儿就长好了。隔一两棵砍一棵，剩下的也能长好了。舅舅，要不，我明儿去趟甾山砍几棵树扛回来得了。"蛋蛋喜欢地说："姐姐，明儿我也去，帮你往回扛树。"舅舅说："大人说话儿，小孩子家别这儿瞎搭茬儿！有巢去趟也好，我们要是去，倒像是偷人家抢人家的了。既是明儿上路，咱早点儿回吧。"

蛋蛋撅着嘴生气，"哼，这就回了？也没练下水，也没砍树，瞎折腾了半天，没劲！""咋没下水啊？半条腿都湿了，呵呵……"有巢弯着腰，手去腿上捏啥，突然"啊呀"一声叫。舅舅赶紧问："咋啦？"蛋蛋眼尖，弯腰一巴掌照她腿上拍过去，又在腿上嗑了两口吐了。有巢疼得牙缝儿里咝咝喺喺抽凉气，腿上红了一片。小妮子也打那边儿跑过来了，急赤白脸问："出啥事儿啦？"蛋蛋说："有巢姐姐腿叫蚂蟥咬了，拍了，没事儿了。"舅舅告诉有巢："蚂蟥咬了，千万别捏住往外拽，你越拽，它越往肉里钻，使劲儿一拍就掉了。"有巢说："得亏蛋蛋了！咱快回吧，姨姨在家准着急了。"蛋蛋说："天还早哩，有爹跟着，娘不会着急。"磨蹭了一会儿，见没人理他的茬儿，只好追上去。

几个人往回走，一路上说这说那。"姐姐，除了游水、撑船，我还你得教你几样儿本事。"蛋蛋说得一本正经。

"哟，我一样儿还没学会呢，又得学几样儿，蛋蛋，都跟你学啥呀？"

"哈哈，这都不知道？告你说吧：拍蚂蟥、踩泥鳅、打长虫、逮耗子、掐蛐蛐儿、摔蛤蟆。"

小妮子瞧蛋蛋那股得意劲儿，笑话他："呸！别装大头蒜了，这也叫本事？谁不会呀！"咯咯儿笑个不住。

有巢说："小妮子你还甭笑话蛋蛋。这几样儿本事可不是人人都会的。我就不会，除了打长虫，剩下的几样儿我全都不会。"

"有巢姐姐，你真会打长虫？"小妮子俩眼珠子瞪得快掉出来了。

"嘿嘿，是长虫就怕我。哪儿有长虫？我给咱打去，炖长虫肉比啥都好吃。"有巢说着嘴里啧啧起来。小妮子吓得直缩脖儿，嘴咧咧着倒吸凉气。

蛋蛋仰着脑袋问有巢："毒长虫你也敢打？"

"打的就是有毒的，嘿！"这回轮到有巢来劲儿了。

"你能认出来有毒没毒？"蛋蛋张着嘴合不上。

"谁都能认出来。我告你说：毒长虫脑袋是三角儿的，嘴里有俩老长的毒牙，咬人俩深印子；没毒的脑袋像鸡蛋，咬人一嘴留下一溜儿浅印儿。瞧身上也能分出来有毒没毒来：毒长虫尾巴又短又细，身上有好看的花纹儿；没毒的尾巴又长又粗，身上灰灰的素了吧唧的。"

"毒长虫也能吃？"蛋蛋鼓出来的眼珠子上透着惶惑跟好奇。

"嘿咿，毒长虫才好吃呢，脑袋拧下来就没毒了。切成小段儿，吃火锅子现涮，汤里漂一层油花儿，要多鲜有多鲜，要多香有多香。凉风起，长虫肥，等天儿凉了，咱去山里逮长虫去，最好吃的过山峰、竹叶儿青，还有'五步儿要人命'，全都是毒长虫。"

连舅舅都听愣了，半天才夸道："嚄嚄，有巢这么厉害，可不像个妮子家。"

蛋蛋朝有巢腾地伸出一根大拇哥，说："有巢姐，你是这样儿的！"

有巢本来就受不了别人夸，更别说为这点儿小本事了，怕他们再说下去，赶紧岔开："嗨，咱别老说长虫啊！蛋蛋说的几样儿本事我还得问问：干吗掐蛐蛐儿、踩泥鳅、摔蛤蟆呀？"

蛋蛋说："蛐蛐儿是招鱼的，掐了还能活，掐几段儿就能活几条蛐蛐儿，不拿整根儿的喂鱼，掐了扔地里，过两天就长出好几条来。"

有巢说："噢，你说的是拱土的蛐蛐儿啊，我们山里管黑蚂蚱叫蛐蛐儿，吱吱叫，会蹦，爱打架。"

"哈哈，那叫促织儿，促织儿可不能掐，只能拍，不是拍促织儿，是拍地，好让它蹦着掐架。掐两半儿可就活不了啦。"

"嘿，又跟蛋蛋学了新招儿了，我还真不知道蛐蛐儿掐折了还能活。蛋蛋，还有呢，踩泥鳅是咋回事儿？"

"踩泥鳅啊，稻地里的泥鳅钻得深，下手摸不着，得先踩才出来才好捉，有水的湿地里都能踩出泥鳅来。"

"那摔蛤蟆呢？"

"哈，摔蛤蟆撸皮吃腿儿啊！串成一大串儿，挂脖子上拿家去，煮着吃，烧着吃，香着呐。"

"呵呵，蛋蛋真能干儿！"

有巢一夸，蛋蛋越发得意了。小妮子嘴一撇说："能干个屁！

他吃比谁都能干！蛋蛋一顿能吃七八十条蛤蟆腿儿。"

有巢说："那，一家子吃，得逮一二百个蛤蟆啊，我的天！蛋蛋你哪儿逮去呀？"

小妮子说："还一家子吃呐，哪回逮的也不够他一人儿吃的，吃得他那两条腿儿都快成蛤蟆腿儿了。"说着自个儿先咯咯儿乐了。

蛋蛋成心俩脚往里窝着走，活像个要蹦的蛤蟆，逗得小妮子乐得更厉害了，咯咯儿没完。有巢也笑，笑疼了肚子捂着还笑。

二天起来，有巢吃了前晌饭就要上道儿去鲻山锯做豆模的木头楬柮。大娘叫小妮子撑船送她，又嘱咐拿个篮子，从船上拿几条鱼带上。有巢找了俩大个儿背篓，她一个，小妮子一个。大娘说："别背俩贼篓子，太多了，礼过了，倒叫人家瞧不起。又不换他家的啥，拿上十来条鱼就够了。"有巢说："大娘，我是想把木头锯了，把楬柮背回来。您这一说换不换的，我倒想把我那时候刻饬的豆模子换回来了，本来就是给咱滩里脱豆用的，搁他们那儿也没用。"大娘说："要是能换回来敢情好了。那就晚点儿走，等船上鱼多了好带。"

大娘和舅舅走了，蛋蛋缠着要跟俩姐姐上鲻山。有巢待见蛋蛋，加上怕他一人儿在家出事儿，就答应了。蛋蛋也背了个小篓儿，蹦蹦跳跳跑在前头。

船上的人已经下了一网。小妮子朝船上叫："鱼头大哥，我们去鲻山砍木头带换豆模子，我娘叫给人家多带上些鱼。"鱼头哈哈笑了："就你们仨大人能砍了木头？就算砍了，就蛋蛋一个男人家，哈哈，扛得动吗？蒙我吧？大娘准不知道这事儿。"有巢忙解释："鱼头哥，是真的，没瞧见带着锯呐？不扛，锯成楬柮往回背。"鱼头说："大娘也真放心你们仨！你一个旱鸭子，带俩孩子，行吗？"有巢说："嘿咿，鱼头哥真敢小瞧人啊！本来我打算一人儿去的，有俩做伴儿的更好了。鱼头哥，我上去跟鲻山大娘说说，咱啥时候上去帮他们砍出一片树来，他们筑巢，咱使木头。"鱼头一听，嘴角儿弯弯翘起来，说话儿也好听了："呵呵，行啊，要多少鱼，过来自个儿拿吧！"

仨人篓子里装满了鱼，往船头儿一放，小妮子撑起竹竿，顺水下去了。有巢瞧着手里痒痒，几回跟小妮子要竹竿想试试。小妮子不敢松手，说："有巢姐，这一段儿水浅，又是顺水往下走，试不出啥来。待会儿就到两江口了，过了口子就给你竹竿。"蛋蛋说："瞎掰！过了口子不还是顺水？这会儿正好儿叫有巢姐练练跳口子，咱俩看着，没事儿！"小妮子说："我怕，上回就翻了船，差点儿要了命。"有巢说："上回赶上发大水，口子我都跳过去了。这回有你们俩在，还能出啥事儿？"蛋蛋也帮着说，小妮子到了儿还是把竹竿给了有巢。

顺水行船不用撑，拐弯儿的时候轻轻扒拉一下儿就行了，这个，有巢跟大妮子学过。快到两江口的时候，小妮子想要过竹竿来，有巢哪里肯给？紧紧攥着，使出浑身力气，一点儿不敢走神儿。船颠了几下儿跳过来了，小妮子吐了一口长气，蛋蛋伸出大拇指，使劲儿夸："有巢姐，你真棒！能过两江口，再往哪儿撑船都没事了。"小妮子说："吓死我了！你们俩胆儿可真够大的！"有巢真待见这俩孩子，尤其是蛋蛋，老跟她想一块儿去，就跟钻她肚里了一样儿，这么大点儿个人伢子，这么知人意儿，真不容易。

进了姚江，往下借风顺水，有巢还是小心翼翼，上回翻船，她这辈子也忘不了。瞧见一棵大柳树，有巢说："到了。"小妮子先跳上去，把船拴在树上。蛋蛋上去了，伸过胳膊接有巢。

一上岸，蛋蛋喜欢得这边儿瞧瞧，那边儿瞧瞧，问："这就是鲻山啊？"把个有巢逗乐了，"傻小子，这儿哪儿有山啊？鲻山还远着呢！"蛋蛋左看右看不见山，问："往哪儿走啊？"有巢就走过一回，也记不清道儿了，她只记得来时上船的地方儿有棵大柳树，可这儿一大溜柳树，哪棵是啊？大水以后，草盖住了道儿，她傻了眼了，这可往哪儿走啊？想起鱼头来，后悔没带上个去过鲻山的人。蛋蛋一劲儿问："往哪儿走啊？到底儿往哪儿走啊？"有巢只好说："找不着道儿了，咱先歇会儿，让我想想儿。"

蛋蛋蹦蹦跳跳跑开了，他一得意，就跟飞出巢的雀儿似的。有巢紧着喊叫："蛋蛋别跑远了，看跑丢了！"小妮子着急，还有这事儿呐？有巢咋就不记道儿呢？有巢说："大模样儿知道，就怕走岔了出去。"

小妮子说："左不得这一片地儿，我探探去。"

"不行，咱仨人得在一块堆儿。找不着道儿没事儿，找不着人了可就麻烦了。"

"你咋这么死心眼儿啊？我走一段儿，瞧不见山就回来，换个地儿再走，我不信就找不着。"

有巢一听也对，就说："你坐这儿等着，我找去。"

小妮子说："你这人不记道儿，走出去找不回来了，还是我去吧。"

"不行，这么深的草，要是遇见狼了，可咋办呀？"

"狼有动静儿，我听见动静儿赶紧往回跑不就得了？"

"不行，你哪儿跑得过狼哇？就算没狼，这草里也少不了长虫，叫毒长虫咬一嘴，你小命儿就完啦！"

这下小妮子怕了，突然拉住有巢的手说："有动静儿！"有巢一听，可不是吗！草里隐隐约约有沙沙沙沙的响动，响声越来越大。她叫小妮子："赶紧解船去，往下撑。我找蛋蛋去。"她不敢喊，急着朝蛋蛋跑的方向追过去。

蛋蛋倒也没跑远，有巢顺着河走，一会儿就瞧见圪蹴着的小人影儿了。她轻手轻脚过去，蛋蛋吓了一跳，说："你把我的……"有巢搂住他脖子捂住他的嘴，小声儿说："别叫唤！草里有狼！"

　　小妮子的船过来了，有巢胳膊夹着蛋蛋上了船，这才喘过气儿来，问小妮子："瞧见了吗？""没，可是动静儿挺大的。咱这往哪儿去啊？""回吧，在船上就不怕了。"小妮子说："啥也没干成，就这么回了？"蛋蛋央告有巢："再逮几个蛤蟆，咱就回。"有巢这才瞧见他脖子上挂了半串蛤蟆腿儿，说："不行不行，说走就走。"小妮子问："干吗这么急呀？"有巢说："我原想着就这儿锯棵树，不行了，甭说咱仨锯不成，一群狼扑过来，咱就全玩儿完啦。"小妮子说："我听着不像一群狼，也就是一两只吧。"有巢说："一两只咱也对付不了，趁早儿快回。妮子你撑，我给瞧着。"

　　船走了一段儿，有巢不敢信自个儿的眼，使劲揉了揉。蛋蛋叫起来："嘿，瞧见没有？俩小人人，脊梁上大鼓包，这边儿！"顺着他指的方向，小妮子也瞧见了，紧着撑船。突然，小妮子咯咯儿乐起来，说："那不是大姐吗？"说完跟蛋蛋一块儿喊起来："大——姐！大——姐！"连背的篓子都看清了，有巢认出大妮子旁边儿的小子来了，喜欢得"嗨哟嗨哟"大声喊，俩胳膊举着乱扑打。

　　俩人住了脚，转回身来，大妮子惊喜地叫："小妮子哎！臭蛋蛋哎！有巢哎！"小子跑过来，大妮子也跟着跑。有巢喊："傻样儿！别跑啦！这就过去接你们俩。"俩人还是跑，到了能拴船的地方儿才住脚儿。

　　小妮子把船撑到大柳树下，有巢要去拴船，大妮子已经一步跳了上来，伸手把小子也拽了上来，放下篓子，接过竹竿往上撑。有巢由不得赞叹："姐姐真行！"蛋蛋却哼了声，说："这算啥呀？我也行。"小子放下篓子坐在上头，问蛋蛋："你就是蛋蛋吧？这么大的本事！"蛋蛋越发得意，咧开嘴眯起眼，撇着嘴说："没本事敢说？有巢姐姐还跟我学呐。你就是跟了我姐的那个鲻山哥哥吧？"小子乐了："嗨，你小子说的可不对啊，明明是你姐来鲻山跟了我嘛，咋说是我跟了你姐了？”又问有巢：“你们这是打哪儿过来啊？”

有巢脸红了，“甭提了！你们咋想起回来了？”一句话岔了过去，小子说：“上头好几家要筑巢，大妮子说滩里缺木头，我就想着叫你们上来帮着砍一片树，上头的人也省点儿力气。”有巢感念他想着下来看自个儿一眼，问：“今儿不回去了吧？”大妮子说：“本来见了你，把话跟东西捎到了，就该回去了。”有巢说：“别价，咋也得见见你爹你娘啊，人家多想你啊！”大妮子说：“爹娘见不见的倒也没啥，就是想一块堆儿长大的那群妮子们。”小子说：“娘说了，叫住两天再回去。哎，你们这是干吗去了？”

有巢脸又红了，小妮子说：“我娘叫给你们送鱼去，我认不得道儿，有巢姐也忘了，船撑过去了。”说着咯咯儿乐起来，她一乐，把躲“狼”的事儿闪过去了。蛋蛋眨巴着眼想说啥，叫小妮子给瞪回去了。有巢本来想说说自个儿的糊涂，大妮子接了茬儿：“呵呵，撑过了还知道回来就好，要不就跟着姚江撑进海里喂大鱼了。”说着，张开大嘴扑过来，捉住蛋蛋使劲儿胳肢。蛋蛋咯儿咯儿笑得活像一只小母鸡儿，小妮子也跟着咯咯儿笑。

好好儿的天忽地一下子黑了，顶头风吹得小船儿前摇后晃。蛋蛋急得嚷嚷：“老天爷这是干嘛呀？”老天爷听见了，气得噼里啪啦摔下大雹子来。蛋蛋捂着脑袋叫唤。有巢把他搂到怀里，一劲儿说：“没事儿，蛋蛋不怕！”其实她心里一点儿底儿也没有。船本来就小，五个人一大堆篓子，满满当当的东西，别说有巢了，连大妮子都怕了，瞧见一棵粗点儿的树，憋足了劲把船撑到岸边儿。刚拴住，大风扑过来，船往下争，树折了。小子扑上去，一手抓住船帮，一手去抓剩下的半截儿树，脚底下一出溜儿，人掉水里了，一个浪头把他压了下去。大妮子把竹竿朝后伸过去，大声喊叫：“抓住竿子！抓住！”有巢扑到船帮上，伸过手去。船一下子歪了，大妮子气得嚷嚷："过去！回去！瞎添乱！"大妮子可真难了，又要救水里的，又不能不顾船上的，她稍一松手，小船儿就会冲下去，一船人的命啊！

好在小子露头儿了，抓住竿子，脑袋下去又上来。有巢豁出去了，朝大妮子喊了声，"你往后退！"一手扒住船帮，探出去半截身子，硬是抓住了小子一只胳膊，往起一立，把小子拽上来了。小子趴船帮上，嗑着吐水。有巢跪着给他捶脊梁。大妮子死死撑着竹竿，往岸边儿拐。船一转过来，她就喊："妮子，蛋蛋，跳上去！"俩小的刚迈到岸上，船又给冲下去了。有巢朝岸上喊："快回去叫人！"大妮子急赤白脸嚷嚷："叫啥人啊，待着！不许动窝儿！"又冲有巢喊叫："给他使劲压几下子，把肚里的水全控出去！"她自个儿掉过身子，任着小船儿往下冲，只是把住竹竿，不让船离了岸。

小船儿叫风追着，刷就冲下去了。大妮子又喊叫有巢："拽住绳子！瞅着我撑住了，你就跳上去拴树。"有巢赶紧扯过绳子来，俩眼死死盯着前头河岸。前头出现了树，有巢把绳子绕在胳膊上，等船一住，就跳上岸去，死死拽住绳子，往树上绕，总算叫船泊住了。大妮子狠狠踢了小子一脚，厉声吆喝："等死啊？还不快上去！"有巢一手拽着绳子头儿，一手伸过来拉小子。小子迈步儿一上去，就扑到树上，一出溜儿，栽倒了，嘴角儿挂着白沫子。大妮子攥着竹竿，死死插进河底，脸都憋紫了。有巢把绳子拴死了，才顾上往起扶小子。大妮子也上来了，跟有巢一块儿把小子扶起来，说："往我肩膀头上搭！"她往下一圪蹴，有巢抱住小子，叫他再往起起点儿。小子跟个麻袋似的扒到大妮子肩膀儿上。大妮子俩手钩住他脖颈子，上下颠腾，颠腾得小子直咳嗽，吐出几口水来。大妮子这才把他放下来，瞧着他白不呲咧的脸，问："你没事儿吧？"小子连摇头的劲儿都没了，身子往下沉。有巢怕了，大妮子说："灌了两口水，这会儿吐光了，一会儿就过来了。嗨，旱鸭子，真没出息！"嘴上这么说，手却紧着伺候，又是捶背又是揉胸脯子。

揉搓了一阵子，小子缓过来了。老天爷也不闹腾了，雹子住了，风也小了，只剩些稀稀拉拉的雨点子。小子啐了一口，朝天上骂："抽你娘的疯！"大妮子急得嚷："你个臭嘴，活过来就瞎骂，老天爷是你骂的？"有巢出口长气，连说："谢天谢地！谢天谢地！"

船又往上撑去，接了俩孩子上来。这么会儿工夫儿，蛋蛋脖子上的蛤蟆串儿长了一大截子。有巢搂着他嗔道："又是风又是雨的，你还没忘了这个！"蛋蛋说："你们再晚回来一会儿，还能撸一大堆呢！"小妮子也说："多着呢，一下雨全爬上来了。要不，咱再逮一会儿？"大妮子说："行了！这天儿说变就变，赶早儿不赶晚，快回家啦！"

远远儿见着渔船了，鱼头的大嗓门儿也飘过来了："是有巢吧？你们没事儿吧？"大妮子狠着撑了几竿子，见了鱼头就骂："他们不知道事儿，你也不知道事儿？一只旱鸭子，俩豆芽子，你就敢叫他们下去？你他娘的白活了你！"有巢说："姐姐，真没人鱼头哥的事儿，是我非要去的，人家还劝我们来着。"大妮子还是骂："劝？劝个屁！你们要是淹死了，他鱼头罪过儿大啦！看我娘不把他撕了！哼！"

鱼头倒不急，还笑呢，"呵呵，大妮子回来了？还带回个人来，这不是鲻山大娘家的小子吗？呵呵。"小子朝鱼头点点头，顺势儿把话头儿岔开了："鱼头哥，还记着我呐？巧不巧？我今儿个就是来找鱼头哥的。""呵呵，找我干嘛呀？""我们上头又要筑巢了，找你们上去帮着砍树锯木头啊。"鱼头一听来劲儿了，问："真的？啥时候去呀？"小子说："越快越好，今儿晚了，跟大娘商量商量，明儿一早儿要是能去最好了。"鱼头问："既来一趟，不住两天？"小子说："她住下，咱上山去。"鱼头说行，又嗔怪有巢："你去接人还瞒着我，瞒我干吗啊？我给你们撑着船过去不就得了！"有巢也不分辩。大妮子说："赶巧了，碰上我们俩，要不早喂了鱼了。"小子狠狠瞪了她一眼，底下又踢了一脚，大妮子才不说话了。有巢留下了蛋蛋小篓儿里的鱼，两大篓子还给了船上，天热，今儿不分出去，明儿就臭了。

俩大灰鹅瞧见大妮子，远远儿就奔过来了，哦啊哦啊叫得欢实。大妮子一胳膊下头夹个鹅脑袋，左边儿亲一口，右边儿亲一口。小子瞧着乐，"嘿，这东西通人性哩！"大妮子透着得意，"敢情！它们俩是我喂大的。要不是瞧我的面子，非得鸽你一条子肉！"小子说："嘿，敢情鹅也势利眼啊！"大妮子扑哧儿乐了，"你呀，啥都不知道！鹅俩眼是摆设，瞧不见，全靠鼻子。""噢，这势利鼻子可够尖的，多少日子了，还闻得出你的味儿来！""多少日子也忘不了，这辈子忘不了，鹅才实心眼儿呐。"有巢听着新鲜，说："姐姐要不说，我还真不知道呢。"

回家撂下篓子，大妮子奔了稻地，有巢去了窑上。舅舅见了，问她："这么快就回来了？我还怕下雹子那阵子会出啥事儿呢。"有巢说："没事儿，舅舅快回去吧，大妮子姐姐两口子来了！半道儿碰上的，要不这么早就回来了？""真的？""我哄您干吗？姐姐这会儿去稻地了，小子跟妮子、蛋蛋在家呐。"舅舅说："她一去了稻地，那就且回不来了，那群妮子放不了她。我也不用急着回去了。有巢，他们说有啥事儿了吗？""说是上头又要筑巢了，大妮子想着咱这儿缺木头，叫咱上去砍树去。""好事儿，明儿就上去！"舅舅说着就给窑上人交代了几天的活儿，叫顺儿姥娘跟花儿姥娘管烧窑、开窑。

吃后晌饭时一家子都回来了，小妮子说："有巢姐姐，快瞧他们给你带啥来了！"俩人带来的东西不少，有干肉，有才下来的酸枣儿，还有两块豹皮，有巢没想到人家把个大豆模子也给带来了，喜欢地说："正愁没木头刻饽饽模子，今儿背着鱼篓子要上去换去哩。这可好了，亏了你们，咋就想到这了呢？"大妮子说："上头还有呢，留这么多也使不上，他要带下来，舅舅还真有点儿舍不得哩。"有巢知道上头留下的都是小模子，感激地朝小子点点头。

　　有巢问："都谁家要筑巢啊？"小子一口气说了十好几家子。有巢又问："这么多家？都找好地儿了吗？"大妮子说："挨着我们那巢，往下砍一片就行了。"说起那巢来，有巢又问："你们那巢住着咋样儿？"小子说："好啊，所以旁人眼馋，也要筑巢。"有巢问大妮子："跟大娘、舅舅一块儿住，惯吗？"大妮子脸腾地红了，骂道："你个妮子家真够坏的！"有巢说："我是说，一大家子住一块儿……"大娘乐了："我知道你要说啥，谁一家子不住一块儿啊？这还有啥惯不惯的？"水姨说："嗨，也难怪有巢问得这么糊涂，一人儿在树上住了几年，憋屈得跟常人不一样儿了，唉！"

第九回

盘泥炉开户巢成室
运梁木备材棚改屋

滩里大娘昨天在稻地里听大妮子说了，就找好了人，叫他们吃了后晌饭拾掇好斧子，砍竹子做锯，明儿早点儿起来吃前晌饭，日头出来就上路。

一大早儿人们就聚到了姚江边儿上，能来的人都来了，说好了干完就回来，不在鲻山吃饭。人们背着篓子，里头装着干活儿的家伙，打算回来的时候装锯末、碎木头伍的。窑上舅舅、有巢和山里小子出来得早，有巢和舅舅背篓里是才捉的鲜鱼。小子背篓里是半袋子大米和一匹细麻布，滩里大娘昨儿黑间就给装好了。

小船儿压了半条江，看见头儿，望不到尾。撑竿吓得鱼虾乱钻，说笑嬉闹惊得飞鸟儿不敢停。窑上舅舅领头儿，朝后头喊话："嗨，能抓就抓上几条鱼，上去做个顺水人情儿。"这下子河里更热闹了。

船泊下了，一棵树上拴好几条，小船儿乒乒乓乓碰过来撞过去，打架似的，水跟着劈劈啪啪凑热闹，倒像是闹着玩儿。前头的人上路走了老远，后头的还没下船。錙山小子跟滩里舅舅说着话儿，在头里带路。荒草里蹿动着受惊的兔子、耗子，草在脚下刷刷倒地，一条绿油油的宽敞夹道变戏法儿似的展到河边儿。

到了山脚下，舅舅叫小子跟有巢："嗨，你们俩錙山人紧走几步儿先上去给人们招呼一声儿，省得一下子上去一大帮，让人当了匪痞子。"有巢说："我身上不利落，走不快，不如让鱼头哥跟上去，反正人们都认识他。"这话太娇气了，舅舅说："身上不利落还跟出来！"又喊鱼头跟着錙山小子头里走，这一嗓子喊出好几个船上的来，舅舅说："鱼头一人儿跟着大小子上去就行了，去那么多，跟绑了人似的，说不清，两边儿再打起来。"鱼头也吆喝他的人回去。小子听得直笑："这都哪儿跟哪儿啊？绑了我还能杀吃了啊？绑吧！绑到滩里，我也吃上肥鱼大米了，哈哈。"前头的人也跟着笑，后头的不知出了啥事儿，都紧着往前凑。

有巢把自个儿和舅舅篓子里的鱼全装到鱼头那篓子里，也有了多半篓子。她告诉小子："回去先抓把盐把鱼腌上，省得臭了。"

鱼头跟小子俩上去了，舅舅叫大伙儿歇歇儿，"今儿全是使力气的活儿，上去就歇不成了，紧着干完了回家。"大前晌的，谁也歇不住，有的挖菜去了，有的逮兔子去了。

估摸着鱼头他们快到了，舅舅一声喊叫："走啦走啦！"人们背着篓子呼啦啦跑过来，这么会儿工夫儿，多少都有收获。舅舅说："出来是找木头柴火的，篓子里尽装些个这，待会儿砍下的树枝子多了，咋往回背啊？"人们嘻嘻哈哈，"还有背不动的？""捆个大大的柴火捆，篓子也背，柴火也背。"舅舅问："大树谁扛啊？"有谁说："俩人肩膀上扛一根，脊梁上背啥照样儿背，没说的！"

"哟，人可真不少哇！"人们光顾着说笑，没瞧见鲻山大娘迎过来了。舅舅笑着上去，抓住她的手说："老姐姐，没吓着吧？来了一帮老抢儿！"鲻山大娘也呵呵儿笑，"好，好，一座鲻山任你们抢！多抢出块地儿来多筑巢，呵呵。"滩里舅舅问："老姐姐，咱哪儿抢去呀？"鲻山大娘说："我就是来接你们，领着去抢的，都跟我走吧！"

到了上回筑的巢跟前，鲻山大娘在一大堆石镐、石锹旁边儿站住了，手往下一挥，"打这儿往下，能撧多少就撧多少，大伙儿辛苦辛苦，等树倒了，根子翻出来，你们锯了树带走，树根子和枝枝权权就甭管了。"滩里舅舅说："我们把能拿的都带走，树枝子捆了背走，树根子晾干了，我们再来一趟。"鲻山大娘说："好的还拿不过来呢，要那干吗？你们只管扛树，剩下的有人收拾，找个地方儿堆一块儿沤着去了。"滩里舅舅直叫可惜，坚持要把树枝子拿回去当柴烧。鲻山大娘说："你们能拿啥就拿啥，把地儿腾出来，就是给我们帮了大忙了。小子刚才上来已经叫人给预备下了镐跟锹，说你们都带了绳子、斧子、锯，还缺啥，只管说话。"滩里舅舅说："不缺啥了，我们就动手了。"鲻山大娘说："那我就不耽误你们工夫儿了。累了就歇歇儿。"

人们喊里喀喳干上了。鲻山大娘这才顾上招呼有巢："走，上家里坐会儿，咱娘儿俩好好儿说说话儿。"离了些日子，人倒亲了。有巢想瞧瞧那巢住得舒坦不舒坦，就高兴地跟着她上去了。

快到了，有巢觉着少了啥，一直到了大巢跟前，才想起来，就问："花儿呢？"大娘一阵儿难受，脸上挺难看的。"唉，死啦！""死啦？花儿还没那么老啊，咋就死啦？""唉，让狗舅儿给蒙啦，前一阵子闹狗舅儿，死了好几条狗。""哼，坏东西，比狼还坏！大娘，这会儿还闹吗？"大娘说："就那么一对儿，打死了，再没闹过。根儿家的黑狗快下了，许给了咱家一条。"

大巢前头有个黑黢黢的火坑，一瞧就知道是做饭的，饭锅、水罐子就在巢下头。"大娘，天天上上下下拿粮食，不麻烦呀？""不麻烦，上头全是木头，不敢起火。"上头门开着，里头挺亮，地上靠两边儿墙根儿铺着俩大草铺，当间儿空着一大块地儿。有巢想：全是木头，天冷了也不能烤火，这咋行呢？大娘说："这巢住着比土洞舒坦多了，干松啊，人不坐病。黑间儿把门一插，啥东西也拱不进来，睡觉踏实多了。"

有巢把门一关，里头黑乎乎地啥也瞧不见。

"大娘，这巢还得改改，往后住着就舒坦了。"

"这住着就挺舒坦的，还改啥呀？"

"大娘哎，这会儿是舒坦，可到天儿冷了就没法儿过了。"

"没事儿，妮子，这巢严实，门一关，一点儿都不透风。"

"不行，大娘，一长冻，里头就冻透了，巢里没火可不行。"

"呦，六面儿全是木头，添个火坑还不燎着了？"

"大娘，所以我说这巢还得改改嘛。"

"都筑成了，还咋改呀？"

"您瞧，这么着改：在巢当间儿靠墙近点儿的地方儿糊起厚厚的泥来，等泥干了，两边儿再往起糊，当间儿留个火膛子，然后糊个窑，下头留烧火掏灰的口，上头戳个出烟的窟窿，就跟舅舅烧坯的窑一样儿。"

这可是大娘没想到的，"嗯，听着不赖，又跟在土窝儿里一样儿能烤火了，把窑糊低点儿，还能就着火膛子上来的火苗儿做饭了。哎咿，咱外头台子上也能糊个窑做饭啊！呵呵，我也开窍儿啦。有巢啊，得亏你今儿来了，咱叫新筑的巢里都糊上火窑。你舅也是，烧了这么多年窑，咋就没往这儿想呢？"

"嘻嘻，大热天，谁往火膛子上想啊，台子上做饭也热啊。大娘，这墙上头还得扒个出烟的窟窿，省得开着门了。"有巢俩手举到高处儿，比划了个西瓜大的窟窿。

"我说有巢啊，那么大个窟窿，不透风啊？"

"这好说，用不着的时候就堵上团乱麻，要出烟透气儿了就拽出来。"

"嘿咿，你这脑袋咋长得呀？咋这么多主意啊？"

"您还不知道我？打小儿就爱瞎琢磨穷折腾，惯了，改不了了。大娘啊，你瞅着这巢还有啥毛病没有？"

"毛病都让你挑出来了，没毛病了。"

"行，要是一时瞧不出来，咱今儿个就先扒窟窿，往上运土和泥，里头外头糊俩火窑。往后想起啥来再改啥。"

"嘿咿，这妮子真是个急性子。趁着你在，弄起来也好。"

扒窟窿，说着容易，真干起来可费劲了，一根根木头夹了泥垒起来的墙，在厚木头上凿窟窿可不是闹着玩儿的，弄不好能把个巢凿塌了。有巢站着个杌墩儿够着高处儿的墙，找着两根木头接缝的地儿，比过去两拃，拿石头刀儿凿起来。大娘在下头给她扶着杌墩儿。她说："您甭管扶着啦，摔不了。我且得凿一阵子呐，别误了您的活计。"大娘说："那我就去给咱往上倒腾和泥的土去。有巢啊，留神点儿，别摔着了！"她是想趁着有巢在，把能干的活儿全给干了，这会儿她可知道有巢的好儿了，这妮子不是旁人能比得了的。

"大娘，咱有锤子、扦子吗？凿缝儿的时候使得着。"

"有啊，我给你找去。"

"大娘，找出来了，搁杌墩儿旁边儿就行了。"

大娘找出一把石头锤子、几根石头扦子，又舀了一碗清水放旁边儿，嘱咐有巢："累了就歇会儿，记着下来喝口儿水！"有巢说："瞧您，老惦记着我！又没干啥，日头也晒不着。下头撂树的人才出汗叫水呢。"大娘说："下头自然有人送水，你甭惦记。"这才走了。

她可没去倒腾土，径直去了窑上，找着小子爹，先说："你给找俩人，给滩里送水去。"舅舅瞪着眼看她，问："你没毛病儿吧？"大娘又说："不是去滩里，是给人滩里来的人送水去。""滩里来人了？来多大工夫儿了？我咋一点儿也没听说啊？"大娘说："咱小子领回来的，这回来的人多了去了，帮咱撂树腾场子来了。"舅舅一听就着急："来这么多人，上哪儿给人家差兑后晌吃的呀？""人说了，不吃饭，干完就回去。这都干了半天了，大热的天，汗珠子瓣里啪啦地，叫水啊。先给人送水才是真格儿的。"舅舅点了俩人："留留，还有杠头，你们俩，先抱一摞碗，提溜一桶水，给人滩里的送去，来回多跑几趟，今儿这送水的活儿就交给你们俩啦。"

大娘这才说："他爹，咱有巢回来了！你家来一趟，她说咱那巢得改改，这会儿正往后墙上凿窟窿呐。你回来帮着挖土和泥，糊俩窑，里头一个，外头一个。"

小子爹听不明白她说的啥，只知道是有巢回来了，旁人也都问："真是有巢来了？"拴儿不信，"大娘不是想有巢想魔怔了，说笑话玩儿吧？"大娘说："我还蒙你们？跟滩里人一块儿来的。有巢看了我们那巢，说天冷了里头不能没有火，又怕燎着了巢，才想起在里头糊个火膛子，也能做个饭伍的。"

野名儿叫母猪的女人嗓门儿还是那么大："墙上凿窟窿？干吗？毁呀？"拴儿说她："瞎嚷嚷啥呀？你知道个屁！有巢自有她的道理，没事儿开窟窿干吗？"母猪说："我问的就是这个，没事儿开窟窿干吗？你不也不知道吗？哼！"

大娘腻歪这女人，训她："干吗？透气儿出烟啊。你咋光想着毁呀？脏心烂肺，改不了的毛病！"母猪翻了翻眼珠子，咽了口唾沫，到底儿没敢顶大娘。大娘又对众人说："今儿把我们家的窑改好了，当个式样儿，别人筑巢的时候顺代就把窟窿留出来了。你们都知道火膛子烧窑是咋回事儿，筑巢的时候记着里头糊一个火窑，外头台子上也糊一个，热天在外头做饭，天凉了搬里头去，连做饭带烤火。"

　　人们七嘴八舌说开了，都跟大娘要块空地儿筑巢。大娘说："这好说，滩里人可愿意上来撂树运木头了，就是筑巢得有个先来后到，这几家儿先说的，先帮他们筑，你们谁先谁后，报个名儿排排。等筑完了这几家儿的，就给你们筑。"有人要掺和进来跟这拨儿一块儿筑，大娘说："先筑有啥好呀？不过是给后筑的做样式。瞧我们那巢，这儿也得改，那儿也得改，赶明儿还指不定得改多少呢。越往后筑出来的越好。"人们嚷嚷着，这个要筑，那个也要筑，分不出个先来后到。

　　大娘在窑上脱不开身儿了，舅舅找了个人帮他烧窑，一人儿先走了。他急着要见有巢，走了这么些日子，也不知道在滩里惯不惯，受没受委屈。这妮子脾气倔，不会说话儿，在这儿老跟小子娘别扭着，到滩里也不知道得罪下人没有。

　　滩里人正歇着喝水，一见舅舅过来，跟他打招呼儿，滩里人都认得鲻山舅舅，岁数儿大点儿的自根儿就认得，年轻的是上回来认得的。滩里舅舅就迎上来叫"老哥"，"嘿，我们又来了，刚才还跟大娘说是来抢来了。"鲻山舅舅说："呵呵，兄弟你可真会说话儿，明着帮忙儿来了，偏说抢来了，呵呵。抢啥呀？不就几根木头吗？帮我们腾地儿来了，谢还谢不过来哩。"滩里舅舅说："你认抢就行了。"

　　鲻山舅舅说："你们先忙着，我过去瞧瞧有巢去。这么会儿工夫儿，听说又琢磨出新点子来了，要改那巢哩。这妮子可是块宝啊，我们都舍不得她哩。嗨，生生叫你们给抢去啦。"滩里舅舅说："哈哈，翻脸了不是？明明是换的，咋成了抢的啦？"鲻山舅舅说："咋说也舍不得，换那时候我就舍不得，都是我们小子他娘做的主儿。""舍不得又咋着？我们大妮子总不能白给了你们吧？呵呵。老哥，啥时候用着有巢了，来个人接她，我还能不叫走？呵呵，你快忙活去吧！趁有巢在这儿，有啥改的做的，叫她干就是了。要是有动力气的活儿，只管过这儿叫人来，呵呵。"

鲻山舅舅跟人们一路点头笑着奔了大巢，刚上梯子，就听见有巢问："大娘运土上来了?""不是大娘，是我。""哟，是舅舅啊!"只听见有巢说话，却不见人。舅舅进了巢，才瞧见站在机墩儿上的有巢转过脸儿来。"您瞧我笨得，刚才摔了个碗，撸撸地上的碗碴子又拉了手，正找不着土面儿呢。您瞧瞧哪儿有，帮我捏一撮儿来糊上，省得这儿老流血，跟多大的事儿似的。"

舅舅跑下去，抓了一把土上来，给有巢糊住了流血的虎口;见她还拿着块碗碴子，就说："就是这块碴子划的吧? 给我，扔了去。"有巢说："可别扔，我都留着呐。要不是拉了手，我还不知道碗碴子比石头刀还快呢，拿碗碴子刻饬了才一会儿，就刻饬出一道沟来。本来摔了碗该打，可是一下子添了这么多刀子，嘿，歪打正着!"舅舅说："碗碴子当刀子，嘿，窑上破锅碎碗碴子一大堆，都有用了。"

有巢要给舅舅解释为啥要凿墙上的窟窿，舅舅一眼就瞧出了门道，说："你下来，我给咱凿。"有巢说："这会儿能轻轻儿拿扦子凿了，这一溜凿通了，剩下三面儿撬撬就离了。"舅舅一会儿凿下一块方方的木头来，拿开木头，透进外面的亮儿来。他使劲儿吸了口气，"还是透着点儿气好。"有巢接过方木头来说："这块还留着堵窟窿使。"

俩人又说了说糊火窑的事儿，舅舅比大娘明白得多，一听就知道该咋干了，"正好儿，下头正撺树呢，把土全都翻上来了，现成儿的湿土，不用挖了，还省水。走，家伙都在下头搁着。"俩人下来，舅舅在台子底下拿了竹筐就走，有巢要找把石锹，舅舅说："用不着，下头有的是锹啊镐的，搁哪个树坑旁边儿，都能装一满筐。"

舅舅找着个挖树坑的人，说："嘿，兄弟歇会儿，给锹使使!"

"大哥要土? 我给您铲，要多少?"

"铲满一筐，回去糊个火窑，呵呵。"

滩里舅舅听说要糊火窑，就叫他们过他那边儿去铲土。有巢一见那土，好生奇怪："嘿咿，这土咋这么黑啊？"别说有巢没见过，连鲻山舅舅都没见过这么黑的土，说："嗯，许是树根烂了，把土沤黑了。"滩里舅舅说："老哥啊，一听就知道你没见过，啥树根烂了啊？这可是垆埴啊！"鲻山舅舅没见过，也没听说过，问："炉子是啥呀？"滩里舅舅说："土包子，连说都说不清。嗨，也难怪你，咱滩里没这东西嘛。我还是在老家见过的，垆埴比别的土都黏，经烧，烧出来的东西也结实。上回跟你们换的那对大豆，色儿那么重，我还以为是垆埴烧出来的呢。后来听有巢说，才知道是掺了炭。"鲻山舅舅说："炉子这么经烧，正好儿挖回去糊火窑，省得把窑烧裂了。嘿，真是想啥就来啥，沾你的光啦。"

台子上的火窑糊好了，上头留了个圆圆的窟窿，能坐个锅。舅舅说："这炉子好，又能烤火，又能做饭。"有巢想起了锯的事儿，忍不住笑："舅舅真会起名儿！咱糊的这不叫火窑？""火窑不好听，听着跟烧人肉似的，大巢也不好听，听着跟养鸟儿似的。嘿嘿，火窑不如炉子，大巢不如屋子。"有巢哈哈哈哈笑起来，"舅舅真有意思，舌头打个嘟噜儿，又出来个新名儿。"

舅舅性子急，嫌炉子干得慢了，就点着了小火儿烘，窟窿里冒出白烟来，糊炉子的泥里钻出湿气，绕着炉子袅袅缭动，一股地气直往鼻子里扑。

大娘回来了，在下头就瞧见了白汽黑烟，扯着嗓门儿嚷嚷："呵，火窑都糊好了！"舅舅说："啥火窑啊？这是炉子！"大娘顺手拿上个大锅来，等烟散了，火苗儿着起来了，在炉子上坐了半锅水，瞧这炉子能不能使唤。没多大会儿，水咕嘟咕嘟滚了！大娘抄了个篮子跑到下头，母鸡咕咕咕咕叫起来，公鸡、小鸡跟着叫唤，整个儿炸了窝。舅舅朝下头喊："嗨，出啥事儿了？大白天的，闹黄鼠狼啦？"大娘也不言语，母鸡越叫越揪心，就跟要跟谁拼老命似的。公鸡疯了，扑啦啦飞到梯子上了，一大堆小鸡儿吓得可世界乱跑。

公鸡扑啦啦又飞走了。大娘呼哧呼哧爬上来，拿了一篮子蛋。舅舅问她干吗招那母鸡，她也不说话，拿出鸡蛋来，贴着锅沿儿一个一个往锅里搁。

舅舅嗓门儿大了起来："干嘛呀？不过了？""试乎试乎咱这新糊的炉子。急赤白脸的，至于吗？""拿啥试乎不行啊，非拿孵小鸡儿的蛋试乎？拿一个俩还不行，全都盖捞了！再有几天就出来小鸡儿了，别说母鸡了，连我都心疼！""呵呵，瞧把你心疼的！这是我给有巢煮的，毛鸡蛋补身子，人妮子帮咱干了这么大的事，吃几个蛋就心疼死你啦？"

有巢正查看巢顶子，听了大娘的话，心里一热，差点儿摔下来。"大娘这么着，可折煞我了！本来筑巢的时候就该想到的，这咱才来找补，大娘不骂我，还要奖我，让我这脸往哪儿搁啊？"

大娘说："嘿咿，听咱妮子说话多可人心！帮咱做了活儿，还说自个儿的不是。"

舅舅给有巢扶着杌墩儿，说："有巢啊，赶明儿别说'筑巢'了，咱又不是雀儿。"

大娘嗔怪他："你事儿咋这么多啊？不叫筑巢还能叫筑啥呀？筑窝？"

"刚才还跟有巢说来着，火窑不如叫炉子，大巢不如叫屋子，就叫筑屋，造屋，盖屋。"

"噈！我当是啥好名儿呐，窝倒比巢好听了？不愿意当雀儿，你倒是当个好的呀，嘿！"

"瞧你这耳朵，听哪儿去啦？不是窝，是屋！"

"噢，乌啊？啥雀儿不比那黑乌鸦强啊？"

舅舅又好气又好笑："真是哑巴爱说话，聋子好打岔，你这老鸹嘴损起人来可真够黑的！"

有巢听这俩人斗嘴好玩儿，忍了半天笑才说："我说句话，大娘可别生气啊！咱人到底儿跟雀儿不一样儿，换个名儿也好，我叫有巢就够了，别人盖的还是叫屋子好，说着也顺口儿。我这可不是向着舅舅，大娘别嗔怪我！"

大娘说："不嗔怪？嘿，这妮子不说理儿，一人儿霸着好名儿，硬不叫别人叫。巢叫着多豁亮啊，屋子，屋子，一说就得噘嘴，听着就憋闷得慌。"

有巢说："这是咱人吃饭睡觉的地方儿，按理儿，该叫屋啊室的，就跟野兽的窝和雀儿的巢分开了。"

大娘说："还屋啊室的，更难说了，得了得了。嗨，反正住着舒坦就得了，风吹不着，雨打不着，下雪长冰冻不着就是了，爱叫啥叫啥吧。"说着又叨叨开了："屋子，屋子，屋子，炉子，炉子，炉子，老得撅嘴，哪如窑啊巢啊好说啊。"

滩里人干到后晌，把摞倒了的树锯了根，砍了杈子，枝枝杈杈打了捆儿，树根拢成小山儿似的一大堆，利利落落要回家了。大娘找到滩里舅舅说："大兄弟，我还得央求你，能不能领着人们再来一趟？"

"哟，开了这么大一片地了，还不够？"

"不是，是又有二十多家子也要筑巢，还得开这么大两片地。不过，这事儿不急，等滩里啥时候活儿不忙了，你再带上人来一趟，还要这么些人，多了更好。"

滩里舅舅问她："接过几天行吧？"

"行，行，哪能摞了家里的活儿，老在外头干啊。接几天再来，也好两头儿都招呼着点儿。有了这块地儿，先筑几家的，且得筑上些日子哩。"大娘挺通达。

"那就接几天，到时候我把大妮子给你送回来。"

"孩子难得回去一趟，让孩子挨家多住些日子吧，打打肚里的馋虫。山里饭粗，孩子嗓子细，咽不下去，我早就想着叫她回去解解馋了。"

"听听，听听！大妮子才来几天儿啊，你就养不起了？老姐姐，你这是把大妮子打发回去吃我们去啦，算计得可真精细啊！"

"呵呵，你要是怕大妮子吃你们，就把有巢留这儿，吃我多少日子都没事儿。"

"瞧瞧，反悔了吧？"

"不反悔，不反悔，俩妮子我都要，就怕你舍不得。"

滩里舅舅还真舍不得有巢，这妮子太有主意了，甭管筑巢还是脱坯，他都还指望着她呢。

一回去，有巢就跟大娘商量："姨，这回扛回来的整木头不少，谁家窝棚里也没地儿搁，搁外头风吹雨打，我想先盖个屋……"

"盖啥？"大娘没听懂。

"呵呵，是锱山人的话，管筑巢叫盖屋，省得听着老让人想到雀儿巢去。鸟儿住的叫巢，人住的叫屋，就分开了。姨，我想先盖个大屋，一来是给大伙儿当个样式，二来能存木头，省得下雨沤了。等天凉了，咱就住进去。"

闹了半天盖屋就是筑巢啊！蛋蛋来劲儿了，又蹦又跳又嚷嚷："盖屋，盖大屋，盖大屋！"

舅舅说："有巢说的对，木头多了没地方儿搁。来时候老姐姐又跟我说来着，叫咱过几天再去一趟，上头又有不少家要筑巢，噢，是盖屋，呵呵，还得腾大块地界儿呢。"

大妮子喜欢得不行，说："那我明儿就先不回去了，过几天再跟着爹一块儿上去。"舅舅告诉她："爹跟你姨姨说好了，她也叫你再住上些日子，你就挨家好好儿打打肚里的馋虫吧！"大妮子不好意思，低头儿偷着乐。有巢说："姐姐不走了，太好了，留下帮咱盖屋，瞧你哪儿还有啥要改动的，都告我说，这回一下子盖个好的。"

大娘一直在想盖屋的事儿，接过话来说："有巢核计核计，咱明儿就干，咱人多，盖个比他鲻山还大的屋，又有木头又有地儿，咱人可不能受憋屈。门前现成儿的空场儿，可着使，能盖多大就盖多大。"昨儿黑间大娘一宿没睡成觉，添了大妮子两口子，人挤得都快摞起来了。天凉了连火坑都使不上，这窝棚不能再住下去了。

有巢问："比着大妮子姐姐他们那屋，再大出一半儿来，够住了吧？"

大娘见过鲻山的屋，大出一半儿来，够躺九个人了，就说："通长这么着差不离儿，横里还得宽出来，咋也得够俩人对头儿躺着的。"

有巢认真算了算，说："咱这木头还差得远呢，少说也得再上去三四趟。"舅舅说："鲻山家巴不得咱再砍几天哩，明儿我多带上些个人上去。"

四五十人又去鲻山砍了四天，运下来的木头堆成了山。有巢说够了，跟大娘商量："明儿前晌我跟大妮子姐、小妮子、蛋蛋把场地拾掇拾掇，再把去鲻山帮着盖过屋的人叫来剥皮、锯木头、削榫头、凿卯口，拾掇一天就能埋桩子、起台子了。台子一起来，剩下的木头都能存到台子底下了。"

大娘问："二十个人够了？"

"够了，东西都现成儿的，不比鲻山盖屋现撂大树清场子。咱家的米招待不起那么多张嘴。"

大娘说："这你可说差了，这是给咱滩里盖屋，往后都得住进去，这回帮咱家，下回帮他家，谁也不欠谁的，谁也不吃谁的，干完了各回各家吃去。干活儿的人跟在地里一样儿，该分啥还分啥。"

有巢心里一喜，倒怕是自个儿听岔了，急着问："姨，真的全盖屋呀？"

"是啊，我把你带下来图的就是给咱滩里筑巢，噢，盖屋，咱这辈子再也不住窝棚了。你心里有个大模样儿，打咱这儿往前一顺儿盖下去，鲻山有的是木头，咱有的是地儿，地里船上活儿不忙的时候就盖屋。"

有巢越听越欢喜，脑袋里已经出来一大片屋子，日头从门里照进来，窟窿里也透过亮儿来，屋里又暖和又亮堂又通风，她想着在门一边儿的墙上再留个大些的窟窿，多进来些日头。

"有巢，二十个人够了吗？"

大娘把她从梦幻的屋子里叫了回来，她赶紧说："稻地里过来二十个人足够了，多了窝活儿。赶明儿给别人家干也是这二十个人，越干越顺手儿，叫他们包下了。平常他们干，地里船上闲了，就都来帮着干。"

大娘说："行，我明儿一早儿就告诉三青子，他上回也去鲻山了，见过盖屋的，这些个人就归他管。不过稻地里不能一下子抽出这么多人来，还是得打船上要些个。这都好说，你就甭操这份儿心了，把屋子盖好了是你的事儿，叫谁来盖是我的事儿，呵呵。"这妮子啥都好，就这一样儿不招大娘待见，一说话就是定下来的口气。

有巢没觉出大娘话里的话来，又出了个主意："既然是这些个人包下盖屋的活儿了，打茅草苫顶子的活儿也包给一个人得了。"

大娘说："妮子，我得给你点个醒儿了，话不能这么说啊。"

有巢一惊，问："姨，我说错了？我是想把苫顶子的活儿包给一个人，就跟那二十个盖屋的一样儿。"她还没见大娘这么跟谁说过话，心里头揣了个兔子，来回乱踢腾，脸色儿也变了，脖颈子又硬又凉。她在这大娘身上放得太多了，一个不留神说错了话，大娘生了气，这辈子甭再想盖屋了。她想救回来，一急却不知道说啥好了，干张嘴，舌头不会动弹，脑门子上急出汗来，泪儿在眼眶子里转悠。

大娘瞧她吓得那样儿，口气放软了："有巢啊，我也不是说你哪儿说错了，你这主意其实挺好的，可是，这样大的事，关系族里的事，你得跟我商量，不能动不动就拿出做主儿的口气来，咱滩里还没有第二个人这么说话的。等啥时候族里推举你当了大娘，你再这么说话就没人管你了，这会儿还太早。妮子，做人要稳，心稳嘴才能稳。我今儿个话说重了点儿，你呢，也别太往心里去，往后改了就行了。"

有巢这才明白是咋回事儿，说："姨，您这一说出来了，我也觉着是毛病了。往后您瞧我哪儿不对，千万别忍着不说，可别惯着我不招人待见啊！"心里还想，人家不定忍了多少时候了，得亏今儿说出来了；又想到鲻山大娘，这回见了待自个儿这么好，先前准是自个儿有不招人待见的地方儿，还埋怨人家这啦那啦的，其实，人跟人就怕说不开，说开了啥事儿也没有。

大娘放心了，这妮子跟自个儿没芥蒂，这就好。"有巢啊，打茅草这活儿，我从地里找个女人，明儿叫她找你，你给她交代一下咋干，穿成啥样儿，往后屋子漏了就找她说话。"

小妮子说："咱住的屋子，甭找外人了，这活儿我包下了，不就是预备足够的茅草往屋顶子上苫吗？"

有巢问："是啊，草苫子就是屋子的衣裳。你一人儿忙得过来吗？我们几个天天儿回来，都找你要饭吃啊。"

"家里的活儿还是我的，保管饿不着你们。有巢姐，盖一个屋要几天工夫儿啊？"

"问我，我这会儿还说不准，少说也得五六天工夫儿吧。"

"有五六天工夫儿，我想着够了，还有蛋蛋帮我呢。"

蛋蛋可不情愿干这个，说小妮子："你揽的活儿，你自个儿干吧，甭拉扯我！我还跟着有巢姐姐盖大屋呢。"

小妮子一听，气得嘴噘得老高，"蛋蛋咋是这人呢？白疼你了，咱家的大灰鹅吃了食儿，还知道下蛋呢。蛋蛋小没良心的，瞧我往后还伺候你个馋嘴不！"

　　蛋蛋说："大灰鹅好，你叫大灰鹅跟你打茅草去啊！我咋没良心了？我盖了大屋你不住啊？"有巢说："蛋蛋，盖屋的都是有力气的大人，人家不要小孩儿。打茅草的也算盖屋的人，我也跟着你们打茅草。等你大了，有力气了，就跟着盖屋，不用去船上下地里了。"蛋蛋这才答应了。

　　黑间躺下，有巢就琢磨开了，她想的是先开出一片屋的地界儿，盖起一排屋来，后头的就挨排儿接着盖，开一片地盖一大排，一排住五六家儿。往后再开一片地，顺着一排一排盖下去。这样住好处大，把一族的人聚拢起来，白天黑间都有个照应，不怕狼虫虎豹，平时大娘招呼人分吃的、说事儿都方便。好是好，不过，这得要多少木头呀？鲻山也在盖屋，两族人一千多屋子，一个屋子从支架到台子到屋子和顶子，少说也得二百棵树。鲻山的树不是没数儿的，撂一棵少一棵，再长成材得等好几年。像大妮子他们那屋那样儿整个儿靠木头垒起来，怕是把鲻山砍光了也不够。这么一想，她心里急起来，要是哪一天把鲻山砍秃了，往后再要盖屋可上哪儿找木头去呀？

第十回

觅屋基阳地看风水
奠佑护阴宅求祭童

有巢一宿没合眼，琢磨咋才能省下盖屋用的木头，底下的支架干栏省不得，梯子省不得，搭台子的木头锯成两半，平面儿朝上，能省出一半儿来，台面儿也平整好看。上头四堵墙全是实打实的木头垒起来的，要是像底下搭干栏架子那样，先支起空架子来，再往里填泥跟烂麻头子啥的，能省出不少来。门改成柳条编的，又省下来了。顶子省不了，哪儿还能省呢？想来想去，有了：把一排几家儿盖在一个长长的大平台上，省下干栏柱子，还省下来好几堵墙，屋子盖得也快多了。

一早起来，有巢就跟大娘商量这事儿。大娘听了，觉着挺有理，说："是该虑得远点儿，咱滩里原来树也不少，还不是搭棚子乱砍全给毁了。赶明儿鲻山也没树了，咱可就对不起后人了。"有巢说："要是您不急，我想拿现成儿的木头先搭一个大长台子，下头立马儿能存木头，等再有了木头，再往上盖屋。咱这几天再去鲻山撂一回木头，顺便跟鲻山大娘也说说咋省木头。她要是愿意，我就帮着出出主意。"大妮子一直在一旁听着，这会儿插进嘴来："我今儿就回去吧，把有巢妹子这主意早点儿告诉我那当家儿的姨，省得又瞎盖起来。这两天叫他们先清场子、刻饬木头，过两天有巢上来再支干栏架子。"有巢想起那片野兽出没的荒草地，不放心大妮子一个人儿走，说："姐姐再住两天，等我这儿腾出手儿来，咱一块儿上去。"大娘对大妮子说："还是今儿走吧，吃了前晌饭就走，打船上叫几个人送你上去，也好顺便儿撂几棵树扛回来。"大妮子说："行，吃了饭我就走。"大娘找出一块苇子编的席来，说："这个给你姨捎回去，待会儿再跟船上要几条鲜鱼。"大妮子问："今儿船上在哪条江里打鱼啊？"她娘说："软江到日子了，今儿个下姚江。吃了歇歇儿再走，去早了鱼还没网上来呢。"

有巢瞧那苇席编得细致，横杆儿竖杆儿长长短短错落得好看，数了横杆儿数竖杆儿。大娘见她待见，说："小妮子闲得慌，编着玩儿的，赶明儿叫她也给你编一张。"有巢说："这席子编得细密，我想着盖起屋来，先拿苇席苫住顶子，再在上头苫一层茅草，又不透雨，屋里又暖和。"大娘说："好家伙，那么大的苇席，编起来可费老了劲了。"有巢说："不用这么细这么好，用粗苇秆，散不了就行了。"大娘说："那行，赶明儿找俩走不动道儿的姥娘挨家里编苇席。嗨，打茅草的活儿也交给她们得了。小妮子跟蛋蛋帮着割苇子、打茅草，蛋蛋不是爱在外头跑嘛？这回可有的干了。"

有巢突然觉得肩膀头沉了，这回不是盖一个屋，能试，能改；这回是鲻山和滩里两大族人盖屋，破土就是多少年的大事儿，不能说干就干，她得静下心来，翻过来掉过去好好儿想想。

"姨，待会儿人们来了，先刻饬木头。您再容我一半天，我得好好儿划算划算，这屋子盖在哪儿。"大娘说："不是说盖咱门口儿吗?"有巢说:"俩江当间儿这么一大片地儿,我想挑个更好的地方儿。"瞅不冷子一听,大娘不明白有巢要干啥,不过她没说不行,"要是这,那你得先给我说说,咱门口儿盖屋有啥不好?下头一大片窝棚,打咱这儿起,一排一排往上盖,多合适呀!"

"姨,咱这儿离姚江太近,岸不高,万一发大水,干栏泡了,屋子就不结实了。"

"可是,离姚江远了,吃水就不方便了,去稻地也远了,这不是给自个儿找麻烦吗?"大娘猛一下子转不过弯儿来。

"姨说得是,离软江也不能近,盖哪儿都有个吃水的事儿,得想个法子。不过,我还是想着防大水比吃水要紧,盖屋的事由着咱,咱想咋盖就咋盖,下雨可是老天爷的事儿,咱一句话也说不上。他要下起来没完没了,姚江里的水盛不下了,溢出来,咱可就遭殃了。不去那边儿盖,要守住姚江也行,那咱得往上挪挪,上头地界儿河岸比咱这儿高,水不至于溢出来。不管咋着,我还是觉着保住屋子要紧,屋子叫水冲了,人没了家比啥都惨。您看,咱吃水先将就将就就行不?"

大娘听明白了,答应得痛快:"有啥不行的?还是算在老天爷前头好。不就下地上船上多走几步儿吗?船上去软江打鱼走得更远呢。行了,既然要找个好地方儿,那就多跑跑,走远点儿,也好有个比处儿。今儿找不着,还有明儿呢;找着了也甭急,想好了再盖。急急忙忙盖起来了,住不了几天儿心里堵得慌了,犯不上。"大娘这人就是这样儿,不明白的事儿绝不叫干,可是只要明白了是咋回事儿,就全力支持。

有巢急促地喘了两口气,肩膀头儿往下一松,脸也上绽开。"有姨这话,我心里头就踏实了。说盖就盖,是太赶了,毛毛糙糙盖不好。这么大的事,说真的,我还真要些工夫儿,好好儿想想这头一排屋子咋盖。这跟鲻山的大巢屋到底儿不一样儿,要盖咱就盖个好的。"

　　蛋蛋说："有巢姐姐，我带你跑，我熟。找好了地儿，咱俩好好儿商量咋盖屋。"谁也没瞧见他在旁边儿一直听着，他娘乐得一嘴饭喷了出来。有巢说："姨您甭乐，我信蛋蛋，有他带着，准能找着好地儿。"大娘还是笑："这我也信，我还信他能盖屋呐，能得他，还真成个人儿了！"

　　有巢跟大妮子说："姐姐，那我就走了。你回去跟家里都带个好儿。我过两三天就上去瞧瞧。"大妮子说："瞧把你忙的！这又不是装坯、满窑、烧窑、开窑，晚几天也没事儿。你去吧！蛋蛋，别跟姐姐淘气啊！"蛋蛋噘起嘴来，嘟嘟囔囔："要走了，也不知道说句好话，谁淘气啊？我们去找好地界儿盖屋，咋说淘气呢？"

　　有巢扛上镐，背个篓子，里头搁了几团儿麻绳儿，还有斧子、砍刀伍的，跟上蛋蛋背着姚江朝软江走。日头出来了，蛋蛋说："咱们四个人瞧谁跑得快！"有巢问："哪儿来的四个人啊？"蛋蛋指着左边儿两道影子说："来，瞧谁跑得快！"有巢笑起来，说："他跑得跟你一般儿快，她跑得跟我一般儿快，甭跑了，一跑就找不着好地儿盖屋了。"蛋蛋问："啥样儿的地才算好地儿？"有巢说："生气盛阳气发的地方儿，草木长得好的地方儿，吸气儿好受不臭不堵的地方儿。"蛋蛋说："咱家门口儿就是好地方儿了，临着江，可比上头好。这儿净点子臭草烂叶子，没个好味儿。"说是说，他可连蹦带跳一劲儿往前走。

　　远远儿瞧见软江了，有巢叫住蛋蛋："咱不往那边儿去了，走，往上头走走。"蛋蛋较劲儿，问："干吗非往上走，不往下走啊？""下头阴，坑坑洼洼的，憋风窝水，住着坐病，咱不去那儿。"俩人扭过身子往上走，这一走离软江可就远了，离姚江也不近。走着走着费劲了，俩人上了个坡儿，四面开阔，鼻子底下清清爽爽。下了坡儿，有巢说："先别走了，我瞧瞧这块地儿。"蛋蛋朝软江这边儿跑下来，扑通摔了个马趴。有巢去扶他，这才瞧见底下凹下去一块，是个挺大的坑，急着问："崴着脚没有？"

"没，这地方儿晦气，咱走吧！"蛋蛋往坑里呸了一口。"能走动了？能走动了就跟我在这儿绕个弯儿，要是脚疼就坐下歇歇。""绕嘛啊？这地界儿还能盖了屋？哼！""蛋蛋你坐下歇歇儿，我瞧瞧去。"

这地界儿过风儿，没有地里出来的污浊潮气，有巢吸两口气儿，脑袋清明好受。她待见上这地界儿了，使劲儿吸着清气，绕了一大圈儿。除了那个大坑，四面儿都还平整；再看地上的草木，也都绿油油地有劲。她砍了几根荆条子，拉了几截麻绳儿，缯了个能立起来的框框。蛋蛋看了半天，问："你这是个啥呀？""嘻嘻，是个假屋子，我瞧瞧咋摆着豁亮。"蛋蛋帮她摆弄，这么摆摆，那么摆摆，啥也瞧不出来。有巢说："蛋蛋，你把框子举到胸口前头，叫我瞧瞧。"蛋蛋举起框子来。"再举高点儿，举脸前头！"蛋蛋把框子举到脸前头，又拉过来，脑袋伸进框子里，伸出舌头乐。日头晒着蛋蛋绽开的小脸儿、眯成两道缝儿的眼，打头顶钻过去，投在地上的影子比蛋蛋还长。

"哟，你们俩挨这儿干嘛呐？这是玩儿啥哩？"小妮子扡着篮子呵儿呵儿乐着过来了。她是打软江那边儿过来的，篮子里有少半篮子小杂鱼儿，细麻绳儿密网兜儿捞上来的。后头还有几个不大的妮子、小子，没往这儿拐，往回走了。滩里的孩子下不了地上不了船的，都是剜菜逮小鱼儿，人家下软江打鱼，他们就去姚江，人家下姚江，他们就去软江，逮几条船上捕剩下的小杂鱼儿，趁新鲜给家里人炖着吃了。

有巢的新鲜劲儿还没过，扒着小妮子的篮子看。一条最大的半大鱼身子一蜷，憋足了劲儿往起一蹦，正撞她脸上。逗得小妮子咯咯儿直乐。鱼啪嗒掉下来，有巢刚好儿接住了，那鱼打她虎口溜了，掉到地上，还使劲儿翻腾。蛋蛋捡起来，掐住鱼鳃，捏死了，又摅撸干净刚沾上的土。有巢接过来，细细端详开了。小妮子说："瞧姐姐那样儿，就跟没见过鱼似的。"有巢这才回过神儿来，不好意思地笑笑。蛋蛋问她："瞧出啥来了？"有巢说："瞧着这鱼脊梁跟鱼鳞好玩儿，呵呵。咱大屋的顶子也搭成这样儿，下雨、化雪好往下出溜儿水。"小妮子说："我姐那巢的顶子不是圆咕隆咚的吗？""圆咕隆咚的顶子上容易存水。这鱼要是个圆的，就不出溜滑了，皆为是个斜脊梁，才打我手里出溜儿了。"有巢说着，瞧着那鱼的鳞又发开了呆。

小妮子说："我得回去喂猪喂鹅了，你们俩还挨这儿啊？"有巢说："妮子你带上蛋蛋回吧，见了姨让她过这儿来一趟，瞧瞧这地界儿行不行。"蛋蛋瞪大俩眼问："啊？这地儿叫你瞧上了？""这儿挺好的啊。""好个屁！一股煞气，噘！""呵呵，小孩子家家，别瞎说！你知道啥叫煞气啊？走吧，跟上姐姐回去，把娘领这儿来。""噘！娘才不来这地界儿呢！"有巢哄他："蛋蛋听话，快回去领上娘过来，姐姐跟娘商量盖屋的大事。"

俩孩子走了，有巢把荆条子框在朝姚江那一面儿地上，摆来摆去，最后摆成了，通长里跟软江平着，稍微岔开些，靠下那头儿偏江近点儿；横里跟姚江平着，也斜出一点儿来，上头远，下头近。不细瞧，不显斜。这么摆，她站在框子前头着的日头最多。摆好了，她照着框子刨起来，先刨出一个坑儿来，顺着通长走出二十五大步站住了，再刨个坑儿；顺着横宽量了十二大步，又刨个坑儿，再对着量过去，刨个坑儿。她前后左右看了半天，也没找着一棵像样儿的树，只好砍了一堆紫荆条子，绑成四把儿，一坑儿里插一把儿，堆上土，埋瓷实了，再拿麻绳儿连起来，绷了个大框子。

日头在云彩里溜达，露出脸儿来，框子刷一下子明晃晃的精神，藏起脸儿来，框子刷一下子没了精神。

蛋蛋嚷嚷着跑过来了，后头跟着大娘。有巢迎上去，说："大娘，您瞧这地界儿咋样儿？"大娘说："嗯，离两条江都远了，发水肯定发不到这儿来。呵，都划出地界儿来了，这是一排屋的地界儿吧？"有巢说是，为了好说，分出了东南西北，姚江那一边儿是西，软江那一边儿算东，屋子朝向姚江来处，叫南，姚江去处叫北。

大娘听着，也不瞧那框子，只是四下里看。有巢知道她上心的是这地界儿，地界儿不行，框子也就白搭了，就说："这地界儿阳气挺盛，就是这坡儿有点碍事儿，盖屋的时候得先削平了。"大娘瞧了瞧那坡儿，往上走去，有巢在后头跟着，两条又粗又黑的眉毛直往一块儿挤，心里骂这讨厌的坡儿，又想不出遮掩的话来。大娘站在坡儿上，东南西北看了个够，才说："这坡儿我倒是觉着不错，赶明儿在上头盖个大屋，拜神祭祖宗。这地界儿是不错，能把滩里人聚起来。"有巢吐了一口长长的气。

大娘走下坡儿来，突然皱起眉头说："这儿咋有个大坑啊？这可不吉利。"蛋蛋跟着说："就这破坑，让我摔一大马趴，你们还说这地界儿好，好个屁！有煞气，哼！"有巢赶紧说："小孩子家家啥都不知道，别瞎说！这地界儿阳气挺盛，早把煞气压住了，瞧这草木多壮！要是有煞气，早就都死了，活着也病病快快的。"大娘说："不大个坑儿，填了得了。"有巢说："填了也行。我原想着把这坑挖深点儿，蓄个水池子存雨水，这地界儿就有风有水了，不愿意多走道儿的人就吃池子里头的水。"大娘点点头说："也行，有风有水，这地界儿好风水，咱就这儿盖吧！"

蛋蛋还是不服气："啥叫好风水呀？咱棚子前头不是也有风有水吗？也是好风水啊，干吗非跑这破地儿来啊？"他娘赶紧捂住他的嘴，"小孩子家家，别瞎说！"手一拿开，蛋蛋又嘟嘟上了："我就不待见这破地儿，又是坡儿又是坑的，离哪一条河都大老远，还好风水呐，哪儿有水哇？不就一破坑吗？谁来了绊谁一大马趴，哼！"大娘说："越说你还越来劲儿了，嫌这地界儿不好，你甭过来，等大屋子盖好了，全都搬这儿来，就你一人儿留那儿，叫水妖吃了你！""娘甭吓唬我，哪儿有水妖哇？"有巢说："有毒长虫，你不怕？"蛋蛋这才不言语了。

有巢又叫大娘瞧瞧划出来盖头一排屋的地界儿行不行。大娘迈开大步，量了量通长，问："你打算一排几家啊？""我想的是四家儿。""嗯，四家儿还凑合，要是五家儿就不够了，干脆五家儿吧！"大娘说着迈出五大步。有巢就地儿刨了个坑儿，拔出前头坑儿里的荆条子，栽进去埋好了。

大娘又量了量横宽，说："太宽了，都能竖着躺下仁人了。"有巢乐笑了，提醒她："屋子前头还有一个平台哩，热天能在外头做饭。"大娘一拍脑门儿说："嘿呷，我咋把这给忘了呢？就是，添上平台就正好儿了。"有巢把对面儿也延长了，对着挖了个坑儿，拔了短处儿的荆条栽过来，踩瓷实了，又捯腾麻绳儿，重新绕好了绑紧了。

大娘这时候又上了土坡儿，横着量了竖着量。瞧有巢在下头捯腾完了，就叫她也上来，带上镐。等有巢上来了，大娘说："咱先在这上头给神神盖个大屋，安定下神神来，再盖人住的屋。"有巢不知道神神住啥样儿的屋，也不知道该盖多大的屋，一时犯了难。大娘说："就可着这坡儿盖，先平平地，然后直接往上盖。这儿挺干松，不用下头那层干栏，可是地要夯实了，神屋里不能长出草来。"

有巢难为得不行，想了半天，只好说："姨，除了鲻山那个屋，我还没好好儿盖过屋。人住的，哪儿错了还能改；神神住的屋咋盖，我心里头一点儿底儿也没有。您让我先给咱人盖着，我一边儿盖一边儿想着神神屋咋盖，您瞧行不行？"

大娘脸沉了下来，半晌没说话，俩眼斜着也不知是瞧哪儿。有巢一颗心提溜起来，她怕大娘生气，可又实在不敢应承这活儿，她知道，要是盖不好神神屋，神神怪罪下来，一族的人都要遭罪。大娘怪罪，只不过怪罪她一人儿，大不了把她轰走。她宁肯得罪大娘，不能得罪神神。

　　大娘到底儿张嘴了，先吐了一口，竖起眉毛然后骂道："没担待的东西！"有巢战战兢兢嘟囔："姨说得对，我没担待。您让我好歹把这头一排屋先盖起来，我心里多少有点儿底儿了，再给神神盖屋。"大娘说："盖去吧！盖起来了，谁也不能搬进去，神神还没屋子住，谁也不能住屋子！"有巢赶紧答应："是！是！谁也不住，谁也不住。"大娘一甩手说："今儿就算了，你跟着过去瞧瞧他们那木头刻饬得行不行。明儿一早儿人们都过这儿来。"

　　路过窑上，有巢说："姨，我去瞧瞧。大妮子姐把豆模子带来了，我趁这会儿有点儿工夫儿，找舅舅说说咋脱豆身子、咋捏豆盘子。"大娘说："你不先回去瞧瞧木头刻饬得行不行？""刻饬木头的活儿他们干过一回了，不会有啥岔子。"蛋蛋也要跟着去，大娘说："去吧！有巢，你最好把豆身子给脱出来得了，省得他们鼓捣坏了。"

　　进去一打听，好嘛，人家早就脱出来好几对豆身子了，配的豆盘也捏好了，都晾着过风呢。那些姥娘们一瞧豆模子就明白了，不用交代就干出来了。见有巢来了，花儿姥娘跟她说："嘿咿，正想你呢，你就来了。"

　　有巢一边儿端详着豆盘子边儿上刻的一圈儿云彩，一边儿说："哟，我说耳朵根子咋着火了呢。好嘛常儿的，姥娘咋就想起我来了？"

　　"呵呵，说想你，你还不信？有巢啊，你不来，我也要找你呢。这豆盘跟豆身子，我觉摸着还是先合来再进窑好。敬神神供祖宗的，半拉半拉的，不吉利。这不，就等着跟你商量哩。"

　　有巢说："要是能合起来烧那敢情好了。本来就该合着烧的，姥娘您瞧能粘起来吗？"

　　"那还有不能的？这么宽的托儿，糊上泥，坐进去就粘住了。过两天就装坯、满窑了，这会儿粘上，到时候正好儿搁进去。"

　　有巢问舅舅："这豆装大窑还是小窑？"

舅舅纳闷儿，满窑就是满窑呗，咋还有大窑跟小窑？就问有巢："你们在鲻山咋烧豆盘的？"

有巢说："大窑也烧过，小窑也烧过。"

舅舅乐了，问她："鲻山咋有那么多窑啊？你给咱说说：大窑啥样儿？小窑啥样儿？"

"大窑跟咱这儿的差不多，没咱这儿的大。小窑就是窝头窑，泥坯摆进去以后才糊窑顶子，瞧着跟坟头儿似的，等烧好了就把顶子挑了，窑也就废了。小窑装得少，可是省火，两三天就能开窑了。"

舅舅呵呵笑起来，说："我当是鲻山的啥新鲜东西呢，就这呀？哈哈，老掉牙了，老辈子烧的就是你说的小窑，后来才有的大窑。"

有巢听了怪扫兴的，原来窝头窑不是自个儿兴的，鲻山舅舅咋不说破了呢？

舅舅的话更扎人："鲻山的窑都是跟我们滩里学的，小子他爹带过去的。他可真行，连老辈子的小窑都想起来了。我都没见过小窑，还是听这些姥娘们说的。"

有巢问舅舅："那您打算烧大窑还是小窑？"

舅舅说："当然是装大窑了。哈哈，咋也不能倒着走，再回到老辈子去呀！"

有巢又问："那，粘起来的大豆往哪儿搁呀？"

舅舅见她问得不着边儿，就说："往哪儿搁？还能往哪儿搁啊？照老制子呗，盘子、碗放前头，锅、盆儿放后头，豆放最后头。"

有巢不明白，问："舅舅，这火路前紧后松，豆盘那么厚，豆身子那么粗，能烧透吗？"

舅舅叫她问住了，说："我只想着老制子说大器在后，小器在前，就把豆盘放后头了，这么说，别的东西烧好了，这豆盘豆身子也不一定能烧成了，要是大豆烧成了，嘿咿，别的就烧崩了！"

他拿不稳了，跟姥娘们商量咋摆放好。有说摆前头的，有说摆后头的，有说再做一批豆单烧，省得牵累了一窑的锅碗儿盘子盆儿伍的。

舅舅说："分着烧是好，可这么大个窑，咱哪儿烧得了那么些个豆啊？"

花儿姥娘说："要这么说，就再做两对儿，单开一回小窑吧。叫有巢给咱看着。"

有巢说："姥娘可别指望我，这几天我活儿忙，过不来。小窑不难，火大点儿不要紧，三天头儿上扒个窟窿瞧瞧，不够，糊上接着烧。"

花儿姥娘说："我小时候倒是见过烧小窑的，试试烧着看吧。"

顺儿姥娘问有巢啥时候回窑上来。舅舅说："我也想着叫她回来呐，这一盖起屋子来，可就没个时候了。"姥娘们都纳闷儿，咋就没时候了。花儿姥娘问："屋是啥啊？镏山的巢不是几天就盖起来了吗？干吗盖那么费事的屋？"有巢说："嗨，屋就是巢啊，人家镏山这会儿不叫巢了，嫌巢跟雀儿分不开，叫屋。咱大娘要给家家都盖起屋来，你们想想，那得花多少工夫儿啊？"这下子可热闹了，有问在哪儿盖的，有问啥时候盖的。蛋蛋说："那破地儿，离姚江老远，离软江也不近，又是坡儿又是坑的，没好风水，一股子煞气，反正我不待见。"他说话口气像个大人，又是风水又是煞气的，引得人们一阵子笑。

有巢却有点儿烦蛋蛋了，不就摔了个跟头嘛，这就没完没了了！她赶紧跟人家找补："可别听小孩子家家瞎说！那地界儿挺好的风水，大娘要在那个阳坡儿上头给神神盖个大屋，好把一族的人聚起来。"舅舅听了一愣，问："啥时候盖神神屋啊？我咋没听说过呢？"有巢说："大娘刚才去了那地界儿，瞧上了那个坡儿。

本来想明儿就盖，我怕盖差了神神怪罪，这才改到后来，等头排大屋起来，就盖神神屋。”舅舅对窑上的人说：“要这么说，咱还得紧着烧儿对大豆，明儿接茬儿捏盘子、脱豆身子，晾干了，开俩小窑。”

蛋蛋在旁边儿又是噘嘴又是皱鼻子，哼哼叨叨：“你们没见那地儿，就跟着起哄。哼，不听我的，等着神神怪罪吧，盖起来也白搭，不迸屋也得死人，哼！”

这蛋蛋今儿是咋啦？跟鬼伏了身似的，说出这么不吉利的话来。人们吓得脸变了色儿。舅舅“啪”一巴掌扇过去，“啪！”又是一巴掌。蛋蛋脸上立时印下俩大手印子，眼泪刷地下来了。孩子使劲儿咬嘴唇儿，不哭出声儿来。

趁着人们劝舅舅，有巢拽上蛋蛋走了。走出老远，蛋蛋“哇”一声哭了，这一哭，可就止不住了。有巢弯下腰给他擦眼泪鼻涕，一劲儿劝他：“好蛋蛋哩，可别再瞎说了，得罪了神神可了不得！”蛋蛋一边儿哭，一边儿骂：“狗屁神神！狗屁神神！就得罪你啦，瞧你能把我咋了！”有巢吓得脸都白了，慌里捂住他的嘴，说：“小祖宗儿，快别瞎说了！娘要是听见了，还得狠着揍你。蛋蛋别闹，姐姐回家给你做个小屋玩儿。”蛋蛋抹抹眼泪儿说：“真的？”“真的，不是真的屋，是给你玩儿的假假小屋儿。”“多小？”“能拿在手里头，住个蛤蟆行了。呵呵。”蛋蛋也笑了，小脸儿像个香果儿，还挂着雨珠珠儿呢。他怕回去娘见了哭肿的眼要打他，就说：“你先回吧！我去河边儿弄蛤蟆腿儿去了。”“去吧，记着回来吃饭！”

打干栏基的木头刻饬出来了，堆成两大堆，短的一堆，长的一堆。有巢数了数，埋的立柱够了，可是只在上头刻饬了榫头，下面还该有一排卯口；横梁还差整一半儿。人们说，怕刻饬错了，先出来这么多，不行再改。有巢说：“一天刻饬了这么多，可不少了。挺好的，明儿留一半儿人接着刻饬，一半儿人过去清场子、挖坑。"

大娘说："有巢啊，桩子就这样儿吧，甭凿卯口了，明儿都扛过去。横梁上头接茬儿刻饬卯口，往上插柱子。"

有巢说："大娘，下头的桩子不再榫一圈儿横梁儿，可不结实啊，台子上一踩乱晃悠，那咋行呢？"

大娘说："行！我想了，还是得先盖神神屋，求得神神的佑护，咱的屋才能盖好了。咱再咋着也不能迈过神神去。这些个桩子就都砸进地里头了，图个结实。"见有巢难为，就又说："其实神神屋比人住的屋好盖，不用搭台子，不用分儿家儿，一个大屋就行了。只要心诚，出不了岔子，你只管盖去，出了事儿有我顶着，神神怪罪不到你头上。"

有巢说："我倒不是怕顶着，大娘，这可是咱一族人的事啊，万一神神降下罪来，咱可就遭殃了。"

大娘细长的眉毛拧短了，粗了，圆脸儿沉下来，长了。她朝有巢摆摆手，说："别再说了！我是一族人的大娘，自然知道咋做对族里人好。明儿就去坡上打地基，你只管把桩子埋对了地方儿，把一圈儿横梁榫结实了。别的事用不着你管。"

有巢想起答应蛋蛋的事儿，就掰了一大把竹批儿，截成长的短的，拿细麻绳儿绑起个小屋儿来，屋顶儿是斜的。她又拿青草编了个小席片儿，扣在斜顶子上，又拿骨头针儿穿起麻绳儿缝到小屋儿梁上。做饭的小妮子瞧见了，问："姐姐你编的是个啥呀？""嗨，哄蛋蛋玩儿的。这孩子今儿摔了个跟头，一天没好气。"大娘这才想起来问："蛋蛋去哪儿啦？"有巢："他说拍几个蛤蟆就回来。"

舅舅回来了，问："要盖神神屋了？"大娘"嗯"了一声。"啥时候盖？""明儿。""这么急？""不盖神神屋，不好祭神神，不祭神神，就不能破土盖人住的屋。别的都能往后推，唯独神神屋不能推。"

　　大娘刚要说啥，蛋蛋回来了，脖子上挂着几对蛤蟆腿儿。有巢怕他一听盖神神屋又要瞎说，赶紧把编好的小屋儿给了他，摘下蛤蟆腿儿来数了数，说："嘿咿，就这么几条腿儿，还不够塞牙缝儿的呢。走，姐跟你再逮些个去！"蛋蛋摆弄小屋儿，没听见她说啥。有巢瞧着小妮子的饭还得有会子才得，就拽上蛋蛋跑了。

　　大娘看了眼小妮子，朝男人翻了一眼，嘴朝窝棚努了努，自个儿走过去。等她钻进窝棚，男人也走过去，进去一把抱住女人，嘻嘻笑，嘴里说着，"天还没黑哩，就急成这样儿了？"女人说："别犯贱！跟你商量正事哩！""啥正事啊？"男人说着，嘴巴凑了上来，舌头塞进女人嘴里一阵搅和。女人一把推开他，说："趁这会儿孩子们不在，跟你说说明儿祭奠神神的事儿，你就轻薄上了。一会儿蛋蛋回来了，听见还了得！"

　　男人一惊，放尊重了，问："干吗怕蛋蛋知道？"

　　"给神神屋奠基，我想着拿咱蛋蛋祭神。"

　　"你，你，你……"

　　"别的我都想过了，这么大的事，不能随便弄个啥人。祭神得心诚，只有供咱家的人，才能显示诚心。有巢是外人，而且盖屋离不了，小妮子又出不得门儿，就只有蛋蛋了。小子迟早要走，与其给了外人，不如献给神神。"

　　"那把我祭了得了。"

　　"不行，你不是童子身。"

　　"嗨！这事……嗨……"

　　"别嗨嗨了！明儿早起给孩子做顿好吃的，你领着他去姚江洗个澡，回来换身干净衣裳。正晌午的时候给我送过去，坑刨好了，叫他下去……"

　　"你舍得，我可舍不得呀！他娘，你宽宽手儿，放孩子一条命儿吧！"男人满脸是泪，咕咚，给女人跪下了。

　　"听我娘说，我前头大娘前头前头的大娘那时候，姚江发大水，河边儿的地全淹了，眼瞅着水往上漫，老大娘怕毁了人们的窝棚，献了自个儿的娃祭了江神，水才退下去。打那以后，咱滩里年年好收成。人们都说，那娃服侍得神神好，神神才保佑了咱这地界儿。如今轮到咱家了，该舍就得舍，也是给孩子找个好去处儿。他爹，你就别想不开了。"

"咦，人呢？刚才娘跟爹还在呐。"听见蛋蛋的小嫩嗓儿，俩大人四只眼相对，瞅见的都是惊慌的泪水。大娘一仰脖儿，咽下肚去，俩手背左一下右一下抹了抹眼，又在脸上撸撸了一把，这才出去。

"嘤嘤，真没少逮呀！"

"娘，今儿我请你们吃煮蛤蟆腿儿，嘻嘻。"

男人也出来了，夸蛋蛋能干儿，耷拉着嘴角儿笑，一阵儿阵儿吸溜儿鼻子。

小妮子熬的小鱼儿，大娘夹出那条半大鱼，择了刺儿，搁到蛋蛋碗里。剩下的鱼全都手指头长短儿，挑不出来了。大娘对小妮子说："妮子，吃了饭去姚江捞两条大鱼来，明儿早起咱吃鱼丸儿。"

"哟，娘也馋了？再有两天就轮到咱家分大鱼了。"

"娘馋了，等不到后儿了，吃了饭拿上网兜儿，去姚江解个小船儿，捞上几条来算几条。"

"娘，人家都在软江捞小鱼儿，咱去姚江偷大鱼，好吗？"

"叫你去，你就去呗，甭管那么多！"

蛋蛋叫唤着："去，去，我也去！去姚江偷大鱼去！"

大娘说："蛋蛋就甭去了，小妮子看不住，你掉江里喂了鱼，明儿就吃不上鱼丸儿了。"蛋蛋睁大眼看着娘，奇怪娘今儿是咋啦？就问："我啥时候去江边儿要人看着来着？"娘叫他看得低下头去，张不开嘴。有巢说蛋蛋："你小人家哪儿知道当娘的心？"又对大娘说："吃了饭，我跟他们俩一块儿去，再把他俩一块儿带回来。姨就放心吧！"蛋蛋嘟嘟囔囔："可有啥不放心的？噉！"

　　吃了饭，小妮子拿上网兜儿，有巢提溜上木桶，蛋蛋捧着小屋儿，仨人去了姚江。蛋蛋连跑带蹦，小兔儿似的，一会儿就没影儿了。有巢喊叫着"蛋蛋"紧追，把个小妮子甩在了后头。

第十一回

祭神神妮子救兄弟
修庙宇大娘聚众人

孩子一走，大娘的泪就冲开了眼眶子，任咋也止不住了。她这辈子经的事多了：爹翻船死了；娘疯了，扔下她跳了姚江追爹去了；养活大妮子那阵子，破水三天孩子才下来，差点儿要了娘儿俩的命；大妮子下头一个兄弟三岁头上喂了野狼，哪回她都刚强地挺过来了。滩里大旱大涝、族里三灾六难都没击倒过这女人；可是这回她不行了，身上软得没了筋。男人自打过来还没见过她这样儿，吓出一头一身的凉汗，慌里给她捶背，拳头软得水似的。女人肩膀头哆嗦不住，抽抽搭搭接不上气儿来。男人更不成个人样儿，凉汗、热泪、清鼻涕黏黏地糊了一脸，鼻子咝咝地吸溜。到后来俩人抱成一疙瘩，心贴着心怦怦跳，脸贴着脸泪横流。

女人攥了俩狠拳头照着脑门子咚咚咚咚猛擂，男人慌里掰住她，疯了的胳膊顶着雷带着电，咋也抓不住。女人好不容易平静下来，说，"还不如没生养他呐，生养了，又叫他活不成，他爹，咱遭罪啊！""他娘，别这么想啦！也是咱命里该有他，他才来的。咱孩儿是这命，咱就认了吧！你静静儿，静静儿，别得罪了神神！"女人这才蜷起俩胳膊，一边儿一下子抹泪儿，抹干净了，强站起来说："孩子们快回来了，嗨！我今儿个这是咋啦？咋这不争气呢？"

一江可边儿可沿儿的水载着一只小船儿，小妮子叫往上撑一截儿，省得人们瞧见了不好。有巢高兴又有了撑船的机会，插一竿子过一阵子瘾。小船儿顺着姚江拐了弯儿，小妮子才叫停在江边儿上。蛋蛋蹦到岸上，挖了条蛐蛐儿，甩给小妮子，就忙着去逮蛤蟆撸腿儿去了。有巢喊他："别跑远了！一会儿就回了！"小妮子说："姐甭管他，他愿意耍，叫他再耍会儿吧！"有巢不放心，说："别价，跑远了回不来了。"小妮子瞧着蛋蛋的后身儿，轻轻儿叨叨："跑远了，回不来了，回不来了……回不来了也好。"有巢吓了一大跳，这妮子今儿时咋啦？说话咋这别扭呢？瞧她样子怪怪的，像是半天空掉下个生人来，又怕是自个儿听岔了，就问："你说啥来着？"

小妮子抬头瞧有巢咧了咧嘴，像笑又不像笑，也不回答，岔到两下里："姐，你帮我舀上半桶水来！"又低下头，把蛐蛐儿绑到网兜儿上。网兜儿里装了块土坷垃，坠着网兜儿往下沉。涌过来一群鱼，围着网兜儿乱拱，有那瞎眼的钻了进去。小妮子虚拽着网兜儿，估摸着有半兜子了，就拉了上来。鱼群受了惊，呼一下子散了，留下一圈圈水纹儿。小妮子把网里的鱼一条一条抓出来，扔进木桶里。一条大鱼蹦到船上，有巢抓住了，那鱼不服，在她手里挣扎。小妮子说："放了它吧！留着明儿一早儿叫船上的人捕。"有巢一松手，鱼蹦到船底，小妮子捡起来，扔到江里，叹了声说："好好儿活吧，也就一宿的命儿了！"又叫有巢："姐，今儿个够了，咱回吧。"

有巢把小船儿撑到岸边儿，喊蛋蛋："蛋蛋哎，回了啊，快点儿！"没听见蛋蛋应声儿，有巢俩手卷在嘴边儿上又要喊，小妮子圪蹴在船边儿上拾掇鱼，仰起头来说："别喊了，该回来就回来了。"有巢也圪蹴下，跟她一块儿拾掇。小妮子麻利，拿石刀儿破了膛，拽出肠子肚子，刮了鳞，往河里一扔，鱼在水里涮两下，又扔进桶里。

有巢没拾掇过鱼，瞧她干得挺麻利，就要过刀来，试着豁开了那一条半大鱼的肚子，里面一大堆细小的白点点，小妮子惊叫起来："没见过这么大点儿的鱼就一肚子子儿了，怨不得这条鱼肚子那么大哩！"有巢问："鱼子儿能吃吗？"小妮子说："比鱼还好吃，留着吧！"蛋蛋不知道啥时候上来了，捏起鱼子儿，一撮儿一撮儿装进他的小屋里。

有巢细细瞧着一片片压起来的鳞片，从鱼尾往鱼头慢慢地刮，刮下来的鱼鳞也不扔，一片儿一片儿贴到蛋蛋的小屋儿顶儿上，从下往上压着贴。蛋蛋拿过来，举着小屋儿连蹦带跳喊："哈！我有鱼屋了！我有鱼屋了！"有巢说："那鱼鳞是贴的，别晃悠掉了！"蛋蛋战战兢兢托着小屋儿，又央告有巢："等鱼子变成了鱼，就住在鱼屋里。有巢姐姐，要变出一大堆鱼来呢，你再做几个鱼屋吧。"有巢自是答应："行，姐姐给你做一大堆鱼屋。"

小妮子叹了口气说："蛋蛋啊，你不知道，鱼娘先在水底下盖鱼屋，然后把鱼子儿下在鱼屋里，鱼爹守住鱼屋，过几天小鱼儿才出来。你这鱼子儿是生的，没有鱼爹变不出小鱼儿来，回家姐给你煮了吃。"

不但蛋蛋惊奇地张大了嘴，连有巢都是头一次听见鱼是这么变出来的，不觉叹口气，说："咱们造孽，把鱼娘杀死了。"小妮子说："鱼娘把鱼屋盖好，下了鱼子儿，就没一点儿力气了，一翻翻就死了。咱们让她少受了好些罪，咋说是造孽呢？再说那些鱼子儿下下来，要是没有鱼爹护着，也活不成鱼。这条鱼娘钻进网来，鱼爹也没跟着，等鱼娘下了鱼子儿，鱼爹还不知道在哪儿呢，娘也得死，子儿也活不成小鱼儿，还不如明儿早起进咱肚里呢。"有巢好待见这个小妮子，这么大点儿个人人，不但能干，还知道这么多事，真是了不起！

黑间睡下，蛋蛋缠着有巢再给他做个小屋儿。大娘说："姐姐明儿给你做。来，蛋蛋今儿黑间跟娘睡。"蛋蛋翻过小妮子的身子，大娘把他拽过来，叫他睡在爹娘当间儿。蛋蛋一会儿就睡着了。有巢想着明天一早儿给蛋蛋做小屋儿，顶儿上压鱼鳞，想着想着迷迷糊糊睡着了。

小妮子睡不着，娘在她旁边儿，一会儿一翻身，听见爹说："睡不着啊？""嗯，明儿上午就见不着他了……"听见娘呜呜地哭。她吓坏了，娘那么大的本事，咋就救不了蛋蛋呢？她长这么大没见娘哭过，娘准是不愿意蛋蛋走，可是又没本事留下他来，难受得不行才哭的。爹说："别吵醒了他，叫他踏实睡这一黑间。"娘的身子离她远了，听见蛋蛋梦里哼哼儿，娘使劲儿抽鼻子，爹嗨嗨叹气，娘说："这也是他的命儿，要盖屋就不能要他了。"小妮子猛一惊，不明白盖屋咋就不能要蛋蛋了？她支起耳朵想听爹娘还说啥，可身边儿的有巢睡得香，呼噜儿打得山响，叫她听不清爹娘说啥。

有巢突然不呼噜儿了，一泡尿憋醒了，起来急急忙忙出去了。爹跟娘不再说话儿，窝棚里静得只听见蛋蛋出气儿吸气儿。一会儿有巢回来了，躺下又呼噜儿上了，高一声儿低一声儿，呼噜得霸道，这窝棚成了她的了！小妮子突然想起大妮子来，翻了个身，闪给有巢个脊梁，屁股一撅，成心把她往外挤。有巢伸过一根胳膊来，搂住她的脖子，又凑了过来。哼，这是把她当成蛋蛋了。她拾起那根胳膊，狠狠甩了回去。有巢嗯嗯两声儿没醒，又打起呼噜儿来，刮风似的，潮气喷到她后脖颈子上。她打了个寒战，冷到骨头里。她想爬起来，把这山里来的女人拽出去；可是她一动不动儿躺着，强忍着，为了爹和娘，更为了蛋蛋，叫他睡个通觉吧，明儿还不定……

小妮子做后晌饭时就听见娘跟爹说蛋蛋的事，知道明儿蛋蛋有啥事儿，好像是回不来了，可是为啥，她没听见。她想问，又不敢，不是怕挨说，而是怕爹娘不想告诉她，想破了脑瓜子，也不明白为啥明儿就见不着蛋蛋了。既然是为了盖屋，准是有巢的主意。娘把有巢当娘娘似的供着，啥都听有巢的，可总不能为了有巢不要蛋蛋啊。她想不过来，这女人到底儿在娘跟前说了些个啥。

仨人一宿没睡。蛋蛋一宿没动，天还不亮就醒了，他见天儿都比别人起得早。爹也跟着起来了。小妮子要起来出去做饭，娘说："你再睡会儿，今儿我给咱炸鱼丸儿。"爹在外头叫蛋蛋："别瞎跑！一会儿娘做好了鱼丸儿你先吃个够，吃了咱去江边儿撸蛤蟆腿儿去。"爹啥时候跟蛋蛋逮过蛤蟆呀？小妮子越想越纳闷儿，越想越觉得不对劲儿，决定今儿一天也不离开蛋蛋，万一出啥事儿，她得保住蛋蛋。

小妮子提了俩瓦罐儿去江边儿打水，蛋蛋跟着。娘在后头喊："蛋蛋回来！一会儿鱼丸儿就得了。吃了饭跟你爹去逮蛤蟆。"蛋蛋一脸不乐意留下了，摆弄他的小屋儿。

姚江还没睡醒，迷迷糊糊全是雾，从远处儿啥也看不见。小妮子到了江边儿，才瞧见眼前的水，活像睡不醒的妮子眼。她圪蹴下，捧起水来洗了把脸，又咕嘟了嘴，清气多了，这才站起来张开俩手梳长头发。一宿没睡，头发松了，一碰就掉一把，她不停地梳，从前头往后头梳了，又从后头往前头梳，又翻过来，梳好了，又从下往上拢……头发一把一把地掉。掉了好，掉的是烦恼，掉了轻松。直到江上雾散了，她才想起俩瓦罐儿来，舀满了，一手一个提上走了。

她回来有巢还没起来，她和爹娘今儿都跟着蛋蛋起早了，亲人到底儿是亲人。有巢出了坏主意害蛋蛋，还能睡踏实觉，这女人真个石头心肠，指不定啥怪物变的呢！

蛋蛋吃得嘴唇儿油晃晃地，直打饱嗝儿，娘还一劲儿叫他吃。蛋蛋拍着圆鼓鼓的肚子，逗他娘："娘，没地儿了。我去江边儿跑上一气，腾出地方儿，回来再接茬儿吃。"大娘咧咧嘴，笑不出来。小妮子说："回来就没鱼丸儿了，我跟有巢姐姐全吃了。"蛋蛋说："你们吃你们的，甭给我留。我肚里反正装不下了。"大娘转过脸儿去，偷偷儿抹泪儿。小妮子说："待会儿你跟着我去软江逮鱼去，后晌咱还吃鱼丸儿。"

大娘捂住脸一头扎进窝棚，跟正往外走的有巢撞了个满怀。有巢见大娘脸上有泪儿，心下一惊，忙问："出啥事儿啦？姨这是咋啦？""啥事儿也没，咋也不咋，炸鱼丸儿的油星子溅着眼了，揉揉就好了。你快吃鱼丸儿去吧！一会儿就剩不下俩仨了。"说完进去把门插了。

有巢看看天还早，心里纳闷儿，今儿个咋都起这么早啊？她吃了，想起给蛋蛋做小屋儿来，趁人们还没来，有点儿工夫儿，撅了一把细枝子绑了一个小屋儿，比蛋蛋那个小屋儿还大，屋顶儿从当间儿往两边儿斜，当间儿那条梁像是鱼脊。她拿细麻批儿把鱼鳞一片压一片地串起来，一串儿一串儿铺在顶儿上，当间儿的屋脊上铺了三串儿鳞，往两边儿牟拉下来，压住下头的鱼鳞。

蛋蛋待见新做的小屋儿，忘了去江边儿逮蛤蟆。日头出来了，蛋蛋脸儿朝日头，俩手托着小屋儿。屋顶儿一闪一闪地好看，蛋蛋喜欢得直叫喊："快来瞧啊，快来瞧宝贝屋！"小妮子噙住泪，咕咚咽下去，心里在哭喊："蛋蛋啊，你这不知死的鬼！"

有巢舀来半瓢水，嚷嚷着"下雨啦！"就往屋顶儿上淋水。蛋蛋急得抱住小屋直央告："有巢姐姐，好好的鱼屋，别淋湿了呀！鱼娘鱼爹还要在里头养小鱼儿哩。"小妮子跺着脚儿朝有巢叫唤："你还要把他欺负成个啥呀！"有巢朝她眨了眨眼儿，笑了，又对蛋蛋说："蛋蛋，你伸进指头摸摸，告诉姐姐，屋里湿了没有。"蛋蛋把小手指头伸进小屋儿里摸来摸去，摸了一会儿拿出手指看看，"嘿"了一声儿，惊喜地叫唤："没湿，一点儿也没湿！"有巢点点头，说："这屋子好，不怕下雨，姐姐再给你做一大堆不怕水的屋子。"小妮子听了，气得手脚发凉，恨得快把牙咬碎了。

大娘跟舅舅从窝棚里出来了，谁也没见舅舅啥时候进得窝棚。舅舅喊蛋蛋："走，跟爹河边儿逮蛤蟆去！"大娘手瘩凉棚了着说："这人们咋还不来呀？都啥时候了！"有巢一听笑了，说："姨哎，还没到时候哩，咱今儿起早了。"大娘说："我先去了，待会儿你领着人们过去。今儿给神神屋破土，待会儿就下家伙。"有巢招呼小妮子跟大娘一块堆儿走。小妮子没答理她，只对娘说："娘，我今儿不去软江了，我跟蛋蛋逮蛤蟆去。"舅舅说："一个妮子家逮蛤蟆，也不怕人家笑话！"大娘啥也不说，把篮子塞她手里，拽上她走了。小妮子到底儿怕娘，不敢犯狠，一边儿走，一边儿回头看蛋蛋。蛋蛋只顾摆弄他的鱼屋，啥也没听见，啥也没瞧见。

小妮子一路上老想说蛋蛋的事儿，可是怕娘生气，一回回话到了嗓子眼儿，又咽下去了。到了地界儿，她实在忍不住了，刚要张嘴，大娘说："你还不去江边儿逮鱼去？挨这儿磨蹭个啥！"唉，还是不能问！小妮子瞅了娘一眼，嘴扁了扁，忍住哭，扭头去了。

今儿出来得太早了，江边儿还没有一个人。江水平平静静，江边儿清亮的水儿里洼着一洼儿清亮的小虾。她手心儿一窝，捞上一条来。那虾清的连土肠儿都还没长出来呢，水从指头缝儿里漏没了，小虾惊慌乱蹦。平日，这小虾早进了小妮子嘴里嚼嚼咽了，今儿个她不忍心，把这条透明透亮儿的小命儿又放回清亮的水里。小虾竟然抬起腰来，朝她摆了摆。

等平日一块堆儿捞小鱼儿的妮子们来了，小妮子的网兜儿已经钻进去一多半儿鱼。她把网兜儿带鱼搁篮子里，也不理人，起来走了。妮子们没见她这样儿过，都说这人今儿是咋啦？谁得罪她了？

她一直想着蛋蛋，决定去盖屋那地界儿问问娘，到底儿要让蛋蛋去哪儿？甭管娘咋骂，她都要弄个明白，豁出一条命救下蛋蛋来。

老远就听见挖土的声音，走近了，小妮子才瞧见人们在挖那坡儿。大娘挥着胳膊张着手指指划划。有巢也在上头。她突然害怕起来，打骨头缝儿里往外冒凉气，冷汗顺着脊梁往下出儿出儿流。她听说过老辈子拿孩子祭神神的事儿，涝年把孩子扔到江里给水神，旱年把孩子活活儿晒死求雨神，莫非娘今儿个要拿蛋蛋祭屋神？她突然恨起有巢来，都是这个山里来的女人盖屋闹的！没有大事，娘不会祭神神。

靠火气顶着，她噔噔噔噔上了大坡。有巢一眼瞧见她，招呼："妮儿，咋这早就回来了？"小妮子嘴角儿牵起一丝怪怪的笑，反问："嫌我回来早了？该干的活儿都干完了，还不许回来？"娘瞪起眼说她："你今儿这是咋啦？这叫咋说话的？往后不兴这样儿！"小妮子嘴角儿的笑突然没了，剩下一张冷灰样的脸，鼻子里吐出一股凉气，问她娘："蛋蛋呢？"娘的脸刷地白了，嘴唇儿光哆嗦，说不出话来。有巢说："蛋蛋跟舅舅去姚江逮蛤蟆去了。嘿嘿，说蛋蛋，蛋蛋到，瞧，那不是嘛！"有巢说着，嘿嘿哈哈笑。这女人，真狠呀，到这时候，还笑得出来！小妮子恨不得一头把她撞坑里去，瞧见蛋蛋，人一下子软了，磕膝盖儿快撑不住了。

爹领着蛋蛋正往这边儿走，大娘扭过脸去，有巢喊："蛋蛋，快过来！小姐姐找不着你，着急啦。"小妮子的火儿一下子顶了上来，狠狠瞪了有巢一眼，腿使上劲儿，转身冲下坡去。

蛋蛋洗得干干净净，换了一身新的细麻布衣裳，俩手托着那个新做的小屋儿。小妮子一把抢过小屋儿来，两脚踩烂了。蛋蛋带着哭嗓儿叫喊："你毁了我的鱼屋儿，你赔我小屋儿！"小妮子喘着粗气喊叫："蛋蛋，快跑！快往回跑！"蛋蛋瞪着眼嚷嚷："我就不跑！你毁了我的鱼屋儿，你疯了！"小妮子一边儿推他一边儿求他："傻蛋蛋，快跑吧！他们要拿你祭神神！"蛋蛋就是不动窝儿，翻翻着眼问："祭神神又咋啦？"小妮子急哭了，央求蛋蛋："祭神神就没了你了！快跑吧！"

大娘在上头喊叫："干嘛呐？还不快上来！"爹狠下心来，一脚踹开小妮子，抱起蛋蛋上了坡儿。小妮子晃着俩胳膊肘儿追上来，扑通给大娘跪下，呼哧呼哧喘着气央求："娘，留下蛋蛋，祭了我吧！他还太小，且没活够哩。娘啊，叫蛋蛋活着吧！我给咱见神神去……"

大娘噙住两包泪，扶起小妮子来，点了下头说："好妮子，你下去吧！到了那边儿好好儿伺候神神！"小妮子转身瞪着有巢，照着她的脸呸了一口，晃晃悠悠走下坑去，站定了，朝着有巢又唾又骂："有巢你个妖精，鲻山不要的野鸟儿，你换走了大姐，这会儿又要害死蛋蛋，你的心黑透了，坏透了。我见了神神，不会给你说好话。叫你盖一个屋，塌一个，盖一个，塌一个，一个也盖不成……"

大娘突然大声喊叫："奠！填土……"叫声像石头锹砸到石头上，嘎巴裂了。"姨，这是干吗？"有巢脖子像叫人掐住了，嗓子眼儿嘶嘶响，喘不上气儿来，脸也白了，定定瞅着大娘，眼珠子差点儿瞪出来。"奠大基！快填土！"大娘的话不容置疑，一锹一锹湿土攘下去……小妮子晃了晃，倒下了，爬起来还是骂有巢，骂了唾，唾了骂。蛋蛋吓得哇哇大哭，挣着往坑里跑。他爹死死抱住他。他哭着叫唤："放了我，快把姐姐拽上来！不许扔土！姐姐……"小妮子憋口大气，使劲喊叫："蛋蛋别闹！听咱娘咱爹的话！"喘了口大气，又骂开了："山里的妖精，你祸害我们滩里，没你的好儿！臭妖精你等着吧，软江发水淹死你！老天打雷劈了你！窑里起火烧死你！神神屋塌了砸死你……"

大娘抹着湿眼央告小妮子："小祖宗儿，这就去见神神了，别骂了，坐下吧，一会儿就到了。"小妮子听话坐下了，可还是不住嘴儿骂。土一锹一锹扔下来，小妮子站起来还是骂。越埋越高，小妮子的腿不见了腰不见了……骂声越来越急促，越来越细。土埋到了胸脯儿，小妮子的脸憋紫了，张着大嘴喘气，骂不出来了。土埋到了肩膀头儿上，小妮子脸黑了，眼珠子凸出来，像电光在飞扬的土块间一闪一闪……湿土一锹一锹砸下去，小妮子没了。大娘闭上了眼，嘴角儿一牵一牵地，土埋到了，牙不住地打战战，半天才说出来："奠了！"

蛋蛋哭着喊着挣着要下去救姐姐，他爹死死抱住他。有巢咕咚朝坑里的新土跪下了，张着大嘴哆嗦，哭不出声儿来，大滴大滴的泪噼里啪啦砸到地上，溅起土星儿。大娘也跪下了，人们都跪下了，跟着大娘嘣嘣地磕头。连磕了十几个响头，大娘才直起上半身儿来，双手合十祷告："神神收了这妮子吧，滩里人这就给神神盖大屋了。滩里人心诚，求神神保佑滩里盖好屋，保佑盖起来的屋不漏不塌……"人们依旧伏在地上，显示他们的虔诚。

"姐——姐！……"

蛋蛋的哭喊把伏在地上的人们叫醒了。大娘一把夺过蛋蛋，死死地抱住，生怕他再没了。他爹说："我带他去别处儿转悠转悠吧！"大娘这才放了孩子，说："去吧，跟爹去窑上吧！"又对人们说："神神领了咱的诚心，咱该干吗干吗吧！"

有巢吓软了，两条腿站不起来。大娘拽了她一把，她晃晃悠悠起来了，脚底下没了根，腿上没了筋，浑身哆嗦得像风里的叶子，扑通又跪下了。

黑间躺下，一家子没话。蛋蛋睡得早，小人人经不住折腾，哭着哭着睡着了。有巢身边儿空出一条地儿来，像一条深沟，再也填不平。她睡不着，心里有团火，身上冰冰凉。蛋蛋做梦喊姐姐。

有巢把他搂在怀里，蛋蛋身上热乎乎儿的，泪蹭在她胳膊上，凉凉的，像虫虫儿爬。她断断续续吸了一口长长的气，鼻子酸得不行，捂住嘴，任泪顺着脸蛋往下流，湿了脖子，湿了胸脯子。

大灰鹅叫唤起来，后晌还没喂它们呢。有巢起来喂鹅，一出来，一阵风袭来，她打了个寒战，一身热汗全没了。俩鹅伸着脖子叫唤，她不知道鹅吃啥，记着小妮子把草切碎了，往里头拌过稻壳儿、土豆儿伍的，就抓了俩大土豆儿，横几刀竖几刀切碎了，俩手托着喂鹅吃。鹅吃完了，又叫唤开了，她舀了半瓢水，端着叫鹅喝。圈里的猪也在乱拱，还得喂它们去。她想起管着一家子吃喝的小妮子，一阵心酸，泪止不住了……

有巢病了，身上一阵烧一阵寒，人一阵儿明白一阵儿糊涂，烧起来说胡话，寒起来哆嗦没完，脸成了捉摸不定的云彩，一阵儿阵儿变颜变色儿，一会儿黑，一会儿灰，一会儿白，一会儿红。明白的时候浑身又酸又胀又疼，跟叫鬼打了似的；糊涂的时候心往上吊，揪着疼，喘不上气儿来，小妮子追着骂，唾到脸上，脸烧红了，憋紫了。

有巢身上一冷一热打摆子，心里只求小妮子狠狠地骂，巴不得小妮子能咬她几嘴，剜她几刀，好解解人家的气，叫屈死的魂儿多少平和点儿。小妮子她为了啥？还不是为盖屋？才多大个孩儿啊，小命儿刚刚露头儿啊！大娘两口子把她带出来，舍了大妮子，如今为了盖屋，又舍了小妮子，她欠这家的不是一般的情儿，而是人，是命，这天大的情她下辈子也还不清。

人要有股劲儿才能动，才能干出点儿啥来。饿了找食儿是肚里出来的劲儿。愧对别人也是一股劲儿，知道亏欠人家的，非要找平了，加倍补偿才能在心里头找平了，来自心里的这股劲儿，比来自肚里的劲儿更大，心里不平比肚里空空更难受，那股难受劲儿能让人克服难以克服的困难，做出平时做不到的事。有巢心里那股子劲儿，恨不得把自个儿摔成八瓣儿再碾成面儿面儿。

心里的劲儿太硬了，烈火寒冰的折腾、撕扯倒不算个啥了，有巢一天儿也没歇，还是该干吗干吗。该干的活儿一下子多了起来，她得领着人们盖神神屋，还得做两顿饭。这两顿饭不光是做的工夫儿，族里一年分一回米，三天分一回鱼，见天儿吃的小鱼儿、小虾、野菜伍的都是小妮子弄回来的，平时瞅着不起眼，吃着不在意，这会儿知道这孩子的好儿了。十一二岁个孩子，一天的活儿真不少哩，有巢起早贪黑地干，还是干不完。小妮子不光管着一家子吃的喝的，喂鹅喂猪，还要擗麻批儿、织布缝衣裳。家里有个半大妮子，顶个大人干活儿，这也是大娘没舍得拿小妮子祭神的原因。

一家人比先前亲和多了，谁都捡起小妮子的一份活儿，出去都背个篓子，回来都带点儿啥，吃了后晌饭全都出去逮这找那，吃的时候你尽让我，我尽让你。蛋蛋哭了两天，抹干了泪儿，跟上族里的半大妮子、半大小子们绕世界找食儿。蛋蛋顶上了事儿，大人松快多了，吃了后晌饭能干点儿别的了，舅舅编席，大娘织布，有巢去盖屋工地上转悠。就是那对大灰鹅不宁静，见不着小妮子，老是哦啊哦啊叫唤。

神神屋四面儿墙起来了，有巢没敢省料，全是密密实实的木头，只等快到顶儿时留出一圈儿进光通气儿的窟窿。木头不够，舅舅领着好几十人又上了趟鲻山。那边儿早盼着他们来哩，他们连着砍了三天，清出一大块场子。鲻山大娘一再嘱咐，叫有巢快点儿上来指点。大妮子为了感谢小妮子上回给她编的席子，花了俩黑间给她缝了件儿鹿皮小袄儿，这袄儿一下子勾起他爹的心事。男人回来没敢叫人见那小袄儿，藏了起来，第二天说啥也不上山了。好在运回来的木头不少，足够盖俩神神屋的了。

白天工地上人多，有巢忙忙叨叨，心里头没一点儿空儿。晚上一大片地界儿就她一人儿跟快盖起来的神神屋，一空下来静下来，啥声音都清清沥沥了。神神屋门留得很大，比山上的宽出一倍还多。有巢一进门，耳朵里立时灌进来小妮子的骂，嗓音儿骂劈了，叫人心疼。她跪在地上，脑袋半天半天贴着地，跟小妮子说话儿："好妹子嘞，姐姐对不起你，你咋骂我都行，可是，在神神跟前儿一定要给咱滩里说好话儿，咱这是给神神盖屋哩。再过两天就上顶子了。"小妮子不骂了，说："我应许你编苇席来着，这会儿编不成了。"有巢赶紧说："苇席子没事儿，舅舅给编了。我刚才打了茅草，待会儿就穿起来，留着上顶子的时候压在苇席上头。好妮子，你别结记了，在神神跟前多说些好话比啥都强。姨姨皆为这个才送你去的……"一阵儿气短，鼻子狠着抽抽儿下，再吐出来，就管不住眼里的水了。

等平静下来，她把茅草撅成一截一截的，拿细绳儿串成跟神神屋通长的一长串儿，一串压一串，就像鱼鳞那样儿一层压一层。到天黑串了三大串儿，压成一长溜儿，铺在神神屋地上，临走跟小妮子说："好妮子，看着咱的茅草，别叫野猪伍的糟践了。"

天不明有巢就起来了，跑到姚江边儿上紧着割一阵茅草，再赶回来做前晌饭，半道儿碰见蛋蛋，就吆喝他："回吧，回去帮姐姐撅茅草搭屋顶儿。"蛋蛋问："嘿，要搭就搭个跟我那鱼屋一样儿的顶儿，不怕下雨。""就是，把一截儿一截儿的茅草搭起来，跟鱼鳞一样儿。"

回到家里，有巢一比划，蛋蛋就明白了。小孩子心儿灵，串了一截子，就接着往下压，短了，串得快，等有巢做好了饭，串起来一大片。蛋蛋往身上一裹，草一层压一层垂着，把蛋蛋包得活像个大刺猬。有巢嗔怪他："蛋蛋就知道玩！跟你说了往长里串，你串得这叫个啥呀？"蛋蛋说："我就是条大鱼，你舀瓢水浇浇，瞧我身上湿不湿。"有巢眼里亮了，舀了瓢水，从蛋蛋肩膀头儿、脖颈子往下细细浇。蛋蛋喊："还有前头，多浇点儿水，下大雨！"有巢说："别嚷嚷！叫爹跟娘多睡会儿！"

　　爹出来了，问："蛋蛋一大早起叫唤啥哩？哪儿下雨了？"蛋蛋说："爹，我有不怕雨的衣裳啦！嘿嘿，这么大的雨，身上一点儿水都没沾，不信您摸摸！"娘也出来了，一见蛋蛋披着蓑蓑的草，笑起来，自打小妮子走了，这家里头一回有了笑声。大娘笑完了又夸："蛋蛋这蓑蓑草衣裳真好看，还不怕下雨，咋弄得呀？"蛋蛋随口说："麻批儿串起来的，赶明儿给娘也串一件儿蓑蓑衣。""好儿子，有你这话，娘就知足了，呵呵。"想起小妮子，大娘脸上的笑一下子没了。

　　吃了饭，有巢跟大娘商量："神神屋就快上顶子了，苇席上头我还想再压一层茅草，原先想糊泥来着，后来嫌雨一浇流泥汤子，干脆给屋子穿蓑蓑衣了，一层压一层，叫水顺着往下流。"大娘说："好主意！蛋蛋，叫上你那帮哥哥姐姐，没事儿了都割茅草去，捆好了送到神神屋。"蛋蛋嚷了声儿："我叫人去喽！"转身儿跑了。

　　上顶子那天，一族的人都来了。一对黑油油的大豆摆在大门对面，比锅还大的豆盘里码着尖尖两堆香果儿。大娘跪下，磕了仨响头，念念祷告："神神在上，受姚江滩里三千口子拜祭，求神神保佑滩里盖屋不塌不漏，给一族人挡风遮雨……"鼻子一酸，泪涌满了眼眶子。她吸了口气，咽了下去，站起，走出来，左手朝上一指，扬起右胳膊，斜劈下来。

　　一时间响动大作，上头当当当当石头砸木头，下头咚咚咚咚木头捶鼓面，八面羊皮鼓敲成了阵，好像天上跑下来无数的人。披着蓑蓑衣的孩子们踩着鼓点儿蹦蹦跳跳，摇摇摆摆，干了的茅草沙沙沙沙响。

　　神神屋顶跟蛋蛋鱼屋儿的顶子一样儿，鱼脊一样儿朝两边儿倾斜。屋顶是量好了在下头做好了的，卯口和一溜一溜的钉眼儿都抠饬得了，现成儿的小梢钉、大楔子，三角顶子架梁上，榫好了，就剩下丁里哐当一通儿砸了。苫苇席子的时候，有巢也上去了。虽然一人给了一根儿骨头针，交代好了咋穿绳儿把席子拴到一根檩上，她还是不放心，怕男人们粗枝大叶拴不结实。最后苦茅草，也是穿了绳儿，隔着席子往檩上绑。

大门两扇，一边儿刻着一只大鸟儿，长长的脖子往天上伸，这就是有巢照着家里的灰鹅刻出来的双鸟儿朝阳，鸟儿的脖子跟脑袋像鹅的，脑门儿上的疙瘩变成了好看的鸟毛儿，展开的翅膀儿也比鹅的好看多了。

人们都要进神神屋看看，人太多了，盛不下，大娘叫排着队，进了大门绕一圈儿就出来。人们都夸那两只大鸟儿，说赶明儿盖屋的时候门上也求有巢给刻上双鸟儿朝阳，图个吉利儿。大娘说："有巢就俩手，没明没夜刻也刻不出这么些门来。你们明儿照着样儿先在地上画画，等有了木头劈了门板，就拿炭条画上去，自个儿刻吧。"窑上的姥娘们也都来了，站在门口啧啧夸那鸟毛儿刻得细，一根儿一根儿数得出来。有巢说："这是神神屋的大门，自然要精着心刻。咱自个儿住的，屋子门就不用这么细了。"大娘说："各人刻各家的门，愿意细就细，愿意粗就粗。"花儿姥娘说："有了比衬儿，谁都怕粗了招人笑话，只会一家比一家细。不信，大伙儿就瞧着。"有巢笑着说："我信，准保都比这两扇大门上的细。"花儿姥娘夸她："这妮子谨慎，做了这么大的事，一点儿也不把自个儿当个啥。"有巢不好意思了，低了眉说："我一个山里来的，本来就不是个啥嘛。"

第十二回

搭空架揣泥省木料
烧实砖铺地献心灵

有巢梦见小妮子成了镇庙神神，她问神神待见不待见这庙。
神神说："这庙嘛，高也够高，大也够大，也透气也透光，
就是这地不好，人人踩，黄土钻鼻子，闹得头疼。"庙神不高兴，
吓得有巢趴地下就咚咚咚咚磕响头，连连说："神神别着急，过几
天就把这地修好了，压住黄土。"庙神说："那就快修吧！"

有巢睡不着了，想庙里的地。那地原是夯实了的，可黄土到
底儿是黄土，跟崖上的石头和木头屋的平台不一样儿，要修就得
把黄土地变成石头的或者木头的。滩里不出石头，只能铺木头了。

早起起来，有巢跟大娘和舅舅说了夜里的梦，又说了往神神
屋里铺木头的想法。两口子听说小妮子成了镇庙神神，自是喜欢。
大娘说："木头贴着黄土地，日子长了还不沤烂了？"石头没有，
木头又不行，还能咋修地啊？有巢说："要不就像鲰山那样儿，先
打下矮桩子，再往上造个平台。"大娘还是说不行，"这么一来屋

顶就太矮了，不像个庙。再说啦，木头缝儿里往下漏土，神神还是嫌有土腥味儿。"有巢犯了难，"要不，咱去鲻山，把崖上的石头凿下来？这可是毁人家沙燕儿的家了。"大娘说："想得好，谁知到人家叫不叫咱凿哩。那石崖镇着鲻山，秃了，风水就毁了。"舅舅说话了："甭惦记人家的！咱能烧出那么厚实的大豆来，就不能试着烧几块铺地的假石头？"俩女人就跟商量好了似的，齐声说："是啊！咋不能试试哩？"话音儿一落，都止不住笑了。舅舅说："今儿个就打土坯，干了进窑，先烧出一窑来看看再说。"

有巢跟着去了窑上，先刻饬出四条半胳膊长的木头板子，头儿上抠出豁口儿，对起来，成了个框子，有一巴掌厚。舅舅一瞧就明白了，把框子摆地上，往里装陶泥。人们都问这是做啥。舅舅说："烧出来，铺神神屋的地。"人们都说，这得使多少泥啊？有巢说："神神屋去的人多，庙神嫌黄土呛得慌。铺石头没处儿找，铺木头又怕地湿沤烂了，舅舅才琢磨出烧大坯来。"顺儿姥娘说："敬神神得心诚，使多少泥都是应该的。不过，咱没烧过这么厚的坯，一下子装一窑，要是不能使，扔了泥送了柴火还白搭上工夫儿，不如先少脱几块，干了烧烧试试，行了，再多烧。"舅舅说："神神屋盖起来了就踏实了，一个地，早几天晚几天不要紧。"

不争工夫儿就好，和出泥来醒了两天，练好了，脱了十来块大方坯，使的泥够烧半窑锅碗盘子盆。坯晾干了，装了窑。舅舅怕烧不透，没叫装别的，稀稀拉拉摆了几块坯。姥娘们瞧着直心疼柴火，可这是伺候神神，省不得啊。

这一窑少说也得烧两天，舅舅托付给顺儿姥娘跟花儿姥娘，领着一干人带上斧子、绳子、锯，篓子里背着菱角、荸荠、茨菇上了鲻山。滩里人实在，虽说砍树也是给鲻山人腾场子，还是觉着不能白要人家的木头。山里大娘瞧见来了这么多人，这喜欢呀，总算来了！俩眼珠子在人群里找来找去，就是瞧不见，问滩里舅舅："妮子哩？"舅舅脸刷地白了，大娘急得瞪着眼问："有巢咋啦?"舅舅这才回过味儿来，忙说："她过两天就上来，下头盖屋离不了她。"大娘觉着不对劲儿，找个空子问一块儿来的人，有巢咋没来。人们告诉她，有巢确实忙着盖屋，她这才踏实了。

下头盖屋确实离不了有巢，不过，她更惦记窑里的坯，一天跑过去几回。窑上的姥娘们自然喜欢她过来，她只是打问打问，叫多添柴火，又急急忙忙跑盖屋工地上去了。姥娘们索性把火烧大点儿，左不过几块坯，老耗着更费柴火。

第二天一早儿起来，有巢啥都顾不得，紧着往窑上跑，到那儿，花儿姥娘早来添火来了。晌午她抽空儿跑过去，窑里火呼呼烧着。后晌收了工，有巢又去了窑上。花儿姥娘告诉她，还得等一宿，明儿晌午就行了。

睡了一宿起来，有巢早早儿跑到窑上，窑里的火儿小了，等了等，也没见花儿姥娘来添火。瞧这样儿。晌午真要开窑了。吃了前晌饭，舅舅叫她跟着去鲻山，她说："明儿吧，今儿晌午就开窑了。"舅舅说："开窑又用不着你，走吧！人家大娘天天儿打问你，怕你出了啥事儿。"大娘也劝她："你今儿就去一趟吧，哪怕早点儿回来呐，别叫人家多了心。"有巢只好跟上去了。

说好了有巢今儿个上去，鲻山大娘昨儿黑间就把狍子肉炖上了，开了锅，小火儿煨了一宿，一大早儿起来又忙活开了，端下肉锅来，贴了一大锅黍面饼子。一家子沾有巢的光，吃了顿喷儿香的前晌饭。吃了饭，大娘又煮了一大锅鸡蛋，熟了，搁凉水里乍了，一个个儿捡到篮子里。大妮子笑话她："就跟滩里人不会煮个鸡蛋似的。"大娘说："不是这么回事儿，煮了的碰不坏。她背着一道儿，到家别成稀屎了。"

蛋蛋给了有巢一个小屋儿，叫她带给大妮子。这屋是蛋蛋自个儿做的，比照着有巢给他做的鱼屋儿和盖起来的神神屋，花了好几天才鼓捣出来的。蛋蛋这个可比有巢做得细致多了，屋子上头留着一溜窟窿眼，大门也是两扇儿，顶儿上苫的是一层一层的细草棍儿，跟真的似的。有巢正想给鲻山人瞧瞧新屋咋盖，这就有了个样儿，把蛋蛋好夸了一顿。

大娘迎下来一大截子，见了有巢，拽上就走，一边儿走一边儿叨叨："盖屋真忙成那样儿了？就不能托付给个人？"有巢说："也不全是盖屋忙的，这两天窑上还有事儿，不瞧着点儿，心里头不踏实。""瞧瞧瞧瞧！核着滩里就累你一人儿了！""不是啊，是我天生操心的命儿，爱张罗。好在今儿晌午就开窑了，我就来了。""瞧瞧瞧瞧！没你，人家不照样儿开窑？""可不是嘛，早该过来瞧大娘来了。""得，有你这句话，我就知足了，咱娘儿俩没白过了一场。"

到了家里，大娘拿出锅里焙着的黍面饼子来，剖成两半儿，夹了好几层切得薄薄的狍子肉片儿，叫有巢吃。有巢前晌饭吃得不少，可到底儿禁不住大娘劝，加上狍子肉是真香，由不得吃了一个夹肉大饼子。大娘又夹了一个厚厚的肉饼子，任她再咋劝，有巢也吃不下了，说："真的吃不了了，这个我留着带回去，给蛋蛋尝尝儿。"大娘拿出两根狍子后腿来，"这个你带回去，叫一家子都尝尝儿。"

有巢打背篓里拿出蛋蛋做的小屋儿来，说："这是蛋蛋给他姐做的。"大娘接过来，一劲儿夸做得巧，又问："这是一家儿人住的吧？可真够宽敞的。"有巢说："这不是咱人住的，是神神屋。才盖起来，蛋蛋就比照着做开了，摆治了好几天才做出来。"大娘说："我说哩，这屋子瞧着就是气势。我们也得先给神神盖个屋，再盖人住的。"有巢脸灰了，说："不盖也罢。""咦，你咋说这话啊？滩里盖了，鲻山咋就不能盖了？""大娘不知道哇，就为了盖神神屋，把个小妮子活活儿奠了地基。"大娘一听，脸黑了，捧着小神神屋愣了半天才说："这事儿先别叫大妮子知道。"有巢说："瞒了今儿瞒不了明儿，她总有一天要回去看看。"大娘说："唉，瞒一天算一天吧。大妮子有了，不能叫她着急。"大娘动了心思：

滩里大娘拿小妮子奠基，她可拿谁给神神屋奠基啊？"大妮子养活还得好几个月哩。"

这话一叨叨出来，有巢就急了："咋能拿才下生儿的娃娃祭神神啊？人家来世上一趟，啥都没经见。我经过见过了，要祭就拿我祭吧！""快别瞎说！你还得领着众人盖屋哩。小娃娃家啥都不知道，祭了也就祭了，过几天大妮子就又怀上了。""大娘啊，这屋是我要盖的，咋能老叫别人为了我去死呢？一想起小妮子来，心就一揪一揪地疼，成宿成宿睡不着。下回轮着我了，小妮子在地底下也好有个伴儿。"大娘"唉唉"叹气，拉住有巢的手说："这妮子心太好了，咱娘儿俩没住够哇，我当初咋就叫你下去了？糊涂啊！"说着眼圈儿就晕上来了。有巢也跟着难受起来，想起大娘种种的好儿，想起自个儿这儿那儿对不起人家。

俩人难受了一阵子，有巢说："大娘，咱还说盖屋的事儿吧！"她给大娘交代了屋子咋盖，特别说了要省木头。大娘说："瞧你小气的！咱鲻山缺啥也缺不了木头哇。"有巢给她算："光神神屋就使了三百多棵树，还不带台子、梯子，不打隔断，门也只有两扇。照这么着使木头，一排屋下来，少说也得四百棵树。滩里得盖八九十排，鲻山也少不了。照这，鲻山就砍秃了。"大娘吓了一跳，说："还真是这么回事，你说咋省啊？""咱人住的，不能跟神神比，除了台子全使木头，上头就得省了，该留窟窿留窟窿，窟窿留大着点儿；该塞泥塞泥。"

有巢拿着小屋儿给大娘比说，咋留窟窿，哪儿塞泥。大娘说："这么大的窟窿，都能拱进个人来了，还能防住狮子老虎狼？""大娘，大窟窿装半拉门，打里头别住，用板子，一棵树咋也能破四块板子，这就省多了。""可是，就这么几根木头撑着，行吗？""大娘，只要能撑住了，就没事儿，塞上泥，还暖和哩。"大娘还是犹豫，最后说："没见过，说不好。这么着吧，你们滩里先盖个样儿，我们再跟着学。等你们盖起一排来，我下去瞧瞧再说。"

　　该说的都说了，有巢惦记着给神神屋铺地的坯，瞧瞧天晌午了，跟大娘道了别，跟滩里舅舅打了招呼儿，就往回赶。

　　有巢赶到窑上，啥都顾不上，先问："开窑了？"有几个人"嗯"了一声。有巢听着不对劲儿，问："咋？火大了迸了？"人们摇头。"没烧透？"人们还是摇头。有巢瞧不见坯，又问："还没开窑哇？"顺儿姥娘指指刚和出来的泥堆，"你自个儿瞧吧！"泥堆旁边儿有几块黑黢黢的石头疙瘩。有巢心扑扑跳，走过去，却把脖子扭到一边儿，不敢瞧啊。

　　那堆黑石头正是烧出来的坯，抽抽儿了有一半儿，四边儿翘翘着，能存住水了。还是花儿姥娘说得对，幸亏只烧了这么几块。有巢拿起来掰掰，硬得石头似的。"咋成了这样儿了？是火大了？"花儿姥娘说："要是火大，就烧进了。你瞧，哪儿有一点儿裂纹儿啊？""那您说咋就成了这样儿了？""要叫我说，是泥不对，咱那陶土缩得厉害，烧薄的物件儿紧衬，烧大厚坯就不行了。""那您说换啥土好哩？往陶土里掺上些个沙子？""妮子，咱省了陶土吧，这跟烧豆不一样儿，豆盘翘翘瞧不出来，这往地下铺的，先得要平整，有陶土就抽抽儿。要叫我说，咱脱一堆杂合坯，啥土的都有，咋掺和的都有，一块堆儿装坯、满窑，烧出来比比，看哪块儿平整。""好主意！咱就一样儿脱上两块试试。"

　　有巢看看天还早，说："今儿就把泥和出来醒上，过两天脱出几样儿来，干了装坯、满窑。"人们就去找土，有去河边儿的，有去地里的。有巢走得最远，来到盖屋的地界儿。地里这阵子忙，大娘把三青子叫回去了，有巢不在的时候，鱼头的兄弟鱼鳔领着干活儿。鱼鳔老远就喊："哎，咋这么早就回来了？不放心呀是咋地？"有巢呵呵笑着说："怕你偷吃黄土呗！"逗得大伙儿一阵一阵子笑。见有巢往篓子里装新挖出来的黄土，人们都纳闷儿，鱼鳔问："怕我偷吃黄土，你装它干嘛呀？"说得人们又是纳闷儿又是笑。有巢只顾装土，不吭气儿。鱼鳔问："有巢啊，你装这么些吃得了吗？到底儿干嘛呀？"有巢歪着脑袋说："就不告诉你！闷死你！"鱼鳃夺过锹来给她装土，添了两锹问她："够了吧？"有巢说："装你的吧！装满了算。"

篓子装满了，鱼鳃背起来说："往哪儿送？""窑上！"这下儿人们才明白了，鱼鳃说："窑上俩男人也太懒了，自个儿不动窝儿，支使起人来了。"有巢说："你见人家不动窝儿了？就你勤谨似的！"

快到窑上了，鱼鳃放下篓子，又把背绳给有巢挎在俩肩膀儿上。有巢嗔怪他："这人，送人还不送到底儿？""别啦，省得人说这说那的。"有巢扑哧儿乐了："想哪儿去啦？傻样儿！"鱼鳃回头走了，有巢心里头怪怪地，小狗儿舔似的。

和了好几堆泥，沙土掺地里的土，地里的土掺沙土，黄土掺地里的土，黄土掺沙土。有巢想起啥来，跑回家装了半篓子灶灰，又掺和出几样儿来。

泥醒好了，坯脱出来了。顺儿姥娘岁数儿大了，身上挺不好，来不了了。有巢跟花儿姥娘交代："明儿我不来了。您看着火候儿，宁叫小了，别叫过了。"花儿姥娘先笑了，"只要你放心，别嘴上说不来了，到时候一天跑过来几回！咱们打个赌儿，瞧你明儿还过来不过来了。"人们都来了劲儿，激有巢："赌哇，赌哇！"有巢说："赌就赌，你们说赌啥吧！"有说赌画大花脸的，有说赌学大灰鹅叫唤的，还有说赌学蛤蟆蹦的。花儿姥娘说："这都睹的是啥啊？亏你们想得出来！要叫我说，有巢输了，就叫她来咱窑上干三天活儿，你们说行不行？""行啊行啊，输了叫她给咱干三天活儿！""行，我输了，过来三天没啥；要是花儿姥娘输了呢？""我要是输了，也过你们那儿去干三天活儿，都一样儿，呵呵。"花儿姥娘眯缝着眼儿瞧有巢，那意思是：你输定啦！

有巢又睡不着了，惦记着那些坯块儿，听见外头沙拉沙拉响，怕下雨浇了泥坯，爬起来就往外跑。大大的月亮地儿，啥事儿也没有，静静儿停了一会儿，原来是虫虫儿吃菜叶儿。回来躺下，想着哪一种泥脱的坯烧出来最好，沙土多的可能不结实，黄土多的可能缩乎儿，翘翘得最厉害，地里土多的又不散，又不缩乎儿。后半夜儿起风了，她怕风大吹透了泥坯，又爬起来。出来一瞧，哪儿有风啊？连竹叶儿都没一点儿动静儿。

今儿这是咋啦？耳朵有毛病啦？回来躺下，困劲儿上来了。梦见一窑的坯全烧进了，她跟花儿姥娘急了，花儿姥娘抓了一把黄泥糊在脸上，趴地上学蛤蟆蹦，蹦到她脚面上。她使劲儿一踹，骂道："癞蛤蟆趴脚面，成心膈应人是咋着？"脚踹到窝棚墙上，疼醒了。想着白天还得过去瞧瞧，实在不放心啊，万一火大了，塌了窑就完了，这么一想，再也睡不着了。蛋蛋天天儿鸡打鸣儿似的醒了，她也跟着爬起来。

"姐，你干吗起这么早？"

"睡不着了。"

"跟我逮蛤蟆去！"

"我去窑上瞧瞧坯干了没。"

到了窑上，可把她吓坏了，碰见狼了！她不敢跑，闪在窑后头。狼听见动静儿，竟然直起身子来，"谁？"哈，原来是花儿姥娘。有巢招呼儿她："姥娘这么早就过来了？""你啊？我还当是狼哩！行啦，今儿过来吧！"有巢想起昨儿打的赌儿，说："有您看着火，我过来添啥乱啊？""哟，睡了一觉，就忘了昨儿赌的啥了？""没忘，姥娘甭赚我！呵呵。"花儿姥娘也呵呵儿笑起来，问她："嘿，赌的啥呀？""我今儿要是来窑上看一眼，算我输，过来干三天活儿。我今儿要是不来，您得过去帮着盖三天房，呵呵，我可没忘！""哈哈，天不亮就偷偷儿过来瞧来啦，让我逮着了，还犟嘴！今儿你就这儿干活儿啦！"

有巢这才回过味儿来，连说："这不能算！这不能算！"

"这回放过你，你还得来，瞧着吧，我说的管保错不了！"

"姥娘也太贼了,这么早就逮人来了!"

"嘿嘿,还有这么着说话的!偷的不是贼,逮人的倒成了贼了?"

"得,姥娘,我说不过您,认栽了。您可别跟他们说哇!"

"喊,我两片儿嘴就那么闲得慌?"

花儿姥娘弯下身子给泥坯翻个儿,有巢也跟着翻,觉摸着硬得差不多了。花儿姥娘说:"前晌就能装坯了。"

有巢一前晌惦记着窑上,估摸着差不多了,装了一篓子黄土,叫鱼鳃给送过去。鱼鳃说:"你不过去啊?""一篓子土还俩人送?""干吗一篓子呀?再装一篓子哇。""就你贫!鳃子,你到那儿可别说啥!记住,问你啥也别说!"鱼鳃翻翻着毛猴子眼,咂摸这话的味儿,咂摸过来了,朝她挤咕挤咕眼儿,厚嘴唇儿上溢出笑来。

鱼鳃回来了,厚嘴唇儿上挂着笑,三分得意七分媚,叫人瞧着怪怪的。

有巢见了,问他:"鳃子,瞧见啥啦?"

"十几个人一口窑。"

"瞧见一大片泥坯了吗?"

"没。"

"点火了吗?"

"没瞧见。"

"整个儿一废物!"

"你又没告诉我瞧啥,叫我问啥也别说,我就啥也没说。"

"问你啥来着?"

"问我干吗来了。"

"你咋说来着?"

"我当然啥也没说。又问我是不是你叫我来的。"

"你咋说的?"

"还是照你说的，啥也没说。"

"他们说啥来着？"

"说我是探子。"

"哼，没见过你这么笨的探子！"有巢气得鼻子冒泡儿，瞧鱼鳃那傻样儿，又乐了。

这下子男人们热闹了，一个一个儿争着抢着插嘴："探啥？叫我去吧！""叫我去吧！我能给咱打探清楚了。""我去！我去！"有巢气不得笑不得，嚷嚷了一嗓子："啥也不探，都干活儿吧！"男人们叮叮当当又敲打开了。这会儿敲的是梁头榫，斜着往里对，对好了，敲进去，还得再往卯口儿里塞梢钉儿，怕的是脱榫，塞进去使劲儿敲几下儿，砸实了。别瞧梢钉儿小，这一排屋上上下下是个卯口都敲进去一两个，一大堆梢钉快使完了。别瞧这活儿不起眼儿，哪儿没砸瓷实，都会塌顶子。

屋架子敲打瓷实了，两方柱子当间儿都撑了斜切的短方柱，也都是榫进去又楔了梢钉。大空当里填进搂了麻头的泥，抹得跟柱子一般儿齐。往上头拿短方柱直撑住，留出透气的窟窿来，开得大大地。二十来人干到天黑，有巢发话了："今儿就到这儿吧，明儿铺顶子、装大门儿、小门儿。"小门儿就是窗户，大门儿、小门儿是俩手巧的刻饬了好几天，刻饬出来一大堆门儿。

打窑上过，有巢说："你们回吧，我进去瞧瞧。"鱼鳃跟着说："我也瞧瞧去，白跑了一趟，啥也没打探出来。"他这一说，人们全都来劲儿了，跟着有巢进了窑场。

"嘻嘻，成帮打伙来了！"嘿咿，又叫花儿姥娘逮住了！

"姥娘，这么晚了，还没回呀？"

"要是回了，还能逮住你？成啦，明儿过来干活儿吧！"

"姥娘，咱说真的，窑里的坯没事儿吧？"

"没事儿，估摸着明儿后晌就能开窑了。你明儿过来吧！"

鱼鳃说："花儿姥娘瞧上我们有巢啦？明儿她可过不来，又是苫顶子又是装门，她哪儿离得开呀？"

"哟，鳃子待咱有巢可真亲呀，白天跑过来打探，晚上跟过来，明儿也舍不得，真是离不开呀！"逗得人们哄地笑开了。

有巢脸上腾地烧起来，好在天黑，没人瞧见。"花儿姥娘就瞎说吧，也不怕咬了舌头！"

"有鱼吃，还能咬了舌头？留神别咬了腮就行了！"人们又是一阵大笑。鱼鳃得意极了，也跟着傻笑。有巢急得拳头咚咚地捶花儿姥娘肩膀头。花儿姥娘招架着说："不闹了，不闹了，天不早了，快回了！"

第二天苫顶子、装门儿，有巢没顾上想窑上的事儿。顶子好苫，就是那一大堆门儿费了劲。五个大门儿、十个小门儿都只有个大模样儿，以前没制子，想细也细不了，这会儿有了比制，得刻饬严丝合缝儿，不敢刻饬过了头儿，老得比照。这活儿瞧着没啥，可挺费事儿，到后晌才装上一半儿。有巢说："咱们紧着干上一阵子，今儿全都装上，这活儿就齐啦。"这一干就到了天黑，家家的人都找上来了，大娘也来了，嚷嚷着："过了今儿没明儿啦？又不是没地方儿住，干嘛呀这是？"有巢说："这就完了，明儿再开一排。"人们给举着火把照着明儿，活儿干得快多了，到了儿把大门儿小门儿全上上了，滩里头一排带干栏的屋完工了。

回家路上火把熊熊，四五十人累的不累的全都说说笑笑，像一条着了火的小河，在黑夜里流。问到谁家先搬进来，大娘说："生生姥娘家的窝棚塌了半拉了，算一家，老泥鳅家人口太多，先搬进来松快松快。剩下的三家儿，瞧你们谁的运气了，明儿有巢早点儿出来，挖二十个小坑儿，埋仁石头子儿，谁抓着了算谁的。"鱼鳃说："二十个坑儿？三哥抓不抓？"大娘说："他算你们的人，忙过地里这阵子就回来。明儿你们谁先替他抓。""那还少一个哩。"大娘说："我们家不抓。"人们差不多一齐问："咋不抓？"大娘呵呵笑了，"我们啊，嫌这头一排盖得不好，等着住好的哩!"

今儿个真累坏了,有巢吃了饭倒下就睡了,一觉醒来,天大亮了,爬起来就跑。大娘说:"饭好了,先吃饭!""不行,石头儿还没埋呢!""你舅领着蛋蛋早就埋回来了。"蛋蛋扒到有巢耳朵上小声儿说:"打边儿上起数仨,旁边儿我插了根儿细得快瞧不见了的细草儿,你今儿去了就抓那个!"有巢这个乐呀,"昨儿姨姨当着大伙儿面儿说了,让我今儿早点儿去埋石头儿。哪儿有自个儿埋了自个儿抓的?你呀,小人精子,要多傻有多傻!"蛋蛋瞪着眼问:"那咱就不抓了?"大娘说:"这回不抓了,下回咱不埋石头,叫住进去的给咱埋石头,咱好抓。"蛋蛋急了,"下回要是抓不着呢?"大娘说:"还有下下回,过了下下回就不用抓了,咱准搬进去。""哼,有巢姐姐盖的房子,让人家先住,傻不傻呀!"有巢逗他:"就是,下回我不盖了。"没想到蛋蛋冒出这么句话来:"就凭我姐埋在神神屋下头,也该咱家先住新屋!"仨大人脸一下子全变了,灰一阵黑一阵起云彩。有巢哄蛋蛋:"先盖的咋也没有后盖的好,傻子才抢着先搬进去呢。往后姐姐给你盖一个顶好顶好的屋,你要啥样儿的,姐就给你盖啥样儿的,比他们的都好。"

抓石头子儿热闹了好一阵子,抓着的是有鱼、长水跟蛤蟆。老实巴交的长水非要把石头子儿让给有巢,那俩人见长水让,也都争着让。有巢说:"这是大娘的主意,我们家往后靠靠好,省得人家说咱给自个儿盖屋。"鱼鳃说:"咱盖屋当然是咱先住了,还有争的?"有巢说:"可不能这么说!人家船上的打了鱼还不是跟大伙儿一块堆儿分?窑上的也没有出了窑先往家拿的。再咋说,咱也是在一族人前头先住新屋的,下回还是让出一两家好。你们想想呀,等全都搬进新屋,得好几年呢,这可跟三天轮一回分鱼不一样儿,真要有谁争起来,就不好说了。"鱼鳃还是不服气,说:"有种的盖屋,没种的才争呢。"

"呵呵，好热闹哇！"花儿姥娘一伙子窑上的不知道啥时候过来了，都背着篓子。放下篓子，里头是一块块灰黑的烧坯。花儿姥娘说："有巢真怕赌输了哇，昨儿一整天没敢露面儿嘿！"有巢这才想起烧的坯来。花儿姥娘接着说："我输了，上你们这儿干活儿来了，呵呵。"鱼鳃嘴快，跟花儿姥娘打哈哈儿："嘍嘍，花儿姥娘真厉害，带上这么一大帮来帮我们干活儿来了。才盖起五间来，不够你们住的哇。"窑上的人有的火儿了，骂他狗眼看人低。花儿姥娘说："哟呵，鳃子可真会说话儿！我说前儿个你好嘛常儿给我们送的哪门子黄土哇，闹了归齐是憋着抢的心呐！"

有巢听着味儿不对了，赶紧起来圆场："这都哪儿跟哪儿啊？鳃子这人，姥娘您还不知道哇？有嘴没舌头，有舌头没心。谁抢谁啊？有啥抢的啊？瞧不见人家给咱送烧坯来了？"鳃子嘴乖，嘻着朝花儿姥娘说："您瞧瞧这儿，真没长舌头。您爱抽就抽两巴掌，爱拧就拧两下儿，我皮厚，嘿嘿。""哼，你皮厚，我怕皴了手！有巢，咱说正格儿的。"

有巢已经把背来的烧坯都瞧了个差不离儿，挑出一块来，问："这块平整，是啥土烧的？"花儿姥娘说："就是这儿的黄土掺了灶灰，不皴不散。所以我们来了这些人，挖黄土来了。"有巢高兴地说："没想到，没想到，还以为黄土太黏，烧出来准翘翘呢。这不刚挖出地基来，土还湿着哩。"又招呼鱼鳃他们："你们给装土，我领着大伙儿瞧瞧咱盖的新屋。"

大门儿小门儿全都敞开，屋里亮堂堂的。"啧啧，好哇，比咱那窝棚可是强到天上去了。""跟大娘说说，多添上些个人来盖屋吧，好让咱也早点儿住上新屋。""就是就是，有巢跟大娘说说吧，我家小子算一个儿。""我们家算俩！"……

有巢后晌回去跟大娘说起添人盖屋的话来，大娘说："眼下不行，船上、地里都正忙，窑上也抽不出男人来。等忙过这阵子，天儿凉了，能去的都去，抢着干上一冬天。"

生生姥娘、老泥鳅，还有长水、有鱼、蛤蟆几家欢天喜地搬进了新屋，孩子们在台子上蹦，大人吆喝："看把台子崩塌了，住不成了！"吃了后晌饭，女人们忙着在大门上刻花儿，刻的都是双鸟儿朝日。男人们下去拾掇明儿的活儿，都知道占了大便宜，紧着找补。串门子的好几天不断，全想瞧瞧新屋是个啥样儿。

白天干活儿的人有了热乎儿水喝，长水他们抢着招呼，晌午拉着众人上屋里歇会儿。鱼鳃往草垫子上一摔，闭起眼长长叫一声："美！"

鲻山大娘领着人下来了，先去瞧神神屋。神神屋地下铺了黑灰色的方坯，人们管这种烧出来的坯叫砖。铺了砖，神神屋立时肃穆凝重，叫人敬畏。鲻山大娘跪在地上拜了神神，摸着方砖说："这地比我们家吃饭的桌子还干净哩。到底儿是神神屋啊，就是不一样儿。"她哪儿知道，这地是有巢一早儿一晚儿擦出来的，见天儿擦，一天儿没断过。

擦神神屋的地，在有巢是心里头的需要，低头跪着，就像在给小妮子擦脚，擦擦揉揉，叫她好受点儿。脑门子贴着地，凉凉地，像贴着小妮子的脑门子，絮叨一会儿，心里静下来，啥也不想，空空荡荡好好受！哪一天早起没去擦神神屋的地，白天她人心慌意乱，着三不着两，非得进神神屋跪一会儿才能平静下来。晚上忘了擦神神屋的地，一宿折腾来折腾去，神散了，睡不成。难受得不成了，就爬起来去神神屋，跪着跪着就睡着了。

第十三回

宽轮转拉坏显健手
大屋容伸肢愈病身

緇 山大娘带着她的人看了滩里的新屋，叫有巢在旁边儿给她细细儿讲，从打地基、埋桩子到上顶子安门，问得细了又细，要了一对带榫头和卯口的短柱子，抓了一把梢钉，临走，还要带上一个人，上去指点指点。二十个人里头，啥活儿都会干的是鱼鳃，又替有巢领过班儿，有巢自然就叫他去。说好了，去几天帮着搭起架子就回来，吃住都在大娘家里。

鱼鳃走了三天没回来，五天没回来，十天还没回来。他哥鱼头不放心了，找有巢来商量。有巢说："大哥甭急，那么大个人能出了啥事儿？左不过是緇山人离不了鳃子，要等盖起一排屋才送他回来吧？要不你明儿上去一趟，瞧瞧他那儿干吗呢，别不是叫哪个緇山妮子给缠住了。"鱼头说："怕的就是这个，地里的草妮儿死了心要鳃子，万一鳃子不回来了，那不坑了人草妮儿了？""可怜的妮子，咋这么甩不开呢？"

越怕啥就越来啥，鱼鳏果然是跟窑上的拴儿好上了。待见他的妮子多了去了，拴儿厉害，抓住了就不放，硬是把鱼鳏拽她家土窝儿里去了。鲻山大娘起初不干，说是跟有巢说好了，三天就回来，这可成了啥事儿了！架不住大妮子一劲儿劝，说鳏子爹娘都没了，就一个哥，也跟了人了，鳏子在哪儿过都一样儿。大妮子一来跟拴儿好，不能不帮她，二来也图多个乡亲。大娘呢，打心里也愿意鱼鳏留下来帮着盖屋，这么个人还真离不了，一听大妮子说他没个家，就放心了，只是觉摸着对不起有巢。

鱼头上去了，找到盖屋的地界儿，一见鱼鳏，二话不说，拽上就走。鲻山人里头好些认得鱼头的，都出来劝他，好说好商量。鱼头本是为了草妮儿来的，可是这话当着众人不好说出来，只好说："咱得讲理不是？说好了上来三天帮忙儿，这不回去了算咋回事儿呢？"众人又说，鱼鳏太能干儿了，这儿实在是离不了他。鱼头一听，这意思是不叫他兄弟回了，就摆出有巢来说事："这儿离不了，我们下头更离不了他，有巢才叫我上来叫他回去的。"鱼鳏问："有巢她干吗不来叫我？"鱼头就着兄弟耳朵嘀咕了几句，鱼鳏说："有巢叫我，我回，人家大小管着我呐。她草妮儿算我个啥？就冲她，我也不回！"

拴儿她哥也在人里头，快快儿跑窑上给妹子报信儿去了。有人把大娘也找了来。鱼头认得鲻山大娘，一见面儿就叫苦："大娘哎，您可把我们下头人蒙了，说得好好儿的，借他三天，这可好，有借没还了。今儿不把鳏子领回去，我没法儿跟有巢交代。大娘好人，算您心疼我，放他回吧！"

鲻山大娘犯了难。鱼鳏说："大娘甭听我哥瞎说！不是有巢叫我，是个不相干的妮子，我跟拴儿过上了，就是鲻山人了。"

大娘俩眼亮了，说："是个有情有义的男人！鱼头哇，你也听见了，不是我蒙了有巢坑了你们。宁拆三座桥，不毁一对儿好。鱼头啊，你就做做好人吧！"

拴儿慌里慌张跑来了，见着鱼头立马儿笑着叫"大哥"，"大哥远道儿来的，走，家坐去！"鱼鳃告诉他哥："这就是我当家的，叫个拴儿。"

鱼头没领回鱼鳃来，可是带回来一大堆礼儿：拴儿给鱼头当家的一件儿花狐狸皮坎肩儿，给有巢的是一对豆模子，拴儿自个儿刻饬的，豆盖儿上全是花儿；鲻山大娘送给滩里大娘的是一对油黑大豆，有半人高；大妮子给有巢的是一张斑斓虎皮。

有巢一听说鱼鳃跟了拴儿，就跟大娘说："姨，鳃子有了好下脚儿了，咱甭管人家的事儿了。"

大娘问："你知道山上那妮子？"

"知道知道，是我个相好儿，在窑上干活儿，人挺实在，虎虎辣辣、大大方方。您瞧这豆模子，刻饬得多细啊，人家一直想着我啊，不枉跟她好了一场。再说，我姐也在窑上，不也护着她嘛？咱干吗跟人家过不去呢？"

"草妮儿为这事求过我，我跟她说，等两天就回来了。听鱼头那意思，人家鳃子根本没上心，整个一头儿热。算了，本来也不该咱管的事儿。在山上多门儿亲戚对滩里只有好处。"

"就是，鳃子能干儿，上头盖屋得有这么个人儿。"

鱼头当家的生得一对儿细长的吊梢眼儿，叫了个狸儿。狸儿摩挲着狐皮砍肩儿说："瞧这针线，多细！这妮子，咋就知道我的名儿呢？"

鱼头说："巧了呗！"

"哪儿有这么巧的？准是大妮子告诉她的。"

"嗯，兴许是她说的。"

"大妮子给有巢送礼儿，鲻山大娘又给咱大娘送礼儿，都挺向着她的。"

"你想得太多了，人家两家儿是亲戚。再说，鲻山大娘也是看重鳃子的本事。"

"那，你说，拿这个拴儿跟草妮儿比，你觉摸着哪个更配咱鳃子？"

"嗨，配不配的我也说不好，那是俩人的事儿。不过，拴儿挺召人待见的，待咱鳃子也不赖。草妮儿那是一头儿热，鳃子回来也成不了。"

"草妮儿求过我，我才撺掇你找有巢要人去来着。"

"山上我也去了，咱对得起她。人上头生米熬成粥了，这事儿，她只能看开了。"

"行，哪天我跟草妮儿说一声儿，劝劝她甭一头儿热了。"

都以为这事儿了了，草妮儿却不能了。她跟鳃子打小儿在一块儿玩儿，懂点儿事儿了，就认为鳃子是她的。自打兴开了盖屋，鳃子老是有巢长有巢短的，她听着不好受。后来有巢叫鳃子上了山，她才觉摸着自个儿想岔了，也就是鳃子有心，人有巢没那意思。谁知道没良心的去了不回来了，叫山上的妖精迷住了！她放不下鳃子，胸口发闷，一阵儿一阵儿接不上气儿来，烦得她抓耳挠腮，耳根子后头抓烂了，怕人瞧见，拿头发捂住。

草妮儿干活儿舍得出力气，说话儿也好，就是不露心思。这回要不是怕鳃子回不来了，她也不会求狸儿。她知道狸儿嘴严，不会露了她。直到这咱，人们只知道鳃子跟了鲻山，不知道草妮儿对鳃子有意。

妮子们一块堆儿在地里干活儿，手不闲，嘴也不闲，族里有点儿啥事儿，先在她们这儿说开了。这些日子，鳃子成了话题儿，热闹得不行。待见鳃子的不光是草妮儿，好几个妮子都对他有心思，可人家眼里只有有巢，惹得她们一个个儿酸不溜儿的。皆为都待见一个人，她们之间也酸唧唧的，平常都不提鳃子。说起有巢来，这几个妮子嘴里可就没好言语了，有说是在山上偷人，叫鲻山大娘给轰下来的；有说是她变着法儿把大妮子换上去，自个儿好下来享福儿的；还有说她把爹娘气死了，打小儿就是个野孩子，大娘在半道儿上拾回来的。

　　草妮儿不掺和这些个，她瞧得明白，跟她争鳃子的正是这些人，而不是有巢。她会细细儿品人，有巢心气不在哪个男人身上，也顾不上这个；不过谁知道往后会咋呢？这男女之间的事儿，说变就变，说成就成。小妮子祭神神可把她镇住了，这不是一般的手段。妮子们背后嘀咕有巢，草妮儿吓唬她们："说吧说吧，留神传人家耳朵里，拿你们也祭了神神！"妮子们怕了，也更恨这个有巢，背地里管她叫"吃人妖精"。

　　有巢放鳃子上山去，叫草妮儿彻底放下心来，但凡有一点儿情分，有巢也不会放人去山上。可是鳃子这一手儿，草妮儿真是没料到，太叫人寒心了。妮子们嚼咕这事儿，骂山上的女人不是东西，骂鳃子狼心狗肺，吃里爬外，丢尽了滩里的人。草妮儿心上一剜一剜地疼，她受不了她们这么骂她的鳃子，成心把祸根儿引到有巢身上："有巢要是不放他，山上那女人再坏，也勾引不着鳃子，鳃子也不至于给咱滩里丢人现眼。这有巢，那么精的一个人，咋干了这么件蠢事！"

　　这下子炸了窝，几个妮子一块儿嚼咕开了有巢。

　　"不对啊，鳃子是鲻山大娘瞧上的。"

　　"哼，有巢要是不放人，谁瞧上也没用。"

　　"怪啦，鲻山大娘从来没来过咱滩里，连大妮子上山她都没来接过，这回好嘛常儿的咋想起下来啦？"

　　"有巢前几天上过一回山，准是说好了，叫鲻山大娘下来领人。这小妖精也是个吃里爬外的。"

　　"没错儿，这妖精下来就是为了给鲻山找种儿来的，瞅着吧，好小子都得给勾走了。"

　　"偷咱的种儿，这可是大事啊，大娘咋不管呢？"

　　草妮儿听她们越说越悬乎儿，越说越出圈儿了，怕惹出事儿来，赶紧打住："留神叫大娘听见了拾掇咱！"几个妮子这才不说了。

神神庙里缺一对大豆。原先烧的太小，鲻山大娘带下来那一对，摆在神神台上，还是显得不配，神神屋太高了。拴儿送的豆模子跟有巢先头在鲻山刻饬的那对儿差不多大，也不顶用。有巢想烧一对一人高的豆，配这神神庙的穆重。跟大娘两口子一商量，大娘说好，立马儿就做。

舅舅说："你说得轻巧！这可不是上嘴唇儿碰下嘴唇儿的事儿，这么大的豆，别说烧成烧不成了，连模子都做不出来。"

大娘乐了，"瞧瞧，泼凉水儿的又来了！有巢，你说呢？"

"舅舅说得是，找不着那么粗的木头做模子，咱就照老法子，捏坯。其实要模子也没大用处，咱又不是烧多少这么大的豆。至于烧嘛，神神屋铺地的砖那么厚都能烧，豆身子就能烧，只不过费些柴火就是了。"

"你听听，你听听，还有凉水儿吗？呵呵，泼哇！"

"手捏也够呛，那么高的豆身子，泥坯立得起来吗？就算捏起来了，咋晾干了呀？还有，又大又厚的豆盘子，你可咋托着捏啊？哼，想得也太容易了！"

大娘瞧瞧有巢，有巢说："不管咋说，先得试试才知道行不行，大不了费上一堆泥。"

舅舅说："你愿意试就试试，我瞧着是瞎耽误工夫儿。"

"舅舅，我先捏出一个来，不行咱就算了。"

"你先捏个豆盘子试试吧，行了，再捏身子、脚。"

大娘说："有巢你在窑上盯着，盖屋的事儿先交个人管着。过些日子三青子就回去。"

有巢把盖屋那儿的活儿交代给了土小儿，去了窑上。

泥和好了，醒了，那么大的豆盘子，打哪儿下手呢？姥娘们七嘴八舌，说啥的都有：

“摊地下，先捏出底儿来，再往起捏边儿。”

“瞎掰！摊地下还起得来？”

“这活儿得俩人伙着干，一人托着泥，一人捏。”

“俩人也不行，至少得仨人，俩人托着，一人捏。”

“仨人托着吧，底下手多着点儿好。”

“还八个人托着呐！谁能一动不动啊？哪只手动一下，盘子就塌下一块儿来，高高低低还叫盘子吗？”

有巢说：“得了，我还是一人儿捏吧，先打小里捏，一点儿一点儿往大里厚里加。先试试，捏不成再说。”

有巢一边儿捏一边儿瞧姥娘们的手，想学着人家那样儿转，却咋也转不起来，心下恨自个儿没长一双巧手。她找来一个干了的坯盘，学着人家的样儿转起来，转着转着越转越快了。可是一换成泥，还是转不起来。花儿姥娘说：“我们都转了一辈子了，你这么会儿工夫儿，咋转得起来呢？甭着急，你心儿灵手又巧，在窑上干下去，没几天儿就跟我们转得一样儿了。”“我倒想也挨窑上干一辈子呢，等屋子盖好了吧。”“就你们那几个人，那得盖到多咱啊？”有巢听大娘说过，赶明儿叫地里的人来帮着盖屋，就说：“天儿凉了，地里没活儿了，都去帮着盖，就快了。”花儿姥娘说：“那就快了。这不，庄稼快收完了，完了就都过去盖。嗨，你可别过去啊，叫他们盖去。”“我就知道姥娘舍不得我，嘻嘻。”“顺儿姥娘眼瞅着不行了，窑上得添人，你熟，心儿又灵。嗨，我说了也不算数儿。”这话有巢不爱听，顺儿姥娘给那么多人看好了病，还不知道自个儿是咋回事？用得着别人的嘴去断行不行？只有见了顺儿姥娘才知道是啥病儿，行不行，有巢就跟花儿姥娘说：“待会儿收了工，我瞧瞧顺儿姥娘去，姥娘您也一块儿去吗？”花儿姥娘摇头说：“你去我就不去了，他们家棚子太窄卡，我天天儿都去，今儿早起才过去过。”

几天儿没见，顺儿姥娘瘦得嗑了腮，躺在地铺上，见有巢来了，挣扎着要起来。"姥娘别动，要啥我给您拿，您喝水吗？"

"唉，喝不下去，咽东西疼。"

"好嘛常儿的，咋添了这病儿了？"

"唉，老病儿了，这些日子不好，一天儿不如一天儿。都这岁数儿了，早就该走了，老不死的占块地儿，挤小辈儿的，本来就不叫事儿。"顺儿姥娘知天知地知人，如今她说出这话来，看来是真不行了。

有巢心里这么想，嘴上还是开导："姥娘可别这么说，歇儿天就好了。"

"老的小的七口子挤这棚子里，都受罪。顺儿他娘又快养活了，我还是给后人腾地儿吧！"

有巢心里一酸，吸了两下儿鼻子，说："姥娘别着急，这一排新屋盖起来，咱家就搬进去。"

"那敢情好了，这么多人争，有巢，你可得给咱家使劲啊。你瞧瞧，这黑间咋睡啊？一个儿贴着一个儿，都跟虾米似的，谁也不能躺平了。窝屈一宿，起来比干了一天活儿还累。"

顺儿他娘跟仁妮子姐打地里回来了，娘儿几个抢着跟有巢说棚子挤，央求她下回好歹给他们家一间屋。有巢答应下来，听着顺儿他爹跟顺儿在外头说话儿，进不来，赶紧说："我得走了，姥娘好好儿养着！"

地里收了老棒子，蛋蛋一伙子孩子去棒子地里拣秫秸秆，捆成大捆往家背。有巢碰见了，要过蛋蛋的秫秸捆来，心疼地说："就不能少捆几根儿？没那么大的劲儿，非背这么大的秫秸捆，压住了就长不了个儿了。"蛋蛋一蹦老高，"看，谁说我不长个儿来？姐，吃了饭给我编个风葫芦儿吧！"

吃了饭，有巢擘了席篾儿，剥出秫秸瓤儿，掰成短楬柮儿，席篾儿跟楬柮儿插起来，当间一楬柮儿指头肚大的秫秸瓤儿，四根席篾儿跟大圈儿上的楬柮儿接起来，成了一个圆乎乎的小轮儿，再拿根粗鱼刺钉在一根秫秸秆上，风葫芦就成了，一吹，"呼呼"转起来。蛋蛋要过来，蹦着显摆去了。

有巢眼前一亮，又擗开了席篾儿，这回她要做一个大大的风葫芦，席篾儿擗得也粗了。一根根粗席篾儿跟秫秸瓤连起来，成了一个大圆圈。她又插了一个小圈，小圈上串满了秫秸楛柮，再拿一把席篾儿，一根根插在小圈的秫秸楛柮儿上，那一头插在大圈的秫秸楛柮儿上。圈儿做大了，连起来不圆。她打大圈上拆下两截席篾儿来，接起来，又小了。她比了比，把每一根儿席篾儿都掐下一截儿来，重新接了个大圈儿，再往小圈儿上接。来回来去拆了好几回，大圈小了点儿，小圈儿又接大了点儿，到了儿插成了一个大轮子。

大娘在编大席，瞧着有巢手里的东西问："有巢啊，这又做的是啥啊？"

"嗨，瞎做哩。"没做成的东西，有巢不愿意说，吹个啥呀？万一做不成呢？

轮子大了，秫秸秆显得细了，顶不起来。有巢绑了四根儿秫秸秆，上头比着小圈儿削下一圈儿来，卡不进小圈儿里头，就再削一点儿，来回试了几回，到了儿卡住了。手一推，轮子呼呼转起来。

"哇！姐姐给我做了这么大个风葫芦儿！"蛋蛋跑回来了，要过秫秸把儿来拨捻，轮子转开了。有巢眼里闪出异样儿的光，仿佛看见了飞转的豆盘坯子。

"蛋蛋，别把轮子玩儿坏了！姐姐再做一个。"

有巢比着大圈儿和小圈儿又插成了一个轮子，跟蛋蛋要过秫秸把儿来，比着大腿根儿掐住，嘎巴撅了，也削下一圈儿来，切平了，插进才做好了的轮子那小圈儿里头，拨捻拨捻，也哗哗转。蛋蛋说："这个风葫芦儿给我，姐姐你再给那一个装个把儿，我送给顺儿玩。"

"等等，我把这个轮子也装上去。"有巢把秫秸把儿的那一头儿顶进了先前那个轮子小圈儿里，横过来拨捻秫秸把儿，俩轮子一块儿转开了。蛋蛋喜欢得又蹦又喊叫："哈，双葫芦儿，这个好玩儿，好玩儿！他们谁都没见过这个！"

有巢叫一个轮子着地，脚扒拉地上的轮子，上头的轮子也跟着转。"成啦！"她这一叫唤可把人吓了一大跳。大娘问："啥成了？"有巢不好意思了，"嗨，啥也没成。"蛋蛋却嚷嚷开了："成啦！成啦！"有巢搬过来一个机墩儿，坐上去，俩脚轻轻扒拉轮子，俩手虚扶着上头的轮子，轮子蹭得手指头痒痒。蛋蛋撒着欢儿喊："叫我也转转！叫我也转转！"蛋蛋坐上去了，有巢嘱咐他："留神点，别叫席篾儿拉了脚趾头！""嘻嘻，我脚丫子比石头还硬，拉不着。"

蛋蛋转轮子玩儿。舅舅回来了，这些日子，舅舅天天领着人上鲻山砍树，回来得挺晚。神神屋那地界儿的木头堆得快有神神屋那大坡高了。"嘿咿，这玩儿的是啥呀？""双葫芦儿，爹，好玩儿着呐。您也坐这儿转转。"舅舅似乎瞧出点儿门道，说："又是有巢的鬼点子吧？"

"嗯？啥鬼点子？"大娘抬起头来瞧了一眼立着的大轮子，"问她几回了，就是不说做啥哩。嗯，我也瞧着这妮子鬼大了。"

有巢给舅舅盛上饭，舅舅接过来，大口大口起来，一天了，真饿坏了。有巢坐到轮子前头的机墩儿上，俩脚转着地下的轮子，俩手在上头虚拢着，说："嗨，瞎琢磨，还不知道能使不能使呢。我想往这轮子上头搁做坯的泥，泥跟着轮子转，手不住地摆治，最后就摆治成了形儿了。"

大娘放下编了半截儿的席子，也过来瞧，手拨拉上头的轮子，下头的也跟着转，蹭得地吃吃拉拉响，"这底下得垫上点儿东西。"有巢也说："是得垫上点儿啥。"舅舅说："窑上不是还有鱼头带回来的一对豆模嘛，拿一对木头盘子当俩轮子试试兴许能行。"那是拴儿送给有巢的。有巢一拍脑门子，叫了一声："傻啊!"见仨人大眼小眼瞧着她，找补道："我傻，何必做这么大俩轮子呢?下头那个用不了这么大，脚搓着还不得劲儿。"蛋蛋拿过他的小风葫芦儿，说："你是说这个也能带着大风葫芦儿转?"有巢摘下一个大轮子来，换上蛋蛋的小风葫芦儿，拿骨针儿插住小轮子跟大轮子当间儿的秫秸瓤儿，一扒拉小轮儿，挺费劲，可是大轮子跟着转了大半圈儿。大娘眯起眼瞧着转动的轮子，忘了说话儿。

"叫我试试!叫我试试!"蛋蛋抢过轮子来。有巢又去盛上一碗饭，递给舅舅，拿上锯说："我去锯根儿杠子，明儿好支豆盘子。锅里还有饭，您吃完自个儿盛。蛋蛋，你去不去?"蛋蛋拿着大风葫芦儿玩儿，一劲儿吹上头的轮子，带着小轮儿骨碌骨碌转，顾不上搭腔儿，一只手摆了摆。

黑间，有巢梦见脚转着轮子手在上头做坯，轮子转得飞快，一会儿做出一个轮子大的豆盘来，又细又光，比手捏的和模子脱的强多了。蛋蛋的小脚丫儿在她腿上来回搓捻，小嘴呼呼吹气儿，哈，也是转风葫芦儿轮子哩。

有巢琢磨好了，去窑上找出一对儿豆盘模子来当轮子，盘子当间儿镟出个圆槽儿来，木头杆儿削好了，正好儿对进去，俩脚转下头的盘子，上头也跟着转。人们全围过来，问这是干啥的。有巢说："做坯的。"端了盆水来搁旁边儿，抓了块泥练了练，在水里泡了泡，搁到上头盘子上。

有巢俩手压住泥块儿，压得贴到盘子上，粘住了。脚一扒拉，盘子转起来了，泥也跟着转。有巢俩手抱着泥疙瘩，大拇哥在当间儿摁着，摁出一个窟窿眼儿来。窟窿越摁越大，俩手伸进去，往外慢慢儿扒拉，扒拉一个坑儿来，俩手蘸了水，八根指头往外拉，越拉越大。

有巢拉得不快，可是轮子转着，就显得快多了。花儿姥娘在旁边儿瞅着，眼紧盯着，跟不上轮子转。"嘿咿，比我还快呐！贼妮子长翅膀儿了！"她这一嚷嚷，姥娘们都过来瞧，啧啧赞叹，都说是好东西。

有巢皱起眉来，连说："不行不行，上头盘子太小，转不出大豆盘来，还得想法子。"花儿姥娘说："你想好法子去吧，这个归我了。"有不干的了，"哟，花儿姥娘这就霸住啦？就这么一对儿轮子，也得让我们也轮着使使啊。""嗐，先轮着过过瘾，一人过来转几下儿。这对轮子可是我的，谁想要自个儿做去。我瞧了，这东西不难做，你们去盖屋那地界儿，让人家给锯俩骨碌盘子，再锯半根儿锹把儿，装上就能拉坯了。"姥娘们爱逗着玩儿，有那不服气儿的，问："这一对咋就该归你呢？""咋就该归我？它就该归我嘛。要是顺儿姥娘在，我争不过人家，她不在，就属我了。谁叫你娘没早点儿把你养活下来呢？哈哈。"

有巢拿竹篾儿编了个轮子，大是大了，转不利落，老是挂泥。她锯了四片圆木头，劈成方的，对粘起来，成了一大块。干了，刻饬圆了、平了，再拿沙子打磨光了，两遍粗沙子，一遍细沙子，磨出来一个光乎乎儿的大圆盘。圆盘下头的槽儿架在削好的支杆上，下头小轮儿一搓，柔柔儿转起来。

有巢在大轮盘上拉出一个大豆盘来，又光又匀。人们啧啧称赞："这个好，好，太好了！""这哪儿像人的手出来的活儿呀，多匀多细呐！""多拉几个，咱能拿出去换啥了。""换啥啊？""换吃换穿呗，穿虎皮，吃燕窝，哈哈。"

有巢找了块石头片儿，想往豆盘里刻上些花纹儿。上回刻的一排巢，人家没瞧出来是啥，这回她要刻个一眼就能瞧得出来的，抬头看见正午的日头，突然想，干吗不把这豆盘刻成个转动的日头？这个盘子就用来祭日头神神。这么想着，她就在盘子边儿上刻了一圈儿打着弯儿的火，那盘子竟在手里慢慢儿转起来。她待见转动的豆盘，爽性把后来拉的盘子也都刻上了转动的火。

有巢要装窝头窑，花儿姥娘说："窝头窑火力弱，这么厚的坯难烧透了，还是混在一块儿装大窑吧。"有巢想想也是，"就照姥娘说的，火候大些。"花儿姥娘按照老制子，叫盘子、碗放前头，锅、盆儿放后头，有巢做的豆盘放最后头。有巢不解，问："姥娘，您这火路前紧后松，豆盘那么厚，能烧透吗？"姥娘叫她问住了，"嗨，我只想着老制子说大器在后，小器在前，就把豆盘放后头了，这么说，别的东西烧好了，这豆盘也不一定能烧成了，要是豆盘烧成了，别的就烧崩了。"舅舅手里倒过一回窑，火大了，一窑的锅碗盘盆儿全咧了嘴。

有巢两头儿忙活，满了窑，赶紧去盖屋。鳃子走了，三青子回不来，剩下的虽然都是好手艺，可是没个能拢起来的人。要上顶了，这是大事，少不了有巢。男人们在上头，全听她大声吆喝，这边儿错错，那边儿挪挪……

顺儿姥娘一天儿不如一天儿，有巢回回儿见了都说："姥娘再挺挺，新屋就盖好了，我把您背进去。您一定得住上新屋，住上新屋，您这病儿就好了。"

新屋盖起来了，大娘说："按上回的例分，五间里有两间分给两家儿人口最多棚子没法儿住的，星儿家跟疙瘩家，剩下三家盖屋的人抓石头。"有巢跟大娘商量，换上顺儿家，"顺儿娘快养活了，七八口子，黑间贴着睡，实在不叫个事儿。"大娘说："那两家儿都比他家人口儿多，等下回吧，再起来一排，准有他家的。""姨，顺儿姥娘眼瞅着不行了。我应许过她，叫她活着住进新屋去，您瞧这……""要是这样儿，喷，盖屋的人该不干了，三间给了外人，你们自个儿才分两间，说不过去。这么着吧，埋俩石头子儿，咱这回不抓，人们就说不出啥来了。"

蛋蛋不干了："上回说得好好儿的，这回咱家搬进去，嘿，这回倒好，不但没咱的，连石头都不叫抓，不行！"

"蛋蛋，听姐姐说啊，顺儿姥娘活不了几天了，这回住不进去，这辈子就住不进去了。你还小哩，再等几天，盖起更好的来了，咱再住进去。"

"上回你说了不算，这回你说了算吗？"

"算，这回保准算。"

"上回你还说来着，我要啥样儿的，就盖啥样儿的，这话还算吗？"

"算，算。蛋蛋想要个啥样儿的屋啊？"

"我要前头后头都有窟窿的屋。"

有巢没想到这孩子这么捣蛋，就问他："蛋蛋，要那么多窟窿干嘛呀？"

"豁亮呀。还要大大的窟窿，越大越亮。"

有巢眼一亮，睁得老大。对呀，窟窿多了，大了，又豁亮又省料，两面儿都有窟窿，还透气呐。"行，蛋蛋说的这屋好，咱就盖这样儿的。可是蛋蛋，你咋早不说呢？"

"早没想到哇。就是这回给我新屋，我也不要了，窟窿又小又少，憋闷！"

有巢把顺儿姥娘背进新屋。姥娘一痛快，竟然喝了半碗米汤。打这往后，姥娘一天儿天儿好了起来，那病，原来是憋屈出来的。大娘对有巢说："这盖屋可是大事儿哩，你瞧瞧，关乎着人命呐。""可不是嘛，要是还在老窝棚里，顺儿姥娘就活不到今儿了。""就是，姥娘跟我说了，眼瞅着闺女要养活了，就巴不得早点儿给后人腾地儿，啥也吃不进去了。""哎，闹了归齐是憋闷病的。有巢啊，你啥也甭张罗了，一心一意盖屋吧！"

顺儿娘养活了，是个小子。那孩子一下生儿就咧着嘴笑，一家子喜欢得不行。大娘看了，说是个吉娃娃，一家子就把"吉娃娃"当成了孩子的名儿叫。慢慢儿瞧出吉娃娃怪来了，孩子的嘴老是咧着笑，没有闭上的时候，哭的时候嘴角儿也往上翘翘着，哭跟笑一样儿咯咯儿地，不像别的孩子"啊哈啊哈"地哭。开头儿，一家人都以为他是在笑，还是当娘的心细，发现他饿了要奶吃也是翘翘着嘴咯咯儿的，半夜里又抓又踢咯咯儿笑，笑得瘆人。他娘跟他姥娘商量："这孩子不会哭，受罪咱也不知道，叫他活得不好受，不如趁早儿掐死算了。"姥娘也觉着不对劲儿，这吉娃娃怕是个凶娃娃，可是又狠不下这心来，就抱着孩子来找大娘。

大娘接过吉娃娃来抱住，那孩子"咯咯儿"笑个没完。大娘得意地说："这是个吉娃娃，见我就笑，娃哎，咱俩有缘儿啊。"吉娃娃笑得更厉害了，嘴巴成了大月牙儿。他姥娘接过来，孩子才不笑了。姥娘说："这孩子不是笑，是哭哩。一难受就'咯咯儿'没完，不知道的，当他是笑，其实是闹脾气哭哩。"大娘半信半疑："有这事儿？怪了。""我啥病儿都见过，就是没见过这样儿的。皆为这才抱着叫大娘给瞧瞧，他娘不想要他了，我可舍不得。"大娘细端详，也瞧出毛病儿来了，吉娃娃的嘴根本闭不上，下巴颏让哈拉子都给腌红了。

"这孩子像是进错了门儿，这吉相儿本该伺候神神的。你家要是舍得，就叫山上大娘下来瞧瞧，她瞧上了抱回去祭神神最好了。他们到这咱还没盖神神屋，等祭童儿呢。"

顺儿姥娘说："神神叫他来，兴许是叫他养活在新屋里，赶明儿再召他去伺候神神。要是人家鲻山能瞧上，也算给孩子找了好下家。要不一天到晚受罪，他活不好，他娘他爹瞧着心疼，一家子都不好受。"

鲻山大娘得了上去砍树的人捎的信儿，一人风急火急赶下来，还带着腌肉、大红枣儿当礼。她来过一回，认得道儿，打软江过来，老远瞧见神神屋，就奔过来了。盖屋的人竟没瞧见她，她也不打招呼儿，蔫儿不唧上了梯子。

顺儿家里就他姥娘跟他娘带着吉娃娃，俩大人先是怕人家瞧不上，一劲儿给孩子说好话，光会笑不会哭啊，心疼大人啊。真要把孩子抱走了，他娘又舍不得了，搂着孩子脸贴着脸，泪儿就止不住。还是姥娘禁得住事儿，抱过孩子来，贴在胸口上，觉着那颗小心怦怦跳，走下梯子，才交给鲻山大娘。孩子咯咯儿笑起来，姥娘打了个激灵。

干活儿的人都朝新屋这边儿看，有巢跑过来，"大娘啥时候来的？走，家歇着去！"顺儿姥娘说："鲻山大娘家里还有事儿，叫人家快走吧！"有巢纳闷儿，大娘咋抱着个娃娃，刚要问，顺儿姥娘催开了："快走吧，省得他娘又变卦！"

大娘朝有巢点点头说："这回顾不得了，我得赶紧回去，天黑赶到。"向顺儿姥娘道了谢，抱上孩子走了。她身后留下一串儿咯咯儿的笑声。姥娘呆呆望着人越走越远了。

"这就是你家吉娃娃？"

有巢的话把顺儿姥娘从天边儿拉回来，她"嗯"了一声。

"咋叫鲻山大娘抱走了？"

顺儿姥娘怕人们一下子议论起来，惊了神神，就按下来："他娘顾不过来，鲻山缺孩儿，大娘下来瞧见这孩子吉像，抱回去给哪家儿人家。有巢啊，先别跟人们说，啊。"

有巢点点头，心里纳闷儿，这事儿自个儿咋一点儿都不知道呢？鲻山谁家缺娃娃，还得大娘颠儿颠儿跑下来抱？顺儿姥娘认不得鲻山大娘，顺儿爹也没去上头，咋说好了的呢？

顺儿姥娘不想多说，扭过脸儿抹了一把眼，回家去了。上梯子的时候正赶上顺儿他娘往下走，姥娘急得拦住她，说："咋跑出来了？快回快回！大月子里的，留神招了风，坐下一辈子毛病！"顺儿他娘说："没了孩儿，我也不坐这月子了，去地里瞧瞧。"姥娘还是不让："要说干该活儿了，我是该窑上去瞧瞧去，你好歹再躺三五天，收收口子。"

第十四回

泡酸菜肉舌煽炉火
掘清泉石镐捣甘汁

顺儿姥娘回到窑上，大伙儿吓一跳，她也吓一跳。人们惊的是她的病居然好了，死了半截儿的人又回来了。顺儿姥娘惊的是，一块儿捏了十几年坯的老姐们儿一个个儿全都会使轮子拉坯了，她还得从头儿学。人家问她，她问人家，谁的话都不少，窑上一下子热闹起来。

顺儿姥娘没有轮子，花儿姥娘找出有巢拉豆坯的大轮子来，教她使唤。顺儿姥娘惊得叫起来："呀呀，这么大个儿！哪儿弄来这么粗的木头哇？""哪儿有这么粗的木头哇，那是黏起来的，人妮子刻饬这轮子可是费了大劲了。留神，别给使坏了！""嘿嘿，还真不会使唤这家什，我手脚笨，你可别性急！""行，你先转转空轮子吧！坐好了，俩脚搓，轮子就转起来了。"顺儿姥娘坐下，脚搓那轮子，小孩儿似的好玩儿。

顺儿姥娘在窑上开心，喜气带回家里，顺儿他娘也躺不住了，地里收庄稼正忙，自个儿闲躺着，少分一份儿粮，何必呢？顺儿姥娘说："他爹跟仨孩子挣的，再添上我这一份儿，够嚼活了。你就再躺两天，就两天。"

顺儿娘怕娘着急，嗯嗯答应。吃了前晌饭，一家子都走了，她才出来。有巢见了，打招呼儿："大姨出来活动活动？""嗯，去地里转转。""大姨行吗？""嘿咿，没病儿没拖累，有啥不行啊？""您慢着点儿啊。""哎，没事儿。"

顺儿娘做梦也不会想到，地里打起来了，她的仨妮子跟人打起来了。她到了那阵儿，刚熄了火儿，还闻得见烟气。有人招呼她，有人眼里一惊，埋下头去。大闺女跑过来要搀扶她，"您来干嘛呀？"她俩妹子也过来了。大娘在远处儿，朝这边儿走过来，脸上挺不是色儿。她觉摸着出啥事儿了，问闺女们："咋？挨说了？你们咋这不给我做脸呢？"

大娘过来了，拉住她手说："回去吧，回去歇着去！""这儿咋啦？她们仨跟您捣乱来着？""您这可是说哪儿去了！她们仨都是好妮子，不是她们的事儿。"

确实不是她们的事儿。

那几个妮子到一块儿又嘀咕开了，这回挑头儿的是平时不多言语的草妮儿："嗨，邪性啦，鲻山大娘又下来了，妖精又给山上弄了一个人。"

"这回谁呀？"

"这回的啊，嗨，你用不着冒酸水儿，是个孩子。"

"啊？弄起孩子来啦？谁家孩子啊？"

"她们家的。"草妮儿朝顺儿的仨姐姐努努嘴儿。

"她们家顺儿啊？那么个傻不唧唧的小屌，也有人要？"

"不是，是她们家小鸡鸡。"

"啊？没满月的娃娃有嘛用啊？"

"这你就不知道了，这是给她山上捣腾种儿呐，也省得女人受罪，多合适啊！"

几个妮子一眼一眼朝这边儿瞧，捂着嘴吃吃浪笑。这边儿老三受不了了："干嘛呀你们？笑，笑啥笑！"

"嘿嘿，三妮儿你这是干嘛呀？我们说笑话儿，你急个啥？"

"你们说我兄弟，我就得管！"

大妮儿、二妮儿也掺和进来了，"说我们家人干吗？"

"你们家人不许说哇？你娘本事大啊，吃滩里的饭，给人錙山养活孩子……"说这话的妮子叫风儿，是个有名儿的烂舌头。

仨妮子哪里听得下别人骂她们的娘？跳过来，揪住说那话的妮子就揍。那几个妮子假装儿拉架，趁势又拧又掐。七八个妮子打成一团，谁劝也不听，连大娘吆喝都不听了。"你们几个，上手，把她们拉扯开！"大娘一声喊叫，上来好几个男的女的，把掐架的分开了。

"大白天打架，叫啥事儿！你们都说说，谁起得头儿？"大娘怒了，细长的眼扫着顺儿的仨姐姐。

"她们嚼咕我们家，骂我俩兄弟，骂我娘吃滩里的饭，给錙山养活孩子。"

大娘脸气白了："这话谁说的？"

那几个妮子都怕了，眼瞅着风儿，风儿低下头来。

"你给我过来！"

风儿朝前挪了两步儿，不敢抬头看大娘。

大娘一巴掌扇过去，啪！风儿脸蛋子落下五个红红的手指头印儿，火燎似的疼。"我就说了一句，又不是我起的头儿。"

"谁起的头儿？说！"

这些妮子各有各的心思，谁顾谁呀，全都往草妮儿身上推。

"嘿，这可叫人没想到哇，蔫不出溜儿坏呀你，打今儿起，你个烂嘴不用来地里了，往稻地里提溜茅粪，倒匀了！"

草妮儿绷着嘴唇儿，牙咬得脖子一鼓一鼓的。

"你们几个到一块堆儿就嚼咕人，打今儿起，风儿跟上翠儿姨干活儿去；你，去菱角姐那块儿；你，跟四姥娘打下手去；你去三姨那儿。走，都走吧！这会儿就散了，省得又瞎嚼咕！草妮儿，你咋还不提溜粪去？"

草妮儿耷拉着脑袋，快快儿地走了。

顺儿娘来得真不是时候，大娘说："你要是挨家待不住，就跟着有巢干，刻饬梢钉、编苫子，有的是活儿。累了，就回家歇会儿。"仁闺女劝她："娘，回吧，甭跟这儿生闲气！"顺儿她娘听着别扭，问："娘这么些天没来了，来干点儿活儿，生的哪门子气？"她走了，低头瞧着地，仿佛别人都拿白眼儿瞧她。大娘叫三妮儿："送你娘回去，见了有巢跟她说一声儿，照顾你娘点儿，能干就干，干不了就别干。"

道儿上，顺儿娘问三妮儿："你们仁谁惹祸啦？"

"谁也没，是她们嚼咕咱来着，我听着生气，戗戗了两句就打起来了。"

"你呀你，老在外头惹是生非，叫人家瞧不起咱。"

"娘，今儿我可没错儿，大姐二姐帮我跟她们干来着。"

"越说越不像话了，一家子出来打架来了。你们就现咱家的眼吧！"

"娘听我说，我们仁真的没错儿，大娘没说我们不是，说了她们几个，不叫她们挨一块堆儿了，全给分开了，还罚起事儿的草妮担茅粪。"

"咋回事儿？草妮儿起的啥事？"

"嗨，还不是吉娃娃那事儿，后来她们越说越难听，我实在听不下去她们嚼咕咱家，就说她们来着，风儿就骂开了，这就打起来了。"

"她骂啥来着？"

"嗨，甭说那个啦，省得您生气。反正大娘给咱出了气了，又让您跟着有巢姐姐干活儿，多疼您啊！"

有巢听三妮儿一说，也气得要命，叫她吃惊的是，吉娃娃送上去是为了祭神神，想起小妮子来，心揪得疼，"唉，都是为了盖屋，都是我造的孽。"顺儿娘说："有巢啊，可别这么说，你造屋是造福哩，咋能说是造孽呢？我娘要是还囚在窝棚里，能活到今儿个吗？再说啦，我们吉娃娃确实走错了门儿，本该伺候神神，还给神神是他的正果儿。"

三妮儿临走跟有巢说："姐姐还要人吗？要人叫我也过来吧！"她娘白了她一眼，"别蹬鼻子上脸啦！要人也轮不上你，娘儿俩守着家门口儿，怕没闲话是吧？"有巢却说："要人，要人，我姨说了，收了地里的，都过来帮忙儿。"三妮儿自是喜欢，"好哇，我过来就不回去了。"她娘又呲打："别老要这要那的，人家叫干啥就干啥。快回去吧！"

大娘觉着今儿的事怪，好嘛常儿地咋就说起这个来了？她把那几个妮子一个个儿叫过来问，谁都往别人身上推，她们越咬扯，大娘心里越明白，闹了半天根儿在有巢身上！可这妮子偏偏缺心眼儿，腌了几坛子酸菜，自个儿连点儿味儿都没闻见。她也老大不小的了，该有点儿防人的心了。

有巢后晌回来赶紧做饭，煮了一大锅蛋蛋挖的马蹄儿。今儿没捞着小鱼儿，也没轮上分大鱼，菜就是才腌了三天的小萝卜儿，嘎崩脆。蛋蛋只顾吃马蹄儿，大娘劝他："吃点儿咸菜，小孩子家正长骨头，缺了咸的骨头长不好。"蛋蛋咬了一口咸萝卜，"今儿光顾着摸马蹄儿了，明儿我给咱捞小鱼儿，比这腌萝卜好吃多了。嘿咻，顺儿他们家今儿也没鱼吃，一大家子嚼咸萝卜呐，哈哈。"

有巢想起吉娃娃来，就问大娘："顺儿他兄弟上山是祭神神去了？"蛋蛋一听就骂开了："祭啥神神？狗屁神神，专吃小孩儿，连娃娃都吃，狗屁神神……"大娘捂住他的嘴，"孽瘴，找死啊你？"他爹怕他挨打，拽上他走了。

"嗨，还没顾上跟你说呐，今儿地里几个妮子瞎嚼咕，顺儿他娘吃了你的瓜落儿，我叫她回了，她实在闲不住，就跟你那儿干点儿轻活儿，削个梢钉儿伍的。"

"嗨，我造孽啊，又送了一条小命儿，孩儿才活了几天啊！还没见过天儿呢！"

"浑话！啥叫造孽？那是造福！别人糟践你，还嫌不够？自个儿也糟践起自个儿来了。没见过你这样儿又傻又糊涂的。"

有巢怕大娘想起小妮子来，赶紧笑着说："我一个山里来的，本来就是个土人儿，还能糟践到哪儿去？谁说了句耍话，姨就当真了。您可真是的！"

"耍话？没心没肺的妮子啊，你也该长个心眼儿了，那些个脏嘴贱舌头都快把你嚼咕烂了，你还帮人家说话！耍话？耍话能活活儿把你埋了！哼！"

"嗨，嘴长在人家身上，人家要说，叫她说吧，说又不疼。我除了盖屋，别的全不管，谁爱说啥说啥去。反正我啥也不知道，耳不闻，心不烦。"

"唉，我也不说了，你老大不小的了，瞅着对心思的，等咱搬了新屋，就招过来吧。"

有巢脸腾地红了，"姨姨这东一杆子西一棍子的，说的都是些个啥啊？准是叫那帮妮子气坏了。眼下屋子都盖不过来，招得哪门子人啊？"

大娘心疼有巢，这妮子，一心就顾着盖屋了，可恨那些个脏嘴烂舌头，专拣这样儿的嚼咕。她不上心也好，耳根子清静，少添烦恼。

其实，待见有巢的小子多了去了，不过，除了鱼鳃，谁也没说出来，鱼鳃一去不回来，人人心上去了一块病。男人不像女人爱猜心思乱嘀咕，在有巢跟前试探句话，人家不接就算了。谁都知道自个儿跟有巢差得远，没人敢在她跟前说轻薄话，背后也只有敬着向着的份儿。在男人们的保护下，有巢想也想不到谁嚼咕她个啥。

顺儿娘过来了，有巢添了个说话儿的人。有心的打起了顺儿娘的主意，央告她跟有巢说说。顺儿娘本来就是个热肠子，加上大娘也跟她提过这事儿，为了有巢，她自然乐意做这个人情，"有巢，乐乐这人我瞧着不错，干活儿吃得了苦，心又细。""嗯，乐乐人是挺好的，大伙儿都待见他。"有门儿，顺儿他娘告诉乐乐："行，人家挺待见你。""她都说啥来着？""说你人挺好的。""她还说啥来着？""还说大伙儿都挺待见你。""还说啥来着？""别的就没有了。"乐乐等了几天，啥事儿没有，小子知趣，死了这条心了。

人家凉了，有巢却找上来了，"哎，乐乐，跟你说个事儿。"乐乐喜欢得心怦怦跳，有巢却不说了。憋了一会儿，还是乐乐张了嘴："啥事儿啊？你倒是说呀！"

"嗯，乐乐，你瞧这人咋样儿？"

"挺好的啊，你问这干吗？"

"不干吗就不兴问了？"

"大妮儿叫你问的？"

"嗯。"

"她自个儿不会问啊？"

有巢找着大妮儿，还问那话："哎，大妮儿姐，你说乐乐这人咋样儿？"

"挺好的，你问这干吗？"

"不干吗就不许问了？"

"哈，准是瞧上乐乐了！我给你说说去。"

"谁给谁说啊？人家乐乐瞧上你了，我才来跟你说的。"

"他自个儿不会说来？"

"人家乐乐张不开嘴嘛，跟我说你挺好的，这就是待见你，是不是？姐姐你就大方点儿，跟乐乐说说话儿。就这么着了，明儿吃了后晌饭来神神屋前头，不见不散！"

大妮儿跟乐乐好上了。她娘知道了，骂她抢人家有巢嘴里的肉。大妮儿这个乐啊，"没她有巢，这事儿还成不了呢，都是她两头儿串才成了的。"

顺儿他娘又帮着说了几回，回回儿都一样。过不了几天，有巢准给说的那人找下下脚，没多少日子，盖屋的没成家的小子全都有了相好儿。有巢挺得意，跟顺儿娘说："大姨，咱干这好事儿越来越在行了，说一个成一对儿。往后就这么着了，您管找小子，我管配妮子。"顺儿娘气不成，笑不成，"等滩里小子都配完了，把你配给神神！""哈，那我不成娘娘啦？哈哈哈哈……""还笑呢，娘娘也是个傻娘娘！"这妮子心咋这冷呢？咋就不通这根筋呢？

地里忙活得差不多了，大娘跟有巢商量领着人过去盖屋。舅舅说："盖屋的人多了，要的木头也多了。先给我添四十个身强力壮的。"跟这女人多少年共事，舅舅知道，要一个，得说俩，她准少给一半儿，要是实打实说要一个，准要不来。所以，本来二十个就够了，他非得要出四十个来。女人果然说："去一大帮人上去不好看，人家还当是咱要把鲻山砍秃了呐。先添二十个人吧，实在不够了，再给你添。"

有巢说："我这儿有多少要多少，男的女的全要。"

大娘问她："那么多人你咋安排呀？别都去扎堆儿，干不出活儿来。"

"活儿有的是，只怕人手不够。我那儿的人，个个儿都能带一帮人盖屋，剩下的清场子，挖土，刨桩基，一个儿也闲不下。"

"还有女人呢，割苇子、编苫顶，使不了那么多。"

"使得了，只怕不够使的。光刻饬榫头、卯口、梢钉的活儿就海了去了。还有门跟窗窟窿框子上的活儿，只怕人手差得远呢。"

"嘤嘤，听听这口气，狮子大张嘴啊。就这么些人，全给了你，还不够，你干脆上鲻山借去得了。"

"姨说的！借了拿啥还啊？还是那句话，有多少我都要了。大伙儿紧着干，干到明年种地的时候，盖起一大片屋来。"

"行，等河上了冻，叫船上的也过来。一族老少紧着忙活一阵子，能盖多少盖多少。"

"姨真疼我。"

"有巢啊，挖出土来，先把那个大坑填了吧，省得谁一眼瞧不见摔着崴了脚。"

"行，明儿就填了。"

有巢记着这事儿，第二天早早儿起来，焖上一锅饭，就跑过去看那坑，估摸得填多少土。下到坑当间儿，看见个湿印儿。咦，哪儿来的水啊？黑间没下雨啊。她圪蹴下，闻不见臊味儿，不是野猪尿的。扒开那个湿印儿，洇上水来。有意思，她接着往下抠，抠出一汪儿水来，也就够一口的。她抠啊抠，水没了指头，成了个小小的水洼儿，有一捧水了，她趴下，舌头尖儿舔了两下儿，甜丝丝儿的。手往下插，底下是湿泥。她上来找了把锹，又下去吭哧吭哧挖起来，越挖坑越大，越挖水越深，挖到没了膝，两条腿泡在清清的水里。转不开身子了，她就把水坑儿往大里挖，挖成了个圆圈儿，圈儿里全是水。

"姐——姐——！"远处儿传来蛋蛋的喊声。"哎，蛋蛋，我在这儿呐。"有巢使大劲喊。蛋蛋跑过来，"我就知道你挨这儿呐。不吃饭啦？"

顺儿跑了出来，站在台子上喊。"蛋蛋，你咋跑这儿来了？今儿咱去姚江。"

"知道，我过来叫我姐回去吃饭。"

顺儿他娘也出来了，"有巢还没吃饭呐？来，上来一块儿吃！"

有巢说："大姨，你们吃吧，谁吃完了，下来站着，我好上去。"

"哟，下头咋啦？"

"挖出水来了，挺深的，下头站个人，省得孩子们跑下来摔着了。"

"你们仨，谁吃完了先出来！"

三妮儿出来了，嘴里嚼着，朝有巢招招手儿，下来了。顺儿也跟了下来，碰见蛋蛋，说："咱下去瞧瞧，你姐说挖出水来了。"有巢赶紧喊："三妮儿，看着他俩，别叫他们下来！"大妮儿、二妮儿也出来了，跑下来，叫有巢上去吃饭。三妮儿在上头拦着俩孩子，不叫下来。

两排屋里的人全出来了。有巢跟俩妮子交代了，爬上来，让大人管住各家孩子，别往下跑。顺儿他娘拽上她，"走，上去吃去，今儿做得多。"有巢叫蛋蛋回去跟大娘说一声儿，她在大姨家吃了。

等有巢吃了出来，下头堆了高高一圈儿湿土，湿土上头是湿沙子。站在水里的人快泡到大腿根儿了，还往下挖呐。有巢朝两排屋喊。"屋里还有人吗？提溜上瓦罐儿下去舀水啊！"有的提溜着罐子下来了，有的上去拿罐子，一会儿就把坑里的水舀干了，露出细沙子来。来晚了的，提溜着空罐子又回去了。

有巢下来一看，"咦，还有水呢，咋不舀了？"蛤蟆提溜着空罐子刚到家，又跑下来了，"咦，怪了，刚才见底儿了，这么会儿又冒上水来了！"这一喊叫，人们都跑下来看，可不是嘛。蛤蟆把罐儿沉下去，清水咕嘟咕嘟往里灌，灌满了一罐儿。有巢瞧着水下去了，又一点儿一点儿上来，神啦！她突然大喊："神神给咱送水来啦！""咕咚"朝着泪泪的水坑儿跪下就拜，耳朵里听见小妮子说："就吃这水，不要吃江水了！"她突然怕了，黑间没人打水，这水一劲儿往上冒，不会漫上来漫了地淹了屋？

大娘领着地里的人过来了，有扛石锹的，有扛石镐的。"有巢啊，人都来了，等着你派活儿啦!"

"姨，可有了活儿了!"有巢拉着大娘下去瞧那水坑儿，告诉她小妮子说的不叫吃江水了。大娘说："这么一坑儿水，舀干了还吃啥?"有巢说："这水，舀干了，一会儿又上来了。""太好了，有了活水了，听咱小妮子神神的，不用吃江水了。""姨，就怕这水不停地冒，淹上来就麻烦了。"大娘一听，皱起眉来，想了半天才说："咱得镇住这水，先叫人们挖土往这儿运，填平了大坑，把水坑儿箍起来，箍成个深筒子，上头加个实盖子，把水压住，舀水的时候再挪开盖子。反正盖屋也得挖地，今儿就全挖地，挖出来的土全倒大坑里。"

"行，就照姨说的，今儿个全都挖土。我再挖挖，瞧瞧这水是打哪儿来的。"

"你就甭管这了，叫俩男人下来挖。哎，上头的，下来俩人，挖水坑儿来!"

呼啦啦跑下来好几个人，大娘直喊："够了够了，俩就够了!"还是下来七八个。"下来这么多人，站都站不开，土小儿跟蛤蟆留下，别人全都上去挖土去。"顺儿爹问："就这儿挖，挖出来的土运上去，不一样儿能使嘛?"大娘说："他舅，不使这儿的土，得挖上头的土填这个大坑。"顺儿他爹才知道想岔里去了，"瞧我有多糊涂! 得，咱都甭挨这儿裹乱了，上去啦。"

有巢突然说："等等! 姨，咱再挖俩坑儿。"

"还挖坑儿干嘛呀?"

"瞧瞧深处儿有水没有，往后都搬过来，一坑水不够吃。"

"那就挖挖试试吧。别凑一块儿，分两拨儿，远点儿往两边儿挖去。累了，叫上头的下来换你们。有巢，咱上去吧，你跟三哥商量商量，给划拉划拉，上头都挖哪儿。还有，女人家干啥，你也给说说。"

有巢上来，三青子也来了，俩人商量好了，三青子管男人，有巢管女人。三青子手一挥，粗大嗓门儿嚷道："这一大片全都得清理了，先把草拔了，树根儿刨了，全都运走。等地上干净了，再把地挖平了。男人家，今儿就先干这吧。"男人们扛着家伙散开了，各人找块地儿干起来。

轮着女人们了，有巢先叫出十个妮子来，"你们去割苇子，割回来全堆神神屋东边儿，明儿编苇帘子。往后这活儿就包给你们几个了。"等这拨儿走了，她又叫出十个妮子来："你们去割白茅，割回来堆神神屋西边儿，明儿编草苫子。这活儿也包给你们几个了。"妮子们走了，有巢把人们招呼到大木头堆旁边儿，大堆旁边儿有个小堆儿，都是下脚料。有巢捡起一小块儿方木头，"这个，削了当梢钉，岁数儿大了的姥娘们就拣碎头儿削梢钉吧。"说完，把那块小木头一劈两半儿，又破成两半儿，一头儿削尖了，举起来，"瞧，削成这样儿就成了。"

"剩下的，今儿个全都锯木头，扒了皮，锯成方木。明儿我再说加工的活儿，有桩子、柱子、梁、檩，全都得凿卯口削榫头，还得破板材，刻饬企口，这些个过两天再说给你们。现在都去砍竹子做锯吧！我再问个事儿，都谁会割漆啊？"

顺儿他娘说："割漆都会，属苦姥娘割得多，割得干净。"

苦姥娘说："他水姨割得也不错，手比我还快呐。蒜姥娘、树娃子娘也是好手儿。"树娃子娘叫清妮子。

"行，苦姥娘、蒜姥娘、水姨、清姐，你们几个就管割漆吧，漆罐儿都搁神神屋里头，留着漆桩子使。"

蛤蟆跟土小儿在下头喊叫："水太深了，提溜上罐子舀来吧！"有巢跑下来一瞧，嗄，俩人就露着腰往上的肉了。有巢问："底下有啥呀？"蛤蟆说："水呗。还挖吗？要是还挖，就叫人先把水舀舀吧，泡着没法儿干了，挖一锹，铲上来全成泥汤子了。"有巢一看，这么着是没法儿干了，就叫他们俩先上来歇会儿。土小儿把蛤蟆托上来，蛤蟆上来了，趴坑边儿上，把胳膊伸给土小儿。"不用，我掏俩槽儿，往后好蹬着上去。"土小儿说着，拿镐贴住坑边儿掏槽儿，一上一下掏了俩槽儿，把镐挨着锹贴边儿靠住，扒着上头的，蹬着下头的，一蹿上来了。两把家伙没在水里，刚刚露出俩把儿来。

俩人闲不住，又跑别处去了，"换换，换换！"把别人吆喝开，他们要过人家的锹镐干上了。顺儿他爹问："你们没带家伙啊？"蛤蟆说："带了，水里泡着呐。有劲儿没处儿使，帮您这儿挖会儿，把身上吹干了，还回那儿干去。"这俩到底年轻，一会儿挖下一大截子。

有巢在那边儿看水往上冒多少，盯了半天，俩锹把儿还露在外头，就没叫人舀水。她估摸着下头的水一时也冒不上来，就过来看别的坑。东边儿一个地势太高，瞧这样儿且得挖一阵子呢，她就过西边儿来看。顺儿爹圪蹴着扒拉挖出来的土，抓了一把，使劲儿一攥，小拇哥儿下头滴答出水儿来。有巢喊底下挖的："停下！"蛤蟆说："再挖会儿。""叫你们停下，你们就上来！"底下俩人上来了，有巢俩手扒着坑边儿跳下去，圪蹴下摁摁，潮潮的，抠出一疙瘩来，湿漉漉的，嗨，有门儿！她吭哧吭哧刨了几下子，拿锹撂上去，脚底下觉着湿了。她又刨下去一层，把土一锹一锹撂上去。顺儿爹朝下头喊："湿乎乎儿的啦！"喜气吹到底下，变成了一汪儿黄水儿。有巢掬起来，喝了一口，嘴里全是泥。她咂吧咂吧，"噗"一口吐了，扬起脑袋大喊："出水啦！出水啦！挖出水来啦！"上头的人又惊又喜，顺儿爹咧着大嘴笑着伸过手来，"上来吧，我给咱挖。"有巢一上来，蛤蟆跟土小儿就蹦下去了。

顺儿他爹冲底下嚷嚷："你们那坑晾着，跑我们这儿抢来。你们挖吧，走，咱过那边儿挖去。"土小儿俩在下头笑，蛤蟆说："那坑里水都过了腰了，还往上冒呢，舀干了才能往下挖。你们过去也白搭。嘿嘿，不如挨这儿等着跟我们俩换手。"

有巢想起有水的那个坑来，赶紧奔过去瞧水冒多高了。嘿咿，这半天还那样儿，露着俩家伙把儿。她眯起一只眼，朝西边儿坑瞄过去，肚里算着刚才挖的底儿，眼光又回来了，仿佛在俩坑当间儿绑了一根绳儿，把那一边儿的水底跟这一边儿的水面扯平了。眯着的眼突然睁大了，射出异样的光，又眯起来，扯上一根儿看不见的绳儿，拉到东边儿坑那儿，眼睫毛儿夹住"绳儿"往下压，一直压到当间儿坑的水面儿上。她拽着看不见的绳儿往东跑，到了坑边儿，眯起眼把"绳儿"放回去，碰到水面儿又拉过来。挖坑的仁人问她，西边儿挖出水来没。她说才挖出来。仁人要过西边去，说这儿挖不出水来，都这么深了，连点儿水味儿都闻不见。有巢说："这儿地界儿比那边儿高，还得挖一阵子才知道有没有。咱打这儿刨进一圈儿去，算个记号儿，往下挖，挖到这个制子跟腰齐了，要是还不见水，就填了它。"挖坑的说："好嘞，你这么有准儿，咱就往下挖。"

有巢又跑回去瞧当间儿那个坑，坑里的水还是那么高，露着锹把儿、镐把儿。她俩手在嘴上搓个筒儿，朝东边儿喊："蛤蟆，土小儿，过这边儿来！"等那俩人跑过来了。有巢指给他们看："瞧，这坑里的水半天一点儿没动，瞧着不至于往上冒了。"蛤蟆翻翻着眼说："怪了嘿，不是有人舀了，又冒上来了吧？"有巢说："我没叫人舀水，也没见人过来舀水。你们谁舀了？谁见了？"俩人一劲儿摇头。有巢说："这儿先不挖了，你们俩拿上家伙，去东头儿帮着挖去。"俩人拿上锹和镐，土小儿说："要不，叫人把水舀下去一截子，瞧还冒不冒了。"有巢也是这么想的，就叫他们俩贴着水面刨进一圈儿做出记号儿，自个儿去喊住这儿的人家都拿罐儿舀水来。

大娘不放心，问是不是水冒得压不住了。有巢说："不像压不住的样儿，好像涨到一个地方儿就不涨了，我刻了制子，水到那儿就不往上走了。"大娘喜得说："要是这样儿，那可省大事儿了。""姨，西边儿坑里也挖出水来了。"大娘连说了几个"想不到",又问东边儿挖出水来没有。有巢说:"还得挖一阵子,东边儿地界儿高,得挖深点儿才知道有没有。"大娘说:"甭管东边儿有没有,这几家儿吃水先不用往河边儿跑了。有巢啊,我还得嘱咐一句:有水的坑,甭管冒不冒,都拾掇整齐了,加上盖子,别叫孩子掉进去。""嗯,这两天这儿乱哄哄的,先跟大人们说一声儿,管住各家儿的孩子们,别往下头跑。等把大坑填了,就加坑盖儿。""行,你记着这事儿。"

这儿住进来了十家儿,家家舀得锅碗瓢盆罐儿全满了,坑底下还剩点儿水。有巢叫人们该干吗干吗去,自个儿站坑边儿,盯着水一点儿一点儿往上走。

"出水啦!出水啦!有巢,快过来瞧啊!"土小儿朝她喊。有巢拔腿儿就往东跑,心里叽里咕咚乱扑腾。

东边儿的坑挖得深,蛤蟆站在水洼儿里,仰起脖子跟有巢说话:"这坑也挖到齐腰深啊?""对,挖吧!下头是啥土啊?好挖吗?"蛤蟆说:"松点儿了,混了沙子,好挖多了。"土小儿喊他:"上来换换吧!"蛤蟆正在兴头儿上,不愿意上来,说:"一点儿都不累,再挖上一会儿。"

第十五回
立木桩造井储清水
转陶坠纺麻续细批

有巢领着人填平了一个大坑，打出仨水窖来。水窖口儿比地面儿高出一截儿来，上头加了竹篾编的大盖子。新搬来的人家不用去软江提溜水了，来干活儿的人都带着罐子，渴了，咕嘟咕嘟喝上一气窖里打上来的清凉的水，后晌回去的时候带上俩罐子水，皆为窖里的水干净，不腥气，没有沙子、小虫儿伍的，比江水好吃多了。

屋是越盖越好了，后头盖的全是前后大窗户，外头台子跟里头的地都铺了板子，一条一条接起来的，齐齐整整，企口儿扣得严丝合缝儿，一水儿平。瞧着费，其实省木头省海了去了，板子下头省下了一根挨一根的整木头，隔着四五根木头支一根钉板子的方木。一排屋，光这地就省出一百多根整木头。

先搬进来的瞧着人家的屋子好，也想照着样儿找补找补，一早一晚就听见叮叮当当敲打了。找补比盖新的还费劲，装大窗户先得凿墙，劲儿小了没用，劲儿大了毁墙。墙好在还能找补，地上就只能将就了，族里的木头是盖屋使的，谁也不能往家拿。先盖的屋子本来就费了木头，大娘说啥也不能再给这些人家木头，让他们做板子铺地了，这一比，谁也不争着先进新屋了，能搬进去自然好，轮不上就等更好的。没人争，大娘跟有巢轻省多了。

河冻了，船上的人也过来了，神神屋地界儿热火朝天。一族男女老少干到天暖河开，盖起十好几排干栏屋来，齐齐整整偏向东南，三面儿大台子，两头儿把边儿的屋给孩子多的人家儿住。日头前晌进了屋，一直晒到后晌。后盖的又宽又长又高又大，又亮堂又通风，把前头的比下去一截子。大屋里打了隔断，两辈儿大人能分开睡了。家家两扇门，朝东南开，女人们照神神屋大门的样儿，在门上精心刻出"双鸟朝阳"图，捣上指甲草儿染红了，再髹上生漆，求神神佑护他们温暖光明的新屋。

有巢的神神是埋在神神屋地下的那条鲜活的生命，搬过来以后，她一早一晚总要进去跪一阵子，唤起心底的感激，求得灵魂的安宁。人多是非多，难免耳朵热心发躁，一进了神神屋，心里只有小妮子，乱七八糟的人跟事全关大门外头了。小妮子为盖屋把命都搭上了，自个儿还有啥不能忍呢？不大工夫儿，心里就平和了。啥时候三心二意拿不下主意来，她也来这里静静儿跪上一阵子，等散乱的心收了，再求告一番，最后主意也就定了。

这一年，天少见的热，软江成了一条干瘪的小沟儿，三口水窖见了底儿。草叶儿焦了，黄土地裂了，干栏屋干得嘎巴嘎响。大人烤成了熟山药，孩子发了一身痱子。

天热，地热，连海都热滚了，呼呼往上蒸，蒸到天上变成云彩。海水不断往天上蒸，云彩越来越多，四下里挤，哪儿哪儿都是团团滚滚的厚云彩，越挤越厚，白的憋成了灰的，灰的憋成了黑的。一天的黑云，天兜不住了，雹子砸下来，大雨泼下来。

滩里这地界儿兜风，云彩更厚，憋黑了往下压，快压倒屋顶儿了。大雨下了四天五宿，雨住了，哪儿哪儿都是水，大河小河撑得满满的。干栏屋经受了考验，没漏没塌。有巢一直想着水窖，水会不会过了平常的制子？会不会漫出来？

这地界儿住了六七百人，都等着吃水，挖窖比盖房的活儿当紧，大娘把掏窖的活儿包给了有巢他们。当紧的是清淤泥，到底儿是现成儿的窖，掏泥比挖窖快多了，二十人一前晌掏出十来口水窖。掏窖的人上来了，水也上来了，比先头的制子高出一大截子。窖口儿上一大片全是淤泥，打水得站在泥里，刚挖上来的泥呼啦呼啦又掉下去不少，打上来的水浑了吧唧。这么着哪儿行啊？有巢叫人把淤泥全挖走，扔得远远儿的。等挖完了，沿着水窖下来一个大圆圈儿，快有一间屋子大了。人都提溜着罐子跑这儿打水来了，得先跳下去才能够着水窖，大圈儿里站满了等着打水的人，有这儿住的，也有挨这儿干活儿的，打了水喝的，往家带的，几天的雨水喝得人们跑肚拉稀，盼着喝两碗窖里的清水涮涮肠子。

站在大圈儿里等着打水的人都露出半身儿来，像一堆桩子齐齐儿戳那儿。有巢眼里一亮，有了主意，去跟三青子商量："三哥，我想着把水窖周遭儿全楔上桩子，一根儿挨一根儿，一层一层把窖围严实了，窖就不塌了，人们打水也省得爬上爬下的。您瞧行不行。"三青子是干活儿的人，说："主意好是好，这可得干些个日子，咱这屋可就撂了。"有巢说："盖屋的活儿先撂几天，把水窖拾掇好了再说，要不，再塌了还得掏，老干这个可不行。"

三青子绕着水窖走了一圈儿，又跳下去比了比，说："一口窖少说也得二百根这么粗的桩子。"他俩手一掐，比了碗口大，"短了不行，得一人高。"有巢不明白了，"干吗这么高啊？""地里埋半截，上头高出半截，一根儿桩子得两根儿长。"有巢一想也对，总得高出地面儿来，才挡得住水冲。三青子算了算，"神神屋里存的木头全削了桩子都打不住，都是当梁当柱子的料，埋了当桩子可惜了儿的。"

有巢说："这号儿细溜儿树，姚江汉子里就有，用不着动大材。"

"你把姚江汉子撸秃了，也不够一口窖使的。"

"那就绕世界找去，粗的没有，细的还是能找着。"

"有巢啊，这会儿地里船上都要不出人来，就咱这几个人。咱就算不盖屋了，这几个人也得分几下子使唤，有找料砍树的，有削桩子的，还得有掏窖清淤泥的。实在是缺人手，要叫我说，咱先拾掇出一口窖来，明儿留俩挖窖的，下剩的全都找料去，回来喊里咯喳削了砸下去，瞧瞧行不行再说。""行，就照三哥说的办。明儿都带上锯，小树儿留下根儿。"

经了这场雨，小树儿蹿出一大截子，枝枝叶叶像娃娃的小手儿。有巢跪下一条腿，比好了锯，一下子想起了吉娃娃，手下不去了。噌噌的锯声拉得她心上出血，她想喊，"别锯啦！"可是那水窖咋办啊？小妮子跟吉娃娃奠了神神屋，保护了盖起来的屋，小树儿奠了水窖，能护住里头的净水，都是为了人过日子。好在小树儿锯了还能再长出来，锯吧！

找来的小树儿全扛到掏净了的那口窖旁边儿，砍了枝子，剥了皮，削尖了一头儿，打边儿上往里头转。使了二百四十多根，把水窖密密实实箍成了个厚厚的大木头桶，越往当间儿越密实。快码完了，有巢叫四四方方码一圈儿，空当儿加楔儿，不留一点儿缝儿。桩子全排成了，水窖成了一个四四见方的筒子，哪一边儿都有俩胳膊伸开那么长。夯了一过儿，又下去一截儿，出来一圈儿平平整整的木头沿儿，晃悠不动跺不动，挺结实。

有巢还不放心，跟三青子商量，在方筒子里头加四根粗粗的圆木头，一边儿一根儿，跟那四排木头榫死了，撑住四边，不叫桩子往里倒。三青子说："两根儿大梁搭进去了！算了，二百多根都使了，这两根儿也甭省了。"

窖拾掇好了，当间儿方框成了一个今天的"井"字儿的框框儿。古人说："木头上有水，叫井。"就是打这儿来的。

谁见了这口井谁夸，有巢觉得还差着事儿，木头框子挡住了地上的水，挡不住天上的水，她想着给井盖个屋子。三青子说："咱不能老跟着井干啊，又是桩子又是屋，仨井下来，花的工使的料够盖一排屋子了。做个木头盖子扣上头就行了。"有巢再咋央求，三青子也不给人，"多少人住不上屋，咱挨这儿捯饬井玩儿！有巢啊，见好儿就收吧，别等人说出闲话来。"有巢说："不用人，我自个儿盖。"可是三青子连料都不给，"木头不是大风刮来的，要盖井屋，你自个儿回鲻山砍去！"

有巢气得眼泪儿都快出来了，真想算了，可是她要好儿，既然已经为井费了这么大劲，她还是想做得十全十美，就去求大娘。大娘细细问了个够，说："人三青子说得有理，锯几块木头拼个大盖子盖住不挺好的？"

"姨，还得护住那些个桩子，得多大的盖子呀？谁搬得动呀？有拼盖子的木头，够搭个棚子了。"

"那就搭个棚子，使上四根柱子，能连木头桩子一块儿罩住就行了，别搭多了！"

"姨，井是圆的，四根柱子转不圆，少说也得六根。还得四根梁，要不没法儿架椽子。"

"那就十根，椽子可不许在动盖屋的料了，绕世界找去吧！我跟三青子再说说。"

三青子一听就急了，"大娘，多少辈子吃河水也过来了。咱光捯饬井，还干别的不干了？这些人家儿先住到新屋里，就占了族里的便宜了，还得多少人伺候他们喝水，让人家住窝棚吃河水的人咋说呀？"

"是啊，是啊，不能太不均了。咱这么着吧，就伺候好这一口井，给她十根木头，再添俩人，别的都让她自个儿寻摸去。好歹支个棚子，算是孝敬井神了。"

"大娘，这口子一开，可就堵不住了。现成儿的就十几口，再添上后挖的，要是个个儿这么伺候，咱就甭干别的了。"

"哪儿能个个儿照这样儿呢？神神屋就一个，神神井也就一个，这两样儿是族里共有的。剩下的井，谁家吃水谁家伺候，这回你们把淤泥掏了，就甭管别的了。剩下的都是这地界儿住户儿的事儿，爱咋伺候咋伺候，只要他们有人有料有工夫儿，盖屋咱都管不着。要是没人张罗，井塌了咱也不管。"

有巢要土小儿跟蛤蟆俩人，三青子就是不给。俩人争起来，有巢说："说好了的给我十根木头俩人，咋又变了？"三青子说："说好了的就是说好了的，没变。只是这俩人盖屋离不了，除了他俩，你随便儿挑。"有巢气了，"那我就挑你。"三青了鼻子里出气，"那还得瞧我愿意不愿意呐，你挑谁也得人家愿意才行。""得了得了，我惹不起你，把狗剩儿给我得了，别的我也要不起。"甩了话，气哼哼找橡子去了。她憋着一人儿干了。

有巢砍了一捆竹子扛回来，狗剩儿跟风娃子正刨坑呢，围着半拉桩子台儿已经刨了四个坑。有巢皱起眉头，说："刨的这叫个啥呀？"狗剩儿说："三哥叫这么刨的。"一提三青子，有巢气更大了，"听他的，歪东海去了！长眼叫出气儿的啊？"风娃子说："三哥量得好好儿的，划了八个坑，不歪呀。"有巢恍然，"噢，八个呀？我还当是六个呢。"风娃子说："三哥说，八根柱子转得圆，上头四根井梁，八个头儿，正好儿搭八根柱子，橡子也好搭配。"

正说着，三青子领着一队人过来了，一人扛一根盖屋的整木。木头放下了，三青子对有巢说："一共十二根，再多要一根儿也不给了。"有巢臊得真想刨个缝儿钻地里去。

有巢把木头一根根比过，人家都给锯齐了。她拿出四根，比制好了，一份三段，刻出榫头卯眼印儿来。两头配柱子的，也刻了榫头的斜印儿，柱子木上刻了卯眼的斜印儿。"都是顺手活儿，刨完坑你们就刻饬柱子梁，我给咱割茅去。紧着干，明儿后晌把井棚支起来。"

井棚支起来了，竹椽子出头儿，茅草顶遮住了八根柱子。进到棚里，抬头是四面出头儿的井梁，低头是撑紧的木井，水清如许，凉气习习，挺神秘的。

有了神神井的样子，这地界儿的住家户儿拾掇起别的井来。一吃了后晌饭就忙活上了。没有木头，就使竹子、桩子、柱子、椽子、梁全是竹子。竹桩子上堵了木头骨碌儿，夯实了，也平平儿的。竹子有的是，棚子搭得比神神井的大出去一大圈儿，下头二十六根竹子支着，不但护住了井，还能挡风避雨遮日头。有巢见了，脸上发烧，怨自个儿死心眼子，非要使木头。跟别的井棚一比，神神井寒碜不过了。开头儿她想，先将就着吧，可是小井棚那么碍眼，天天见，一见就窝心，她到底儿忍不下去了，找了吃这口井水的几家人，大伙儿商量好了，花了几个晚上拆了木头井棚，拿竹子重搭了一个大井棚。人们说，有巢要样儿，这回该可了心了。有巢说："这井还缺点儿啥。"缺啥呢？

打水的罐子拿绳子系下去，往上拽的时候碰到木头、竹子容易裂了碎了。有巢在井沿儿上搁了个系着绳子的木桶，人们打起水来再往罐子里倒。淘气的孩子学着打水，好几回把桶跟绳子掉进井里，捞的时候可费了劲了，老得下去一个人。

有巢想起窑上拉坯的轮子，就锯了两截木头，当间儿榫进一根棍子，又在一个轮子外头榫进个木头把儿，三根儿椽子木在神神井边儿立起个木头架子，当间儿挖个槽儿，把俩木头轮子卡在上头。木头桶上的绳子拴在木头轮子里头的棍子上，套在木头轮子上，松把儿，绳子噜噜转下去，桶沉到井里。摇把儿，绳子一圈儿一圈儿绕到轮子上，一桶水摇了上来。嘿，成啦！就是慢了点儿，要是换根粗圆木头绕绳子就好了……有巢想着伸手去拿水桶，突噜噜噜噜……水桶掉下去了，木头掀起来，架子倒了。有巢脑袋上挨了一棍子，裂了似的疼，眼前一黑，不知道事儿了。

等她醒过来，脑瓜子胀得疼。一只脚跟折了似的，一瞧，是叫辘辘架子砸了，那三根木头的架子叉开腿躺在井上，上头压住她一只脚，轮子滚在井边儿上，还看得见上头绑着的绳子。

她慢慢儿抽出脚来，脚面肿了。这就好，不像伤着骨头了，只是疼得钻心。她轻轻揉了几下，一咬牙站了起来，只觉得天旋地转，赶紧坐地下了。缓了一会儿，她咬咬牙，慢慢地站起来，这回站住了，刚才是起猛了。

其实她心里一点儿也不难受，万幸啊，砸着的不是别人！旁边儿没一个人，要不，现多大眼啊。她把地上拾掇了拾掇，省得有人打水来瞧见纳闷儿。

越怕见人，偏偏就过来个人，提溜着罐子来打水的。"哟，一人儿挨这儿干嘛呢？"是盖房子的驼儿，小伙子挺精神的，个儿不矮，方面大脸厚嘴唇儿，就是有点儿拱肩小罗锅儿，为这落下个"驼儿"的名儿。驼儿瞧见辘辘把儿上的绳子，就去解。有巢说："你把绳子拽上来！"驼儿拽着绳子说："咋这么沉啊？"拽上来一桶水。他一瞧地下，明白了几分，头也没抬起来，问有巢："又琢磨出啥来啦？"

"嗨，啥也没琢磨出来。"

"要帮忙儿的吗？"

"驼儿哥，你把水倒罐子里送回去，帮我找几根椽子木，还要两根绳子。"

驼儿提溜上罐子走了，一会儿三青子跟着驼儿来了。三青子瞅着有巢脸上问："出啥事儿了？不要紧吧？""啥事儿也没有。甭一惊一乍的！"三青子嗔怪驼儿："你干吗不说一声儿啊？"驼儿这才瞧见，吓了一跳，"有巢砸着啦？我送你回去歇会儿吧？"

"啥事儿没有，你们帮我做个架子，一边儿两根儿椽子，上头架根圆木头，四脚儿支井台上，再找根粗木头剥了皮刨刨，两头刨细了，好往架子上搁，把那根把儿拿下来，烤弯了，想法儿弄到圆木头上，不非插当间儿，边儿上榫进去也行，要紧的是能摇着转。"

三青子问："是转绳子往上拽水桶吧？"

"对了。就这么多活儿，甭赶，今儿完不了还有明儿，明儿完不了还有后儿。甭管是榫是捆是埋，要紧的是结实，别掀了翻了。"

三青子说："有巢你回去洗把脸歇歇儿吧，这活儿我们包啦。"

"行，这活儿就包给你们俩了。"

有巢交代完了，一瘸一拐朝家走。三青子追上来问："我送你回去吧？""不用，没事儿。"

回到家，有巢舀了半盆水，照见脸上血唬糊啦，吓了一跳，拧了块湿手巾，一点儿一点儿擦净了。

蛋蛋回来了，"姐姐在啊？""噢，是蛋蛋回来了？今儿弄回来啥了？"

"左不过小烂鱼儿呗，还有地菜。"

"地菜好呀！我给咱洗。"

"挨河里洗了，洗它费了劲了，篓子里泡了半天，泡了洗，洗了泡，全是沙土。要挨家洗，十罐子水也不够。哟，姐你脑袋上咋啦？"

"没咋啊，我脑袋上有啥啊？"

"脑门子上一大包，撞哪儿了？"

"嗨，不晓道儿，摔一大马趴。"有巢也摸着了，使劲儿把碎头发往下扒拉。

吃了前晌饭，有巢跛着脚走到井边儿上，俩人早干上了。旁边儿搁了个机墩儿，三青子搬到有巢跟前儿，说："你坐旁边儿动动嘴儿就行了。"有巢坐下，刻饬木头。仁人干了一天半，把木头架起来了。三青子绑上一根儿长绳子，拴上水桶，驼儿把绳子一圈儿一圈儿摇到圆木头上，一松手，水桶突噜噜噜，啪嗒掉井里了。驼儿说："嘿，这东西就叫噜噜得了！"有巢说他："你倒是摇辘辘啊！"驼儿攥住辘辘上的弯把儿，摇啊摇的把一桶水拽上来了，"嘿，这噜噜不错，比拽绳子轻省多了。"三青子说："啥噜噜呀？还是有巢叫得好听。"冲着有巢说："你再说一回那好听的。""辘辘，呵呵。"俩人都说辘辘好，这摇绳子打水的东西就叫成了辘辘。

没出三天，所有的井台儿上都装上了辘辘，不是木头的，是竹片儿围起来的圆筒子，里头一根竹竿，两头儿拿短竹片儿把竹竿跟一片片竹条接起来，活像一对儿风葫芦轮子。有巢摇了摇，比木头辘辘轻省多了，就把神神井的那个也换成了竹筒子。

辘辘把有巢摇回窑里，她给俩轮子当间儿的轴上榫了俩弯弯把儿，脚扒拉一下把儿，轮子转半圈儿，比扒拉轮子快多了。顺儿姥娘说："这个好，干脆咱把慢轮儿全都改成快轮儿吧。有巢你别走啦！""不行啊，姥娘，屋还没盖起一半儿来呢，井也才打了一口。您瞧，这哪儿哪儿都是活儿。"花儿姥娘说："你呀，天生是操心的命，哪儿哪儿都张罗。"顺儿姥娘说："甭管挨哪儿，想着咱窑上就好。比方说，咋叫这轮子再转快点儿。""行，我想着点儿。"

蛋蛋的双轮儿风葫芦儿越做越精致了，不使秫秸秆儿串着了，一根儿麻绳儿系个疙瘩，套在俩轮儿上，俩轮儿心里都插了一小串秫秸秆，一手捏住一根儿秫秸秆，一头儿扰着，一头儿转，跟摇辘辘似的。谁也不会他这一招儿，有巢接过来，还没摇，绳套儿一松就掉了，试了几回都摇不起来。

"姐可真够笨的，连俩轮子都捉不住。"

"捉住了，就是绳套儿一摇就掉，你摇的时候咋就不掉呢？"

"左手使劲儿扽着，绳套儿就不掉了。姐你不是会摇辘辘嘛，摇风葫芦轮儿比起摇辘辘来轻省多了。"

"不一样儿，你这是活的，紧了不是，松了不是；辘辘架死的，咋摇都行。"她眼里突然一亮，把秫秸秆儿打轮子的摇把儿穿过去，一边儿留一截儿，接了四根儿比轮子长的秫秸秆，在地下刨了四个小坑儿栽坐进去，扒拉一个轮子，那一个也跟着转，虽然没有秫秸秆连着。原来麻绳儿也能连带俩轮子，嘿！

大娘一瞧就知道有巢又有鬼点子了，问她："你打算做啥物件儿啊？"

"还不知道做成做不成呢，先不告姨说了。"

蛋蛋说："我知道，这是定葫芦儿，有点儿风儿就呼呼儿转，能吓唬雀儿。"

大娘不以为然："就你明白，吓唬雀儿要那绳子套儿干嘛呀？人不摇转不起来。"

白天干活儿的时候，有巢老想着转轮儿，瞧见一截儿锯剩下的薄木头，就捡起来，去下脚料堆上捡了几根儿削梢钉的木头棍儿，后晌收工时跟锯木头的土小儿要了半根废橼子。

蛋蛋在平台上做饭，有巢在屋里叮叮当当干开了。锯了两根儿短木棍儿，削圆弧儿了；又锯了四根儿，截齐了，每根棍儿的一头儿刻饬出半拉槽儿来，成了两对儿半拉架子。那块圆木头片儿当中间儿凿了个圆圆的窟窿，圆木头棍儿正好儿穿过去当轴，一扒拉，木头片儿转起来了，嘿，有一个轮子了。她把木头棍儿两头儿架在两根儿方木头的槽儿上，轮子有了架子，只是一松手就塌了。

还差一个轮子。她一眼瞅见大娘捻麻绳儿的陶坠儿，"姨，先借我使使这陶坠儿。"

"陶坠儿能干吗？"

"缺个轮子，先拿个带窟窿眼儿的盘子顶上。"

"真有你的！这么点儿个小盘儿能顶个啥？"

"行不行的先试试。"

有巢把骨头扦子拔出来，垫窟窿眼儿的木头也捅了，照着陶盘儿的窟窿眼儿削细了剩下的圆木头棍儿，穿进去，一边儿露出一截儿来当轴，架在剩下的俩半拉托儿上试了试。

她把俩架子连轮子放到半截废椽子上，按着方木头棍儿粗细拿炭条儿画出四个脚儿来，慢慢儿刻饬去了。等四个脚座儿刻饬好了，俩架子坐进去，再把俩轮子坐在架子槽儿上，扒拉扒拉，个个儿能转。大娘瞧了半天，瞧不出她到底儿要做啥来，"你这是啥呀？"

"还没完呢。"有巢跟大娘要了根绳儿，围着陶轮儿跟木头轮儿绕了一圈儿，拿碎陶片儿拉折了。她拉了两根皮条儿，缝到一块儿接长了，比着绳子长短缝对起来，缝成了个圈儿，套到俩轮子上。一扒拉木头轮子，俩都转了。

"这能干吗啊？没陶坠儿我捻不成绳儿了。"

有巢想起那根儿骨头扦子来，插进陶轮儿的轴里，一扒拉，扦子跟着转。有巢要过一把批儿来，一根儿拴在扦子上，往地上盘腿儿一坐，左手抻着批儿，右手摇木头轮子。嘿，这么着也能捻批！有巢左手续着批儿，右手摇轮子，扦上转了几圈儿批。

"嘿，闹了半天是纺轮儿啊！叫我也试试！"大娘试着扒拉儿下儿，说："这摇把儿要是个弯弯的，像辘轳把儿那样儿，摇着就更顺手儿了。"

有巢烤了根一头儿弯的小棍儿，削合适了，换下原来的轴来，叫大娘再试试。大娘坐地上，抓住弯把儿，像摇辘轳一样儿摇起来，陶轮儿柔柔儿响，麻批儿越续越长，锭子越绕越大。

"姐姐做成纺轮儿啦！姐姐做成纺轮儿啦！"

"这下可好了，有巢啊，你这功可大了去了，我给咱炸鱼丸儿去。"

"娘咋不早说哇？鱼都叫我炖锅里了。"蛋蛋嘴唇湿了，咽了口唾沫。

"那就明儿吃，反正明儿轮着咱家分鱼了。"

"明儿一早起我就捞小鱼儿去。"

"行，前晌有鱼前晌炸，后晌有鱼后晌炸，就瞧蛋蛋你的啦！"

"榨点儿油不容易，省着吃吧！"

"有巢你可别这么说！哪怕半年不吃油呢，明儿咱这鱼丸儿也得炸。"

"姨可别兴这例儿。赶明儿我一馋了，就鼓捣出个啥来，您有多少油炸鱼丸儿啊？"

"鼓捣吧，鼓捣出来越多越好。油不油的你就甭管了，啥时候家里没油了，我四下子借去，也得炸鱼丸儿。嘿，憋着做纺轮儿，问你，还不告诉，真有你的！"

"姨，我真没想到做个纺轮儿，这回是歪打正着了，呵呵。"

"那你打算想着做啥来着？"

"我想着给窑上做个拉坯的快轮儿，像摇辘辘把儿那样拿脚踩着摇，可咋也弄不成，直到跟您借陶坠儿，我还是想着做拉坯的轮儿来着。后来您说没陶坠儿捻不成绳儿了，我才想起把扦子插上去，想不到就成了。要说，还是姨指点的呢。"

"嘿嘿，功嘛，那可都是我的！"

刚才蛋蛋那一嗓子，把邻家的女人全喊过来了，都要瞧纺轮儿是啥样儿，你试了我试，扦子上绕了个大蛋蛋。大娘乐得合不上嘴，"这回好了，都来给我们家纺线，好织麻布了。"手快的，回去就仿着做出来了。

大娘跟有巢商量，锯一堆木头轮子、烧一窑坠儿，分给各家儿做纺轮儿使。锯木头好说，天天儿都有不少下脚料，有厚的，有薄的，叫土小儿他们量好了，先把下脚料一片儿一片儿锯下来就是了。烧一窑坠儿，得找窑上商量，舅舅一年到头儿领着人上鄙山伐木头，窑上一直归顺儿姥娘跟花儿姥娘管着。有巢去窑上先捏了一块坠儿坯，比原来的坠儿小了，边儿厚了，当间儿一圈儿凹下去，正好儿套皮条儿。顺儿姥娘已经有了纺轮儿，问有巢："是做纺轮儿的吧？""姥娘成我肚里的虫子啦，嘿嘿。"花儿姥娘问："要多少啊？""多了去啦，姥娘您想呢，一家儿一个，就得好几百了。"花儿姥娘说："要是这样儿，捏坯就太慢了，不如脱坯，一扣一个。"有巢一听，对呀，不如多做出几块模子来，烧出来也齐整，反正往后也常用，谁家都离不了。顺儿姥娘说："你先做出个样儿，我们照着做。""行，这模子不大，好做。"

说干就干，有巢去下脚料堆上找来几截儿细木头，锯了，做出一对儿来，摁进泥，脱出来一个，显得厚了点，就又把底儿跟盖儿都刻饬下去一圈儿。顺儿姥娘说："这多费劲呐，再刻刻饬俩平盖儿，不就成一对儿模子了？"

"嘿，要说还是姥娘机灵。"有巢把原来的一半儿模子边儿上修了修，槽儿在当间儿，又削了个盖儿。顺儿姥娘摁上泥，脱了一个，这回行了，当中间儿插个窟窿眼儿就成了。花儿姥娘拿根儿骨头针儿，在坯上刻了些水纹儿似的弯弯儿。顺儿姥娘说："这就好看了，转起来养眼。"有巢把模子洗了，在上头刻了一圈儿弯弯儿，又把弯弯儿一头儿刻饬大了，成了一群蛤蟆骨朵儿，刻了底儿又刻面儿，连边儿上都刻了一圈儿蛤蟆骨朵儿。脱出来的坯上全是长尾巴、扁脑袋的蛤蟆骨朵儿。

一窑蛤蟆骨朵儿坠儿烧出来了，分给人们做纺轮儿使。好些家儿有了纺轮儿，一吃了后晌饭就听见"柔柔儿"的纺线声。前头的陶坠儿转起来才好看呐，一群蛤蟆骨朵儿在眼前游，转快了，不像人间气象了，神了。

第十六回

画灰陶上釉烧精品
伐白木去皮卖贵材

有巢还是想做制坯的快轮儿，又试了好几回，把个纺轮儿正过来，翻过来，竖过来，横过来，都没做成制坯的快轮儿。除非把纺轮儿跟扦子把儿朝上架起来，在转动的扦子上顶一个盘子，盘子上顶一个干泥疙瘩，做坯的泥扣在疙瘩上，一个人摇，一个人往上拉泥做坯。拉的还行，摇的人太累了，又不好配合。花儿姥娘说："咱的快轮儿挺好使的，我是知足了。有巢啊，你就甭费劲了。有工夫儿想着给我们多出些个模子就行了，弄上些个花样儿。这活儿值，一个模子脱没数儿的坯。"

"哎，听姥娘的。没事儿我就给咱刻饬，吃饭端个花儿碗，能多吃半碗饭，呵呵。"

顺儿姥娘说："这陶坠儿跟大豆上啊鼓出花儿来好看，盘子碗上鼓花儿就不好使了，刷不干净啊。"

"是这么回事儿，可是端个灰不溜秋的碗，多没意思啊，有巢说得对，顿顿儿少吃半碗饭。"

"那还不好，给家里省了。"

"我偏不省，有巢啊，你给想想，要不，咱画吧。"

"真是个花儿姥娘，多爱美啊！画我倒是能画，可是一见火儿，不是更黑了吗？"

"嗨，我也是瞅着你给咱做的坠儿模子好看，逗个乐子呗，甭当真！"

花儿姥娘是逗乐子，有巢却上了心。她想把灰灰的坯捯饬捯饬再往窑里送，可是甭管抹得多白，烧出来都一德性，倒是往黑里好办，练泥的时候掺把炭末儿就够了。凉着捯饬不灵，来个热的也许管用，她把白灶灰跟白土子掺一块儿，上火熬成白汤子，趁着滚汤，拿棍子挑着碗坯在汤里涮涮，坯上挂了一层油儿，显得白了。一锅汤蘸了二十几个碗，这一窑烧出来，那二十几个碗就是不一样儿，色儿没白到哪儿去，可是明光光的。摸上去就更不一样儿了，没蘸过的糙了吧唧，蘸过的光光乎儿，比河里的石头子儿还光乎儿。

姥娘们待见又光又亮的碗，就一锅一锅熬白汤子，就着滚锅给坯"上油儿"，把所有的盘子碗坯都蘸了，搁架子上控干了，才往窑里搁。这一窑出来，天都光了，可世界明晃晃，人人脸上闪着光。

舅舅知道了，觉着欠人鲻山的情儿，就跟大娘商量，等这一窑烧出来，先给鲻山送去。

大娘急了，"好家伙，一送就一窑，你也太大方了。别说是上了油儿的了，咱的灰陶就比他们的黑家伙招人待见，远近都拿着吃的穿的来换咱的。这上了油子的，实在是稀罕物件儿，你要是想送个人情儿，就背上一篓子给大妮子她家，谁瞧着好，叫他跟咱换来。"

"嗨，我是想着，咱这一排一排的屋，还不都是人家鲻山的树盖起来的，一篓子还不过情儿来啊。"

"这个……咱帮他们腾地儿，木头归咱，谁也不欠谁的。"

"你这人太尖，占便宜没够，吃亏难受。"

"你一年到头儿在上头干，学会胳膊肘儿往外拐啦！"

"你这说的是啥话？我咋胳膊肘儿往外拐啦？我要是胳膊肘儿往外拐，早就不回来了。"

"人回来心不回来也白搭，吃里爬外的东西，咱滩里哪一天非败在你手里不行。"大娘嗓门儿高了。

有巢听俩人口气不对，怕吵吵急了，街坊四邻听见不好，就劝他们："舅舅太实在了。姨说得有理，咱上去本来就是他们请的，给他们帮忙儿的。他们过意不去，给咱些个木头也是常理儿，谁白给他们干呀？这新烧出来的盘子碗是个新鲜，送他们一篓子是咱的情义，送上一窑，就好像是咱应该的了。开了这个头儿，往后就不好说了。送一篓子，人家知道来得不容易，啥时候瞧见，心里都想着这是滩里送的。送一窑，人家想着咱有的是，使不了，就会又跟咱要。到那时候一不给了，人家可就怨咱小气了。所以说嘛，一篓子人家记的是恩，一窑就记成仇儿了。"

大娘没想到不言不语儿的有巢说出这么一番洞明道理来，满嘴"啧啧"："听听咱妮子说的，可比你有心眼儿多了。一篓子是恩，一窑是仇儿，你可得记住这理儿。送他们一篓子开开眼，他们觉着咱的盘子碗好，就会跟咱换来了。世上的事儿本来就是这样儿，一样儿换一样儿，是个来往，哪儿有白给的呀？"

"姨说的就是，咱不白给，人家也不白要，往后，咱这窑里的东西要可世界换好东西去呐。"

"嘿，咱娘儿俩想到一块堆儿了！本来世上的事儿就是这样儿嘛，白要白抢的是坏蛋，白送白给的是傻瓜，都不是好人，全有毛病。"

"得，我不是好人，我有毛病，我傻瓜，我不算数儿。就算你们说的好人里头，也没几个你们这么贼的。"

"嘿，不说他缺心眼儿，倒骂咱贼。咱就是贼，有巢啊，告诉窑上的人，这给坏上釉子的事儿，可不能说出去，回家也不能说。"大娘一急，把上油儿说成了"上釉子"。

"姨，连家里都不能说啊？"

"傻妮子，怕的就是家贼啊！"

舅舅气得扭头要出去，有巢赶紧拦住，说："舅舅想哪儿去啦？姨姨是怕赶明儿谁家的小子跟了外头的，把咱这招儿也带走了，人家会了，就不找咱换了。从前滩里跟山上换罐儿换豆，我来了不是不换了嘛？"

"你们娘儿俩啊，太贼了！"

蛋蛋说："娘跟姐干吗贼呀？不让咱滩里的小子跟外头人，不就得了？"

一家子全笑了，有巢说："我就怕蛋蛋赶明儿跟了外头，小子知道得太多了。"蛋蛋说："我才不跟人呢，更甭说跟外头人啦。"

有巢一直想着花儿姥娘要的花儿碗，要是往坯上画花儿，得要好颜色。舅舅说黑色儿好，大娘撇嘴说："你也知道个好儿？灰不溜秋的碗上画上黑花儿，是活人使的吗？"蛋蛋说："绿色儿好，蛤蟆就是绿色儿。"大娘说："你知道个屁！灰配绿，像苦胆，端着碗，吃不下饭。"舅舅说："蛋蛋，咱说啥都不对，干脆甭说了，省得惹你娘生气。""就是，说对了也没用。爹，走咱逮蛤蟆去！"

娘儿俩商量开了，有巢觉着蓝色配这种浅色儿的盘子碗顺溜儿。大娘也说："蓝色儿正，瞅着干净，养眼。"

"行，我这就找大青叶儿去，大青叶染出来的蓝色儿鲜亮。"

"可别使大青叶儿，大青叶儿撸了晒了，还得拿尿泡好些日子才出色儿呐，吃饭喝水的家伙，可不能沾这个。再说，大青叶儿只能泡了使，染麻染布都是泡进去，往坯上画，怕不上色。"

"那，拿啥画呢？李子汁儿行吧？"有巢想起吃李子沾一手紫，洗不掉，好几天手指头都是蓝的。

"嗯，李子汁儿行，比大青叶儿省事儿多了。红色儿也挺好，绚乎儿喜庆。"

"我也待见红色儿，红色儿取贵。咱先前住的地界儿有指甲草儿。"

"指甲草儿不行，不上色儿。你们染指甲得糊在指甲上捂一宿，画坯咋糊着画啊？"

"是不行，捣指甲草儿还得搁明石头呐，也不知道画到坯上啥样儿。"

"依我说，还是杀红花好，红花的红色儿正，也亮。这会儿的红花不如早起的好。"

有巢一早起来就去摘红花。蛋蛋带着她，说姚江汉子有一片红花地。有巢嫌远，蛋蛋说："远点儿，可是一下子能摘好些个，其实比在近处儿这儿掐一朵儿，那儿掐一朵儿省工夫儿。"有巢想想也是，就跟着他去了。

还真没白去，那一大片红花！花儿上带着露水珠儿，吸一鼻子甜丝丝的。姐弟俩一早起摘了多半篮子，日头出来了，蛋蛋还要摘，有巢说："得回了，明儿咱再来。"

大娘趁新鲜把半篮子红花全给捣了，拿清水泡了，袋子挤出黄色儿的汁儿扔了。剩下红色的浓汁儿，又拿刚才做饭的淘米水冲了一过儿，一点儿黄色儿都没了，剩下鲜红的汁儿。这就是杀红花。大娘说："可不少了，够画好几窑的了。""姚江汉子那儿一大片呢，姐姐说好了明儿还摘去。"有巢说："蛋蛋，够使就行了，摘一大堆，使不了没地儿搁。"大娘说："不怕多了，愿意摘就摘去，能摘多少摘多少。使不了，赶明儿做成红花饼儿留着。"

蛋蛋跟有巢见天儿早起去摘，把红花地里的花全摘回来了。大娘捏的红花饼装了满满两筐，"呵呵，够使几年的了。"

　　有巢把竹子削尖了，蘸着红花的汁儿往坯上画，像刻似的，画出来的鱼呀花呀全是直道道儿。姥娘们也都削了竹子尖儿，蘸着红花汁儿画，无论谁画画啥，画出来都是直道道儿，顶多能把鱼的眼珠子转圆了，可是眼珠子能有多大啊？一眼看去，全是直不棱登的画儿，倒也齐整，瞧不出个好坏来。

　　有巢找了根儿麻绳儿，浸到红花汁儿里，捞出来缠到个粗口儿瓶儿脖子上，系个蝴蝶结儿，摁到瓶儿上。等干了解下绳子来，坯上留下了红红的蝴蝶结儿印，煞是好看。有的姥娘待见这个，也都学着拿绳子印开了画儿，盘得花里胡哨儿，有的还先把绳子编成辫子，印出来各式各样儿。

　　这一通了可就样样儿通了，往坯上印啥的都有了，顶好看的是花儿姥娘拿蕨草叶儿印出来的花样儿，一片儿一片儿雀毛儿似的小叶，连齿儿都清晰得能数出来。有巢也找来几片儿蕨草叶儿，她不蘸红花汁儿，把叶儿一片一片贴到坯上，然后捏个李子，往叶子边儿上挤李子汁儿，没叶儿的空白就拿李子肉往上涂，出来的是蓝底儿白叶儿。花儿姥娘待见这个，"还是有巢这个好，比白底儿红叶儿雅气、厚重。"有巢说："没姥娘的蕨草叶，我也想不到这么着印。都有主意，都拿出来，就越画越好了。"

　　嘿，还真厉害的，秀儿姥娘照着有巢的样儿往盘子坯上印了个蓝底儿白叶儿，不是蕨草叶儿，是薄荷叶儿，等干了，拿下贴的薄荷叶儿来，拿那叶子蘸着红花汁儿，把坯上的白叶儿都涂成了红的，这下儿可绚乎儿了，谁见了都说好，色儿好，薄荷叶儿的样儿也好。秀儿姥娘不爱言语，脸一下子红了，说："不敢画碗画了个盘子，本来也想画蕨草叶儿来着，可是那么细的齿儿，画不成啊。"顺儿姥娘说："能得你！那么多小小细齿儿，老天爷，甭说画不出来了，就算能画，得画到哪辈子呀？"

　　一窑上了色儿的灰陶开窑了，人们看见了一个鲜亮绚活的世界。吃了后晌饭，都来看有画儿的陶，指指点点，有待见这的，有待见那的。姥娘们认得自个儿手里的活儿，听着，就跟说自家的孩子似的。

这一窑，大娘不叫分，一件儿也不叫动。装了十几篓子，叫滩里外头跟过来的精明男人背回老家去，送给他家里一两件儿，送给那儿的大娘一两件儿，剩下的全换了东西，换不了的就背回来。男人们奔了各自老家，去了乌山、羊角儿山、南山、海螺山、海螺湖、茅山、四明山、四明湖、会稽山、茨菇洼。鲻山的那一份儿，就叫蛋蛋爹背去了。

蛋蛋爹啥也没换回来，背回来几样儿鲻山大娘送的礼儿：一对儿白净柔软的羔儿皮，十几个煮鸡蛋，还有两块干肉。大娘皱起眉来，蛋蛋爹说："你别嫌少啊，人家可是实在人，把家里有的全拿出来了，鸡蛋怕碰了，还给煮了。东西多少，人家心意在了。"大娘说："不是这意思。说得好好儿的换东西，咋变成送礼儿的了？背去的是窑上的，背回来成了咱家的，叫人家瞧见了，说咱变着法儿占大伙儿的便宜。你也知道，这比啥都犯忌讳。都拿神神屋去，留着别人换回来了，搭配着分了。那一篓子陶器她家全都留下了？""嗨，我把东西给咱妮子啦，她怀里那孩子太招人待见了，都给孩子留下了。"大娘听他着三不着两地瞎说，起了火儿，"几个月的孩子使得了那家什？你呀，张不开嘴的闷驴，算了吧！"男人说："嗨，你知道我这人闷就是了，干活儿行了，这换东西的事儿，咱还真干不了。""连蛋蛋都不如，噾！下回不用你了。""行，可算饶了我了。对啦，大妮子说啦，过几天抱着孩子回来瞧瞧。""多咱呀？""就这几天儿吧。"大娘想着，等大妮子来了跟她商量两头儿换东西的事儿。

过了两天，回老家的男人们都回来了，陶器一件儿没剩，背回来的啥都有：会稽山的栎木、四明山的樟木、鸡油木，四明湖的细草席儿、大螃蟹，茅山的竹席儿软得像麻布，叠起来一小块儿。吃的东西就更多了，羊角儿山的白面、乌山的黍子面、海螺湖的糯米、南山的花椒、大料，海螺山、茨菇洼的香油、酥糖……家家都订了滩里的陶器，哪一家儿都要一整窑，说好了拿啥换，海螺湖把定礼儿都交了，一篓子象牙蝴蝶儿、象牙串儿伍的稀罕物件儿，说好了换五十个盘子五十个碗，过几天来拿。

大娘叫把东西全拿神神屋去，掂对着分成百十份儿，摆了一圈儿，那十几个熟鸡蛋搭配给别的吃食了。吃了后晌饭人们都来瞧换回来的稀罕物儿。大娘带了绳子来，对大伙儿说："待见啥就拿啥，先来的先拿，拿完了算。下回换回来接茬儿分。"有人问："这咋算啊？算米疙瘩还是鱼疙瘩？"大娘说："啥都不算，算换疙瘩，那几块木头挺精贵的，先搁着，留着换多了再说。"

这点儿东西还搁得住分？孩子们闹着要吃的，妮子们要象牙蝴蝶儿、象牙串儿，一圈儿地摊儿，一会儿就拿光了。

今儿个满窑，窑上收工晚，等花儿姥娘她们来了，地上啥都没了。大娘说："下回换了，先紧着咱窑上的挑，剩下的再让别人拿。"花儿姥娘说："人们待见就好。下回不用咱的人背着换去了吧？"大娘说："不用了，人家来背着东西上咱这儿换来，也在这神神屋里，摆上咱的花盘子花碗伍的，让人家挑。"顺儿姥娘说："那多麻烦啊，干脆在窑上换得了。我们把盘子、碗、罐儿、豆分开码，你领着人过来，瞧着咋换合适就咋换。"大娘说："也好，省得来回折腾了。姥娘们多烧几窑，别等人背着东西来换了，咱没东西。"顺儿姥娘说："行了。可别一下子都来了。"大娘说："都来了也没关系，叫他们把东西放下，说好了换啥，等烧出来了咱给他们送去。海螺湖交了定礼儿了，先把他家要的五十个盘子五十个碗烧出来，等他家来拿，别给别的家儿换走了。"顺儿姥娘说："眼瞅着要忙不过来了，得添人，还得再起两口窑。"

添人的事儿，大娘早就想着了，眼瞅着姥娘们一天天老了，得换整整一茬儿人，可眼下哪儿找人去啊？盖屋、砍木头占了三十几人，地里、船上都是一个萝卜一个坑儿，还得占着抽出来盖屋的人原来的坑儿，实在抽不动了，除非少吃粮食少吃鱼。人们要吃要住，还要换穿换戴的，咋办呢？想起小妮子来，要不是祭了，这会儿也能顶半拉人儿了。她掰着指头数了数，把能摘出来的六七个半大妮子许给了顺儿姥娘。

花儿姥娘说："都是些个生瓜蛋子，来了还不够添乱的呢。"大娘说："嫌生瓜蛋子了？沉星儿老舅那样儿的还有几个，全都给了你？"沉星儿老舅都快五十了，呵儿喽喘的。顺儿姥娘赶紧说："你说说笑话儿了，几个老瓜瓢子，伺候都伺候不过来了的主儿，还是你留着吧。我知足，再有多少生瓜蛋子也要，连蛋蛋跟顺儿那样儿的都要。"大娘乐了，"老精鬼，要人往绝里要！干脆把肚里的都许给你，养活下一个儿你抱走一个儿。"顺儿姥娘："行啊，我就是见孩子们亲。只要人家娘舍得，全抱过来，我给看着。"大娘乐了，"呵呵，窑上改娃娃院儿了。"顺儿姥娘说："我老得做不动了，就给大伙儿看娃娃。"秀儿姥娘说："你家仨妮子就够你伺候的了，大妮儿快了吧？""早着呢。那俩连相好儿都没呢，且轮不上我伺候呐。"小鱼儿姥娘说："甭着急，我们鱼儿他娘又快养活了，到时候就抱给你，可别说了不算啊！"秀儿姥娘刚想说"你连吉娃娃都给了人……"一下子打住了，这样的要话可说不得！

窑上一下子添了八个半大妮子，顶小的一个叫"尾巴儿"，还不到大人胳肢窝。有巢给她们看拉坯的轮子，让她们先给自个儿做轮子，有了轮子好学拉坯。尾巴儿问："咋做啊？"有巢说："你们先去盖屋的地界儿找木头去，要人家没用的木头片片、细得不能使的椽子，回来我再教给你们咋做。"妮子们一窝蜂跑了。顺儿姥娘说："我跟过去瞧瞧，怕人家不给她们。"

顺儿姥娘刚走，来了俩生人，背着一大堆东西，说是海螺山的，来换碗的。来人放下东西，全是卷得紧紧的皮子，篓子里也有瓷瓷实实一卷子。花儿姥娘说："你们先歇会儿，喝碗水，瞧瞧我们这儿都有些个啥，待会儿我们大娘来了给估估咋换。"有巢跟花儿姥娘小声儿说："千万别漏了底儿！"又大声说："我去叫去！"一路小跑儿奔了地里。

等有巢跟着大娘回来，好家伙，又来了好几拨儿，全那儿端着花碗喝水呢。大娘问了都是哪家儿的，除了海螺山的，还有海螺湖的、四明山的、羊角儿山的。各家儿带来的东西都摆在地上，窑院儿里又是烧好了的盘子碗，又是没进窑的坯，又是泥又是土，再添上这些个，满满当当，快没个下脚儿的地方儿了。四明山来了五个人，扛来五捆白腻腻的鸡油木。羊角儿山的跟海螺山一样儿，也是皮子，全都解开了捆儿。海螺湖来了四个，背来的是一堆大黑碗。

大娘瞅着傻了吧唧的黑碗乐了，"哟，还有拿碗换碗的啊？这个可咋换啊？"海螺湖的人说："我们这碗个儿大，仨换一个，成不成？"大娘问花儿姥娘："您瞧着呢？"花儿姥娘说："咱一个花碗费的工夫儿可不只是仨黑碗的，可是他们费了料费了柴火，就这么换吧。"有巢说："上回的象牙蝴蝶儿象牙串儿多好哇，背着也轻省，干吗不换那个了？"海螺湖的人说："换了你们的细碗，黑碗使不着了，就背上来了。待见蝴蝶儿、串儿，还不好说？回去叫妮子们做好了，下回给你们带两篓子来就是了。"大娘说："这么着吧，你们这回把上回订下的五十个盘子五十个碗先背回去。这回换的，下回一块儿给。"海螺湖的人说："您瞧我们来了这么多人，谁空手儿回去也不好看，您就一块堆儿给了吧，一下子清了多好，也省得系疙瘩了。"大娘说："我说兄弟，你也瞧见这院儿里的家底儿了，你都搂走了，人家可就都得空手儿回去了。篓子里少装点儿，匀开了背着不累。"那几家儿的也都说，不能叫一家儿全拿走了，海螺湖的也就不说啥了。花儿姥娘拿根儿绳子系了四十个疙瘩，是换那一百二十个大黑碗的，叫海螺湖的数清了，搁到一个黑碗里头，这档子算结了。大娘说等烧出来了给送到海螺湖去，人家却愿意过来拿，大娘只好说："那就过一个月吧，早了烧不出来。"海螺湖的不明白了，咋要等这么长？大娘说："你们这回背回去了一百件儿，人家别的家儿没份儿了，烧出来了应该先紧着人家。你们的就往后错错，就是个早晚的事儿，晚使上几天不值个啥。"海螺湖的人想想也是，就背上换了的一百个盘子、碗走了。

这几个刚走，顺儿姥娘领着几个妮子回来了，有巢叫她们把东西搁外头，"里头满了，站不开人，拿上家伙先在外头刻饬，刻饬干净了再说。"顺儿姥娘着急了，"咋说来都来了？就那几个盘子碗，给海螺湖留着呢。"有巢告诉她："海螺湖的刚才拿走了。"她又急了，"他全拿走了，这些人拿啥打发呀？"有巢劝她："姥娘甭着急，我姨自有主张。"

四明山的木头齐齐整整，一码儿的鸡油木。大娘问："咋没带香樟来啊？"四明山里头一个管事儿的问："您是这儿的大娘吧？"大娘点了点头。那人说："上回那块香樟是我们大娘给您的礼儿。一共没几棵香樟，都是百辈子老祖宗留下的，我们大娘舍不得叫砍。这鸡油木也是上材，您别瞧不起，呵呵。""那谁回来也没说清，回去谢谢你们大娘了哈，那块香樟搁神神屋敬神神了。"

说好了一根儿木头换仨盘子俩碗。大娘说："你们也瞧见了，这儿有的全盖搂到一块儿，也凑不够数儿，今儿个咱有多少全分了，你们三家一家一份儿，剩下的过几天给你们送过去。"四明山的问："你们这一窑啥时候出来？"大娘说："明儿开窑，不过南山、茅山、会稽山的明儿后儿准来，总不能叫人家空手儿回去，这一窑就给他们留着了。下一窑是你们的，一开窑就给你们送去。"四明山的问："你们还要这鸡油木吗？"大娘说："要啊，我们滩里就缺木头，有多少要多少。""那还是我们送木头来再拿盘子碗吧，省得你们来回扛着挺沉的。""行啊，要是你们送来，回回儿多给仨盘子，算是跑腿儿的。不过，可别来太早了，叫你们空手儿回去。"

说好了下回来的日子，花儿姥娘系好了绳疙瘩，刻饬下一小片儿香樟卡到绳子丝儿里。四明山的五个人装了一份儿盘子碗，起身要走，羊角儿山的问他们："你们那儿木头多吗？"

"也多也不多，看你问哪样儿了。"

"就问这样儿的。"

"这样儿的不少，我们四明山还有松木、柏木。"

"松木、柏木我们那儿也有，换你们些白木头成吗？"

"咋不成呢？拿啥换？"

"就这皮子，一块皮子换两根儿木头，你瞧成不？"

"你这皮子不一样儿啊，这么着吧，两块狐皮换三根，狼皮一块换一根，咋样儿？"

羊角儿山俩人商量了一下儿，说："成，就这么定下了，我们过些日子去你们那儿扛木头去。"

两家儿说好了，四明山的人要走，大娘问有巢："咱窑上还有现成儿的豆吗？"有巢说："先前脱的还有。"大娘说："要是有，找出一对儿来，送给四明山大娘。"小鱼儿姥娘说："我收着的，我给咱找找。"过了一会儿，小鱼儿姥娘拿了一对不大的豆，恭恭敬敬给了四明山的。管事儿的一谢再谢，五个人欢天喜地走了。

轮到换皮子了，两家儿把皮卷儿全都铺开了，多的是狼皮狐皮，也有几张獾子皮、虎皮。大娘说："狐皮狼皮就照刚才羊角儿山跟四明山说好的，两张狐皮换三根白木头，一根木头换我们仨盘子俩碗，两张狐皮合九个盘子六个碗。你们刚才说一块狼皮换一根白木头，那就按我们跟四明山换木头的价儿，一块狼皮换仨盘子俩碗，成不成？"羊角儿山的说："有了四明的价儿，没说的，该咋换就咋换。"海螺山的也点了点头。说到獾子皮，海螺山的说："这个没价儿，我们两家儿先商量商量。"嘀咕了一阵儿，海螺山的说，要照狐皮的价儿再搭仨盘子。好在没几张，大娘也就没争。

最后剩下两张虎皮都是海螺山的，浑身黑黄道道儿，尾巴、爪子、脑袋都全乎儿。大娘瞅着老虎脑袋上的三道黑纹儿，不觉皱起了眉头。老点儿的说："这是螺纹儿猛虎，一张虎皮顶两张狼皮吧。"那个小点儿的说："打个老虎不易，这俩又是一对儿，您就给二十个碗吧！"大娘说："按四明的价儿该十二个盘子八个碗，你可好，舌头一扒拉，盘子全变成碗了，一个盘子顶一个碗啊？"那人呵儿呵儿乐了，"嗨，两张虎皮，大娘就甭分盘子碗的了，都是吃饭的家伙，没个贵贱，呵呵。"大娘说："要的过了点儿，我这儿不缺这个，两张虎皮没法儿分啊，给谁都不合适。"海螺山的说："您留着就挺合适嘛，家里吊张虎皮门帘，多威风啊，俗话说虎威嘛。"大娘说："我又不吃人，有啥虎威的！"顺儿姥娘说："瞧老虎面子上，两张皮换十个碗，你们换不换？我们这儿可真是不缺这个。"俩人嘀咕了一会儿，说："瞧老虎面子上，就这么着吧。"大娘说："我可是瞧我们姥娘的面子上才换的，说实话，白给都不敢要啊。"海螺山的以为她是为了压价儿，就说要话："大娘怕个啥呀？老虎又吃不了人。"大娘说："怕生是非呀。姥娘既然要下来了，这两张虎皮就搁窑上了。"

花儿姥娘给两家儿系好了疙瘩，一条系在虎皮尾巴上，一条系在狼皮尾巴上。两家儿数好了疙瘩，带上剩下的盘子碗回了。

第十七回

慕美碗大妮问画艺
怜旱山小妹传凿方

大妮子回来了，爹告她说了新屋在哪儿，她还是背着篓子抱着孩子找到黍子地里，谁知一人儿也没有。

"哟，这不是大妮子嘛？啥时候回来的?"黍子里冒出个人来，提溜着裤子。

"哎，狸儿姐，才来，没找着家，找我娘来了。都挨哪儿干活儿呐？"

"都在东头儿稻地里插秧呢，挺远的。你等等儿，我叫大娘去。"

"狸儿姐，我们家新屋在哪儿啊?"

狸儿朝东北边儿一指："那头儿，挺老远的呢。"

整个儿一大吊角儿，大妮子走累了，只好说："麻烦您啦。狸儿姐，告我娘一人儿就行啦，明儿我再去地里见姐妹儿，今儿个先一家子说说话儿。"

"哎!"狸儿系上裤子,一溜儿小跑没影儿了。

回到老家,大妮子突然觉得半生不熟的,像是滩里,又不像是。自家的窝棚、大灰鹅都瞧不见了,荒草半人高,连个耗子都瞧不见。原来打河边儿拉过去,黑压压一大片窝棚,这会儿不成片儿了,这儿仨,那儿俩,一疙瘩一块的,像没长好的庄稼地。熟悉的鸡鸣鹅叫鸭嘎嘎听不见了,猪圈味儿淡了,远处儿时不时传来一两声狗叫,告诉她那边儿还有人住。只有姚江水声依旧,让她心里踏实,知道确实是回到老家了。

"回来啦?"娘不知啥时候站她跟前儿了,要过孩子来。嘿咿,是个妮儿哩,长得那叫甜,细眼儿眯眯,黑眼睫毛儿忽闪忽闪,脸蛋儿红扑扑儿,一边儿一个笑窝窝儿。大娘一见这孩子,眼圈儿就红了,紧紧抱着孩子说:"走,家去吧!"

"娘,咱打窑上过一下儿,我进去瞧瞧。"

"瞧啥呀?你爹又不在窑上了,有巢也不在那儿。"

"娘,我想瞧瞧咱那花碗伍的是咋画的咋烧的。"

"非这会儿急着去不行?又不顺道儿,你先回家喝口儿水去。一大早起就出来了,回去歇歇儿,垫补垫补再说别的,又不是过了今儿就没明儿了。"

"哎,娘,咱家离这儿还远吗?"

"那边儿那一片就是。"大娘朝北一指。大妮子顺着娘的手望过去,灰灰的一大片。

"搬过去多少家儿了?"

"才百十家儿。"

"瞧着老家那儿不剩几家儿了。"

"那是咱这头儿,西头儿还多着呢。你咋不等到后晌跟你爹他们一块儿回来啊?"

"嗨,还说呢,昨儿爹背过去一篓子花盘子花碗,小子他爹后晌回去见了,就琢磨开了。今儿一大早儿就叫我过来瞧瞧那些个爱物儿是咋画的，咋烧的。"

大娘说："嗨，瞧这点儿礼送的!"

"娘，家里给您的礼多着呐，我拿不了，后晌爹他们给捎过来。"

"我不是说这个，是说你一大早起抱着孩子背着篓子一人儿出门儿，道儿又不熟。"

"呵呵，爹他们见天儿走，踩出来一条大道，瞎摸合眼也走到家了。"

"要是出了事儿，你就不呵呵儿了!"

"出啥事儿啊? 娘，走这条道儿的都是咱滩里人，道儿上还碰见爹他们来着。"

"这回带着孩子，住几天啊?"

"嗯，得住上几天，好好儿看看，从捏坯、画坯到满窑，一直看到花碗开窑，哪儿没看好，就再住几天。呵呵，姨跟舅舅这回给我放长假了。舅舅说，娘把有巢挖到滩里，就是瞧上她鬼点子多了，鲻山放了有巢，赔大发儿啦。"

"他这么说的?"

"可不是嘛，这花陶又是贼妮子的点子吧?"

"不是，有巢早就不在窑上了。"

"那她干吗去啦?"

"盖屋呀，那一大片屋就是她领着盖起来的，越盖越好，到家你就瞧见了，比你们那大巢可强多了。"

"山上的也越盖越好了，都比我们住那屋宽敞亮堂。"

大娘领着她从西头儿绕进去，没碰见一个人儿。大灰鹅打屋下头跑出来，哦啊哦啊叫得欢，倚到大妮子腿上蹭脑袋。大妮子摸摸这个脑袋，又摸摸那个脑袋，说："你们这对儿老不死的，还没忘了我啊?"

登梯子、上平台都没啥，一进屋，大妮子就叫起来："哇! 这是神神屋吧？"

"呵呵，这是咱家！瞧瞧，没见过不是？神神屋在坡儿上，可比这大多了也高多了。"

"娘，待会儿我过去祭祭小妮子。"

大娘心里一激灵，嗓音儿颤了，"他们告你说了？"

"嗯，我知道得太晚了，不该瞒着我来着。我待会儿去大姨家瞧瞧，姨叫给她家捎了块皮子。"

"应该的。我去烧水去。"

"娘甭麻烦，就喝凉水就行了。"

娘舀来一大瓢水，大妮子端起来咕嘟咕嘟喝了，抹抹嘴，"真甜啊！这屋子真豁亮啊！"

"还省木料呢。有巢老是怕鲻山的树有一天砍完了。咱这是先盖的，后盖的地板都是平板，还上了漆哩，比咱家漂亮多了。"

"服了，服了你们啦。"

"这几天你四处儿走走，瞧瞧后来起的新屋，瞧瞧咋盖屋，回去告你姨说，你来这趟功就大了。跟你姨还合得来吗？"

"挺好的，我们俩都是直脾气，直来直去，有时候戗戗两句，一会儿也就忘了。"

"做小辈儿的，要的是顺，顺着老辈儿的，就戗戗不起来了。戗戗，准是你跟人家顶嘴来着。"

"没事儿，谁都不往心里头去。姨疼我着呐，打心里疼，瞧得出来。娘，领我去祭祭小妮子吧！"大妮子打篓子里拿出一块厚厚的羊毛垫子。

一进神神屋，妮儿哈啊哈啊哭了，大妮子眼里热了，大娘鼻子一抽一抽地。大妮子把孩子给了娘，走到神神台跟前，把羊毛垫子铺到地下，跪下了。"小妮子，姐瞧你来了，你走的时候，姐不知道。一晃儿，你走了一年多了，想你啊……"泪便止不住了，她也不擦，只是跪着。

半天，娘把她搀起来，说："回啦！妮儿老跟这地儿不好。"

回去做了点儿吃的，娘儿俩垫补了垫补。大妮子问起地里一块儿干活儿的妮子们来。问到草妮儿，大娘说："早就跟了四明湖了。"

"咦？谁给说的？四明湖那男人咋不来咱滩里？"

"谁也没给说，她自个儿跑了不回来了。后来有四明湖的男人回老家，瞧见她了，回来说起来着。"

"咦，不言不语儿的，这么有主意！离这么老远，俩人咋好上的呢？"

"不是个东西，担了几天茅粪，受不了，跑了。"

大妮子吓了一跳，"这妮子莺儿了吧唧的，犯了啥了？"

"莺儿坏，在妮子群儿里嚼烂舌头，说有巢下来就是为了往上鼓捣人……"

"哈哈，闹了半天还是为鳃子啊！鱼头也央告我给说来着，可人鳃子心上根本没她。这扯得上有巢吗？咋这么小肚子鸡肠子啊？嗨，有巢也犯不上跟这号儿人一般见识。"

"有巢哪儿是这人呐，知道了还埋怨自个儿呢。"

"不明白了，鳃子自个儿回来了，跟有巢啥事儿啊？"

"罚她不是为鳃子的事儿，是为了吉娃娃上山那档子……"

大妮子脸变了，"吉娃娃上山碍她草妮儿啥事儿了？"

"要不说她不是东西哩，吉娃娃上山，有巢根本不知道，是他姥娘求我的，那娃娃跟咱常人不一样儿，他姥娘要献给神神。为这，你姨才下来的。草妮儿那烂舌头嚼咕有巢不算，还骂你大姨给鲻山养活孩子，在妮子们里瞎嚼咕。为这我才叫她担茅粪去了。"

"娘，吉娃娃替了咱妮儿了，那工夫儿妮儿还在我肚里，姨就跟我说好了，为了盖屋，叫养活下来就祭了神神。大姨可是咱恩人啊。"

"他家这会儿没人，等会儿姥娘跟大姨回来了，你去瞧瞧人家，把你姨捎的礼儿送过去。"

水姨来了，蛋蛋带来的。蛋蛋说："水姨要不说，我还不知道姐姐回来了呢。"大妮子拉了拉他的手儿，他见大人说话儿，就又出去了。大妮子说："哟，姨来了，我爹叫给你捎了块皮子，还没顾上给您送过去呢。"水姨说："我可不是为这来的，姨想你了，过来瞧瞧你跟孩子。"大妮子把孩子递给水姨，"来，叫姥娘瞧瞧我们山里来的土妮儿。"水姨接过孩子，突然大叫一声："哟，这不是小妮子投胎了嘛！"

孩子"啊啊"哭了，这孩子太像小妮子小时候了，连哭都像，莫非真是小妮子还世？大娘的心一下子松了，人像从半天空里落了下来，瓷瓷实实落到地上，妮子，你总算修成了！水姨把孩子递给大娘，说："她姥娘，你瞧这眉眼儿，这鼻子嘴儿，可不就是咱小妮子嘛！"大娘忍不住眼窝里的水了，脸贴住孩子粉嫩的小脸儿，任凭老泪横流，孩子吓得哇哇大哭，大人孩子的鼻涕泪混在一块儿，黏黏糊糊。

水姨走了。大妮子卷了块狼皮，说："娘，我去顺儿家瞧瞧去。"大娘说："你大姨跟着有巢干活儿，一会儿就回来了。"又说起有巢来，光顾着盖屋，连找相好儿都顾不上。大妮子说："要不，我在鲻山给她找个好人？""不用，要找也得上远处儿找去，鲻山有咱一家儿亲戚够了。"

话儿刚落，有巢回来了。大娘说："嘿咿，说你你就到了。"有巢呵呵儿乐着问："说我啥来着？"大妮子说："好话，说你好来着。"有巢攥着大妮子手，问："啥时候来的？我咋没见你们上来呀？"大娘说："贼妮子，啥都叫你瞧见啊？谁都没瞧见。""嘿咿，打我眼皮子底下过，硬是没瞧见！"大妮子问有巢："你见大姨回来了没？""跟我一道儿回来的，她家在前头两排。""有巢你先待着，我去去就回，回来咱姐俩好好儿说说话。""去吧去吧！

一黑间工夫儿哩，今儿说不完明儿接茬儿说。姐姐明儿不走吧？"
"不走，这回可要住几天呢。"

大妮子没去多大工夫儿就回来了。大娘说："这么快？"

"嗯，正赶上人家吃饭，一家子非要留我，我说还住几天哩，这么近，明儿再过来说话儿。"

蛋蛋把饭做好了，一家子在外头吃，这一排那四家儿都过来跟大妮子打招呼儿，叫她过去吃。大娘说："谁也甭让，谁也甭请，都端着碗过这儿来吃吧，一边儿吃一边儿说。"几家子端过菜盆子，你给我夹一筷子，我给他夹一柱子，啥都尝尝儿，都夸蛋蛋的盐水儿蛤蟆腿儿顶好吃，几下子就吃完了。大妮子说："我们蛋蛋逮蛤蟆腿儿可是有年头儿的啦，我在的时候，逮的就够他一人儿吃的，这会儿能招待大伙儿了，呵呵。"

顺儿端着半盆面滚鱼儿，气喘吁吁上来了。大妮子说："都端来了，你们不吃了？"顺儿说："我们吃了，娘才炸得的。"大娘说："你娘也真是的，这么客气！"蛋蛋说："你来晚了，没蛤蟆腿儿了。明儿早点儿过来，我请你。"顺儿说："吃滚鱼儿吧，今儿个我请你。"俩小孩子家，请来请去事儿似的。

吃了饭，各家儿回了各家儿，留着让人大妮子一家好说话儿。有巢不错眼珠儿盯着大妮子看，喂奶的女人水灵得像个带霜儿的红香果，嫩得能掐出水儿来。大妮子叫她看毛了，说："有你这么瞧人的吗？留神瞧到眼里拔不出来！"有巢还是瞧她，啧啧好几声儿，"呀，人还真有往回活的，姐姐比在家的时候还少相了，啧啧，真想咬你一嘴解解馋。""死妮子，一张嘴就没好话！"大妮子上来拧了她一嘴，"看你还糟践人不！""呀呀，好厉害的女人，把家里摆治人的手段使出来了。我怕了，怕了，饶了我吧，饶了我吧！"有巢躲过来，大妮子追着打，俩人嘎嘎笑，把一老一小一对儿也逗乐了。大娘抱着妮儿使劲儿亲，妮儿呵儿呵儿乐，像化了冰的小河沟儿。

"死妮子，别闹了，问你个正事儿。"

"啥正事儿啊？不是又拧人嘴吧？这女人太厉害了！"

"正事儿，妮儿姥爷叫我回来问问，咱这花碗是咋烧出来的呀？咋就那么光乎儿那么亮呢？"

鲻山舅舅问这个，能说吗？帮鲻山盖屋，滩里赚了树；把花碗给了鲻山，滩里可就换不来吃穿啦。有巢瞧着大娘，大娘站在大妮子后头一劲儿摇脑袋。有巢说："这你可问错人儿啦。我不在窑上，窑上的活儿我就说不清。"大娘微微点头。

"咋都是这人啊！问爹，爹不知道，问你，你不知道，合着把我当外人啦！"

"姐姐，我真不知道，跟花儿姥娘打听过，人家没告说，又问了顺儿姥娘，人家也不说，准是不愿意叫外人知道吧。瞧，连我都成了外人啦。也难怪人家防着，你想想儿，都会了，窑上哪儿还有姥娘们的地儿呀？窑上的事儿，我真说不清楚。姐姐，你要是问盖屋打井的事儿，我能给你掰枝儿掰叶儿说个细。"有巢干脆把话挑明了。

大娘就势儿把话题儿引开了："妮子，咱上头没井吧？"

"不知道你们俩说的啥，山上哪儿来的妖精啊？"

大娘忍不住乐了，"不是妖精，是吃水的井。"

"啥精也没有，吃水的吃粮食的都没有。"

"算了算了，跟你说不清。有巢，带你姐瞧瞧咱的井去，她就知道是啥妖精了，哈哈。"

有巢提溜上俩罐子，领大妮子出去了。

一会儿俩人回来了，大妮子说："娘，明儿有巢跟我一块儿上山，打井去。"

"才来就回去？干吗这么急呀？不再住几天了？"

"不住了，回去打井去。"

"嘿，说风就是雨，干吗这么急呀？你老老实实儿带着孩子跟家住些日子，瞧瞧这一排排盖起来的屋，后头新盖得的比咱这强多了。到走的时候让蛤蟆跟土小儿送你回去，在上头帮你们打出一口井来。"

"娘，有巢说打一口井连半天儿都使不了。她明儿一早儿跟我走，也甭太早了，跟爹他们一块儿上去，后晌一块儿回来，井也打成了。"

"噢！不到半天工夫儿，那是打小井，也就是挖个深点儿的土坑儿。你瞧见的大井，光外圈就插了二百多根桩子，里头还得这么支那么撑的，仨半天工夫儿也打不出来。再说山上比滩里高多了，井得挖得比这儿深得多才能见水，三天五天还不定拿得下来拿不下来呢。妮子，打井可没那么容易，说打就打了。你先这儿踏踏实实儿住着，明儿你爹上去问你姨一声儿。她要是想打，就先预备下桩子家伙，过两天我叫土小儿他们俩跟着上去，啥时候打出水来啥时候算。"

有巢也说："姨姨说得是，打口井不容易，还得看下头有没有水脉，没脉打出来的是干井，白搭工夫儿不算，还得填上。姐姐就先住几天，好好儿瞧瞧咱这儿的几口井。舅舅给两头儿串着些儿，錙山大娘要是愿意打，预备好了咱就打。"

"行！不用问，我姨准打，还不是打一口井呢，你们不知道山上吃水有多难啊。"

有巢笑了，"别人不知道，我还不知道？下头有股泉，尽底下有个涧滩，吃水老爬上爬下的。等打出几口井来，就好多了，至少不用一天上上下下跑了。"

吃了后晌饭，一家子逗妮儿玩儿。蛋蛋咋也不明白，小妮子咋就成了这么点儿个妮儿了，本来她是他姐，这咱她得管他叫舅了。谁也给他说不清，他干脆不问了。妮儿会笑，会哭，还会抓挠挠儿，谁说话就扭过脖子看谁。黑眼睫毛儿盖着眯细眼儿，透出亮亮的光，笑窝窝儿成了俩深坑儿，哈喇子老长。大娘给孩子擦着嘴说："这妮儿耳聪目明，长大了准是个人精子。"大妮子说："精精的倒不要紧，只要别像她娘这么傻，我就知足了。呵呵。"有巢戳打她肩膀头说："你傻？傻子堆儿里头挑出来的！"

夜里，妮儿哇哇哭起来，大妮子起来给把了尿，喂了奶，孩子才消停了。有巢想着，给人家当娘也不容易啊。天还没亮，妮儿又哭开了，大妮子又是把尿，喂奶。接着她不睡了，"呵儿哈儿、呵儿哈儿"不知道说个啥。有巢翻了个身，逗孩子玩儿。大妮子挺过意不去的，"吵得你一宿没睡好觉。""没有，我又不把尿不喂奶的，醒了一会儿就睡着了。"说着抱过妮儿来，孩子的小肉儿软得跟水似的，细得跟风儿似的，嫩得跟云彩似的，可可儿疼死个人儿。孩子把小手儿塞嘴里，嘴鼓鼓的。她拿过孩子的手来，叼住一根儿指头，像咬住根儿嫩笋，孩子呵儿呵儿乐。

"蛋蛋，还没起呐？"顺儿在门口儿喊。蛋蛋一骨碌爬起来就往外跑。

大妮子跟有巢躺着悄悄儿说，"蛋蛋长大了，懂事儿多了，就是话太少，打我来了，也没听他说几句话。"

有巢也小声儿说："可不是嘛，蛋蛋管着一家子吃喝儿哩。自打小妮子走了，蛋蛋就成了大人了，话说得少了，活儿干得多了。"说着心里一揪一揪疼起来。

"都说我们妮儿是小妮子投的胎，跟她姨小时候长得一样儿一样儿的。真是这，她可是有了正根儿了。"

"嗯，是这样儿。"

"这还得说是大姨好哇，要不是人家献了吉娃娃，妮儿就没了。"

"嗯，赶上好人了，大姨一家子好人，姥舅、姥娘、大姨跟仨妮子，全都是好人，连顺儿都是，咱蛋蛋就跟他还有话。"

"是，我想着，咋报人家呢？换下来咱妮儿一条命啊。他家妮子多，要不就把妮儿给他家，顶了吉娃娃了。"

"你舍得把妮儿给了?"

"是人家先舍出来的,我就是再舍不得,也舍得了。"

"那就给咱家留下吧,姨见了是个念心儿。"

大妮子扒有巢耳朵边儿上说了句啥,有巢惊喜地叫起来,大妮子捂住她嘴,"嘘!小声儿点儿!别吵醒了他们!"

一家子起来,蛋蛋已经做好了饭。本来前晌吃贴饼子,为了大妮子,焖了一锅糯米饭。大妮子吃了两大碗,问:"咱家咋不使花碗呀?"娘说:"谁家也没有,刚烧出一窑来,拿到四下里换好东西去了。这不是,人家又要了不少,几窑都烧不出来,只能先紧着外头的了。"

大妮子明白了,娘为啥不叫她去窑上看。舅舅太傻了,叫她回来现这眼!不过,为了打井,来这一趟也值了。吃了饭,她跟娘说:"您到了地里跟狸儿姐说一声儿,我今儿不过去了,得瞧屋子瞧井,顾不过来了,跟姐妹儿都带个好儿,下回回来再说话儿。"大娘说:"行,该瞧的都好好儿瞧瞧,哪儿不明白,有巢给你好好儿说说,都是她一手经办的。"心里想着,大妮子是块好料,赶明儿能接了鲻山的珍珠串儿。

大娘把大妮子交给有巢,自个儿去了地里。有巢说:"咱先去瞧瞧东头儿新盖的屋。"

"这会儿去不晚吧?人家里有人吗?"

"后头一排才盖好了,窗户门还没安,没住进人去。咱就去那儿,好好儿瞧瞧。"

"哟,你那么忙,有工夫儿给我搭吗?"

"啥话!姐姐是谁呀?姐姐一年才回来一回,我上赶着跟你在一块儿多待会儿,还能没工夫?"

"真的,盖屋离了你能行?"

"离了谁都能行。这会儿这地界儿也不归我管了,都是三哥管着。我挨这儿就管改改式样儿出出主意伍的。"

"嗨，问你句实话：烧花碗是你的主意吧？"

有巢光笑，不言语。

"知道就是贼妮子的鬼点子。甭怕，我不套你。你把打井的本事教给我比啥都强，山里缺水缺得厉害啊。吃饭的家伙不当紧，黑的花的差不到哪儿去。"

"姐姐甭着急，我全都告诉你。姨不是说了嘛，明儿叫土小儿他们上去帮着打井去。"

到了盖屋工地上，人不多，外头有几个刻饬木头削梢钉儿的姥娘，见了大妮子都过来招呼，逗妮儿玩儿。有巢说："我领着姐姐上去瞧瞧新起的屋去。"风儿姥娘说："没门儿没窗户，叮叮当当乱七八糟的，有啥好瞧的？还不如咱娘们儿一块儿说说话儿呢，有一年多没见吧？"

大妮子说："可不是嘛，这回回来就是来瞧瞧姥娘再瞧瞧盖屋的，滩里的屋比山上的好，瞧瞧这好屋咋盖的。呵呵。"

黑姥娘说："那还不如瞧我们那屋去呐，我们刚搬进去，跟这没盖好的一个样式儿。"

有巢说："那就麻烦姥娘了。姥娘家拾掇好了，门儿上地上都髹了漆。"

"麻烦啥啊？大妮子难得回来一回，想请都请不到哩。走，就那排，把边儿的就是。"黑姥娘撂下手里的活儿，拍拍身上，领着姐俩走了。

人家下头都插上栅栏儿圈起来了，鸡鸭猪狗也得走门儿。梯子一头儿一个，把边儿的一东一西外头台子上都有做饭的地界儿，当间儿三家儿宽敞多了。黑姥娘家门儿在西头台子上，朝东开，半屋子日头，明晃晃的。两面儿都有窗户，靠墙跟儿盘了个炉子，墙上头留着出烟的窟窿。

姥娘说："这是我们老俩跟小子还有仨大孩子睡觉的屋，妮子他们俩带着俩小的睡里头。"大妮子这才瞧见后头还有一间屋，一堵隔断墙分开的，没门儿。有巢说："这叫宫室，后盖的都有套间儿，不像咱家大通间儿。"

里间屋不大，地上一溜儿草铺，地板上了漆，干干净净。

黑姥娘说："在窝棚里委屈了一辈子，落下腰疼腿疼一身毛病。老了总算住上新屋了，这辈子没白活。说实在的，真上了天，还不定有屋住呢。你们姐儿俩甭笑话我，我这人没出息，就冲这屋，也贪着多活两天儿。呵呵。"

大妮子说："您这宫室可比我娘那屋强海了去了。"

黑姥娘说："嘿咿，你不知道，后盖的都比先盖的强。你娘一直紧让，到后来大伙儿不干了，留下那间屋，谁也不住，你们家才搬进去了。我们家人口儿多，可是原先的窝棚不漏不塌，没脸争着要屋子。到后来人们都瞧出先住进去的不好了，谁都不争了，都往后捎。我们家受不了委屈，就进来了。呵呵，说不上占便宜，也说不上吃亏。"

有巢说："姥娘甭后悔，呵呵。往后盖的也就这样儿了，再也好不到哪儿去了。"

"呵呵，万事都有个头儿，屋子盖成了这样儿，也算到头儿了，除非把猪圈鸡窝也修成跟上头一样儿，呵呵。我才不后悔呢，还能活几天儿啊？住一天儿赚一天儿，呵呵。"

妮儿哭了，大妮子赶紧抱着她跑出来，隔着台上的栏杆儿把了泡尿。孩子还是哭，直到她娘把奶头儿塞到嘴里，才不出声儿了。黑姥娘端来两碗水，叫姐儿俩坐墩子上歇歇儿，瞅着妮儿说："跟咱小妮子小时候一模一样儿，莫不是那孩子转生了？"

"姥娘也这么说？都说是小妮子投的胎，那就是她了。"

"转世的事儿听老辈子说过，投到亲人胎里，还真是头一回见。也难说，咱小妮子是神神嘛。来，叫姥娘抱抱！呀，瞧孩儿笑得多甜啊！"

大妮子把妮儿给了黑姥娘，走到窗户跟前儿。窗户开着，有巢把窗户一关，屋里立时黑了。窗户一开，日头比刚才亮多了。大妮子说："哟，这不跟门儿一样儿吗？"黑姥娘说："是啊，就是扇小门儿。黑间关起来，白天开开。冷了关起来，热了开开。哪儿像那窝棚啊，一年到头儿黑乎乎的，说实话，还不如下头的猪圈鸡鸭窝呢。嘿咿，住这宫室，真是要多知足有多知足，给我啥都不换噢。"

大妮子说："哟，姥娘还想换啥呀？我可是想不出比这更好的住处儿来了。"

"想是不想了，就是拿娘娘住的天上宫室跟我换，我也不换，呵呵。"

姐儿俩这个笑呀，有巢说："呵呵，姥娘心真比天还高啊，该叫您黑娘娘来着。"

大妮子说："可不是嘛，你们住的都是娘娘宫室，叫我这山里头来的眼红死了。"

黑姥娘呵呵儿乐得跟娃娃似的，"你们俩还甭说，住这屋里，我就觉摸着自个儿是娘娘啦。呵呵，娘娘住啥呀？天上也不一定有咱这样儿的宫室，有巢你说是吧？"

大妮子说："这会儿问她，她哪儿知道啊？那得等她当了娘娘上了天才知道呐。"

黑姥娘说："你还甭说，我们有巢准是娘娘下凡来的，凡人谁能想得出盖屋来？还盖宫室，做梦也想不出来啊。我们有巢就是火娘娘，呵呵。"

有巢给她夸得不好意思，说："姥娘这地也不留一道缝儿，让我往哪儿钻啊。麻烦您半天了，姐姐还要看水井，我们该走了。"

黑姥娘跟她们一块儿下来，对大妮子说："吃了后晌饭过来串门儿啊，妮子们都想你呢，天天儿念叨。""想我？都跟我上鲻山做伴儿去得了。鲻山的小子滩里的妮儿，我们鲻山出好小子，一个个儿身高树大，两耳招风，呵呵。"黑姥娘跟着打哈哈儿："那哪儿成啊，你们鲻山又没宫室。住惯了宫室的人哪儿都不去喽，叫你们鲻山身高树大两耳招风的都来咱滩里吧，来了就住宫室，多美呀。呵呵。"

跟黑姥娘分了手儿，有巢指着北边儿一溜不远处的一间屋问大妮子："姐姐说那都是啥屋？"

大妮子说："啥屋啊？孤零零一间一间的，会相好儿使的吧？你们可真够阔的！"

"呸！姐姐说这话也不脸红？净想些个啥呀？"

"是个人就知道想这个，谁像你呀，跟人不一样儿！"

"我咋啦？又编派我啥呀？"

"你是娘娘，不找相好儿的。是个妮子大了都有相好儿，都有老公，要不叫公母俩呢。咱家大灰鹅都知道这个。"

"姐姐一肚子都装的啥呀！告你说吧，那都是井屋！当然，你要去那儿会相好儿的，谁也管不着，哈哈。"

"啊？井还有屋？"

"你昨儿后晌不是看了咱家旁边儿那口井吗？咋就没看见井屋哩？真是刷锅漏盆呐！"

"瞧我这记性！想起来了，想起来了，是有个棚子。"

到了井屋，大妮子才看清了，"哟，下头还围着呐，这要是装上窗户门儿，还真是间圆咕隆咚的屋子了。"

"要不叫井屋呐。围起来是怕大水冲了。姐，留神台阶儿！"有巢拽了她一把。

"你要是不说，我还真瞧不出来干吗弄这么麻烦。"

"先前挖了仨井，其实不算井，是仨出水的坑儿。后来一场雨冲了，这才想起挖大的，立下桩子，又从当间儿撑住，这才有了这井。"

"嗯，昨儿你光顾着打水，还没给细说呢。这圆轱辘子是干啥的呀？"

"这叫辘轳，拴上罐子，一秃噜就下去了，水满了绳子掂得出来，摇辘辘把儿就把水罐子拽上来了。"

"啧啧，咋琢磨出来的啊?"大妮子摇着辘轳把儿。"

"这没啥，三根木头撑起个架子来，上头架一截儿木头，安上个把儿就齐了。这个不算个啥，回家我给你看个好东西。"

"啥好东西?"

"这会儿不告诉你。"

"那咱这就回家!"

"还没看完呢。"

"屋也看了，井也看了，几口井都一样儿，还看啥呀?"

"姐姐来一趟，咋也得看看神神屋啊。"

"昨儿一来，娘就领我去了神神屋，又高又大又豁亮，比我们那神神屋气势多了。我顶想去窑上看看，你们又防贼似的防着我。哼，回去跟舅舅都没法儿交代。"

"我知道姐姐在窑上干活儿，咱去神神屋，给姐姐看窑上出的活儿。"

"瞧见了，那对豆真够大的，配这神神屋正好儿，配我们那，就显得太大了。"

"不是豆。你一说，我就知道你没瞧见。"

"那是啥呀?"

"进去就瞧见了。"

"一会儿说回家给我看好东西，一会儿又说去神神屋里瞧窑上的啥活儿。嘿咿，你就跟我逗闷子吧! 倒是快点儿走啊!"

姐俩上了坡儿，一进神神屋，大妮子就问："到底儿是啥宝贝呀? 这回该告诉我了吧?"大妮子看不见神神屋里有啥她没看见的宝贝。

有巢说："你呀，眼大漏神，你瞧瞧这地!"

"真是的嗨，哪儿找来这么大的石头哇? 齐齐整整全都一般儿大嗨，神啦！"

"我的傻姐姐，这哪儿是石头哇！"

"不是石头是啥呀？咋儿我一进来，就觉出神气来了，咋就没往这上头想呢？你瞧，我还专门儿在前头献了块羊毛垫子。"

"姐姐，这是窑上专门儿给神神屋烧的，叫砖。"

"真的？真是泥坯烧出来的？真是窑上的活儿？有巢你可别蒙我！"

"真的，我蒙你干吗啊？"

大妮子长眼瞪成了圆眼，半天说不出话来。她想问问有巢，这砖石拿啥烧的，咋烧的，想起花碗的事儿，打住了。

"姐姐，我说给你这砖咋烧，回去给咱鲻山的神神屋也烧一窑转，把地铺平了，叫吉娃娃好早点儿转生。"

大妮子不敢信自个儿的耳朵了，当是在做梦。她捏了妮儿一把，孩子"哇啦"哭了，嗯，不是做梦。"有巢你说啥来着？"她还是以为刚才听岔了。

"姐，妮儿不是要尿要拉吧？"有巢怕孩子把神神屋地下糟践了。

"没事儿，刚在黑姥娘家尿了。她这是饿了，要奶呢。"说着把奶头儿塞孩子嘴里，孩子不哭了。

"姐，咱回吧，孩子累了，回家让她睡会儿。"

"哎？不是要说烧砖的事儿吗？"

"瞧你急的！咱一边儿走一边儿说，在这儿又烧不出来。"

第十八回

众姥姥巧言答客问
小妮儿憨笑抚人心

出神神屋，大妮子就问："这砖也是泥坯烧出来的吗？"

有巢扑哧儿乐了，"不使泥坯使啥烧哇？你可真逗！"

"哎，这泥是咋和的呀？使咱山上做坯的土行吗？"

"不行，咱山上的红土不够黏，掺了白沙就更散了。"

"嗨，我就想到这一层儿了！和不成泥咋做坯啊？山上的陶土跟滩里不一样儿。"

"滩里的陶土一样儿不行。我们也是试了好几回，开头儿拿陶土烧，那几天正赶上我在山上，没顾上看着，等回来一瞧，全成了四角儿翘翘的方盘子啦。"

"那你们去哪儿弄来的土哇？"

"你听我往下说呀。后来找了好几样儿土，河里的，地里的，还有盖房子打桩子挖出来的，这么掺和那么搭配，和了好几样儿泥。那工夫儿想着沙土多的多半儿不结实，黄土多的准缩乎儿，翘翘得最厉害，地里土多的又不散，又不缩乎儿，烧出来许不错。等烧出来一瞧，你猜咋着？"

"都不行？"

"都比陶土强，最好的是黄土掺了灶灰和的泥烧出来的，平平整整，不翘不散。就是这儿挖出来的黄土。"有巢抓起一把地上的土，给大妮子看。

"太好了，这土咱那儿也有，盖屋挖不出来，别处儿也挖得出来。"

"打井打到深处儿，都是黄土，黏着呐。"

"好嘞！回去先打井。坯是模子脱出来的吧？瞅着都一般儿大。"

"这回让你说对了。走，去窑上给你拿个砖模子，回去照着做就行了。"

一听说去窑上，大妮子喜欢得跟小孩儿似的，连蹦带跳一路儿小跑儿，颠得怀里的妮儿咯咯儿笑。有巢也笑，"瞧这娘儿俩疯的！"

一到窑上，有巢傻了眼了，早不来晚不来，偏偏赶上上釉子！大锅架在火上，白汤儿咕嘟咕嘟滚着，顺儿姥娘跟几个姥娘一个个儿挑着个碗，正涮釉子呢。半大妮子们跟着小鱼儿姥娘学拉坯。

大妮子把妮儿给了有巢，几步儿奔了釉子锅，伸着脑袋瞧，"姥娘，这是干啥呐？"

顺儿姥娘说："哟，这不是咱大妮子嘛？难得见着你啊，呵呵，孩子也来了。"几个姥娘都抬起头来，跟大妮子打招呼儿。有巢站在大妮子后头，又是挤眼儿，又是打手势，指指釉子锅，摆摆手。顺儿姥娘早就明白了，说："我这会儿腾不出手来，也不能抱抱孩子。你把孩子抱过来叫我们好好儿瞧瞧。"

大妮子没听见顺儿姥娘说啥，也不管她说啥，只顾问那锅："姥娘，这锅里熬的啥呀？"

"汤啊。"

"汤里都搁的啥呀?"

有巢抱着孩子,急得又是摇头又是摆手。妮儿叫她抱得不舒服,"哇啦"哭了。大妮子也不管,跟没听见似的。

秀儿姥娘撂下手里的棍子,过来哄妮儿。顺儿姥娘说:"孩子饿了吧?"大妮子没听见,还是问锅里都是些个啥。

"妮子你问这干嘛呀?"顺儿姥娘这是说给窑上的人听的。

"不干嘛,瞅着挺稀罕的,就问问。"大妮子脸上红了。

"妮子,这你可问错人儿了,得问你花儿姥娘,回回儿都是她给搅和好了。我们几个全都稀里糊涂,也没人儿问过她。等她回来了,好好儿问问她,这锅里头都搁的是啥,哪样儿搁多少。"

小鱼儿姥娘跟正拾掇坯的尾巴儿嘀咕了个啥,尾巴儿撂下手里的碗,蔫不出溜儿走了。

大妮子说:"行,我等会儿问花儿姥娘。"

顺儿姥娘瞧见尾巴儿走了,就说:"嘿咿,巧啦,她今儿一早儿搅和好了就走了,去四明湖瞧儿子去了,草妮儿昨儿回来捎了个信儿,说窝窝儿身上不好。今儿一早儿她急急忙忙跟上草妮儿走了。"

"窝窝儿跟了四明湖了?"

姥娘们齐齐儿"嗯"了一声儿。有巢忍不住乐了,只盼着今儿别碰见花儿姥娘跟窝窝儿。她怕大妮子没完没了地问,就说:"我给姐姐找个脱砖坯的模子去。"

小鱼儿姥娘搭腔儿了:"哎,模子都挨这儿呢,要几个呀?"有巢往半大妮子堆里一瞧,不知道啥时候尾巴儿又蔫不出溜儿回来了。有巢心里笑,嘴上也绷不住了:"呵呵,小鱼儿姥娘真有你的,模子嘛,还能要几个?一个就够了。"

"嗨,别的没有,模子有的是。"小鱼儿姥娘拿了个砖坯模子递给有巢,又问大妮子:"山上也要给神神屋铺地了?"

"不光铺神神屋，我想着把人住的屋前头的道儿也铺上，省得把脏土烂泥带上去。"

小鱼儿姥娘一伸舌头，"嚜嚜，还是你们鲻山厉害啊。"

有巢说："姐姐，砖是专给神神屋烧的，铺道儿可要惹神神生气了。"秀儿姥娘也跟着说："就是嘛，这砖是神砖，可不是咱凡人使唤得了的，铺到人住的地方儿，踩着也不踏实不是？"

大妮子赶紧说："哟，我个糊涂蛋啥都不知道，得亏姥娘告说了。刚才那浑话算我没说，算我没说。可不敢惹神神生气，除了神神屋，我们哪儿都不铺，等砖烧出来，把神神屋地下铺得好好儿的，跟咱滩里的一样儿。"

有巢瞧着天不早了，怕半道儿碰见船上回来的窝窝儿，就说："姐姐咱回吧，我还要给你瞧家里的好东西哩。"

大妮子瞧着拉坯挺新鲜，说："再待会儿，让我再瞧瞧这个。这是咋转的啊？噢，脚底下扒拉着呐。嘿咻，这我得好好儿瞧瞧，太有意思了！"

小鱼儿姥娘碰了尾巴儿胳膊一下儿，尾巴儿又出溜儿没了。

有巢说："姐，这个好做，俩轮子夹一根棍子，是个人儿就会。脚底下一扒拉，上头就跟着转了。"

"嗯，这物件儿倒不像是太难做，就是不明白，坯是咋做的，转得太快，瞧着眼晕。"

有巢叫一个妮子起开，好让大妮子试试。大妮子坐在机墩儿上，脚一扒拉，上头下头俩盘子都转开了。有巢说："你俩手蘸上水，先掏个眼儿，然后往外扒拉。所以这活儿叫拉坯。想做啥就咋扒拉，做盘子往宽里拉，做碗往高里托。哎，就这么拉，再蘸点儿水，对啦。瞧，这么会儿就会了！"话音儿刚落，轮子就不转了。大妮子说："会个啥呀？顾了上头顾不了下头，手忙脚乱弄不成。天生笨手笨脚，学不会！"有巢说："这才多大工夫儿啊？拉上两天就会了。姐回去做个轮子，这儿的轮子都是妮子们自个儿做的，好做。"

大妮子起来，又把杌墩儿让给了那妮子，瞧着人家拉坯。"有巢啊，我拉的时候手底下没准儿，想拉啥偏偏拉不成，咋才能不走样儿啊？"有巢说："惯了就好了。开头儿没准儿，先在盘子上搁一楦子，把泥扣楦子上，再拉。哟，这是咋啦？"

有巢觉着腿上湿乎乎的，嘿咿，原来是妮儿尿了，"好臊啊！这臭妮儿，连个气儿都不吭就尿，真她娘的坏！"大妮子赶紧接过孩子来，把了泡尿，说："听听，人家骂你娘啦。臭妮儿，是娘教给你往人家身上尿的？呵呵。"有巢说："姐，不早了，臭妮儿也快饿了吧？咱回吧！"大妮子这才跟姥娘妮子们道了别，相跟上走了。

半道儿碰见蛋蛋，背个大篓子，脖子上挂着两大串儿蛤蟆腿儿，腰弯着，蛤蟆腿儿蹭到地上。有巢从他的俩肩膀儿上摘下篓子来，里头是半篓子苣麻儿菜。蛋蛋直起腰来，瞧见有巢手里的模子，问："你们上哪儿去了？""去窑上给大姐要了个砖模子。"大妮子说："蛋蛋，鲻山也要铺神神屋了，姐回去就赶摸子脱坯烧砖。"蛋蛋一听神神屋，眉头就拧起来了，黑眉毛挤着气红了的眉心，怒成一块憋着火儿的炭疙瘩。

有巢怕蛋蛋又要骂神神，赶紧拿话岔开："嗺嗺，蛋蛋真能干儿啊，撸了这么多蛤蟆腿儿！去哪儿了啊？"蛋蛋朝上翻了她一眼，牙把嘴唇儿刮白了，啥也没说。大妮子瞧着纳闷儿，问他："蛋蛋今儿是咋了？在外头受谁的气了？"有巢怕蛋蛋张嘴，赶紧笑着说："呵呵，蛋蛋还能受了气？一帮小子都听蛋蛋的，谁敢给他气儿受，找死啊？"

蛋蛋到底儿还是张嘴了："大姐，甭啥都学，铺神神屋不是好事儿！"

"咱这神神屋地下铺了砖，进去就是不一样儿，又干净又肃穆。我想着把鲻山的神神屋地下也铺了砖。蛋蛋干吗不叫铺呀？

有啥说头儿没有？"

有巢把脸一沉，吓唬蛋蛋："你个记吃不记打的，要是敢跟大姐跟前瞎说，留神撕烂你的臭嘴！"

大妮子吓了一大跳，有巢横眉立眼这是干吗啊？凭啥不叫蛋蛋说话？还没等她张嘴，蛋蛋一跺脚，气哼哼说："不让说，我就说！神神不是好东西，狗屁神神，坏蛋神神，吃了我二姐，又吃了吉娃娃。大姐，你可不能给鸡巴神神铺砖！"

大妮子吓得一把捂住蛋蛋的嘴。有巢脸黑了，手举起来，又落下了。"满嘴放屁！小屁孩儿知道个啥！皆为咱给神神屋铺了砖，你二姐才转生了。山上铺砖，吉娃娃才能转生。你这么骂，是不想叫吉娃娃转生是吧？"

蛋蛋翻了翻毛猴子眼，呸了一口，"啥转生不转生的，蒙人！我才不信呐。二姐比我大，妮儿她才这么大点儿，能是二姐？蒙谁啊你？她才不是我姐呢，我是她舅！是个人都知道，你还想蒙人？去你的吧，甭拿转生不转生的说事儿，哼！"

大妮子细声儿慢语儿劝弟弟："蛋蛋啊，你还不懂这些个，等你大了就明白了。不懂的不要瞎说，瞎说惹神神生气，神神怪罪下来，大伙儿都跟着你吃瓜落儿。蛋蛋，听有巢姐姐的话，可别瞎说了啊！"

蛋蛋不说了，鼻子里气得哼哼儿。有巢说："你甭不服气，有你的好儿呢。听大姐的话，到家可别瞎说了，留神又挨抽！"蛋蛋使劲儿刮嘴唇儿，道儿上再也没吭声儿。

一到家，蛋蛋就点上火，坐上锅，添水，下米。有巢舀了水要洗菜，蛋蛋说："菜在河里洗干净了。"有巢说："刚才蛤蟆腿儿奔拉到地上，蹭上土了。"蛋蛋鼻子里"噢"了一声儿，盖上锅盖，又添了把火，就过来瞧妮儿。大妮子把妮儿搁他怀里，说："你给她当舅呐，抱她一会儿！"蛋蛋抱着妮儿，只觉着啥也没抱，手里一点儿分量也没有，这能是二姐吗？哼！蒙谁呀？

"有巢，你要给我看啥好东西啊？"

"噢，差点儿把这茬儿给忘了。"有巢掀开墙犄角儿盖着的麻布，搬出纺轮儿来。

"咦，这是干吗的？瞅着像风葫芦儿。"

蛋蛋扑哧儿乐了，"哪儿有这么笨的风葫芦儿啊？大姐，这是纺车！纺线使的。"

"这能纺了线？这不是轮子吗？咋叫车啊？"

蛋蛋说："就是扯着批儿纺线，扯着线纺绳儿。"

有巢说："蛋蛋叫纺车，就叫纺车吧。"说着找了把麻批儿，纺给大妮子看。

大妮子说："这可是好东西，叫我也纺纺！"刚一接过来，妮儿哇啦哇啦哭开了，皱着眉咧着嘴，脑门子上起了皱皱儿，跟个害病的小姥娘似的。蛋蛋吓得赶紧找大妮子，"她不是二姐，大姐，快给你！"大妮子接过孩子来，叹了口气，"唉，蛋蛋真是一根儿劲，死拧！"

大娘回来了，一进门儿就接过妮儿来，嘴里叫着："上天喽！"往起一举。妮儿咯咯儿乐。大娘又往起一举，孩子乐得没完了。蛋蛋想：二姐也爱笑，笑起来也是咯咯儿的，莫非真是二姐在笑？

舅舅回来了，背回来满满一篓子，往地上一扣，稀里哗啦一大堆，吃的、穿的、使的全都有，青白的小枣儿骨碌了一地。蛋蛋拿了个瓢，趴地下拣枣儿，搁嘴里一个，"啧啧，真甜啊，好东西！"大妮子抓起一把来，递给大娘，"这是鲻山小枣儿，娘尝尝儿！"大娘吃了个，"嗯，不错。"舅舅显摆："她姨一样儿装了点儿，咱待见啥明儿再往回背啥。"大娘说："瞧你这事儿干的！一大篓子花碗全给了她，这会儿她又还咱的情儿，咱这不是占窑上的便宜吗？"有巢说："没事儿，待会儿我把东西装起来送窑上去，让几个姥娘挑。"大娘说："姥娘们挑了这个，还跟着分鱼分粮吗？咋着都不合适，还是搁神神屋里存着吧，等攒多了分上一回。"蛋蛋捡了不满一瓢枣儿，站起来问："这个也搁神神屋去？"大娘说："搁不住，算啦。她爹，你就别给啥都要了，这么下去不叫事儿，赶紧打住！"大妮子说："娘这话说的！咱谁跟谁呀？"

舅舅告诉大妮子："你姨说了，鲻山也挖井。"

"真的？"

"真的，还说越快越好。"

"行，我明儿就回。"

大娘说："你又不挖井，急着回去干吗呀？再住几天！"

"娘，该看的都看了，早点儿回去，该干嘛干嘛了。"

"刚跟咱妮儿熟了，又要走了，嗨！要走你一人儿走，把妮儿给我留下。"说着手去抓妮儿胳肢窝儿，妮儿夹着胳膊踢蹬着脚丫儿咯咯儿笑。蛋蛋突然说："真是二姐嗨！"也去逗妮儿，挠她脚心儿。妮儿咯咯儿笑得缩成一团儿。大娘说："别逗啦，留神笑岔气儿了！"一不逗，妮儿张着俩小粉手儿啊啊叫唤，还想叫逗她乐。蛋蛋瞅着小脸儿上黑茸茸的眯眯眼，嘴一咧乐了。

后响饭五家儿一块儿吃，都端到大娘家门口儿，全是各家儿小子们做的，才去地里干活儿，没弄回来吃的，焖了一大锅米饭；生子也是，只好摊了一锅蛋，鸡、鸭、鹅蛋全都有，配上绿油油儿的小葱儿；哈哈儿家分了鱼，炖了一锅，配上哈哈儿剜的鲜地菜；土娃儿端来满满一大盆螺蛳；蛋蛋的是盐水儿蛤蟆腿儿，也够多半盆了，又添了一盆拌苣麻菜，热水焯了，去了苦味儿。蛋蛋的菜弄来最费劲，吃得却最快，三嘴两嘴盆里就光了。几个小子埋怨蛋蛋的太少，蛋蛋说："明儿还一块堆儿吃吗？"大人想着这么吃总有吃亏的占便宜的，对上有事儿一块堆儿凑凑还行，老这么着谁受得了哇？可是又不好说。孩子们爱热闹，凑一块堆儿能解馋，就都说："一块堆儿就一块堆儿。"蛋蛋说："那，我明儿个闷一大锅饭，你们谁找蛤蟆腿儿？"谁都不吭气儿了。

　　黑间，蛋蛋梦见跟二姐一块堆儿逮蛤蟆。二姐敢逮，不敢摔，摔脑袋撸腿儿的活儿老得他干。其实也没啥，捏住俩蛤蟆腿儿，啪一摔，再一撸，就结了。别说摔了，二姐连瞧都不敢瞧，老捂着脸。蛤蟆死了，二姐哭了。他两条腿朝外弯着学蛤蟆蹦，逗得二姐咯咯儿笑了，眼里还挂着泪花儿。他从泪花儿里瞧见了自个儿的脸，逗得他直吐舌头，泪花儿里的脸也吐舌头。二姐笑得更厉害了，咯咯儿像江里的浪花儿。二姐笑呀笑呀，人越笑越小，最后笑成了妮儿，四脚八叉又蹬又踢。突然，妮儿哭了，"哇哇"哭。

　　蛋蛋醒了，真是妮儿哭，大姐搂着她，轻轻拍，嘴里"噢噢噢噢"哼哼，直到把妮儿拍着了。

　　蛋蛋翻过身去，轻轻摸到妮儿，是根儿小胳膊儿，又细乎儿又软乎儿，像娘娘身边儿的童儿，童儿都是云彩做的身子，软乎儿着呐。他顺着胳膊往上摸，摸到肩膀儿，摸到耳朵，摸到湿乎乎儿的下巴颏儿，摸到肉嘟嘟儿的嘴唇儿，再往上摸，手指头上有了气儿，轻轻的细细的，云彩一样儿。

　　早起蛋蛋醒来，身上痒痒，一瞧，妮儿闷着小脑袋儿趴他胸脯儿上拱呐，湿嘴头子拱得胸口痒痒。他掐着胳肢窝抱起妮儿来，妮儿笑得咯咯儿的。突然肚子上一阵热，一股臊味儿钻进鼻子。他赶紧起来，抱着妮儿，水从他手上哗啦儿哗啦儿掉到地上。妮儿呵儿呵儿乐。他摸着块手巾，擦妮儿腿上的水，妮儿笑得直喘气儿。擦干了，他把妮儿轻轻放到大姐身边儿，妮儿哇哇哭起来。大姐醒了，堵住了妮儿的嘴，吧嗒儿吧嗒儿响起来，屋里像有头小猪儿。

　　蛋蛋轻轻儿开门儿出来，天边儿一轮黄黄的月亮，照得地上明晃晃的。没有风，地上的黑影儿全都不动，只听见蛐蛐儿吱儿吱儿断断续续叫。他抄了网兜儿背起篓子下了梯子，奔了软江。

到了江边儿，蛋蛋洗了把脸，把网兜儿扔河里。网兜儿里有条当引子的小烂鱼儿。没多大工夫儿，手底下沉了，拽上来，兜着一条扑棱棱的大鱼。他这才想起来，今儿船上来软江，可是又舍不得那条大鱼，一条比半兜子小鱼儿肉都多。天太早，没人儿瞧见。他把网兜儿绑紧了，急急忙忙往家跑。鱼在网兜儿里挣扎，扑腾扑腾要飞起来。他跑得更快了，呼哧呼哧喘。快到家时，碰见个出来撒尿的，他赶快圪蹴下，假装儿拉屎。"谁呀？"是顺儿爹。"是我，大舅。闹肚子。""着凉了吧？别紧着这儿圪蹴着！""哎！这就完了。"顺儿爹走了，他还圪蹴着，等瞧不见影儿了，才敢起来。

蛋蛋一路小跑儿，上梯子还跑，噔噔噔响得吓人。到了上头，四家邻居没一点动静，家里也没人起来。他舀了瓢水，倒盆里，解开网兜儿抖落到盆里，一条大草鱼，还有两条黄鱼，一看黄鱼的长尾巴，蛋蛋乐了："嘿，逮着两条嘎嘎鱼！"他抓住一条，捏住脊梁上的硬刺儿，黄鱼浑身扭着，脊梁发出"嘎嘎嘎嘎"的叫声，太好玩儿了！手里一滑，扑通！黄鱼又掉盆里了。三条鱼在盆里紧扑腾，溅得水瓣里啪啦响。

该做饭了，坐锅，舀水，点火，下米，盖上盖儿。

他怕娘起来瞧见大鱼要骂，就捞出来，拿个碎碗碴子三下两下给拾掇了，鳞刮了，肠子掏了，脑袋拧了，刺儿捋了，肉切了。乱七八糟的东西埋到破盆里。鱼肉撒上盐花儿，切了葱花儿、姜末儿、芹菜丝儿，又切碎了一块儿老咸菜疙瘩，跟鱼肉一块堆儿抓了。鱼宰了，尸首儿灭了，谁也不知道他今儿偷了鱼了。

米的香味儿出来了，蛋蛋往锅里添了半瓢水，等咕嘟开了，把鱼肉放进去，扒拉几下子，鱼粥熬好了。

妮儿"哦儿哦儿"叫唤上了，一会儿把大人们全叫起来了。有巢一开门儿，使劲儿吸了下鼻子，闻着一股儿像有又像没有的香味儿，"蛋蛋又熬鱼粥啦？""嗯，捞了半兜子小碎鱼儿，熬锅粥瞎胡喝吧。""小碎鱼儿熬粥？那还不一锅刺儿？""我把刺儿都剔了，保管扎不着。""一根儿根儿剔刺儿，多费劲呐。没扎着手吧？""没，顺着剔的，全都剔干净了，甭怕扎了嗓子眼儿！"

一家子喝鱼粥，啧啧夸蛋蛋会做，吃不出来一根儿刺儿来。大妮子往妮儿嘴里抿了点儿，妮儿咽了，粉红的小舌头儿在嘴唇儿当间儿舔过来舔过去，张大了嘴，"啊啊"着还要。大妮子又给她抿了一指头肚儿，手指头刚拿出来，小舌头儿就探出来了。孩子没完没了地要，大妮子怕她吃存住了，不敢给了。妮儿哇啦哇啦哭上了，脾气挺大。大娘抱过来，拍着孩子脊梁"噢噢"哄，妮儿哭得更厉害了，咋哄都不行。

蛋蛋抓出一条黄鱼来逗她，捏住脊梁上的硬刺儿，黄鱼一扭，那根刺儿"嘎嘎"一声，蛋蛋不停地捏，黄鱼拼命扭，"嘎嘎"不住点。妮儿转过脸儿来，一脸的露水珠儿，露水洗过的眼睁得老大。蛋蛋又抓了一条黄鱼，左手捏两下儿，右手捏两下儿，黄鱼"嘎嘎"叫个不住。妮儿乐了。

吃了饭，有巢把纺车绑好了，对大妮子说："姐，这个你带回去，挺好使的。""哟，你真舍得给了我？你还有的使吗？""没事儿，我再做一个，挺好做的。"大娘给预备了礼儿，把晾的鱼干儿、腌的咸菜装篓子里。大妮子想起砖模子来，有巢说："搁篓子底下了。"

土小儿跟蛤蟆来叫了，舅舅背起篓子扛上纺车，大妮子抱着孩子，一家子送出来。妮儿扒大妮子肩膀儿上咯咯儿乐。大娘一只手攥住妮儿的小手，一只手去抹老眼。

送走大妮子，大娘心里头空落落的。有巢瞧她眼神儿发呆，忍不住告诉她："我姐又有了！"

大娘说："不能吧？妮儿还吃奶呐。"

有巢说："姐来那天黑间就告我了，还说养活下来就把妮儿给咱送回来。"

大娘鼻子抽了抽，小声儿叨叨："妮子回来了，回来就好了。"

有巢怕大娘难受，想陪她走一道儿，就说要去窑上看看。大娘从呆迟里回来了，想起那个砖模子，问她："你带大妮子去窑上了？"

"嗯，昨儿个我姐瞧见神神屋的砖，问起来，我就带她去讨换了一个模子。我想着咱也不拿砖换东西去，就告给她咋和泥咋脱坯了。"

"光告给这个倒也没啥，她在窑上没问这问那的？"

"嗨，甭提了，到那儿正赶上上釉子……"

大娘急得啧啧，"这可真是越怕啥越来啥了，嗨，全漏了不是？唉，你呀！"

"姨听我说呀，我当时也傻了眼，我姐就问锅里是啥，都有啥啥……"

"看看，是不是？全叫套走了！"

"姨姨别着急，姥娘们精着呐，一见我在我姐后头比划，立时明白了，滴水儿没漏。"

大娘噗地吐出一口气，"有巢啊，咱往后要靠着窑上过好日子呢，赶明儿除了分粮分鱼，还要分好吃好穿好戴的，千万不能漏出去，一漏了，没人换咱的陶器了，就全成一场梦了。"

"嗯，窑上姥娘们嘴严着呐，几个妮子也会看眼色，尤其是那个尾巴儿，蔫不出溜儿，贼精贼精的。"

"嗯，合着大妮子白去了一趟。"

"也没白去，瞧见拉坯的轮子了，还上去拉了一会儿。"

"这没啥，她会了也好。"

两人一到窑上，花儿姥娘就说："昨儿拿我耍了回猴儿，对不起人家大妮子，今儿后晌饭我请妮子吃鱼丸儿。"

大娘说："昨儿你不请，今儿人都回鲻山了，你请来了。"

"啊，回了？打哪儿走的？"花儿姥娘这一惊可不小。

"当然是走软江了，跟他爹他们一块儿走的。"

"糟糕！大妮子瞧见窝窝儿了要不恨我才怪呢！"

大娘听不明白，顺儿姥娘把昨儿的事儿学说了一遍，临了儿说："等大妮子再来，我跟她说去，瞎话儿全是我编的。"大娘说："她本来就不该问嘛，是她自个儿不懂事儿，怨谁呀？咱谁也甭往心里去！要恨叫她恨我来。没你们大伙儿的事儿。"又给姥娘们道了辛苦，许下等收了庄稼，给窑上添几个大人，让姥娘们自个儿挑。

顺儿姥娘问："我们几个挑了要谁，你就给谁？"

"这事儿您做主儿啦。挑人由着你们，给几个我做主儿。"

顺儿姥娘说："你先给个数儿，我们老姐儿几个合计合计要谁。"

"十个够了吧？添上这些个半大妮子，你们这儿人手可不少了。"

顺儿姥娘说："这是你做主儿的事儿，十个就十个。要谁是我们的事儿，是吧？"

"是啊，十个人，男女老少你们随便儿挑。"

顺儿姥娘说："有个人我们姐儿几个早就商量好了，有巢。你给不给？"姥娘们都说要有巢。大娘一时没言语，顺儿姥娘逼得挺紧："你说话可是算数儿的。"

大娘说："算数儿！不过，这还得问问有巢，那边儿能抽出身来吗？"

有巢说："差不多了，我先两头儿跑着，慢慢儿人就全过来了。我打心里愿意过来呢。"

花儿姥娘说："有巢你瞧着办，别误了那头儿的。反正你早晚

是咱窑上的人，我们几个老帮菜迟早得死，二十多年了，该换
换了。"

大娘说："你们先预备下人，找几个妮子，教不会，谁也不
许走！"

姥娘们轰的一阵大笑，你一嘴我一嘴说开了："那敢情好了，
只要大娘这也算数儿，呵呵。"

"巴不得大娘留住我这条老命儿呢！"

"不教啦，不走啦，呵呵。"

"还真美了我们几个老妖精啦！"

"那不真成老不死的啦？"

顺儿姥娘说："我都走了多半截儿了，又让有巢给叫回来了。
这回，你来了，我可说走就走了，呵呵呵呵。"这姥娘，笑着笑着
抹开了泪儿。

花儿姥娘："我老着脸再多说一句，大妮子他爹领着人走
了，也不知道啥时候能回来，窑上一个男人也没有，全仗着有巢
隔三差五打发个人帮着挖土和泥。"

大娘说："来几个妮子还挖不了个土？要是再要男人，那就少
要俩妮子。"

花儿姥娘说："嘿呷，我说胡话了。"

大娘说："皆为盖屋砍树，哪儿人都紧，等都住进去了，窑上
来三五十人都行。"

花儿姥娘说："呵呵，那么多人站都站不开，挤老米呐？"

大娘说："那时候就不是这一口窑了，你们多想些招儿，活儿
往细里做，多烧些个绝活儿，把四乡的好东西全换来，咱滩里人
住好的，吃好的，穿好的，戴好的。"

这可把姥娘们的心思兜出来了：

"不用想那么远，等这一窑烧出来，咱就使上茅山的细竹席儿
了，热天一沾竹席儿，汗一下子就没了，浑身清凉。"

"够上一家儿一领席了？"

"不够也没事儿，有待见这的，有待见那的，我嘴馋，就瞧上拿回来的麻酥糖了，忘了是哪家儿的了。"

"茅山的吧？"

"不是，茅山的是吃的，老棒子啥的。酥糖是茨菇洼的，没错儿，翠儿他爹回回儿带回一大把来。"

"我待见四明山的细木头，我们妮子他爹老说回趟老家，扛根木头来，打个饭桌儿。说了多少年也没扛回来。"

"细木头那么好扛？人那树都是有数儿的，舍不得砍。"

"这回就舍得了，不砍树换不来花花碗。"

有巢本来就愿意来窑上，不光是待见姥娘们，她也愿意琢磨活儿。自打换回四乡八里的好东西来，她更看出了窑上的重要，只要活儿好，又是独一份儿，就不怕没人要。几个姥娘太忙太累，窑上早就该添人了。你想想，供滩里使唤，这会儿就十几个人了，七八个半大妮子一时还使不上劲儿，咋也供不上东南西北十几族人要这要那，还得想法子腾出人手来。

第十九回

大石头卧底锁枯井
高树木翻根呈水情

舅背回来一篓子小枣儿，大娘犯了难，三千口子，不够一人分一个儿的，自个儿留下招惹是非，想了想说："你明儿去了跟大妮子她姨商量商量，咱换她十几篓子枣儿，问问她要吃的还是要使的，要吃的，一篓子鱼换一篓子枣儿，要使的，十个碗换一篓子枣儿。"

有巢问起打井的事儿，舅舅说："好像不容易，回来的时候挖到齐腰深了，一点儿动静儿都没有。"有巢说："鲻山不比咱这儿，滩里水皮子浅，挖几下儿就见水了。他们挨哪儿打的呀？""就挨大妮子他们家后头，别处儿盖屋乱哄哄的，下不去镐。你姨说，就把宝压这儿啦，打不出水来就当地窖。"大娘说："这人有股子劲儿，不后悔就成。世上一次成的事儿本来就不多。"

有巢惦记这事儿，天天儿打听。三天头儿上，舅舅回来说："不行了，都挖到石头了，还是干的，再往下挖不动了。"

有巢问："挖了有多深了？"

"瞧着挺深的了，三四人深了吧。"

有巢说："要说在山上，也不算深，咱这儿一口井也俩仁人深哩。"

"可是工夫儿全白搭啦！"

"也没白搭，挖出来的黄土能烧砖，大姐正要给神神屋铺地呢。"

"要这么说还凑合，她姨倒也没说啥。"

大娘说："瞧你这话说的！咱给她白搭着俩整工，挖出土来她使，挖出水来她喝，她还能说啥？嗷！"

有巢知道再跟舅舅打听也问不出来个啥了，就要找土小儿他们问去。

舅舅说："土小儿跟蛤蟆这两天没顾上回来。"

有巢说："哟，可别又跟鳃子似的！"

"不至于的，他们吃住都在大妮子那儿。道儿上确实太耽误工夫儿，有那工夫儿，不如往深里挖井呢。嗨，还不知道鲻山地底下有没有水哩，要是天生没水，那可真是瞎耽误工夫儿了。"

"舅舅，鲻山有泉，按说有明水就有暗水。土小儿他们许是没找着水脉。"

舅舅挺吃惊："哟，水还有脉啊？"

"我想是有，咱这儿水脉密，挖哪儿哪儿出水；山上水脉稀，找不准地界儿挖不出水来。"

"那么大一片山，谁知道哪儿有水脉啊？瞎挖半天，还指不定有没有呢！"

大娘不爱听这话："你有完没完啊？不长心的废物才说这话！有明泉有涧滩还能没水脉？既然有水脉，就能找出来。"

舅舅心里窝气："我是废物，你行，你知道哪儿有水脉？"

"谁不找也不知道！有巢啊，要不你回去帮着找找？"

"行啊，我待会儿去跟顺儿姥娘交代一声儿，明儿跟着舅舅上去。不过，这一上去就不能天天儿回来了。"

大娘倒也想得开，说："是啊，还是把路上的工夫儿省出来好，好在就三五天。自打你下来了还没跟山上姨姨好好儿说说话儿，这回有工夫儿了。"

有巢想，土小儿他们去了三天，没打出水来，这回从头儿来，还指不定多少天呢。

黑间起了风，有巢一直没睡着，起来把敞着透风儿的前窗户关了，躺下更睡不着了。风卷过雨来，听着地动山摇。她想，山上那口干井好歹能存住雨水，不叫白白流了。这么说，还真没白打，要是有几口深井，也存不少雨水呢。甭管找得着找不着水脉，这井都得打。

软江涨水了，可边儿可沿儿的水里漂着不少草根树叶，顺水顺风，船不大工夫儿就到了两江口，进了姚江行得更快，一会儿就到了上岸的地界儿。

进了山，有巢叫舅舅他们先上去，也甭说她来了，她要从下往上好好儿查查水脉。舅舅听着好笑，"查个啥呀？还真有啥水脉？我说啊，你不如先上去瞧瞧土小儿他们挖的那口干井，看看再挖有没有用，不行就算啦，省得瞎耽误工夫儿。家里撂下一大堆活儿，仨人挨这儿泡着，这不是疯魔吗？让人家好几个人也干陪着。"舅舅又泼凉水儿了。有巢说："舅舅，我先试试，再说行不行。""好几个人试了还不够？明着不行，还非一条道儿走到死。瞎折腾个啥呀？试吧试吧，有你后悔的时候！不听老人言，吃亏在眼前，哼！"

舅舅有他稳当的地方儿，可是也有他懒的地方儿，自个儿懒不算，还腻歪别人勤谨。皆为这，大娘没少呲打他。有巢原来还为舅舅的好脾气抱屈，这会儿也烦他了，不光是烦，还有点儿瞧不起了，倒替姨姨这辈子抱屈，心想，我宁肯一辈子耍单儿，也不要这么个搭不起棚子盖不起屋来的肉人。

　　人们走了，有巢跑到涧滩，涧滩里的水快到小腿肚子了。老辈子时候涧里有水，后来水断了，就成了涧滩。平日只有几个水洼儿，连条水沟儿都连不起来，洼里这点儿水还是上头泉里流过来的，上头使水多了，小溪沟儿里的水下不来，涧滩就见底儿了。昨儿黑间这儿的雨准小不了，涧滩里才有了水。

　　有巢顺着溪沟儿往上走，沟边儿的星星苔有脚面高了，薛娇滴滴地躲在下头，浅浅的嫩绿把星星苔衬黑了。小溪沟子喝了一宿水，欢实了，哗啦哗啦得流。

　　沟儿慢慢儿细了，浅了，水却越来越清了，离泉近了，有巢心上陡然涌起回家的感觉，她毕竟是吃这口泉的水长大的，这儿是她的根儿啊。泉还是她走时候那样儿，从石缝儿淌出来，在几块石头当间儿积成一汪清水，漫过石头，洒脱地流去。她俩脚站到熟悉的青石上，指头尖儿蘸了蘸，搁嘴里舔舔，又凉又甜。脑袋够到水面儿，撩着喝了一气，喝够了，又洗了把脸，直起脑袋，湿漉漉的手搓了搓后脖颈子，人顿时清洌得跟这泉似的。

　　有巢站到水里，汩汩泉水漫过脚，像清晨的小风儿。她弯下腰来，摸那淌水的石头。石头滑溜溜儿的，手里觉出水动，她拿指甲抠了抠，水从石头上渗出来，原来是细细的缝儿！这水是打哪儿来的呢？水往低处儿流，嗯，只能是打高处儿下来的，地底下往这儿流的水就是水脉。她想着不是一股儿，而是四下里往这儿聚，水越聚越多，把石头撑开了，撑松了，从大道缝儿里淌出来，小缝儿里渗出来，成了泉。她要找出这口泉的水脉来，在水脉上打井。

　　打水里上来，她就绕着泉眼转悠开了，脚底下左不过是地，地上长着树，地皮儿上是草，大树背阴儿的地界儿贴地长着青苔、绿薛。这块儿下头水脉汇集，地皮儿泛潮，一丛丛的野麦子都灌了籽儿。她掐了一个穗儿，青青的粒儿里全是水儿，是野麦子的根儿打地底下抽上来的。

再往上走，野麦子少了，没了，有的是松树、柏树，漫山都是，这些个树，根扎得深，旱不死，刮不倒。碰上几棵东倒西歪的，都不是松柏，有黑板树，有榕花儿树。这些个根儿浅，刮风就低头儿，下雨就弯腰，不耐涝，更不耐旱。记得有一年贼热贼热的，没下一滴答雨，干死的全是榕树、黑板子伍的浅根子树。眼前的几棵是准是黑间大风刮的，树根子扎不下去就是不行，松树柏树就没这事儿。不过根子浅的树不争个啥，噌噌长得挺快，倒下的树掉下俩子儿，过两三年又是一棵大树。

松柏林子密密实实，挤得透不过气儿来，树全都往上蹿，去争日头的宠，一棵棵竹竿似的，又高又细，头上顶着一小蓬绿头发，下头没枝儿没叶儿，几根儿短权子，像刚干完架，让人撅折了胳膊。只有靠边儿的长得好点儿，鬼刀砍了似的，一面儿有枝儿一面儿秃。

倒是那扎不住深根儿的黑板子伍的不挤不闹，枝儿是枝儿叶儿是叶儿，还像个树样儿。树下头还罩着些鸡肠儿草、野麦子。

有巢突然想起来，这都是叫水的东西啊，树的根儿也浅，莫非地底下能拔上水来？就专看有树样儿的树，可惜不多，越往上越少，最后干脆没一棵了。她来回来去瞧这些孤零的树，想着，这些个树为啥没长到松树、竹柏、苦楝、橡子树群里？争不过挤不过人家？嗯，树都爱争日头，有了日头才长得好。可是，那些能挣能挤的咋不长过来跟这些个争呢？

一棵刮倒了的榕树掀起根来，翻了半拉坑，撒了一地粉红的细花儿，地上散着轻轻的香气。根子是浅了，哪儿像上头，刨一棵树，坑有半间屋大。有巢圪蹴下，抓起一把坑里的泥，扔了，又往下抓，抓上来的还是泥。嗨，咋就没扛一把锹上来呢？光图道儿上轻省了。上去拿家伙再下来？算了，好在带了把石头刀，硬的地方儿使刀，软的地方儿下手。于是她跪下，连挖带刨干起来。翻起来的好刨，抓完了泥，下头是湿土。刨了一阵子，往下可就难了，土瓷实了，嗨，又赶上块石头！她又拿刀，一点儿一点儿刨，刨出个边儿来，一边刨一边撬，石头慢慢活动了，有门儿！

刀太短，使不上劲儿。她找了根粗树枝子，插进缝儿里，嘿，还能往里进，枝子进去一大截子，使上劲儿了，往上撬撬，往下压压，石头动得大了，快成了。她把树枝子又往下送了送，人转到对面儿去，站到倒了的树上，弯腰掰住粗树枝子，使劲往起扳。这可比在有缝儿的那边儿晃悠费劲多了，有巢憋红了脸，树枝子咯吱响。嘎巴！树枝子折了，有巢一个没站稳，栽到坑里，坑呼啦啦陷下去一大块。

有巢摔得满脸是土，牙磕了嘴里的肉，吐一口，全是血。她爬起来，张嘴刚要骂那块臭石头，没骂出来，嘴却闭不上了。石头没了，陷下去的坑里汪着黄泥汤子，这不正是她要找的水脉吗？打这儿往下挖，肯定能打一眼好井，可是，往下走几十步儿就是泉，打这口井真没啥用，还不如让水脉打地底下干干净净流进泉里。

她想，除非下头碰见大极了的石头，水脉不至于拐弯儿。这么想着，眼光儿往下游去，落到了下头的泉眼上，又游了回来，转过身子，往上游去。俩眼是制子，来回来去看了几个过儿，她拄着半截粗树枝子往上走去，一边儿走，一边儿咚咚咚咚敲地。敲也白敲，这儿那儿都是一样儿的地，一样儿的声儿，听不出地底下有啥没啥。没了黑板子、榕树、野麦子，地皮儿浅的东西全没了，俩眼开道儿，道儿在心里。

树顶儿上一撮儿一撮儿你挨我我挨你的绿把日头挡了个严严实实。走着走着，眼前忽然亮了，虽然是不大的亮儿，可就跟神神指道儿似的，越走越亮，到后来亮得扎眼了。走近了，原来是一片倒了的死树腾出来的空间，日头直接下来了。死了的全是高大的竹柏，却烂得不成木头样儿了，瞧这样儿，死得有年头儿了。有两棵没全朽的，树根的须须都卷卷着。旁边儿几棵没倒的，也露出根须子来了。怪了，竹柏的根很深呀，咋倒着往地上钻开了？地上一层层死了的雀毛儿藓像泡了的粪干儿，底下还有不少化成了面儿面儿化成了灰。这一道儿上没见过这么厚的藓啊，松柏林里真还少见，别说这么厚了，一层儿的也不多。这地界儿哪儿来的这东西呢？要多少年才能存下这么厚的藓尸啊！莫非这地界儿多少年前湿得厉害？湿得竹柏的根都倒着吸水了？这可是太怪了，别说没见过，连听都没听说过。她又回头往下走，看看这地界儿在不在打泉水那儿瞄出来的水脉上。走到刚才陷下去的坑那儿，回过头来再瞄，离水脉远了去了。

这回她直着往上走，走几步儿就回头儿瞧瞧，偏了就调调。等走到那块亮地界儿的高度，好嘛，歪姥娘家去了！这儿才是水脉哩。这地界儿没有倒了的树，也瞧不见死了的藓皮。这地界儿像是在水脉上，离上头跟下头都差不多远儿。有巢想着就这儿了，先打一口试试，万一打不出水来，就往两边儿挪挪再打。她履着心里头的水脉接着往上走，还是走走回头看看，别又偏了，一路借着几棵树砍上一刀做记号。

到了山腰儿里，正好儿在住人的地界儿背面儿，怨不得那边儿打不出水来呢！去那边儿还得绕半拉山，她就砍着树印儿过去，她一边儿走一边儿瞧，树都是直着往上蹿的松树柏树，去年散落的松针儿一层压一层，厚厚的，踩着软乎乎儿的，像芦花垫子。

到跟前有巢却不认识了，一下子起了这么多屋，找不着大娘家的屋了，看不见人，也不知道都在哪儿干活儿。花儿没了，去哪儿找呢？挨排儿找吧，反正就这些个。

"嗨，有巢来啦！"听见一嗓子，嘿，是蛤蟆！"嗨，你们挨哪儿呐？"蛤蟆打一排屋子后头跑了出来，举着俩胳膊嚷嚷："这儿呐，你快来吧！正想着下去找你去呐。""曜曜，知道我今儿来啊？""早就知道了，你可真能磨蹭，这晚才上来。快瞧瞧去吧，打了口干井！"

蛤蟆把有巢领到干井跟前，旁边儿的黄土堆小山儿似的。有巢说："嚄嚄，土可不少，就算没水，土也没白挖。"蛤蟆说："一前晌光给窑上运土啦，运走了有一半儿了，大妮子要给神神屋烧砖使。"有巢这才瞧见，小山儿旁边儿还有没铲完的黄土底儿。

她站到井边儿上，井挺深，积了夜里冲下来的雨水，泛着光，也像一口井。好在蛤蟆他们装了个辘轳，倒腾土，倒腾人，这会儿拴了个木头桶。蛤蟆说："这是大妮子拴的，一早儿舀出去不少水了，剩下的也就是个底儿了。"有巢放下辘轳，木桶下去了，有一会子，啪！到水面儿上了，井还真不浅呢。

蛤蟆说："舀不上水来了。量过绳子，仨人还深呢。"

有巢说："我下去瞧瞧。"

蛤蟆往起摇辘轳。有巢说："就让它挨底下吧。"

"那咋送你下去啊？"

"那儿不是有磴儿吗？我自个儿下去。"有巢说着，扒着井沿儿，蹬着土槽儿下去了。蛤蟆急得喊："别价，快上来！"有巢已经下去了一大截子。下到半截子，上头嚷嚷啥，她听不清，也不管，只顾小心着往下探。下头黑洞洞的，脚底下一不留神，出溜儿下去非摔了不行。啥东西在她腰上撞了一下子，她一激灵，扭着脖子一看，是木头桶，正往上走呢。她心说，这不是添乱吗？这会儿在半当腰贴着，顾不得跟上头争。越往下，槽儿越浅，离得也越远，她越得留神。突然天黑下来，往上一看，井口儿只剩下一个亮圈儿，一团黑乎乎的东西下来了。她赶紧朝上头喊："嗨嗨，干嘛呐？"那东西慢慢儿下来了，还会说话儿："有巢，贴紧了，别动！"是土小儿！有巢气得朝上头嚷："快拽上去！瞎添乱！"晚了，筐已经到头顶儿了。眼瞅着过不去，要砸她脑袋上了，她急得直叫唤："过不去！你们要砸死我呀？"土小儿也嚷嚷：

"等会儿！等会儿！慢点儿！把住了，别动，俩人把着，千万别动！"筐停了。土小儿叫有巢："你扒住筐沿儿！"好在能伸进胳膊去，有巢只好听他的。土小儿又出一条腿来，俩手把有巢拽进筐里。筐里添了一个人的分量，上头没把住，筐拽着绳子秃噜噜噜栽了下去。有巢一晕，只觉得天塌地陷了。

咚！人跟筐坠了地。有巢的心差点儿打嗓子眼儿里蹦出去。土小儿啊呀一声惨叫，有巢醒过神儿来，忙问："咋了？"

"啊……哟……啊……哟……我的腿……"

上头也问："出啥事儿了？"

有巢朝上头喊叫："先别动啊！叫你们动再动！"她先从筐里出来，"吧唧"一脚踩进水洼儿里。土小儿动不了，她跟他商量："小儿哥，你还是上去摆治摆治吧？"

土小儿说："没事儿，一会儿就过来了。这下头的活儿咋干的，你不清楚，待会儿咱俩一块儿干。"

上头一劲问："咋啦？到底儿咋啦？""没事儿吧？要不要下去个人？"

土小儿强争着说："没事儿！"人却动不了。

有巢只好把他抱出来，大男人，死沉死沉的。筐里空了，她朝上头喊叫："拽吧！待会儿把桶放下来！"筐上去了，有巢低下头来，还得侍候土小儿，轻轻儿帮他活动那条腿。"你扎挣着动动，窝住了不好。"

"哎，今儿真他娘的笨，整个儿是添乱！得了，你把我拽起来吧！"

有巢扶着土小儿，他咬牙站了起来，那一只脚却不敢着地儿。有巢给他摆治，屈屈伸伸，疼得他龇牙咧嘴，愣是不敢叫出声儿来。

上头嚷了一嗓子："水桶下来了！"有巢仰起脑袋等着，桶走得不快。有巢接住了，侧着舀了不到半桶儿，舀不了了，就拿手捧。土小儿圪蹴不下，就弯着腰捧水。桶满了，有巢喊上头："拽吧！"桶忽忽悠悠上去了，水点子洒下来，溅有巢脸。"下来了，接着啊！"空桶晃晃悠悠又下来了。

舀了六桶水，才算舀干净了，露出石板来。土小儿的腿也能动了。

"小儿哥，腿好点儿了？"

"好多了。本来我想先下来，再叫他们把筐摇上去接你，谁知道卡住了！嗨，这筐上来下去不知多少回了，还没出过这事儿哩。"

"俩人一坠，这绳子、筐都不结实了，都得赶紧换了。小儿哥，要不，你上去说一声儿，先把这事儿给办了吧。"

土小儿说："这个好说，嚷一嗓子就行了，省得往上吊我的时候折了，呵呵。"说完就朝上头嚷："蛤蟆，换个新筐来，绳子也换条结实的！"

蛤蟆答应一声"知道了！先吊下这筐装土使，这就叫人换去。"

那石板把井底整个儿糊住了，土小儿他们就着底儿往四下里掏，下头倒比上头宽敞了不少。土小儿的意思是再往里挖挖，瞧瞧石头有多大，能不能掀起来。有巢瞧了瞧说："四下里挖，太费事了，不如打一处儿往深里挖，找着边儿了，再四下里挖，好撬石头。"土小儿说行，俩人就照着一处儿挖起来。先把高处儿的土刨下来，刨出一块儿能站人的地界儿，好接着往里刨，就是说，整个儿齐着一人高刨出条道来。有巢想，这活可真得干上一气，还不知道有边儿没有；可是，已经挖到这份儿上了，扔了可惜了儿的，再开一口新井，也不比这省事儿，嗨，挖吧！

"嗨，换了新筐新绳子了，上来换换吧！"蛤蟆又在上头叫了。有巢跟土小儿商量了一下，说："成，下头地儿大，先下来一个吧。"井口黑了，筐突噜噜噜下来了，蛤蟆来了。有巢说："小儿哥刚才戳了腿了，先上去吧！"土小儿说："这会儿没事儿了，还是你先上去吧。"有巢也不跟他争，站到筐里喊了声："拽吧！"辘轳摇起来，嘿咿，坐大筐敢情挺美的，往上看，天成了个小圈儿，越往上圈儿越亮。那情势，就跟骑着大老雕去投奔老天爷似的。

一上来，天亮得晃眼，她闭了会儿眼，才缓过来。上头除了根儿，还有鲻山的亲肉儿，俩人争着要下。有巢说："不在这一会儿，底下容得下仨人，根儿先下吧，等换上土小儿来，亲肉儿再下去。"

根儿下去了，土小儿上来了。有巢跟土小儿俩把着辘轳把亲肉儿送下去，敢情往下送人比往上拽人费劲多了，稍微一松劲儿，连筐带人就栽下去了。有巢怕土小儿吃不住劲儿，更是加着十二分小心，等筐到了底儿，胳膊都绷疼了。土小儿说："嗨，我不争气，让你受累了。"有巢一低头，吓一大跳，土小儿的脚肿得快有俩脚高了！"小儿哥，瞧你那脚成了啥了！快坐下歇歇儿揉揉！"土小儿瞧见自个儿的大肿脚倒乐了："嘿嘿，这就没事儿了，它要不肿，我倒犯嘀咕了，别不是伤到骨头里去了吧？"

仨人干活儿就是快，没多大工夫儿，就听见蛤蟆喊叫："满啦！"上头俩人紧着一阵儿摇，一满筐土上来了。"嗨，别倒啦，我背走啦！"有巢听见熟悉的声音，心里头一热。

"哟，有巢啊！"小子话里透着亲热，"娘一直念叨呢，咋还不来呀？咋还不来呀？"

土小儿说："早来了，都挨底下挖了一阵子了。"

"我说呢，咋没人给送土去了？敢情又干上了。"

有巢说："再挖挖看吧，实在挖不出来，就换个地界儿。"

小子要去解筐，有巢说："这筐咋背呀？"

小子说："没事儿，背不了就抱着，背着抱着一般儿沉。"

土小儿告诉他："这筐跟绳子都是才换的，为的是往上摇人保险，我给你扣筐里吧。"

小子赶紧抱起土筐来，自个儿扣了，背上土走了。

土小儿说："是个好人。"

有巢说："你才跟他一块儿住几天啊？我跟他一块儿长大的，还不知道他是个好人？"

土小儿这才知道有巢是跟着鲻山大娘长大的，心想，怨不得这妮子有股子贵气呢。

大娘来叫吃饭了，后晌饭都去大娘家吃，族里留的有这份儿吃的。拴儿来叫有巢去她家吃，大娘说："改天吧，今儿都做好了，你愿意跟有巢说话儿，就跟这儿一块堆吃，大妮子做饭老是富余着。"

大妮子贴了一大锅饼子，炖了一只大公鸡，鸡汤焖了一锅葫芦。

有巢说："咋把鸡都宰了？"

大妮子说："姨叫宰的。"

大娘说："公鸡，留着也没用。"

有巢说："咋没用啊？不孵小鸡儿了？这么大一只公鸡，可惜了儿了！大娘您可真是的，往后我还敢来吗？"

大妮子说："大伙儿都跟着你沾光了，有巢你就别说了。"

有巢不说了，逗着妮儿玩儿。妮乐得咯咯儿的。

八个人一边儿吃，一边说打井的事儿。大娘问有巢，咋这么深了还没见水。

有巢说："地势太高了，还不知道在不在水脉上。"

大娘问："咋知道哪儿有水脉呀？"

有巢说："我在下头找着一处儿，离咱这儿跟泉眼差不多远儿。"

大伙儿都觉着新鲜，大娘问她咋找着的。

有巢说："嗨，是不是水脉还不一定呢，我先吹出来了。我想着明儿把上头这口井再掏掏，不行就下去开一口。大娘您说呢？"

大娘说："两头儿一块儿挖也行，要多少人，你只管说话。"

有巢说："花儿多了闻不过来，我想着先把这一口打下来，甭管成不成，都知道是咋回事儿了。上头了了，再下去。"

大娘说："这事儿我不懂，你说该咋干就咋干吧。"

吃了饭，拴儿拉着有巢去她家睡觉，有巢说："我去你那儿不合适，把人家鳏子往哪儿搁啊？"

拴儿乐了："你挨这儿合适啊？跟仨小子，也不嫌挤得慌？"

大娘说："我说拴儿啊，这就不用你操心了，他们俩有下家儿了，有巢哪儿都不去。反正她两三天也走不了，有多少话，留着明儿说吧！"

拴儿见有巢也累了，也就走了。

大娘家人太多，男女老少八口子，确实挤不下了，黑间，土小儿拐着一条腿去了根儿家，蛤蟆去了亲肉儿家。有巢躺下就睡着了，嘴里时不时冒两句梦话。大娘旁边儿唉唉叹气，心疼不过来，"累成啥了！打井哪儿是女人干的活呀！"大妮子说："姨也是白心疼她，谁叫她能干呢？打井这活儿离了她就玩儿不转了，巧人是拙人的奴，嘻嘻，活该她受累。"夜里妮儿又哭又闹，一家子都给闹醒了，唯独有巢啥都不知道。

土小儿一只脚肿得怕人，不动窝儿都疼。根儿一家子把他扣下了，根儿说："我去找大娘说去。"根儿去说了，有巢也帮着说："昨儿土小儿下井的时候戳了脚，也没歇会儿，一直在井底下挖。那脚昨儿就肿起来了。"大娘说："昨后晌光顾着说打井的事儿了，没瞧见土小儿的脚。根儿，叫你二姐先替他去井上，也好跟有巢做个伴儿。"

根儿的二姐叫枝儿，一来就跟有巢说土小儿的脚，心疼得不行。有巢听着直埋怨自个儿，后悔昨儿没把他送回去。

根儿先下去了，有巢叫他还照昨儿挖的那块儿往里挖，探大石头的边儿。等蛤蟆跟亲肉儿也来了，有巢说："今儿我跟枝儿在上头摇辘辘，下头仨男人，不替换了，该歇就歇会儿。土也甭非装满了，省得累绳子累筐。"

挖了一阵子，拽上来五六筐土，潮乎乎儿的。说不准是不是比昨儿的潮，昨儿的土多少叫雨水泡过。有巢扒拉了扒拉，出来个白乎乎的东西，一看，是个海蚌壳儿。她拿起海蚌壳儿来，让枝儿把她放下去，嘱咐她把住辘辘，慢慢儿放，别蹲着了。枝儿怕出事儿，说："你先别下去了，底下仨人了，站也站不开呀。"

有巢非要下去，说："我下去，你兄弟上来，就站开了。"

枝儿说："那咱俩先把我兄弟摇上来，省得我一人儿把握不住摔了。"

有巢一想也对，就朝下头喊："根儿，你先上来！"

筐放下去，俩人把根儿摇了上来。

枝儿说："你瞧，俩人儿摇还这么费劲呢，我一人儿可不敢。"

根儿问有巢："叫我上来有啥事儿？"

有巢说："换换，我下去瞧瞧。"

根儿挺不以为然，"干吗非叫我上来啊？我又没说累。"

她姐说他："真不知道事儿！心疼你还不好？"

下头挖进去一截子，蛤蟆在里头挖，亲肉儿在外头往开里刨。见有巢下来了，蛤蟆说："好像不行，你听！"锹剚下去砰砰响。

亲肉儿说："要不换个地儿挖挖？"

有巢说："你们俩先靠这边儿歇会儿，我进去瞧瞧。"

她没站进去，而是趴地下，身子探进去，拿海蚌壳儿在地下刻饬，紧贴着里头刻饬，脑门子顶着潮湿的土，凉凉得好受。她站起来，说："哎，把镐给我！"亲肉儿说："有巢你出来，我刨吧。"有巢还是要过镐，打底下刨起来，刨了一阵子，又换了把锹，把土铲到筐里，掏出个小窝儿。她又趴地下，手伸进小窝儿里刻饬起来，刻饬一阵儿，就往外扒拉扒拉土，接着又刻饬，又扒拉，扒拉完了又要镐。

蛤蟆说："你出来吧，你说咋刨？我给咱刨。"

有巢说："里头没石头了，你们俩一个在里头刨，一个在外头刨，先把这半圈儿刨大了，再刨那半圈儿。"

蛤蟆问："真到石头边儿上了？"

有巢说："你趴下，伸手去探探就知道了。"

蛤蟆真趴下伸进手去了，好家伙，这么会儿工夫，有巢在里头挖了个小坑儿！蛤蟆齐着坑儿，摸着了厚厚的石头边儿，"嘿，真的哎，这事儿成啦！"

亲肉儿急着说："让我也摸摸，你快出来呀！"

半天不出土，根儿在上头耐不住了，趴井口儿朝下嚷嚷："嗨，干吗呢？换换哎，该我下去了！"有巢叫亲肉儿上去，亲肉儿不干；叫蛤蟆上去，蛤蟆也不干。俩人又劝有巢上去，这时候有巢哪儿能离了井底儿啊？下头仨人你推我，我推你，谁也不愿意上来。

根儿在上头急了，"嗨，下头的，闹啥鬼儿呢？不干活儿就快上来！"把个筐摇起来一截子，又摔下来，摇起来，摔下来，连摔带嚷嚷。

亲肉儿跟蛤蟆也朝上头嚷嚷："不换了，正忙着呐。"

"忙啥呐？半天不见上土，还当你们全死了呐。"

蛤蟆急了，"你才死了呐！我们挖到石头的边儿了！"

根儿一听，噌噌几下子把筐拽上来，坐进去，叫他二姐把送下去。枝儿不敢，"我一人把不住辘轳，万一秃噜了，你这辈子就完啦！"根儿一松辘轳把儿，筐突噜噜噜下去了，咚！跌到了底儿。"上来不上来？再不上来一个，我把辘轳掰了，你们永远别想再上来！"

亲肉儿埋怨蛤蟆："都是你小子惹的事儿，谁叫你告他来着？他这人犯起混来什么也不管。咋着？你上去吧！"蛤蟆自是不服。

有巢说:"蛤蟆哥,你上去找大娘要人去,就说要撬大石头了,还得要俩有力气的。"蛤蟆这才坐进筐里,朝上头嚷了一嗓子:"起吧!"

根儿一下来就问:"哪儿呐?哪儿呐?叫我瞧瞧!"亲肉儿说:"瞧你那猴儿急的样儿!趴下!手往里头伸,就抠着石头边儿了。"

第二十回

巨石升沙涌高墙废
角亭落水沉深井成

大娘弄清了缘由儿，舍得给人，十几个人把那口干井扩出一大圈儿来，为的是起石头。井大了，底下干活儿的人也多了。没用一天工夫儿，石头的形儿刻饬出来了，不方不圆，像个趴着的大蛤蟆。等真要动这块蛤蟆石，人们傻眼了，闹了半天石头有根儿啊！石头根儿还挺深，刨下去快半人深了，还是推不动撬不动。有巢琢磨着咋对付这块大石头，甬管咋说，下头比上头窄多了，瞧这样儿，越往下越窄了。它不是靠土撑着吗？咱就挖土，掏土，总有它撑不住的时候！

可是，到了它撑不住的时候，又咋把它送上去呢？人们犯了愁，多粗的绳子能禁得住这么大的石头呢？说啥的都有：

"不行，这石头上不去，只能挨井底儿待着当镇井石。"

"这石头镇井？那水就上不来了。瞎掰！"

"对，这么摆着哪儿行啊？得挪窝儿。"

"挪窝儿？这么大块儿，往哪儿挪啊？"

"要挪窝儿，就得给石头预备下地界儿。先在旁边儿挖出这么大地界儿来，再挪。"

人们都说先开出地界儿来，再挪石头。有巢想了想，不行，要是下头有水，石头搬开了，这么多人，除了土小儿跟蛤蟆俩人，全都是旱鸭子，到时候一筐只能吊上去一个人，又不知道水有多深，她不能拿这么多条人命闹着玩儿。打井事儿小，人命事儿大，人不能出事儿！

她一面叫人在底下掏石头，一面叫人在上头搓绳子，两股搓四股儿，四股儿搓八股儿；围着大井装了四个辘轳，都是整木头，一个辘轳六条腿，埋进地里一半儿深。都预备停当了，四根胳膊粗的长绳子系下来，又一根粗绳子把石头兜住，再系上四根绳子，石头上大下小，秃噜不了。有巢啥都不干了，时时经着心，只要石头有点儿晃儿，就叫人们一个个儿全上去。

又挖了三天，傍黑儿石头有了动静儿，人们这高兴啊，推过来，晃过去。有巢突然怕了，叫别推了，一个个儿全都上去。最后剩下她，还有土小儿跟蛤蟆。那俩人叫她也上去，指挥人们在上头摇辘轳，他们俩在下头招呼石头。说好了上头一起，他俩就扒着绳子坐石头上跟着上去。

有巢上来一说石头动换了，呵，可把人喜欢疯了，盼着的事儿有了眉眼儿，能不喜欢嘛！人们分了四拨儿，等有巢一发话，就摇辘轳。枝儿说："非今儿个摇起呀？天都黑了。"有巢说："石头动换了，趁势，大伙儿一使劲儿就上来了。"枝儿说："要是下头没人，你们愿意起就起。可他们俩在底下，万一出事儿，咱跟人滩里没法儿交代啊。"这妮子对土小儿有意，土小儿脚好了，她央告有巢让她留下，井上缺人，要谁都一样儿，有巢就跟大娘把枝儿给要下了。

听枝儿一说，有巢不想今儿干完了，就叫系下筐去，喊："小儿哥，你们俩先上来吧！"下头不知道出了啥事儿，土小儿先上来了，问："不是起石头吗？"枝儿说："反正石头动换了，不在这一时一会儿。"筐再下去，蛤蟆上来了，也问咋回事儿。

有巢说："今儿黑了，人也都乏了。回去歇一宿，明儿吃饱了喝足了，一咬牙，一气儿把石头摇上来。"蛤蟆跟几个人还是坚持今儿摇上来算了。枝儿说："这么多日子都过来了，不在这一宿。听有巢的，回吧，回去歇透了，明儿有了劲儿再干。"土小儿也劝蛤蟆，蛤蟆不再僵着了，别人也就不闹着非要起石头了。

黑间，有巢梦见起石头，石头上来了，清水也跟上来了，土小儿却没上来，蛤蟆下去找，也没上来。下桶下筐，都没捞上来，滩里舅舅下去找，也没找着。后晌她跟着舅舅回滩里，要上船了，在姚江边儿上看见了俩人涨鼓鼓的尸首儿，是跟着水脉冲下来的。有巢说："我光想着他俩水性好了，就叫人们都上来，留下了他俩。"舅舅气呼呼地骂她："你脑子叫猪吃了？再好的水性也憋不了这么长一大道儿哇！明儿把你塞水脉里头试试，哼！"

有巢吓醒了，再也睡不着，想着还后怕，怕梦里的，更怕昨后晌儿，要是起了石头……天那，不敢想了。亏了枝儿硬挡着来着，人家心上有人，吃着劲儿，心就是比她细。叫上枝儿来，真是千对万对。睡不着，她划算起起石头的事儿来。哪一个辘辘都该两头儿装上摇把儿，一边儿一人儿，好使上劲儿了。还不能太早了动手，得等舅舅他们上来了，要俩滩里的，滩里谁都会水，万一出了水，人在下头上不来，好搭救。嗯，不能叫人下去，土小儿跟蛤蟆也不能下去。怕的是万一，万一哪个不留神掉下去了……得预备俩大筐，老辘辘上缠两道绳子，井够宽的，仨筐也下得去。明早起还得再跟大娘商量商量，看还有啥没备着的，宁叫预备着用不上，不叫用着了抓瞎。

一起来，有巢先跑到井边儿上又看了一遭儿，想着就要出水了，心里头又喜欢又害怕，突然觉得少了啥，想了半天，想起来了，少了井神！这一口就是神神井了，等出了水，再修井台，搭井棚。这么想着，她心头踏实了点儿。

回来大妮子做好了饭，有巢一边儿吃一边儿跟大娘商量今儿个出石头的活儿。大娘听她说了个够，才说："小心没大差，一个人也不能下去。咱打到今儿个，一点儿事儿没出，别临了儿出事。我一会儿也过去盯着。"有巢说等滩里人来了再动手。

大娘说："既然不下去人，就不用麻烦人家滩里了。万一有谁不留神掉下去了，还有土小儿跟蛤蟆俩会水的呢。"

有巢说："怕的是他们俩掉进去了。"

一家子都笑了，妮儿也跟着咯咯儿乐。

有巢说："嗨，我没说明白，我是说，蛤蟆那人死心眼儿，他非要下谁也挡不住。"

大娘说："待会儿多叫上些个人，有帮忙儿替换的，有专门儿看着不叫出事儿的。你待会儿先找人去再装四个辘轳把儿，查查绳子绑结实了没有。预备好了，咱就动手起石头。"

都预备停当了，有巢又叫人把四个辘轳埋腿的地方儿往实里夯了夯。大娘领着十几个男人来了，一个个儿身高树大。大娘发了话。"咱这井打了十好几天了，今儿搬了石头就知道有水没水了。来的都得听有巢的，叫干嘛干嘛，不叫干嘛不能干嘛，谁也不能给咱出事儿。出了事儿都不好，也对不起人家滩里的。有巢你说说吧！"有巢先挑出八个人来，站辘轳两边儿，又挑出八个预备着，又千叮咛万嘱咐，谁也不能下井。都嘱咐到了，她叫八个摇辘轳的先摇两下儿，试试劲儿。

八个人往手心儿吐了唾沫，吆喝齐了，使上劲儿，"起！"噌噌摇了两圈儿，再也摇不动了，刚才那两圈儿是长出来的空绳子。蛤蟆跟土小儿要下去晃悠石头去，说晃悠两下子，活动了，就好往上摇了。大娘俩眼一吊，眉毛立起来，说："刚才我合着白说了？谁也不许下去！"又叫她带来的大个子全站辘轳前头，帮着推辘辘。不够，又挑了几个身强力壮的，一个辘辘前头仨人，配上俩摇的，一共二十个人。个个儿端足了架势儿，前腿儿弓后腿儿绷。

大娘吆喝一声："预备好了没？"

人们齐声答道："好了！"

大娘大喊一声："起！"

四个辘辘慢慢儿转起来。有巢俩手攥出了汗，怕人劲儿不够，怕石头太沉，把辘辘掀翻了，怕绳子折了，怕……

绳子一圈儿一圈儿绕到整木头做的辘辘上，鼓起疙疙瘩瘩。人多到底劲儿大，站着看的跟着使劲，一下下点头弯腰喊"加油"。有巢也跟着喊，她长这么大还没这么扯着嗓子嚷嚷过，脸涨红了，浑身热了，肚里像熬熟了一锅粥，热气往上冲。有大娘镇着，有这么多人撑着，她像个孩子无忧无虑了。

男人们推的摇的都使上了劲儿，辘辘合着加油儿的拍子越转越带劲儿。干的，喊的，全都脸红脖子粗，井边儿上热气冲天，惊得雀儿都不敢在旁边儿树上落。

摇辘辘的八个人觉着胳膊沉了，就喊推的人使劲。推的人也觉着辘辘沉得不行，"嗨嗨"喊着号子推。

突然井里轰隆隆隆响起来，上头只感到地也动天也摇，黄沙打井里冒出来，打得人们睁不开眼。这情势下没人做主儿了，天上地下都没了做主儿的。有巢觉着自个儿被抛到半当空，又摔下来，一下子明白了，大喊一声："放！别摇了！"辘辘骨噜噜噜蹦着转，咕咚一声，石头砸了下去，差点儿没把几个辘辘掀起来。黄沙冒了一阵儿没了，叫石头压住了。

井边儿上铺了厚厚的黄沙，人们抖搂了一身一脑袋的沙子，长长出着气，谢天谢地谢神神娘娘。

大娘问有巢跟土小儿、蛤蟆："你们滩里打井，遇见过这个吗？"

仁人一齐摇头。

大娘问："不会是得罪了神神吧？"

有巢还是摇头。

"那是咋啦？滩里打井好好儿的，咋到我们这儿就出这事？"

有巢说："有沙子就有水。"

土小儿说："对呀。姚江跟软江河底儿都有沙子。"

根儿说："照这么说，刚才硬把石头摇上来，叫沙子冒完了，就没事儿了。"

人们都说对呀，井底儿能有多少沙子？冒完了就见水了。大娘跟有巢商量，是不是接着摇辘轳。

有巢想了想，说："瞧刚才冒的那劲儿，连石头都挡不住，这沙子不像是井底儿的，我是说，不光是井底儿的沙子，像是上头可世界的沙子都打这儿冒出来了，那石头原是压着沙子口的，口子开了，就挡不住了，谁知道打这儿往上的地下有多少沙子？老辈子不是说咱鲻山从前是大海吗？要是都打这口子往外冒，不但见不着水，连地也得塌了。"

大娘叹气，"这么大个鲻山，打一口井，咋就可可儿打在沙子口儿上了？找也找不了这么准啊。"

枝儿说："大娘您甭瞎想！这儿有沙子，别处儿也有，只要开了口子，没压头儿了，沙子一样儿往外冒。得亏这儿还有这块石头，要在别处儿开个沙子口，还没的压呐，全都突突冒出来了，还了得？"

枝儿这么一说，大娘心宽了些，她这辈子，就怕得罪神神。人们都这儿戳着，也干不成活儿，大娘发了话："哎，该干吗的都回去干吗去，原来井上的四个人今儿个先跟着滩里的砍树去。散了吧！"

人们都走了，大娘跟有巢商量："瞧瞧这事儿！打井打出沙子来了！你说咱这井还打不打了？我听你一句话。"

有巢说："我跟您想得一样儿啊。"

大娘纳闷儿了，"我啥也没说，你咋就知道我咋想的了？"

有巢说："您不是叫根儿他们砍树去了吗？我也是想着先给井神盖个屋。"

大娘叫井上的人去砍树，原是为了还滩里的人情儿，白使了人家这么些日子，井打不成，人情儿不能欠人家的；有巢想的却是敬神神。大娘感动了，想起刚才叫放石头的果敢，瞧出这妮子有股子旁人没有的贵气。

大娘刚才问这井还打不打了，有巢说出了自个儿的想法儿："大娘，这井就算咱给井神打的吧。我是不知道该咋办了，我可不敢叫人们下井干活儿了。要是照今儿这么冒沙子，多少人也得埋底下了。别说干了，想想儿都后怕！"

大娘说："妮子，我知道你心里咋想的，没事儿！咱就不打井了。多少辈子没井，人们不是也过来了吗？左不得多走几步道儿，山里人，不能太娇气了。你们仨也出来不少日子了，不能紧着耽搁着，后晌跟着你滩里舅舅回吧。"

"大娘，井还得打，能少走几步道儿算几步儿道儿。我在下头看好了一块地儿，离这儿跟泉眼差不多远儿。我瞅着在水脉上，那儿比这儿低多了，用不着打这么深，只要不碰上石头，碰上也别动，沙子不会冒多凶。您要是愿意，我跟土小儿他们就再住上些日子。"

大娘脸开了，话里没了愁气："好啊好啊！我巴不得你们仨别走呢！你这就带我去看看那地界儿。"

有巢带着大娘，顺着有砍了刀印儿的树往山那一边儿走，到了水脉上，又沿着有印儿的树往下走，一边儿走一边儿说："这儿该是水脉，我想着，在这条线儿上多半儿能打出井来，不过咱还是再往下走走好，省得又冒沙子。"

大娘纳闷儿，说："有巢啊，你得给我细说说，你咋就知道这条线儿是水脉呢?"

"呵呵,我说了,大娘您可别笑话我啊。我打泉眼量过来的,下头有黑板子跟榕树伍的,这些个树根儿都不深,地底下有水才养得活。"

大娘噢了一声儿,听着水脉水脉说得挺神,一说开了,闹了归齐是这么回事儿!她也留心起两边儿的树来。

到了来的那天开始做记号的地界儿,有巢说:"就这儿,您瞧,离住的地儿不算太远。再走一半儿就是泉眼。"

大娘问:"你说这儿能挖出水来?"

"我估摸着能。打泉眼上来,我把这一片地儿都绕遍了,就属这儿最正。"

大娘说:"这地界儿倒也不算远,就是绕了点儿。"她还想再瞧瞧别的地界儿,有巢就跟着她绕。绕到倒了一片竹柏的地界儿,大娘立住了,瞧了瞧死树,问有巢:"你说这儿是不是水脉?"

"大娘,我也来过这儿,奔着这片空地的亮儿来的。是不是水脉,我也说不上。按说,这些个大树根儿都挺深的,不该倒了。"

大娘圪蹴到一棵死了没两三年儿的树跟前,瞧那树根儿,扒拉干须子。

有巢说:"我也纳闷儿来着,竹柏的根儿咋会往上翻翻?"

大娘说:"树全靠着根儿吸水,按说根儿都往深处扎,更甭说竹柏了。"

有巢说:"我也琢磨来着,琢磨不出来,就往那边儿走了。"

大娘瞧着泛了白的地上厚厚的死藓,说:"这地界儿以前准是挺潮的。"

有巢眼睛亮了,"对呀,上头潮,下头兴许就有水脉。"

大娘说:"这地界儿瞅着就有股子灵气,整个儿錙山林子里找不着这么一块宽绰豁亮的地儿。"

两人又往下走,一边儿走一边儿瞧,一直走到泉眼,沿路儿也有些个黑板子伍的浅根儿树根野麦子，有地界儿还长着青苔。有巢说："瞧这样儿，这也是一条水脉。"

等返回空地儿，两人商量好了，后响就叫人下来，挨这儿挖新井。除了滩里俩人、根儿跟亲肉儿，有巢又要了枝儿。大娘待见枝儿，说这妮子知道事儿，又问她人够不够。有巢当然是人越多越好，就又要了拴儿。又说起上头盖井神屋的事儿，有巢想也跟滩里一样儿，搭个井棚，又省料又好盖。大娘主张盖个神神屋："咱鲻山不缺木头，不能亏待神神，要盖就盖得像模像样儿，地下也铺上砖。"有巢一想也是，神神踏实了，人才踏实，就算了算要多少木头。

大娘说："等备好了料，你还得上去给瞧瞧。"

有巢说："我上来就是为的打井，上头的井不能白打了，总有一天咱鲻山会喝上神神井的水。"

"那敢情好，先把神神屋给井神盖出来。那井我先叫人盖上，省得谁家孩子不留神掉进去。你呀，操心上头盖屋下头打井这两样儿就够了，别的往后再说。"

"行！下头的井包给我了。上头盖屋我给出出主意，从打地到上顶子，鳋子全都会。我待会儿上去先跟鳋子说说，然后带着土小儿他们下来。"

有巢跟鳋子交代，盖个八角儿井神屋，地基打结实，八根柱子埋进去，不要栏杆，接地盖屋，留一个门儿，七个窗户。

鳋子问："柱子要多高？"

有巢说："整木，八根梁也要整木，顶子当间儿高起来，正对着井。檩条整木破半儿，斜搭到梁上。"

鳋子说："这顶子可不小，差不多两根整木通长了。"

有巢说："这是井神的屋，大娘要气势，地下还铺砖呢。"

鳋子不知道砖是啥，有巢说："窑上正烧呢，烧出来连神神屋带井神屋的地，全都铺了。"

鲥子说："没盖过这样儿的，等备好了料，你还得过来给说着点儿。拴儿说你这一两天不走，是吧？"

有巢说："瞧这样儿，几天也走不了。对了，跟大娘说了，大娘叫拴儿跟我一块儿去下头打井去。今儿算了，明儿吃了前晌饭，让她过来叫我，一块儿下去。甭带锹啊镐的，带上锯跟斧子。"

拴儿早早儿吃了饭就过来找有巢，肩膀头挎着大锯，腰里系根儿粗绳子，掖了把大板斧，透着威风。舅舅对大娘说："窑上又添活儿又撤人，才要了个枝儿，这又把拴儿要走了。再这么下去，把窑关了得了。"

有巢说："舅舅，她们俩都是我要的，都是跟我做伴儿的。就这么几天，活儿完了就回去。"

大娘说："甭央求他！"冲着舅舅嚷嚷起来："不行又咋着？七个人里头仨是人家滩里的，人家还没说不行呢，你先不行了。咱打井，莫非全都靠给人家才行？"

舅舅说："我没说人家滩里，我是说你就会撤我的人。"

大娘说："你甭不讲理，亲肉儿跟蛤蟆是窑上的吗？昨儿起井石，去的全是盖屋的，马上要盖井神屋，也得要人。"

舅舅不说话了。

有巢跟拴儿一道儿上说说笑笑，一会儿就到了。根儿他们仨已经挖了一阵子了，枝儿一见拴儿，问："舅舅咋舍得把你给放了？"

拴儿说："瞧这话儿说的！能放你，咋就不能放我？"

枝儿说："嘿，窑上离了谁也离不了你啊。"

有巢这才明白舅舅为啥生气了，实在是自个儿不对，就为了跟相好儿说说话儿，拆了窑上的梁柱子，就跟拴儿说："要不你明儿别来了，我真不知道窑上离不了你。"

拴儿说："你听她瞎说！她才是真离不了呢，舅舅早就不痛快了。"

有巢说："瞧这事儿闹的！都皆为我，给窑上找麻烦了。"

拴儿说："刚才大娘不是说了吗，舅舅不是也没话说了吗？咱一块儿能待几天儿啊？我才不回去呢！"

有巢说："窑上就你们几个年轻的，大妮子姐我不敢要，不能拆了人家两口子。这就打上你们俩的主意了，谁知道让舅舅难为了，嗨！"

枝儿说："难为你待见我们，我巴不得跟着你干呢，你可别想这想那的了。"

晌后晌几个人把朽木头搬开了，草拔了，开出挺大一块地界儿来。今儿四个男的挖坑，仨女的锯木头，预备做辘轳。坑深了，就使辘轳送人接土了。

干了一阵子，滩里人上来了，舅舅问有巢啥时候回去。有巢说："上头的井没打成，昨儿我跟大娘找着这块地儿，瞧这样儿，比上头容易，等见了水，我就回去。您跟姨姨和窑上都替我打个招呼儿，还得几天才能回去。"舅舅说："窑上没事儿，四乡要的都烧不过来，顾不上做啥新的。你姨姨听说昨儿冒了井，叫嘱咐你，千万别出事儿。成不成的不要紧，可别出事儿！"

这地界儿土不咋硬，坑挖得挺快，到后晌已经挖下去半人深。回去大娘问起来，有巢说："到这会儿一直挺顺当的，明儿就能下去一人深了。我跟枝儿和拴儿的活儿不少，辘轳还没支上，明前晌得给井装框子，装了框才好支辘轳。对了，还得要族里的麻，搓绳子。还得找荆条子编堵沙子的大圈，一圈儿一圈儿往下走，把井整个儿箍起来，堵住沙子，不叫往井里涌。活儿都不是重活儿，可是这儿一点儿，那儿一点儿，挺费工夫儿的。"

大娘说："整装人这会儿是真拿不出来了，叫半大孩子帮你找荆条，走不动道儿的老姥娘们帮你搓绳子编荆条围子还行。"

有巢这就知足了，忙说："那敢情好了，这就能腾出手来，预备材料搭井棚了。"

　　井没挖多深，上头可都拾掇利索了。八根一般儿长的方木头镶起一个漂亮的井围子，八个角儿榫得严丝合缝儿，把井撑得死死的。一个整木头辘辘绕满了绳子，活像个老虎，四条腿跨在井上，这是预备上老深老深的地里头去掏沙子舀水。井挖下去一截子，就箍一圈儿荆条子编的围子，几个小人儿活儿干得挺漂亮，又结实又利落。往上拽土的绳子拴在近处儿一棵竹柏上，俩人倒腾着手往上拽。

　　挖到四五人深，就见了水，水跟沙子掺混在一块儿。虽然沙子不动，有巢还是叫先堵上荆条围子，一边儿往下挖，一边儿往下错。四个男人站在水里挖沙子，装到桶里，上头仨妮子倒着手拽上去。挖到齐腰深，下头挖不动了，锹一碰，咚咚响，像是石头。有巢叫见好儿就收，于是人一个个儿坐在筐里上来了。

　　最后上来的是蛤蟆，抱着运沙子的木桶。土小儿笑话他："瞧嘿，蛤蟆像不像要养活了？"逗得仨妮子咯咯儿乐。蛤蟆不笑也不说话，打筐里出来，提溜起半桶水来，一股脑儿浇到土小儿脑袋上。

　　"呀，这水咋是咸的呀？苦咸苦咸的！"土小儿抹着一头一脸的水说。枝儿笑话他："傻小子，是你脸上的汗！"人们都笑了。土小儿说："甭笑，你们尝尝儿！""瞧你说的！谁还掰着你那大冬瓜脸舔臭汗呀？"枝儿乐得肩膀儿直颤悠儿。

　　蛤蟆解开树上绑木桶的绳子，把桶拴到辘辘绳子上，一松辘辘，水桶突噜噜噜下去了，碰到水面儿，"啪"一声。蛤蟆叉开俩腿，攥住绳子摆了几下儿，往上拽拽，估摸着满了，摇起辘辘来。水桶吱扭吱扭上来了，满满一桶水。

　　有巢说："蛤蟆哥本事真大，这么满！"

　　蛤蟆得意了："嘿，没洒一滴答！"

　　土小儿给了他肩膀儿上一拳头，"说你胖，你还喘上啦！"手心儿捧了点儿水喝了，"扑"又吐了，"你们尝尝儿，都尝尝儿，这水是不是咸的？"

蛤蟆低头咕嘟咕嘟喝了两口，舌头把嘴唇儿舔了一圈儿，说："挺好的啊！"

土小儿瞅了他一眼，鼻子皱起来，叨唠一句："真他娘的邪性了！"

亲肉儿也扎进脑袋去，喝了两口，抹抹嘴，朝蛤蟆挤咕挤咕眼儿。根儿捧着喝了一口，直咧嘴。

有巢手心儿捧着喝了一口，皱起眉头。拴儿指头尖儿蘸着，舔了舔，啥也没说。

枝儿撩着尝了一口，吐了，骂道："呸！你个癞蛤蟆太不是东西了，都跟着你喝口苦咸水！"

大伙儿全都嘎嘎笑开了。土小儿把蛤蟆脑袋摁进水桶里，"还挺好的呐？叫你喝，叫你喝个够！"

蛤蟆一挣，直起身子，脑袋拨棱得像个小水鸡子，正起脸儿说："你们也太娇气了吧？大热天出一身臭汗，补点儿咸水正好儿啊。有了水喝，还嫌咸了淡了，我说哇，你们也太不知道好歹了，喊！"说完，又扎下脑袋，捧着水桶咕嘟咕嘟喝了一气。

有巢纳闷儿，下头泉眼的水不苦呀，这口井在水脉上，咋味儿不一样儿呢？打了两口井，一口干的，一口苦的，她心里挺不好受。

大娘把错儿全揽了过去，对有巢说："两口井都跟你没关系，都是我挑的地界儿。上头这口井还凑合，往后兴许能出水。下头这口井可就全是我的不是了，当初瞧见翻翻的树根须子，还有那么多死藓，就该想到底下的水不好。这地界儿早先许是狐狸窝儿，臊狐狸把地糟践了。"

有巢听着像是那么回事儿，也说："这井那么好打，几下子就挖出水来了，便宜没好儿，白费了劲，白搭了荆条、绳子、木料。"

"没事儿，妮子，苦水也有用，盖屋跟窑上和泥都能使，饮牲口、浇庄稼也行。反正这水脉不进泉眼，多一股儿水，有它比没它强，也许以后变得不苦了呢。咱那泉眼的水不苦，就准有不苦的水脉。你不是找着了一地界儿吗？就挨那儿再开一口。我跟你滩里舅舅说说，再借你们几天。不行了，叫小子带上人去滩里干上些日子。"

有巢也是这心思，不光要在下头挖一口能吃水的井，还想着治神神井的沙子，那么深的井，狐狸尿渗不下去，打出水来不会是苦的。

有巢仔细瞧了下头的水脉，没有死树干藓，没有翻翻的树根须子，不像是野兽糟践过的。她跟大娘商量，让滩里人帮他们几个把树撂了，腾出一块地儿来。大娘自然没说的。滩里舅舅带着人干了两天，把一棵棵竹柏连根儿刨了，运到软江神神屋地界儿，挖了更深的坑，全都栽上了。

地上一个个树坑，张着嘴要吃人，填坑可费劲了，有巢说："先凑合着干吧！挖井挖出来土都往树坑里倒。"她挑了一个最大的树坑当井口，几个人就势儿开挖了。土硬，不好挖，也不容易塌，挖出一人深，才嵌井围子，装辘轳。这地界儿可没那口苦井好挖，土硬不说，挖下去四五人深，还不见一点儿动静儿，倒是把刨了的树坑都填了。

挖着挖着好挖了，土里见了沙子。有巢赶紧叫停了。上回挖苦井，堵了围子没见沙子，这回忘了堵围子，却出了沙子。

拴儿说："把苦井里的围子拆了，拿这儿来还能使。"

枝儿说："拆也不省事儿，要是跟大娘要不出人来，咱就自个儿找，自个儿编，也比吊着筐不着天儿不着地得挨井里打悠悠儿强。"

有巢说："我先找大娘试试去。"

大娘找了原来那些半大孩子跟老姥娘，割荆条子编围子，有巢他们开头儿也跟着干。编出十来个围子来，又能堵沙子了。沙子越来越多，到后来挖上来的全成了沙子，不是冒出来的，是沙子层，瞧那样儿还不浅。人一站上去就往下陷，只能吊在筐里干活儿。一个辘轳玩儿不转了，又在旁边儿装了个小辘轳，大辘轳吊人，小辘轳吊沙子桶。吊人的辘轳吃劲儿大，绑死了绳子，还得俩人扳着。力气全使这上头了，一个秃噜，下头的人就叫沙子埋了。一天吊上来二三十桶沙子，使两三张荆条围子。有巢拿沙子跟黄土和泥，砌起个井台来，一宿干了，硬邦邦的挺是个样儿。

掏了好几天，运上来的沙子堆成了小山儿。赶上一场雨，沙子山冲成了一小堆儿，往下林子里一片细沙子。井台儿也塌了半拉，可世界黄泥汤子。井里灌了水，干活儿更费劲了。有巢后悔没先盖个井屋，哪怕是搭个井棚呢，也不至于全冲了。好在上头的井神屋盖好了，她跟大娘商量要人，趁着手熟，把下头的也盖起来。

大娘问她：“不会又冒沙子吧？”

“瞧着不像冒出来的，是井里自有的，按说遇着沙子不是坏事儿，底下该有水了。反正井屋早晚都得盖，不如这会儿先盖好了，也好干活儿。”

鳎子领着人下来了，打井的，盖屋的，合在一块儿十几个人，这地界儿一下子热闹起来。打井的跟着有巢刨桩子坑，鳎子领着盖屋的就地儿砍树，喊里喀喳砍了一大片，出来一个大空场儿。

拴儿说：“赶明儿咱的屋就盖这儿得了，吃水也近。”

鳎子说：“那不把一族人分两下子啦？”

拴儿说：“分两下子又咋啦？反正没出鲻山，就是一族人。”

有巢说：“真的嗨，跟大娘说说，往这片儿盖吧，下头水脉多，好打井。”

鳎子说：“大娘准不愿意，她家跟神神屋都在上头，人都住底下，管也不好管啊。”有巢说：“滩里这会儿就是两下子住着，住新屋的都在软江这边儿，住窝棚的在姚江那边儿，几下子里干活儿，没啥不好管的。"

拴儿说鳃子："听听，你也知道滩里分两下子，咋到了鲻山就不能分了？打水的、打猎的还不是天天儿打这儿过？"

人们都说拴儿说得有理，鳃子说："那我跟大娘商量商量。"

人多手快，没出三天，井屋起来了，也是八角儿的，沙子黄土和泥，贴地砌了一圈儿台子，有半条腿高，撑住六根柱子。顶子跟上头井神屋的一样儿，檩条上伸出长长的椽子，苫上茅草把下头折得严严实实。八面儿没有墙，既不是屋子，也不是棚子，人们管这叫"井亭子"。

滩里舅舅跟有巢说："咱那屋下头的干栏也砌一圈儿这沙台子多好，又结实，又好看。"

有巢说："行啊，河里有的是沙子，地里有的是黄土。等我回去，就把咱下头的猪圈砌了。"

鲻山大娘没说叫在下头盖屋，也没说不叫盖，她要等等，等井里出水了再定，叫盖屋的人只管砍树备材料，预备下料，哪儿盖都一样儿。

又掏了几天，辘轳上的绳子越来越少了。下到了七八人深，吊上来的沙子色儿深了。有巢抓了一把，攥出水儿来了。蛤蟆在底下，她不放心，叫人把筐摇了上来。蛤蟆在井里嚷嚷了一道儿，声儿越来越大，"……嗨，嗨，干嘛呀？撂下来！撂下来！……"筐到了井口儿，有巢一把拽过来，"蛤蟆哥，该换换了，我下去瞧瞧。"土小儿他们仨不干了，亲肉儿见有巢一脚迈进筐里，急了，"凭啥你下去呀？要换也得哥们儿下不是？"枝儿说："都别争了！甭管谁下，把住了辘轳是真的。"亲肉儿跟根儿这才下死劲儿扳住辘轳把儿，剩下的人俩手在辘轳上使倒劲儿，紧着往回扒拉，叫辘轳坠得慢点儿。

临下去，有巢嘱咐几个人："慢着点儿送，我一叫停，立马儿停住！我叫上，赶紧往上摇！"枝儿突然叫"等等！"拽过筐来瞧了个够，又在两头儿穿了绳儿，在筐上的绳子疙瘩上系了好几道死疙瘩，这才松了手。

筐子载着有巢一点儿一点儿往下出溜儿，枝儿跟拴儿一会儿一问："没事儿吧？""还下吗？"听到有巢搭腔儿才又往下送。这可不是闹着玩儿的，人家的命儿在他们手里攥着，万一有事儿，得赶紧往上拽。

"停⋯⋯一⋯⋯下⋯⋯儿！"井里传来有巢断断续续的喊声。几个人紧紧把住辘轳，拴儿大声儿喊："有事儿吗？"底下喊："再下一点儿点儿！"摇辘轳的松了半圈儿绳子，又死死扳住了。"再下一点儿！"几个人战战兢兢又松了半圈儿。"再下点儿！"⋯⋯"停！别再动了！"拴儿扯着嗓子喊："有事儿吗？有事儿你倒说话呀！"下头喊："要一根长棍子，越长越好！"

枝儿叫别人都别动，她去找棍子。盖井亭子砍下不少枝枝杈杈，堆成一堆，滩里的老说带回去，老也没空出手来。枝儿找了一根儿顺溜儿的，掰了枝叶儿，拴在木桶绳子上。蛤蟆嫌她啰唆，"嗨，拴个啥呀？直着扔下去多利索！"拴儿气得说："直着扔能砸着人！"蛤蟆说："不会贴着边儿送下去啊？"有争的工夫儿，枝儿把树枝子绑好了，插在桶里，朝下喊了一声："有巢！给你送下去了！"

过了一会儿，底下又喊："不够长儿！"蛤蟆说："你们可扳住了啊！我找去！"蛤蟆拿了把锯，噌噌几下子锯了一棵小树儿，喊里喀喳掰扯清了，就要顺着井边儿往下送。枝儿不让，说："这么粗一根，砸着人可了不得。"又朝下喊："有巢，把桶摇上来！"底下喊："等一会儿！"拴桶的绳子揪得挺紧。过了会儿传来底下的喊声："上吧！"枝儿摇着小辘轳把桶吊上来，里头是半桶水！

"出水啦！"不知是谁喊了一嗓子，音儿都变了。六对眼盯着桶里的水，六张嘴齐齐儿喊出："出水啦！"

蛤蟆突然大喊一声："把住辘辘！摇啦！"

枝儿说："先别急着摇！"又问底下："有巢，没事儿吧？"

"没——事儿！"有巢的声音像井一样沉稳。

人们都说："没事儿就上了啊！"

有巢喊道："上吧！"

有巢上来了，拿上来一把锹，还有两根棍子。蛤蟆、土小儿、亲肉儿、根儿都急着要下去。有巢说："不用了，下头是啥，都探明了。"她一手攥着小树干上，上头留出不大一截儿，一手比着说："水有这么深。底下挺硬，戳不动，锹也下不去，瞧那样儿像是一块大石头。"

枝儿说："这回千万别碰石头了！"

拴儿直叫喊："见好儿就收，见好儿就收！"

土小儿跟着说："是啊，别又冒出沙子来。"

有巢问大伙儿："你们尝了没？这回的水一点儿都不苦！"

几个人这才想起桶里的水来，一人喝了一口，咂嘛咂嘛。蛤蟆说："嘿，是甜的！"几个人都说："真是甜的！"

井水凉丝丝的，甜到嗓子眼儿，甜到心里。

第二十一回

饮甜水鼁山头一口
住新屋滩里末家人

水脉上挖井挖出了甜水井，根儿疯了似的往上跑，亲肉儿在后头紧追，拴儿急着回去告诉鰓子，风送回来喜极了的喊叫，绕着大树，贴着草，一声跟着一声往回跑："出水啦！出水啦！""出水啦！出甜水啦……"

井边儿就剩下蛤蟆跟有巢俩人儿。蛤蟆说："嘿，全跑了！"有巢说："甭走动了，待会儿舅舅他们下来，咱就跟上回了。"蛤蟆问："土小儿这小子哪儿去了？这么会儿工夫儿没影儿了嗨!"有巢这才瞧见枝儿跟土小儿都不在了，就说："土小儿怕是回不去了，这回我回去又得落埋怨，嗨！这事儿!"蛤蟆嘻嘻笑："这事儿，谁也管不了。嗨，没人儿瞧上咱，要是有人儿要，我今儿也不回去了。"有巢骂了一句："都是些个有奶就是娘的主儿，还不如我们家大灰鹅呢，哼!"

人们呼啦啦跑下来，提溜着罐儿，担着桶，鰓山的，滩里的，全撂下手里的活儿，奔甜水井来了。有巢叫蛤蟆："嗨，快放下桶去，舀上一桶甜水来，叫人们尝尝儿！"蛤蟆一松辘辘，水桶叽里咕噜往下跑，拽得辘辘慌里慌张上下乱跳。人们下来了，水也打上来了，蛤蟆咧着大嘴吆喝："喝吧喝吧，来尝尝儿井水，甜的嗨！"

喝头一口水的是个半大小子，吧唧着嘴叫喊："美啊！鲻山头一口井水，咱喝了，哈哈。"

蛤蟆说："小子，甭美，鲻山头一口井水我早就喝了，是那口苦水井的。"

那小子说："那我喝的是头一口甜水，哈哈。"

蛤蟆说："几个挖井的早都喝了，要是没尝过，他们会绕世界嚷嚷'打出甜水来啦'？傻小子，这个先儿你可没抢着。"

那小子还是不服气，问："你能说出到底儿头一口水进了谁的嘴吗？说不出来，我就跟你们一样儿，算是最先喝水的。"

蛤蟆说："干吗？赶明儿跟子孙后代吹啊？算了吧，头一口水是人家有巢在井底下尝的，这才知道是口甜水井，没白挖，嘿！"

大娘叫人锯了一片树，砍下枝子杈子，整根儿的木头给了滩里，枝枝杈杈拢在一堆，点着了火；又叫去洞里叫人，说今儿不分肉了，全扛这儿来，吃烤肉；又叫人上去，回家找点儿荤腥儿。一会儿人们都来了，猎人们扛着野猪、滩羊、跑鹿，提溜着兔子、野鸭子，回家的人提溜着宰了的鸡、鸭。心细的拿来了大碗。还有的带了牛角、竹笛、鹤骨哨儿，鲻山舅舅把族里的羊皮鼓也背来了。

庆井的篝火烧到天黑。

滩里舅舅跟鲻山大娘说："老姐姐，我们回啦。"

大娘说："别价呀，有吃有喝，急着回去干吗啊？"

舅舅说："再不回，家里该惦记了。有巢、蛤蟆、土小儿也跟着回了。"

大娘叫人把剩下的烤肉全给滩里人装背篓里，又叫扛上木头送人家一程。

送到姚江边儿上，滩里人上了船。舅舅说："还少一个，土小儿呢？"大娘说："土小儿就算了，枝儿跟他有了。赶明儿我给你送下去俩鲻山小子，不叫你们吃了亏。呵呵。"

舅舅没想到有这事儿，一时不知道说啥了。

蛤蟆张嘴了："大娘，干吗还赶明儿啊？今儿就让根儿跟亲肉儿跟我们走，不结了？"

大娘哈哈哈哈笑起来，人们也跟着笑。滩里舅舅说："老姐姐你别跟我打马虎眼，哈哈几声把人给笑没了。那俩人呢？上船来！"

大娘说："大兄弟，你可真是个急性子，呵呵！这事儿，咱得先跟本人，还有人家家里商量商量不是？到时候准给你两人就是了，算是还鳃子跟土小儿的。至于谁去，等跟人家商量好了再给你。根儿跟亲肉儿刚学会了打井，山里正用得上，这两人我不能给。"

舅舅说："就知道你绕我，这么会工夫儿，就不算数儿了。跟你打交道，我亏大发了，呵呵。"

大娘说："你要是嫌亏，就叫鳃子跟土小儿跟上回去，你把有巢给我留下。"

舅舅一想，还是不亏，就笑笑不说了。

有巢却冒出一句来："大娘啊，我下来是换的大妮子姐，跟鳃子、土小儿他们是两回事儿。您说是不是？"一句话把大娘噎那儿了。

舅舅趁势攻上来："咋？非叫我把大妮子也要回来？哈哈，到底谁亏了谁啊？往后可不敢叫人上来帮忙了，一个个儿全不回去了，这还成？老姐姐，咱今儿不说了，明儿见啦！明儿我还找你要人，你躲了今儿，躲不了明儿，躲了明儿，还有后儿呢，我瞧你还能躲到哪辈子！"

大娘说："你这人真沉不住气，为这点儿事，一宿还睡不着觉了呐？滩里有米有鱼，山里嘴馋的小子多着呢。我这会儿要是发话，问谁愿意去滩里，少说也有一半儿要跟上你们走，回去还不把滩里人吓坏了？说你出来招土匪了，哈哈。"

大娘笑，鄮山人笑，滩里人也笑，笑声落在姚江上，追着仁船上的人跟木头哗哗啦啦去了。

软江边儿上一片火把，家里人早就等着了。火把照着两船人一船木头，人们都上来扛木头。大娘举着火把迎过来，急着问："咋这咱才回来啊？出啥事儿啦？"

有巢说："瞧把姨急得！啥事儿也没，新打的井出水啦，是口甜水井！"

大娘这才瞧见有巢，直说："你们也是，非得今儿干完了，没明儿了似的。瞧，累成啥了！这么些人全都帮着打井来着？"

舅舅说："没，全都吃喝玩儿乐来着。要不是怕家里惦记，今儿就回不来了，那么些好吃的，吹吹打打，又唱又跳，可热闹了。"

一回来，全变样儿了，走不远儿，一片高高的大树，是打甜水井边儿移过来的。家里干栏屋下头的鸡窝猪圈砌起了墙，大灰鹅伸出脖子来朝有巢叫唤，有巢够着摸了摸俩鹅脑袋。

蛋蛋早睡下了，听着鹅叫，爬起来迷迷糊糊往外跑，瞧见有巢，眼泪就下来了，"我还当你不回来了呢！"有巢这才想起出去的日子不少了！

一家子躺下，却睡不着了。大娘问了苦井问甜井，蛋蛋问大姐，问妮儿。舅舅说起土小儿不回来，大娘着了急。舅舅："瞧着老实巴交的，嘿，给人妮子种下了，人不让回，我有啥法儿啊？她姨说了，明儿还咱俩小子。"大娘说："你就信她说的？人又不是鸡鸭，好嘛常儿的就来咱这儿了？"舅舅说："那你叫我咋办啊?""要我说啊,明儿你带上几个妮子上去砍树,把他錙山身高树大的小子引下来。""去你的!没这么馊的主意了!"有巢听着偷偷儿乐。一家子说到后半宿,眼皮子打架了,才不说了。

錙山大娘说话还真算数儿,第二天舅舅带回仨小子来。有巢认得,一个叫四心儿,一个叫小六儿,还有一个叫狗剩儿。她一瞧就明白了,都是因为家里孩子太多,腾出地儿来,姐姐妹妹好招人儿。大娘说:"也不打个招呼儿,瞧,连饭都没给人家预备!"说着赶紧烧水下米,得亏有蛋蛋摸的茨菇,盐水儿煮了,挺下饭,仨人连饭带菜吃了个光。大娘问他们:"你们出来,家里知道吗?"仨人都说,家里巴不得他们出来呢。

吃了饭商量仨人明儿去哪儿干活儿,滩里的活儿分四摊儿:船上、地里、窑上和盖屋的。仨人都愿意去船上,要不就跟着盖屋。舅舅乐了,说:"那你们可就跟不上人儿了!滩里的妮子不上船,盖房的也都是男人。呵呵。"大娘说:"去地里吧,地里妮子多。"有巢说:"地里妮子多,好妮子可都在窑上呢。"狗剩儿问有巢在哪儿干活儿,有巢说是在窑上,狗剩儿说:"我就跟着有巢姐了。"小六儿跟四心儿也要去窑上。大娘说:"不能都去窑上啊,你叫啥?"她问的是四心儿。四心儿说:"大娘瞧上我了,我就跟着大娘了。"小子嘴儿挺巧,大娘说:"行,明儿咱去地里。地里男人不多,苦活儿累活儿可都是你的了。"四心儿说:"没说的!滩里再苦再累也比錙山强到天上去了。"这小子,嘴就是甜。

窑上添了俩小子,挖土和泥的活儿都成了他们的。姥娘们怕他们是錙山来的探子,加着小心,不叫他们知道咋配色儿,咋熬釉子,还嘱咐几个半大妮子也别跟他们说。有巢说:"舅舅带下来的还能是贼?是贼,我能叫他们来咱这儿?人家来了就不走啦,看谁家妮子有福气了。"小鱼儿姥娘爱逗乐子:"有巢,你可也是錙山来的,别你们都是一事儿的,呵呵。"有巢说:"鳃子不回来了,地里的说我下来就是为了往山上送人儿的。这会儿我把山上的人找下来了，窑上又说我往咱这儿招贼呢。我瞧着，我要做好人，还是回鲻山去吧！"小鱼儿姥娘说："你敢！"花姥娘说："有巢走了这一阵子，我们还真怕你不回来了呢！"有巢说："回来了，还给咱窑上带回人来，不说我好，还欺负我。你们这些刁姥娘，良心全叫狗吃啦！"

没几天儿，屋里宽绰了，四心儿不回来了，跟了狸儿的妹子獾儿。狸儿对地里一干妮子说："你们都别眼气，这可是我们鳃子换来的。"四心儿怕地里的妮子们吃了他，央告鱼头，叫他去了船上。

又过了些日子，小六儿也不回来了，跟了尾巴儿的姐姐爪子，爪子在地里干活儿，小六儿还在窑上。除了挖土和泥，他跟狗剩儿俩还包下了给四乡八里送货的活儿。

蛋蛋问狗剩儿："狗剩儿哥，你啥时候走啊？"

狗剩儿说："蛋蛋容不得我啦？嫌我吃得多？"

"不是，你想歪了！我是问你，叫哪家儿的妮子瞧上了？"

"嗨，没人儿瞧上我。全是这名儿叫坏了，狗都不待见！"

蛋蛋咯咯儿乐了半天，说："要不，我给你说个吧？"

"赫，蛋蛋还有这本事呐？谁呀？"

"狗剩儿哥，远在天边儿，近在眼前。"

"蛋蛋，除了窑上的，还有咱家的，我谁也不认得啊。"

"这个你认得，又是窑上的，又是咱家的。"

狗剩儿脸腾地烧着了，蛋蛋说："瞧，害臊了吧？"

狗剩儿正起脸来说："蛋蛋别瞎说！"在他眼里，有巢就是天上的娘娘，他不敢想别的，听蛋蛋说这话，他都心慌。

窑上都是些半大妮子，还不大懂事儿。有巢想着狗剩儿，想把他说给顺儿的三姐。三妮儿老听姥娘打窑上回来夸狗剩儿，一说就愿意了。可是狗剩儿不干，说："她姥娘整天防贼似的防着我，在窑上不够，还追到家里叫她盯着，上赶着找骂，我成啥啦？"

　　狗剩儿跟小六儿去海螺山送货去了。有巢趁这工夫儿跟顺儿姥娘说起狗剩儿跟她家三妮儿的话儿来："姥娘，三妮儿挺待见狗剩儿的，狗剩儿也待见三妮儿，就是怕您。"

　　顺儿姥娘呵呵儿笑，"嘿咿，这小子怕我个啥呀？我吃人？呵呵。"

　　"怕您不待见他呗。"

　　"他咋知道我不待见他？"

　　"他说您整天防贼似的防着他，还能叫他进您家屋里？"

　　"呵呵，他要是真进了我们家屋里，我防也防不住啦。不过有巢，你可别说我不知足啊，你瞧我们家那屋还能进人儿吗？不算我跟顺儿，老的小的四对儿黑间挤一疙瘩，有个闪失，不叫个事儿啊。"

　　人们哗地笑了，小鱼儿姥娘说："你可真逗，连这都想得出来！就算想了，也不能说啊，反正你老东西没闪失就行了呗，管人家小人人呢！"

　　有巢说："姥娘这么说，就是不叫人家进屋呗！啥闪失不闪失的？多少辈子不都这么过来了？照姥娘这么说，你们家站一整排屋，就没闪失了，是吧？大姨跟舅舅一间，一个妮子一间，还剩一间您跟顺儿住，再咋也闪失不了了，呵呵。"

　　"嗨，有巢，我可没有跟族里要屋的意思，住上今儿这屋，我要多知足有多知足，不信你问我们一家子去。可这狗剩儿再进去，实在是难了点儿。狗剩儿他要真待见我们三妮儿，俩人先上我们从前的窝棚里凑合着，等我给他们让开了，再搬进屋里。多少辈子不都住的窝棚？也生儿育女啦。"

　　有巢一想，他们家也是难，回家跟大娘提起这事儿来，大娘说："这个好办，把再盖起来的宫室给她家一套，她腾出屋来，叫臊子姥娘住进去，她家两口儿人，住不了那么大的宫室。"

有了大娘这话，有巢就放心了，告诉狗剩儿："你不是怕顺儿姥娘吗？你跟三妮儿先住她家从前的窝棚去，等有了宫室，再跟她家搬一块儿去。姥娘在外头，你们在里头，就躲开了。"

狗剩儿说："姐姐这是轰我呐？我明儿就回鲻山去。"

"你这可是想哪儿去啦？把好心当了驴肝肺了。哼！"

这男女的事儿不能强扭，有巢不敢多管了。顺儿姥娘却上了心，见了有巢就问："你跟他说了没？他愿意跟我们三妮儿住窝棚去吗？"

有巢说："我跟大娘说了，大娘说，等新屋盖起来，叫你们家搬宫室去住，把旧屋给臊子姥娘家腾出来。"

"哟，那敢情好了！两回住新屋，都亏着你给我们家帮忙儿，妮子，咋谢你好呢？"

"您待人家狗剩儿好点儿，我就领情儿了。"

顺儿姥娘待狗剩儿真好了，捣颜色配釉子都叫他过来。狗剩儿回来跟大娘说，他想去船上，跟四心儿一块儿干活儿。大娘问是咋回事儿，好好儿的，咋不愿意在窑上干了。

狗剩儿说："我怕顺儿姥娘。"

"咦，这姥娘还把你当外人？"

"不是。"

"那咋不挨窑上干了？受了谁的气了？"

"谁也没给我气儿受，我就是想换换。"

大娘背地里问有巢，窑上谁欺负狗剩儿了。

有巢说："没有啊，都挺待见他的。"

"那他干吗非要去船上啊？是不是跟那个小六儿合不来呀？"

"他们俩挺好的呀，不过狗剩儿没小六儿活泛，怕跟女人说话，一说话就上脸。"

大娘明白了，这小子害臊呢，"嗯，许是这么回事儿，要不他非要去船上呐，那儿没女人哇。你说说他，别折腾了，省得窑上姥娘们想这想那的。谁也没亏待他，再说啦，他一走，窑上就剩小六儿一人儿了，光跑外都跑不过来。"

"行，我说说他。"

有巢没说狗剩儿，去找三妮儿问去了："嗨，咋样儿了？"

"啥咋样儿了啊？"

"啥？你跟狗剩儿啊。"

"有巢姐，我这儿上赶着，人家爱答不理儿的，弄得我臊不奔奔的。"

"三妮儿，狗剩儿就是那么个人，见不得女人。这不，为了躲窑上几个半大妮子，闹着要去船上呢。人家一个外头来的，你就多担待着些儿。家里挤，先去窝棚里凑合些日子。大娘答应了，等这一排新屋盖起来了，就给你家换宫室。"

她这么一说，三妮儿倒不好意思了，脸红得说不出话来。

有巢跟狗剩儿一块儿去窑上，一块儿回家，他的动静儿逃不过有巢的眼。可这人一点儿动静也没有，回到家就跟蛋蛋说这说那。蛋蛋在地里干活儿，回来跟狗剩儿一块儿做饭。吃了饭一块儿出去捞小鱼儿逮蛤蟆，他们俩倒是形影不离。有巢背地里说蛋蛋："你别老缠着狗剩儿哥！人家来咱这儿是找人家来的，吃了后晌饭叫他出去跟妮子玩玩儿。"蛋蛋说："我知道，才带他出去的。在河边遇见三姐几回，我还躲了，让他们俩说话儿来着。"原来是这么回事儿！有巢不管了，让人家自个儿耍去吧！

宫室不是白给的，得拿工换，住进宫室的人差不多一年不能在族里分粮分鱼，可是该干吗还得干吗。住宫室的人家在大娘手里都有一团长长的绳子，上头系满了疙瘩，满月解一回疙瘩，新月解一回疙瘩，干满了这些日子才能解一回，有一个干活儿的人，解一个疙瘩，一个疙瘩一个疙瘩解着还宫室的账。要不，盖屋的人、上山砍树运木头的人，还有窑上的人，吃啥啊？所以，住进宫室的人一年到头儿没个闲，一家老老小小一早儿一晚儿绕世界找吃的去。实在不行，族里也给分东西，那是要记绳疙瘩的，还的时候就更长了。三妮儿家六个人全都挣工，顺儿一年到头儿满世界划拉能吃的东西，大人早晚也跟着挖菜捞小虾，换人家的米面，一家子过得还凑合。满月的时候顺儿姥娘跟一大群住新屋的人排着队解疙瘩，属他们家解的疙瘩多。臊子姥娘就两口儿人，不能为了住宫室几年不吃不喝，所以愿意换早盖起来的小点儿的屋住。还有些人住不起宫室，宁肯在窝棚里囚着，够吃够喝就行了。

有巢想，往后一排屋不能都盖成一样儿的，得有大有小，大的给人口多劳力也多的，小的给拿不出来多少工换屋住的小户儿人家儿，让所有还住在窝棚里的人都能住进屋里。她跟大娘商量，大娘说："那得先问问人家能出多少换工，愿意拿出多少换工来，再定下来盖多大的屋，多大的宫室。等知道了，好一排一排搭配着盖。要是盖好了再让人挑，怕人们嫌大嫌小，换不出去。明儿我就在地里问问，你在窑上问问，嗯，窑上没几家儿了。让鱼头问问船上的，你舅舅问问上山干活儿的。问的时候，捎带问问人家愿意啥时候住进去，也好排个先后。到时候咋盖，还得跟三青子再商量商量。"

有巢说："盖屋的就剩下三哥一家还在窝棚里，正好儿也问问他，要住多大的。"

大娘说："问也白问，他们家窝棚又大又结实，这会儿扔了不上算，且不搬呐。"

有巢在窑上问了问，人们都说这么大的事儿，得回家商量商量，好好儿合计合计。有巢又去了姚江边上，找着鱼头的船，喊："鱼头哥，跟你说个事儿。"鱼头把船撑过来，"呵呵，贵人来啦。啥事儿啊？上来说吧！"有巢跳上船去，说了说打问窝棚户搬屋的事儿。鱼头说："行，我给问问，过两三天告诉你，都谁要，要多大的。"有巢刚要走，鱼头又说。"哎，我再问个事儿。有巢啊，我们那屋本来就不大，老少三辈儿挤着，这不四心儿也过来了，赶明儿一家养活俩仨的，实在挤不下了。有那不想住宫室大屋的，跟我们家换换成不成？"有巢说："这我得跟大娘商量商量，我想没啥不成的吧？就是咋换得商量商量，你们那屋解了不少疙瘩了，咋个折法儿，还得大娘拿主意。"

有巢回到窑上，人们也在说换屋的事儿。话茬儿是顺儿姥娘引起来的，小鱼儿姥娘要跟她家换，顺儿姥娘告诉她，有巢应许了跟臊子姥娘换来着。小鱼儿姥娘一见有巢，就问："我们换人家住过的屋行不行？"有巢说："您要住多大的，给您盖多大的，干吗住旧屋呀？"小鱼儿姥娘说："我们家人口少，住不了宫室。我待见下头先盖的那几排屋，离神神屋、神神井都近。再说啦，换旧屋住多少能省出俩仨疙瘩来吧？"有巢说："嗯，应该能折点儿。这我可得跟大娘说说，定个制子。姥娘瞧上谁家的屋啦？"小鱼儿姥娘朝顺儿姥娘努努嘴儿，"瞧上她家的了，可是人家有主儿了，我再打问打问，有没有愿意换新屋的。有巢啊，你也给我留着点儿心，换成了，姥娘给你找个好人儿，呵呵。"女人们全都笑起来，有巢气得说："知道也不能告诉您！"

临收工，有巢兴致勃勃去找三青子，虽然盖屋的人都住上了屋，她还是愿意跟三青子一块儿干，尤其想问问他啥时候住新屋，问问有谁想换屋，尤其想问问他们家啥时候搬新屋，这些事儿叫她心里又热又痒，挺有意思的事儿。

没想到刚说起问问谁要换屋，三青子就烦了，说："窝棚里多少人等着住新屋，我手里就这几个人，盖屋还盖不过来呢，哪儿还顾得上这些个乱七八糟的！"

有巢说："盖屋是为了人住，这不是有人不够住，有人住不起，才问的吗？！"

"愿意问你问去吧！我只管干活儿盖屋，别的就不管了，实在没这闲工夫儿。"

有巢强忍着，赔着笑脸儿劝他："三哥，别这么说嘛！我也算咱盖屋的人，咱商量着干。"

三青子鼻子眼儿里哼哼两声儿说："商量个屁！你？我们能指望得上你回来盖屋？一会儿窑上去了，一会山上去了，自个儿走不算，还拽上俩。前有鳃子，后有土小儿，全都一去不回头了嘿。你也甭说你回来不回来，只要你别再动这几个人，别再给我找别的瞎活儿，我就给你磕头啦。"

有巢给噎得说不出话来，肚里的火涌到嗓子眼儿，脸憋得红一片青一片，一会儿就紫了。

三青子也觉出他说话冲了点儿，就又找补："到时候你跟我说清楚了，都盖啥样儿的。你叫盖多大，我们给你盖多大，叫盖多少给你盖多少。"

他不说还好点儿，这一找补，有巢实在压不下去火儿了，干脆让它冒吧："你他娘的喝蛤蟆尿了是咋的？干吗啊这是？拽沙子攘土的，啥叫给我盖啊？你说清楚了，哪间屋是我要的？哪间屋是我住的？"

瞧热闹的一瞧真急了，赶紧劝，有劝有巢消消火儿的，有劝三青子别再说了，也有劝他给有巢赔个不是的。

三青子愣了一下儿，也不赔不是，也不争，只闷声闷气说："甭管谁住，要大要小，说清楚了我就照新样儿盖，说不清楚我还照老样儿盖。"有巢气哼哼走了，回头呸了一口："少他娘来这一套！蹬鼻子上脸，你爱盖不盖！"三青子竟然没吭气。有巢最瞧不起这种欺软怕硬的东西，放屁连个响儿都没有，他还不如顶回儿句来呢。

有巢生了一肚子气，背地里咬牙切齿骂三青子"不识抬举的王八蛋"。过后想想，谁让你抬举人家来着？大娘说得好好儿的，四个人分头儿问问，没让问三青子，只是说到时候咋盖跟他商量。还是自个儿沉不住气，上赶着巴结人家，没话找话。一个妮子家，在男人面前不取贵，活该！她抽了自个儿俩大嘴巴，咬牙跺脚发了狠：往后没事儿绝不跟他三青子多说一句话，再不取贵，我就是他娘的王八蛋！

回到家里，大娘跟蛋蛋正做饭，她也过去帮忙，问："姨，狗剩儿还没回来？"大娘说："回来了，背回来的东西都送神神屋去了。"狗剩儿跟小六儿今儿去了四明山。天黑得早了，饭做好了，舅舅也回来了。大娘说："吃吧！"

有巢问："狗剩儿咋还不回来？"

蛋蛋说："狗剩儿哥不回来吃饭了。"

有巢问："咋啦？谁得罪他啦？"

蛋蛋说："你呗。"

有巢吓一跳，说："我？我哪儿得罪狗剩儿了？快说说，我知道了好给他赔不是去。"

大娘说："甭听蛋蛋瞎说八道！狗剩儿跟上三妮儿去她家老窝棚了。"

有巢喜欢得满脸笑，长长出了一口气，"哈，总算成了！挨窝棚里头先凑合几天儿，他们就能搬进宫室住了。"

大娘问有巢，在窑上跟船上问了没有。有巢说："都问了，都说回家商量商量再告诉我。小鱼儿姥娘想住咱这一片儿的旧屋，看有没有搬进宫室腾出来的，鱼头哥家里想换宫室，都问咋换。您拿出个制子来吧。"

大娘说："咱管盖屋和换工分屋，谁要了新屋，给我结一串儿疙瘩，一年里头一个儿一个儿解去，老屋没解完的疙瘩接茬儿解。换屋的事还是甭管好，省得落埋怨，吃亏占便宜的不好说，谁愿意换，还是叫他们自个儿商量系多少疙瘩，咋解疙瘩得了。我只管经我手的疙瘩，别的疙瘩不管，实在是没本事管。"

大娘说的还真对，一说换屋的自个儿系疙瘩，想要新屋的几家都自个儿商量换屋去了，比呀，挑呀，人那点儿精明劲儿全使出来了。有说好了换的，又不换了，惹得你恨他，我怨你，打起了罗圈儿架，好好儿的人缘儿，为了换个屋，全砸了。就连顺儿姥娘也不提换屋的事儿了。三妮儿跟狗剩儿商量好了，找着有巢说："有巢姐，要是有小点儿的新屋，给我们一间，越小越好。要是没有，我们俩就在老窝棚里先囚着。"

热闹了好几天，总算说好了都谁要新屋，要多大的也说好了。几下子归置到一堆，大娘心里有了数儿，排了个先后。有巢又上瘾了，在沙盘上画，画出来抹了，抹了又画，最后拿秫秸掰细篾儿，编成一排排小屋儿。小样儿给了三青子，三青子瞧了一眼说："当中这间太小，我干不成。"

有巢说："三妮儿跟狗剩儿人就要这么大的，跟他们这会儿住的窝棚一般儿大。"

三青子说："有那，住窝棚算了，何必找这麻烦！"

有巢说："你这人咋这么别扭啊？谁像你呀，窝棚里囚一辈子出不来了！人家愿意住新屋，住不起大的，就要这么点儿的。咋就盖不了？"

"太窄了。"

"能躺下一个人，一点儿都不窄。"

"不窄你干吧！我干不了。"

"我干就我干！别以为这就拿住谁了！真是的，离了猪粪还种不成地了？"

"我是猪粪，你行，你种没猪粪的地去吧！"

在有巢眼里，整个儿滩里还没有一个人像三青子这么讨厌的，鸡肠狗肚，好事儿也坏他手里了。

打下了桩子，搭起了平台，三青子交手了，说："有巢，上头咋盖，你瞧着办吧！"有巢一听，火儿就上来了："原来说的三妮儿他们那间我管盖，这会儿全都拽给我了！我盖就我盖，有啥呀？

我就是盖屋起家的，难不倒，哼！不过，咱得先说清了：是就这一排啊，还是往后盖屋的活儿你都不管了？"

三青子哼了一声儿，说："你把当间儿这间的墙搭起来就行了，别的不用你管。"

有巢就瞧不起这样儿的，没事儿穷诈唬，一跟他动真格儿的，就草鸡了。

有巢找来一把炭条，对着梯子一分两半儿，划出一排屋的地界儿来，一边儿俩宫室，当间儿剩下正够一间屋，扣了两堵墙，躺下一个人还有点儿富余。

三青子一直在旁边儿瞧着，问她："就这样儿了？"

"嗯，就这样儿了。"有巢爱答不理儿的。

三青子俩手比出门框来，问："还要不要窗户了？"

有巢这才瞧见，装上门就没窗户的地儿了。她想了想说："有后窗户就够了。"心里埋怨三妮儿他们，要这么大点儿的屋，连个朝日头的亮窗户都没法儿装！

三青子又问："这家儿炉子盘哪儿啊？"

有巢一瞧，屋子一面正对着梯子，一上来，就剩下块转身儿的地儿，没了做饭的地儿。

三青子说："这屋实在太小了，赶明儿想换大的都换不出去，一个是小，再一个是没有明窗户，要省工不能这么个省法儿。再说，正堵着梯子也不叫个事儿。"

有巢红着脸说："改！"

三青子说："要我说，当间儿搁那套最大的宫室，挨着是三妮儿他们那间，剩下三套匀开来。每一套紧出一点儿来，给那间小的挤出个窗户来。"

有巢只是点头，到后来问了一句："你咋不早说呢？"

"要是别人，哪怕是大娘，我早就说不行了。对你，我可不敢轻易说话，谁知道你后头有啥点子呢？"

"咦，你说我还能有啥点子？"

"我倒是想了，要是只能盖这么点儿，那就往后错错，留出一块地儿盘炉子，一个细长条儿屋子，短一截儿也不要紧。门做成俩半拉的，关上门，上头还能开开，透点儿日头。嗨，穷凑合，不如宽出一点儿来。"

"嗨，三哥，赶明儿你跟我甭这么别别扭扭的了，省得我不知道你想的是啥，倒把你的好意想歪了。有啥你就直说得了，我准不往心里头去。"

"嗨，我就这么个人，人嫌狗不待见的。可是，你也不用把我当成坏人。"

这，她知道，突然想起来问问他："三哥，你们家多咱打窝棚里搬出来啊？"

三青子说："窝棚还能住，扔了可惜了儿的，有那抠着肚子住宫室的，不如这几年叫爹娘吃得好点儿。等着吧，等香儿跟臭儿大了再说吧！"

香儿跟臭儿是他妹子，他底下养活了好几个都没活成，香儿才会走道儿，臭儿还吃奶呢。等到这俩妮子招人儿才搬新屋，滩里就没窝棚了。

第二十二回

避群男沙制井出水
探孤女爱萌心蕴情

大娘的意思是，要住新屋的人家自个儿能干的活儿，都给留出来，省得换工太贵。新屋都没安窗户、门儿，留下了木料。要了新屋的人天天儿过来看盖到哪儿了，真盖好了，又不急着搬了，天天儿一早儿一晚儿过来忙活一阵子。

三妮儿跟狗剩儿那间小屋儿比别人家的窄一大溜儿，缩进去一大截子，可俩人比谁都忙，比谁都美。属他们家的门儿做得细，人家门儿上的花儿是画上去的，他们家的双鸟朝阳是刻的。人家的窗户是一块木头板子，关起来屋里黑咕隆咚，他们家的窗户是一个框子，里头横竖八根儿细棍儿榫起来一大堆木头格子，两边儿拴了绳儿，绳儿别块儿细麻布，能卷上去，放下来，窗户关着，屋里也不黑，还能透气儿。街坊四邻瞧着好，都摘了装好的窗户板子，照着样儿做开了。连有巢见了都说好，还跟大娘商量，把神神屋的窗户也改成亮的格子窗户。神神屋换上了亮窗户，大伙儿全照着改开窗户了。

窗户、门儿全装好了，三妮儿俩还不搬，拿麻布包着沙子，撅着屁股跪着磨地，磨光了糅上漆，漆干了才搬进去。小屋儿干净，他们地上啥都不铺，睡觉满地滚，黑间在后墙根儿，早起混到了门口儿。一早一晚，四家儿街坊老是听见小屋儿里唧唧嘎嘎的笑声。

獾儿跟四心儿瞧着人家的小屋挺好，就跟鱼头商量，也要间小屋搬过去。鱼头说："这大屋里头有獾儿攒下的工，小屋儿的工我出了。"四心儿不好意思白住新屋，说："还是扣咱仨的工吧，獾儿就算了，她的顶在大屋里了。"狸儿说："这么着也好，还族里的工还得快点儿，省得老抻着，不敢吃不敢喝的。"

爪子跟小六儿还有几对相好儿的，也都找大娘说，想要三妮儿他们那样儿的小屋。大娘跟有巢商量，能不能盖一排全是小屋的？有巢说："那有啥不成的呢？该盖五家儿的，咱改成十家儿，两头儿再短出一截儿来，这不结了。"大娘说："不用短一截儿，再添一家儿住多好啊，省得一排长一排短的不好看。"

有了屋子的人光顾着换工解绳疙瘩了，早晚不得闲，挖菜捞小虾换别人的米吃，神神屋里摆着四乡八里换来的东西，他们瞧都不敢瞧一眼。倒是住窝棚的人家儿过得自在，吃啥有啥，要啥换啥，好东西都跑他们家去了。新屋里除了铺草啥都没有，窝棚里却摆着白木家具，铺草上盖着狐皮貂皮，女人脖子上挂彩石串儿，腕子上戴绿石镯子。一到刮风下雨，窝棚里的人就眼气屋里的人了。最好过的还是三青子家那样儿的，窝棚不漏，有米有肉。还有就是大娘家这样儿刚解完屋子疙瘩的，既不怕风吹雨打，也有吃有喝，几个人早晚儿都能出去扒拉，还能换点自个儿待见的外乡东西。两下里一比，还是解完疙瘩的轻快，小子们找人也爱奔这样儿的妮子家。

有巢早就该招人儿了，先前没有小子敢往她身上想，狗剩儿那话："有巢就是娘娘。"这会儿都瞧出大娘家里的根底来了，知道进了门儿就是享不完的福，打她主意的一下子多起来，苍蝇似的铺天卷地追来，赶都赶不走。其实都是些八竿子打不着的男人，一块儿盖过屋打过井的，倒都规规矩矩的，越是不相干的，越不自重，舔着脸没话儿找话儿，烦得有巢正眼都不瞧一眼。

有巢想起鲻山那口神神井，跟大娘商量，上去住些日子，躲躲那群苍蝇。大娘说："去吧，不过你还是早点儿从外头招个人儿来好，让他们死了这条心。一群癞蛤蟆，张着大嘴打哈欠，哼，也不撒泡尿照照自个儿是个啥尿样儿！"

有巢嗓子眼儿里咕噜儿两声笑，说："姨光说从外头招人儿，我认得外头谁啊？"

大娘笑了，"别急呀。我打听打听那几家儿跟咱换碗的，谁家有合适的，你也瞧上了，就叫人家过来。"

"哎，我成了换不出去的碗啦！"

"瞧你想哪儿去啦！人生都有这一遭。要都跟你似的，咱滩里还不绝了？"

"得，这事儿姨做主儿吧！我去几天，伺候伺候那口神神井，老晾着也不叫事儿。有事儿您让舅舅告我一声儿，我当天就回来了。"大娘预备了几样儿礼，半篓子咸鱼是分了没舍得吃腌起来的，给鲻山大娘的串儿、给大妮子的玉镯和给妮儿的酥糖都是扣了米面换来的。

吃了前晌饭，有巢就跟着舅舅上了山。在泉眼下头碰见大娘正带着人收高粱，就放下篓子帮着干。大娘脸上嘴里腾着喜气，问："呵呵，今儿咋想着上来了？"有巢说："大娘，是这么，姨叫我给您捎东西来了。"大娘说："你舅天天儿两头儿跑，你姨还专门儿派你跑一趟送礼儿来！妮子，准是还有别的事儿吧？"大娘没问捎的啥东西，连有巢的篓子都没瞧一眼，只想着她来准有事儿。有巢心里一热，说："嗯，是有点儿事儿，大娘要是愿意，我想再拾掇拾掇上头那口神神井。"大娘说:"大老远跑来给我干活儿,我还有啥不愿意的?"有巢说:"那么些人费了那么大劲,老撂着也不叫个事儿,总得有点儿用啊。"大娘说:"我也是这么想,要不是盖了井屋,下雨还能存上些个水。"有巢说:"神神井底下有水,我记着下头的土是湿的。就看能不能制住沙子了,上回起石头冒了沙,这回我想着不碰石头,试试。"大娘站起来,搓打着手上的土说:"我就知道你没事儿不来,走,上去说去!"

打窑上过,有巢要进去瞧瞧,大娘说:"去吧!拴儿跟枝儿老念叨你呢。"有巢说:"姨姨惦记着我姐,说快到日子了。"大娘说:"可不是嘛,我让她挨家待着,她就是不听。趁你来了,咱把她拽回去。"

舅舅一见她们,就跑着迎过来,朝有巢点了下头,对大娘说:"快回去!大妮子破了,刚才小子把她送回去了。"有巢顾不得看人,顾不得跟人打招呼儿,拽上大娘就跑。

还没到家,就听见"哇哈哇哈"的哭声,大娘三脚两脚跑上去,有巢紧追。屋里闹哄哄的,大妮子死人一样儿仰八脚躺在地上;小子一条腿跪她旁边儿,攥着她的手;没人管的妮儿坐地上乱踢蹬,"哇哈哇哈"哭喊;拴儿手里托着块血哧胡啦的肉蛋子;枝儿挺着个肚子,端过去半盆水;那小东西直着嗓子"哇哈哇哈"叫唤,要跟妮儿比个高低。

一见大娘,拴儿说:"好悬呀,一进门儿就养活了。"大娘瞧着大妮子问:"没事儿吧?"拴儿说:"没事儿,开得挺大,顺生的。大娘好福气呀,又是个妮儿!您听这小嗓儿,多脆生!"大娘接过孩子来,一只手试了试盆里的水,撩着给她洗身上的血和白水水。有巢抱起妮儿来,给她擦一脸的鼻涕泪,呦呦儿哄着:"妮儿不哭,乖!呦——呦,呦——呦……"拴儿这才顾上跟有巢打招呼儿:"哟,有巢来啦?"枝儿说:"这妮儿好福气啊,姨姨赶着接你来了,呵呵。"小子也起来了,说:"好啊,有巢姨姨来接二妮儿来啦。"有巢圪蹴下来，拉着大妮子的手说："赶着过来伺候姐姐几天儿。"大妮子的手冰凉，头上湿漉漉的，朝她轻轻点点头，张开嘴，游丝儿似的飘出半句话来："好啊，住几天，啊!"接着就只有咧咧嘴笑笑的劲儿了，嘴唇儿干得起了皮，嘴角儿留着干了的白沫儿。

有巢说："这回多住几天，好好儿跟姐姐说说话儿。"把妮儿一举老高，摇摇摆摆。妮儿不哭了，咯咯儿乐。小子说："这妮儿，跟你有缘儿嗨。"有巢说："你说的! 这妮儿本来是我们家的人嘛，呵呵。"又对大娘说："我这就给她老姥舅儿报个喜去，一会儿就回来。"大娘说："他们今儿在苦井上头干活儿呐。"

有巢抱着妮儿一溜儿小跑儿下了山，颠得妮儿咯咯儿笑了一道儿。滩里舅舅跟着她上来，急着问大妮子受罪了没有。有巢说："拴儿跟枝儿还有小子仨人把她从窑上送回去的，说进门儿就养活了，还是顺生的。"有巢走慢了，妮儿一劲儿"啊啊"。舅舅说："这妮儿咋啦? 哪儿不好受吧?"有巢把妮儿一举老高，放下来，又举起来，"哪儿不好受啦? 我看看，哪儿不好受啦?"妮儿又乐得咯咯儿的。舅舅跟着乐，说："屁大个人儿，就会支使大人啦，哼! 来，叫老姥舅抱抱!"舅舅跟个孩子似的，抱着妮儿跑着上山。妮儿颠儿得开心，笑得像泉眼。

舅舅一见大娘就说："老姐姐，你福气太厚了，匀给我们家点儿吧!"

大娘喜得合不上嘴，说："我这福气还不是你闺女给带来的? 你说咋匀吧? 我可没闺女给你呀，呵呵。"

舅舅赔着笑，简直是央告了："老姐姐，那就把妮儿给了我们家吧! 都说她是我们小妮子转生的呢。这会儿家里有了屋住，啥都不缺了，就是缺她这一个人，我抱回去，就全和儿了。你放心，管保亏不了她，叫她吃好的喝好的，一辈子享福儿。"

大娘说："行啊，大妮子早就跟我说了，妮儿她爹有话，再养活下个妮子来，就让你们把妮儿抱走。瞧，这不是应了嘛，呵呵。妮儿是你们家人，等有巢回去那天再抱回去吧，也让妮儿跟她娘一块堆儿再待几天。"

舅舅自是千好万好，大嘴岔子咧咧着乐。

滩里大娘来了，捉了家里的老母鸡，给闺女熬汤喝。她怕人家说她拿东西换妮儿，没敢给鲻山大娘带啥礼儿。走的时候，滩里大娘要带上妮儿，大妮子说："娘，让妮儿跟她妹子一块儿待几天吧，等有巢回的时候给您抱回去。"滩里大娘嘱咐有巢，千万留神，别把孩子磕了碰了。

有巢身上多了块肉，黑间搂着妮儿睡，小肉儿软乎儿得花瓣儿似的，白天走哪儿都抱着妮儿。跟一脸枯皱纹儿的二妮儿一比，妮儿的脸展乎儿好看，一脑袋黑头发，童儿似的。她那才生下两天的妹子太丑了，前半拉脑袋秃着，后头几根儿稀黄毛儿。有巢得意怀里的妮儿，说："我们妮儿是小妮子姨姨托生的，这二妮儿是哪个没牙的老姥娘投的胎呢？"惹得大妮子笑得肚子疼，妮儿也咯咯儿笑个没完。二妮儿哈啊哈啊哭了，咧着嘴，皱着眉头，越发难看了。

大妮子把奶头儿塞二妮嘴里，二妮儿立时不哭了，吧嗒儿吧嗒儿拱着吃，小鼻子儿挤扁了，呼哧呼哧喘气儿。大妮子说："有巢啊，才下生儿的孩子都这样儿，妮儿那时候比二妮儿还显老呢，整个一核桃皮，长长就展乎儿了。呵呵，你也该招人儿了，不能老当妮子呀。"

"嗨，我也想当娘呢，没人儿，咋招啊？"

"滩里好几百小子，就没一个你瞧得上眼的？"

"嗨，哪儿那么容易啊？瞧得上我的，我瞧不上他，我瞧上人家了，人家瞧不上我。"

"我说有巢，你也太难伺候了！得，这事儿包给我啦，我在鲻山给你找个合适的，呵呵。"

"姐，姨姨说了，鲻山有你这一门儿亲戚就够了，说去别处儿看看，给我招个人儿。这也是为滩里好，万一有事儿，好有个呼应。"

"哟，合着我白着急了。有巢，娘这可不是给你招人儿，是给滩里招人儿哩。赶明儿蛋蛋也得出去，不信你就瞧着。"

"我干吗不信啊？姨姨是一族的大娘，自然事事为滩里着想，多门儿亲戚多条道儿嘛。"

滩里大娘等了几天，忍不住了，又跑上山来。家里就大妮子领着俩孩子，小的哭，大的叫，正抓瞎呢。一见娘来了，大妮子把二妮儿塞给她，又去哄妮儿。妮儿只是哭，哭得叫人心疼。大娘急得问："妮儿咋啦？不是碰着哪儿了吧？""嗨，绊了一跟头，这就哭起来没完了。都是惯坏了！"大娘一手抱着二妮儿，一手去拽妮儿。妮儿爬起来，还是哭。大妮子举起手来，朝孩子嚷嚷："有完没完了你？我瞧你再哭！"妮儿吓得不敢哭了，嘴委屈得瘪瘪着，使劲儿吸溜儿流到嘴边儿的长鼻涕。

大娘把二妮儿还给女儿，抱起妮儿来，说："妮儿乖，告诉姥娘，哪儿疼啊？"妮儿苦巴巴瞅着姥娘，手捂住一边儿脑袋，抽一下儿鼻子，哼哼一下儿，抽一下儿鼻子，哼哼一下儿，不敢哭。大娘轻轻摸着孩子脑袋，指头碰上个硬包，问："妮儿，是这儿疼吗？"妮儿疼得一哆嗦，点一下头儿。大娘扒拉开头发，轻轻儿吹。妮儿的嘴慢慢儿起来了，不瘪着了。大娘问："妮儿，告诉姥娘，哪块地儿碰得咱？姥娘给你打它。"妮儿出溜儿下来，脚踩着靠窗户的地，一边儿踩，一边儿嗯嗯着。大娘圪蹴下，啪啪照着地拍了几巴掌，又把妮儿抱起来。孩子嘿儿嘿儿乐了。

"有巢去哪儿啦？"

"伺候神神井去啦。"

"你一人儿挨家，没个伺候的人儿，行吗？"

"娘，我不老不小没病没灾的，让人伺候个啥呀？都挺忙的，我不干活儿，哪儿还能再拴住个人啊？"

"神神井能伺候得好吗？"

"您还甭说，人有巢真有一套，昨儿就出水了。她说还得堵沙子，今儿又领着人下去了。"

"啊？有巢下井啦？上回井里不是喷沙子了吗？咋又去找麻烦啊？这可真是的！井挨哪儿啊？我把她叫回来，没事儿可别招灾惹祸！"

"瞧娘急的！沙子早制住啦。"

"不会又冒出来吧？我得瞧瞧去，你告诉我，神神井挨哪儿？"

"娘甭急，不是跟您说了嘛，沙子制住了，冒不上来了。"

"咋制住的？"

"听我说呀！要不说人有巢有一套呐，人家不动石头，沿着井边儿窄窄得往下凿一圈儿，一边儿凿，一边往下塞荆条编子，插得挺深的了，插好了，再一点一点往宽里刻饬，往编子眼儿里楔木头楔子。整个儿把沙子堵住了，才敢往下挖。"

大娘听得一愣一愣的，完了说："我瞧瞧去，井离咱家这儿远吗？"

"不远，没几步儿，就在这屋后头，您转过去就瞧见井屋了，他们都在里头干活儿呢。"

大娘抱着妮儿下了梯子，转过去瞧见个有门儿有窗户的六角儿屋，挺是样儿。听着里头动静儿挺大，她就走过去。赫，里头可不小呢，还挺亮堂，井台比滩里的气势规整，光辘辘就一大堆，又长又高。

一个喜眉笑眼儿的妮子迎过来，跟她打招呼儿："您是滩里来的吧？"大娘笑着点点头。"是找有巢来的吧？她在下头呢。这就把她摇上来。"妮子转过身去朝井底下喊："有巢，上来吧！滩里大娘瞧你来啦！"大娘纳闷儿，她咋知道的？那妮子解开一个辘辘上的绳子，放下个筐去。

一会儿有巢上来了："姨今儿跟着过来啦？我还说今儿后晌就跟上舅舅回去呢。"

"有巢啊，井底下没事儿啦？可别又喷沙子！"

"姨，沙子堵住了，只要不碰大石头，就没事儿。水都出来了。"

"这井里头的水能吃吗？"

"您还没尝尝呢？拴儿，桶里有水吗？"有巢说着接过妮儿来。

那妮子提溜过水桶来说："大娘尝尝儿！"

大娘乐了，说："闹了半天你就是拴儿啊？我说瞧着就跟哪儿见过似的。"

"大娘，我瞧着您也跟挨哪儿见过似的。老听鳃子念叨您，一见面儿我就知道准是您！您尝尝儿我们这口神神井里的水，可好喝呐！"

大娘这才想起喝水，捧起一捧，喝了一口，又凉又甜，吧唧着舌头连连说："好喝！好喝！"妮儿嗯嗯啊啊叫，大娘窝了个手心儿舀上水来，喂妮儿喝。妮儿吸溜儿着喝了，粉红的小舌头儿舔大娘手心儿，舔得她痒痒，一直痒到心里。

有巢跟井底下交代了几句，摇上来一桶水，解下来提溜着，和大娘相跟上回家了。

大妮子打了一锅蛋花儿汤，盛好了，端过来，说："娘喝一碗，后晌咱再吃好的。"

大娘一只手端着碗，送到嘴边儿，还有点儿烫，吹了两下儿。妮儿等不及了，一把抓住碗边儿，蛋花儿汤洒了，妮儿哇哇大哭。大娘赶紧撂下碗，捏住妮儿的小手儿拿到嘴边儿轻轻儿吹起来。大妮子一边儿给娘擦身上的汤，一边儿数落孩子："馋死你啦，下作妮子，就跟饿了几辈子似的！"妮儿吓得不敢哭了。大娘喝了一口汤，嵌在嘴里，搂过妮儿来，嘴对着嘴喂她。妮儿咽了，舌头舔舔嘴唇儿，又伸过嘴儿来，嗯嗯着要。大妮子又数落孩子："一个妮子家，咋这么馋啊？啥东西托生的啊你？"有巢直朝她使眼色，她才知道秃噜了嘴，可是收不回来了。大娘挂了脸儿，气哼哼说："这么点儿个孩子，你把她踩踩成啥啦？我不能眼瞅着孩子跟着你受气，今儿后晌就把她接过去。"大妮子紧着赔笑脸儿，又逗妮儿："那可是妮儿的福气啦，去滩里吃白米饭、大肥鱼去喽，肚里再也不长馋虫啦。"

蛋蛋一人儿挨家做好了饭。家里人都上了鲻山，还没回来。蛋蛋心里头突然空了，没着儿没落儿的，抄起网兜儿，背上篓子去了软江，连等人带捞虾逮蛤蟆。江边儿没一人儿，大天底下空荡荡的。他怕起来，天都这么晚了，咋还不回来呢？可别出啥事儿啊！能出啥事儿呢？遇见狮子、老虎了？咋一个人都不回来呢？船翻了？咋一条都不回来呢？全翻了？他好怕，其实他只怕娘出事儿，有巢姐走了几天了，爹天天儿回来说山上这事儿那事儿，他知道有巢姐出不了事儿，爹也出不了事儿。娘轻易不出门儿，娘一出门儿他就害怕，娘是跟爹一道儿走的，按说道儿上出不了事儿，可是，山里有老虎，有巢姐的爹娘就是叫老虎吃了。别、别大伙儿都去找娘去了……他不敢往下想了。

远远儿瞧见小小的船影儿了，看不清是几条船。蛋蛋奔着船跑过去，看清了，两条，咋还少一条啊？噢，那一条船露出头儿来了，正拐弯儿呢……瞧见爹的高大身影儿了，爹撑船哩。爹在娘准在，蛋蛋一颗心掉下来了，长长出了一口大气。

"嗨！蛋蛋！"听着是有巢姐叫他。船上人挨人，他瞧不见有巢姐在哪儿，就喊："有巢姐！我娘呢？""小子，娘挨这儿呢！"哈，娘回来啦！蛋蛋的脸这会儿才展开了。

船靠岸了，蛋蛋站岸边儿等着。娘要下船了，胳膊弯儿里揽了个孩子，一只手伸给他。船一动，娘身子直打晃儿，他赶紧扶住娘，说："今儿咋回来这么晚啊？""这还晚？你大姐做好了饭，我们都没敢吃一口，紧着往回赶。"蛋蛋这才顾上问："您把妮儿给抱回来了？”“嗯，妮儿是咱家的人。”

　　蛋蛋一下子有了一大家子人，这世界又回来了，说说笑笑，比先前还热闹。蛋蛋最待见的事儿就是逗妮儿乐，那一串儿咯咯儿的笑声真像极了二姐。真的，人死了还能转生，二姐变成了妮儿。他问有巢：“姐姐，吉娃娃啥时候转生啊？”有巢告诉他："吉娃娃找着人家儿了，还没养活下来。”蛋蛋追着问，找着谁家了？啥时候养活下来？是妮儿还是小子？

　　有巢说："吉娃娃在山上祭了神神，还得在山上转生。”

　　蛋蛋问："也是大姐给他转生吗？”

　　有巢乐了，戳着他脑门儿说："傻小子尽说些个傻话！大姐哪儿能一个儿接一个儿生啊，才养活了二妮儿，也得歇歇儿啊。”

　　蛋蛋问："姐，你准知道二妮儿不是吉娃娃转生的？”

　　"不是，二妮儿光会哭，长得一点儿都不像吉娃娃，倒像是好几辈子前谁家的老姥娘，一脸褶子皮，瘪嘴，一哭起来，要多难看有多难看。”

　　"那，姐姐你说，吉娃娃去了谁家了？”

　　"姐跟你说了，你可不能告诉别人啊，一说出去，吉娃娃就转生不成了。”

　　"你说吧，我准不说出去。”

　　"土小儿哥哥上山就是去接吉娃娃的。土小儿在山上跟的那妮子叫枝儿，吉娃娃这会儿在枝儿姐姐肚里，还得些时候才能养活下来。”

　　蛋蛋到底儿没忍住，偷偷儿把这事儿告诉了顺儿。顺儿又告诉了他姥娘。姥娘叫他千万别再告诉人了，说这事儿一露，吉娃娃不到日子养活下来，就转生不了了。顺儿又拿这话回来嘱咐蛋蛋。蛋蛋有嘱咐有巢："姐，吉娃娃转生的事儿，爹跟娘知道了吗？”有巢摇摇头。蛋蛋说："可别跟他们说，也别让别人知道了！”有巢笑了，说："我知道，说漏了，吉娃娃就转生不成了。”

蛋蛋多了一样活儿，走哪儿都带着妮儿，出门儿搁篓子里背着，回来抱着，干活儿的时候把她搁身边儿看着。妮儿还说不准音儿，管蛋蛋哥哥叫"大大嘎嘎"，一天到晚"大大嘎嘎"不离嘴儿。蛋蛋嫌她长得太慢了，就两手捂住她耳朵，使大劲往起夹。妮儿眼角儿嘴角儿全都吊起来了，变了一人儿。蛋蛋一放下，她就叫："挡！挡！"蛋蛋说："妮儿自个儿长！"妮儿抓着他手闹："大大嘎嘎挡！大大嘎嘎挡！"妮儿一天到晚闹着长，一点儿也瞧不见长。

大妮子一大早儿抱着二妮儿来了，一见妮儿就说："好家伙，长了这么一大截子！还是咱滩里吃得好，妮儿享福儿啦。"她怀里的二妮儿还没她半根胳膊长，蛋蛋扒着大妮子胳膊瞧二妮儿，问："大姐，她咋这么小啊？还没只兔儿大呢。"大妮子告诉他："人都是打这么大儿长起来的。"蛋蛋记得上回大姐抱着妮儿回来，他抱妮儿来着，那时候妮儿一点儿分量也没有，这咱往起夹妮儿挺费劲的了，他这才相信，妮儿真是长大了。

大妮子过几天就要回窑上干活儿了，趁这点儿工夫儿回家里看看，也是想妮儿了。淄山大娘说："人有巢上来帮咱打了三口井，你回去能干啥就帮着干点儿啥，家里又不愁你换嘴吃，甭急着回来！"

大妮子一把抱住妮儿，问："妮儿，想娘了吗?"妮儿脑袋摇得像风里的狗尾巴草，一转身儿，扎蛋蛋怀里了。大妮子又气又想笑："小没良心儿的！这么两天儿就把娘忘啦?"大娘哼了声，说："当娘的落到这份儿上，还有脸说孩子？小孩儿最知道好歹了，妮儿才来这么几天儿，咋就跟蛋蛋那么好啊？蛋蛋天天儿背着她抱着她，人心换人心嘛。"

大妮子委屈，半夜起来，抱着二妮儿大老远跑来看孩子，露水湿了半条腿，还落下不是了。她拿出才做好的围嘴儿来，给妮儿围上，又撩起来给她擦擦下巴颏儿上的哈喇子。孩子爱笑，一笑就流哈喇子，娘怕腌了孩子下巴颏儿。大妮子又拿出好几双小鞋儿来，都是软底儿的，一双比一双大。妮儿把小鞋儿套手上，拍打着玩儿。有巢说："傻妮儿，那是叫往脚上穿的！"拿过一双最小的，给她换到脚上，紧绷绷，正好儿。妮儿又蹦又跳，跺得地咚咚响。有巢问："妮儿，新鞋穿着好吗？"妮儿点点头。有巢又问："谁给妮儿做的新鞋啊？"妮儿说："娘。"大妮子叫妮儿："来，过来跟娘亲一个！"妮儿过来，在娘脸上呗儿了一下。大妮子一把抱住孩子，眼泪儿就下来了。

黑间，大妮子睡在妮儿旁边儿，妮儿扎在蛋蛋怀里，像条小狗儿。大妮子搂着二妮儿，轻轻儿摸着妮儿的头发，又摸摸二妮儿的头发，二妮儿的软得像羊毛，妮儿的像织布使的细麻批儿。

二妮儿早早儿把她娘闹醒了，大妮子吓一跳，都这么亮了！可是一家子都睡得挺香。她这才瞧见人家的窗户，嗨，又变了！吃饭的时候说起来，有巢说："上回去淄山，我就想着给你们换窗户来着，赶上你养活二妮儿，受不得风，就没顾上折腾。其实挺容易的，比着窗户做个框子，里头横竖榫几根儿木头条儿就得了。"大妮子问："不透风啊？"有巢说："落下麻布卷儿来就不透风了，黑间也不冷。""这窗户好，我回去先换了家里的，再教给别人家。"大娘说："这个不用教，学得快着呐，呵呵，不出几天儿，全都换上了，不信你就瞧着。"大妮子说："往后我得勤回来着点儿，说不定啥时候又兴开啥了呢。你们太能干了！"有巢说："这是人家三妮儿跟狗剩儿先做出来的。"大妮子说："狗剩儿？他在淄山啥也没做出来过，一来这儿就能干了嘿。"有巢想起神神井来，就问大妮子："神神井没再喷沙子吧？""没，这回咱家占便宜了，一出门儿就提溜回一桶水来。"有巢又问："井里水够吃了？""够不够的，反正老有，日子长了，各家儿打水的时候错开了，今儿个这几家儿，明儿那几家儿，就都有的吃了。哪天谁家打水，谁家拾掇井神屋，排得好好儿的。"

　　这天蛋蛋回来得早，见没别人儿，悄悄儿问大妮子："大姐，土小儿哥哥家啥时候养活啊？"大妮子这笑啊，笑够了问他："你咋想起问这个来了？""问问呗，人不是都得养活孩子吗？""嗯，你还知道这！"大妮子又笑起来了。"大姐认得那妮子，到底儿啥时候养活啊？"大妮子随口说："快了！"蛋蛋扭头儿就跑了，把这好事儿告诉了顺儿。

　　大妮子一来，家里立时松快了，蛋蛋不用背着妮儿绕世界跑了，也不用做饭了，一家子回来吃现成儿的。大妮子一天到晚不识闲儿，住了几天，把一家子穿的戴的都做出来了。等她要回鲻山了，全都舍不得，大娘说："这几天咋过得这么快呀？就跟你昨儿刚回来似的。"有巢问："姐姐多咱再回来呀？"蛋蛋噘着嘴说："住得好好儿的，说走就走，有这，还不如甭回来呐。"爹说："蛋蛋别说疯话！妮子走吧！往后勤回来着点儿！"

　　一家子送到软江边儿，有巢抱着二妮儿，大妮子抱着妮儿。该上船了，妮儿死活不下来。蛋蛋吓唬她："河里有大黑鱼，大黑鱼吃小妮儿！"说着龇牙咧嘴俩手抓过来。妮儿吓得俩小手儿捂住脸不敢看，大妮子趁势把妮儿递给大娘，接过二妮儿上了船。妮儿睁开眼睛，挓挲着小手儿找娘。大娘抱着她紧往回走，可怜的妮儿，扎挣着直直儿哭了一道儿。

第二十三回

上鑑山学会登天易
回滩里方知起步难

大娘问有巢："土小儿跟的那妮子叫啥来着？"

"枝儿。姨问这干嘛呀？"

大娘说："顺儿姥娘说这个枝儿快养活了，叫给打听着点儿，看看是不是吉娃娃转生的。"

有巢瞧了蛋蛋一眼，蛋蛋把脑袋扎下去，快扎到胳肢窝了。舅舅说："行，我明儿给咱问问。"

蛋蛋见天儿做好了后晌饭就盼着爹回来，爹一回来，他就等着听枝儿的话。娘有时候记着问，有时候忘了问，有巢倒是老记着，娘不问，她就问问。爹老是说："还没呢。"顺儿天天儿等着蛋蛋传话儿，枝儿成了两家人关心的人。

等了好些天，终于等来个话儿，爹回来说："养活了，没养活。嗨！"嗨嗨叹开了气。娘没说话。有巢愣了一阵儿，也没说话。蛋蛋听不明白，等了半天，都不说话，他急了，问爹："到底儿养活了没啊？"娘朝他使开了厉害："小孩子家家，打问这干吗？不许问了！"

顺儿还等着话儿呢，蛋蛋告诉他："先说养活了，又说没养活，也不知道到底儿养活了没养活。"

顺儿说："你倒是问明白啊！"

蛋蛋说："问了，没问出来。"

顺儿这个气啊，"笨死了你！大人也糊涂，一家子都是糊涂蛋！"

蛋蛋有气，一跺脚说："你不会自个儿问去？帮你打听还挨你骂，去你的吧！"

黑间，蛋蛋睡不着觉了，蛋蛋长这么大，还是头一回睡不着觉。娘也没睡着，一会儿一翻身。听得娘捅醒了爹，小声儿说话儿："咋回事儿啊？"

"啥咋回事儿？"爹半醒不醒，挺烦的。

"枝儿啊，咋就没养活了呢？"

"噢，听大妮子说的，孩子先下来一根胳膊，身子出不来，只好生拽，折腾了半天，弄出来个死孩子，大人总算保住了。"

"嗨，这也是命儿啊，啥都能躲过去，就是命儿躲不过去。大人保住了就好，日子还长哩。"

蛋蛋梦见一个没胳膊的孩子在地上趴着，一身血咔糊啦的，糊了好些白水水，啊啊朝他喊叫。他把那孩子抱起来，孩子哇哇大哭。蛋蛋醒了，是妮儿哭呢。他觉摸着身子底下湿乎乎的，就抱起妮儿来，睡到窗户跟前去，窗跟前有替换的干草，妮儿黑间老得尿一两泡，蛋蛋老给预备着干草，一宿挪两三回窝儿。娘不叫妮儿后晌使劲喝水，可是妮儿渴得不行，蛋蛋不忍心，老是给她水喝。反正干草尿了还能晾干了，实在太臊了还能烧火使。

蛋蛋躲着顺儿，不是生顺儿的气，而是觉着对不起人家。有巢姐嘱咐过他，不要把吉娃娃转生的话说出去，他要是没告诉顺儿，吉娃娃也不至于养活不成。他有罪过儿，应了有巢姐的话没做到，这有啥难的？可他就是管不住自个儿的嘴。他一想起来就有气，啪啪抽自个儿嘴巴，一边儿抽一边儿骂："叫你不取贵！叫你不取贵！"

蛋蛋不但躲着顺儿，也躲着别人。实在躲不开了，也没话，问起来能不说就不说，能少说就少说，点头摇头，顶多也就是"嗯""噢""不"，都说他哑巴啦。家里人怕他害了啥怪病，娘一劲儿问他梦见啥了，在河边儿撞见啥了，他只是摇头。他实在是怕了自个儿的破嘴，怕它再惹祸。只有跟妮儿在一块儿，他才不是哑巴，教妮儿说话儿，跟妮儿说话儿，一说半天。他对妮儿充满了感激，妮儿给他留了一个世界。

这一天怪了，吃了后晌饭，蛋蛋突然说话了："我姐老不来了。"娘心里一喜，哟，这孩子挺有人情味儿。

有巢说："就是啊，打上回走了可有日子了。"

爹说："窑上忙，腾不出身子来。"

蛋蛋说："妮儿想她娘了。"

大娘抱过妮儿来问："妮儿，想娘啦？"妮儿啊啊哈哈着，哈喇子流了一下巴。"告诉姥娘，哪儿想啦？"

蛋蛋叫妮儿，手指头戳在胸口上，妮儿也伸根指头戳在胸口上。仨大人这笑啊，不光是笑妮儿，而是为蛋蛋终于张开嘴了，笑得那个开心。

娘说："蛋蛋的病总算好了！"

蛋蛋说："妮儿给看好的。"

这话说得这么明白，仨人都朝妮儿看。妮儿嘴里"好哦、好哦"呜噜两声儿，瞧见好几只眼盯盯看她，得意地"咯咯儿"笑个没完。

"娘，我明儿背着妮儿跟着爹上山瞧瞧大姐去。"谁也没想到蛋蛋冒出这么句话来，愣了一会儿，娘说："去吧！"又对爹说：

"你把他交到大妮子手里，过两天再把他带回来。"蛋蛋都不敢信自个儿的耳朵了。娘又说："到了山上别乱跑，处处儿跟着大姐。听见啦？""听见啦，娘就放心吧！"蛋蛋脆脆地答应了一声儿，抱起妮儿来转了好几圈儿。妮儿咯咯儿笑啊笑啊……

　　第二天吃了前晌饭，蛋蛋背着妮儿，跟上爹上道儿了。蛋蛋只跟着有巢去过鲻山，那时候二姐还活着，仨人只撑船走到半道儿，没找着去鲻山的道儿。这回下了船，蛋蛋跟着人们刷刷刷刷往前走，进了山，嚄嚄，哪儿哪儿都是大树，看不见边儿，望不见天儿，怨不得爹天天儿领着人上来砍树呢！往上走，妮儿颠儿得咯咯儿乐，也不认生了，谁抱都叫抱，只要使劲儿颠儿她就行。到了甜水井，爹摇上一桶清水来，人们咕嘟咕嘟喝上一大气，蛋蛋喂妮儿喝够了，自个儿也喝了个饱。

　　人们留在这一片儿砍树，爹带着蛋蛋去窑上。妮儿直着嗓子"哦儿哦儿"叫唤了一道儿。爹说："这妮子是咋啦？"蛋蛋说："她喜欢呗。"到了窑上，鲻山舅舅眼尖，慌里迎过来，说："今儿个是……"大妮子也跑了过来，一把接过妮儿来，瞧妮儿小脸儿红扑扑儿的，不像有病。爹说："妮儿想她娘了，回来看看。"蛋蛋叫了声"舅"，鲻山舅舅问："这个就是蛋蛋吧？赫，个头儿不小啊！"那边儿有孩子哭了，是二妮儿，挨地上爬呢。大妮子又过去抱二妮儿。二妮儿他爹抱起妮儿来，妮儿哇一声哭了。他爹说："连我也认生？我是你爹！"

　　大妮子抱着二妮儿，要过妮儿来，一手一个，妮儿不哭了，盯着二妮儿看，二妮儿也看她，俩孩子伸着脖子，你看我，我看你，跟一对小鸡儿似的，看得人们都乐了。鲻山舅舅叫大妮子领着孩子先回去。爹说："甭耽误活儿，蛋蛋领着妮儿还得待两天呢，拴住个干活儿的人还行？就让蛋蛋领着俩孩子这儿玩儿吧。"舅舅问蛋蛋："挨这儿玩儿行吗？"蛋蛋笑了，答应一声儿："行！"舅舅说："好小子！那就后晌早点儿回去。"爹临走给了舅舅个麻布包儿，说："没啥好东西，他娘叫带了几条干咸鱼。"舅舅说："见外了吧？咱谁跟谁呀？"爹说："孩子又吃又糟践的。"舅舅说："半拉孩子住两天，能吃多少？"爹又嘱咐蛋蛋："听舅舅话，别碰了东西！可世界都是坏啊碗的，留神点儿！"

窑上的人挺待见蛋蛋，这个叫叫，那个逗逗。蛋蛋新鲜得不得了，抱着二妮儿，拽着妮儿，这儿走走，那儿瞧瞧。这儿的人也都使车拉坯，转得蛋蛋眼花缭乱。听得有人叫："枝儿，你瞧瞧这个行不行？"蛋蛋身上一激灵。"嗯，再拉薄点儿。"蛋蛋顺着声音转过脸儿去，见一个大姐姐正跟个姥娘说话儿，就小声儿问："大姐，哪一个是枝儿姐姐呀？"大妮子说："呵呵，你还知道枝儿姐姐啊？哎，枝儿，有人问你呢。"那个姐姐笑着说："听见啦！蛋蛋，问我有事儿吗"蛋蛋说："有事儿。"枝儿说："啥事儿啊？过来说啊！"大妮子问他："啥事儿啊？"蛋蛋说："有巢姐叫给你，枝儿姐姐还有拴儿姐姐带东西来了，在我身上缝着呢。"

大妮子掀起蛋蛋衣襟儿来，拆开个硬邦邦的包儿，里头仨绿石镯子。她一个个儿串到腕子上举起来，喊："枝儿，拴儿，快来，瞧有巢给咱带啥好物件儿来了！"枝儿跟拴儿跑过来了，别人也都停了手里的活儿，探身往大妮子这边儿瞧。舅舅说："新鲜得你们！得了，都歇歇儿吧，小子，去打桶水来！"

蛋蛋定定地瞅着枝儿撮起手来，让镯子套到腕子上。枝儿的胳膊又细又干，人也瘦了吧唧的，瞧着怪可怜的。蛋蛋想，吉娃娃准没让她少受罪。枝儿带着镯子的手摸在蛋蛋脑袋上，细腻的石头一下儿一下儿碰他脑袋，像个小蛤蟆儿，一蹦一蹦的。

回到家里，大妮子做饭，蛋蛋看着俩孩子，问大妮子："大姐，枝儿姐姐肚里又有了？"

大妮子笑了，"傻小子，尽说些个傻话！"

"姐，她肚子挺大的。"

"那是才养活了的过。傻小子，你干吗老说这些个啊？"

"嗨，可惜了儿的个吉娃娃！"

大妮子说："你这都说的是些个啥呀？魔怔了吧？"

"没有，我是说吉娃娃许是投错了胎，枝儿姐姐那么瘦，嗨！"

"这都哪儿跟哪儿啊？吉娃娃跟枝儿姐姐八竿杆子打不着，咋能上这儿投胎来啊？"

"那上哪儿投胎去？二姐不是上大姐这儿投胎来了吗？"

"对呀，投胎只能投到亲人肚里。吉娃娃投胎得找他几个姐姐。"

噢，是这么回事儿啊！蛋蛋站起来，背上妮儿，说："姐，我不吃饭了，我得赶紧找爹去了，去晚了他们该走了。"

"爹不是说了叫你住两天嘛，咋又急着回去啦？"

"我回去告诉顺儿一声儿，说吉娃娃投到他三姐肚里了。"

大妮子也想起三妮儿的肚子来了，说："嗯，是在她肚里。你过两天再回去也误不了事儿，反正三妮儿养活还早呢。"

黑间睡觉，大妮子叫蛋蛋睡墙根儿，她搂着妮儿睡。蛋蛋说："妮儿一宿尿好几回。"大妮子说："我起来把她。"蛋蛋说："不行，妮儿着凉了该咳嗽了。"大妮子说："不叫把，还憋着？"蛋蛋说："妮儿跟我睡，我给她换干地儿。"说着分了两堆儿干草。这可把一家子逗坏了，妮儿爹说："尿草上，多臊啊！"蛋蛋说："妮儿的尿一点儿也不臊。"大人们笑得更厉害了。

蛋蛋没走过这么多道儿，真累了，一觉睡到天亮，还是妮儿把他扒拉醒的。树多鸟儿也多，叽叽喳喳，咋叫的都有，真好听！大姐在外头做饭了，别人还睡着。蛋蛋起来，抱着妮儿出来，说："姐起得真早！我昨儿黑间睡得死猪似的，妮儿也一宿没尿嘿！"大妮子笑啊笑的，说："尿了三泡！喝得太多了。"蛋蛋奇怪，"底下一点儿也没湿啊？""还能叫尿底下？她一蛄蛹，我就知道要尿了，起来抱出来把着尿了。再大点儿，该自个儿跑出来尿了。可不能那么娇惯，惯得屋里拉屋里尿还成？"蛋蛋摸了摸妮儿脑门子，又把自个儿脑门子碰上去，好像不烧。妮儿抓住蛋蛋耳朵咋也不松手，蛋蛋不敢扎挣，越扎挣越疼。大妮子掰了半拉香果，抠了核儿，拿过来逗妮儿。妮儿松了一只手来接，大妮子俩手里一边儿半拉，妮儿又张开一只手。蛋蛋拨棱着脑袋哈哈喘气儿，"我的娘啊，小手儿真够狠的！"

这台子上就大娘一家儿，三面儿都是大树，蛋蛋深深吸一大口气，脑袋凉丝丝儿的，一直清凉到心里。山里头真美啊！

大妮子熬的棒渣儿粥，粥里头掰了咸鱼干儿，要多香有多香，一大锅粥吃了个底儿朝天，妮儿吃得满嘴都是黄灿灿，下巴颏儿上也缀着星星点点的棒渣儿。蛋蛋从来没吃过这么好吃的咸鱼干儿，想着回去也熬咸鱼干儿粥喝。扑啦啦飞过来几只黑雀儿，落到大锅里头，黄嘴儿啃得呗儿呗儿响。大妮子端起锅来，黑雀儿还不飞，哥哥轻轻举起手来，猛地往下一扣，雀儿全飞了。哥哥捏着个黑雀儿的翅膀儿，给了蛋蛋。妮儿伸过小手儿来一把攥住，雀儿一扎挣，飞了。蛋蛋骂："笨妮儿！捏住我耳朵你不撒手，给你个雀儿，你捏不住！哼，好好儿一只雀儿，叫你给放了！"又把她嘴角儿下巴颏儿上的棒渣儿抹了，搁她嘴里。"待会儿雀儿瞧见了，啐你下巴颏儿！"

吃了饭，蛋蛋又跟舅舅、大姐和哥哥去窑上，这回妮儿叫他爹抱了，大妮子抱着二妮儿，蛋蛋轻快了，一蹦一跳地往下跑。一只松鼠儿蹿出来，大尾巴一晃，滋溜儿蹿树上去了。蛋蛋想逮住，早没影儿了。日头从密密的大树后头钻出来，抖搂下一地碎了的星星花儿，亮得扎眼睛。

枝儿给了蛋蛋一个绷弓子，说是土小儿给他做的。蛋蛋在家里也有绷弓子，只是很少使得上，滩里没啥树，雀儿也少，地里吃粮食的，都是拿网子扣。土小儿哥到底儿是滩里人，知道蛋蛋这会儿最想要个绷弓子。拴儿给了蛋蛋个煮鸡蛋，还热乎儿呢。拴儿问他啥时候回去，他说明儿后晌。

舅舅朝蛋蛋招手儿，蛋蛋赶紧过去了。舅舅说："蛋蛋，咱俩没工夫儿说说话儿，你明儿就走了，今儿挨我旁边儿待着吧。"舅舅瞧得起他，蛋蛋挺得意。舅舅真是好人，借着说话儿教他这啊那的，一天里，从挖土和泥到拉坯全教给他了。有巢姐跟他那么好，都没教过他一丁点儿，拉坯的车还是他眼瞅着做出来的，有巢也没教过他咋使。

大妮子早早儿带着蛋蛋跟俩孩子回家做饭，大妮子在窑上不算整工，干活儿带个吃奶的孩子，回家也早。

"蛋蛋，想吃啥呀？"

"姐，还熬鱼干儿棒渣儿粥吧，好吃！"

"傻小子，啥好吃的连吃两顿也就俗了。待见黄的，我给咱贴饼子，屋子旁边儿种的萝卜，你给薅几个。"

大妮子抱着二妮儿上去了，蛋蛋背着妮儿去拔萝卜。妮儿撕着萝卜缨儿塞满了一嘴，吃得嘴唇儿上、下巴上全是绿沫子。黑雀儿也来啃萝卜缨儿吃，黑乎乎一大片，一点儿不怕人。蛋蛋扒拉扒拉土，捡了块儿土坷垃，掏出枝儿给他的绷弓子，瞄都没瞄，当！黑雀儿扑拉拉全飞了。剩下一只，扑棱了两下儿，趴地上不动了。蛋蛋捡起来，赫，肚子都吃圆了，怨不得地里的萝卜缨儿全都破破烂烂的！蛋蛋拔了几个萝卜，没一个儿长大了的。全让黑毛儿贼糟践了！他咬牙切齿，又扒拉了几块儿土坷垃。刚预备好，又来了一群，蛋蛋拉开绷弓子，当！这群还不飞，撅着屁股只顾吃，尾巴一翘一翘的。蛋蛋又搭上一个小石头儿，当！又是一只。黑毛儿贼这才飞了。他索性不拔萝卜了，跑到地边儿上找小石头儿。山里地不好，刨了树根的土里尽碎石头渣滓，是多年的树根扎碎了的。蛋蛋捡了一把石头渣滓，坐地边儿等着。也不知道是黑毛儿贼傻，还是又换了一群，扑拉拉又盖住了菜地。蛋蛋没拔几根儿萝卜，往上头台子上拽了好几只黑雀儿。

大妮子喜欢得直叫："今儿是咋啦？哪儿来的啊？"

蛋蛋背着妮儿上来了，手里攥了五根儿指头粗的萝卜，"姐，这么点儿的萝卜，甭拔了。"

"你不会拣大的拔啊？找那缨子壮的再拔几棵去！"

蛋蛋说："缨子都让黑毛儿贼吃光了，萝卜长不起来了，合着全给贼种了！瞧，又来啦！"

大妮子说："你干脆下去打雀儿去吧，顺带看菜地。墙旮旯儿有的是石头子儿。"

这顿饭吃的是贴饼子炖雀儿肉。蛋蛋说："山里的雀儿要多机灵有多机灵，要多傻有多傻，机灵得会叫人给它种菜，傻到我随便绷就绷死十好几只笨家伙。"

吃了后晌饭，蛋蛋又要出去打雀儿，拴儿来了，叫蛋蛋给有巢捎个软鹿皮坎肩儿。拴儿还没走，枝儿又来了，也是给有巢捎礼儿的，是个鹤骨短笛儿，磨得细致。两人坐着说了会子话儿，她们走了，天也黑上来了。蛋蛋没打成雀儿，摸黑儿扎了个草人儿。

早上起来，蛋蛋拿秫秸扎了个风葫芦儿，插到草人脑袋上，台子上过堂风儿一吹，风葫芦儿柔柔儿转，还带着响儿。哥哥说："蛋蛋待妮儿就是亲，瞧费劲做的这物件儿，多好玩儿！"

蛋蛋说："这是插到菜地里吓唬黑雀儿的。"

大娘说大妮子："滩里有这样儿的好东西，你咋就忘了呢？"

大妮子说："我真不知道滩里有这个，上回回去也没见着。"

蛋蛋说："是我昨儿黑间想出来的。"

舅舅夸蛋蛋："小子有脑，大了也是个有巢。"

大娘说："有这个好多了，叫人多做上些个，庄稼地里也插上。"

大娘待见蛋蛋，跟他商量："蛋蛋再住些个日子吧，反正回去也不挣工换嘴。"

舅舅说："说好了的今儿回去，还是回吧，省得家里不放心。

过些日子蛋蛋背上妮儿再来多住几天。"

蛋蛋还急着回去告诉顺儿话儿，就说："行，过几天我再来。"

今儿个装坯满窑，舅舅让蛋蛋打下手儿，把木头架子上的坯往窑里搬。舅舅一行一行码得齐齐整整。蛋蛋搬完了，也帮着码，把坯搁到空行儿里。舅舅说："这是留出来的火路，搁柴的，后头码盘子碗，前头码罐子。"俩人忙忙叨叨码了一天，才码完了。剩下一个罐儿，舅舅蘸着黑水儿在罐儿肚子上画了俩蛋，说："做个记号儿，这个烧出来是你的。下回来了，记着跟我要！"蛋蛋问这一窑得烧多少天。舅舅说："两天头儿上就能歇火了，还得等一天一宿才能开窑。这回赶不上给你了，我给你留着，你再来记着要就行了。"

爹上来接蛋蛋来了，人们都挺舍不得这孩子，舅舅一劲儿夸他能干儿、懂事儿，说他帮着满窑来着，活儿干得挺细致，又说过些日子再就叫蛋蛋上来住几天。爹喜欢得咧着大嘴说："呵呵，你把笨小子调教出来了，还满窑哩，他满的窑可得留神倒了哇，哈哈。"大伙儿也都夸蛋蛋勤快。爹说："没给大伙儿添麻烦就好。只要你们不烦他，他啥时候想来了就叫再他来，呵呵。"

有巢把枝儿送的鹤骨短笛儿给了蛋蛋，可把个蛋蛋喜欢坏了，立马儿捂着眼儿吹起来。大娘说："这吹得叫啥呀？夜猫子叫唤似的。"

爹说："哪儿有一下子就吹好了的？咱孩子长本事啦，跟着他鲻山舅舅满窑来着。"

大娘问蛋蛋："真的？"

蛋蛋说："是鲻山舅舅待我好，啥啥都教给我了。娘，赶明儿让我上窑上去吧，我会拉坯了，还会装坯、满窑。"

蛋蛋两句话，把有巢镇住了，没等大娘张嘴就说："来吧！窑上正缺人呢。"

大娘问："妮儿跟着谁啊？"

蛋蛋说："我在人鏪山窑上也带着妮儿来着，娘甭给我记工了，算我是去学本事的。"

娘说："行，开头儿先不给你算工。到了窑上可得听说听道，不许捣乱啊。有巢，你留着点儿神，别让俩孩子出事儿！"有巢自是满口答应，蛋蛋喜欢得差点儿蹦起来，突然觉着自个儿是大人了，说话儿干啥都得想想了。

顺儿天天儿吃了后晌饭过来打问蛋蛋回来没有，今儿老远就听见蛋蛋说话儿的声儿了，还没上梯子就喊："蛋蛋回来啦？"

蛋蛋说："我正要去找你呢。走，告你句好话。"

有巢说："背人没好话，好话不背人。"

顺儿说："啥好话？就这儿说吧，省得有巢姐想咱背地里说她坏话。"

蛋蛋说："这可是你叫我说的，有巢姐听了可不许跟我急啊！"

有巢说："哟，还真是说我坏话儿去呀？"

大娘听着怪，就说："好话坏话都这儿说，我也听听。"

蛋蛋说："这儿说就这儿说，可说好了，谁也不许急眼啊！"

他这么一来，把几个大人全都撩逗起来了，连爹都说："你就说吧，别吊啦！"

蛋蛋这才开口说正事儿："谁说吉娃娃投胎投到土小儿哥哥家去了，才不是这么回事儿呢！我见着枝儿姐姐了，这笛儿就是枝儿姐姐送的，土小儿哥哥还给我做了个绷弓子呐。"

有巢问："你说这个，碍吉娃娃投胎啥事儿啦？"

蛋蛋说："啥事儿也不碍，吉娃娃没去鏪山投胎，来咱滩里投胎啦。"

有巢问："你咋知道的？"

蛋蛋说："大姐说的，投胎只能往亲人肚里投。吉娃娃进了三姐肚里啦。"

顺儿扭头儿就走，噔噔噔噔下了梯子就往家跑。

有巢出了口气说："要是这，敢情好了。"

蛋蛋问有巢，窑上有多出来的拉坯车没有。

有巢说："那几个半大妮子都是自个儿做的车。你要是想要一个，我帮你做。明儿跟盖屋的要点儿木头。"

蛋蛋说："明儿还顾得上啊？明儿就使了。"蛋蛋觉摸着自个儿挺门儿清了，明儿就上车拉坯了。

有巢说："甭急，明儿使不上，且使不上呢。"

窑上的姥娘可不像鲻山舅舅那么放手，啥都敢叫这么个半大孩子干，给了他一把木头槌，头两天光让他坐在地上跟姥娘们一块儿练土了。挖来的土疙瘩，还有草根儿伍的，先得挑干净了，然后槌碎了，再挑，挑净了，再槌，槌成了面儿面儿，搁竹篾儿筛子里筛，漏下来的细面儿才能使。一天槌下来，蛋蛋胳膊酸胀，黑间躺下，酸得睡不着，他可知道啥叫累了。累，就是身上那块肉酸了，酸味儿出不来，憋得那股儿难受劲儿。想想那些姥娘们，槌了一辈子了，真不容易啊。

有巢也练过土，知道这滋味儿，第二天起来问他："蛋蛋，胳膊还酸吗？"

蛋蛋怕人家不要他了，说："没事儿，睡了一宿缓过来了。"

"且得难受几天呢，等到练出疙瘩肉来，就不酸了。"有巢左手撸着袖子，右手攥紧拳头，胳膊肘儿弯起来，胳膊上绷出两疙瘩肉来，"你摸摸！"

蛋蛋碰了一下儿，好家伙，硬得跟石头似的！"有巢姐，有了疙瘩肉就不酸了？"

"呵呵，这么硬，哪儿还酸得动啊？酸得就是你这样儿的小嫩肉儿啊！"

"姐，没见人家练土啊。"

"也练，不过没咱这儿练得细，所以他们烧出来的陶没咱的好。咱的土原本不如鲻山的好，皆为练得细，才有了好坯好陶。

听姥娘们说，早先练土之前，还祭神神哩，心诚才练得出细土来。"

蛋蛋皱起眉头疙瘩，说："这也祭神神？拿谁祭呀？"

"不拿谁，一桶清水就行了。"

"嗯，这还差不离儿，要是练一回土宰一个孩子，那还了得！"

练土不容易，和泥也不容易，一边儿槌一边儿加水，加上水再槌，来回来去槌，直到把泥槌粘了，槌亮了，抓起一块来，窝个弯儿也不折，才算和好了。说是和泥，其实是槌泥，把泥里头的气儿槌出去，槌筋道了。总算把力气活儿干完了，蛋蛋自个儿做了个车，就等着泥醒了拉坯了。这个他会，虽然在鲻山就学了半天儿，但是用不着人教了。没想到的是，泥醒了还得练。

有巢说："狗剩儿跟小六儿一天到晚在外头跑，蛋蛋给咱练泥吧！"

蛋蛋说："嘿，跟泥真是没完没了啦，比养活孩子还麻烦呢。"

花儿姥娘说："你小子说对了，泥就靠养，养好了才能拉出好坯来。生了吧唧的泥拉出来的坯也生了吧唧的，进不了窑。饭焖熟了才能吃，泥练熟了才能使。小子，好好儿练吧！"

咋练啊？有巢让蛋蛋跟她一块儿站到泥堆上头，跟着她拿脚跟把泥往外推。蛋蛋站不稳，她就拽住他的手，说："这叫踩莲花墩儿，一点儿一点儿推成一朵莲花儿。"妮儿摇摇晃晃也踩到泥上来了，有巢赶紧抱起她来，脚底下不闲着。等把泥堆推平了，蛋蛋接过妮儿来，背着她，跟着有巢绕着圆圈拿脚推泥，推完一圈儿又推一圈儿，妮儿美得咯咯儿乐。顺儿姥娘说："蛋蛋身上有分量，推得才有劲儿。"蛋蛋手湿了，妮尿了，蛋蛋也不吭气儿，没事儿似的接着踩他的莲花墩儿。最后把泥碾平了，一个个脚印像一片片花瓣儿，展成了一朵大莲花。蛋蛋瞧着挺好的，说："还真踩出一朵大莲花来嘿，这回泥能使了。"有巢说："还差得远着呐，跟我接着练吧！"

接着练,有巢拿脚趾把碾平了的泥勾起来,往当间儿扒拉,扒拉完一圈儿,又成了一堆泥,然后又拿脚后跟儿往外碾着推,一圈儿一圈儿绕着碾,推出莲花来,推了一溜够,直到把泥碾得又匀又筋道。有巢说:"行了!"

蛋蛋想起还没拉坯的车,跟有巢商量现做一个。有巢拿了个凳子,放在台子跟前,说:"你先使这个。"那凳子前头低后头高,蛋蛋问:"咋使啊?"有巢叫他骑上去。

蛋蛋骑了上去,妮儿也要上来。蛋蛋骑着身子往下蹎,这叫啥呀,掉过个儿来才对呀。蛋蛋下来,把凳子换了个过儿,前头高,后头低了,又把妮儿抱上去,"嗨,这么着得劲儿吧?"妮儿拍着凳子笑。姥娘妮儿们全笑开了,花儿姥娘说:"小子,这是泥登儿,你这么仰巴着,还咋干活儿啊?泥凳儿是叫使劲儿的,不是骑着玩儿的。前头低了,才能往台子上使劲儿。"蛋蛋把妮儿抱下来,说:"过了瘾了,去跟老姥娘玩儿会儿。"顺手儿把她给了刚拉完一个碗的顺儿姥娘,说:"姥娘您先歇会儿!"

有巢拿线儿弓拉了一块踩好了的泥,搁他跟前儿台子上一大块泥,先教他一只手摁着,一只手转着揉,跟揉面似的。这个学得快,蛋蛋会揉面,一直把泥揉得软得跟面似的了,一边儿揉一边儿打水,拿起泥来啪啪摔。

后来他又学会了俩手翻着揉,姥娘们管这叫"卷羊头",揉出来的泥更匀了。花儿姥娘掰着他揉出来的泥找窟窿眼儿,有一个眼儿也不行。这可是比鲻山细多了,鲻山连泥凳儿都没有。姥娘们说,泥凳儿、车伍的都是这两年才添的,以前都是站着干活儿,一天下来,腰都折了。

有巢老不提做拉坯车的话儿,蛋蛋也不敢说。这会儿有巢是窑上的头儿,又是教他的把式,叫他干啥他就得干啥,这泥指不定还得练多少回呢。

有巢往台子上撒了些稻壳儿灰,说:"来,咱俩做个新物件儿!""姐，啥新物件儿啊? 不上车拉?""这个个儿大，拉不动，得使老法子，还是我在鱛山想出来的呢。蛋蛋，咱盘个盛水的瓮。"蛋蛋没听说过，更没见过，能跟有巢一块儿做新东西，他巴不得呢。有巢站着，拿一块泥揉成个泥柱，又拿拳头槌扁了，手掌拍圆了，摁薄了，说:"这是起个瓮底儿。"蛋蛋照着连槌带拍带摁，也起了个底儿，问:"够了吗?"有巢说:"够了，咱先做个小点儿的，烧成了，再做大的。"

她又切了一块泥，往台子上撒了稻壳儿灰。蛋蛋跟着也撒了灰，切了一块泥。有巢把泥在台子上揉了一阵子，拍成一个饼子，四根指头打当间儿穿过去，跟大拇哥握住转，转成一个环儿，越转越大，揪折了，成了一根长长的泥条。蛋蛋跟着有巢，把手上的泥环儿也揪折了，搁在撒了灰的台子上，俩手杆着滚，越滚越长。

"行，不错! 咱就把这条大长虫往瓮底儿上盘。"有巢把长长的泥条搭胳膊上，俩手沿着台子上的瓮底儿把泥条一点儿一点儿压在边儿上。蛋蛋也学着样儿，一圈儿一圈儿往上压泥条子，一层一层摁结实了;盘完了一条又揉出一条来，再往上接着盘，一层一层越来越高。

有巢说:"行，差不多了，该俩手里外一块儿使劲儿捏了。"蛋蛋就按有巢说的，俩手蘸了水，一手在圈儿里头，一手在圈儿外头，一推一挡，转着摁瓷实了，最后转成了一个大桶。有巢管这坯叫瓮，嫌不光不平，找了个竹片儿连刮带抹，找补了一圈儿，光乎儿多了。人们瞧着台子上的俩瓮，都夸好。有巢说:"就挨上头晾着吧，干了直接装窑。"又叫上蛋蛋，去找木头做拉坯车。妮儿非要跟着，顺儿姥娘拉住她，抓了块泥，"妮儿，咱捏个大碗!"

等有巢跟蛋蛋回来，俩瓮矬下去了，成了俩大盆。

第二十四回

惜鄙山蛋蛋不学釉
慕滩里猪娃爱倒坯

泥 坯有命，这俩泥坯活了这么一会儿就完了，有巢心里挺难受，觉得对不起人家，蘸着水默默把它们揉了。蛋蛋说："没事儿，泥坯还会投胎转生的。拿泥条盘东西，不能一下子盘高了，下回咱先盘一楯截儿晾着，等干了，再往上续。"

泥揉好了，这回他俩真是当命儿一样儿伺候泥坯了，盘一根儿泥条就撂下干别的去，等干了再回来接着盘。断断续续，等瓮盘起来了，蛋蛋的拉坯车也做好了。蛋蛋在鄙山拉过一个碗，还是舅舅先拉了半拉教他，其实他也就拉了半拉。这回又能拉了，他喜欢得把妮儿举起来转了好几圈儿，连连喊叫："拉坯喽！拉坯喽！"顺儿姥娘慌里拦住，说："行啦行啦！看把孩子转晕乎儿了！"蛋蛋这才停下来，把妮儿给了顺儿姥娘。

在这儿拉坯可跟鄙山不一样儿了，泥块儿小，碗个儿大，得转得特别快，脚快手快，才能拉薄了。蛋蛋拉了半天，拉不成，骂道："嗨，真他娘的费劲！"

　　立起来的瓮当间儿细两头儿粗，像个压压葫芦儿。有巢一只手在里头，一只手在外头，拍打那瓮，把它拍直了。听见蛋蛋撒气，有巢就劝他："蛋蛋啊，拉坯，心不静拉不成，心静下来就不费劲了。"蛋蛋"嗨"了声儿，拉了一会儿，还是不成，骂起来："死泥疙瘩这么拧！成心跟我较劲儿，叫它往哪儿，偏不往哪儿，屌尿的！"有巢乐了，"活人拉死坯，不说你笨，还怨泥拧，噢！下来洗洗手，闭上眼求神神娘娘，等心静下来了再拉。"蛋蛋倒是听话，乖乖儿下来，洗净了手，闭起眼一动不动立着，过了一会儿，睁开眼说："静了。"

　　有巢乐了，说："静了就拉去吧，好好儿拉！拉成了，你就给了它命儿。"这么说，泥疙瘩的命儿在自个儿手里，是得好好儿拉，让泥成了器，有了命儿。这么想着，蛋蛋把心搁在泥上了，别的啥也不想，脚底下快了，上头也顺手儿了。泥活了，越转越薄，碗坯拉成了。蛋蛋捧着薄薄的碗想，啥时候吉娃娃才能也有了命儿呢？

　　顺儿姥娘看着妮儿，手里不闲着，擗竹篾儿，编垫圈儿，编了大的编小的。妮儿抓了俩大圈儿套脑袋上，有巢拿了块棘皮抹瓮，抹了身子抹口儿。抹完了，瓮有了精神，展开脸儿笑眯眯的，真有了命儿。有巢打妮儿头上拿下俩大圈儿来，给了她俩小的。妮儿套不到脑袋上，就闹着要大圈儿。有巢还给她一个，拿另一个垫着瓮，一手托着，一手护着，把瓮搬走了。再回来时，妮儿不玩儿圈儿了，拿着半截子竹竿儿打蛋蛋的轮子，顺儿姥娘把她抱起来。有巢拿大垫圈儿托起剩下的瓮搬了。顺儿姥娘把妮儿搁到台子上，护着她爬。这儿没顺儿姥娘还真玩儿不转，她虽然不干练泥拉坯的大活儿了，大娘还是给她记半拉工，跟蛋蛋的一样儿。

　　瓮烧出来了，能盛四五罐子水，家家户户都要瓮，四乡八里的也要。大妮子回来见了，也要。她爹背上山去一口，搁窑上了。人们都说这东西好，问咋做的。大妮子爹说他不在窑上，不清楚。鲻山大娘知道了，去好几家儿敛大枣儿，收了两背篓子给了滩里人，还了人情儿。

滩里窑上别的活儿全停下来了，人人盘瓮，还是供不上要的。有巢跟大娘商量，先紧着哪儿要的烧。大娘说："好在咱滩里守着两条河，还挖了这么些井，存不存水的不要紧，还是先紧着外头要的烧吧，外头要的也有个先来后到。"她给不出人来，可是叫三青子他们活儿不忙了给窑上盖个大屋，省得天冷了干活儿冻手动脚。

有巢想出个样儿来，是好些根柱子支起来的大棚，四下里围起来，留出大窗户。三青子他们省了大事儿，不用夯地基，也不用搭台子，赶在天凉之前把大棚搭起来了，比有巢要的还大。三青子说，窑上反正活儿越来越多，人也越来越多，搭大点儿，一回够了，省得拆了搭、搭了拆。有巢听着心里热乎乎的。

天儿凉了，大妮子托爹捎话儿来，想妮儿了，叫蛋蛋有工夫儿背上妮儿去一趟鲻山。大娘说天儿太冷，怕妮儿冻着了，叫当天儿就回来。

蛋蛋一去就找到窑上，舅舅比他姐见了他还亲，说起话儿来没个完。大妮子要把妮儿抱走，好让他们俩痛痛快快儿说说。有些日子没见娘，妮儿认生了，抱住蛋蛋大腿不松手。舅舅对大妮子说："孩子又不碍事儿，你忙你的去吧！"蛋蛋说："我姐就是因为想妮儿才叫我来的，妮儿这么不懂事儿！"说着抱起妮儿来，给了大妮子，"去，找娘去！"顺手儿给了孩子屁股一巴掌。二妮儿张着小手儿拉妮儿，俩孩子在娘怀里玩儿起来了。

蛋蛋告诉舅舅，他回去也去了窑上。舅舅说："听你爹说了，这么大点儿个人伢子，在窑上干活儿不容易！听说你跟着有巢姐盘瓮来着，是吗？"

"姆，这会儿全都盘瓮呐，外头要的太多了，烧不出来。"

"噢，有巢在这儿的时候就盘过罐儿。"

"咱这儿也盘瓮吗？"

"自打你爹背上那一口瓮来，我就想盘来着，就是盘不成，盘到后来老是矬下去。"

"舅舅您不是盘过罐儿吗？瓮也一样儿盘啊。"

"不一样儿，罐儿又小又薄，使不了多少泥，慢慢儿盘，盘起来了，泥也挺了，转着拍打拍打就立住了。瓮不一样儿，又大又高又厚，盘到半截子就立不住了。"

"这个太容易了，盘一截子就搁下晾着，等不软了，再接着盘一截子，拍打拍打，又搁那儿晾着，干得差不离儿了，再盘一截子，拍打拍打，这么一截儿一截儿往上续，就不会往下矬了。"

"这么容易？你小子可别蒙我啊！"

"瞧您说的！我哪儿敢蒙您呐，舅舅，我见盘过，真的就这么容易，会的不难，难的不回呗，呵呵。"

"蛋蛋哎，你可是给咱鎦山帮了大忙儿啦！"

"这有啥啊？舅舅那阵儿还不是能教的全教给我了吗？您还有啥不会的，只要我知道的，全都告诉您。"

"蛋蛋真长大了，知道事儿了！我问你，这瓮咋烧得这么光乎啊？"

"拍打好了，等半干了，拿块棘皮沾湿了抹，通身都抹了，还得把瓮口儿也抹了。"

"光抹就行了？那层亮光儿咋弄出来的啊？"

"那是釉子，蘸着猪毛刷子往瓮上抹釉子，里外全都抹了，外头底儿不用抹，上头口儿也不用抹，糙点儿好磨刀磨斧子使。"

"蛋蛋，釉子是啥呀？"

"就是窑上熬的汤儿，锅碗儿盆儿盘儿也得蘸釉子，小的上釉子锅里头涮，大的就得拿猪毛蘸着抹了。"

舅舅眼里射出惊喜的光来，像发现了兔子的老虎，盯着蛋蛋问："你知道汤里头都有些个啥？"

蛋蛋摇了摇头，说："不知道里头都有啥，我没熬过，都是花儿姥娘熬的。赶明儿我问问她。"

舅舅说："嗨，甭问人家，赶明儿你给瞧着点儿就行了，姥娘都往锅里搁些个啥，搁多少，使多大的锅，熬多大工夫儿。"

蛋蛋说："成。赶明儿我留神点儿。"

到了后半晌儿，舅舅就叫大妮子带上蛋蛋家去，给他做顿好吃的。舅舅问蛋蛋的话，大妮子都听见了，道儿上嘱咐弟弟："蛋蛋，回去可别说舅舅问熬釉子的事儿了，娘跟有巢防得紧着呢，我回去都没问出来。"

蛋蛋不明白了，"她们干吗怕你知道这个啊？娘不是还叫有巢姐上来帮着打井来着吗？还教给你咋烧神神屋地的砖来着，这都比熬釉子难得多啊。"

大妮子说："嗨，这些个难是难，可是教会了鲻山，亏不了滩里。熬釉子就不一样儿了，要是鲻山也会了，也烧出细碗、大瓮伍的来，拿到四乡八里去换好东西，就抢了滩里的活儿了。你想想儿啊，娘跟有巢咋能叫滩里吃这亏呢？"

蛋蛋忽然明白了，说："大姐，舅舅叫我留神釉子里头都搁啥，搁多少，这不是叫我偷滩里的吗？"

"嗨，舅舅也有他的说头儿，这些个都是有巢兴的，有巢是鲻山人，鲻山把有巢给了滩里，所以，有巢想出来的好东西也该让鲻山使唤。再说啦，有巢从鲻山也带下去不少好东西哩。"

蛋蛋为难了，皱起了眉毛，问："大姐，你说我该不该帮舅舅留神这事儿呢？"

"要叫我说，你是滩里人，不能吃里爬外。"

"可是，我应了他了，嗨，这事儿闹的！"

"这个好说，他再问，你就说，人家不叫你知道。"

“可是大姐，这么说不是蒙人吗？”

“傻兄弟，天下的事儿就是这样儿，该蒙的时候就得蒙，还得两头儿蒙，回去也不能提舅舅挨这儿问你的话，记住啦？”

“记住了，大姐往后别叫我上来了。我这可成了啥啦？上下不是个人，自个儿都瞧不起自个儿，嗨！”

“甭哼呀嗨的！这不啥事儿都还没有吗？”

“咋没有啊？我告诉舅舅咋做瓮了，滩里这阵子正忙活瓮呢，外头要的活儿多了去啦，娘全仗着拿瓮换外头的好东西给人们分哩。”

“没事儿，蛋蛋，鲻山就是烧出瓮来，不上釉子，也换不出去。你想呢，有滩里好的，谁上鲻山来换糙的呀？”

“要是鲻山比滩里便宜，兴许有人换呢。”

“又犯傻了不是？滩里跟人换东西挺厚道的，东西又好，鲻山要想换出去，得使劲往下压，费了半天劲，光让外人占便宜了，没这么傻的。你呀，回去也甭提挨这儿说了咋做瓮的话，就当没这么档子事儿得了，可别烧火引鬼，挑得两下里成了冤家仇人。”

打鲻山回来，蛋蛋人一下子长大了，事事留心，尽量儿少说话，逢要说话，先咬三下儿舌头尖儿，能说能不说的绝对不说。除了跟妮儿，他那嘴严得没个缝儿。在窑上，他可是啥活儿都瞧在眼里。

花儿姥娘问他：“你咋啥都想学啊？”

蛋蛋笑笑说：“姥娘，会的多了又压不死人。我啥都学，就是不跟您学熬釉子。”

花儿姥娘问他：“哟，这么当紧的，咋不学呀？”

“怕我嘴漏，叫鲻山偷了咱的。”

顺儿姥娘在旁边儿夸他：“精灵鬼儿，吃不了亏儿！”

花儿姥娘说：“我倒是防着狗剩儿跟小六儿来着，可没防着你啊！他们是外头来的，保不齐的。你是咱家里的，走到哪儿也不会干那吃里爬外的事儿，这我信得过你，呵呵。"

　　爹带回来个盖碗儿，说是鲻山舅舅送给蛋蛋的。那盖儿上的疙瘩是个趴着的小蛤蟆，谁见了谁夸。

　　到了窑上，有巢比着样儿做出盖碗儿来，只是蛤蟆疙瘩儿变成了猴头儿，上釉子烧出来，比舅舅的好看多了，四乡八里的看了都待见，全要了一大堆。窑上又兴开了烧盖碗。

　　蛋蛋觉得对不起鲻山舅舅，憋了几天到底儿当着一家子的面儿把这事儿说出来了："咱的花碗咋上色儿咋上釉子，不愿意叫外人知道，这会儿咱照着人鲻山的样儿做出盖碗儿来，拿出去换四乡八里的好物件儿，是不是亏待人家鲻山了？那蛤蟆盖碗儿是鲻山舅舅送给我的，我觉着蒙了人家了。"

　　爹说："嗨，这又不是你的事儿，小孩子家家管那么多干吗？"

　　蛋蛋说："我不管行了，不过咱做事儿也得摸摸心窝子。"

　　娘说："蛋蛋，照你这么摸心窝子说话，咱滩里有啥别人就不能有了？比方说咱住屋，别人就只能住棚子，咱吃井水，别人就只能去河里打水吃，咱吃大米，别人就只能吃棒子啦。天下可没这样儿的理儿。啥叫蒙了他了？他送咱的，又不是咱偷他的。"

　　有巢说："蛋蛋，我可没全照着舅舅的盖碗儿做，碗，咱早就会做，那盖儿，他的是捏出来的，咱的是模子托出来的，他的疙瘩是后安上去的，咱的跟盖儿是一事儿。最要紧的是，咱的盖碗儿上了釉子，这可是蝎子屎独一份儿。蛋蛋小孩子家家，哪儿来的这么多是非？真是的！"

　　蛋蛋脑袋不够使唤的了，他觉得鲻山舅舅太实在了，该先烧一大堆盖碗儿拿出去换物件儿去，不该特意儿送他这个没用的人。嗨，他这人不光没用，还坏事儿呢。盖碗儿这东西谁一见都能照着做，瞒不住藏不住，不像熬釉子汤，不知道的就是猜不出来里头有些个啥。嗯，鲻山也该有点儿瞒得住人的东西才行呐。嗨，鲻山不该叫有巢姐下来来着，要是有巢姐还在鲻山，别人就都上鲻山换碗换瓮去了。可是，要是没有有巢姐，滩里也玩儿不转呀，别说窑上了，连住的屋都没有呢。嗯，人得像有巢姐那样儿，有本事到哪儿哪儿好。

能拿窑上的东西去外头换吃的了，大娘又打地里送过来几个妮子，里头也有顺儿的三姐，挺着个大肚子，坐着蹬车拉坯。顺儿姥娘经着心，不叫她累着了。就这么着还是没弄好，三妮儿在窑上养活了，躺在练泥的台子上。一圈儿姥娘围着。蛋蛋干不成活儿了，猛听见三姐大叫一声，接着是孩子小嗓儿尖嫩的哭喊，哈啊哈啊哈啊……顺儿姥娘说是个小子。蛋蛋猛地喊了一声："吉娃娃转生啦！"人们全都吓了一大跳。蛋蛋跑出去了，他要把这天大的好事儿告诉顺儿。

等蛋蛋回来，三妮儿跟孩子都不在了。台子上一摊血，跟杀了人似的，有巢正拾掇呢。蛋蛋哪儿见过这呀，吓得问有巢："姐，三姐没事儿吧？"

"没事儿，狗剩儿哥把她背回去了，姥娘把孩子也抱回去了。"

花儿姥娘说："蛋蛋这么大点儿个人儿，会给人起名儿啦都。"

蛋蛋不明白啥叫起名儿。花儿姥娘说："顺儿姥娘说了，借你的好话，那孩子就叫吉娃娃了。瞧你，多会给人起名儿！"

他心里一热，真是吉娃娃回来了！要不是吉娃娃上山祭了神神，就没妮儿了，二姐也转生不了。谢天谢地，俩人都转生了！

收了工，蛋蛋要去看吉娃娃。有巢说："先别去了，三姐那小屋儿转不开，这会儿又是她娘又是她姥娘，还有狗剩儿哥，兴许姨也去了，没下脚儿的地界儿了。过些天，咱俩一块儿去。"

顺儿告诉蛋蛋："没错儿，就是吉娃娃回来了，长得一模一样儿，嘴角儿老是笑笑的。"

蛋蛋问："也跟吉娃娃似的爱笑？"

"还笑不出声儿来，光会哭。姥娘说，这孩子没毛病，吉娃娃在神神跟前治好了。"

"这么说祭神神祭对了？"

"是吧，以前吉娃娃一难受就咯咯儿笑个没完，哭也是笑。这会好了，哭是哭，笑是笑，是个孩子样儿了。"

"吉娃娃还是吉娃娃，可是从前他管你叫哥，这会儿你是他舅了，呵呵。"

"你不也成了你二姐的舅舅了嘛，呵呵，一投胎，人就小了一辈儿，赶明儿你转生了，还得管我叫顺儿舅哩。"

"我不转生，你投我大姐的胎吧，我给你当舅。"

有巢听见了，这都啥跟啥呀？就说他们："越说越不像话了，闲得磕牙拌嘴，大人听见，非抽你们。"

没想到顺儿居然冒出这么一句："我要是转生，就投有巢姐的胎。"

有巢气了个大红脸，举起胳膊抡过去，顺儿早咯咯儿笑着跑了。

大娘说帮有巢找个外头的，可是她哪儿有工夫儿呀。有巢白天忙得脚不着地儿，没工夫儿想这些个，黑间睡不着了，心也动也烦，尤其是夜深了，听见大娘跟舅舅的动静儿，心上猫抓似的。等到俩人折腾累了睡了，她悄悄儿起来出去了。

外头明晃晃的大月亮地儿，怨不得睡不着觉呢。月亮挂得太高了，一人儿也闷得慌。闷对闷，谁也解不了谁的闷儿，有巢索性瞎走开了。直到听见呼呼涛声，她才知道快到姚江了，软江浪平和，没这么响。远处儿有个黑影儿，站那儿不动，过了会儿动换了，朝她这边儿过来。

"那儿谁啊？"是三青子！

有巢一惊，答到："我呀，三哥。"

三青子也一惊："黑灯半夜，你跑这儿干吗来了？"

有巢说："撒癔症。"

三青子说："这叫咋回事儿啊？快回去吧！"

音儿落了，人也不见了。有巢望着月亮地儿里的窝棚，吐了一口，骂道："不知好歹的臭石头！"扭身往回走，脚下走得很急，气哼哼骂自个儿贱。

快到家了，碰见蛋蛋。"姐你干吗去啦？走这么半天，都让人着急了。"蛋蛋真是急了，话音儿在嗓子眼儿颤悠儿。这世上还有人惦记她，有巢心里热乎乎的，说："睡不着，去窑上转了转，看看火。"

蛋蛋说："我刚打窑上回来，没瞧见有人。"

有巢脸上热了，说："从窑上出来，转悠了转悠。今儿满月，睡不着觉。"

"瞎转悠啥呀？急死人了！"

有巢回去躺下就睡着了，梦见自个儿变成了一只没巢的老鸹，在天上飞呀飞呀，冰天雪地里找不着一棵能筑巢的树，全是些个颤颤悠悠的寒枝儿。好容易找着一棵梧桐树，辛辛苦苦在树上筑了个巢，在天上飞了一圈儿，回来巢没了，地上全是摔碎了的泥渣子。她衔起来，和着唾沫重新筑巢，飞到老远的地方儿叼来结实的竹枝儿，一根儿一根儿编起来。好容易筑成了，又叫谁给捅了。她不服，衔起泥来，又筑了一个巢，睡到半夜，连她带巢全摔地下了，巢碎了，她死了。她醒了，不敢再睡。

早上起来，有巢求大娘给圆圆这个梦，又是老鸹又是巢摔了，是不是有啥凶事儿，好留神点儿。蛋蛋听着也怪怕的，说："娘，我姐黑间撒癔症来着，别不是在外头招上啥了吧？"大娘呵呵儿笑起来，说："一对儿傻瓜，小的不懂事儿，大的也不开窍儿！哪儿有单臂儿的雀儿啊？小雀儿跟着大雀儿，大了就得成对儿，单臂儿，神神也不叫啊。有巢啊，昨儿后晌狗剩儿告我，茅山大娘家小子还没跟人儿，人长得挺精神。你要是愿意，就叫狗剩儿问问他家。"

有巢还没说话，蛋蛋先说了："狗剩儿哥挨咱家住的时候，就对姐姐有过意思。"

有巢说："小孩子家家别瞎说！"

蛋蛋不服："咱滩里有的是好人，干吗非打外头找个生人来啊？"

大娘说："大人说话，你别跟这儿瞎掺和！去吧，早点儿去窑上去！"

蛋蛋犯了拧："我就掺和！这人来了跟我住一屋里头，得我待见才行！"

大娘说："行，赶明儿给你找个你待见的，有巢姐的事儿你就甭操心啦，留神头发白了！"

茅山大娘家小子叫猪娃儿，个子挺大，比有巢小三岁。狗剩儿一提，人家大娘就答应了。回来跟猪娃儿一说，猪娃儿却不乐意，说："咱茅山有的是好妮子，干吗非去他们滩里啊？"

"傻小子，人滩里比咱这山旮旯儿里富多了，去那儿吃得好住得好，别人巴不得呐。"

猪娃儿挺拧，"富是人家的，我不眼气。"

娘只好说："你去了，有了这么门子亲戚，对咱茅山也好，咱也能学学人家的好儿，盖个屋啊，打个井呀伍的。这些年我就想着跟人家学学，可是一点儿边儿不沾，张不开嘴呀。你就替咱茅山想想，去吧！"

猪娃儿心活动了，问："他家妮子多大啦？"

娘说："听说比你大点儿。"

"这么大的女人，跟前早就俩仨孩子了，她咋这咱才招人啊？不是有毛病吧？缺胳膊短腿儿倒还凑合，让我跟个傻子过一辈子，我可不干！"

大娘一听这乐呀。

"娘乐啥呀？一辈子的事儿，咱可得把眼睛大了，瞧清楚了再说。"

娘说："行啊，哪天娘跟着你上滩里瞧瞧去。我就不信，一个领着人盖屋打井烧出细碗大瓮来的妮子会缺胳膊短腿儿，会是个傻子。嗷，咋想的呀？啥脑子啊？"

猪娃儿挺有主意："娘，甭听那个狗剩儿瞎吹唬，眼见为实，见了还不定是咋回事儿呢，别领个假的来蒙咱，等进了她家，嘿，换人儿啦。到那时候再后悔可就晚啦！"

狗剩儿又来了，茅山大娘让他跟滩里大娘商量个日子，她跟猪娃儿过去见个礼儿，要是猪娃儿跟那妮子对了脾气儿，这事儿就成了。

狗剩儿说："您说个日子就成了，省得我来回串把事儿耽误了。"

茅山大娘想了想说："那我们这会儿就跟着你过去，你看行不？"

狗剩儿高兴了，说："这有啥不行的？我巴不得这事儿早点儿成了呐。"

茅山大娘赶紧去找猪娃儿，叫他这就跟着狗剩儿进滩，瞧瞧那妮子有毛病没有。

猪娃儿说："有您这么急的吗？让人瞧着咱上赶着似的。"

大娘说："你不是怕她家换人蒙咱吗？咱叫他没工夫儿预备，去了瞧个真的。"

猪娃儿一听，也就不说面子了。大娘要预备点儿礼，猪娃说："别价，让她说咱上赶着。"大娘没听他的，带了个才编好的竹席儿。

道儿上，大娘问狗剩儿："你们大娘家妮子叫个啥呀？"

"有巢。"

猪娃儿扑哧儿乐了，"有巢？还有叫这名儿的？咋跟雀儿似的？"他娘狠狠剜了他一眼。

狗剩儿说："嘿，还真叫你说着了，她就是皆为学雀儿筑巢在树上住，才落下这么个名儿。开头儿人们都叫她'那个树上有巢的妮子'，后开嫌麻烦，就叫成有巢了。"

大娘纳闷儿，说："你们滩里有那么大的树吗？"

狗剩儿说："有巢不是滩里人，是鲻山的。滩里大娘就是瞧上了她会筑巢，才拿自个儿亲妮子把她换下来的。大娘家的大妮子跟了鲻山大娘家的小子。有巢来了，滩里才盖起屋来。"

大娘想，滩里大娘为了有巢舍得自个儿的亲骨肉，这有巢肯定有她的过人之处儿。猪娃儿却咋也想不通，问狗剩儿："你们大娘那啥大妮子是不是有啥毛病儿啊？"

狗剩儿不乐意了，"你说人家有啥毛病儿？"

猪娃儿说："那你说，是有巢长得好还是大娘的那啥大妮子长得好？"

狗剩儿说话实在："有巢长得挺好的，大妮子更是大美人儿，至少我见着的妮子里头没有比大妮子更好看的。"

猪娃儿想，你小子甭绕我，待会儿到了滩里见了她人就知道了，你能吹唬，就怕那啥有巢不给你作脸，有你小子现眼的时候，哼！

仨人说着话儿，不觉着道儿远，不到晌午就到了软江边儿上。狗剩儿朝船上喊："鱼头大哥，来客人了。"鱼头把船撑过来，笑着问："客打哪儿来呀？"不等茅山大娘答话儿，狗剩儿先说了："鱼头大哥，是贵客哩，这是茅山大娘，这是大娘家的大小子猪娃儿兄弟。"鱼头赶紧招呼儿，打量着猪娃儿问："是去窑上？"茅山大娘笑着说："老使你们窑上的好东西，过意不去，今儿过来谢谢你们大娘，再看看有啥能换的好物件儿。"

过了河，狗剩儿问："咱是先去窑上还是先去地里？有巢在窑上，离这儿近，大娘在地里，在姚江那边儿呢，得走一截子。"

茅山大娘说："那就先去窑上吧。"

狗剩儿说："也好，我把你们送到窑上，就去地里叫大娘过来。"

茅山大娘嘱咐他:"到了窑上,就说我们是来看货的,先甭提别的。省得冒冒失失的,让人有巢脸上也下不来。"

到了窑上,茅山俩人先叫那大作坊的气势镇住了,他们还没见过屋子,更没见过这么大的,又是门儿又是窗户的,站在外头不敢进去。有巢跟蛋蛋和俩妮子正倒腾坯,见狗剩儿来了,就问:"今儿个咋回来这么早啊?"狗剩儿在她耳朵根子小声儿嘀咕了两句,那耳朵一下子红了。有巢小声儿埋怨:"咋也不打个招呼儿就领这人来了?我姨知道了吗?"狗剩儿说:"我这就告诉大娘去。先把人领进来吧?""不用,我接去。"

有巢跟着狗剩儿出来,一见大娘,笑吟吟说:"姨来了?快进来,坐下喝口儿水。"狗剩儿赶紧给那俩人介绍:"这就是我们有巢。你们先说话儿,我去地里瞧瞧。"人家这么实在,茅山大娘也就不好意思再说啥虚话儿了。猪娃儿打头一眼就叫有巢给镇住了,一下子锉了一大截子,心里只怕人家瞧不起他。有巢见他挺不自在,就朝他笑了笑。猪娃儿也咧着嘴笑了笑,自个儿都觉出来要多傻有多傻了。

窑上常有来看货的,男的女的都有,窑上的人惯了,从来不打问。有巢领着他们坐到练泥的台子跟前,拿了俩新碗,打桶里舀了水,说:"走热了吧?先喝口儿水。"猪娃儿捧着碗咕嘟咕嘟一气儿喝了,抹了抹嘴说:"这水真甜。"大娘也说水好喝。有巢笑笑说:"这是井水,你们那儿吃的是泉水还是河水?"大娘说是打泉眼流出来两条小溪沟子,全茅山的人跟庄稼都吃溪沟子里的水。有巢说:"那就跟鲻山从前一样儿了,他们这会儿也吃上井水了。"猪娃儿直叹气说:"我们那儿比你们这儿差远了。"

蛋蛋过来搬坯,听见猪娃儿这句,朝他笑了笑说:"那就上我们这儿来吧!"猪娃儿见这孩子爱说话儿,就跟他逗贫:"谁想来就能来啊?"蛋蛋说:"别人能不能来,我不知道,你要是想来,准能来。"仨人都让他逗乐了,有巢说:"这是我兄弟,叫蛋蛋。"猪娃儿心里这个甜呀,起来帮蛋蛋搬坯。蛋蛋教给他打底下托住,上头一只手虚护着,省得留下大手印子。

滩里大娘来了,已经听狗剩儿说过来的是谁了,见有巢跟茅山大娘坐着说话儿,猪娃儿跟着蛋蛋搬坯,心里坐实了,过来说:"不知道你们今儿来,连迎都没迎迎,可别嫌我们不懂礼儿啊,呵呵。"

茅山大娘看见她脖子上大颗的珍珠,知道这就是滩里大娘了,赶紧站起来说:"不懂礼儿的是我们,连个招呼儿都不打,就急急忙忙跑来了。"

滩里大娘说:"这样儿好,见真灼儿。走吧,去家里坐吧!"

有巢说:"你们先去,我等把这一窑满上就回去。"

猪娃儿说:"我跟蛋蛋小兄弟再搬一会儿。"

滩里大娘看着喜欢,说:"行,满了窑一块儿过来吧!"说完抱起妮儿来,带上茅山大娘走了。

猪娃儿问蛋蛋:"那小妮儿是你妹子?"

蛋蛋说:"不是,是我大姐的闺女,跟着我们住。我大姐在淄山呐,又有了一个妮子,就把妮儿给我们了,妮儿本来就是我们家的人。"

猪娃儿说:"嗯,这小妮儿跟你长得挺像,一看就是你们家的人。"

蛋蛋觉着眼前这个哥哥也像他们家的人,问他:"哎,这哥哥,我还不知道你叫啥哩。"

"我?猪娃儿。"

蛋蛋一听这个笑啊,有巢绷住笑,说蛋蛋:"一个名儿有啥笑的?真不懂事儿!"

猪娃儿自个儿也笑了,长这么大,头回觉着自个儿的名儿滑稽,说:"逗,是吧?我刚养活下来那阵儿,又白又胖,我姥娘就给起了这么个好名儿。我娘嫌猪娃儿难听，管我叫胖小儿。后来娘又嫌我能吃，骂我跟猪娃儿似的，我就真成了猪娃儿了，呵呵。"

蛋蛋笑得咯儿咯儿直咳嗽，笑够了说："我总不能叫你猪娃儿哥吧？"猪娃儿说："不叫猪娃儿哥，叫啥？你敢叫我一声猪娃儿兄弟，看我敢不敢撕了你的嘴！"

有巢实在忍不住了，笑得胸脯子直颤悠儿。

第二十五回

三青子结愁脾气暴
花姥娘释怨心思清

猪娃儿进了大娘家门儿，这家儿的日子更红火了，除了妮儿，全都干活儿挣嘴。有巢不愿意猪娃儿来窑上干活儿，倒不是怕人说闲话儿，而是防着点儿，猪娃儿到底是外头来的。去船上，猪娃儿不会水，去地里，大娘觉着不合适，说："还是跟着三青子学盖屋吧，赶明儿茅山盖屋的时候也能帮上个忙儿。"猪娃儿挺知足，盖屋干活儿的地界儿离家近，回去得早，见天儿都是他做后晌饭。

有巢天天儿一回来打问盖屋干啥活儿了，谁谁说啥来着，连一句笑话儿都不放过，问了又问，笑了又笑。开头儿几天挺好，到后来就不那么好了，猪娃儿说三青子不待见他。有巢问咋不待见，猪娃儿说："跟他说话儿，他老是爱答不理儿的。"有巢说："他就这么个人，跟谁都这德性。说他不待见人，还不如说他不招人待见。"猪娃儿说："这人老是耷拉着个脸，就跟我欠他一年的嘴似的。"往后天天儿说起来，都是跟三青子闹别扭的事儿，要说也没啥大不了的，可是猪娃儿委屈得不行，老说三青子气儿一不顺就往他身上撒，鼻子不是鼻子脸不是脸的。

有巢跟大娘商量："姨，三青子那脾气太难伺候，猪娃儿不知道咋对付他好了，要不换换得了。"

大娘说："你也知道三青子就是这么个狗脾气，其实没啥坏心眼儿。这一换，闹得人家脸上不好看，对咱也不好，叫人说小孩子过家家儿似的。猪娃儿啊，你要是不痛快，就去茅山看看，跟娘住上几天，回来就没事儿了。"

猪娃儿说："要是有正事儿，我就回去一趟。"

大娘说："把咱窑上新出的东西一样儿拿上一件儿，算是给你娘的礼儿。装个瓮里，拿绳子兜好了背上。"

猪娃儿说："行，给我娘的，该多少疙瘩，系在我的绳上。"

大娘说："这你就甭管了，系你的疙瘩，捎回来的礼儿是咱家的；不系疙瘩，捎回来的礼儿交给族里，谁要就系谁的疙瘩。"猪娃儿临走前一天黑间，有巢把啥东西换啥，换多少，一一告诉他，又叫他多住上几天，甭惦记家里。

猪娃儿一大早儿就上了道儿，有巢送他走，拿了个网兜儿，在软江捞了几条鱼，地上揪两根儿马莲穿了，扔到瓮里，又解开个小船儿，撑竹竿把他送过河去。猪娃儿问今儿船上挨哪儿打鱼。有巢说："我记着还挨这儿，明儿还有一天，后儿就该去姚江了。"

后晌窑上事儿挺多，有巢叫蛋蛋先回去。反正蛋蛋只拿半拉工，就背着妮儿先回来了。一上梯子，一股新棒子的香味直往鼻子里钻，他想，族里还没分棒子呐，这是谁家从地里偷棒子啦？嗯？谁家也没回来人，自个儿家灶上坐着个大锅，咕嘟咕嘟冒热气，白汽里裹着浓浓的棒子味儿。

蛋蛋喊了声儿："爹这么早就回来啦？"

猪娃儿打屋里出来了，说："舅舅还没回来呢。"

"噢，是猪娃儿哥呀，我还当是爹打鲻山给咱背回棒子来了。你咋这么快就回来了？"

猪娃儿嘿嘿笑着说："事儿都办了，还不回来干吗啊？"

蛋蛋大人似的，说他："娘跟有巢姐不都让你多住几天吗？你急急忙忙赶回来，傻不傻呀？"

"嘻嘻，我哪儿傻啦？不回来咋挣嘴呀？你才傻呢，就知道丢嘴！"

大娘回来了，一见猪娃儿也是好吃了一惊，问他是不是在茅山受了谁的气了。猪娃儿说："谁的气也没受，把东西给了娘，说好了价儿，娘说拿竹席儿竹枕头换瓮，一家儿一口瓮，三百二十个，别的今年就先不要了。我们娘儿俩说了半天话儿，该说的都说了，娘给装上礼儿，我就回来了。两张竹席儿一对儿枕头，系我的疙瘩吧，算我跟有巢送给你和舅舅的，就不往神神屋送啦。"蛋蛋问："没我的？"猪娃儿说："我娘手里就这两张席俩枕头了，你的，我给你编。"大娘问他咋不多住些日子，他说："耽误一天就少分一天的嘴，我干吗啊？"大娘这乐啊，"你呀，要多机灵有多机灵，要多傻有多傻！"有巢也乐，说："往里傻不往外傻就行啊。"

舅舅回来了，说："不是说去茅山吗？咋又不去了？"

猪娃儿说："去回来了。"

"难得回去一趟，咋不住几天呀？"

"嗨，住几天把这儿该分的嘴全住没了，您说是不？"

连舅舅这么古板的人听了都乐了。

有巢回来见了猪娃儿，那可是又惊又喜，也是问他干吗不挨茅山住几天再回来，他还是那一套答对，人们又笑一回，有巢脸上一阵儿阵儿起热。

黑间，猪娃儿捉住有巢的手，划拉手心儿，划拉得两颗心都怪痒痒的。两人忍着，等人们都睡着了，脸儿贴着儿脸小声儿嘘嘘。猪娃儿说："这个问我干吗回来这么早，那个问我咋不多住几天，咋谁都想不到，我是舍不得你啊？""我想到了，就知道你为的这。你要是今儿不回来，我明儿就去茅山。"俩人抱到一堆儿笑，猪娃儿要弄那个，蛋蛋翻了个身，哼哼儿了两声儿，俩人吓得不敢动了。一会儿，猪娃儿又要动，有巢捉住他手，咬着耳朵说："再忍会儿，叫人家听见了笑话！"猪娃儿嘴对着她嘴，热气呼呼的，"咱出去，不叫他们听见。"有巢拧了他胳膊一把，可是火着起来了，他实在忍不住了……

再见着三青子，猪娃儿凑上去说话儿。三青子还是爱答不理儿的，猪娃儿一点儿也不觉着别扭。赶上三青子发脾气，他也是好言好语儿。驼儿背着三青子夸他："小子，这就对了。一块堆儿干活儿，老磕磕碰碰的不好。猪娃儿啊，三哥是好人。"猪娃儿说："我也知道，怨我不懂事儿。"驼儿说："你小子捡了大便宜了，该让就让让。"猪娃儿知道他是说跟了有巢这事儿，心里痒痒得好受。驼儿又说："三哥待见有巢，可就是不会说话儿，老惹有巢生气。你来了，他要多后悔有多后悔，人一下子又老又瘦了。他亏了，猪娃儿，你得担待着些儿。"猪娃儿没想到是这么回事儿，呼呼长吁气，啥话儿也说不出来了，再说啥都是占了便宜卖乖，不如不说。驼儿嘱咐他："我今儿这些废话，你回去就别跟有巢说了，烂肚里算了。""嗰。"猪娃儿重重点了下头。

猪娃儿想着三青子，没人的时候跟有巢说："我瞧着三哥这脾气是病拿的。"

"嗯，我也觉着是个毛病。"

猪娃儿说："不是小毛小病儿，他是真坐下病了，老是这么下去可没个好儿。"

有巢说："要不叫顺儿姥娘给瞧瞧得了。就怕他自个儿不干，有病的最怕见巫婆儿了。"

猪娃儿说："你好歹求求顺儿姥娘，想个法子帮帮他。"

有巢说:"三哥对咱滩里盖屋有功,这忙儿是得帮。"在有巢眼里,三青子就是姚江河汉子里那棵树,高大、孤独。

有巢跟顺儿姥娘说起三青子的病来,姥娘一个劲儿乐,说:"嗨,叫你们一说,啥都成了病儿啦。三青子这病儿我可治不了,找别人去吧!"

"您治不了,那您说谁能治了他这病儿,咱就求谁去。"

"三青子这病儿在女人身上,早就该跟人了,家里拖累着,靠他挣嘴,住不了屋,跟不了人儿,憋屈的脾气都变了。他这要说是病儿,病根儿也在女人身上,还得女人治。给他找个人家儿病儿就好了。"

有巢说:"姥娘说得轻巧,给他找了人家儿他能跟人家吗?香儿跟臭儿都那么点儿,家里全仗着他挣嘴呢。"

顺儿姥娘说:"那就找个愿意跟他过,又不嫌他家里拖累的。"

有巢脸上燎了一下子,她也真心待见过三青子,当时就没往这上头想。这会儿脱出来了,倒是能前前后后两头儿想想了。"姥娘是说,他带着一大家子去跟人儿?哪个妮子受得了啊?就算妮子愿意,人妮子家里愿意不愿意啊?两家掺和到一块儿,咋过呀?"

顺儿姥娘说:"他要是能两头儿顾着,也行。"

有巢直摇头,说:"除非是有那真待见他的,可他那脾气,谁敢待见他啊?"

顺儿姥娘想了一会儿,说:"我倒想起一个人来。"

有巢急着问:"姥娘说谁?"

"咱这儿的尾巴儿。"

有巢一听就摇头。

顺儿姥娘说:"你听我说完了再拨棱脑袋!尾巴儿家姐妹四个,俩姐姐在家里招了人儿,住不开了,老三跟小六儿只好另外盖了小屋儿。尾巴儿也挨家里待不住,不如把她跟三青子撮合撮合，三青子家大窝棚挺结实，且能住呢。"

有巢听得点头儿，说："那您跟尾巴儿说说，我劝劝三青子去。"

尾巴儿一听就笑了，鼻子里哼嗤儿着笑，"姥娘，您省省吧！有那工夫儿给人瞧病去多好？三哥眼长天上了，那儿瞧得起我这根小尾巴儿啊？"

倒是三青子给了有巢面子，说："只要人妮子不嫌弃，我没说的。"

有巢跟顺儿姥娘一碰头儿，有门儿。

顺儿姥娘就又跟尾巴儿商量："妮子，人家眼睛可没长天上，你这会儿咋说啊？"

尾巴儿说："姥娘，我配不上人家。三哥个儿是个儿，样儿是样儿，又有本事，不愁跟不了人。"

"妮子，你是不是嫌人家老呀？"

"姥娘想哪儿去啦？我才不在乎那几岁呐，是我配不上人家，姥娘您就甭操这份儿心啦。"

"嗨，我偏爱操这份儿心。我再问你，你是不是嫌他家香儿跟臭儿太小了是个拖累呀？"

"人家孩子有亲爹亲娘，拖累得着我吗？行啦，姥娘，咱不说这个了。"

顺儿姥娘跟有巢说尾巴儿不乐意。有巢问："您知道她是不是有相好儿的了？我反正一点儿没瞧出来。"

姥娘说："我也没听说过，不过，跟你说，这小妮子鬼得厉害，摸不透她想啥呢。要说她配三青子，真是桩好事儿，两头儿都不亏。"

有巢说："我也是这么想的。行，我敲打敲打她去。"

有巢在尾巴儿眼里就是娘娘，有巢也多少知道点儿自个儿的分量，找着尾巴儿，直打直说："嗨，我倒要听你说说，三哥哪点儿配不上你？"

尾巴儿也不带打弯儿的："有巢姐，他这人我伺候不起。别人跟他一块堆儿干活儿有时有响儿的，我凭啥一年到头儿对着一张黄瓜脸啊？趁早儿，咱甭提这事儿！"

有巢憋不住乐了，"瞧你把人家说的！三哥脸有那么长吗？"

"我也不在乎脸长点儿短点儿，就是他那脾气，十几个男人家都对付不了，有巢姐，我一个人实在伺候不起啊。"

"瞧你把人家说的！男人们要是真把这点脾气当回事儿，咱这一大片屋能盖起来了？"

"有巢姐，能盖起屋来，不一定就能过起日子来呀。"

"不就是脾气别扭点儿吗？要是人家改了脾气呢？"

尾巴儿鼻子里哼哼儿，"有巢姐，脾气是人家的，可不是您说改就改得了的。"

"尾巴儿你甭跟我绕，我问你的是，要是三哥改了脾气，脸儿不那么长了，你还说啥？"

尾巴儿叫人逼到了墙根儿，只好说："他要是能改了，有巢姐，我还说啥呀？"她心里埋怨有巢，可人家是好心，哎，有巢啊有巢，那么能干个人，咋这么个缺心眼儿呢？尾巴儿仨姐姐都碰过三青子，皆为他是人中人，到头儿来全都说那是一个焐不化的冰疙瘩。尾巴儿不信自个儿有本事焐化了这块冰疙瘩，没用的事儿，她可不打算试乎，连想都不愿意想，费心费神的，图个嘛呀？还不如摘酸枣儿去呐，酸枣儿嚼嚼还有个酸味儿呢。

有巢找着三青子，把尾巴儿的话说了。

三青子说："我改，冲你我也得改。"

"三哥，我这就把人妮子找来，你把这话说给她听。你这就去神神屋等着，我们俩一会儿就来。"

三青子嗯了一声儿，这样一个人，这样关心他的事，他心里涌上来一股滋味儿，只觉着嗓子眼儿涩了吧唧的，鼻子酸眼也热。

有巢颠儿颠儿跑回窑上，把尾巴儿叫出来，“嗨，小尾巴儿，咱凭良心说，三哥这样儿的男人，在滩里还真没人能比得了，你可一点儿都不亏啊。”

尾巴儿说：“这我知道，也承姐姐的情儿。咱说的是他那脾气呀，要是他能改了脾气，不是啥事儿也没有了吗？可是，他能改得了吗？”尾巴儿笑了，笑打鼻子眼儿里出来，像门缝儿灌进来的风，飕飕儿的。有巢说：“行，你这就跟我过去一趟，咱听听人三哥咋说。”话赶话，赶到这儿了，尾巴儿只好横下心来，硬起头皮跟着有巢去见三青子。

进了神神屋，有巢说：“三哥，我把人给你领来了，你说吧！”三青子嘴做了个笑样儿，说：“噢，我脾气不好，我改。”往下就嘎住了。有巢把他俩拉到一块堆儿说：“三哥是男人里的头儿，尾巴儿妹子是妮子里的尖儿，你们俩到一块堆儿，眼气死滩里的妮子、小子们。顺儿姥娘跟我该做的都做了，后头就是你们自个儿的事儿了。得，我得走了。你们俩这儿说说话儿吧，神神跟前，说了可得算数儿！”说完转身出来，嘍，一身轻松。

吃后晌饭时，有巢说起这事儿来，蛋蛋说：“我听着咋这么逗哇，别你一走，那俩人就散了。”有巢说：“小屁孩儿别瞎说！他们俩都是说话算数儿的，又都是明白人，散不了。”猪娃儿冲着有巢把大拇哥挑得高高的。有巢说：“猪娃儿你瞧着，不是我吹，三青子脾气明儿准好了。往后他再犯脾气，你跟我说。”大娘说：“有巢你可是修下好儿了，送子娘娘快来咱家了。”有巢脸红了，猪娃儿瞅着当家的，满眼都是落霞，灿烂如花，要不是当着人面儿，他就抱住这张俏脸儿亲个够了。

黑间等人都睡了，猪娃儿把有巢拥到怀里。有巢贴着他脸儿悄悄儿说：“娘说的送子娘娘许是来了。”猪娃儿的眼在黑夜里闪着水样儿的光，出气儿热嘟嘟的，“真的？”“嗯，早就过了日子了。”猪娃儿出溜儿下去，脸贴到她肚子上，听了一阵儿。“听见啥了?""听见一阵儿阵儿咕噜儿咕噜儿响，像是咱孩儿踢蹬得水响。听我话，赶明儿干活儿得悠着点儿了。"

新下来的萝卜切成丝丝渍了一瓮酸菜，上头压一块大石头。有巢天天儿给瓮里换水，天天儿舀出半碗来，咯吱咯吱吃了。大娘瞧出她是害喜来了，笑得合不住嘴儿。

有巢叫她笑得纳闷儿，问："姨笑啥呢?"

大娘说："真是送子娘娘来了!"

蛋蛋听懂了，问："这是谁投的胎啊?"

娘说："这回就是咱家的人呗，哪儿有怀个孩子就是投胎的?"背地里娘嘱咐蛋蛋："你黑间睡觉挤在他俩当间儿，有巢姐肚里的娃娃就留住了。"

"那妮儿呢?"

"妮儿搁我旁边儿，你过他们那边儿睡去。"

蛋蛋还真听话，一到黑间就躺那俩人当间儿了。人家连句悄悄话儿都说不成了。

茅山不光出茅，还出竹子，大人孩子都会编竹子，竹席儿软得跟麻布似的，篮子上能编出蝴蝶儿、花儿来。滩里人待见茅山竹篾儿编的物件儿，回回儿换来的都不够分的。

软江边儿上一丛丛俩仁人高的窝竹，竹竿只有一指头粗细，不成材，只能挖笋吃。猪娃儿一来，就看上了这些细竹子杆儿，砍了回来，剖开，破成竹篾儿，切去节儿，擗薄了，削细了，磨光了，捆成捆儿，墙旮旯堆的全是一捆一捆的竹篾儿。一早儿一晚儿，猪娃儿手里老是掐着一把竹篾儿，编这编那，热天里编了凉席儿编凉枕。

蛋蛋要学，猪娃儿说："先学着编个凉扇儿吧，咱配俩色儿的。"猪娃儿拿出染好了的两捆儿竹篾儿，一捆儿黑的，一捆儿红的，一样儿抽出两根儿来，起了头儿，教给蛋蛋编雀儿眼。一个雀儿眼六个角儿，打底儿八个眼儿，往上隔几行在两边儿加出一个眼儿来，下头窄上头宽，黑红花插着，再缝上去一根儿宽竹片儿当把儿，一个凉扇儿成了。

蛋蛋一口气儿编了六把凉扇儿，家里一人手里一把，连妮儿的都有了。邻家瞧见了，都砍来窝竹，要猪娃儿、蛋蛋教他们编。猪娃儿教他们刻饬竹篾儿，蛋蛋教他们编雀儿眼，会编雀儿眼了，就啥都会了，家家户户儿编开了篮子、篓子、簸箕、盖碟儿。比起柳条儿编的来，又轻巧又好看。不知谁兴的，给打水的罐儿编了套儿，人们都编开了罐子套儿。花儿姥娘跟有巢商量，外头来换咱的罐儿，连套儿一块儿换，能多换点儿物件。

有巢还没说话，蛋蛋先说了："这么换不合适，把人茅山戕了。"

花儿姥娘说："咱又没拿竹席儿竹枕头去换物件儿，咋就戕了茅山啦？"

蛋蛋说："人家猪娃儿哥教会了咱们，咱编了东西去外头换，让人猪娃儿哥咋回茅山见人啊？"

花儿姥娘说："罐子套儿可不是猪娃儿教咱编的，我记得是打窝棚那头儿兴起来的。茅山也没这东西，换给他们正好儿使唤。"

有巢作了难，说："姥娘，我回去跟猪娃儿商量商量，看他咋说。他要是说茅山不在乎这个，咱就换。"

猪娃儿一听挺纳闷儿，说："这有啥呀？碍茅山啥事儿了？"

蛋蛋说："要是人茅山也想拿罐子套儿换物件儿呢？"

猪娃儿说："谁编出来的谁换呗，没事儿，换去吧！"

蛋蛋问他："要是滩里人编了竹席儿拿出去换物件儿呢？"

猪娃儿哈哈哈哈笑起来，说："别说滩里人啦，哪儿的人也编不出茅山那样儿的竹席儿来。我在咱这儿算是把式啦，在茅山是个孩子编的都比我这活儿强。甭想，咱那竹席儿换不出去，哈哈。"

有巢说："要是这样儿，就连套儿一块儿换给人家啦，茅山要是不愿意要咱的套儿，就还照原来的价儿换。"

大娘叮了一句："除了罐子套儿，别的竹子编的东西可不能拿出去换！"

猪娃儿说："别的想换也换不出去，就跟茅山的盘子、碗换不出去一样儿，除非白给。姨姨放心吧！"

花儿姥娘岁数儿大了，难免有个三灾儿两病的，回回儿都是挺两天就过去了，这回咋挺也好不了了，三天没吃东西，人就爬不起来了。顺儿姥娘去看她，见她那样儿，想起自个儿那年害病来，就说："这么大的屋子，你这可是打哪儿受了憋屈了？"

花儿姥娘说："打窑上。"

顺儿姥娘纳闷儿，问："窑上？几个老姐们儿没有隔肚皮的话，哪儿来的憋屈啊？"

花儿姥娘说："窑上的姥娘们都一把年纪了，我原想着跟大娘说说，再添把子人，咱该换下去了。换下去还能劈竹篾儿编个罐子套儿、篮子、篓子、簸箕伍的，拿出去换物件儿，咱也挣个嘴。没想到一个蛋蛋，就全吹了。"

"呵呵，人家还叫你姥娘呢，咋能跟那么大点儿个孩子生气啊？嘿，气性还不小，火顶到嗓子眼儿，饭都吃不下去了。你呀，老了老了，闹开小孩儿脾气了，说你啥好呢？你气成这样儿，人家还不知道咋回事儿呐，更想不到是叫你受了憋屈。"

"老姐姐，嗨，怪我没说清楚，不是跟个蛋蛋生气，我是生他们一家子的气，他们挨家一捏咕，这事儿就吹了，这叫啥事儿啊？再咋说，咱也干了一辈子了，说句话就不如个打外头才来的？皆为这么个，咱就不能使竹子了，这也太护着她家的了。你说是不是？"

"大妹子，要叫我说，我可要说你小心眼儿了。我听顺儿学说来着，他是听蛋蛋说的，说人家猪娃儿根本就不在乎这个，还笑话大娘来着，说谁编得好谁换物件儿，咱编得比人家茅山差远了，换不出去，除非白给。要我说，你那想头儿挺好，就是别老跟竹子较劲儿，咱编点儿别的啥，编点儿人家没有的，不更好吗？牛吃草都不带扎堆儿的，咱干嘛非跟人往一堆儿扎呀？"

"不编竹子，那你说编啥呀？柳条儿编的东西的笨了吧唧的。"

"除了柳条儿还有藤条儿荆条儿，还有织不成布的粗麻，再说草也能编啊，稻草咱这儿独一份儿，还有蒲草、苇子杆儿、马莲叶儿，多着呢，都比竹子好伺候，用不着刮呀磨的。咱也染上色儿，编出花儿来，要编就往好里编，叫他们谁也盖不过咱，就跟咱窑上的釉子一样儿，独一份儿。"

"嗯，你说得挺好的。"

"明儿就试试，先编个凉扇儿看看。"

没等到明儿，顺儿姥娘回去就叫顺儿去河边儿给她撅一把蒲草来。顺儿叫上蛋蛋，俩人一会儿背回来两捆蒲草。

蛋蛋问："姥娘要蒲草干吗使呀？"

顺儿姥娘说："编物件儿，蛋蛋，你给姥娘编个凉扇儿看看。"

蛋蛋说："这草比窝竹可软多了，擗细了就没劲儿了，也撑不起来，软塌塌的，扇不起风儿来。"

顺儿姥娘说："那咱就不擗细了，就这么整根儿的编，编厚着点儿。"

蛋蛋比划了一会儿，蒲草太粗，编不成雀儿眼，干脆一横一竖搭着编了。不大会儿编成了，削了根儿短短的木头棍儿，上头劈开个缝儿，把扇面儿塞进去，俩手往下搋，扇面儿夹进去少半截儿，骨针儿穿了细麻绳儿一圈儿圈儿密密匝匝缠绕紧了，一把大蒲扇成了。蛋蛋给顺儿姥娘扇了几下儿，凉风儿习习，可是不硬，比那竹扇儿强多了。

顺儿姥娘拿着大蒲扇颠儿颠儿跑到花儿姥娘家，花儿她娘说："姥娘这么晚了过来，有事儿吧？"顺儿姥娘说："给你娘瞧病来了！"花儿娘赶紧把她让进去，说："您可真是的，后晌不是来了一趟了吗？这会儿还惦记着。"花儿姥娘早就听见了，说："快来！想你呐！"顺儿姥娘瞧她一头一脸的汗，说："这么热，在屋里一闷一天，还捂出痱子来呐！"说着摇起蒲扇给她扇了几下儿，把扇子递到她手里。花儿姥娘端详了一阵儿，扇了扇，说："这风儿软乎儿，比竹扇儿扇着舒坦，那个我不敢使。老姐姐真有你的！"

顺儿姥娘说："这可不是我编的，是人家蛋蛋孩子打的草，专门儿给你编的。我说啥来着？能编成蒲扇也能编成蒲席儿、蒲枕头伍的。"

花儿姥娘有了精神，跟顺儿姥娘商量："你明儿找大娘商量商量，咱这几棵老帮菜赶明儿就干这个得了。"

"主意是你的，还是你说好。我跟着你干。"

顺儿一家子，人人手里一把蒲草，这么编，那么编，属二妮儿手巧，手里的蒲草绕来绕去，变成了一只小鞋儿，套在她家土妮儿脚上，土妮儿扒下来套在手上，拄着爬，看得人们呵呵儿乐。二妮儿又编了一只，土妮儿俩脚都穿上了草鞋。

姥娘回来，见土妮儿满屋子爬，就说："这妮子今儿是咋了？这么晚了还不睡！"大妮儿说："娘瞧瞧土妮儿脚上穿的是啥？二妮儿编的，好吧？"姥娘一看，问二妮儿："哟，也是蒲草编的？"二妮儿抱过土妮儿来，脱下一只草鞋，给了娘。姥娘看了说："嘿咿，蒲草有大用场了，就是湿点儿，晾干了编，还会好哩。"

第二天吃了后晌饭，大娘带着有巢跟蛋蛋来看花儿姥娘了。大娘说："这两天忙得晕头转向，也没顾上来瞧瞧您，好些儿了吗？"花儿姥娘说："好多了，就是腿还有点儿软。"拿起蒲扇来对蛋蛋说："好孩子，你给姥娘编的大蒲扇真好！"蛋蛋说："头一回瞎胡编的，等草干了，编出来的就更好了。"说着接过蒲扇来，一下儿一下儿给花儿姥娘扇汗。花儿姥娘又问有巢窑上的事儿，有巢说："今儿后晌刚满上一窑罐子。姨说等出了窑都套上竹篾儿编的套儿，省得磕了碰了的。"花儿姥娘说："拿蒲草编成套儿，兜住也行，系紧了绳儿，比竹篾儿的护得还要结实呢。"有巢说："花儿姥娘主意就是多，这两天姥娘不在，窑上就跟缺了啥似的。"

花儿姥娘说："看你说的！窑上少了我能缺了啥？少了你，才真是缺了啥呢！嗯，歇了两天了，明儿该去窑上瞧瞧了。"

大娘说："不急，再歇两天，等这窑罐子出来了，您再领着几个姥娘编罐子套儿，瞧瞧还能编些个啥。"

花儿姥娘说："顺儿姥娘主意多，赶明儿跟她商量商量，好好儿编上些个有用的物件儿。"

大娘说："行啊，你们几个姥娘一块儿好好儿商量商量，都拿啥编，编些个啥。"

有巢说："咱先说好了，甭管拿啥编，甭管编啥，谁也不能离开窑上！"

大娘说："瞧这霸道劲儿！人家挨哪儿编不行啊？干吗非得在你窑上？"

有巢说："她们离得了我，我离不了她们，有个事儿问问，还得绕世界找去！特别是这会子，一下子都走了，我可要哭大天儿了！"

花儿姥娘眼圈儿湿了，说："我也舍不得窑上啊，哪儿能说走就走哇？"

大娘说："对，姥娘们再留一阵子，带带她们。"

蛋蛋停下扇子，说："留一阵子就行了？姥娘都走了，谁帮我带妮儿啊？谁带吉娃娃呀？"

花儿姥娘说："那就不走了，连编物件儿再带孩子。放心吧，有巢养活下来，包给我啦，呵呵。"

有巢红着个脸，张不开嘴，大娘跟着说："说出来的话，泼出去的水，不带反悔的！"

花儿姥娘指头勾住大娘的指头，连连说："不反悔，不反悔！"看得蛋蛋偷偷儿乐。

花儿姥娘白天睡多了，夜里睡不着了，想着除了拿麻绳儿结罐子套儿还能干些个啥，那点儿活儿实在太少了，加上带孩子也不够分半张嘴的，花儿他娘又快养活了，俩孩子都小，家里缺嚼咕，她咋也得挣出半张嘴来。再说，那些姥娘们也都有家有口的，都得挣嚼咕，要不她们也舍不得下来。最好是干满了，不像从前那么累，可是又真出活儿，能给族里换回使得着的物件儿来，最好能换回麦子、棒子来，一下儿就量出她们的活计值多少换嘴了。她想到了拿蒲草编身子底下的垫子，编成一个大袋子，里头塞满去年的干稻草，又软又厚，天冷了，族里先就用得着，能记上工。拿给外头看，也能招人待见。两条河边儿有的是蒲草，割来晒着，过些日子又能长出一茬儿来。嗯，明儿先不去窑上，带上花儿跟叶子割茅草去……

第二十六回

造船埠竹桥落软水
修渡台藤索跨姚江

窑上的大屋旁边儿接出一截儿来，开了个门儿，几个姥娘领着十几个孩子在里头编草垫子，谁家没人带的孩子都搁这儿，分嘴的时候扣下来点儿，匀给姥娘们。

姥娘们没全下来，干得动的，还在大屋拉坯，拉坯挣的是整工，不过都知道赶明儿下来去哪儿了。

花儿姥娘她们割来蒲草晾干了，先给自个儿编了坐垫儿，里头塞满了干草，煖腾腾的。她们编的草鞋舍不得叫自个儿人穿，全拿出去换物件儿了。这儿的也换，那儿的也换，紧着编还供不上换的。可是，人家换过一回就不再换第二回了，花儿姥娘她们说起这事儿来，都说是草鞋一看就会编了，谁也不来换了。后来编的鞋就都自个儿穿了，这一穿可就知道了，穿草鞋走道儿又轻省又快，可是前晌穿上，后晌就飞了，拾掇拾掇再穿一两回，就得扔了。自打兴开了草鞋，家家儿屋里预备着一堆蒲草，天天儿后晌打草鞋，穿一天就当柴火烧了，草鞋见天儿换新的。有那懒点儿的，就拿葛藤编了鞋穿，虽然没草鞋穿着舒服，可是不用天天儿换新的了。

大娘家屋里香得好闻，猪娃儿天天儿抱一捆蒲叶儿回来，吃了饭就忙活。他包了一家人的草鞋，一人一天一双，舅舅两双，去一双，回来一双。猪娃儿不让舅舅穿葛藤鞋，说穿出去丢人，叫外人笑话家里没个勤快人儿。猪娃儿编了一大摞草鞋底子，撸了芦花捻成绒绳儿一层儿一层儿编到鞋底儿上头，鞋帮儿也是蒲草编的，兜起来像个小船儿，帮儿上也一层儿一层儿编上芦花绒绳儿，缝到鞋底儿上，做成了芦花窝窝儿，留着冬天穿。蛋蛋天天儿天不亮就跟着猪娃儿去河边撸芦花，趁人们起来之前就回来了，扛回两大袋子芦花来。近处儿的全叫他们撸干净了，屋里可世界芦花白毛儿。大热天，哥儿俩把冬天穿的全预备下了，一人儿好几双不算，连给淄山和茅山的亲戚们的都有了。

蛋蛋爹给水姨捎来了东西，俩大人吃了饭去水姨家了。有巢瞧着芦花窝窝儿不错，就说："让姥娘们也照着做，做出来好跟人换物件儿去。"猪娃儿说："换个屎！还不是教会了人家饿死自个儿？咱家里人先穿暖和了是真的，别的都瞎扯！"蛋蛋也跟着说："自个儿先穿暖和了算！"有巢说猪娃儿："你就别教他好的，尖吧！尖得叫族里人都恨你们，噢！"猪娃儿问："我们咋啦？我们俩一没偷二没抢，你凭嘛儿说我们尖？"有巢说："你们把芦花都撸光了，偷偷摸摸儿扛回来，做鞋偷偷摸摸儿，不敢挨外头，怕街坊瞧见。丢人现眼，你们就尖吧！"蛋蛋说："芦花是野的，我们撸回来是勤快，才没偷偷摸摸儿的呐。谁叫他们不早点儿起来了？"猪娃儿也说："我们可没藏着躲着，怕芦花毛儿乱飞，呛得人家咳嗽，才在屋儿里做窝窝来着。谁愿意学，就学来呗。"有巢哪儿听这个呀，气呼呼地说："你们就尖吧！我才不穿你们做的贼窝窝儿呐！"说完一摔门儿出去了。

两人傻了眼，猪娃儿跟蛋蛋商量："她这么闹，咱到时候也穿不出去，不如这会儿传出去，叫人们都做。反正姚江那边儿有的是芦花。"蛋蛋说："我明儿去窑上拿上一只芦花窝窝儿，叫顺儿姥娘她们瞧瞧，她们要是瞧着好，我就告诉他们咋做。到时候准有跟咱一块儿穿窝窝儿的。"

花儿姥娘她们不打草鞋了，拿蒲草编大口袋，里头装了干草当垫子铺。四乡八里的都挺待见装草的袋子，可是都不多要，一家儿一两条。干吗要这么点儿啊？这还不明白？回去照着自个儿编呗。

姥娘们一见蛋蛋拿来的芦花窝窝，全都待见得不行，手伸进去，又软乎儿又暖和儿。花儿姥娘说："这活儿咱老姐儿几个包下来了，不往外换，咱自个儿穿。"蛋蛋赶紧说："就是撸芦花费点儿劲，软江这边儿的长得不好，姚江边儿上有的是。"小鱼儿姥娘说："软江边儿上的芦花准是叫你小子撸完了，这会儿蒙姥娘来啦。"顺儿姥娘说她："你呀，真不知道个好儿！人孩子好心好意告给你，你还挑开理儿了，就算人家撸了这边儿的了，还能把一条软江能撸到头儿了？"

姥娘们做出来的芦花窝窝比猪娃儿他们做的那还好，鞋底儿外头帮了牛皮，鞋帮儿包了麻布，麻绳儿绱了。蛋蛋回去跟猪娃儿说："嘿，姥娘们厉害，在芦花窝窝外头帮牛皮包麻布，比咱的可强多了。"猪娃儿说："嗨，东西嘛，都是越做越好，咱也包个帮儿缝个底儿，就跟他们一样儿了。跟人一样儿就好，比人强了叫人眼气，比人差了叫人笑话，人都这屎德性。"蛋蛋说："再咋说咱的窝窝不用换嘴，她们那个指不定扣多少嘴呢。"猪娃儿也得意起来，"省了省了，省大发儿啦，哈哈！"

外头来看货订货的人一见芦花窝窝，就要带回去一双给他们大娘看看，再告诉要多少。姥娘们不给，一双也不给，芦花和皮子还不够滩里一人一双窝窝的，哪儿还顾得上外头啊。等人家走了，小鱼儿姥娘把门儿插上了，说："这个看，那个看，回去都自个儿做开了。"

顺儿姥娘说："还能让人家冻了脚？做就做吧，反正咱也不指着这个换啥。"

小鱼儿姥娘说："他们把芦花都抢了，咱还使啥？"

好几个说，抢也抢不到咱眼前儿来。

秀儿姥娘说："近处的都叫咱使了，是抢不到。可是咱得往远处儿找芦花去，那就该打架了。"

顺儿姥娘说："哈，这么说是咱抢人家的啦？"

小鱼儿姥娘说："芦花又不是谁家种的，说不上个抢。"

花儿姥娘说："东西少，咱还是别在人跟前显摆了。"

小鱼儿姥娘说："要不就插上门了？眼不见心不馋。我还得说一句，不到天冷了不分窝窝，省得哪个烧包儿的男人显摆去。"

她说的是那些打外头跟过来的。顺儿姥娘吃了心，她家狗剩儿是鲻山来的。

花儿姥娘赶紧说："甭说这个，打根儿上起，这窝窝还是人猪娃儿兴的呐。依我说，再咋也得给茅山跟鲻山的送几双当礼儿。"

小鱼儿姥娘嫌她拍大娘的马屁，"嗤"了一声儿。

顺儿姥娘说："嗤啥呀？天冷了，砍木头的人穿上窝窝去鲻山，叫人家瞧见了咋想啊？'啊，一年到头儿砍我们的木头，这么点儿事儿还瞒着我们！'再说了，鲻山的也好，茅山的也好，人家犯得上大老远跑下来抢那点子芦花吗？抠门儿抠到家了，嗷！"

花儿姥娘说："嗨，我也是多嘴，人猪娃儿做了那么多芦花窝窝，愿意给谁给谁，不也给咱了吗？要没人家的，咱还做不出来呢，甭说做了，想也指不定想得出来想不出来呢！今儿倒防贼似的防起人家来了，啥事儿啊！"

小鱼儿姥娘不干了，秀儿姥娘也跟着吵吵，吓得几个小点儿的孩子哇哇哭开了，大点儿的跟着起哄。

有巢听得里头高一嗓子低一嗓子，掺着大孩儿叫唤小孩儿哭，就过来看看，推不开门，拍打着门嚷："大白天的，干嘛呀这是？邪性！"

顺儿姥娘开了门儿。有巢问："吵吵啥呐？"顺儿姥娘说："花儿姥娘说笑话儿呐。声儿大了是吧？"又回过头来朝里头说："我说，嗓门儿都小点儿！让人外头听着跟打架似的。"

远处儿近处儿的芦花都撸光了，姥娘们总算把一族人穿的窝窝儿赶出来了。稻子收下来，长的好的稻秆运到窑上来，一直垛到棚顶儿。剩下的才给族里人分了，不过是缠笤帚、当铺草，大不了编个瓮盖儿、锅盖儿、背篓、筐，长了短了不当紧。稻草到了窑上姥娘们手里，拾掇干净，打理齐整，编成薄草席儿、厚草垫子、大盒子、小箱子、高篓子、坐墩子，整个儿一套草家具。外头的人干脆背着物件儿来，换上一套带回去，叫族里人看，谁都要哪样儿。只要窑上一出了新样儿，滩里人都跑来看，回去就学着编。

姥娘里头属花儿姥娘点子多，属秀儿姥娘手儿巧，老是这俩人出样子，别人照着做。花儿姥娘想起啥来编啥，秀儿姥娘再照着她那样儿，试几种编法，大伙儿挑出最好看的来，秀儿姥娘再细细儿捯饬，一件儿样子就出来了，挂到窑坊墙上，给四乡八里的人看。墙上挂的样儿越来越多，光草帽儿就好几样儿，尖顶儿的、圆顶儿的、宽檐儿的、窄檐儿的。蓑衣有蒲草的、茅草的、稻草的；还有棒子皮儿编的坎肩儿；凉衫儿伍的。要的都不多，三件儿两件儿，回去当个样儿，族里人能编的自个儿就编了。姥娘们定了价儿，要的越少越贵，换样儿比换大宗儿货贵上两三倍。

天天儿都有来滩里换窑器的，换草编的，来来往往的人多了，河里老拴着两三只小船儿，给过河的使。赶上渔船在，招呼儿一声儿，鱼头他们就把人渡过来了。没渔船的时候就得自个儿撑船了，会的还好，不会的费半天劲，水大了能冲出去老远。出过几回事儿，亏得江边儿的孩子救上来。河上乱哄哄的，碰了撞了，掉水里了，成了常事儿。鱼头跟大娘商量，把下河上岸的地界儿拾掇拾掇。大娘跟有巢商量，有巢说叫上三青子一块儿去看看。四个人在软江边儿上碰了头儿，商量咋拾掇。

鱼头说："这条河本来就不宽，船多了一挤就挪腾不开了。我打算把这一溜儿往里头挖挖，出来一块能停住船，下个东西。另外，还想着搭个桥，打那边儿来的人就不用撑船过来了。挖河的活儿，我们这些人一早儿一晚儿就干了，求你们来，一是搭桥的活儿，再就是等我们挖好了，你们把河边儿的地面儿给拾掇拾掇，就照着井台儿那样儿，密密实实砸几溜木头桩子，留几根儿长的拴船，别的都砸成跟地平了。省得踩成一溜泥潭，跟这儿似的。"

有巢说："河上搭桥的事儿，我早就想过，不容易啊！这可不是在小河汊子上搭根儿木头，要搭就得搭高高儿的，支桥的柱子还不能太窄了，桥底下得过得去船，人能直着脖子，竹竿也能过得去。这么宽，底下没柱子支着，上头走人，保不住不踩塌了。再说，河上架高了还行，两头儿得落下去，跟地平了，这也不是件容易事儿。实话说吧，搭个桥不比盖一排屋容易。三哥说呢？"

三青子说："我没想这么多，以为像盖屋那样儿搭个长点儿窄点儿的台子就是桥了。你这么一说，还真不容易。不过，我想省点儿木头，使竹子，一来下头的桩子能打深了，支高了；二来上头的桥能烤出点儿弯儿来，吃的上劲儿。我说了不算，还是听有巢的吧，她早就想着搭桥了，知道哪儿难哪儿易。"

有巢说："三哥说的使竹子的主意挺好，桥的事儿咱还得好好儿琢磨琢磨，三哥想着，我也想着。鱼头哥先挖河，挖出来的泥填到要搭桥的地界儿，能窄点儿是点儿。"

鱼头说："反正靠边儿桥底下支上柱子一样儿行不了船，填上土也一样儿，当间儿能过去俩船就行了。该宽的宽，该窄的窄。"

三青子问他："你那宽的地界儿得挖多宽？"

鱼头说："咱有十八条船，十二条渔船，三条运木头的船，还有三条渡人的，再加上外头来的船，咋也得留二十条船的地界儿来，你站那儿别动啊！"鱼头说着往后退，退出五十多步才站住，说："至少得这么宽。"

三青子吐了下舌头说："好家伙！这得使多少木头哇？靠外头得实打实三四排整木头才撑得住河帮儿，里头短的也得十来排，你说的密密实实一根儿挨一根儿，跟咱那井台儿那样儿，这木头可就使海了去了，跟往这儿撂一排屋差不多。鱼头哥，咱别要这么宽行不行？我看，能进来两三只外头来的船就行了，先凑合凑合吧！"

鱼头说："这也是咱滩里的事儿，眼瞅着换这换那的越来越多了，修这么个埠子也是早晚的事儿，这会儿省了，往后找补更费事儿费料。"

三青子说："这木头要是咱这儿长的，也好说。大老远砍了运回来，全砸地里，太过了。"

大娘说："老早就不去鲻山砍树了，这会儿过了鲻山还得走老远，运回来也不容易，木头能省还是省着使吧。"

有巢说："木头是不能这么使了，我倒是想起个主意来，跟打神神屋的地那样儿，土夯瓷实了，上头铺砖。黄土咱有的是，鱼头哥挖出来的土也甭填河了，顺带手儿筛细了，咱就这儿打坯，再起个窝头窑，一窑一窑烧砖。"

仁人都说这主意好，三青子说："我们几个明儿就砍毛竹，给你搭个大棚，省得坯跟窑叫雨水浇了。棚子留下，河边儿也有个避雨的地方儿。"

这事儿就这么定了，有巢又琢磨开了搭桥的事儿。

桥当间儿得架多高才够过船的呢？竹竿可以顺过去，就是说，离水面儿一人多高就能凑合过去了。不太高，底下能支结实了，上头就不用照三青子说的把竹子烤弯了，整个儿桥平的，两头岸上起俩大斜坡儿，接上竹桥。她拿窝竹细杆儿绑了个桥，来回拉扯，下头的腿撇撇来撇去的，不结实。大娘看了说："等埋到地底下就不撇来撇去的了。"有巢在下头绑了两根杆儿，当成埋了桥腿，一扯，还是不行。她在两条桥腿当间儿横了一根儿杆儿，绑起来，结实点儿了，再从上到下打个叉子，咋扯也不动换了。下头的桥腿都打了叉子打了横儿，整个儿桥牢靠了。剩下的是当间儿咋才能吃得住劲儿，她拿拳头砸砸桥面儿，桥面儿竹竿颤颤悠悠儿的。要是当间儿再撑一根儿就好了，可是船就过不去了。

竹竿定在桥当间儿，她捏着比划过来比划过去，居然比划得开了窍儿，绑住往一边儿横斜过去，那一头儿半截儿绑在桥腿上，那一边儿也打当间儿横着斜过一根儿竹竿，绑在另一条腿上，对面儿也这么撑住，再往上头砸拳头，桥面儿不颤悠儿了。

一个绑得结结实实的花架子桥起来了，咋拽咋砸都不动换。有巢拿到软江边儿上，给搭大棚的三青子看。三青子一劲儿说好，来回晃悠了晃悠，挺结实。"要是绑在桥帮儿上的竹竿都多出点头儿，上头再绑上横杆，就保险多了。"三青子是说上头加两道栏杆儿。

有巢说："这好办，再加几根儿，密点儿，省得孩子们钻着玩儿掉下去。"

三青子又问两头儿咋往下落。

有巢说："桥起来了，这个就不难了，撑俩竹梯子接起来也行，夯俩斜坡儿也行。"

三青子说："还是接梯子好看，也结实。"

有巢说："行，我就再绑一个带梯子跟栏杆儿的。"

三青子说："我就全照着你做的桥样儿搭桥啦。等大棚起来了，我们就去河汊子砍毛竹去。"

大棚起来了，有巢叫来蛋蛋跟她一块儿练泥脱坯，可着大棚摆满了土坯。过了一宿，坯就干得差不离儿了，俩人归置到一块儿，一块块立起来，夹好柴火，支好架子，糊了个窝头窑。窝头窑烧上了，姐儿俩接茬儿和泥脱坯。

蛋蛋说："姐，日头挺大的，咱先晾外头。"

有巢说："里头的地拾掇过，平整。外头地不平，要晒坯，得先拾掇出一块地来。"

"行，咱先拾掇地。姐，赶明儿多烧些个砖，铺一大平场儿。"

"行啊，赶明儿你就挨这儿烧砖吧，呵呵。"

来来往往的人瞧见地上一大片大泥块儿，都纳闷儿是啥。蛋蛋告诉他们是烧砖的坯。人们又问烧出来干吗使。蛋蛋告诉他们铺河边儿的地。人们一个个儿眼珠子快瞪出来了，心说，滩里人烧包儿烧疯了。

坯多了，一个窝头窑装不下，姐儿俩又糊了好几个趴趴窑，有的像马蹄儿，有的像牛角儿，不在样儿，坯摆成啥样儿，窑就糊成啥样儿。

烧好的砖垛起来老高老高好几大垛。鱼头他们的埠头也挖好了，整整砌进来一大溜，又挖下一个有台阶的坡儿来，一直斜到水面儿上，台阶儿跟砖块儿一般儿宽，一般儿高。

有巢对鱼头说："砖足足儿的了，下头的活儿你们自个儿干吧！"

鱼头说："行啊，这埠子两头儿砌上砖，当间儿一溜砌成台阶儿，上头的地夯实了，和泥铺上去，敲瓷实了，缝儿里溜沙子。你看这么着成吧？"

"您早琢磨好了，呵呵。"

鱼头说："我们几个人先试着干干，塌不了就行了。"

"哈，往地上铺砖还能塌到哪儿去呀？倒是咱那桥可千万别搭半截儿塌了！"

那桥没塌，搭成了。晚霞映红了天，染红了水，水里也有一座桥，跟上头的花架子桥一模一样儿，就是正掉了个儿，桥上的人全都头朝下脚朝上，在落红的水里走。两只小船儿从桥底下出来，搅的落红水里的桥和人飘飘忽忽。

船上的人一下子精神了好几岁，跟那埠头一样儿齐整，跟那竹桥一样灵气儿。鱼头又有求了："有巢啊，姚江那边儿，麻烦你也给操个心，瞧瞧咋拾掇拾掇。"

有巢说："姚江又宽又深，比软江浪大水急，搭桥可太难了。我心里实在是没一点儿底，那么长的桥，可不敢玩儿悬的。鱼头哥，您先凑合着点儿，还是撑着船来回渡人吧。"

"对呀，求你就是为了这个，想想咋修个姚江渡口。有巢，你动动嘴儿就行了。"

"鱼头哥，我得先问问，修了渡口，谁渡人家呀？你们在的时候行了，你们过软江来了，谁在那边儿渡人啊？"

"来的人越来越多了，我们船上有船上的活儿，也不能老渡人。我想跟大娘商量商量，找个半大小子干这活儿，几个人轮着也行，看看咋给他们分嘴。"

"要就是个渡口，也没啥，姚江两岸一边儿立一个毛竹台子，竹子的也行。"

"有巢啊，俩毛竹台子是不是太那个了点儿？我也想跟这边儿这样儿，修个埠子，能停船，也能装货卸货上下船，正儿八百是个渡口。"

"姚江那么宽，还停不下十几条船啊？"

"停得下，可是有了软江这边儿的埠头，就不愿意江边儿拴个橛儿，泥里水里上下船了。嘿嘿，人嘛，不能见好的，见了好的就不能凑合了。嘿，没有的时候能将就，有了可就想讲究了。有巢，好事儿成双，再做一回吧！"

有巢说："我瞧瞧去。"鱼头说："我就待见痛快人，走，我带你去。"有巢跟着鱼头，往东南走去，比那片老窝棚地界儿可远多了。有巢问："干吗跑出这么远来啊？啥时候跑这边儿来了？"鱼头说："发了两回大水，小树儿连根儿拔了冲了，下头连拴船的橛儿都没了。这才挪到上头停船来了。"

到姚江边儿上一看，好家伙，打水面儿到岸上有一人深，这要是铺那么长的台阶儿，砖可使海了去了。有个下坡儿，掏了几个脚窝儿。下头有棵柳树，歪歪着都快趴河面儿上了。大概是拴船拴的。

有巢想再往上走走，鱼头说："越走越远了，也找不着拴船的橛儿，还是就这儿吧！"有巢说："鱼头哥，您先忙去，我再转悠转悠。回去好好儿想想儿，这边儿不比软江那边儿。"

鱼头走了，有巢往上走了一大截子，又回来往下走，一直走到家里从前住的老窝棚地界儿，又顺着河边儿往回走。来来回回走了几遭儿，天黑了，才回家去，快到家了，肚里也有了主意。吃后晌饭的时候，她跟大娘说了说。大娘说："不错，又省料又顶事儿，你跟三青子和鱼头再商量商量。""行，明儿一大早儿我就找他们俩说去。"蛋蛋说："我这就告鱼头哥去。"转身儿走了。一会儿蛋蛋回来了，说："我告诉鱼头哥了，他明儿一早儿找三哥去，说好了就挨你们今儿去的那地界儿。"有巢问："你没跟他细说？""没有，人家正吃饭呢，我就说了明儿一早儿你跟他们俩商量修姚江渡口的事儿。"

第二天一大早儿，有巢就奔了姚江，到了歪歪柳树那地界儿，俩人早来了。有巢说："这要是照着软江那边儿修埠头台阶儿，就得打这儿往河里填土，一层一层填到水面儿，拱进去一大块地，那边儿再一拱，差不多挤了半条河。要是齐着河往上修，"她数着步儿往后退了一大截子，"就得切到这地界儿，费多少工不说，这么多砖，得好几十窑才能烧得出来，咱就甭干别的了。"

鱼头一听，就急了，"那咱就不修渡口了？你们瞧瞧下头这样儿，咱自个儿咋凑合都行，外人打这儿下船上船多难啊，要是我，不会再来第二回。我求你们帮忙儿修个渡口，不是为了窑上的东西能换出去吗？其实就是问你们要个主意，活儿都是我们船上干。"

三青子说："在下头支个咱那屋那样儿的台子，把人下到台子上，再上来。"

鱼头像个撒了气得鱼鳔儿，嚷嚷着："昨儿跟有巢商量，她也这么说，实在不行，就这么着吧。船上没有会木头活儿的，你们费心，一边儿给支个台子，算了。"

有巢说："鱼头哥，昨儿咱说完了，我又沿着河边儿来回来去瞧了瞧，想这么着，您跟三哥听听行不行。"

三青子瞅着她。鱼头眼不睁头不抬说："说吧！"

有巢又走到岸边儿上，抬起胳膊，张开手掌往下一切，说："这个坡儿不要了，上下找齐了。"说着往右边儿挪了十几步，"打这儿修一溜儿台阶儿下去，底下一溜平地儿，铺上砖，这一面儿墙砌上砖，台阶儿垫上砖，整个儿三面儿全拿砖包起来，岸上头也铺一溜儿砖，下雨也冲不下黄土去。这比横着修一大溜台阶儿省海了去了，不但省料，工也省多了。"

鱼头听着听着眼睛睁开了，贼亮，嘴角儿勾勾起来眯眯笑，"嘿，成，就这么着，对岸也这么修。这才叫渡口呐！"

三青子说："这主意挺好，绝了！这就没我啥事儿了。"

有巢说："有啊三哥，前头有截儿比这儿窄，我看能起个桥。赶上渡口没人的时候，发大水的时候，有个桥方便多了。"

三青子捡起块坷垃扔到水里，"行啦，别说笑话儿啦！该干吗干吗去吧！"

鱼头笑得就像那水面儿，脸上一圈儿一圈儿绽开了。

有巢说："三哥，我不是说笑话儿啊。"

三青子说："不是说笑话儿是说梦，你们俩商量着，我先走啦。"

鱼头送他两步儿，说："往后有事儿还得麻烦你啊。"

有巢喊："三哥别走哇，听我说造桥的事儿啊，就算是不成，你听完了再走也耽误不了多大工夫儿。"

俩男人这才明白，她是真要造桥。三青子说："这么深，这么宽，你要造啥桥啊？"

"拿麻跟藤子编成粗绳子，再拿绳子编一条又宽又长的索子，两头儿拴死了，愿意了上头铺上竹板子，不愿意就在索子上走。"

三青子说："索子拴哪儿啊？就这小树棵子，经得住索子拽？人站在上头往下的劲儿多大啊，大树也翻根儿了。"

"这就是三哥的活儿了，咋才能拴住索子啊？"

"嘿，你造桥，跟我要主意来了！走人的索子，我哪儿知道往哪儿拴啊。"

鱼头说："我倒想起个主意来，准能拴住了，再有两条索子也拴得住。"

有巢看着他，说："快说，啥主意？"

"我们船上还有十来家住窝棚的，三青子你们就在这河边儿上造两排屋，河那边儿一排，河这边儿一排。盖屋的时候就把粗绳子套上，接上索子，两头儿拗紧了。"

有巢一拍巴掌儿说："哈！这屋好，景儿好，风水好，热天下河就洗澡。这么好的屋，可不能光给你们船上的住。我们窑上编索子的姥娘也得住！"

三青子说："这主意不错，有巢说这儿风水好，只要大娘让挨这边儿盖，咱就沿着河盖两大片，没说的！"

有巢说："三哥要个宫室吧，住在上头镇住一条江，多带劲儿！"

三青子说："这我得跟尾巴儿商量商量，她老要搬那边儿去。"

鱼头说："老三，你要真想搬，咱两家儿换屋，我让让，管保不叫你吃亏。"

第二十七回

鼓乐举庆功河姆渡
竹席铺待客茅山窝

姚江一下子热闹起来，船上的、盖屋的全都过来了，砍木头的人后晌回来也在这儿下船卸货。三青子他们在河两岸破土，一边儿埋了十二根桩子，搭了两间小小的干栏屋，为的是拴索子。

姥娘们编索子可没三青子他们打桩子快，麻不够使的，坐船过河，跑大老远，拽了葛藤来配着使。几个人搓绳子，秀儿姥娘跟花儿姥娘编藤条子，九根儿藤条变成一根胳膊粗的辫子。绳子是粗麻的，两股儿搓成四股儿，四股儿搓成八股儿，八股儿搓成十六股儿。大粗绳子和粗藤条辫子最后全到了秀儿姥娘手里。她拿八股绳儿把竖的藤条跟横的绳子系到一块儿，打成解不开的梅花儿疙瘩，串成一张长长的大网。大网两头儿接粗绳子，拴到姚江两岸的小屋儿上，三青子他们给最外边儿的网眼儿里穿了竹竿，一边儿五根，麻绳儿穿着一个个眼儿，绑得结结实实。最后，有巢又让把打了眼儿的板子铺到网上，拿细麻绳儿系到网底儿绳子上，索子桥就能走人了。

有了索子桥，修渡口的活儿就不那么急了。鱼头要样儿，干活儿细致，不叫在修渡口那地界儿停船了，远远儿地栽了根竹竿子拴船。为了挖土，岸上还装了个辘轳，真跟打井似的，这么一来，就能多挖一块地儿，往宽里砌砌了。鱼头叫留着原来的坡儿，先在旁边儿开出一溜台阶儿来，等有了上下的道儿，才去砌那坡儿，多砌出来两步宽。拾掇完了，底下宽宽绰绰，台阶儿也跟着加宽了，能并排走仨人。台阶里头还栽了十几根齐腰的竹竿，托住一根长长的竹竿，上下台阶能扶住了。底下靠岸里头栽了一溜竹竿，露出半截腿高，留着拴船。等铺好了砖，这个渡口没治了！

过索子桥得都是空手儿的，来回运货的还是得船渡。一边儿修好了，鱼头叫再照着样儿修对岸的。有人说："这边儿的就凑合点儿吧，咱反正也不打这儿下船。"鱼头不干，说："没人追咱，慢点儿干不要紧，可是得干好了。渡口是咱滩里的脸，说啥也得修得鼻子是鼻子眼是眼。"打修软江埠头起，船上人见天早晚儿干，倒也干惯了，早起爬起来就奔河边儿跑，后晌撂下碗又来了。

好活儿是工夫儿磨出来的，花多大工夫儿出多好的活儿。两边儿渡口修成了，宽宽的埠头，齐整的台阶儿，别瞧是船上人干出来的活儿，一点儿都不水，谁见了都待见，少不得夸上几句。

船上的人干了这么些日子，想好好儿热闹热闹。软江花架子桥坐实了那阵儿，人们就打算热闹来着，可是三青子跟鱼头都不好热闹，有巢窑上忙，也没顾上。这回人们说啥也要热闹一回，找到大娘要神神屋里的响器。大娘说："明儿吧，明儿个砍树的扛回几个大树墩子来，晚半晌儿点起一堆火，好好儿吹打吹打，热闹个够。"有那热心肠儿的，过了姚江，跑出去老远，砍了枝枝杈杈背回来，堆起高高一堆柴来。鱼头见了，心疼得不行，说："分了拿回家做饭烧火多好，非在河边儿冒一回火苗儿，俩眼过过瘾，顶个啥呀？"

　　人们宁肯一顿不吃，该热闹还是要热闹。干了这么些日子，干成了这么大的事，说啥也该喜庆喜庆。打后晌饭就热闹上了，大人孩子全都拿着吃的来到姚江渡口，互相让着换着。天黑了点起火堆，羊皮鼓咚咚咚咚敲起来，竹串子哗啦啦啦响，长哨儿短笛儿吹出花儿来，孩子们蹦蹦跳跳，男男女女围着火堆拉起大圈儿，跟着响器摇晃着跳起舞来。黑古影儿里，男人女人捏一把踩一脚，过过偷情儿的瘾。一族人闹到火灭才散，有的回家了，有的凑到了一块堆儿，下到渡口，上到索子桥上，兴致高的甚至过到河那边儿去了。夜裹着一对儿对儿相好儿，下弦月迟迟爬不上来，天边儿稀稀拉拉几颗星星，瞧不清地上的人，一阵儿一阵儿揉眼睛。

　　姚江渡口跟索子桥一块儿成了滩里的景儿，四乡八里的人老远跑来，就为了看看渡口，在桥上走走。盖屋的也挪这边儿来了，人们看见了，回去都闹着盖屋，于是又有听了风儿跑来看盖屋的，这一块儿要多热闹有多热闹。不知道打啥时候起，这地界儿有了名儿，都管它叫河姆渡。

　　渡口老拴着一只船，鱼头跟大娘提过要个半大小子撑船渡人，大娘没答应，说："不是有索子桥了吗？赶上船在，就下船过来，没船就打桥上过来，有运东西的，先过桥再调船就行了。过个河没啥大不了的，没撑过船的也能比划比划，用不着占半拉人。"这么着倒也没耽误啥事儿，桥跟船老是忙忙叨叨的。

　　软江那边儿也是人来人往，天天儿都那么热闹，不少是听换东西的人回去说了滩里人住屋跑来看盖屋的。茅山大娘也来了，一来是瞧瞧儿子跟滩里亲戚，二来也是为了盖屋的事儿。正赶上船上的在这边儿打鱼，鱼头见过大娘，招呼要渡她过来，大娘偏要走走花架子竹桥。鱼头告诉她猪娃儿在河姆渡盖屋。她问："河姆渡在哪儿？""嘿嘿，就是姚江那边儿，跟这儿一样儿，河两边儿修了渡口，人们都叫河姆渡。"大娘一听盖屋，就兴冲冲奔河姆渡去了。

半道儿碰上几个孩子，大娘打听河姆渡，有个孩子问："您打那边儿来，要去河姆渡，合着就从我们这地界儿过一下儿啊？"大娘说："我是去河姆渡找人的。"孩子们问她找谁，她说："找猪娃儿，我是他娘。""噢，猪娃儿哥呀，我带您去吧！我哥跟猪娃儿哥一块儿挨河姆渡盖屋呐。"说话儿的孩子也就是六七岁儿，豁着门牙，一蹦一跳给大娘带路儿。

"你叫个啥呀？"

"兔儿。"

"几岁儿啦？"

"八岁。"

"你哥也是盖屋的？"

"我哥一直就跟着有巢姐盖屋，这会儿跟着三哥盖屋，打软江盖到姚江，还要过河那边儿盖呢，说那边儿山后头有大树，多着呢。"

"河这边儿没大树啊？"

"没，尽点子圪针棵子，只配烧火，盖不了屋。"

"屋快盖完了吗？"

"软江这边儿没地儿了，又跑姚江盖去了，且盖呢，没完没了。"

大娘听这小孩儿说话好玩儿，就逗他："咋能没完没了呢？住进去一家儿少一家儿，盖那么多，住得过来吗？"

"住得过来，这会儿，小子一跟人儿，就要小屋儿。我哥他们老盖小屋儿了。"

"你哥跟人儿了吗？"

"没呢。"

"你哥叫个啥呀？"

"驼儿。"

说着话儿走道儿快，一会儿就到了，嚯嚯，河姆渡，没亏了这名儿。这边儿岸上，叮叮当当，都是刻饬木头的。

"兔儿，干吗来了？"那边儿有人喊。

"哥，猪娃儿哥的娘来了，猪娃儿哥呢？"

大娘想，这个就是驼儿了，大高个儿，挺精神个小伙儿，就是有点儿拱肩儿，背了个小罗锅儿。

"娘！您咋来了？"猪娃儿不知啥时候站她眼么前儿了。

"你，你打天上蹦下来的？哈哈。"

"我挨那儿埋桩子呢，瞧见您，就跑过来了。"猪娃儿往东一指，好几排屋，前头一片地基，一大堆半人高的桩子。"娘，咱先家去吧。"猪娃儿说着，把娘背的竹篓子卸了下来。

大娘打篓子里捧了一把大枣，给了兔儿，枣儿个个儿跟染红了的小鸡蛋似的。"去，给你哥送去，再回来拿来！"驼儿过来了，咧着大厚嘴笑着说："别价，给他俩吃就行了。"大娘赶紧又捧了一捧，非叫驼儿接下来。驼儿挺不好意思，接过来说："那，我们大伙儿沾猪娃儿的光了。"大娘说："他沾你们的光儿呢，来那时候啥也不会，这会儿能得会盖屋了，呵呵，还不是沾你们的光儿？"

猪娃儿趁这工夫儿跟三青子打了个招呼儿，三青子也过来了，猪娃儿说："娘，这是三哥，三哥是我们盖屋的头儿。"大娘又捧出一捧大枣儿来，让三青子吃。三青子拿了一个，说："好大个儿啊！"咬一口，倍儿甜。大娘说："拿着，拿着！"三青子又拿了俩，问："大娘，想儿子啦？这大老远跑来。"大娘乐了，说："可不是嘛，想带他回去住几天呢。""三哥，我娘就爱说笑话儿。""不是说笑话儿，咱那儿也要盖屋了，我来就是要跟滩里大娘和你三哥商量商量，借俩人给指点指点。"三青子说："我这儿没事儿，您跟我们大娘说一声儿就行了。猪娃儿跟上回去吧！"

　　大娘还想瞧瞧盖屋，猪娃儿说："那几排屋跟家里住的差不多，咱回去好好儿看个够。您要是晚来两天，就赶上这儿搭台子起墙了，这会儿埋桩子，没啥瞧的。大娘瞧着桥头的小屋儿挺是样儿，要过去看看。猪娃儿陪着她过去，扶着梯子上到上头。"其实就是拴索子桥的，我们这儿缺大树，专意儿盖了这俩小屋儿当拴索子的桩子。"猪娃儿陪着娘从桥上走过去，索子颤颤悠悠儿的，猪娃儿拉着娘一只手，叫娘另一只手抓住竹竿。走到桥当间儿，娘站住了，俩手抓住竹竿，看脚下姚江滔滔奔去，哈哈出气，惊叹不已："啥时候的人能站在水上头啊？了不得！了不得！滩里人就是能啊！"猪娃儿一脸得意，说："抻这条索子桥，是有巢的主意，下头的渡口也是，还有软江的埠头跟花架子桥，都是打有巢肚里出来的。嘿，我跟了个大能人。"

　　娘问他："嗨，你过来都快一年了，有巢肚里有了没？"

　　"快了，娘！"

　　"啥叫快了？快一年了还没种下个籽儿？你可真够没出息的！"

　　猪娃绷着嘴忍住乐，活像个偷嘴的孩子。

　　过了河，大娘问："刚才听驼儿那小兄弟说，滩里没大树，真的啊？"

　　"老辈子时候也有，后来全砍了。"

　　"那，盖屋的木头打哪儿来的？"

　　"原来舅舅天天儿领着人去鲻山砍树，也是帮人家盖屋腾地儿，鲻山的树禁不住天天儿砍，后来连鲻山人都去远处儿砍树了。这会子就走得更远了，正商量打这儿去后头大山里砍树呢。近处儿的也早就砍完了。"

　　"去咱茅山砍去啊！咱那儿都是通天松，正好儿盖屋使。"

　　"娘要叫砍，再好不过了。去咱那儿也不比鲻山远。"

　　"哎，问你，驼儿那个人咋样儿？"

　　"好人，娘问这干吗？"

"不干吗，想跟你姨再要个人，帮咱盖几天屋。他那小兄弟说，他一开头儿就跟着有巢盖屋。"

"嗨，要说盖屋，驼儿可是大拿。"

"他家里就兄弟俩?"

"一大家子十好几口子人呐，俩姐姐一妹子全招人儿了，他大姐的孩子都比兔儿大，嗯，他那兄弟叫兔儿。兔儿上头还有个姐姐叫猫儿，比我小点儿，还没招人儿呢。"

"这个猫儿要是招了人儿，那可够挤的。"

"他们家屋最大了。"

"驼儿有相好儿的了吗?"

"他走道儿看地不看人，再加上背个小罗锅儿，他不找人，谁找他啊? 娘问这干吗?"

"随便儿问问呗。咱回吧，跟你姨把事儿说了，再瞧瞧有巢，我就回茅山了。"

猪娃儿瞧见渡口那儿停着只小船儿，就说："娘，咱过那儿下去，坐船上，我把您撑过去。"

"你能撑了船?"

"嗨，来了没两天儿就会了，这地界儿是个孩子都会撑船游水，没旱鸭子。"

儿子又能盖屋，又会撑船，来滩里出息了。

猪娃儿领着娘走了几步儿，沿着台阶儿下去，时不时回头看看娘。在渡口上了船，猪娃儿把娘接上来，解了船，竹竿直插下去，小船儿在鹅群似的滚滚白浪里往前蹿出一大截子，竹竿提起来，洒下哗哗半筒子水。大娘眯起眼瞧着站在船头的儿子。

到了对岸，猪娃儿攥住船上的绳子，跳上去，把船拽过来，拉住娘一只手，娘也上来了。猪娃儿拴好了船，叫娘先上台阶儿，他在后头护着。

打渡口台阶儿上来，猪娃儿领着娘去稻地找滩里大娘，人们告诉他，刚走。他问："去哪儿啦？"水姨冲茅山大娘笑了笑，说："兔儿来告说了，大娘知道来了贵客，赶紧家去了。"到了窑上，人们也说是兔儿来说的，有巢家去了。大娘想，兔儿这小人人真有心眼儿。

到了家，梯子噔儿一响，有巢就迎过来了："哟，姨来啦？"茅山大娘一抬头，正好儿瞧见有巢隆起的肚子，眼前一片光明，脸上绽开了灿烂的笑，那是打心里溢出来的笑。猪娃儿说"快了"，闹了半天是说快养活了！茅山大娘就待见人，多一个人是一个人，一上来，就摸着有巢的肚子问："还有多少日子啊？"有巢大大方方说："快了。"滩里大娘占着俩手也过来了，"哪阵风儿把你给刮来了？"茅山大娘笑得亮亮地，"呵呵呵呵，想你们了，就来了，呵呵呵呵。""想我们啦？好啊。你是个大忙人，没事儿准不来，来了准有事儿，是吧？""嘿嘿，叫姐姐说对了！我们茅山也要盖屋啦，求你帮忙儿来了。""哟，跟我还说得上个求？你是要人还是要料？"

茅山大娘乐了，听听这口气！人，你有，可一棵像样儿的树都没有，料挨哪儿呐？"姐，我要人要地界儿，料就不跟你要了，呵呵。"

"瞧我这嘴，咧咧惯了，呵呵。反过来是你给我送料来了。我给你腾地界儿，给你腾地界儿，呵呵。"

"再给我俩人吧！"

"行啊，猪娃儿你领回去，有巢，你也瞧见了，这回就不去了，我再给你找个人。"

"我自个儿瞧上了一个，叫驼儿，听说他打一开始盖屋就跟着有巢来着，般般手艺都行。"

"好厉害，才来这么一会儿就把我们滩里顶好的盖屋把式给挖出来了，你可别存别的心啊，把人领走了不还回来可不行！"

"呵呵，姐姐厉害，真能防人啊。我今儿不领人，一个都不带走。等河姆渡那排屋盖起来了，滩里人上来帮着砍树，让猪娃儿领个道儿，他跟驼儿留下几天，给我们指点指点。可惜有巢没去过茅山，要不就能给瞧瞧哪儿盖好了。"

有巢说："我真想上去瞧瞧呢，盖屋，风水当紧。"

茅山大娘说："那可太好了，你今儿跟我过去，过两天叫猪娃儿接你回来。"

滩里大娘说："妹子干脆住下来，明儿带着有巢跟砍树的人一块儿上去。有巢哪天想回来，就跟着人们一块儿回来。"

茅山大娘说："我得回去，出来的时候跟猪娃儿兄弟说好了今儿回去，他别以为我叫老虎吃了，哈哈。明儿猪娃儿领道儿上来就行了。"

有巢在窑上还有事儿交代，说好了明儿一块儿上去。茅山大娘就着炸鱼丸儿吃了两碗煮甜疙瘩，自个儿也不好意思，说："瞧我这吃劲儿，咋就跟饿了几天似的？猪娃儿来你们家可是天天儿享福儿了，呵呵。"猪娃儿说："要是天天儿吃鱼丸儿，怕是天下的男人都奔滩里来了，哈哈。"大娘也笑，"这没良心的，吃了好的还要卖乖！嫌这儿不好，跟我回去啃老棒子去！"猪娃儿说："我没说不好呀，就是说不是天天儿吃鱼丸儿，今儿都跟着沾娘的光了，您天天儿来就好了。"有巢说："馋得你！还想天天儿吃鱼丸儿呐？"

吃了喝了，茅山大娘仔细看了这一排屋，告辞出来。猪娃儿送下来，他娘说："这么多屋，我还想转转看看。"猪娃儿说："这片儿是最早盖的，全是一样儿的大屋。前头那片儿长出来的都是宫室，屋里隔成两间。再往前是杂合屋，一排里头有宫室也有小屋儿，后来又盖了三排，全是小屋儿。咱过去上去看看。"

滩里大娘跟有巢下来了，猪娃儿说："我娘想看看咱盖的屋。"

有巢说："我带您上去瞧去。屋有好几种，都不一样儿。"

茅山大娘说："这会儿家里都没人，就甭上去了，在外头转转就行了。你们娘儿俩先忙活去，等到了茅山，有巢再好好儿给我说说，都有啥屋，啥屋咋盖。"

猪娃儿带着娘转了一圈儿，又看井棚。大娘说："这地界儿离河近，水通着，能打井。要是咱山上也能打井打出水来就好了。"猪娃儿说："咋不能呢？人鲻山就打出好几口井来了，都是有巢领着打的。"大娘说："要不是她这会儿身子沉，我非得让她帮着打几口井。"猪娃儿说："这回去了，让她多住些日子，不用动手，光支嘴。娘您不知道，这人的脑袋跟常人不一样儿，一眨巴眼儿就一主意。不是吹，滩里全仗着有巢了。"大娘一眨巴眼儿，也有了主意。

都转完了，猪娃儿把娘领到神神屋跟前。屋檐下挂着一圈儿长长短短的竹片儿，风一吹丁零当啷乱响。大娘一进神神屋，就觉着一股阴气扑过来，撞得脑门子疼。猪娃儿说。"那年盖神神屋，姨把二闺女儿祭了，鲻山盖神神屋祭了个小子，是打滩里抱上去的。"大娘胳膊上刷地起了一层鸡皮疙瘩，膝盖儿一软，差点儿栽地上。女人啊，真下得去手！她不想在这屋里多待，去前头胡乱磕了俩头，就急着出来了，到了外头，脊梁还嗖嗖冒凉气。

猪娃儿得意地说："娘，这神神屋也是有巢领着盖的，您瞧着好吧？特别是这砖地，也是她脱坯烧的，滩里不出石头，亏她想出来脱坯烧砖。"

娘冷冷地说："好是好，屋也好，地也好。唉，我闹不明白，叫你姨拿活孩子祭神神，有巢她就落忍？"

娘这可是想哪儿去啦？猪娃儿听着这话心疼，替有巢抱屈："娘，祭神神可不是人有巢的主意，一直到祭那天，她连知道都不知道。为小妮子她难受了一年多，天天儿晚半晌儿来这神神屋跪半天，觉着对不起这小妮子，到底儿盖屋是她的主意，要不是为了盖屋，小妮子也不会叫祭了。一直到祭了神神的小妮子转生了，有巢才回过精神来。小妮子去鲻山投了她大姐的胎，又托生了个妮儿，那妮儿跟着我们过，一家子看她亲着呐。"

　　大娘听到这儿，更气不过儿了："噢！我就不信啥祭神神啊，投胎、转生伍的，蒙谁啊？哄鬼去吧！谁打娘肚子里爬出来当一回人都不容易，凭啥把人活活儿给祭了呀？让人活不成，又瞎说些个转生托生的鬼话，让人好好儿活着比啥不强啊？我就见不得拿人不当人的。噢！"娘越说气越大，就跟要打架似的。

　　猪娃儿知道他娘的脾气，也知道说不过娘，就不想说这个了，领着娘奔了软江，一路上说说三青子跟驼儿，把话儿差过去了。娘问他："他叫三青子，上头还有俩哥哥吧？"她关心的是人，想知道有多出来的男人没有。茅山人看重妮子，养活了小子不当回事儿，到大了，老是妮子多小子少，男人成了稀罕物儿。

　　"还真叫娘说着了，他大哥叫大扯子，跟了海螺山，二哥叫二横子。"

　　他娘说："嘿，哪儿都有叫二横子的。"

　　"嗯，比咱茅山的二横子可大多了。这二哥跟了海螺湖，他没跟人儿，倒招了个妮子上门儿。嘿，还是有巢给撮合得呢。"一提有巢，猪娃儿就掩不住一脸得意劲儿。

　　"嗯，还就是这个驮儿有意思了。"

　　"娘替谁家妮子瞄上啦？"

　　"那就瞧谁有这福气啦，呵呵。这儿的妮子也太挑食儿了，脊梁有点儿小毛病儿就没人理了，傻啊。"

　　说着笑着到了江边儿，猪娃儿问："娘，咱撑船啊还是走桥？"大娘说："江上渔船来来回回的，咱甭给人添乱了。"说不坐船，可是站那儿看着一层层通到江面儿长长的台阶儿出神儿，半天才说："这得多少窑才能烧出这么多砖来啊？"猪娃儿说："没法子，滩里不出石头，就拿砖顶石头了，也亏了有巢想出这么个点子来。"猪娃儿句句话不离有巢，才说了的话又说一回。连大娘也想，滩里要是没有有巢，就没有软江的埠头跟花架子桥，没有河姆渡跟索子桥，没有一排排的屋，没有井没有砖，滩里就啥都不是了。她不由得说："你小子知道好儿就行，人有巢又能干儿，又疼你，天底下哪儿找这样儿的去啊？"猪娃儿嘿儿嘿儿乐，那叫一个知足！

猪娃儿把娘送过桥去，娘叮嘱他，过两天来的时候，好好儿护着有巢，道儿上千万别出事儿。猪娃儿脑袋点得像啄米的鸡，一劲儿让娘放心。

有巢趁这工夫儿去窑上把后头几天的活儿排出来了，叫尾巴儿管着，给她说了换碗盘子伍的价儿，又跟小屋儿里的姥娘们交代了，叫帮着瞧着点儿，说好了过几天就回来。

茅山大娘一回到家，就拾掇开了，她怕猪娃儿明儿就把人领来，这小子性子急，保不齐的。土窝儿里一下子添仁人，得腾出睡觉的地儿来。她把地上铺的干草拿到外头晒上，扫了地，犄角旮旯儿的虫子惊慌乱爬，俩大耗子一蹿跑出去了，粮食囤子咬了一大窟窿。她把囤子里的棒子拿出来，搁篓子里，麦子拾掇了满满一袋子，靠到墙旮旯儿。剩下的全倒到柳条篓子里，她打算磨成面，留着给有巢他们吃。囤子咬得掉了底儿，只能扔出去烧火了。囤子底下一堆堆黑耗子屎，可恶！

都拾掇干净了，冲着门口儿一溜儿挨着铺上五张竹席儿，地上就满了。她把干草抱进来，捆了五个枕头，搁到竹席儿上头。睡觉的地方儿算是有了。看看天还早，她抱着篓子拿着簸箕去了磨棚。

等大娘磨好了面回来，猎人们也回来了，今儿扛回来七只野猪，说是赶上一窝子。野猪四脚儿捆着，那公猪突然活了，呜呜叫开了，越叫越尖。猎人发现疏忽了，一个年纪轻轻的抡起棍子来要打，大娘说："狗娃儿，算啦，没死就叫畜生活着吧，瞧这样儿挺牛儿，留着配种儿吧！"狗娃儿是猪娃儿的兄弟，放下棍子问："搁哪儿啊？""就搁咱们家猪圈里头，谁家要使，就上这儿领来。"

野猪进了圈，吱了哇啦叫唤，跟要挨宰似的，过了一会儿就悄没声儿了。谁骂了一声："屄！这么会儿就上啦?"逗得人们哗哗一阵大笑。

一口野猪二十家分，大娘家今儿也轮上了。大娘家土窝儿墙上挂着二十几根粗绳子，二十根儿细绳子，粗绳子给分整畜生的大户儿系疙瘩，细绳子给他们这个大户儿里的二十家儿系疙瘩。大娘支上大锅烧水，狗娃儿噌噌磨石头刀，磨好了，一刀捅进猪脖子，猪尖叫了半声儿，血涌了出来。

分猪，大猪身上切下两条腿来，给小猪搭上。分了猪分肉，全都忙活完了，大娘炖上一锅肉。狗娃儿问："有柴一灶，有肉一锅，全炖上，不过了?"平常家里分了肉，娘老是揉上盐，拿绳儿穿起来，吊土窝儿顶儿上。娘说："我这右眼皮一劲儿跳，明儿你哥跟有巢姐没准儿回来，没见我把咱窝儿都拾掇了?""您跟他们说好了?""说好了过两天来，可你哥那急脾气儿，没准儿说来就来。先预备下，省得人来了抓瞎。"

吃了饭，狗娃儿出去耍，这小子快跟人儿了。大娘走道儿多了，腿肚子转筋，没心思再干啥，就睡了。一躺下，俩腿肚子突突跳，伸着不是蜷着不是，酸得叫人睡不成。大娘跟个孩子似的，打这头儿骨碌到那头儿，突然觉得窝里空荡荡的，狗娃儿要是跟了人，剩下自个儿一人儿还真怪旷得慌的。迷迷糊糊睡着了，她梦见兔儿，一手拿俩大枣儿，舍不得吃。她要回了，兔儿送她过花架子桥。她抓了一大把枣儿塞兔儿怀里。孩子没抱住，掉了俩，弯腰去拣，怀里的枣儿撒了，骨碌到竹板子缝儿里。孩子趴桥板子上乱胡噜，一个大枣儿骨碌到桥边儿，孩子爬着去追。她怕孩子掉下去，一把拽住他一只脚丫子……

"娘，做梦啦?"狗娃儿横躺着，大脚丫子伸到她腰里。

"啥时候回来啦? 把你吵醒啦?"

"早就回来了，还没睡着呢。几个妮子发贱，没意思，就回来了。"

"过来跟娘说说话儿！"

狗娃儿挪了过来，问："娘，我哥挨滩里过得好吗?"

"挺好的，知足着呢，一张嘴就是有巢这啦，有巢那啦。谁能有你哥这福气啊？跟了个又能干儿又疼人的。这样的女人，天下也难找啊。"娘把有巢夸了个够。

"娘，赶明儿滩里再有招人儿的，您让我也去吧!"

"咱茅山紧着缺男人呐，你可不能去。"

"那我就不跟人。"

"又是哪个妮子惹着你啦?"

"全都犯她娘的贱，往死里追，往死里要，把男人当公猪使唤，嗷!我算是怕了咱茅山的女人了。"

狗娃儿长得个儿是个儿，样儿是样儿，妮子们是个男人就不放过，更甭说他这样儿的了。娘心疼儿子，说："赶明儿黑间还是少出去吧!反正你也不急着跟人儿，跟娘身边儿再待两年。"一想到儿子到了儿要离开，她心里就没着没落儿的。

"娘，我不走。除非碰上个有巢那样儿的，跟了这么个人，管保没女人敢抢我了。"

娘哈哈哈哈大笑起来，震得竹席儿直颤悠儿。

猪圈里传来母猪的尖叫，"屙尿的!"狗娃儿骂了声儿，骨碌一边儿去了。

第二十八回

上茅山寻脉看风水
下草甸劈蛇挖井坑

快到晌午了，茅山大娘眼跳个不住，跟地里的人们说："滩里帮咱砍木头的兴许来了，我下去迎迎。"话音儿刚落，猪娃儿兴冲冲找来了。大娘见了儿子，眼里一亮，问："来啦?""娘，我把有巢给您送来了，先看看风水，定下来了，我再回去叫人。""人挨哪儿呢?""挨咱家歇着呢。"

大娘起来就走，踩着石头过了条溪沟子，竹林子里有条小道儿，她扒拉着密密实实的竹子，儿子在后头紧喊："娘，甭着急，她又跑不了。"大娘没听见，风风火火只顾赶。又过了一条溪沟子，沿着沟上了坡儿，猪娃儿在后头紧着追还落下一大截子。老远就看见有巢了，大娘脚底下紧捯腾。有巢也瞧见她了，迎着走过来。

"您说，把我一人儿搁家里干吗? 想出来瞧瞧，也不敢走远了。姨您打算挨哪儿盖屋呀?"

"咱茅山是个穷地界儿，就两条溪沟子，要是能傍着溪沟子住，吃水先方便点儿。"

"嗯，是这么回事儿。上来的时候瞧见一条，还有一条挨哪儿呢？"

猪娃儿说："你瞧见那条是西沟儿，离那儿不远儿是东沟儿，刚才娘就在那边儿干活儿来着。"

"行，我先转转看看。"

大娘说："走了一道儿了，先歇歇儿吧。"

有巢乐了，说："姨，来的时候就没赶道儿，光看景儿来着，难得有这工夫儿。嗨，慢慢儿转转，跟歇着一样，要不是怕转丢了，我早就转去了，呵呵。我也是山里头出来的，待见山，待见树。"

大娘说："嘿，这人就是大气，干活儿跟玩儿似的，要不那么出活儿呢。你要是不累，那咱就转转去，住的都在上头。"

"姨，这地界儿是半山腰儿了吧？"

"还靠上点儿，我是打半山腰儿上来的，呵呵。"

"那，上头就先不去了。"

"行，那咱就往下走走，人们都在下头干活儿呐。"

"刚才打这儿上来的，转着走走吧。"

满山满眼全是树，密密实实，后钻出来的小树儿夹在大树缝儿里，细得不是个树样儿，倒像是树枝儿。

有巢说："姨，咱这树太密了，要是砍几棵透透气儿，就长好了。"

大娘说："是啊，上头的，人们砍了些个不好的烧火，留下的长得比这儿的好多了。"

"姨，您看这么着行不：猪娃儿今儿回去，明儿带着人上来，先拣着不透气儿的林子砍树，我慢慢儿转转找找，看看哪儿能打井，哪儿好盖屋，等看好了，再大片儿地砍。"

"行啊行啊。有巢啊,你说咱这山里也能打出井来?"

"估摸着能,不过,看井比看风水难点儿,风水走走转转,都看完了比比,找出最可心的地界儿来就行了;找水脉就不容易了,眼得往地底下看,看打了眼,挖下去多深没水就瞎掰了。我想着先找水脉,打出井来,再围着井盖屋,您看成吗?"

"成,成,那就先找水脉,先打井。"

"姨,那就是这么着,猪娃儿先回去,明儿一早儿把砍树的人领上来。我呢慢慢儿给咱找水脉,找着了就打井。猪娃儿跟驮儿眼下还使不上,那边儿一时也离不了他们俩,等盖屋的时候再叫他们过来吧!"

"行,就这么着,咱这会儿回去弄点儿吃的,叫猪娃儿吃了好早点儿回去。"

没走出多远儿来,一会儿就到家了。

大娘打了一锅白面糊糊儿,支上鏊子点上火,等鏊子热了,拿木头勺儿舀上面糊往鏊子一洒,一转,摊开了,一会儿一张薄饼就熟了。有巢接过手来摊,猪娃儿烧火,大娘切肉。野猪肉昨天就炖出来了,控了一宿,成了酱肉。大娘切成薄薄的片儿,捣了蒜汁儿,往肉片儿上滴滴答答洒。天还早,没到饿的时候,猪娃儿拿薄饼卷了酱猪肉片儿,叫有巢尝尝儿。这一尝儿,把肚子勾空了,有巢自个儿都不好意思了,说:"又不上路,也不到吃饭的时候,我这么吃,叫姨姨笑话啦。不能怨我嘴馋,只怨姨姨的肉片儿太好吃了。"

大娘说:"吃吧吃吧,还多着呢,也不是经意儿招待你,正好儿昨儿打着野猪了,正好儿轮上咱家分肉,正好儿你今儿就来了。"

有巢说:"呵呵,这么多正好儿,我就跟闻着味儿了,赶过来似的。"

大娘说:"你要是不走了,姨天天儿叫你吃酱肉。有巢,别走了，哈。"

　　猪娃儿扁了两下儿嘴，说："我在的时候，娘一年也不准酱一回猪肉，她一来就天天儿吃酱肉，要这么着，我也不走了。"

　　大娘说："人家有巢留下给咱打井，你留下能干了啥啊？你当这酱肉是白叫吃的？"

　　猪娃儿瞧着有巢说："听见啦？酱肉吃了，要是打不出井来，你可得吐出来。"

　　娘说："你个老鸹嘴，就会瞎呱呱。人有巢说啦，找着水脉就能打出井来。"

　　猪娃儿说："对呀，要是找不着水脉，您不是白说了吗？"

　　娘说："又瞎呱呱上了！咱茅山有两条溪沟子，还能没水脉？没水脉，能活了这一山的树？嗤！你知道个啥呀？"

　　猪娃儿说："嘻嘻，娘行啊，连水脉都会看了。"

　　有巢催他："别贫啦，该走啦，再不走，天黑赶不回去啦。"

　　娘儿俩送猪娃儿下山，有巢一路上看树看地。回来时她说想瞧瞧那条东沟儿，大娘说："打这儿过去，走不远儿就到了。咱找个有桥的地界儿过去。"沿着溪走了一阵儿，见着一根圆木头，大娘说："咱打这儿过去。"有巢要趟水过去，大娘说："这哪儿行啊？这日子脚底下受了凉，坐下一辈子病。来，我拉着你。"说着伸给她一只手。有巢问："这就是您说的那桥？""呵呵，这就是我们茅山的桥了，比不了滩里的竹桥。"有巢过了桥，扶住一棵又粗又高的毛竹，说："滩里的竹桥可没茅山的竹席儿有名儿，就是这竹子编的吗？""不是，这个太硬，编席使的是窝竹，竹篾儿能擗得又细又薄。往上走走就瞧见了，一堆一堆的，没毛竹这么高，也细得多，长得快，两天不挖，笋就老得不能吃了。"

　　眼前竹子成片，有巢问："姨，俩溪沟子当间儿这片地上全是竹子吗？"

　　"差不多。"

"姨，那咱还是往那边儿去东沟那儿吧。"

"行，里头竹子密着呐，你跟着我，拣长得稀点儿的地界儿走。"

嘿咿，俩沟儿当间儿这片地儿还真不小呢，走了好一阵子才听见哗哗溪水流淌。

到了溪边儿，大娘说："这就是了。还看啥？"

有巢说："是个地界儿都想看看，水脉风水全仗着可世界看，可世界找，都看了才漏不了水脉，看多了才能比出哪块地界儿好来。要是姨姨有工夫儿，就陪着我绕绕，要是没工夫儿，咱就抄近道儿走。"

大娘说："有工夫儿，有工夫儿，天还早呢。前头有个桥，咱打那儿过去。呵呵，你别笑话我们山里人，一根儿木头就叫桥，打不远儿就是一个桥，呵呵。"

有巢说："姨，我也是山里人，鲻山长大的，那儿连一根木头的桥都没有，垫两块石头就算桥啦。一条溪沟子，还修多大的桥啊？"

"我也这么说嘛，穷山旮旯儿里没大气象。"

"咱这儿气象挺好的，有山有水，又是通天松又是蹿天竹，全都青青绿绿，是好地界儿。"

"这妮子真会说话儿，连我一听都觉着是好地界儿了。"

有巢跟着大娘往上走了一段儿，果然见着个独木桥。过了桥，大娘说："前头有条转着往上走的小道儿，咱慢慢儿转悠。"

有巢说："行，一边儿走一边儿看，要是有别的道儿就稍微绕绕，多看点儿。"

"有巢啊，姨纳闷儿，你是咋看有没有水脉的啊？"

"看长的啥树，看地上有啥草，看土的色儿。那片竹子下头像是有水脉，地潮乎乎儿的。"

"真的？咱明儿个挖挖试试。"

"可是姨姨，溪沟子里有水了，咱挨水旁边儿挖井，是不是添枝儿添叶儿了？"

"可不是嘛，我是想井想得魔怔了，守着溪水，打得哪门子井啊？"

"姨，反正咱不在这近处儿打井，我想着不跟水旁边儿走了，绕出去远点儿，打这儿绕上一大圈儿。"

"行，绕这往上走还省事儿了呢，有道儿，不用过一条沟又一条沟了。"道儿两边儿都是通天松，全都往上蹿着争日头，又直又高。树是好树，可还是一样儿的毛病，太密。除了这条道儿上头有天，两边儿全都黑乎乎的。不知打哪儿过来一阵风儿，嘿，这可吹着了个大笛子，四下里呼啦呼啦吼，像是来了大群的狮子，比半夜里姚江的大浪头还响。

有巢时不时进林子里瞧瞧，瞧见一块亮儿，奔着去了。大娘跟了进来。到那儿一瞧，是十几棵倒了的死树。有巢说："姨，这下头有水脉。"

大娘不明白，说："树都干死了，还有水脉？"

有巢说："不是干死的，是上头太潮，树根儿倒吸水，翻翻上来，拱出地面儿皴死了，树也活不成了。"

"你是说，这儿能打井打出水来？"

"嗯，不过打出来的水是苦的，只能浇地和泥。"

"井还没打，你就知道底下的水是苦的了？你这眼好厉害呀，能看到地底下，还能看出味儿来，神啦你！"

"嘿嘿，我哪儿有那眼？不过是在鲻山碰见过这么块地儿，一样儿样儿的死树，翻翻着根子，地上也是一层干了卷卷着的死藓，那时候瞧着地儿挺宽绰，就往下挖，挖出水来了，苦得不能喝。瞧，一说破了，就蒙不了人啦。"

"能人哎！有巢你可真是大能人呐！"

"呵呵，我能了啥啦？吃了姨姨一大堆酱肉，能吃！"

"可别这么说！那几片儿酱肉省了多少工呢！要不是你，我们瞅着这块地挺宽绰，稀里糊涂挖下去，挖了几天出来水了，喝一口是苦的，呸！吐了。就凭这，这顿酱肉就没白吃，呵呵，姨还欠你多少顿酱肉呢。"

"哟，我吃了您的，您倒欠下我的啦，嘿嘿，这理儿真好。姨还欠我多少酱肉啊？我可得赶紧吃，别您到时候不认了，我吃不着了，呵呵。"

"嗯，姨该你一口大野猪，哈哈哈。"

前头忽地一闪，跳过去一只鹿，又一闪，又一闪。等有巢追过去，三只鹿早都没影儿了。有巢直叹息："可惜了儿了，嗨，哪怕逮住一只呢！"

"可惜了个啥呀？要是仨獠牙猪，就可惜了你的命儿啦！这边儿生，不住人也没种地，林子里保不齐蹿出个啥来。"

"打猎的在哪儿啊？"

"满后山跑，这边儿就算后山了，有时候在上头，有时候在下头。那边儿有个草洼子，不知道老辈子咋得罪了山神，山神一跺脚，剁下去一大片地。那地界儿不太平，咱甭去了。"

"哎，不早了，姨咱回吧！"

两人顺着盘山小道儿往上走，半道儿碰见了猎人，扛着几只鹿。大娘问："有刚打着的三只吗？"狗娃儿说："娘神了，就知道刚打了三只鹿！"大娘说："刚才你有巢姐追来着，没追上。到了儿撞你们箭上了。"狗娃儿说："这就是有巢姐啊？我哥呢？"大娘告诉有巢："这是猪娃儿的兄弟，叫个狗娃儿。"有巢一见狗娃儿那样儿就猜出来几分，朝他笑着说："嘿，长得比你哥还高！你哥回去了，明儿还来，领着人上来砍树。"

有个人过来打招呼儿，说："有巢，你来啦？住几天啊？"

有巢认得，是老去滩里换东西的，就说："呵，碰见老熟人儿啦，你这阵子没过去啊。"

"呵呵，这阵子没多少席子，不够换的。你们窑上又烧出啥好物件儿来啦？"

"没啥新的，不过我们那儿编出来的东西不少，都是草的。那谁挨哪儿干活儿呀？"

"你是说黑狗子吧？他在窑上，还没见着呐？"

"没，你见着他了，给带个好儿！我还住几天呢。"

吃了后晌饭，黑狗子就来看有巢来了。

"嘿咿，才听生娃子说你来了，还说住几天，是吧？"

"是啊，狗子哥有日子没下去了。"

"嘿嘿，我们也琢磨着烧了窑带盖儿的碗，明儿你来给瞧瞧，支支招儿。"

"行，明儿我过去瞧瞧，学学咱茅山窑的好东西。"

"哈哈，没好东西，黑不溜秋的，比不上滩里的细花碗。"

黑间躺下，仨人说不完的话，狗娃儿爱打听滩里的事儿，问了这问那，听有巢说着，嘴里头一劲儿喷儿喷儿。

有巢说："听我说不如亲眼见，多咱你也过去看看，住上几天。"

"行啊，你走的时候我就跟过去。"

大娘问他："你跟过去干吗？"

"看看呗。看看人家都有啥好的，学学人家咋盖屋。您不是要盖屋吗？"

"哼，等你学会了，猪头肉都凉了！你哥学了一年多了，过几天就过来教咱盖屋。你要学，就跟这儿学。"

有巢说："我们滩里的妮子眼毒着呢，猪娃儿长得这么好，到了滩里就回不来了。"

大娘说："他就是惦着不回来呢。"

"那好啊，姐给你找个好妮子，你哥在那儿也好有个伴儿，呵呵。"

　　大娘说："你就引逗他吧！茅山紧着缺人呢，你还引逗他跳槽！走吧，明儿后晌就叫他跟上砍树的过去，你有巢给我留这儿，咱一个儿换一个儿，一碗水端平了，哪边儿也不吃亏，哪边儿也甭占便宜。"

　　有巢说："行啊，留下就留下，天天儿吃酱猪肉还不好？"

　　大娘说："美得你！一天叫你给我打一口甜水井！"

　　狗娃儿乐了，问："照娘这么说，还有苦水井啦？"

　　大娘说："有啊，你有巢姐在鲻山就打出来一口苦水井。今儿看见咱竹林子里有块地儿，跟鲻山苦水井那地儿一样儿，要打出来，就是一口苦水井。"

　　"呵呵，有巢姐厉害呀！赶明儿我跟着你打井得了。"

　　"行啊，正缺人呢。姨，真得找四五个打井的，这活儿挺重的，全得要狗娃儿这样儿人高马大的。"

　　狗娃儿说："我给你说几个吧：秃子一个，拴根儿一个，黑子一个，萝卜一个，几个啦？"

　　有巢说："够啦，你说了不算，还得问问姨姨给不给。"

　　大娘说："就他们几个吧！你啥时候要啊？"

　　"后儿吧，明儿我再转转找找。"

　　狗娃儿说："找啥？我帮你找。"

　　大娘说："能得你！人家找水脉，你能找着？"

　　狗娃儿说："不会找还不会学呀？娘，明儿让我跟有巢姐学着找水脉吧。"

　　有巢说："姨今儿个陪了我一天了，把族里的事儿都误了，明儿就叫狗娃儿领着我转悠得了，您也好腾出身子来。"

　　大娘说："也好，狗娃儿明儿早起先跟石头哥说一声去，就说我叫你领着有巢姐转转，找水脉看风水。"

　　"嘤嘤，啥叫风水啊？"

　　大娘说："就是看哪儿能盖屋。"

"哟，这屋还不是哪儿都能盖啊？"

有巢说："有地方儿好，有地方儿不好，明儿出去我再告诉你。"

大娘说："睡吧！有巢姐走了一天，也累了。有啥话明儿再说吧！"

有巢是真累了，嘴一不动弹了，人就睡着了。这一觉睡透了，醒了，大娘早把饭做好了。

吃了饭，狗娃儿问有巢："今儿咱去哪儿？"

有巢说："打这儿往下，海转去。给我一把锹，你扛一个镐，就当是不知道挨哪儿丢了东西，绕世界找吧。"

大娘说："甭管去哪儿转悠，都带上家伙，甭管撞上吃肉的还是吃草的，都是有家伙好。"

俩人扛上家伙，狗娃儿往腰里别了十好几根儿尖竹子箭，挎上大弓，俩人出门儿了。有巢问猪娃儿："窑上离这儿远吗？""远倒是不远，就是绕点儿，得往上走。""行，你领上我去跟狗子哥打个招呼儿，昨儿答应了人家，今儿一出去不知道啥时候才回来呢。"

茅山的窑跟滩里的不能比，连鲻山的都比不上，仨土窝儿，一口趴趴窑。天热，人们都在外头干活儿，十几个女的，连黑狗子一共仨男的，男的踩泥，女的坐木头台子跟前捏坯，也没个拉坯的车。黑狗子他们也去过滩里窑上几回，咋连这个都没学回来呢？有巢真想这就做出一个拉坯车来，可这么一来，今儿就别打算走了，做个车不值多少工夫儿，可是前前后后活儿多了去了。她看了看晾着的坯，样儿还行，就是泥没练好，也许根本就没练。黑狗子实实在在请她给支支招儿，可这哪是三两句话的事儿啊，她只好说："今儿我得先给咱找水脉去，找着水脉了好挖水井。过两天我过来，咱一样儿一样儿来，得做几个拉坯车，拉出来的坯比捏出来的薄，还匀实。"黑狗子说："在滩里看你们转得那么快，到了儿没看出来个鼻子眉眼，回来想做也做不成。"有巢纳闷儿还有这么闷的人，鼻子底下长着个嘴，就不会问问？

打窑上出来，有巢跟狗娃儿又往下走。狗娃儿领道儿不像大娘专找有道儿的地方儿走，其实他没领道儿，跟有巢并膀儿走，一道儿上嘴不停，有巢愿意往哪儿就往哪儿。

"有巢姐，咱这会儿是找水脉还是看风水啊？"

"也找水脉，也看风水。"

狗娃儿想起昨儿黑间没说完的话茬儿，就问："啥地界儿盖屋好啊？"

"藏风包气的地界儿，能把一族人聚起来，最好能在一块儿，地界儿不够，也不能分得太散。我们滩里分了两摊子，一摊子在软江边儿上，全盖满了，没地界儿了，下剩的就全去姚江边儿上盖去了。"

"咱这儿没江，可是有两条小溪沟子，也照你们滩里那样儿，一伙子盖在西沟这边儿，一伙子盖在东沟儿那边儿，不是把人都聚一块堆儿了吗？"

"嘿，照你这么着，正好是让两道沟把一族人给隔开了！哈哈。"

狗娃儿一想，也乐了，说："那咱就都盖在溪沟子里边儿，这就跟滩里一样儿了，也能藏风包气聚人心，是吧？哈哈，瞧，我学得挺快啊。"

有巢直摇头，说："不行不行，里头太潮，屋子朽得快，人也容易坐病。这可不是好风水，一族的人夹在一疙瘩，连个口儿都没有，心里憋屈，就要发出来，你也发我也发，一天到晚鸡吵鹅斗，想躲都躲不开。上头没挡头儿，上了冻，北风一灌到底儿搅个透心儿凉。这儿不行，住不了人。咱还得接茬儿找，连水脉一块儿找了。"

"有巢姐，照你这么说，好风水还得让人心情好才算，是吧？"

"对对，好山好水，藏风包气，人还得有好心情，住着痛快，这才算好风水。"

"有巢姐，要叫我说，茅山没好风水，趁早儿甭找啦。"

"哎？还没真格儿找呢，你咋就知道茅山没好风水了？"

"你不是说有好心情才算好风水吗？我就没好心情，住这儿不痛快，哪儿还有好风水啊？"

"嗯，没准儿是你们家那块儿窝风，咱找块通透的地界儿，你住着就痛快了。"

"住哪儿也痛快不了，除非躲开茅山。"

"这又说哪儿去啦？"

"不待见这儿的妮子，见她们就不痛快。"

"我就不信，这么多妮子里就没一个可你心的。"

"一个个儿全跟母猪似的，见了你不想别的，光想着公猪了，自个儿不取贵，还糟践别人，哼！茅山的好风水全让这些骚屄给尿啦。"

"狗娃儿，你真愿意去滩里？"

"那还有假的？有巢姐，你瞅着有好的，就给我说说，不缺鼻子不缺眼就行。"

"我倒是愿意帮你找个好人家儿，可是你走了，家里就剩你娘一人儿了。哎，狗娃儿，你爹到底儿是咋回事儿啊？"猪娃儿从来不提他爹，有巢想借这个茬儿从狗娃儿嘴里打问出来。

"还不是让一群母猪给坏了？嗨，甭提他了！我娘刚强，一人儿能过了。再说啦，我挨茅山跟了人儿，我娘还不是也得一人儿过？"

说着走着，不知不觉下了个坡儿，眼前横出一条道儿来，道儿下头洼下去一片，长满了草，风一过来，忽悠忽悠动，像条绿河。有巢跑到草洼子里，人一下子叫草没了，露着肩膀头儿跟脑袋，俩胳膊一前一后扒拉，就跟在绿湖里洗澡似的。乱七八糟的野花香得塞鼻子，有巢连打了好几个嚏喷。狗娃儿也跟着下来了，扫着腿走，走过去踩倒一片。突然听见后头有动静儿，狗娃儿猛一回头，瞧见一个扁扁的黑长虫脑袋，从地上挺起来老高粗粗的白脖子，朝他张着嘴，细细的信子一抽一吐的。狗娃儿举起镐，横着砸下去，使劲儿摁住镐把儿。这么大动静，有巢转回身来，瞧见一大团黑白花儿在绿草上乱动，尾巴拍得草地啪啪响。她一大步跨上来，拿锹死死剁住长虫脖子，摁着往下切，切到剩下一层皮连着，使劲儿搓了几下子，长虫脖子跟身子分成两段儿，她弯腰捡起长虫尾巴。狗娃儿急赤白脸朝她嚷嚷："扔了！快扔了！"有巢把长虫搭到肩膀儿上，说："扔了？可不能扔了，扛回去炖上，这叫黑马梢儿，要多鲜有多鲜。"狗娃儿跺着脚儿叫唤："这是毒长虫，吃了毒死你！赶紧扔了！"

有巢嘎嘎笑起来，说："毒长虫的毒全在毒牙里头，咬一口才有毒。这会儿脖子脑袋都剁下来了，哪儿还来的毒？"狗娃儿急得声儿都尖了，像又来了一个人嚷嚷："长虫报仇！你扛着条没脑袋的，一会儿就招来好几条有脑袋的。快快扔了！""呵呵，一条不够炖一锅的，再来几条才好呢！"有巢说是这么说，却把没脖子没脑袋的长虫撂地下了，把锹插地上，俩手扶着锹把儿，一脚踩上去，让草皮硌住了。有巢拔了一圈儿草，锹还是下不去，底下不知道多少年的草根盘盘节节，脚再使劲儿蹬，也挖不下去。狗娃儿拿着镐过来了，说："你起开，我来刨一会儿。"狗娃儿刨了一阵子，刨出个坑儿来。有巢说："你歇会儿，我挖挖。"狗娃儿让开了。有巢铲干净坑儿里头剩的土，跳到坑里往下挖，没了草皮草根的地暄腾腾的，一锹踩下去，噌，切下一大块来。挖了一会儿，狗娃儿说："够啦，行啦。"有巢没理他，接茬儿挖。狗娃儿拿镐把长虫挑起来，扔进才挖出来的坑儿里，说："瞧，我说够了就是够了嘛！"

有巢这才知道他刨坑儿是为了埋长虫，拿锹把坑里的长虫挑出来，说："你埋它干吗？"

"不埋它，挖坑儿干嘛呀？"

"干吗？打井啊！"

"噢，这儿有水脉？"

"有没有，挖下去才知道。"

"你上来，叫我站底下刨一会儿。"

狗娃儿站在坑里，抡起镐，一镐下去，兜起一块草皮，勾连一堆丝丝拉拉的根根须须，一镐一镐硬是刨出一大圈儿来。下头好挖多了，挖了刨，刨了挖，到天黑，挖出半人深来。有巢直起腰来，说："该回了，姨姨准惦记了。明儿多来几个人接着挖。"狗娃儿问："有门儿吗？"有巢也不说话，抓了一把坑底儿的湿土搁狗娃儿手里。狗娃儿攥了一把，凉丝丝儿的潮。有巢上来找着那条大长虫，耷拉到脖子上回了。

半道儿上碰见大娘，有巢说："让您惦记了。"大娘说："都啥时候啦？这是去哪儿了？"狗娃儿说："挨草洼子来着。"大娘骂狗娃儿："你疯啦还是傻啦？不要命啦？哪儿不能去？专把人往草洼子引？往后还敢托付你事儿吗？你自个儿不当紧，把人家也不当紧？你呀你，叫我说你啥好呢？"狗娃儿说："瞧您急得！这不是回来了嘛？我们挨草洼子打井来着。"大娘问："找着水脉啦？"狗娃儿说："挖了半人深了，土湿嘟嘟儿的。"大娘问："有巢跟着挖啦？"狗娃儿说："俩人挖来着，明儿人就多了。"大娘一听就急了，啧啧连声嗔怪："都啥日子了，哪儿能干刨地挖坑的活儿呀？"又责怪儿子："狗娃儿你就没长着心？啧，一时一刻嘱咐不到就出事儿！"狗娃儿这才明白自个儿的错儿，直觉得对不起有巢跟哥哥，突然说："娘，有巢姐弄回来一条大长虫，是有毒的黑马梢子。"黑古影儿里，大娘这才瞧见有巢俩肩膀上耷拉下来的胳膊粗的东西，吓得一颗心突突跳，差点儿打嗓子眼儿蹦出来。

第二十九回

草洼里挖出甜水井
土窝中诞落苦功娃

大娘后晌分肉的时候跟拴根儿说了，让他告诉秃子、黑子还有萝卜，明儿跟上有巢去挖井。一听说有巢跟狗娃儿在草洼子挖井来着，她心里就膈应起来了，那条斩了脑袋的长虫更让她肚里开了锅。狗娃儿还是个孩子，瞧有巢这行事儿，也不是个大人样儿，就算是找着水脉了，也不能挨那地界儿盖屋啊！她想来想去拿不定主意，明儿到底儿打不打井。

左右睡不着，她爬起来，开门出去了。大月亮地儿里一个黑乎乎的东西，是一团大长虫！贼闪闪的鳞放着阴光，逼得她赶紧回来，一进来就关上了门儿，死死靠住门儿，呵呵喘气，心怦怦砰砰乱跳，脑门子出出儿冒冷汗，手指头尖儿凉得扎人。这么靠了一会儿，喘气儿慢慢儿匀了，心也不那么慌了，仔细听听，没啥响声儿。又等了一阵儿，还是没动静儿，她怕那东西爬进来，不敢出去，也不敢躺下，就这么倚着门站着。半天没动静儿，她扒开一道缝儿，瞧见门口儿地下明晃晃的，没东西，才拉开门，探头一瞧，那东西还在那儿盘着。闹了半天是睡着了，嗨！她抄过门口儿靠着的锹，吸了口大气，定下心来，轻轻儿走过去，离那团东西越来越近了。长虫依旧一动不动，睡得可真够死的。她高高举起锹，又急又猛劈下去。听见"嗤"一声，石头刺透了鳞皮，插进肉里。她攥住锹把儿，死死往下压。那东西一点儿动静儿没有。她想，不会这么快就死了，准是装死，可不能大意，叫它一下子蹿起来，扑你个死！

那团东西没有蹿起来扑上来，连动都没动一下儿，闹了半天是条死长虫！细一看，连脑袋都没有，大娘这才想起有巢扛回来的那条黑马梢子来。

回来还是睡不成，今儿一惊一乍的，不是个好兆头儿，都是这个有巢闹的。这妮子连自个儿都不在惜，她可不敢把茅山人的命交到这么个毛头妮子手里。好容易熬到门缝儿里有了点儿亮儿，她轻轻儿推醒了狗娃儿，小声儿说："起来，带我去瞧瞧昨儿那地界儿。"狗娃儿还没睡醒，护觉儿，嘟嘟囔囔："啥地界儿啊？人困着呐。"翻了个身没起来。大娘不忍心再叫他了，大睁着眼躺着想事儿。

狗娃儿没了睡意，问："去看啥地界儿啊？""不睡了？不睡了就起来！"娘儿俩悄悄起来了，出来，天才露出古灰色儿，夜露正浓，有点儿凉。大娘打了个激灵，一眼瞧见了那一盘黑里带白花儿的长虫，问狗娃儿："你把那东西盘起来的？"

"嗨，省得占地儿。"

"你可真会玩儿！夜里出来还吓着人呐！走，去你们昨儿挖井的地界儿瞧瞧。"

"吃了饭再去不行啊？这么早，狼虫虎豹正出来找食儿，撞这个干嘛呀？"

"带上家伙！"大娘说完，自个儿也带上了弓箭。

　　下坡儿到了草洼子，昨儿踩倒的草又挺起来了，狗娃儿找不着地方儿了。那坑在洼子里头，打外头看不见。狗娃儿趟着露水在前头走，大娘踩着倒下的草跟着。狗娃儿脚底下突然踩了个东西，一滑差点儿摔了，得亏大娘在后头扶住了。他低头儿一瞧，是半截子长虫，还长着脑袋，一脚踢一边儿去了。大娘问："你到底儿记不记得是哪儿啊？"猪娃儿呵呵儿乐："就这儿，到了。""哪儿啊？我咋瞧不见哪儿有井啊？"其实猪娃儿也没瞧见，说："草挡着呐，就这块儿，没错儿。"扒拉开草转悠了一圈儿，总算找着了昨儿挖的坑。露水挺重，坑里湿乎乎的，像下了一阵小雨儿。大娘说："嚯嚯，俩人还真没少挖！行了，回吧！"狗娃儿纳闷儿，问："娘干吗这么早非要来这儿瞧瞧啊？"娘说："叫人挖井，我连在哪儿挖都不知道还行？""那就不能待会儿跟着一块儿过来啊？非把人折腾起来！好歇莫过天明觉，少睡了这么一大会子，今儿一天都没精神，哼！"大娘也觉着对不起儿子，嘻嘻笑着说："愿意睡回去躺下再睡会儿。""还睡个屎！娘这不是成心折腾人玩儿吗？哼！"大娘讪讪地说："嗨，娘不是心急嘛，不过来瞧瞧不踏实。""瞧见啦，这回踏实啦？""嗯，踏实点儿了。"

　　大娘想，既然挖了这么多了，不叫挖了不好，能不能打出水来还说不定呢。打不出水来，正好儿就坡儿下驴，不在这儿盖屋了。打出来了也好，有口井总比没有强，是苦井留着浇庄稼，是甜井就再打两口。再说狗娃儿也能学点本事，打吧！

　　日头起来了，扒着树露出半张红脸，洼子里的草一下子翠生生地精神，露水珠珠儿闪闪发光。林间道儿上洒满碎花儿，大娘有了主意，心情好了，踩着一地灿烂，跟狗娃儿说说笑笑朝家走去。狗娃儿还是喷怪："娘就是不信人，为这点事儿连觉都不睡了，非要来瞧瞧。瞧见了，您还有啥说的？""嗨，瞧见了，还说啥啊？当着大娘，就得尽大娘的事嘛！呵呵。"

　　一股肉香钻进鼻子，狗娃儿"啧啧"两声儿咽下一口唾沫。

有巢问："你们一大早儿去哪儿了？我起来一看没人，可吓了一跳呢。"大娘说："去草洼子瞧你们昨儿挖的坑去了。有巢啊，弄了啥好吃的了？把肚里的虫子都勾出来了！"揭开锅盖，香气直往鼻子里钻，瞅着白花花一锅肉，大娘咽了口唾沫，说："哪儿来这么多鱼啊？猪娃儿来了？"有巢憋着笑摇头，说："不对，接着猜吧！"大娘说："不是鱼，就是鸡了，别的没这么细的肉。"有巢说："姨姨别冤枉我，您查查家里鸡少了没？"不是鱼肉，也不是鸡肉，大娘猜不出来了，"昨儿谁家也没分肉啊，你咋变出一大锅肉来了？"狗娃儿一下瞅见那条没脑袋的黑马梢子没了，一只眼朝有巢挤挤，说："我猜着了，就是不说。"大娘撇了撇嘴，说："嗯，我也猜着了，就是不说。"把有巢跟狗娃儿都给逗乐了。

吃到嘴里，滑腻腻的，又软又嫩，狗娃儿忍不住了，说："真没想到，这东西这么好吃嘿！"大娘问："啥东西啊？""娘不是猜着了吗？就是这东西啊。"大娘挑起一柱子肉，肉离了，滑到碗里，她挑着一层皮搁嘴里，嘿，比肉还香。"这不是鱼是啥？连皮都炖化了。"狗娃儿说："鱼能没刺儿？还有带骨头的鱼？"大娘说："大鱼呗，鱼大了，刺儿就长成骨头了，碎了吧唧的，也不是啥真骨头。你们还甭说，这大鱼就是好吃。"

有巢强忍住笑，说："好吃，咱明儿还逮去。"大娘问："哪儿逮去啊？"狗娃儿坏笑道："草洼子里头，有的是。""你咋知道的？""我逮的，还能不知道？"他这一说，大娘就想到了那儿，还不敢信，找那黑马梢子，果然没了，急得说："这东西毒大着呐，可不能吃啊！"说着拿筷子压舌头。"娘，没事儿，放心吃吧！人有巢姐吃过不知多少条了，说毒都在牙里，原本拔了毒牙就能吃了，咱这条连脑袋带脖子齐齐儿剁下来了，哪儿还有半点儿毒啊？"大娘半信半疑，瞅着有巢问："你真吃过毒长虫？这可不是闹着玩儿的！"有巢说："这顿你们都别吃，我一人儿吃，到后晌，要是我还活着，你们再吃。呵呵，美啊！"

大娘说："贼大胆儿！黑马梢子那么大的毒，吃出事儿来就不美了！"

有巢说："吃的就是毒大的，长虫越毒味儿越美。"

"一个妮子家，咋这么野啊？"

"姨，正是妮子家才该吃呢，您不知道，吃了毒长虫，人长得细皮儿嫩肉儿。我皮太糙了，得多吃，你们甭吃，我可都吃啦。"

狗娃儿说："我吃啊，你别抢我那一份儿！"

有巢说："吃吧，毒长虫肉，女人吃了滋润，男人吃了壮阳。见毒虫不吃，枉活一世。"

大娘叫她说动了，跟着吃起来，越吃越香，说："我就纳闷儿，这肉咋没一点儿腥气儿呢？"

有巢说："嗨，还说呢，昨儿挨草洼子把血全放光了。毒长虫血可是好东西，喝了眼明腰不疼，干活儿不累，睡觉踏实。"

大娘娘儿俩直叫可惜，有巢说："没落住血，我把长虫胆留下了，长虫胆管咳嗽去痰的。"

大娘说："留着，留着有用，咱这儿好几个人一到天冷就连呵儿喽带喘的。下回再逮着了，提溜起尾巴摔脑袋，千万别剁脖子放血了。"

有巢乐了，说："哎，下回不放血了，回来流一碗搁着。下回逮着了，我给您好好儿做一顿，裹上面炸了，捣上蒜汁儿，管保您吃不够。"

仁人美美儿地吃了一顿。秃子、黑子、萝卜来了，都闻着香了。黑子咂着嘴问："吃啥了？这么香！"大娘说："猜吧！"黑子猜狍子，萝卜说："不对，咱多少日子没打着狍子了，他们家哪儿来狍子肉？"黑子问："那你猜是啥？"萝卜说："我猜就是野猪，对吧？大娘！"大娘笑着摇头。秃子猜泥鳅，狗娃儿说："近了，再猜！"萝卜说："要是水里的，那就是娃娃鱼，这回对了吧？"大娘摇头。秃子揭开锅盖，香味儿还在，就是啥也没了。"吃得真干净！也没给我们留着点儿，要不，尝尝儿就知道了。"有巢说："这回太少，下回再逮着了，请你们尝尝儿。"狗娃儿说："就怕他们不敢尝。"

仨人道儿上还猜那好吃的东西是啥肉，狗娃儿说："有巢姐，可别说啊，憋死他们！"黑子说："干吗不能说啊？莫非你们吃了孩子肉了？"狗娃儿说："你吃过孩子肉？连孩子肉啥味儿都知道！"黑子说："我没吃过孩子，我吃过萝卜，哈哈。"萝卜说："猜不着拿我开涮啦！"

早起刚踩过的草，还趴着，顺着走过去，就找着昨儿挖的坑了。有巢说："就这儿，接茬儿挖吧，俩使镐的，俩使锹的，分开点儿，别碰着了。"秃子问："挖多大呀？得往圆里挖吧？"有巢说："能站开人就行了，大点儿小点儿都没关系，挖出水来再往圆里找补。"萝卜问："能挖出水来吗？"有巢说："不敢说满了，六成儿有。"秃子说："六成儿就是多一半儿了，多半儿能，我就当是能了。有巢姐，你打的井里头有几口出水的？几口没出水的？"有巢想了想说："真还记不起来哪口井没出水，只记得有一口井的水是苦的。"秃子说："甭管甜的苦的，你这十拿十稳了。苦水少见，打出口苦水井来倒成宝贝了，咱当药喝。"

这儿的土还算好挖，刨了纠缠的根根须须，下头是老厚的黑土，一股热嘟嘟的发味儿塞得人鼻子难受。过了黑土是黄土，再往下挖，黄土里头有了沙子。沙子一露头儿了，有巢就叫先停了。狗娃儿问："白打了？"有巢说："没白打，七成儿有水了。"秃子说："好，又添了一成儿，歇一气儿再打。"有巢说："咱先去找藤条子编围子，把井箍住，让沙子冒不上来。"四个人全不明白，沙子咋会冒上来，有巢说了在鲻山打神神井冒出老高的沙子的事儿来，"沙子是水冲下来的，比方河底儿就都是沙子，河底儿的沙子没东西压着，冒不上来。地底下的水冲的沙子，有石头跟土压着，不挡住，就会冒上来。有沙子八成儿就有水，碰上沙子不是坏事儿。"秃子说："又加了一成儿，八成儿了，咱这井打着了，甭着急，把围子编密点儿，慢慢儿打，好好儿打。"

围子编好了，有巢又教给他们在坑边儿装辘轳。人们没见过这东西，呀呀稀罕。等装好了，一松绳子，突噜噜噜掉下一个筐去，他们才知道了这东西的好儿，一个个儿坐到筐里叫人往下坠，往上摇，孩子似的过足了瘾。

加了两道半人高的围子，又挖下去一人多高，沙子多了，潮气儿大了，有巢抓起一把土舔了舔，没苦味儿，心里冒出甜水儿来。

挖到五天头儿上，出水了，甜的！一桶水摇上来，五个人轮着扒着桶边儿咕嘟咕嘟喝上一气，喝饱了，就疯闹开了，你泼我，我泼你，泼了一桶又摇一桶。

折腾够了，有巢说："活儿还没完呢。"秃子说："就是，既然有水脉，哪儿能就打一口井呢？咱接茬儿打。"有巢说："我是说，这口井的活儿还没完呢，还得挖下一圈儿来砸桩子，密密麻麻砸三圈儿桩子，把井箍住，省得下雨冲塌了。"秃子说："嘿咿，有巢到底儿是经见过的，啥啥都想到了。就是嘛，人还有两片嘴唇儿呢，井也不能豁着。"

茅山有的是树，近处儿林子里砍了几十棵挤挤歪歪的小树儿，林子立时明快多了。几个人沿着井挖了半人深一圈儿，削尖了桩子，密密砸下去，井台儿高出地面儿两大拃，五个人坐了一圈儿，美滋儿滋儿地一边儿喝水一边儿说话儿。

有巢说："还有活儿呢。"四个人谁也猜不出来还有啥活儿了。有巢说："还得搭个井棚，井水就干净了。"

山里人住的不是土窝儿就是石头洞，只见过野猪支的尖窝，没见过棚子。有巢说："搭个棚子跟盖个屋差不多，就是少一层底儿跟墙，咱就当是试着盖屋吧！棚子不吃多大的劲儿，这回省着点儿木头，干脆砍毛竹当柱子跟椽子吧！"

　　她说啥人们也不懂，就知道砍毛竹，砍了扛到草洼子。有巢量好了地界儿，围着井叫挖了六个深坑，埋了六根粗竹竿，又叫刨了两圈儿浅点儿的坑儿，埋上半条腿高的竹筒子，筒子上头架木头板子，板子嵌进竹竿里撑紧了，人还能坐在上头。竹竿上头也撑了一圈儿竹子，再上头架椽子，椽子上苫苇席，苇席上压茅草。棚子搭成了，一片阴凉儿，把火辣辣的日头挡在外头。

　　大娘见天儿过来瞧瞧，一天儿一样儿，到最后不但井打出来了，连井屋都盖起来了，还真是那么回事儿。

　　猪娃儿跟着滩里舅舅天天儿上来砍树运木头，一早儿一晚儿过来瞧瞧有巢。等到井棚盖起来了，他跟娘说："有巢该回去了，眼瞅着就要养活了。"大娘说："就在咱这儿养活得了，省得一路上累着了。你也甭回去了，跟这儿一块堆儿住。"猪娃儿说："我得回去跟姨姨说一声儿，有巢出来也有日子了，俩人都不回去不合适。"大娘说："你回去不回去还不都一样儿？反正都是给滩里干，在这儿住还省了那边儿的嚼咕了。回去说一声儿也好，今儿说了，明儿就甭回去了。"

　　半夜里有巢肚子疼起来，一阵儿一阵儿越疼越厉害，坠着疼，起头儿她还以为是闹肚子，后来疼得不对劲儿了，她叫醒了大娘："姨姨，怕是要养活了。"大娘噌地爬起来，点上松明子，又叫起狗娃儿来："快起来烧锅水去，有巢姐要养活了。"话音儿刚落，有巢"啊"一声大叫。大娘看时，孩子脑袋出来了。她赶紧跪下，喊狗娃儿："快，拿把石头刀来！"

　　哇哈！哇哈！哇哈……孩子等不及了，爬出来，哭破了夜。大娘把这条小命儿拽到世上来，托着一块血哧糊啦的肉，瞧不出来鼻眼，只有小嘴儿张成了一朵儿红花，哇哈哇哈喊着。"是个带把儿的，瞧这小嗓儿，多亮！"

　　有巢没了一点儿力气，嘴角儿抻了一下儿，回不去了，那笑就在脸上浮着，美得像朵半开的莲花儿。

"狗娃儿，水温乎儿了就倒盆里端进来，赶紧给有巢姐烧锅米汤！"

有巢突然咧了咧嘴，大娘刚要问她咋不好，一看又下来一块血团子。"谢天谢地，胎包儿下来了！有巢你可是好福气呀，没受啥罪，活儿就全干完了。见了多少女人养活孩子，还没见过你这么痛快利落的，神了！"

大娘把孩子洗干净了，递到有巢怀里，说："像我们家的人。"有巢却从孩子那对清澈的大眼里瞧见了自个儿。她又能笑了，说："嗨，真没出息，就跟干了几天活儿似的，浑身散了架，一点儿劲儿都没了。"声儿不大，吹气儿似的。

大娘乐了，说："这可是女人一辈子最重的活儿，你没使啥劲儿就利利落落干完了，真是稀罕，到底儿跟平常人不一样儿哈。"

孩子哭喊的厉害，大娘叫有巢把奶挤挤，给孩子吃两口。有巢坐起来，挤了奶里的脏东西，直到喷出雪白的汁儿来。那小东西叼住奶头儿，不用教就吧嗒儿吧嗒儿吃起来，天生就会嘿！

狗娃儿熬好了米汤，吹得不烫了，端过来，送到有巢嘴边儿。有巢大口大口喝起来，一碗米汤几下子就喝完了。狗娃儿说："我再盛去。"大娘说："盛了就晾着吧，别一下子喝太多撑着了。"有巢说："就是渴得厉害。"大娘说："忍忍，待会儿再喝。真还没见过你这样儿的，这么快就能吃能喝了。多少女人这阵子就跟死人一个样儿了。"

狗娃儿又端来一碗米汤，放在地上晾着，过来瞧那孩子，一边儿瞧，一边儿咧着嘴乐，"这么会儿工夫儿，咱家就多了一口儿人嘿！"有巢心里也感慨："这么会儿工夫儿，就给人家当了娘了嘿！"大娘说："嘿个啥？添人进口，没有比这更大的喜事儿了，咱孩儿叫个喜子吧。"有巢说："这名儿好，我刚才还想着叫个井娃儿来着，还是喜子好，叫着就想乐。"大娘说："井娃儿也好，呵呵，再养活一个咱就叫井娃儿。"狗娃儿说："再养活了叫屋子。"大娘说："就你会出妖蛾子！没听说过屋子是养活出来的。"

有巢喝了米汤，困劲儿上来了。大娘跟狗娃儿也累了，倒下就都睡着了。

孩子的哭声把人叫醒了，仨大人一时都觉着怪怪的，过了一阵儿才想起黑间家里来了个小人人。大娘猛不丁叫了声儿"喜子娘"，有巢一时也没回过劲儿来，接着便咯咯咯乐个没完，一声儿一声儿叫"喜子"。一家子呵呵哈哈笑了个够。

吃了饭，秃子他们来了。大娘说："今儿有巢不去了。"秃子说："咋不去了？没她干不成活儿啊。"狗娃儿说："有巢姐养活了。"几个人吓了一跳，咋说养活就养活了？全都问，养活了个妮子还是小子。"小子，叫喜子，我娘给起的，有巢姐本来想叫井娃儿来着。"大伙儿都说，还是井娃儿好。秃子说："托了井娃儿的福气才打出井来，井一成，井娃儿就来了。呵呵。"黑子说："这孩子对打井有功，该叫井娃儿。"萝卜也说井娃儿劳苦功高。大娘说："你们都说井娃儿好，那就叫井娃儿吧。有巢且得歇些个日子哩。你们就在草洼子里接茬儿打井吧。"秃子说："可我们谁也不知道哪儿有水脉，挨哪儿打呀？"有巢在里头说："草洼子那地界儿好风水，底下水脉也多，隔开一段儿打打试试，见了沙子，就快见水了。就照着这一口这样儿打，别忘了编围子堵沙子！"

秃子他们一走，大娘就问有巢："你刚才说草洼子里好风水，真是这样儿？"

有巢说："姨姨，有水脉的地界儿风水准坏不了。人跟着水走，傍着水住，有河傍河，有井傍井。咱那草洼子真是好风水，山里的洼地，上上好地，既不缺水，又淹不着。再说那地也是少见的肥，烂草把地都养黑了。一出水，我就想着在那儿盖屋来，可咱井娃儿来了。待会儿猪娃儿来了，姨跟他商量吧，他也盖了一年屋了，样样儿都会。"

说猪娃儿，猪娃儿就来了，跑得气喘吁吁。他道儿上碰见了狗娃儿他们，知道有巢养活了，就跑上来了。一见儿子，猪娃儿大嘴咧得就合不上了，瞅着孩子的脸儿说："这不是我吗？嘿嘿，儿子，给爹乐一个！乐一个！"井娃儿哇哈哇哈哭了。"傻小子，这是乐吗？有这么乐的吗？嘿嘿嘿嘿，这才叫乐呐。"有巢说："嘿嘿嘿嘿，瞧你乐得那傻样儿！"猪娃儿抱过井娃儿来，说："儿子咋没一点儿分量啊？"有巢扑哧儿乐了，"他才从肚里出来，还没一天儿呢，能有多沉？你当是扛木头呐？"

大娘跟猪娃儿说起在草洼子里盖屋的事儿，"你也瞧见他们打出来的井了，有巢说那地界儿风水好，咱就那儿盖屋吧。有巢一时出不去，你回去跟你姨商量商量，明儿把那个叫啥驼儿的叫上来帮咱盖屋。"有巢说："驼儿来了就不能天天儿回去了，可是往哪儿住呢？"大娘说："这好说，叫狗娃儿先去黑子家挤挤去，咱三口儿半再加上个驼儿，能睡开了。"

猪娃儿走了不大工夫儿，滩里舅舅来了，一进门儿就说："咋就不知道早一天回去呢？"有巢说："不是搭井棚吗？这孩子知道事儿，全干完了，他才来，呵呵。"舅舅不满意，话里头敲打着："在外头养活孩子，这叫啥事儿？"茅山大娘不乐意了，"啥叫外头？我不是孩子姥娘吗？有巢在这儿养活了，我伺候几天，咋不叫事儿？"舅舅到底儿是个面人，肚里憋着，倒不出来了。

滩里大娘知道了，也是气得不行，"她使人也太狠了，有巢到了这份儿上，还叫打井！亏得孩子养活下来没事儿，要是大人孩子有个三长两短儿的，我跟她没完！"这话自是背着猪娃儿说的。猪娃儿一提叫驼儿去茅山帮着盖屋的话儿，大娘就火儿了，"驼儿去不了，不能误着家里的活儿，都上茅山住着去。"猪娃儿明白这是皆为有巢没回来养活，就说："姨姨，这事儿怨我，没劝有巢早点儿回来。他们那口井打得实在是太好看了，好了还要好，一拖就到日子了，我糊涂，把这茬儿给忘了。"大娘说："你们对不起人有巢！"这话说的就不是猪娃儿一个人了。猪娃儿说："茅山人记着有巢的好儿，吃水忘不了挖井的人。"

第二天早起来，滩里大娘把早就攒下来的一篮子鸡蛋煮了，扛着热乎乎的篮子跟着上了茅山。猪娃儿把她领到家里，茅山大娘又惊又喜，大呼小叫："哎哟，你咋来了？也不先说一声儿，我这儿啥也没预备下。"滩里大娘说："我来瞧瞧我们苦命儿的有巢。咋就这命儿呢？"有巢说："没事儿，这不是好好儿的吗？姨姨快瞧瞧咱井娃儿！"滩里大娘抱起孩子来，说："井娃儿？瞧这名儿叫得！差一步儿就养活在井里了，嗨，苦命儿的娃呀！嗨，你娘苦命儿的人啊！"

她左一个苦命儿，右一个苦命儿，茅山大娘听得不自在，就出来给她盛碗米汤。听见滩里大娘又数落有巢："别人不在意，你也不知道在意这点儿？命是自个儿的，不把自个儿的命儿当回事儿，你也太傻了！"听见有巢呵呵儿笑，又说："得亏活着，养活才没费劲儿，姨姨说，没见过像我这样儿养活的，呵呵，跟闹了回肚子似的就把孩子养活下来了。"听得她也乐了，滩里大娘两声哼哼又把这笑赶走了。她端着米汤进来，陪着一脸笑说："姐姐走累了，喝口米汤下下火！"

滩里大娘接过来，递到有巢嘴边儿说："你喝口儿，养活了，全靠米汤补身子。"有巢说："我刚喝了三大碗了，补得够不够的了。您快喝吧！"

茅山大娘问："驼儿去哪儿了？"

滩里大娘说："哪儿也没去，挨家盖屋呐。"

"咦，猪娃儿回去没跟你说？"茅山大娘左看右看，猪娃儿不知啥时候走了。

"说啥？"

"说叫驼儿上来帮着盖屋。"

"说了，驼儿来不了。"

"就几天的事儿，他动动嘴儿，比划比划就回去。"

"有巢也是就几天的事儿，到这咱了，回得去吗？"

"姐姐也是太心疼有巢了，这不大人孩子都好好儿的吗？"

"这会儿你这么说，要是大人孩子有个三长两短儿的，你叫我跟人家有巢死了的爹娘咋交代啊？连猪娃儿咱也对不起啊！你呀，真敢把人往死里使呀。我不知道是打井要紧，还是人命要紧，噢！"

茅山大娘赔着笑说："我使人是狠了些儿，好在有巢皮实，养活得也顺当。这个驼儿又不会养活，姐姐就借给我几天吧！"

"驼儿又不是闲人，我们滩里也一大堆活儿，不能都耽误到你这儿来。"

听到这话，茅山大娘实在忍不下去了，说："姐姐这话说得离道儿太远了，我儿子一年到头儿在滩里给你们干，我又说啥来着？这会儿借你俩人使几天，也不至于这样儿吧？人得有个来往，都是亲的热的，算计太细了，就没意思了。"

"咦，还有你这样儿说话儿的？啥叫算计太细了？猪娃儿跟了有巢，就是我们滩里人，可不是我借你的人使唤，这点儿你可得想明白了哈！"

"好好，你说的都对，这个驼儿你是借给还是不借？"

"不借！"

有巢瞧着两下里僵了，不能不说话儿了，就劝滩里大娘："姨姨疼我，我知道。说是打了几天井，其实没卖啥力气，也就动动嘴儿，几个大男人，哪儿能让我挖啊？这会儿出不去了，还不是茅山姨姨误着工伺候我？再说啦，昨儿黑间要不是姨姨管，我们娘儿俩还不定咋了呢！咱井娃儿是茅山姨姨接到世上来的，人家还得伺候我好些日子，咱没吃亏。手心手背能分得开吗？姨姨，您就叫驼儿过来帮几天忙儿吧，算是替我的。"

茅山大娘笑嘻嘻说："也不白借，拿我们狗娃儿换驼儿，这该行了吧？"

　　人家把话说到这份儿上了，滩里大娘不好再僵下去，就坡儿下了驴："行啊，我今儿把狗娃儿带回去，明儿叫驼儿过来。"

　　茅山大娘打心里笑了，连说："好啊好啊，正愁驼儿来了没地界儿睡呢，狗娃儿给腾出地儿来了。我们狗娃儿有的是力气，不使唤那才叫可惜了儿的。叫他过去学盖屋吧，顶不了驼儿的本事，也顶了一把力气。呵呵。这小子吃得多，叫他背上一袋子高粱过去。"

　　茅山大娘真给狗娃儿装了一袋子高粱米。

　　滩里大娘不好意思了，说："哈哈，帮人做饭还带着面去？没听说过给人干活儿还倒贴粮食的。"

　　茅山大娘说："狗娃儿去滩里吃好的，不吃这个，这是给你们吃的。你们滩里人吃惯了大米，这回尝尝儿我们的粗粮食，说不上好吃，可是经饱，呵呵。你们娘儿俩坐着说话儿，我这就找狗娃儿去。小子还不知道有这好事儿等着他呢！"

　　茅山大娘一走，有巢就说："狗娃儿这一去可就回不来了。"

　　滩里大娘说："你这叫咋说话儿？我又不扣他。"

　　"不是这意思，狗娃儿求过我，叫在咱那儿给他找个人家儿跟了。他们山里缺男人，妮子们瞧男人跟瞧配种儿的公猪似的。狗娃儿人长得又俊，更是抢得不行。他早就受不了了，甭管躲到哪儿，能躲了茅山女人就好。"

　　"可是，这么一来，他娘身边儿就没人儿了。"

　　"我也这么想，所以劝他留在茅山。他说，在茅山跟了人，他娘还是一个人过，反正都一样儿，不如走了好。"

　　"他娘咋想呢？"

　　"姨姨正愁茅山缺男人呢，当然不愿意叫他走，也跟他说了，不愿意跟人儿，就跟着她住。皆为这，我才不愿意管他的事儿。要不，他们哥儿俩在一块儿多好！"

　　滩里大娘心里一阵热直往上涌，嗓子眼儿发涩，眼里湿了。

为了茅山盖屋，猪娃儿娘把老二也舍了。想起她往后就一个人了，滩里大娘抽了抽鼻子，问有巢："你知道猪娃儿他爹是咋回事儿?""问猪娃儿，他不说。狗娃儿倒是说了两句，也躲开这话题儿了。""狗娃儿说啥来着?""说都是茅山女人们闹的，还是皆为男人太少。姨姨是个素人，这么些年一直没个男人。有儿子在还好，狗娃儿再走了，剩她一人儿咋过啊?"

滩里大娘突然想起一招儿来，跟有巢说了。有巢连连摇头说："不行不行!""你还没跟她说呢，咋就知道不行?"有巢没回答，她纳闷儿，姨姨咋会想出这么馊的主意来? 叫人猪娃儿哥儿俩把脸往哪儿搁啊?

第三十回

扮月老岂无月老术
是鸳鸯自有鸳鸯情

大娘两口子回到滩里，蛋蛋早把饭做好了，一见爹娘，嘴里冒怨气："有巢姐不回来，猪娃儿哥也不回来了，全都甭回来，咱家没人了，赶明儿我也甭做饭了。"大娘说："小孩子家家知道个屁！谁说咱家没人啦？咱家添人啦！你有巢姐养活了个大小子，猪娃儿哥挨茅山帮着盖屋，一时回不来，你就红嘴白牙瞎说八道！"蛋蛋一听，一蹦老高，嬉着嘴问："那大小子是谁托生的呀？"娘乐了，说："哪儿那么多托生的？那孩子就是咱家的人，叫井娃儿，是打井打出来的，哈哈。"蛋蛋问井娃儿啥时候回来。大娘说等有巢养好了身子就抱着井娃儿回来。妮儿跟着一顿一顿叫喊："井娃儿！井娃儿！……"

大娘叫蛋蛋去兔儿家把二姨找来，又说他跟妮儿闷了一天了，在外头玩会儿再回来。妮儿喜欢得雀儿似的，拉着蛋蛋的手一蹦一蹦跟出去了，还没忘了喊"井娃儿"。

一会儿驼儿他娘来了，嘻嘻笑着问："啥事儿啊？"

俩女人自小儿一块堆儿玩儿，耍笑惯了。大娘也嘻着笑，"想你啦！"

"哟，你心里装着滩里滩外，还有缝想我？"

大娘说正话了："二姐，茅山要盖屋了，明儿叫驼儿跟猪娃儿过去帮帮忙儿。"

"这还不好说？去就去呗，挨哪儿不是干活儿挣嘴啊？"

"二姐，道儿远，不能天天儿回来啊。"

"有人管他的饭就行，不回来正好儿，家里正愁挤不开呢。"

"二姐，就怕驼儿这一去也跟鳃子、土小儿似的，叫人家留下回不来了。我得跟你把丑话说在头里，省得你往后跟我要人。"

"哈哈，真有这好事儿，我谢还谢不过来呢。嗨，不说要话了，真格儿的，我们驼儿也老大不小的了，老挨家里囚着也不叫个事儿。可谁家妮子能看得上个脊梁上背锅的呢？都怨我，咋把他养活出来的呢？"

"二姐，不是妮子家行吗？大几岁儿行吗？"

"行啊，是个女人就行。不能让他白来世上一遭儿啊。"

"二姐，实话跟你说，茅山那地界儿风气不正，皆为缺男人，女人们抢红了眼，嗨，你争我抢还不都是为了养活下个人来，不叫断了后！驼儿老实，哪儿受得了这个呀？咱是人，不是配种儿的猪。我想着给驼儿找个知根知底儿的人家儿，好好儿过日子，别今儿叫这个拉去，明儿叫那个霸去，亏身子啊！"

"真能这样儿，你可是在神神跟前积下好儿了，我一会儿就去神神屋磕头去。"

"二姐听我说完了，也许你不愿意呢。我说的这人可是茅山大娘。"

驼儿他娘愣了，张着嘴半天才说："猪娃儿他娘啊？那往后咱俩还咋论呢？"

"咋论都行，我还叫你二姐，你要是较真儿，我跟着猪娃儿叫你二姨也行。呵呵，甭管叫二姐、二妹子、二姨、二姥娘，还不都是一个人儿？二姥娘叫不姥，二妹子也叫不小，呵呵，咱泥里土里打滚儿的庄稼人，求的是实的，就甭管这虚的了。"

驼儿他娘想问："是她叫你来说的？"再一想不对，猪娃儿他娘一族的大娘，咋会知道驼儿呢？知道了又咋能瞧上他呢？就算瞧上了，也得顾忌猪娃儿吧？

大娘像是看透了她的心事儿，说："实话跟二姐说吧，这也是我这人咸吃萝卜淡操心，还不知道人家愿意不愿意呢。我先得着你个准话儿，再去那头儿说和去。人家也是个要脸面的稳当人，这么多年了，身边儿没男人也过来了。"

"那你就跟人家说说试试吧，成就成，不成就不成，可别叫她觉着咱上赶着。"

"不能不能，这事儿咱俩说了也不算，还得人家俩人愿意才行。这回驼儿过去，跟猪娃儿、有巢一块儿住他家，也许人自个儿有了意呢，呵呵。"

"要是这样儿，我也不跟驼儿明说了，省得他知道了别扭。他就是这么个人，要不也不至于拖到这咱。"

"就是就是，这事儿就你知道，我知道，咱跟谁都不说，呵呵。猪娃儿今儿没回来，明儿驼儿跟蛋蛋爹一块儿上去，你回去告他一声儿。"

驼儿娘回去告诉儿子："大娘叫你明儿跟上你舅去茅山，帮着盖屋，挨那儿住些日子，带上穿的。"

驼儿问："住哪儿啊？"

"就住他们大娘家里，猪娃儿跟有巢也住那儿。"

兔儿说："我认得那大娘。"

他娘问他："你咋认得人家？"

兔儿说："她一说是猪娃儿哥的娘，我就知道是谁了。我领着她去的河姆渡，她给了我一大把大红枣儿。"

驼儿也想起来了，说："是有这么回事儿，跟我说话儿来着，一瞧就是个好人。"

当娘的睡不着觉了，颠过来倒过去想，怕那俩当大娘的捏咕好了赚她的儿子。又一想，就算是那女人赚了驼儿去，对驼儿也没啥不好，总算跟了人，就是岁数儿大了点儿。她算了算，猪娃儿比有巢小三岁，他娘该有三十多了，要是这样儿，就比驼儿大五六岁了。俗话说，女大三，有吃穿，女大五，赛老母，驼儿跟了她，至少不至于受气。就是碍着猪娃儿不太合适，本来哥儿俩一块堆儿干活儿，这回猪娃儿该管驼儿叫爹了。这叫啥事儿啊？人家不准干不干呢。这么一想，她又怕这事儿成不了了。驼儿不能挨家住到老啊！这孩子闷，女人跟前张不开嘴。真该教他几句，可是咋跟他说呢？又不能明说，唉，这事儿！好在驼儿看人家是好人，也许有缘儿吧？

她怕去茅山的人上路儿早，早早儿起来做好了饭，叫驼儿先吃了，送他去大娘家。大娘一家子正吃饭呢，猪娃儿也在。她想起昨儿还说猪娃在茅山住，就问："猪娃儿啥时候回来的？"那人却说："我是狗娃儿，猪娃儿是我哥。"细一看，确实不是猪娃儿。她纳闷儿了，问狗娃儿，却是冲着大娘说的："你哥住在茅山，你跑这儿来了，这是过啥家家玩儿呐？"狗娃儿说："这您得问我姨了。"她心说："我问的就是她！"大娘想："问我，我就不说！"

驼儿他娘说："我也不知道该问你们谁了。驼儿跟猪娃儿去了茅山，狗娃儿又上咱这儿来了，我绕不清了。"

狗娃儿一听说驼儿，就说："都是这个啥驼儿闹的，我娘非叫他过去帮着盖屋，姨姨说啥也不给，把我拽过来了，才放了驼儿。也不知道这么个驼儿有多大能耐，都把他当宝贝。他要是不回来了，我也回不去了，嗨！"

　　这小子占了便宜还卖乖，大娘哼了一声说："狗娃儿，这是你二姨，是驼儿哥的娘！"

　　狗娃儿忙说："哟，我哪儿知道啊？这事儿！二姨，您可别生气啊，我不会说话儿，可我真是叫姨姨拽来顶驼儿哥的。嗨，我哪儿顶得了人驼儿哥啊？二姨放心，驼儿哥准回来。"

　　这小子不知道他说的是啥，俩女人脸上都跑开了云彩，一阵儿阴一阵儿晴的。这么僵着不叫事儿，驼儿他娘说："我走了，狗娃儿没事儿了上我们家玩儿去，叫蛋蛋带你去。"狗娃儿连声哎哎答应，又说："二姨可别生气啊！"大娘真想揍他一顿，压了压说："咱也走吧！我送你去河姆渡找三哥去。你呀，到哪儿都少说两句，没人把你当哑巴。"狗娃儿说："老天爷！我哪儿知道她老人家就是驼儿的娘啊！您又没说一声儿。"大娘心说："老天爷！我哪儿知道你小子这么能瞎咧咧啊！"

　　到了外头，狗娃儿瞧啥都新鲜，人家这屋嗨，长的短的还都不一样儿，他不敢问，不知道这位大娘的脾气，怕哪句话问错了，人家又奔拉下脸来。好家伙，那一大溜井屋，不细看，哪儿知道里头是口井啊，还以为是神神屋呐。

　　一到河姆渡，狗娃儿眼都花了，这儿比昨儿后晌见的软江埠头还气势，人咋修的呢？那悬在河上的索子桥，两头儿拽着屋子，跟云彩里的景儿似的，虽说不如花架子桥稳当，可他就待见那股悬乎儿劲儿。就冲这好地界儿，他也不回茅山了，赶明儿跟哥哥商量商量，俩人替换着回去瞧瞧娘。

　　"哟，大娘来了，有事儿吧？"

　　"三青子，驼儿今儿去茅山帮着盖屋去了，给你换个人，这是猪娃儿的兄弟，叫个狗娃儿，跟着你学盖屋。"

　　"好啊，学会了，还回去吗？"

　　狗娃儿真想说不回去了，又怕人笑话。得亏大娘说了："瞧你问的这叫啥呀？人刚来就惦记上了？"

"大娘，您前儿天把猪娃儿要走了，到这咱不见影儿，又把驼儿给了人家，我这儿人越来越少了，好容易来了一个，您说，我能不惦记吗？"又对狗娃儿说："小子，好好儿干！赶明儿跟个好妮子，甭回去了，呵呵。"三青子是逗乐子，狗娃儿却当真格儿的听了，想说那敢情好，话到嘴边儿又咽回去了，留下憨憨地笑。

"把人交给你了，我走啦。"

"哎，大娘放心吧，人到了我手里就跑不了啦，呵呵。"

三青子自打跟尾巴儿过上了，脾气秉性都变了，爱说爱笑了。大娘也跟他说笑："要是跑了，你可得赔我一个大活人！"

狗娃儿到底儿憋不住了，说："姨，我不跑。三哥放心吧。"

大娘说："嗯，这还像句话。跟你三哥好好儿学本事，本事多了不压人，呵呵。"

嘿，总算说对了一句话！大娘一走，狗娃儿轻松多了，三青子一边儿教他刻饬榫子，一边儿问他话儿。三青子问啥，他答啥，左不过是茅山那点儿事儿。三青子问着问着，话就绕到了有巢身上。这人走了几天，他心上一阵儿空一阵儿乱的。

"狗娃儿，有巢说没说啥时候回来呀？"

"嘿，三哥要不问，我还忘了说了，有巢姐一时半会儿怕是回不来了。"

"咋了？出啥事儿啦？"

三青子急得声儿都变了，狗娃儿赶紧说："没事儿，有巢姐养活了，得养养身子才能回来。这不，我娘就紧着要驼儿哥过去帮着盖屋，姨说啥也不给，娘这才叫我过来顶个数儿。"

三青子除了有巢啥也没听见，又问："养活了个妮子还是小子呀？"

"小子，连名儿都有了，叫个井娃儿。"

"准是从打井来的，有巢在茅山领着打井了吧？娘打井，儿子也得跟着叫井娃儿。嘿咿，瞧这名儿起的！亏她有巢咋想出来的！"

"井娃这名儿是从打井来的，是有巢姐想出来的，我娘给起的喜子，挖井的几个人非要叫井娃儿，就这么叫了。嘿，要说还真够悬的，早一会儿晚一会儿这孩子就养活在井边儿上了。"

三青子听得心一揪一揪的，自打有了尾巴儿，他知道女人不容易了，想起有巢这些年来领着盖屋、打井、烧窑，真是太不容易了，这回还是在外头养活的，还差点儿养活在井边儿！嗨，这女人，叫人疼不过来呀。

狗娃儿见他爱听有巢的事儿，就说开了跟着有巢找水脉打井的事儿，连剁黑马梢子炖着吃都说了，听得三青子一愣一愣的。狗娃儿说这些个，皆为真心佩服有巢。三青子听这个，皆为对不起有巢，心疼有巢，他这辈子就一件后悔事儿，就是那阵子跟有巢吵嘴闹脾气，他也不知道是咋回事儿，俩人一说话就戗戗。为这，他后悔了不知儿百回了，连梦都是后悔梦。

说着话儿干活儿快，一会儿削了一大堆榫子。三青子又教他在板子上刻启口，这活儿不能分心，狗娃儿不敢多说话了，三青子也就不再多问。一天下来，狗娃儿挺痛快，活儿没少干，话没少说，他挺待见三青子这人，也觉得出三青子待他好来，实心实意教他本事。

后晌回家时，三青子怕他不认得道儿，叫蛤蟆送他回去。蛤蟆爱说话儿，说打井咋没找他啊，他一直跟着有巢打井，在滩里打了去鲻山打，苦水井甜水井都打过；问起有巢来，也是没完没了。瞧得出来，有巢挨滩里落下好儿了。

到了家，蛋蛋早回来了，哄着妮儿做饭。狗娃儿抱起妮儿来举得老高，妮儿咯咯儿乐，一放下来，就不干了，还要"举高高"。狗娃儿听哥哥说起过这个投胎的妮儿，知道她爱乐，就专门儿逗她乐，一会儿举得高高的，一会儿转得快快的，听那脆灵灵的咯咯儿乐声也是一种乐子。

"妮儿别闹了！叫狗娃儿舅歇会儿！"蛋蛋是想跟狗娃儿说话儿，狗娃儿一放下妮儿来，他就问开了。是个人见了新来的人都爱问这问那，蛋蛋也忍不住，问得最多的也是有巢。

"嘿，咋谁都跟我打问有巢啊？"

蛋蛋说："有巢姐一走好几天，谁不惦记啊？"

"嘿咿，一个人能叫人惦记，也不容易啊。"

"那是，有巢姐干了多少事啊！盖屋，打井，修埠头、渡口，搭花架子桥，拉索子桥，还有窑上这那的，多了去了，谁不念着有巢姐的好儿啊？连鲻山的井都是有巢姐帮着打的，屋也是有巢姐帮着盖的，我们有啥，鲻山这会儿就有啥。"

"是啊，一个人干这么多大事，真不容易！"

"也没那么不容易，有巢姐一眨巴眼儿就是一主意，有巢姐就是跟咱人不一样儿。有时候我想，有巢姐不是咱人。"

"那是啥呀？"

"是娘娘呗。她在的时候不觉着，几天不在，就知道这人缺不了了。"

"嘻嘻，蛋蛋真会说话儿啊！"

"不是会说，就是这么回事儿呗。不信你就往后看，看人们都问你啥。"

大娘先回来了，问起狗娃儿在河姆渡干啥活儿了。狗娃儿说："三青子哥教我削榫子刻饰启口来着。三哥真是好人！"

大娘说："人是好人，就是脾气怪点儿。"

狗娃儿说："三哥跟我说话儿，脾气挺好的呀，一劲儿打问有巢姐这那的，真好人呐！"

大娘说："那是这会儿脾气改好了，从前可不是这样儿，有巢没少跟他吵。"

一会儿舅舅回来了，大娘问："今儿见着有巢了？"

"见着了，挺好的，她姨没出门儿，伺候得到到儿的。大人孩子都挺好的，有巢叫咱放心，别惦记。"

狗娃儿问："我娘没想我吧？"

舅舅说："那还能不想？你娘叫你好好儿跟人学本事，学好了回去盖屋。"

狗娃儿说："她要不是为要那个驼儿，也不会叫我出来学本事。这会儿有了驼儿，还能想着我嘿，不容易，不容易！"

大娘脸上立时起了一层疑云，这小子别是听见啥了吧？就问男人："驼儿今儿盖屋来着？"

"还没，说是跟猪娃儿看好了地界儿，我回来那阵儿，俩人正跟狗娃儿娘和有巢商量呢。"

大娘撇了狗娃儿一眼，这小子没事儿似的，不像是知道了啥。

没两天，狗娃儿跟盖屋的人们全混熟了，就是没见过驼儿。这天吃了后响饭，他跟蛋蛋说："你带我去驼儿家瞧瞧，二姨叫我没事儿了过去玩儿，走，带我踩踩道儿去！"大娘说："他们家十好几口子，乱哄哄的，没事儿还是别过去给人添乱去了。"蛋蛋说："狗娃儿哥，你跟我去砍些个窝竹，咱编东西使吧。"蛋蛋惯了天天儿晚半响儿跟猪娃儿一块堆儿编这编那，他想着，狗娃儿没猪娃儿的勤快劲儿，也不至于啥都不会吧？狗娃儿说："行啊，编竹子，我们茅山人顶在行了。"

有猪娃儿比着，大娘不咋待见狗娃儿。这小子不想回茅山，老在家里住着，长了也不叫事儿，还得给他找个下家儿。凭狗娃儿个儿是个儿样儿是样儿的，不愁没人招。大娘怕的是他惹出是非来，尤其怕他招惹驼儿那个小妹子猫儿，俩人儿岁数儿差不多大，猫儿又还没招人儿，这俩人要是碰了火儿，她跟驼儿娘商量的好事儿就吹了；万一茅山人俩好上了，那就更不叫事儿了。大娘这么一想，待不住了，起来就走。蛋蛋爹揽着妮儿，问她："这是去哪儿啊？""去找二姐说个事儿，一会儿就回来。你叫妮儿睡了吧！"

在驼儿家说事儿耳朵太多，大娘招呼驼儿他娘出来。驼儿他娘知道又是为驼儿的事儿，就出来了。

"茅山有啥新鲜事儿啊？"

"没啥新鲜事儿，我是为别的来嘱咐你两句。"

"别的还有啥事儿？"

"你也见着猪娃儿那兄弟了，那天你说了句叫他没事儿了上你们家玩儿来，这不是，刚才小子就要过来，让我给挡住了。要是他跟你家猫儿对上了，那可就麻烦了。"

"嗯，那小伙儿长得不赖。"

"你别犯糊涂！这两人谁也不愁这个，咱要帮的是那困难的。他们俩要是好上了，驼儿的事儿可就砸啦！"

"那事儿是咱俩这儿捏咕，那边儿不一定成。"

"万一那边儿成了，这边儿你可就难做人了，不如干脆别让他俩见面儿。"

"家里我能管住，外头我可管不住。"

"管不住也得管！白天干活儿没事儿，晚半晌儿你盯住了猫儿，我盯住了狗娃儿，这可是正事儿！"

"我知道你这也是为我们驼儿好，可是，管天管地，管不着人家愿意，自古年轻人找相好儿，谁也管不着，就是盯也盯不住呀。你爹你娘那时候盯过你吗？咱这么做是不是太损了点儿？"

"二姐，咱不说这个，盯得住也得盯，盯不住也得盯，损咱就损这一回，猫儿跟狗说啥也不能碰头儿！"

"行行，你是大娘，你说咋就咋。可是有一条儿，你要是给驼儿帮不成，我可要找你说道说道了。"

"嗨，你也知道，咱只能把事儿搅了，要成事儿，还得瞧人家俩的。俩人实在没缘儿，也捏不到一块堆儿去。"

"哈，我当你多大的本事呢，闹了半天，成事不足，坏事有余啊！"

"你爱咋说咋说，咱就这么着啦，盯住了！猫儿跟狗儿不能见面儿！"

还好蛋蛋把狗娃儿拴住了，天天儿晚半晌儿一块堆儿编这编那，要不就砍窝竹去。狗娃儿不干是不干，干起来要好儿的厉害，手比他哥还巧，没几天儿，家里的家伙该上套儿的上了套儿，该加盖儿的加了盖儿，一水儿青竹子编的，利利落落。大娘一劲儿夸："到底儿是茅山来的，天生的巧手儿！狗娃儿啊，再给咱编个盛鸡蛋的篮子吧，带盖儿的。编好了，我就挎上一篮子瞧有巢去。"

"姨要这个，不值啥，一晚半晌儿就编好了。"

大娘说："甭赶罗，我一两天里也走不开，你慢慢儿往好里编，让我上茅山挎着也风光，呵呵。"

"好勒，姨就赒好儿吧！"说完就要去砍竹子。大娘说："我跟你一块儿去，从头到尾跟你学套手艺。"

狗娃儿美滋滋儿的，说："嗨，您跟我学这干嘛呀？"

"狗娃儿，学会了啥也有用处。赶明儿你走了，我想要啥了就自个儿编。"

"我往哪儿走啊？"狗娃儿不经心冒出句心里话来。

大娘突然想到，不如跟他说透了，就算他听了不愿意，也省得他生别的心思了。"狗娃儿，你甭回茅山啦。"

"我倒想着不回去呢，可是谁管我娘啊？嗨，我回去也不能跟娘过一辈子，谁叫我们家没个妮子呢。"

"狗娃儿，驼儿一把年纪了，还没跟人，人老实，又有本事。你娘要是能把他招了，多好的事儿啊！"

狗娃儿愣了一下儿，问："驼儿多大岁数儿了？"

"快三十了。"

"他真是个驼儿？"

"有那么点儿，个儿比你还高呢。"

"姨跟我娘说过吗？"

"没有，怕她不愿意。就算你娘愿意了，还得驼儿也愿意。"

"就算他们俩都愿意了，还得驼儿他爹娘愿意。嗯，这事儿还不那么容易。"

"他爹死了三年了，他娘不会不愿意。一大家子人，他老不走也不叫个事儿，可他就是不走这根筋，跟女人说不上话，所以耽误到这咱。"

"姨，要是这样儿，就太容易了。"

"咋容易？"

"叫我哥跟有巢姐回来，不结了？"

"嘿，真有你小子的！"

"可是，他们三口儿回来了，我往哪儿去呢？"

"咱家那么大的屋子，还挤不下你？"

"有您这句话我就踏实了。实话跟您说，我不想急急忙忙跟这儿的妮子掺和，茅山那帮妮子让我憷了，一提妮子就肚子疼。我打算先学点儿本事，让人家瞧得起。"

这小子不光有主意，还有大志向，大娘越发待见他了，嘱咐他回去先别说这事儿，跟蛋蛋爹也别提。

狗娃儿说："跟我哥也不能说，省得他横插一杠子。"

"就是，他跟驼儿好的亲哥儿俩似的。"

俩人抬回一捆窝竹来，狗娃儿打理好了，一根儿根儿撇篾儿，削直了，刮平了。大娘一边儿跟着学，一边儿跟蛋蛋爹说话儿："窑上一大堆事儿，花儿姥娘一人儿玩不转。明儿你见着有巢跟她说一声儿，我后儿过去接她跟孩子回来。"她想着一步儿一步儿走，过些天找个茬儿再叫猪娃儿回来。

"还没出满月呢，行吗？"

"天又不冷，有啥不行的？"

"孩子受得了吗？"

"他们那土窝儿，有门儿没窗户的，孩子早该出来过过风儿了，再捂该捂出痱子来了。"

男人心粗，就没瞧见井娃儿一身红花花的痱子疙瘩。有巢早就想回来了，倒不是因为土窝儿又闷又挤，而是实在没法儿住下去了。夜里太挤，这些日子有巢惯了白天睡觉，夜里大睁着眼。好几宿了，猪娃儿娘起夜，过一会儿驼儿也悄没声儿出去了。半天才回来一个，跟着那一个也回来了。一宿总得出去两三回，第二天，俩人都挂了相儿，大眼袋子瞒不住黑间的事儿。猪娃儿累了一天，黑间睡得死猪似的。有巢不敢跟他说，也不敢跟舅舅说，只盼着滩里姨姨来说说话儿，一听说窑上有事儿，等不得姨姨来接，就要跟着舅舅回来。茅山大娘说："你就不能再等一宿？明儿晌午我送你回去。"有巢说："这会儿也不冷，回去正好儿，省得明儿又耽误您一天。"

一到家，这舒服啊，有巢情不自禁脱口而出："还是咱家里好！哪儿也不如自个儿的家。"

大娘瞧见她胸脯子上印出来的脓嘎巴儿，磕膝盖儿一软，心疼地说："这大热天长了奶疮，你可咋受的啊！"赶紧叫上屋里，叫脱了，连脓带血，挤出大半碗来，又舀了水洗净了。有巢疼得光顾哟啦了，洗完了，才小声儿说："姨，人家俩人成啦！""真的？""真的。"

吃了饭，大娘把仨男人支出去砍竹子，让有巢细细儿说说。

有巢说："猪娃儿他们去了没几天儿，我就瞧出眉眼儿来了。他娘老是往驼儿碗里夹肉，一顿饭没几块儿肉，全跑驼儿碗里了。他娘眼神儿软了，肉皮儿细了，脸儿嫩了……"

"瞧你说的！这么两天儿，人就能变个样儿？"

"能，要不是亲眼见了，我也不信。他娘说话儿柔声儿柔气儿的了，活像个妮子。头发梳得光光的，还抿了水。"

"要你看，谁先起得意？"

　　"女的。窝儿里睡了个生男人，出气儿就够撩人的了。他娘挨着我睡，头天黑间，光听她烙饼了。我叫孩子闹得白天睡黑间醒着，啥都听得见。出事儿那黑间是驼儿起夜，他娘跟着就起来了，半天俩人才一前一后回来。往后老是他娘先起来，驼儿跟出去，一宿两三回。嗨，一个女人憋了十几年，一下子成了干柴烈火。这两天，俩人干脆半宿半宿在外头过了。我早就盼着您过来呢，总算脱出来了！"说着"呼"地吐了口大气。

　　"你瞧着驼儿那样儿呢？"

　　"嗨，累呀！白天没精打采的。"

　　大娘偷偷儿乐了。

　　"盖屋的活儿，驼儿一个人就招呼过来了，明儿把猪娃儿也叫回来得了，省得人俩老偷偷摸摸儿的，怪累的。"

　　"他知道了吗？"

　　"没敢叫他知道，怕他揍驼儿。"

　　"他敢？那是他爹！"

　　俩人唧唧嘎嘎一阵大笑，吓得井娃儿哇哇大哭，妮儿瞅瞅这个，看看那个，不知道该笑还是该哭。

第三十一回

废人祭茅山改祖制
立蛇规滩里行新招

后晌饭的时候，茅山大娘告诉猪娃儿："你滩里舅刚才来过，说有巢身上不好，叫你明儿回去一趟。"猪娃儿一听，眼都直了，一跺脚，说："还等明儿干吗？我走了。""你舅说不大要紧，就是奶疮发了，她在咱这儿就长了脓，女人热天养活都长这东西，我想也不大要紧。今儿晚了，明儿再回吧。"猪娃儿说："我今儿回去瞧瞧，要是不当紧，明儿一早儿我就跟着过来，不误这边儿的活儿。"

猪娃儿说啥也要回，大娘见拦不住，只好说："要走就快点儿走，天黑前还能到家。"驼儿跟大娘说："我送送他去。"大娘说："去吧，早点儿回来！"

俩人走了，大娘收拾锅碗盘子盆，突然一只眼跳起来，那一只也跟着突突突突跳开了。人说左眼跳财，右眼跳挨，两眼一块堆儿跳，跳啥呢？大娘不知道。俩眼跳起来还没完没了，跳得大娘心神不静，怕有巢有事儿，又怕猪娃儿道儿上出事儿，心里一急，待不住了，干脆撂下家伙去追猪娃儿。

走到半道儿，碰见驼儿回来。

"姐，你这是干吗去啊？"

"俩眼一劲儿跳，怕是要出事儿。"

"怕也没用，事儿已经出了。"

"出啥事儿了？"大娘吓得嗓音儿都变了。

"我跟猪娃儿都说了。"

"你都跟他说啥了？"大娘瞪着俩大眼，直勾勾地等他说。

"说不叫他回来了，盖屋的活儿我一人儿顾得过来。"

"还说啥来着？"

"他没听明白。我就又说，往后你娘归我管了，你回去好好儿照看有巢吧。"

"他说啥来着？"

"他啥也没说，愣了一会儿，朝我胸口捅了一闷拳。我怕他再打我，就跑了。"

"他这就走了？"

"他在我后头嚷嚷：'我回去告你娘去！'我说：'告去吧，就说我在茅山跟了好人了，不回去了！'后来我们就一个往上一个往下了。"

说着走着到家了。

女人柔声儿说："你真敢那么说啊？！"

"那咋着？豁出去挨一拳结了，总比夜夜偷偷摸摸儿强。再这么下去，姐，我可真顶不住了，嘿嘿。"驼儿说着，一把搂住了大娘，狠命地亲，亲了眼亲鼻子，一直亲到嘴里，舌头搅成一疙瘩，憋得端不过气儿来，胸口贴着胸口，怦怦跳得又猛又急。

半天，女人说："嗯，说开了也好，俩人能脸儿对脸儿说说话儿了。"

"姐，我对不起你了，往后可叫茅山人后头嚼咕咱吧。我倒不在乎，就是毁了你的名声，刚强一世，临了儿落个这，嗨，都是为了我这么个没用的人！"

女人捂住他的嘴，急得说："别说这个！你又为了谁啊？再说啦，茅山也没人稀罕这事儿，就是有人说也说不到我头上，不过你往后得当心自个儿了。"

"姐是一族大娘，都不在乎这个，我更不在乎了。"

"驼儿啊，不是这意思。你不知道，我们茅山风气不好，养活了小子不叫活，闹得女人多，男人少，兴开了抢男人，一个男人好几个女人抢。猪娃儿他爹就是叫十几个女人给废了，早早儿就死了。"

"姐你放心，除了你，哪个女人也甭想碰我一下儿。牛不喝水，她们还能强摁牛头？"

"你说的是，男人女人的事，一个巴掌儿拍不响。山里的女人不取贵，往后能不搭理就不搭理她们。"

女人又问滩里的事儿，俩人说一阵儿，闹腾一阵儿，又说一阵儿，又闹腾……闹腾得死去活来，最后男人贴着女人，汗粘着汗，泪沾着泪，手心儿攥着手心儿一块儿进了梦里。夜把他们裹得紧紧的，裹成了一个人，一块儿出气儿，一块儿进气儿。

俩人醒来已是饭时。驼儿伸了个长长的懒腰，嚷嚷一声"痛快"！大娘红着脸说："往后可不能老这么着了，误事儿！"驼儿说："今儿黑间咱早点儿睡。"

大娘去了地里，等人都来了，清了清嗓子，大声说："都来了？听我说个事儿！"人们静下来了，等着她说。有那性急的，催起来："啥事儿，你倒是说哇！"

"是这么个事儿：帮咱盖屋的那个驼儿，是人滩里送给我的人。这会儿，猪娃儿跟有巢都回去了，驼儿是我的人了，你们谁也不许碰他！我把丑话说在头里，谁敢动他的主意，我可跟她没完!"

这下子可炸了窝啦,女人们七嘴八舌吵吵嚷嚷:

"嗟嗟,吃独食儿啊?"

"嘿,到底儿是当大娘的,咱比不得。"

"滩里真够意思啊,不送罐子不送盆,要送就送个大活人!"

"啥时候给咱也送个来啊?我不挑鼻子不挑眼儿,长着物件儿就行啊,哈哈哈哈……"

"哈哈哈哈……"

人们一阵浪笑。

大娘正起脸来,高声问:"说完了?笑够了?"

人们都不说也不笑了,等着看她还有啥话。

大娘静了静,说开了:"咱都是女人,说啥归啥,谁也别往大娘上头扯。就算我吃独食,你们也别跟我争。这么些年,我没碰过你们的人,由着你们折腾。如今,我有了人,你们也让让,别跟我抢。抢也没用,人家是奔我来的,谁也别自找没趣儿!我早就说,别把小子不当人,你们偏不听,养活了小子就溺死,这一辈儿妮子大了又是这命,可世界抢男人。我没养活过妮子,俩儿子都叫他们活了。如今俩都走了,为啥?还不是怕你们抢?男人也是人,一个男人能伺候几个女人?人家受得了吗?我还是说:别把小子不当人!过两天咱盖神神屋,我都不拿才下生儿的小子祭神神,拿只羊顶了,神神要怪,怪我一人儿,把咱的种儿留下是真的。往后谁养下小子来,可别往尿盆子里摁了,造孽啊,等你们妮子大了遭报,招不上男人。我这些话,你们听了也跟别的女人传传。就这啦,不说啦,干活儿去吧!"

后晌回来,驼儿告诉大娘:"姐,我把咱的事儿告诉盖屋的人了。"

"你咋跟他们说的?"

"他们问我猪娃儿来,我说猪娃儿回滩里不回来了。他们问我啥时候回滩里，我说不回去了，我跟你们大娘过到一块儿了。他们狠着闹了一阵子，把我闹散了。后来他们嘱咐我，茅山女人坏着呐，让我留神，别叫她们给坏了。"

"驼儿，放心吧！姐今儿也把话给她们说到明处儿了，谁也不敢坏你。你就是姐的人，谁敢动你一指头，姐碎了她！"

几宿没睡好觉，攒起来的乏劲儿涌上来，天还不黑，眼皮子就黏了，俩人早早儿躺下了。女人昏昏沉沉快睡着了，强支起眼皮儿问："还想闹腾吗？"

"想，啥时候都想！"

"到底儿年轻，驼儿，咱俩差着几岁啊？"

"不知道，不管差几岁，咱就是一个人。"

"驼儿，你比我小得多吧？你兄弟才那么点儿。"

"你说兔儿啊？兔儿还没我大姐的孩子大呢，嘻嘻，你拿他说事儿干嘛呀？"

"我在想，我是不是都能给你当娘啦？"

"成，我就叫你娘，娘！亲娘哎！"

女人把奶头儿塞进他嘴里，"吃娘口奶，咬！使劲儿咬！傻小子，使劲儿呀！"

"舍不得，怕你疼。"

"舍得，咬吧！越疼越好受。啊！"女人尖叫一声，困劲儿全没了，一下子把驼儿摁到底下。俩人你翻上来，我压下去，我翻上来，你压下去，闹腾了个溜够，不知啥时候扭着缠着睡死过去了。

一觉睡到天蒙蒙儿亮，几天的乏全都歇过来了。醒了，驼儿说："真不知道这东西这么好啊！闹腾完了睡得这么香，赶明儿咱见天儿黑间闹腾一阵儿，美美儿地睡个大通觉！姐，你这么些年咋就不知道找个人呢？这么好的东西，白白丢了！"

"那人不来，我有啥法儿啊？耗到这咱才来，你赔我的好东西！你赔我！”

"哎，赔，赔你！"

大娘瞧着天还早，说："赔吧，完了事儿，还能睡个回头觉儿。呵呵，可没少睡。"

歇过来的男人像虎，女人像狼，使出了几辈子的劲儿，闹腾得天翻地覆，累得成了烂泥，大张着嘴喘粗气。

月亮缺了圆，圆了缺，日子美得像只唱不完的歌儿。

下弦月弯弯着嘴儿笑。女人把男人的脑袋摁到自个儿肚子上。

"好好儿听！听见啥了？"

"啥也没听见。"

"再好好儿听听！听见啥了？"

"里头咕噜儿咕噜儿响。"

"贴紧了，再听听！听见啥了？"

"听见咕咚一下子。"

"对啦！"

"啥对啦？你肚里不好受？"

"傻小子，那咕咚一下子，是咱孩儿踢蹬腿儿呢！"

"啊？真的？"男人抱起女人转圈圈儿，高一声低一声喊着"孩儿他娘"。

"晕啦，晕啦，快放下！放下！"

男人放下女人，跪下半条腿，在那肚子上呗儿呗儿亲了个够。

月亮缺了圆，圆了缺，上弦月弯弯着一只眼笑，土窝儿里多了条小命儿，是个妮儿。男人说："这孩子长得像你，叫姐儿吧！"女人说："这妮儿是月亮给咱送来的，还是叫'月儿'吧。""嗯，还是你会起名儿，月儿好。"月儿能哭，小嗓儿倍儿亮，一嘴吃不上，就"哈啊哈啊"大声儿哭。爹说："这孩子有啥毛病儿吧？这么能哭！"娘说："啥毛病儿也没有，就是厉害，大了不吃亏儿。"

草洼子里拔地起了六排新屋，一排比一排好。最后那一排，驼儿特别加了心思盖，盖成了，叫大娘上来挑一间。大娘挑了尽靠东头儿的那一间，多了个窗户，外头多了个转角儿台子。驼儿要在屋子当间儿打个隔断。

大娘不愿意，说："好好儿一大间屋子，干吗分成俩雀儿窝呀？身子都转不开，不如大的痛快。"

驼儿说："在滩里盖屋，给人口儿多的人家儿住大屋，当间儿打个隔断分开睡觉，我们管这叫宫室。"

"咱这屋又不大，人口儿也不多，分它有嘛用呀？"

"有用，啥时候你欺负我了，我有个躲的地界儿。"

"躲了就欺负不着你了？别说躲小屋儿里了，你就是躲到河姆渡去，我也把你追回来，照样儿欺负！"说着在他胳膊上拧了一把。

"别闹！姐，我是想做个样儿叫人们看，有那人口儿多的，赶明儿就盖宫室住。"

"嗯，好主意！打吧，隔断打好了，叫人们都来瞧瞧，一屋子还能变俩。"

隔断打好了，一家三口儿搬进了新屋。

一族的人都来看大娘家稀罕的两间小屋儿。有的分了新屋的回去也学着隔开，没分的想着以后也要这样儿的，还颠来倒去比划咋分。大娘说："往后把屋再盖大些，分开一间就有这会儿盖的屋这么大，那住着可就舒坦了。人口儿多了就再分再隔，省得挤一疙瘩，跟一窝猪似的。"

驼儿他娘带着兔儿来了，把一大家子分的鲜鱼全背来了，添上自个儿捞的小鱼儿大虾，凑了满满一大篓子；兔儿又背了一篓子荸荠。大娘说："咱家就两口儿半人，这得吃到哪辈子去啊？"驼儿他娘说："鱼吃不了，多搁点儿盐腌上，串起来吊屋檐儿下头风干了，啥时候想吃了，就掰一块。荸荠不值一吃，过不了明儿，就没了。没啥好东西，想着山里摸不着，才带来的。驼儿是吃这东西长大的，也就是叫你吃个稀罕儿，呵呵。"大娘说："您没见过我，不定把我想得有多大个肚子哩，两大篓子，我张着大嘴，可往哪儿装啊？"兔儿说："别一下子全装进去啊，您慢慢儿装，今儿装一点儿，明儿装一点儿，用不了几天就装完了。"他娘说："听听，兔儿都知道咋装，你就今儿装一点儿，明儿装一点儿，慢慢儿装吧！呵呵。"逗得大娘这个笑啊，差点儿岔了气儿，半天才能说话儿："好呀，我长了那么大个吃窟窿，一天到晚装，今儿装了明儿装，装满了咋办啊？"兔儿说："叫我哥帮您装。"

大娘看兔儿可亲了，把家里有的全都拿出来，新下来的瓜果梨桃摆了一地，一劲儿叫："兔儿，吃这个！兔儿，吃那个！吃啊！"后响，娘儿俩要跟着砍树的人回了，大娘非要留下兔儿住几天，兔儿也愿意。他娘说："那就住几天，等猪娃儿来的时候把他带回去。兔儿，能干啥帮姨姨干点儿啥，别跟姨姨淘气！"大娘说："兔儿是月儿的舅，该叫我姐哩。"脸上泛起两片红。

驼儿回来了，抱起兔儿抢圈儿玩儿。大娘说："你娘走得急，连个面儿都没见着。"兔儿说："见着了。"驼儿也说："是见着了，前响来的时候见了，说了话儿，后响走的时候又说了阵子。娘见咱过得挺好，放心了，嘱咐我跟你好好儿过。"

兔儿改不了嘴，还是管大娘叫姨，"姨，吃了后响饭让我哥带我去逮蛤蟆，明儿咱吃蛤蟆腿儿。"

驼儿说："山里没蛤蟆。这是你姐，跟大姐、二姐一样儿，往后别叫姨了，看把人叫老了。"

大娘说："本来就老嘛，还怕叫老了？孩子愿意叫啥就叫啥吧。你带上兔儿去竹林儿转转，砍把窝竹回来。"

窝竹砍回来了，劈了，擗篾儿，削了，刮了。过了两天，大娘给了兔儿一个竹篾儿编的大兔子，眼珠子是染红了的麻批儿包的，脑袋能摘下来，肚子是个大空膛儿，里头能装不少东西。尾巴跟脖子上拴了根麻绳儿编的宽带子，能夸到肩膀儿上。可把个兔儿喜欢坏了，嘻嘻着说："姐姐编了个我，真好！"出门儿老是夸着竹兔子，摘个果儿拣个贝壳儿伍的全都搁肚子里。

兔儿天天儿夸着竹兔子出去找东西，装满了就送回去，一天来回跑好几趟。茅山那么大的孩子都眼气他的兔子，回去求大人给编了，也都夸上了兔子，一下子兴开了兔子，可是哪一只也没有兔儿的好看。

兔儿说："我叫兔儿，我姐才给我编了这兔儿。你们也都叫兔儿啊？"

"管叫啥哩，这兔儿就是好看，还能装，又掉不出东西来。嗨，你干吗叫兔儿呀？"

"月亮圆的时候里头能照见个兔儿影儿，我就是那只兔儿转生的，这咱月亮里头没了兔儿，光剩下个影儿了。"

"瞎说！没了兔儿了，哪儿还有影儿啊？"

"没瞎说，那影儿是兔儿在的时候印上去的。"

孩子们待见兔儿，把他们知道的全都告诉他，哪儿哪儿有啥果子，哪儿哪儿有啥花儿，哪一片儿竹林钻出笋来了，哪一片草里有香包儿。山大了，兔儿天天儿都能弄回来些个好吃的好玩儿的，有回拽了一串儿香包儿，满屋子都是香。

大娘说："这孩子可是个帮手儿，天天儿鼓捣回来不少东西，早把他吃的找补回来了。"

驼儿说："家里有个半大孩子，顶大事儿呢。兔儿跟你又亲，咱别叫他回去了。"

"那可不行，你娘俩儿子全让我给霸占了，她还不得把我恨死了？呵呵呵。"

兔儿眨巴着毛胡子眼说："娘不说霸占儿子，说小子都是给别人养活的，早晚是个扔。"

驼儿说："娘还真是这么说的。反正是个扔，咱捡了兔儿得了，省得扔给别人，还不知道是好人家儿还是坏人家儿。"

大娘说："等扔的时候咱接着。这会儿孩子还是娘的伴儿，且舍不得扔呢。"

兔儿说："到我娘扔我的时候你们可得接住了，别叫人家把我抢走了。"

一个兔儿给家里添了多少好儿，大娘只盼着有巢他们别来，好再跟孩子一块儿多待几天。

越怕的事儿来得越快，狗娃儿来了，还是兔儿给带的道儿引来的。狗娃儿扛来半麻袋大米。

大娘说："都给我拿来了，你们不吃饭了？"

狗娃儿说："姨说这是我挣的，叫我给您背来的，灌了满满一袋子，我硬给倒回去半袋子。米不多，叫您尝尝味儿。"

"好家伙，半袋子半袋子地尝！"

后晌驼儿回来了，把狗娃儿认成了猪娃儿，大着嗓门儿嚷嚷："嘿，你捅我那一拳，还没报呢！"上去就给了狗娃儿一拳。

大娘说："嗨嗨，看准了人再打！"

狗娃儿没见过驼儿，可一眼就知道是谁了，笑着说："我是狗娃儿。"一个"驼哥儿"到了嘴边儿，又咽回去了，翻上个"驼儿舅"来，又出不了口，好生别扭！倒是兔儿不管这个，问大娘："姐，我哥干吗打狗娃儿哥呀？"狗娃儿心说："我亏大发儿了，连小兔儿崽子都成了我舅了！"倒是大娘不嫌跌了一辈儿，大大方方说："兔儿，狗娃儿个儿大，辈儿比你小，别叫哥了，就叫狗娃儿吧！"

狗娃儿住了一宿，跟兔儿在里头隔断屋儿里睡，听见外头俩人说一阵儿笑一阵儿，没完没了的话，没完没了的笑。娘身边儿有了人，又有了月儿，是个家了。娘有了家，岁月又回来了，娘又少兴了。

娘带着月儿，还没去地里，白天跟狗娃儿在家里说话儿。狗娃儿走了快一年了，娘儿俩说不完的话儿。娘问起他跟人儿了没，狗娃儿脑袋拨棱得像西风里的草。

娘急了，问他："咋回事儿啊？"

"不咋，滩里妮子有的是，我不往那上头想。"

"你那时候非要出去，不就是为了去外头跟人儿去吗？"

"娘，我那时候没招儿啊，只有跟人儿一条道儿才能走出去。出去了，姨姨给了我个家，我就不用急着跟人儿了，趁这工夫儿紧着学些真本事。有了本事，人家才瞧得起。一个男人家，凭的是本事，不是那物件儿，人家滩里跟咱这儿不一样儿，男人女人都取贵。您瞧有巢姐，不是也老大了才招人儿吗？还是来外头招的，人家光顾着练本事、亮本事了。我还小呢，日子在后头哩。"

这一年工夫儿，小子不但长了本事，还长了见识了。儿子走对了道儿，当娘的挂着的一颗心落下来了。她还惦记着猪娃儿，说："你哥是不是还跟月儿爹闹别扭儿呐？"

狗娃儿说："我哥跟人家闹啥别扭儿啊？谢都谢不过来呢。他还不知道这理儿？我们哥儿俩把您撇了，要不是月儿爹，您往后咋过啊？"

"你是这么想，别人准说我不该走这一步儿。"

"娘，这您可是想左啦。我姨打一开头儿就想把这事儿捏咕成了，连二姨那儿都说到了。噢，二姨就是兔儿他娘。"

"行啦，你别哄娘啦！人家跟我八竿子打不着的，犯得上操这份儿心吗？"

"娘，信不信在您，真是这么回事儿，那时候姨还跟我商量来着，最后不是把有巢姐跟我哥都叫回去了？"

"快别说了，臊死人了！"

"我哥他们太忙，这阵子过不来，我姨说过些日子来看您。"

"你回去跟姨说一声儿，这边儿大人孩子都挺好的，她挺忙的，就别过来了。"

狗娃儿后晌要跟着砍树的回了，临来的时候兔儿他娘叫把兔儿带回去。兔儿不愿意走，大娘说："娘想你了，回吧！愿意来，过些天你哥再把你接回来。"狗娃儿临走，大娘拿那盛米的麻袋装了满满一袋子棒子粒儿，说："咱山里没好的，背回去叫你姨他们尝个味儿吧。"

两人一走，大娘没着没落儿的，去里间屋拾掇昨儿铺的草，瞧见那只竹兔子，赶紧抱上跑出来喊："兔儿，等等儿！"这么会儿工夫儿，人没影儿了。怀里一阵香气，她摘下兔子脑袋来，掏出一串儿香包儿来，上头还挂着白霜儿。

大娘人在家里，心还是操着族里的事儿，盖屋、种地、打猎、烧窑、编竹席儿，样样儿都想着。盖屋的活儿有驼儿管着，分屋换嘴一摊麻烦事儿只有她能管得了。谁先谁后，大屋小屋，粮食咋换，肉咋换，她家屋所有的墙上全挂满了系疙瘩的绳子，疙瘩关乎从人嘴里掏食儿，错一点儿能闹出一辈子的别扭儿来。大娘经心得很，疙瘩都是双份儿的，另一份儿在分了屋的人手里，别人分嘴的时候，他们不分，拿着绳子来叫大娘给解疙瘩，解了这头儿的，当着面儿再把大娘屋里的绳子拿下来，也解一个疙瘩，一回解俩绳疙瘩。分嘴的系疙瘩，还嘴的解疙瘩，说着容易，系一回解一回，事儿不少呢。

滩里大娘来了，一见面就说："嚷嚷，两口子把个茅山治得这么好，行啊。"

大娘说："治啥呀，我连这屋子都出不去。"

"真不错呢，一年没来，都不认识了，庄稼是庄稼，地是地，屋是屋，瞧得出来，人尽了心。你比我强，不出门儿就治好了。"

"那还不是人家有巢给垫下的？你也知道，茅山原来有啥啊？我是沾了滩里的光儿了，养不出个妮子来，俩小子都拽给你了。"

"这话儿说的！月儿不是妮子呀？"

"也是沾了滩里的光……"说到这儿，自个儿脸都红了。

"对对，哈哈，这个光儿可是沾着了！两口子真把茅山治成个样儿了。"

滩里大娘低头儿瞧瞧干干净净的地，抬头看看满墙的绳疙瘩，心生感慨，这女人真是个人物儿！

"姐，想求你一件事儿。"

"求啥呀？跟我还说得上求？"

"呵呵，怕姐姐不答应，才求的。是这么回事儿，去年有巢帮着给窑上装上了拉坯车，做了一大堆楦子，干活儿好多了，也快多了。窑上的人都念叨有巢，啥时候孩子有工夫儿了，再上来给教两手儿就好了。我们那窑实在是不行，黑狗子就会吃现成儿的，不教他，一辈子也烧不出一样儿新东西来，哪儿如有巢啊，那么多主意。我可真眼气姐姐，有这么个大能人。"

"嘿嘿，你眼气滩里哪样儿，我都舍得给你，就是有巢不行，没了她，滩里也就玩儿不转了。借给你几天使使行了，你可别打别的主意！"

"姐姐那么明白的人，咋说出这么糊涂的话来了？"

滩里大娘这才知道失了嘴，笑道："说傻话了，你哪儿能扣住有巢啊？俩儿子都在我手里呢，哈哈。"

说起俩儿子来，茅山大娘说："猪娃儿咱就不说了，为了狗娃儿，我可欠你欠大了。这孩子跟着我啥也不是，挨你家里住了一年，整个儿蜕了一层蛤蟆皮，又长本事，又知道事儿了。"

"嗨，那是你的儿子，灵气儿打你这儿来的。"

"窝在你那儿又吃又住，给你添麻烦了。"

"麻烦啥？我要是再有个妮子，就把狗娃儿招了。"滩里大娘嗓子眼儿哽住了，小妮子要是在，也有狗娃儿这么大了。她突然问："你神神屋底下真没祭个孩子？"

"没，为这，驼儿还跟我争来着，说我欺哄神神，盖起屋来准塌。我说塌了把我祭了，不能毁茅山的种儿。"

"人说茅山拿羊祭的神神，真是这么回事儿？"

"不是，破土那天倒是宰了只肥羊，可是没祭给神神，给盖屋的人分了。"

滩里大娘大吃一惊，问："你们神神屋下头啥都没埋？"

"挖地基的时候挖出条胳膊粗的大长虫，就把它脑袋砍下来祭了。长虫肉炖了一大锅，给盖屋的人吃了壮胆子。那些日子驼儿整天心神不宁，怕神神怪罪把屋掀了。到后来啥事儿没有，才知道长虫有这用处儿，后来盖屋老是砍一条长虫埋地基里。一排排的屋都挺好的，要说，还是有巢给看的风水好，镇得住。"

滩里大娘肚里翻腾开了，祭小妮子，祭吉娃娃，都是她的主意，结果跟祭条长虫一个样儿，造孽啊！

茅山大娘见她脸色儿不好，赶紧说好话儿找补："茅山小地界儿，人见识少，小气，屋也盖得小。姐姐舍得祭神神，滩里才有那么大的气势，屋大，井多，两条河上能造起渡口架起桥，还不是靠神神佑护？我知道自个儿对不起神神，造不出大气像来。人跟人不能比啊，我只求茅山保住种儿，别绝了就行了，哪能像你，四乡八里都看着滩里呢。"

滩里大娘也没想把四乡八里咋着了，她只是按照祖宗的制子行事儿。唯一没照祖宗制子做，是拿大妮子换了有巢来，打那就热闹开了。她明白了制子是人定下来的，还是能改，只要往好处儿改，神神并不怪罪，不但不怪罪，还佑护哩。

天刚暖和那阵子，她领着人打索子桥过去开荒，没想到那地界儿闹长虫，人们都膈应，荒也没开成。打茅山回去，大娘跟三青子说："人家茅山盖屋，往地里埋长虫脑袋，屋子不潮，虫虫蚁蚁都跑了，人住着不害病儿，养活的孩子也壮实。往后咱盖屋也得埋长虫脑袋。长虫肉别扔了，炖着吃了大补壮胆子，人茅山盖屋的人兴吃长虫肉。"

三青子说:"都是驼儿这家伙兴的,在咱这儿蔫儿不啦唧的,连个屁都放不响,一到了茅山成了精了!他小子要是个女的,都能当大娘了。"

盖屋的人跟着三青子过河逮长虫,埋了脑袋炖肉吃。这事儿一下子传开了,人们一早儿一晚儿全跑到河那边儿逮长虫。长虫再多,也搁不住一族的人逮,没几天儿就绝了。蛤蟆跺着脚儿叫:"可惜了儿了,全叫乱人祸害了,咱吃不上肉了!"

第三十二回

上茅山改窑出细器
回滩里修路见真工

"驼儿！驼儿！"

驼儿正跟几个人上顶子，往下一看，是滩里舅舅喊他。"舅，有事儿啊？""嗯，你快下来！"驼儿心里咯噔一下子，赶紧跳下来，只觉着气短，挪着费劲。

"你娘黑间没了。你大姐叫我告你一声儿，别着急，你娘没病儿没灾儿，起夜摔了个跟头，一口气儿没上来，就过去了，啥罪也没受。"

驼儿没再听他往下说，也没问一句话，只对一块儿盖屋的人说："你们自个儿干吧！回头告诉月儿娘一声儿，说我回滩里看看，明后天就回来。"说完风急火急下了山。

大娘知道了，抱着月儿找到滩里舅舅，说："照礼儿，我该去滩里给二姨磕个头，只是脱不开身子。您回去了告诉月儿他爹一声儿，甭急着回来。叫跟他家里人商量商量，啥时候回来把兔儿带茅山来，叫孩子跟我们过。人家要是不放心，就说先叫孩子住过来试试，愿意了就留下，想回去，再叫他哥送他回滩里。"

第二天刚擦黑儿，驼儿就带着兔儿回来了，俩人眼睛都红得桃儿似的。

大娘吃了一惊，问："这么快就回来了？"

"把娘发送了，紧着挨那儿待着没个意思，家里活儿挺忙的，耽误不起，就赶回来了。"

"兔儿愿意过来？"

兔儿点点头，嗯了一声儿。大娘搂住他，说："好孩子，往后就跟哥哥姐姐一家子过了。"兔儿又点点头，嗯了一声儿。

一宿，大娘搂着兔儿。孩子说梦话叫娘，大娘嗯嗯答应着，眼酸了。这么大点儿个孩儿，爹娘就全没了，老疙瘩就这命儿。她想到了月儿，怕月儿还没成人，自个儿就撒手了，不禁又是一阵伤心。

过了些日子，有巢抱着井娃儿来了，跟大娘打了个招呼儿，就要去窑上。大娘叫把井娃儿留下。井娃儿瞅着月儿，月儿瞅着井娃儿，四只小眼珠儿碰到一块堆儿，黑亮黑亮地闪动。井娃儿呵儿呵儿笑，张开俩胳膊儿，跟见着亲人儿似的。月儿拎抄着小手儿，也呵儿呵儿乐，哈喇子流到下巴颏儿上。有巢瞅着俩孩子，也乐了，说："姨，这俩人咋就跟认识似的？"大娘说："嗯，真的，还没见我们月儿这么盯盯地瞅过人呢。瞧喜欢得那样儿！他俩上辈子准是两口子。""得，我们井娃儿亏了，掉了一辈儿，瞧这事儿闹的！"

有巢本来想叫黑狗子去滩里看两天，可是几个姥娘不愿意，怕生人把她们的绝招儿偷走了，有巢说："上头的活儿可多了，整个儿一溜活走一遭儿不说，连窑都得重砌。"姥娘们叫她能凑合就凑合，别动得太厉害了，让人家一下子也受不了。有巢说："你们不知道，茅山使的还是老辈子的窝头窑，烧个粗活儿还凑合，他们端的碗比咱的锅还沉。"人们都说这也太不跟进了。有巢说："这窑说啥也得改。别的也不好凑合，他们使的土带石头渣滓，筛得也不细，上回教了他们练泥，做了拉坯车，这回我打算找找有没有好点儿的土。你们瞧，这都不是动动嘴儿支支招儿的活儿，全得动手加跑道儿，全得要工夫儿，三两天怕是回不来。"几个姥娘千叮咛万嘱咐，回来早晚不要紧，就是不能露了底儿！

有巢把井娃儿撂给茅山大娘，就奔了窑上。到那儿正赶上和泥，有巢抓了把土，问黑狗子："狗子哥，就使这土和泥？"

黑狗子指指切了半拉的山顶儿说："多少辈子一直使的顶子上的土。上回你过来瞧了瞧，说土太粗，打那挖来的土先过了筛子，才和泥。"

有巢说："这土还不如下头草洼子里的土黏呢。要烧好陶，得有好泥，我们那儿使的是多年积水的稻子地里的泥。"

有人说："可茅山没有稻地啊。"

有巢跟黑狗子商量："狗子哥，咱这窑反正得重砌，你瞧这么着行不行：这土留着砌窑，咱去草洼子和溪沟子挖泥去，比比哪儿的好，就挨哪儿挖。"

黑狗子叫了俩人："二横子，大嘴儿，你们俩去草洼子跟溪沟子挖泥去。"

俩人问挖多少，有巢说："一样儿挖点儿，找最细的最黏的，挨草洼子里拣积水的洼子里的挖。"

俩人走了，有巢跟黑狗子商量起改窑的事儿来。黑狗子说："看过你们滩里的窑，想改，不会呀。这回你能帮着把窑改了，可是给茅山干了件大好事。"

其实，滩里的窑自打有巢去了也改了好几回了，这会儿使的是双层儿墙的倒火窑，双层儿当间儿成了火道，跟火膛子通着，窑底下当间儿豁开一长条槽儿，通到边儿上，沿着窑墙往上是一个死烟道，烟道上头比窑口高。烧坯的时候，火膛子里的火苗儿往上蹿进火道，开口窑底儿的烟道憋住了火膛里的火苗儿，火苗儿没地儿去，只能漫过里头的窑墙冲进窑里，成了倒火。滩里这咱出窑的东西其实不是火烧出来的，而是烤出来的，比从前烧裂烧进了的少多了，烤出来的盘子碗不容易走样儿，色儿也匀称。

改窑，先得挖出半条腿深的火膛子来，火膛子像个开口儿簸箕，挖了火膛子再刨出烟道来，然后砌窑底儿，往上卷起一个筒子来，砌成里墙，外墙比里墙低点儿，四面儿墙有了，留个窑口，封了顶子，窑就成了。为了保险，有巢没砌大窑，宁愿费事儿砌俩小窑。

二横子跟大嘴儿有心，挖了好几样儿泥，背回来让有巢挑。有巢一样儿一样儿抓起来攥着揉，比了一过儿，又抓起一块最可心的问："这是哪儿挖来的？"二横子说是草洼子下头。有巢说："就它了。"

一直干到傍黑儿，才砌好了一个小窑。大娘打发兔儿来叫了两回，最后自个儿来了，冲黑狗子叫唤："有你这么使唤人的吗？过了今儿没明儿啦？逮住人往死里使唤，人下回还敢来吗？"

黑狗子笑着说："我这儿一直催着呐，要是依了有巢，还得再砌一个窑，到天明也回不去。"

大娘也不管活儿干完了没有，拽上有巢就走，嘴里叨唠着："你不饿，也不管孩子饿不饿？"

有巢说："孩子交给您有奶吃，饿不着，呵呵。剩下这么点儿活儿，完了算了。"

一天下来，有巢胳膊酸得抬不起来，脚底下鸡眼顶得生疼，回去吃了饭，叫井娃儿吃了奶。兔儿要带她出去认地儿，她笑了，说："我来这儿住过一程子，多少认得上头下头，今儿累了，不出去了。"驼儿问起家里的他姐姐妹子来，有巢说着说着眼皮子打开了架。大娘心疼她，叫她去里间屋儿早早儿睡了。

半夜里梦见蛋蛋跟滩里大娘顶嘴，又是为祭神神的事儿。大娘火儿了，一巴掌扇过去，蛋蛋脸蛋子上起了五道儿红印儿，大娘胳膊又抡了起来，蛋蛋也不知道躲。她一把抱住蛋蛋，说："这么大点儿个孩子，看打出毛病儿来！"

"有巢姐，出啥事儿啦？"

她醒了，一看，怀里抱着兔儿，不禁又为这没爹没娘的孩儿伤起心来。

"有巢姐，做怕梦啦？"

"嗯，把你吵醒了。兔儿，想咱滩里了吗？"

"刚来的时候想，想一块堆儿玩儿的伴儿。这会儿不咋想了，有时候还梦见他们。"

"兔儿，想回咱滩里吗？"

"回去了，该想这儿啦，跟着哥哥姐姐过挺好的。"

"是啊，你哥难得找着姐姐这样儿的好人。"

"就是。我哥在滩里找不着人儿。"

有巢扑哧儿乐了，说："这话儿可别让你哥听见啊！"

"他听见也没事儿，我姐还不是老这么说他来着？"

"兴你姐说，可不兴你说。留神你哥揍你！"

"我哥敢揍我，我姐就敢揍他。有巢姐你不知道，我哥怕我姐着呢。我姐向着我，他不敢打我。"

"呵呵，小孩子家家知道个啥？别瞎说啦，睡吧！"

兔儿一翻身儿，睡着了。这小人儿，可怜见的！

第二天接着砌窑。砌窑的工夫儿，挖来的土堆成了小山儿。有巢把砌窑的活儿交给了黑狗子，自个儿动手捻土，挑出草根儿石头渣儿，过了粗筛子又过细筛子，筛得土细得跟面似的，这才和泥，光着脚练了又拿手揉，揉了叫醒着，醒好了又揉。窑上的女人们说，比和面还费事。黑狗子说："嫌费事儿？咱的东西倒是省事儿了，可是又粗又沉，还不是泥太牙碜的过？都勤谨着点儿，跟人好好儿学，好好儿练吧！"有巢说："泥练不熟，拉不出薄坯来，别怕费事儿，练泥费点儿事儿，拉坯就省事儿多了。"

一块泥练好了，人们围过来看有巢拉坯。只见她脚蹬得飞快，也不使楦子，右手大拇哥在泥块儿当间儿捅了个窟窿眼儿，俩手小心翼翼按住泥块儿，左手二拇指顺势儿扶着往上拉，泥堆儿慢慢儿升高，压下来，再往上拉。一会儿脚底下松了，盘子转得慢了，停下来，一块儿泥变成了一个薄薄的碗。黑狗子说："还没使一半儿泥呢，怨不得又薄又轻！"人们都说太快了，瞧不过来，还没见动静儿就成了。黑狗子叫有巢慢着点儿，一边儿拉，一边儿说着点儿。

有巢说："拉惯了，一时还慢不下来了，呵呵。你们也别想着一下子就拉得跟我这么快，慢点儿不要紧，拉多了惯了就快了。拉的时候不能想别的看别的，心、眼、脚、手往一块儿使劲儿，就能拉好了。心里有底儿，脚底下有劲儿，眼瞅着，想拉成啥样儿，手就能拉成啥样儿。你们本来都会拉，这回泥练好了，就能往薄里拉了。"

人们问她干吗不使楦子。她说："使楦子就拉不了这么薄了，开头儿我们滩里也使楦子来着，后来不使了。"

她叫人们不使楦子拉拉试试，她瞅着，这儿说几句，那儿把着手调调，一趟一趟走着看着说着："身子坐正了，甭弯着腰就和……哎，窟窿眼儿歪啦，得捅在泥块儿当间儿，就跟捏窝头一样儿，对着盘子当间儿搁下去，哎，对正了，往后才好拉，对不正，转起来就不稳了，拉起来不是歪了就是扭了……哎，可不能往泥上溜水啊，只能拿手蘸了水扶住泥往上拉……你这泥里水太多了，滑是滑溜儿了，可是拉不成形儿，掺和掺和重练练……瞧，越拉越好了不是？拉着拉着泥就活了，能跟泥说上话儿了，想咋拉就能咋拉了。嗯，泥也有命儿呢，呵呵。"

坯晾上了，有巢跟黑狗子商量上啥色儿画啥花儿，黑狗子说："这薄碗薄盘儿就挺好，我们烧出来个儿使，又不跟人换东西，就不费那么多事儿了。"

坯晾到半干，有巢拿起一个碗来，拿薄石头片儿把毛碴儿刮了。人们才知道坯成了还得修，也都学着样儿刮刮修修。黑狗子说："这回可好了，咱也能烧出像样儿的家伙来了，省得端着碗拉了手。"他说的是真话，烧出来的东西上哪怕带个小疙瘩渣儿，也能拉破了手。

除了上釉子，有巢全教到了。从取土到满窑，黑狗子全套儿的都学会了。干坯进了窑一天两宿，就烧成了。有巢早早儿起来先奔窑上来，打窟窿眼儿里瞧着色儿差不离儿了，就灭了火。到晌午出窑一看，挺好。有巢满意地问黑狗子："咋样儿?"黑狗子说："薄是薄了，也挺细乎儿，就是不光不亮。你们滩里的咋那么光溜呢?"有巢想了想说："咱的土不一样儿，再说这一窑又没上色儿没画花儿。"她自然知道是没上釉子的过，可是又不能说。黑狗子说："反正也不指望着拿出去换啥，就这吧!"

有巢想，人啊，就是不知足! 光知道比人家好的，咋就不跟你们从前端的大粗家伙比比呢? 她拿了个盘子拿了个碗，回家给了茅山大娘，说："也就烧成这样儿了，想要再好，我是没那本事了。"

大娘一手拿着盘子一手端着碗，端详着说："这还不够好? 还要咋好啊? 要不是你来，茅山八辈子也使不上这么好的盘子碗啊!"

有巢心里好受了些，说："黑狗子他们都会了，从找土到满窑，全套的活儿都会了，我就回去了。"

大娘说："干了这么大的事，窑上说啥也得热闹热闹。急啥哩? 明儿再走!"

有巢说："窑上大伙儿一块儿热闹热闹就行了，我一个外人，有我没我都一样儿。"

大娘听着别扭，说："你咋成了外人了? 没你，这窑改得成吗？这细陶烧得出来吗？你是听见啥了？人的嘴两张皮，可不能啥话都往心里去啊。”

有巢慌里找补："姨别多心，是我话没说明白，这回出来有日子了，家里撂下一大堆活儿，再不回去，家里该惦记了。"

大娘说："非要走也得等到吃了后晌饭，跟上你舅他们一块儿回去。我这就拾掇去。"

有巢说："我抱着孩子走得慢，跟不上那些男人，还是早点儿走好。姨就别麻烦了！"

大娘见咋也留不住，想送些东西，可瞧她一人儿抱个孩子也拿不了，心里想着往后再还这情儿，便抱着月儿送她下山。俩孩子一路儿上喔喔哦哦说着他们自个儿的话，咧着嘴张着手儿呵呵儿笑，分手儿的时候还呵呵儿笑，等到一个叫娘抱着往上走，一个叫娘抱着往下走，俩孩子才哇哇哭起来，扒在娘的肩膀头儿上，张着手朝着远去的伴儿又哭又喊，走得越远，哭喊得越厉害。有巢有点儿后悔了，犯不上把事儿做得这么绝，再想想，要不是自个儿留了一手儿，人黑狗子也不至于说那些个不咸不淡的话。又想着，这事儿还不如不管呢，搭了多少工夫儿，费了多大劲，反倒得罪了人，这是图个嘛啊？

井娃儿哭着哭着睡着了，她也走累了，瞧见一块大石头，就坐那儿歇会儿。这一歇，竟迷瞪过去了，梦见兔儿叫一条胳膊粗的黑马梢子咬住了，哇哇叫唤。醒了，是井娃儿在哭，刚才尿了她一腿。她把奶头儿塞进孩子嘴里，喂饱了，又起身上了路。

走到半晌午，远远儿瞧见软江上的小船儿了，她挥着一根胳膊哎哎叫起来。船上的人也噢噢叫喊，往这边儿撑过一只来，又过来一只。近了，有人喊："这不是有巢吗？"她也看清了人脸儿，一个个儿叫着名儿打招呼儿："呵呵，窝窝儿，傻娃儿，呵呵呵呵，精子，漏勺，牛皮，呵呵，这儿网鱼呐？""嘿咿，你可回来了！"鱼头不知道啥时候撑着船过来了，"再不回来，咱猪娃儿要跳大河了。"人们一阵大笑。有巢倒大方："跳的时候，你们可别拦着啊！"一步儿跳上了鱼头的船。井娃儿叫颠荡醒了，哇哇地哭。有巢晃着孩子说："到家了，还哭！"孩子叫晃舒坦了，住了嘴儿。船到了对岸，有巢往上一跳，孩子又哭开了。她背着人给孩子嘴里塞了个奶头儿，急急忙忙奔窑上去了。

一到窑上，可就热闹开了，人们放下手里的活儿，把有巢娘儿俩围了个严实，七嘴八舌你也问我也说，连蛋蛋跟妮儿都够不上说一句话。有巢心里热乎乎的，想起离开茅山窑上，没人问没人理的，越发知道远近不一样儿了。

有人说："这回茅山不会再拿着竹席儿来换咱的盘子碗了。"接着就有跟着说的："可不是嘛，教会了外人，饿死自个儿。"

小屋儿里编东西的姥娘们不乐意了，小鱼儿姥娘说："没见识的话！咱自个儿会编竹席儿了，人家还咋换啊？咱这会儿编这编那，还不都是人狗娃儿教会的？人茅山人说啥来着？"

秀儿姥娘说："只要他们不拿烧出来的东西去外头换东西，就戗不了咱窑上的。"

花儿姥娘问："有巢啊，存了一手儿没有啊？"

有巢说："该教的都教了，他们烧出来的东西又细又薄，就是不光乎儿不亮，呵呵，就这，人家也知足了，说是自个儿使，光不光的就算了。"

尾巴儿说："不算还能咋？有本事自个儿琢磨呀！咱好容易琢磨出来的，还能都白白给了他家？"

小鱼儿姥娘说："说的容易，你当是个人儿就能琢磨出来个啥呀？咱这儿得亏有一个有巢！"

尾巴儿说："有一个就够了，要不眼巴巴儿盼着有巢姐回来呐。回来了，还给咱琢磨吧！"

吃了后晌饭，大娘家这排屋快叫人挤塌了，听说有巢回来了，这儿的那儿的全来了。够得着的拉住手儿不放，问长问短，够不着的远远儿打个招呼儿，瞧着乐。有巢俩眼潮了，说："可别这么惯我！赶明儿哪儿都不敢去了。"三青子站在外头说："外人不如咱家里亲吧？外人不知道有巢是谁。"有巢说："呵呵，家里外头就是不一样儿，别说人家认不认得我了，我不也就认得咱家里人嘛？完了事儿一会儿都待不住，紧着往家赶。那边儿说要热闹热闹，我哪儿顾得上哇，一心想着家里的窑呢，呵呵。"

天黑了人们还不散。大娘说话了："今儿可热闹够了，剩点儿工夫儿，叫我们一家子说几句话儿吧。"人们这才走了。

猪娃儿、狗娃儿问起娘来，有巢把人两口儿千好儿万好儿说了够，夸完大人夸孩子，月儿咋甜，兔儿咋知道事儿。

狗娃儿说："家里比我们在的时候人还多呢，娘不闷得慌了。"

猪娃儿说："比养活咱俩强，娘这咱有驼儿管着，往后有月儿管着，前后都有着落儿了，半当腰儿还有个兔儿。嗨，这下儿心里就踏实了，不用老惦记着了。"

舅舅说："惦记也没用，我娘在的时候也是一人儿，我也是老惦记着来着，可是，够不着啊，惦记也是瞎惦记。你们娘人好命儿也好，不用你们惦记啦。"

黑间一躺下，猪娃儿就忍不住了。有巢说："瞧你那点儿出息！就不能等外间屋儿睡着了？"猪娃儿说："外头听不见，你就别制我了！"有巢偷偷儿乐，小声儿逗他："打死人偿命，憋死人不偿命，憋死你！憋死你！"猪娃儿捂住她的嘴，说声"别价"！身子老沉地压了上来。

大人动静儿大了，把个井娃儿吵醒了，摸来摸去找不着月儿的小肉肉儿，一难受，哭开了，娘的奶头儿也塞不住嘴了。在茅山这些日子，俩孩子白天黑间没分开过，跟一人儿似的，这会儿少了一半儿，难受得又是哭喊又是踢蹬。

大娘在外间屋问了："有巢啊，孩子不是闹病了吧？"

有巢赶紧说："不是，这些日子在茅山她姥娘家睡惯了，猛地换个地儿，醒了就闹开了。没事儿，一会儿就睡着了。"

井娃儿没睡着，倒把妮儿闹醒了，俩孩子就跟比嗓门儿似的，比着哭，比着喊，闹累了，才又睡了。

有巢拧了猪娃儿一把，小声儿嗔怪："都是你闹腾的！"

猪娃儿小声儿问："还闹腾吧？"

有巢蹬了他一脚，小声儿说："还闹腾个屎！睡吧，天亮了起不来，叫人笑话。"

早起起来，大娘问有巢："没歇过来吧？"

"歇过来了。黑间井娃儿闹得姨没睡好吧？"

"没事儿，我觉本来就少。有巢啊，你不在，窑上这些日子干得挺好的。"

"我昨儿回来就瞧出来了，尾巴儿是个人物儿，有她跟几个姥娘撑着，往后我几天不去窑上也不惦记了。"

"能腾出身子来就好。我跟你商量个事儿，咱两边儿江上的门面挺不错的，外头来的都夸。可是里头的道儿太烂，坑坑洼洼，下雨沾两腿泥。你给盘算盘算，带几个人干两天，把道儿修修。"

有巢想了想，问："给我几个人啊？"

"你要几个？"

"这得看修几条道儿，修成啥样儿了。要是凑合平了就行了，有仨人四五天就行了，可是一下雨还是沾泥。要是好好儿修，就得要工夫儿要人了。"

"行，既修，就往好里修。"

"那，光拾掇泥跟土就不够了，我想着先把道儿拾掇干净了，铲平了，两边儿拿砖夹起来，再往里头填土，填满了，夯瓷实了。这可就费了老鼻子事了，砖得一窑一窑烧，三天五天不成。要我说，这事儿不用急，给我几个半大小子，连挖土烧砖带修道儿，修一截儿是一截儿，一截儿一截儿慢慢儿干去了。修成一条，再修一条，等道儿都修成了，人也会干活儿了，该去窑上去窑上，该去盖屋去盖屋。"

"行，你瞧着咋好就咋干，明儿叫几个半大小子听你支使，后晌饭时你告诉我干了多少，好给他们记工。"说完，叫蛋蛋去喊青子、留顺儿、老根儿、三疙瘩、丑子、尿脬、狗子过来。

有巢说："姨，今儿甭叫他们过来了，蛋蛋告诉他们明儿吃了前晌饭就去窑上等我，都带上锹、镐、背篓子。我明儿先去窑上说一声儿，就带他们挖烧砖的土去。您瞧行不行？"

大娘说："行，省得一干小子喜欢得今儿黑间睡不着觉。"

有巢又说："这几个都不大，要不叫上顺儿给他们当个头儿？"

蛋蛋说："对，顺儿能管住他们了。"

大娘说："行啊，蛋蛋你就给顺儿捎个话儿吧。"

软江边儿上烧砖的窑还在，那回可没少使砖，有巢后来把窝头窑改成了个砖窑，不光是烧砖的窑，还是砖砌起来的窑，倒也名副其实。有巢叫把道儿上和边儿上的草皮全起了，道儿铲平了，打边儿上往外起土，起出来的土筛干净了往砖窑背，筛出来的渣滓倒道儿上，拿镐面儿砸碎了，拿锹拍平了，又嘱咐："别啃住一地儿挖大坑，大面儿上起一层土，匀着点儿起，慢慢儿往远处儿挖。"

孩子们挺听话，叫咋干咋干。顺儿一会儿问问："有巢姐，挖这么深行吗？""有巢姐，您瞧道儿垫得够宽得了吗？""有巢姐，还往高处儿垫吗？"

"有巢姐！有巢姐！"

有巢四下里瞧，不知道是谁叫她。

"有巢姐，这儿呐！"

原来人在河那边儿喊，是兔儿，两手撮在嘴上喊。小人影儿旁边儿还有俩大人，看清了一个是黑狗子，一个是二横子，脊梁叫篓子压弯了。鱼头他们今儿过河姆渡那边儿去了。

有巢朝对面儿喊："等等儿，我去埠头撑船过去接你们。"

黑狗子喊过来："不用了，我们打桥上过去，还没上过桥，今儿过过瘾。"

顺儿说："我下去撑船去吧？"

有巢说："去吧！"

顺儿奔西跑过去了。有巢朝对面儿喊："甭绕了，挺老远的，又背着老沉的东西，船这就过去。愿意过瘾，搁下篓子再上桥上走走去。"

兔儿瞧见顺儿跑了，就领着俩大人下到一个能上船的地界儿等着。有巢也过到岸边儿去迎，心里嘀咕："刚烧出细陶来，不接茬儿烧，又背着换来了，新窑才使一回就塌了？不至于啊。"

一会儿把人渡过来了，有巢急着问："窑上出啥事儿了？"

黑狗子说："啥事儿也没出。昨儿你走了没回来，我还以为是回去瞧孩子去了。后晌去问了大娘，才知道是回滩里了。给我们帮了这么大忙儿，悄没声儿就走了！瞧这事儿！"

有巢脸红了，心里这个愧啊，话都说不利落了："瞧，这，这可成了啥了！本来满上窑就、就打算回、回来着来的，后来想着咋咋也得瞧瞧烧出来的东西。出了窑，瞧着挺不错，就、就回来了。没、没敢打招呼儿，怕不叫走，嗨，这事儿！又叫大伙儿惦记，又叫你们跑一趟。这事儿，我对不起大伙儿了。"

有巢跟顺儿他们交代了活儿，就带着仨人往家走。兔儿说："有巢姐，我去地里找找我姐去，待会儿再过来跟狗子哥他们回去。"黑狗子说："兔儿就甭急着跟我们回了，住两天，跟着砍树的一块儿回来就行了。"有巢也说："兔儿就住两天吧，舅舅送你回去。哎，对了，你见了大娘告她一声儿，茅山来人了。"兔儿答应一声儿跑了。

到家没多大工夫儿，大娘也回来了，一见满地摆着盆儿盆儿罐儿罐儿，盛满了棒子粒儿、小米儿、荞麦、鲜笋、大枣儿，说：

"这可是干吗啊?"

黑狗子说:"有巢给茅山帮了那么大忙儿,大伙儿过意不去,凑了点儿东西,叫我们俩来背上过来瞧瞧,东西不值啥,是人们一点儿心意儿,多少给你补上点儿这边儿误的工。"

大娘说:"误啥啦?补啥呀?合着有巢去茅山挣好吃的去了!可不能这么惯她啊!今儿给出这例儿来,赶明儿再去你们还给不给?可不能兴这个啊!"

黑狗子说:"这么点儿东西可还不过有巢这回的大人情儿。打这起,家家儿能使上细碗了,等于是滩里送了我们几十窑细物件儿,这点儿东西哪儿够换的啊。今儿一早儿我们俩就上道儿了,走得急,没顾上多带点儿。要是明儿来,指不定有多少呢!"

大娘说:"你们俩那么早就上道儿了,还没吃东西吧?"

黑狗子赶紧说:"吃了吃了。"

二横子说:"没挨家吃,带着道儿上吃了。"怕大娘不信,打腰里奔拉的袋子里掏出半拉贴饼子来。

大娘叫有巢去窑上拣些中用的物件儿,有巢去了。大娘烧了水,拿出干藕片儿来叫俩人吃,又问起茅山窑上的活儿。黑狗子说了有巢咋帮着改窑,咋打挖泥取土到满窑教他们,虽没说个谢,可脸上的感动啥都说了。大娘又问起还有啥难处儿没,黑狗子说:"有是有,可也没法子,茅山的土跟你们这儿的不一样儿,烧出来的物件儿没你们的光乎儿,也没你们的亮。我们是知足了,又不指望着换啥,要那么光乎儿干吗?呵呵。"

大娘又问起茅山大娘来,二横子说:"那可是我们茅山的大能人,里头外头啥都不耽误,打理得家是家业是业。"黑狗子说:"不是能人能当得了大娘?"大娘听得受用,又问起驼儿来。黑狗子说:"驼儿去了好多了,大娘家日子又过起来了,又是兔儿又是月儿,热热闹闹一家子。驼儿是留我们那儿了,要是回来了,我们也得背着篓子来还他的情儿哩。要说茅山盖屋,有巢自是有功,找水脉看风水，都找对了。驼儿可是出了大力了。"二横子说：
"我们没的还，就拿我们大娘还了驼儿的人情儿了。"说得大娘跟
黑狗子笑起来没完。

"呵呵，啥事儿这么笑啊？"有巢跟蛋蛋回来了，一人背了一
篓子碗，干草隔开，一摞儿一摞儿的。大娘说："这个回去给窑上
的人分了，算有巢还情儿啦。"说完在一根绳子上打了好几个疙
瘩。二横子说："为这，有巢姐好几回不能分嘴了。"大娘说：
"有猪娃儿的，饿不着她，呵呵。"黑狗子挺尴，说："闹了半天，
我们俩还是来换东西来了，瞧这事儿！"大娘说："都不是图这点
儿东西，图的是来往，有来有往。往后常来往，用着谁了说一声
儿，不用还啥人情儿。"想起二横子说的来，又笑开了，"还有拿
大娘还人情儿的！你们还有几个大娘能还人情儿啊？呵呵。"几个
人又是一阵笑。

第三十三回

念好雨润活夹道树
恨恶寒苦死连心人

个修道儿的孩子又是垫道儿，又是和泥脱坯，干的活儿人都瞧得见，有巢跟大娘商量："孩子们的活儿挺苦的，给记半拉工吧！"

大娘说："半拉？太多啦，太多啦！俩豆芽子大的孩子哪儿顶得了一个大人啊？"

有巢说："那就仨孩子分一个工，再少，我心里可下不去了。"

大娘说："不是我抠儿，我是怕别的孩子瞧着眼气，都要来。"

"来的越多道儿修得越快啊。姨怕啥哩？"

"我可分不起啊，系一大堆疙瘩拿啥解去呀？"

"姨，要不，咱俩孩子算半拉工，后晌就叫他们散了，还满世界找食儿去。"

"这么着还行，谁眼气，不嫌少就跟着干。"

孩子们还真不嫌少，后晌叫走也不走。一人儿背着个小篓儿，碰上啥拣啥，散了工又跑河边儿捞小鱼儿去，倒也全不耽误。大人也没有嫌少的，本来就是孩子拿玩儿的工夫挣的嘛。过了两天，又来了几个，全带着家伙，有的是自个儿来的，有的是大人叫来的。有巢都留下了，分了三拨儿，一拨儿挖土，一拨儿筛土、填道儿，一拨儿运土、和泥、脱坯，又叫上蛋蛋来跟她一块儿烧砖。

开头儿摊开一片黄土，瞧不出眉眼儿来，连原来的道儿也没了。等头窑砖烧出来了，沿上了边儿，就瞧出道儿来了。砖立着砸进地里，土全往砖边儿里头填，砸实了。头一天沿边儿，有巢就瞧出毛病来了，砖埋进半截儿去，出的沿儿不够高儿，道儿拱不起来；埋浅了，又兜不住土。她叫把砖拆了，脱出来的坯烧了，留着铺到埠头那截儿河岸；新做了模子，比先前的长一大截子。这回烧出来的砖埋进地里，兜出两巴掌深的道儿来，可没少装土。砸了拍了踩了又填，最后夯瓷实了，出来一截儿平平的道儿。有巢说："这回好了，就这么修下去，绕到窑上，一直修道河姆渡。"

大人们瞧见了，上工下工打这儿过，都过去吆喝着打一阵子夯，帮着把道儿压瓷实了。

出一窑砖，道儿就往前拱一大截子，一截子一截子进得挺快，不知不觉到了窑上。窑上的姥娘、姨姨、姐姐们天天儿来窑上干活儿不用沾泥了，都夸道儿修得好，趁这工夫儿，抹出一条小道儿来通到窑棚子门口儿，也拿砖沿了沿儿。这么一来，外头来换东西的人打软江埠头走到窑上，脚不沾泥不带土，干干净净进了窑棚。

回回儿满窑，尾巴儿都塞边儿上几块薄砖坯，要是有人问起来，就说是下脚料，扔了可惜了儿的，又不占地儿。攒够了，女人们把窑棚的地铺了，人人把自个儿眼么前儿一块地儿擦得能照出人影儿来。

来换东西的人，女人们一瞧脚底下就知道打哪边儿来的，尤其是下过雨以后，打河姆渡过来的人一脚泥一脚水的，进门儿就叫人皱眉头疙瘩，心疼干干净净的地呀。

剩下的道儿，大人们一早儿一晚儿来搭把手儿，修得快多了。孩子们怕修到头儿挣不着工了，跟有巢说，他们自个儿干得了，别让大人们帮忙儿了。有巢说："活儿多着呢，闲不住你们。大人们也是瞧着修出来的道儿好，才想着快点儿修完这条通道儿，外头来的人走着干净，咱脸上也好看。大人们干了又不系疙瘩抢咱的嘴，白给咱干还不好？"孩子们这才放心了。

道儿两边儿的地，修道脱坯翻了个个儿，黏糊糊的黄土，一下雨成了泥塘。有巢跟大娘和舅舅商量，等天暖和了打茅山扛回些树苗儿栽上。舅舅说："好主意，这回咱滩里也养起树来了，过几年就成林子了。"大娘说："你叫孩子们干脆把地开宽点儿，赶明儿种树。"有巢想，这下孩子们真有的是活儿干了，光种树管树就够一年到头儿忙的了，林子再大点儿，活儿更多了。滩里缺树，真能种起两大片林子来，可是造福后人了。那年舅舅打鲻山移来的树伤了根，一棵也没活成。人们都说滩里天生没树的命儿，树都是山里长的。这回她要变变，把小树苗儿包着根儿带着土移过来，领着孩子们好好儿浇水伺候，不怕活不了。她眼里已经有了道儿边的两大片绿油油的林子，一边儿是长材的松树林，一边儿是各样儿的果树林。

不到下雪，道就修到了河姆渡。

到了河开天暖，孩子们蹿高了一截子。舅舅又领着人去茅山了，说好了后晌回来给带树苗儿。可是一人带两棵苗儿，哪儿够栽的呀？有巢不能天天儿等着舅舅扛回几棵树苗儿来，想带着孩子们上茅山刨树苗儿去。他们先挖出一片树坑来，让舅舅跟茅山大娘打个招呼儿，说明儿去二十几个半大孩子，让给指指哪片儿林子里的树苗儿让刨。

孩子们早早儿吃了前晌饭，带着锹、镐、绳子来找有巢，有巢早叫窑上小屋儿的姥娘们给预备好了麻片儿，捆了两大摞，又预备了十几根杠子。一干人拾掇好了，跟着舅舅奔了软江桥，砍树的人早就那儿等着了，接过孩子们手里的家伙帮着扛上。孩子们头回出门儿，一路上瞧啥都新鲜。有巢老得催着："快跟上，到了早点儿干活儿，扛回来趁鲜活栽上。""快点儿走！你们这么磨蹭，到茅山就半晌午了，刨了树天就黑了，回家半夜了，栽不成树，明儿就活不成了。""三疙瘩，快跟上！""尿脬去哪儿了？快点儿！就你磨蹭，明儿甭来了！""顺儿，数数人，看掉了谁没有。""丑子，干嘛呐？快跟上！"

到了茅山，人家早就给预备下了，沿着西沟儿躺了一大溜包好了的树苗儿。大娘抱着月儿等着呢，一见有巢就说："先歇会儿，今儿先扛回去这么多，明儿来了再扛。"

有巢说："这成啥事儿啦？白要树就够啥的了，还使你们的工，嗨，瞧这事儿，还不如不打招呼儿呢。"

大娘说："跟你们一样儿，也是几个半大孩子干的，没花工。间下苗儿来，正好儿让林子透透气儿。也没问问你要啥树，这些个都是杉树苗儿，长得快，又是好材。"

有巢说："要人家的还兴挑啊？你们间下啥来要啥。苗儿虽是多出来的，孩子们给我们干活儿，还是欠下人家了。"

"嘿咿，瞧这话儿说的！你们一年到头儿帮我们腾场子，我们还欠你们的呐。这回找齐了，咱谁也不欠谁了，呵呵。"

有巢说："那我就不说啥了。"叫孩子们捆树苗儿。

大娘说："一共四十棵，你们十三个人，捆六捆儿，一捆儿六棵，剩下四棵你扛着。"

"呵呵，姨都给算好了。就这么捆吧，听见啦？一捆儿六棵，先掂掂抬得动抬不动。"

孩子们捆好了，惦了惦，都说太轻了。丑子说："这算啥呀？我一人儿就能扛两捆儿。"

有巢说："能得你！瞧瞧都捆结实没有？别半道儿散了。"

全拾掇好了，有巢谢过滩里大娘，说："姨，我们就走了。"

大娘："家伙我帮你们收着，甭来回扛了。"

有巢说："家伙就留下给那些个帮我们挖树苗儿的孩子们吧！"

大娘："好嘞，快走吧！早回去早栽上。明儿间下来的还是杉树苗儿。"

孩子们一路上歇了十几起儿，有巢怕累着他们，走几步儿就叫歇歇儿。到了滩里，已是正晌午。孩子们顾不得歇，把树苗儿埋到软江边儿上的树坑里。树坑不够深，又挖了半天，这才把树苗儿栽上。有巢叫陪满了土，踩瓷实了，又浇足了水。折腾完了，就该吃后晌饭了。有巢说："今儿都累了，吃了饭早点儿歇了。明儿早起捞点儿小鱼小虾，给人家茅山帮咱刨树的孩子们带去。"顺儿说："明儿要是能见着人儿就好了。"孩子们都说要见见那些孩子们。有巢说："行，我跟人大娘说说。也不知道人家是几个人，你们可得把礼儿预备足了，宁叫多了，别叫少了。让人瞧着咱小气，还不如不送呢。"

丑子说："对，送一回，就叫他们记住咱的好儿！"

有巢生气了，骂道："屁话！谁记谁的好儿啊？咱这是还人家的情儿！再说啦，送一回就完啦？人家天天儿给咱刨树，咱也得天天儿给人家带点儿啥，这才叫来往。不能光拿人家的，给人家一回，拿人家十回。跟人家来往，要打出富余来，宁肯多给人家点儿，别欠下人家的，往后有了事儿，人家也愿意给咱帮忙儿。贪人家便宜，走不了长道儿。"

顺儿说："咱捞小鱼儿也就是个玩儿的工夫儿，人家刨树可比咱累多了。"

有巢说："就是嘛，明儿能多捞就多捞点儿，我也跟你们一块儿捞去。今儿我跟大娘商量商量，给咱都长点儿工。这可是人茅山帮你们干出来的！"

跟大娘一商量，大娘就说："没说的，我回来瞧见了，一片树长那儿了，孩子们挣工，谁也说不出个啥来。打今儿起，给记半拉工。"

有巢原来想的是长到仨孩子算一个工，大娘一下子给涨了一倍，这回她放心了，孩子们捞小鱼儿往茅山拿，爹娘说不出啥来了。

一大早儿起来，有巢背了个带盖儿的半大篓子，跟着蛋蛋去软江捞小鱼儿，呵，来了那么些人，不光是孩子，连大人也跟着来了。有巢一说大娘给记半拉工，大人孩子都喜欢得不行，说要不是人家茅山人帮着干，咋也挣不了这么多。人多，铺开了捞，一早起捞了快一满篓子了。有巢盖上篓子盖儿说："不少了，回去吃饭吧！"大人们非要凑够一篓子，又捞了一会儿。

舅舅先吃了饭，对有巢："我先走了，你慢慢儿吃。你们认得道儿，自个儿去吧。"

有巢说："您去了告人家一声儿，我们一会儿就到。"

一会儿孩子们就来了，今儿轻省，就带几根杠子，有巢拿上昨解下来的麻片儿，捆了一捆儿扛上。到了江边儿，顺儿背起小鱼儿篓子，说："咱快走，追上他们！"孩子们一路儿小跑儿，远远儿瞧见大人们的影儿了，有巢说："甭跑了，不紧不慢地跟着就行了。"孩子们不听，还是跑，等追上了，一个个儿呼哧呼哧喘粗气。

到了茅山，没见着大娘。兔儿一人儿挨西沟儿等着，包好了的小树苗儿摊了一溜。"有巢姐姐，我姐去地里了。这是树苗儿，跟昨儿的一般儿多。"

孩子们都待见兔儿，问他想不想滩里。兔儿说："想你们，天天儿能见着就跟回到滩里一样儿了。"

有巢说："兔儿，你知道有几个孩子帮着我们刨的树苗儿？"

兔儿乐了，说："哪儿那么多孩子啊？白天我一人儿刨，晚半响儿我挨家看着月儿，我哥我姐出来刨，早起我跟我哥又刨了一会儿。"

有巢跟孩子们都愣了，闹了半天是他们一家子干的！孩子们都说兔儿真厉害。

兔儿问："你们还要多少苗儿啊？要是刨不过来了，我就再招呼几个孩子跟我一块儿刨。"

有巢说："是得招呼几个人了，光你们一家子见天刨哪儿行啊？兔儿，你把这篓子背回家去，里头是今儿早起才捞的小鱼儿，都是他们捞的，噢，还有大人帮着捞。往后我们天天儿背一篓子上来，让你姐给帮着刨树的人分了。"

兔儿说："要是知道分鱼，瞅着吧，全都来了，刨出来的树苗儿你们抬得走吗？"

有巢说："我们也能多来人啊。滩里有的是孩子，都巴不得跟着来呢。"

兔儿说："茅山有的是树，不间下些小苗儿来，一点儿都不透气儿，全都憋死了。"

兔儿说一嘴大人话，逗得孩子们一劲儿笑。有巢说："快打捆儿吧！早点儿回去种上，工夫儿大了，该打蔫儿了。"

捆好了，抬起来走了。一路上孩子们这夸兔儿啊，想想人家，一点儿也不觉着累了，脚底下也快了。

一回去，有巢叫顺儿带着种树，自个儿急着去地里找大娘。"姨啊，明儿茅山出的树多了，咱这儿也得刨树坑，几个孩子干不过来了。"

还没等大娘说话儿，好几个女人抢着说：

"叫我们臭臭去吧！"

"我们二子干得了这活儿，叫他去吧！"

"有巢，算我们狗子一个，保证不给你添麻烦。"

"还有我们三儿。"

"我们家大能子、二杆子都干得了。"

"我们碎碎虽说小点儿，挨家挖坑儿没事儿。"

大娘嚷了一嗓子："别乱吵吵，听谁的呀？都谁愿意叫孩子去？一个儿一个儿说！"

一下子说了二十好几个，大娘把几个太小的沙下去了，还剩十八个。"明儿一早起都去软江边儿上捞小鱼儿去，吃了前晌饭来我们家门口儿，听有巢调配。"

有巢说："姨，要是能行，今儿就叫蛋蛋叫上他们过来，跟着一块儿干，明儿我们走了，树坑得挖出来。"

大娘一想，要是不急，有巢也不至于这会儿就跑来要人，就说："行，快去吧！"

大能子娘说："我们家俩邀上一伙子去姚江汉子里找食儿去了。"

大娘说："得亏你说一声儿，要不叫蛋蛋哪儿找去呀？"

孩子们找食儿都是成帮搭伙儿的，有巢说："也不用绕到窑上找蛋蛋了，我这就去姚江汉子找他们。"

有巢不在，顺儿一点儿也不马虎，一个个树坑，比着量着叫重挖，挖成一个栽一棵树苗儿。等有巢领着一帮扛家伙的孩子过来，刚栽上七八棵，有的还在挖树坑。有巢说："瞧见了？这树坑太浅，你们给往深里再挖挖。"孩子们喊里喀喳干上了。顺儿挨旁边儿不时指指点点，成了二大人。

收工的时候树苗儿全都栽上了，还把几个坑往深里挖了。有巢打新来的孩子里挑出八个大个儿的，明儿去茅山，剩下的都挨家挖坑。

吃饭的时候，有巢跟大娘商量。"明儿留了十来个孩子挨家挖坑儿，我想让蛋蛋领着他们。从前挖的坑都不够深，这回一下子挖够了，省得找补费劲。"

大娘说："行，蛋蛋明儿把妮儿送小屋儿去，跟尾巴儿姐姐说一声儿就去挖坑。我刚才跟那些个孩子的娘说了，叫大人一早儿一晚儿帮着干，要不记不上工。一会儿他们就都去帮着挖坑去了。"

有巢一颗心这才落下来，要不，明儿抬回八九十棵树来，往哪儿种啊？

孩子大人没明儿没黑地紧着忙和，一场雨下来，道边儿的小树苗儿长出一层绿绒球球儿，球球儿张开，变成了杉针，小树儿往上蹿了一截子，高了，也悍实了。

有巢跟大娘商量："这会儿种树，栽一棵，活一棵，过了这日子口儿，就不知道栽得活栽不活了。我想着一咬牙，多移回点儿来，栽上就是赚的。"

大娘说："孩子们能使的都使上了，再来的只能添乱。只能抽大人了，地里这日子一个人也抽不出来，你舅他们牵着人茅山的活儿，也不能停，只能停了盖屋的，反正这天儿也不好盖。再就是船上跟窑上了，我跟鱼头说说，你也跟尾巴儿商量商量，就这几天，你说的，一咬牙就栽上了。你明儿去了也跟猪娃儿娘商量商量，只要她指出一片林子来，咱上去人刨去。"

茅山大娘痛快得很，不用滩里来刨树，"栽树是跟老天爷较劲儿，就这几天，一耽误就是一年。叫驼儿领着刨，要多少，你说，我给你预备下就是了。"这可是帮了大忙儿了，有巢喜欢得差点儿把她抱起来。

两族的人紧着忙和了几天，打软江到姚江串起一条绿带子来，道儿两边儿，一截儿杉木苗儿，一截儿柏树苗儿，一截儿松树苗儿，一截儿栗子苗儿，一截儿枣儿树苗儿，一截儿核桃苗儿，比着长，属柏树蹿得快。细不溜溜的枣儿树不起眼儿，可是当年就结了枣儿，两种枣儿不一样儿，一种大枣儿，脆生生的，一种小枣儿，那叫甜！比滩里的酸枣儿棵子强多了，长几年还能成材呢。虽然没打几个枣儿，人们还是知足得不行，都说明年还得多种枣儿树。

枣儿熟了，瓜落了，狗娃儿跟了人家儿。跟的是地里的秀儿，秀儿没爹没娘，跟着姥娘过。秀儿姥娘在窑上小屋儿里干活儿，住的离大娘家不远儿。狗娃儿走了，还截长补短儿回来瞧瞧，他把这儿当成家了。蛋蛋跟狗娃儿就像亲哥儿俩似的，一吃了后晌饭，蛋蛋就去找狗娃儿，不是一块儿砍竹子，就是一块儿编东西。大娘说了他好几回，"别老缠着狗娃儿哥，人家这会儿有家了，让人家也有点儿工夫儿跟秀儿在一块儿。"蛋蛋就是不听，一吃了饭，就往秀儿姥娘家跑，到该睡觉了才回来。

天凉了，下了头场雪。大娘对舅舅说："今年就算了吧，等天暖和了再去茅山。"舅舅说："行，今儿最后一天，去了跟猪娃儿娘打个招呼儿，省得人家惦记着。"

这一天人们回来得特别早，舅舅是叫人抬着回来的，一棵树倒下来，正砸到脑袋上，当时人就不行了，咋摆治也没救过来。

地里没活儿，人们都在神神屋里搓棒子粒儿。这是族里留着应急的粮食。神神屋里还存着换来的皮子、硬木头伍的，等着凑多了再分。树娃子娘说了个笑话儿："说四明山有个人没事儿把个罐儿扣脑袋上，咋也拿不下来了，走道儿戴着罐子，睡觉戴着罐子。"人们哗哗大笑，"家里人摘不下来，一族的人谁也摘不下来，老这么下去不叫个事儿，四明山的大娘出了个赏，谁能摘下这人脑袋上的罐儿来，给一袋子麦子。后来叫个孩子给摘下来了。"大娘问："咋摘下来的?"

俩男人风风火火闯了进来，是去茅山砍树的苦娃子跟大蒜。大娘纳闷儿，问："咋这么早就回来了?"俩人你看我，我看你，最后还是苦娃子说了："都回来了，大娘您家来一趟!"大娘脸变了，跟着他俩出来，在门口儿绊了一跤，得亏大蒜扶住了。

家里一屋子人，除了砍树的，还有猪娃儿娘，一见滩里大娘就攥住了她的手，说："这样的事我也经历过，你可要想开了。"

蛋蛋爹躺在草铺上，一头一脸的血。等滩里大娘明白过来出了啥事，也就开始糊涂了。大娘脑袋里空了，认不得人，不知道事，人就跟不在了一样儿。原来老是说这说那的嘴粘住了，三天没吃一口儿东西，没说一句话。有巢掰着她的嘴，灌进两口水去，一个大人就靠这点儿水养着。黑间有巢跟茅山大娘睡她旁边儿，茅山大娘问啥她也不答理，一动不动躺着。有巢好几回把手伸到她鼻子下头，怕没了气儿。

猪娃儿和狗娃儿送走了娘，有巢跑到鲻山把大妮子接了来。大妮子在道儿上哭够了，见了娘不敢掉泪儿。二妮儿不知道出了啥事儿，见了姐姐跟井娃儿，喜欢得不行。仨孩子让大娘稍微开了点儿心，吃了点儿东西。大妮子跟二妮儿一走，大娘又不张嘴了。有巢着急啊，这么下去咋行呢？族里多少活儿要她派，多少疙瘩等着她系，等着她解呢。好在这会儿地里没活儿，要不更抓瞎。

水姨来看过几回，瞧着大娘管不了事儿了，就找了几个人，有地里的狸儿、窑上的花儿姥娘，还有鱼头跟三青子。水姨平常不说不道儿，可是人缘儿好，又是老人，她一叫，人们都来了。水姨说："我今儿多个事儿。咱大娘眼瞅着不行了，连自个儿都顾不得，咱也别指望她有个交代了。这么大一族人，总得有个人撑着，你们都是各管一方的，推举出个人来吧！"几个人都说有巢行。水姨说："有巢是我跟着咱大娘打鲻山带出来的，我不好说话。你们说行，那就是她了。大娘一天不好，有巢就顶一天。当然，大娘好了比啥都强；好不了，早晚能有个交代也好。"

大娘还是有了个交代，摘下脖子上的宝贝串儿，解下腰里挂着的神神屋钥匙，全都给了有巢。有巢不敢接这活儿，她心里存着一丝希望，希望大娘好起来。

人们都知道大娘快不行了，一拨儿一拨儿来看她。大娘谁也认不得。有巢在她身边儿，告诉她谁来了，她俩眼定定地，突然眼珠儿转了，叫了一声儿："树娃子娘……"屋里的人齐齐"啊"
了一声，大娘认人了！树娃子娘赶紧过来，圪蹴下问："哎！你好
些儿了？""嗯，那罐儿是咋摘下来的？"大娘明白了！人们这喜
欢呀，都催树娃子娘："说呀，咋摘下来的？"树娃子娘满眼是泪，
嘴唇儿哆嗦着说："那孩子往手指头上抹了猪油，沿着罐子边儿转
了一圈儿，罐子沿儿滑了，就摘下来了。"大娘嘴角儿牵了牵，笑
着不动了，眼珠儿还看着树娃子娘。

　　蛋蛋捉住娘慢慢儿凉了的手，把那对瞪着不动的眼合上，说：
"娘，去找爹吧！"一屋子的人呲呲抽鼻子，有巢跪下在大娘跟前
磕了仁头，人们一个个儿过来磕头，有忍不住的，捂住嘴哭出了
声儿。井娃儿吓得哇哇大哭，引得妮儿也哭起来，好些人跟着哭。
刚强的有巢终于忍不住了，长长抽了一声鼻子，任眼里的潮水满
脸横流，一声声哽咽。猪娃儿劝她，自个儿也抽抽搭搭抹泪儿。
狗娃儿哭得不管不顾，那个疼他的人走了，他用自个儿的方式送
亲人一程。

　　屋里的人都哭了，哭声传出去，一族的人都跑来，在外头台
子上、梯子上、地下放声大哭。

　　蛋蛋没哭，他明白，自打爹走了，娘就不在了。这两人是一
个人，娘的精明、能干儿全仗爹的憨厚、拙实撑着、补着，遇到
天大的事，她知道择下来落哪儿。如今爹没了，娘也就撑不起来
了，死了半拉，剩半拉活不成，活着也是个不省事儿的。蛋蛋盼
着爹早点儿来接娘，别叫娘受活罪了。娘终于不受罪了，问出了
摘罐儿的秘密，笑着走了。蛋蛋为娘高兴，心里祝愿爹娘在天上
享福儿。

　　大娘跟舅舅一块儿葬在神神屋旁边儿，这是蛋蛋要求的，为
的是爹娘跟二姐能在一块儿。

　　大娘下葬那天，鲻山和茅山都来了不少人，不光是她的亲人、
亲戚，好些人连她的面儿都没见过。他们把今天吃的井水住的排

屋都跟死了的大娘系起来，没这人做主儿，他们今天还住在土窝儿里，喝雨水。

大娘带着一家子来了。小子劝有巢在意着身子点儿，当不当大娘不吃紧。他娘听见，好一顿呲打他，大妮子也说他不懂事儿。鲻山大娘临走拉着有巢的手说："往后就瞧你的啦！可要吃好睡好，没个好身子顶不下来。你姐留下帮你料理几天，往后全看你自个儿的了。"

大妮子住了三天，天天儿伺候爹娘的坟，拾掇神神屋。神神屋里摆着一对大豆，豆盘里盛着干果干肉。神神屋前头地上摆了一对大高罐子，里头插着长明火把。天天儿有人来磕头、上供、添火，豆盘里盛不下了，有巢叫把窑上有的大豆盘全搬了来。供啥的都有，唯恐大娘在天上饿着了。

大妮子走的时候，把妮儿带走了。原来让妮儿过来，是借小妮子转生来安慰爹娘，如今爹娘都走了，妮儿该回到亲娘身边儿了。

四乡八里的人听说滩里大娘没了，都跟着族里大娘赶着过来磕个头，也为的是见见传说中的渡口、埠头、索子桥、花架子桥，还有屋、井、树夹道伍的。不看不知道，一看可真开了眼，都撺掇着他们大娘修着弄那。来的大娘们想，都是当大娘的，人家把滩里治成这样儿，相比之下，自个儿太不如人了，就都借这工夫儿找有巢商量，啥时候叫人去他们那儿帮忙儿，当然不会白去，有的提出换人，俩人、仨人换滩里一个人，有的愿意拿东西还滩里的工，还有的请他们去帮忙儿砍树。有巢一心还在死人身上，顾不上这些个，只说大娘人还没走远，这会儿不是说这个的时候，反正大冷天也开不了工，过些日子再说吧。

大娘的丧事让有巢掉下一圈儿肉来，伤心不说，费神啊，天天儿都得迎来送往，要紧的是族里的事儿跟活计，白天顾不上，黑间躺下一样儿一样过，第二天起来一个儿一个儿找人说去，好在盖屋跟窑上的活儿她都懂得，不用天天儿说；地里的女人们都上窑棚里编这编那去了。原来砍树的人，还有地里的跟船上的男人由鱼头带着打猎，天天儿晚半晌儿在神神屋前头分东西，她只管整份，一只野兽给几家儿系疙瘩，这些人家儿搬回去再细分。分整东西虽然不难，有巢还是留着神，生怕大了小了分得不均惹出是非来，疙瘩也是系双份儿的，不留空子。

家里变了，外间屋只剩下蛋蛋一个人。有巢本想叫蛋蛋搬进来，可是蛋蛋不想动，有巢跟猪娃儿要搬出来跟他做伴儿，他也不要。他俩怕蛋蛋出事儿，央狗娃儿回来陪他几天。

黑间狗娃儿来了，蛋蛋说："你有家了，回去吧！有巢姐跟猪娃儿哥是一家；妮儿跟大姐是一家子，回家了；娘跟爹走了，也回家了。这儿是我的家，你回吧！甭惦记我！"

有巢听了伤心，说："蛋蛋一直没把我当成家里人啊。"

蛋蛋说："谁跟谁是一家，不是这么说。你跟猪娃儿哥跟井娃儿是一家，大姐跟小子哥跟妮儿是一家。娘跟爹跟二姐跟我是一家，赶明儿我找他们去。"

有巢吓坏了，心想这孩子是疯了，几天里头没了爹娘，可怜见儿的。她心里不踏实，出来守着蛋蛋，等他睡着了，才敢睡觉。

早起醒过来，不见了蛋蛋，有巢叫起猪娃儿来，说了声儿蛋蛋跑了，就往外跑。找到神神屋，看见蛋蛋靠在他娘坟头儿上，脑袋耷拉着，脸冻得青紫。有巢抱起他来，就往顺儿家跑。

顺儿开开门儿，一见蛋蛋，吓得嗓音儿都变了，"姥娘，姥娘，蛋蛋死啦！"

这一喊，把一家子都喊起来了。顺儿姥娘使劲儿搓手，搓暖和了，伸进蛋蛋怀里摸了一会儿，说："活着哩，去点上火，烧锅温乎儿水！"二妮儿点着了火，坐上锅烧水。"别烧热了，温乎儿了就端下来！"姥娘一把一把给蛋蛋摩挲胸脯儿，嘴里不停往他脸上哈热气。水烧好了，倒盆里，姥娘试了试，把蛋蛋脚丫子泡进温乎儿水里。俩手搓着蛋蛋的手。有巢也学着样儿搓蛋蛋那一只手。顺儿一声一声喊着蛋蛋。一家人手忙脚乱，二妮儿又烧了一锅水，等烧好了，姥娘叫换了盆里的水，蘸着手巾给蛋蛋擦脸，擦胸脯子，擦脊梁，又擦胳膊擦腿儿，忙到这会儿这才顾上问有巢，咋就冻成这样儿了。

有巢说："孩子可怜，一下子没了爹娘，妮儿一走，他就不对劲儿了，说话着三不着两的。黑间我睡他旁边儿，醒了见没人了，找到神神屋跟前，才见他歪在他娘坟上。"

顺儿娘嗔怪大妮子不该把妮儿带走，"俩孩子一时一刻没分开过，蛋蛋刚没了爹娘，又没了妮儿，叫孩子咋受得了啊！"

大妮儿说："当娘的谁不愿意孩子跟着自个儿啊？再说蛋蛋自个儿还顾不过来，大妮子也是心疼蛋蛋，才把妮儿带走的。"

二妮儿说："她要带妮儿走，也该把蛋蛋带过去住几天，不让俩孩子一下子割舍了。这么着，妮儿也得害一场病。"

人们不停地说，有巢一句也听不进去，一颗心全在蛋蛋身上，这孩子要是疯疯癫癫下去，可咋好啊？人顾不住自个儿，就完了！

顺儿姥娘鼓捣了一阵子，蛋蛋醒过来了，俩眼儿发直，晃晃悠悠站起来，嘶哑着嗓子喊："我来了！"摇摇晃晃就往外走。顺儿姥娘拽住他，啪！一巴掌扇过去，喝道："孽障，你给我回去！"

"啊！"蛋蛋扑通摔地上了，爬起来，左看看，右看看，问："咦，我咋上你们家来了？"

姥娘说："好了！"

有巢长长出了一口断断续续的气，扑通跪下，给顺儿姥娘唧唧磕了好几个头。

第三十四回

种小树他年期木料
系浮舟来日盼梁桥

有巢来窑棚里看了看，跟尾巴儿说了会儿活计，就进了小屋儿。顺儿姥娘问她："孩子咋样儿了？"

有巢说："姥娘，这事儿还得求您。蛋蛋好是好了，可是性子全变了，说话儿就跟蚊子似的，走道儿蔫不出溜儿的，整个儿人成了个小耗子。这么下去咋行啊？唉，糟心！"

顺儿姥娘也跟着叹气，说："也难为了蛋蛋，家里一下子少了好几个人，走的走了，死的死了，热热闹闹的个家，一下子空了。大人也受不了哇，更甭说这么大个孩子啦。"

"说的也是，外头屋就剩他一人儿了。可是他谁也不要啊，狗娃儿去了，叫他撵走了，我跟他睡，不行，猪娃儿过去，他也不干。就这几个亲人，全都不行。"

"有巢啊，你要是不嫌，我倒是想叫顺儿过去陪陪他。"

"那可太好了！他们俩白天一块堆儿干活儿，黑间一块堆儿睡觉，有了顺儿，就把蛋蛋给看住了。"

"嗨，这家太挤了，本来该我个老不死的给后人腾开地儿，顺儿腾出来了，我就再活几天儿，呵呵。"

花儿姥娘都说："你可别急着腾地儿，要腾咱一块儿腾。"

说这些个叫人憋闷，姥娘们又想到了死了的大娘两口子，俩人都比他们小得多，说没就没了，嗨！

有巢说："咱不说这个了，说点儿别的，人四山八乡的都要来咱这儿请把式，姥娘们谁想出去走走看看啊？"

花儿姥娘说："这可轮不上我们，你还是去找三青子、鱼头他们去吧！"

秀儿姥娘说："我们要是谁出去给人当了把式，得，这小屋儿就没活儿干了，哈哈。"

小鱼姥娘说："可不是嘛，就连尾巴儿她们都不能出去当把式。依我看，也就能帮人家盖个屋、挖个井、修条道儿伍的，嗨，对啦，咱蛋蛋能当个烧砖修道儿的把式了。有巢啊，你叫孩子去鲻山、茅山走走，换换地界儿，散散心，别老窝外间屋里。一闭上眼就是死了的爹娘走了的妮儿，孩子能不坐病吗？"

顺儿姥娘说："蛋蛋去哪当把式，把我们顺儿也带上，哈！"

这是个好主意。

顺儿他们刚把雪都撮到种了树的坑里，狗娃儿说的，埋上雪，小树儿的根儿才不冻。这工夫儿，顺儿正领着孩子们挖坑，挖出来的土送到蛋蛋砖窑上，蛋蛋领着几个孩子脱坯烧砖。天寒地动，镐头下去冒星星儿，孩子手冻了，裂着血口子。这活儿可比坐在窑棚里编东西苦多了，那些大人这会儿都挣半拉工，有巢蔫不唧儿把孩子们的疙瘩系大了，比编东西的多，比盖屋、打猎的少。疙瘩还是一式两份儿，孩子拿回去交给大人，大人看得仔细，以为有巢系错了，只是没一人说出来。

分了嘴，有人说话了，丑子娘问有巢是不是系错了疙瘩，咋她挣得还不如丑子多。

有巢想，这可真是占了便宜卖乖的主儿，就说："孩子娘的疙瘩一个儿也没少系，孩子挣得确实比娘多，明摆着的嘛，孩子们冰天雪地里干的是啥活儿？当娘的在屋里说说笑笑干的是啥活儿？不比也知道哪个多哪个少呀！"大人闹了个难堪，有巢长了个教训，再分嘴的时候，一定得先叫看好了，才解疙瘩。

她纳闷儿，咋就没一个人说他家孩子分的太多了呢？人啊，全是占便宜没够，吃亏难受！这会儿她后悔了，还不如不给长呢。算了，瞧孩子们面子上，算了！不过，再系疙瘩的时候，她冲孩子们发了脾气："瞧好了，给你们系的疙瘩比大人的还大，皆为你们的活儿比大人的苦。谁家大人要是再来争娘挣少了，他就趁早儿甭在这儿干！"

顺儿说："真的嗨，上回我连看都没看，就把绳子交我娘了。"孩子们都是这才知道，连蛋蛋也是，有巢才知道错怪孩子们了。丑子说："谁家大人眼皮子那么浅啊？真没劲！"瞧这样儿，他是真不知道，有巢也就不说了。

黑间睡下，有巢听见外间屋蛋蛋跟顺儿说话儿：

"顺儿你知道谁家大人这么尖吗？"

"不知道，反正不是我娘，我娘从来不看我的绳子上的疙瘩，连她自个儿的都不看。我娘笨，又不愿意费心。"

"那分多了也该说句话儿啊。"

"她哪儿知道分多了分少了啊？一说就是：'给你就要，打你就跑。甭争，甭还手儿。'嘿，这回是傻人占了傻便宜了。"

"这回我姐真是生了大气了。邪性了，就没一人儿瞧出多系了疙瘩，多分了嘴？我娘在的时候，他们敢？这不是成心欺负我姐吗？屌尿的，没个好东西！"

有巢嗓子眼儿一阵热，眼潮了。

往后有巢系疙瘩，蛋蛋老挨旁边儿瞧着，俩疙瘩系完了，跟着说一句："嗨嗨，瞧好了啊！觉摸着分少了，趁早儿当面儿说清了，别后找补！"蛋蛋这么说了几回，丑子不乐意了，冲蛋蛋说："干吗啊这是？挣得又不是你的疙瘩，敲打谁啊你！"

蛋蛋说："我不是怕你后找补说不清嘛。"

丑子说："我啥时候找补来着？"

"你没找补，你娘找补来着！"

有巢瞪了蛋蛋一眼说："别瞎说！"

丑子急了，逼着蛋蛋问："谁说的？"

蛋蛋也不让："回家问你娘去吧！"

又到了系疙瘩的时候，没见丑子，有巢问顺儿，顺儿说他两天没来挖坑了。有巢眉头拧了个疙瘩，问："你们不叫人家来了？"

顺儿说："没有啊。好嘛常的说不来就不来了，谁知道他是咋啦！"

到了分嘴的时候，丑子娘才瞧见绳子上没系几个疙瘩，急赤白脸问有巢，咋没给丑子系疙瘩。有巢说："我正要问您呢，丑子咋老也不来挖坑了？"丑子娘脸刷地白了。

有巢对蛋蛋说："行啦，这事儿闹得也差不离儿了，你去把丑子叫回来，明儿还跟着挖坑。"

蛋蛋说："又不是我不叫他来的，凭啥我去叫他啊？"

"那谁去呀？"

"叫顺儿去吧，挖坑的归他管着。"

有巢求他了："蛋蛋啊，人太刚了要吃亏，你就让让，也算是给我长脸了。"

还没等蛋蛋去叫，丑子娘就把儿子拽来了，堆起一脸的笑，给有巢赔不是，脸一耷拉，恶声恶气骂丑子："吃屎的东西！给脸不要，放着这么好的活儿不干，养活口猪还能杀肉吃呢，养活个你，有啥用？"又堆起笑来，央求有巢把丑子留下。

丑子耷拉着脑袋，不敢看人，恨不得刨个缝儿钻地里去。

有巢对丑子说："蛋蛋正要叫你去呢。往后可别说不来就不来了，你也老大不小的了，好歹给家里添补着点儿。明儿回来干活儿吧！"

丑子娘千恩万谢，末了儿，还说了自个儿不该瞎争来着。

黑间蛋蛋跟顺儿说起来，痴痴笑，"人啊，为了几个疙瘩，一点儿脸都不要，连孩子的脸都叫她给丢完了。"

顺儿说："还是我那糊涂娘好，不知道吃亏占便宜，也不给我丢人现眼。哈哈。"

"人的脸皮贵呀，我要是丑子，就不回来了。"

"他倒想不回来了呢，可是摊上这么个娘，他又能咋呀？丑子也挺不容易的，明儿回来了，别挤对人家了。"

"我挤对他干嘛呀？我根本见不着他，我姐不让我站旁边儿瞧着系疙瘩了。"

天还不见暖和，道边儿的树就憋出了一身疙瘩。一阵海风一场雨，疙瘩全爆开了，嫩芽儿细叶儿给树蒙上了一层浅浅的绿，像稀疏的网撑起缥缈的绿雾。孩子们也往高蹿了一截子，长长的黑头发绑在脑袋后头，跑起来摇来摆去，活像一群蛤蟆咕嘟儿。昨儿苦娃子跟茅山大娘说好了孩子们要来运树苗儿。今儿一群孩子还没等砍树的人到花架子桥集合，早早儿就跟着顺儿奔了茅山。路上一堆堆一片片的小黄花儿急星星抢着开了，毛桃儿树更急，顾不得叶儿长出来，挤出一身粉来，一朵儿压一朵儿，一层盖一层，裹得透不过气儿来的枝子把树捯饬疯了。道边儿上一片黄，一片粉，一片粉，一片黄，一宿之间，全是它们的了。

兔儿跟几个半大小子正抱着树苗往西沟儿挪呢，一见他们，急着嚷嚷："快点儿！快点儿！人都来了。"兔儿也长高了一截子，豁着的大门长出牙来，小脸儿胖了，眼也大了，滴溜溜透着灵气儿。

顺儿放下篓子来，逗兔儿玩儿："嗨，都长这么高了？兔儿，想我们来没？"

一个比兔儿大得多的孩子说："还说呢，这些日子我们大伙儿一直念叨你们来着。"

兔儿说："他们是念叨你们的鱼，再不来，就馋死他们了。我才是真想你们来呢。"

顺儿乐了："哈，想啥来啥，鱼也来了，人也来了。快把鱼分了去吧，腾出篓子来，我们好带走。来，咱先捆树！"

兔儿说："等会儿，这就搬完了。"

顺儿问："哪儿搬去？咱一块儿搬。这回都是杉树苗儿啊？"

兔儿说："对，你们要啥树啊？"

"啥都要，有啥要啥，给啥要啥。"

这工夫儿砍树的人才过来，苦娃子说："等了半天不见一个人，还以为你们不来了呢，闹了半天跑这儿来了。"

顺儿直给人家说好话："苦娃哥，瞧我这糊涂劲儿，光顾着来搬树了，忘了跟您说一声儿。您别生气啊！"

苦娃儿说："我是怕听差了，告诉人家错了，说来不来的。来了就好，干你们的吧，我们上去了。"

孩子们喊里喀喳，连搬带捆，一会儿就拾掇完了，回到滩里，还不到晌午。孩子们连口气儿都没顾上喘，紧着忙活，把树苗儿栽在软江边儿去年种的杉木苗儿旁边，拍瓷实土，浇足了水。这日子口儿栽树，栽一棵活一棵。今儿搬回来的树多，忙活完了，天也黑了。顺儿跟孩子们说："回去都跟家里说一声儿，明儿早点儿吃饭，趁这几天船上不在这边儿，吃了就过来捞鱼儿，捞够了就走人。咱紧着干几天，把今年的树都给种上。"

等船上的人回到软江来打鱼，树且还没种完呢，好在家里大人帮着去河姆渡捞足了，天天儿都能给人茅山背一篓子小杂鱼儿过去。茅山的都想吃滩里的鱼，也是大人孩子一齐上，刨的树苗儿比去年多多了。顺儿实在忙不过来了，跟蛋蛋商量："你那人先别烧砖了，都帮我种树来，趁雨水足，能种多少种多少。赶明儿我再帮你烧砖修道儿。"蛋蛋说："行，把这窑满上就不烧了。"

有巢知道了，叫三青子先停停盖屋的活儿，带过人来帮着运树苗儿、挖坑、种树，又叫船上天天儿早早儿出来，给预备下两篓子鱼。两族人起早贪黑狠着干了一季儿，让滩里又绿了好几片。

过了这一季儿，孩子们全都修开了道儿，这回修的是小道儿，把一排排的屋子跟神神屋、井屋连起来，小道儿又跟大道儿接起来。孩子们怕人家说他们干得少挣得多，不敢歇，活也干得漂亮。有巢说孩子们给她长了脸。

还真有人来请修道儿的把式来了，是海螺湖的，其实是要学烧砖。有巢问蛋蛋愿不愿意去趟海螺湖。

蛋蛋说："不去！"

"人家来请了，不去不合适啊。"

"他们不会自个儿过来学？我挨这儿教他们一样儿。"

"去人家那儿当把式，好吃好喝，干吗不去呀？"

"去人家那儿，给人家干活，耽误咱的活儿。"

"耽误多少，人家都给咱赔上。"

"赔，赔个屁！姐你真没心没肺，忘了鳏子跟土小儿啦？"

其实有巢也是半劝半逗他，还真没想到小子留着这心。"姐可舍不得你，咱哪儿都不去了，谁想学，叫他们上咱这儿学来。"

一说，人家还真来了。白天跟着蛋蛋挖土脱坯，黑间就在外间屋睡。蛋蛋背地里跟有巢说："这人顿顿儿吃咱的，他干的活儿也该记咱绳子上才对。"

有巢还真没想过这事儿，说："可是人家送了礼儿了，要了人家的象牙串儿，就不能再要人家的工了，他干的活儿算族里大伙儿的了。"

"那啥串儿不当吃不当喝的，搁神神屋摆着去吧！"

"傻小子，象牙串儿可是稀罕物儿，不要，可惜了儿的。"

"再稀罕，没用也瞎掰。姐脖子上戴着珍珠串儿，咱家又没别的女人，要那物件儿给谁戴呀？"

"留着，赶明儿你跟了哪个妮子，就给她戴上。蛋蛋，还是留下这个好，记工不好看，人家不说他吃咱的，就看见咱解他的疙瘩分嘴了。再说也没过这例儿，咱还是别兴这个。"

"你愿意留就留着吧。我反正不稀罕那东西。"

那人住了四天，把一窑砖看出来了才走，临走对蛋蛋说："小子，赶明儿跟了我们海螺湖吧，我们那儿的妮子一个儿赛一个儿的俊。"

蛋蛋捶了他一拳，说："早知道你安的这心，啥也不教给你。哼！给，把这拿上！"说着给了他个砖模子，"再有要学的，我不教了，让他们全都找你去。"

那人哈哈笑了，"我要是有这本事，那敢情好了。学了四天，成把式了。"

过了几天，海螺山的也来学烧砖来了。蛋蛋说："海螺湖那么近你不去那儿学，这么老远跑这儿来，连家都回不了。这可是图个嘛呀？"

海螺山的说："不知道海螺湖会烧砖呀。"

"会，烧得比我还好哩。"

那人当了真，卷起带的礼儿来，头也不回地走了。"呸！"蛋蛋朝着他脊梁唾了一口。

猪娃儿知道了，说他："你可真痛快，把送上门儿的礼儿、工、人情儿全扔海螺湖里了，连个响儿都没听见，傻不傻呀？"有巢也说他不该推来着。

蛋蛋说："你们不知道，这些人找我，都没安好心。赶明儿有来的，我还推。"

猪娃儿说："也好，家里落个清静。"

蛋蛋说："不是为这。"俩人问他为啥，他却不说了。

有巢还是猜到了，跟着蛋蛋长了心眼儿，有来请把式过去盖屋的，她就叫他们上滩里来跟着学。有接把式去打井的，她就把人支到茅山去，说茅山打出几口井来了，这阵子还打呢。有来请烧窑把式的，她就领到窑上，让跟着尾巴儿她们学。来窑上的人最多了，尾巴儿教得认真，只是把上釉子的活儿藏到黑间点上火把干，从来不露这一招儿。来的人学得好好儿的，回去烧出来的东西就是不亮不光乎儿，都想着是土不如人家滩里的。

人来人往，走得多了，河姆渡的索子桥经不住，打半当腰折了，好几个人掉到河里。得亏船上的在这边儿干活儿，一个个儿全捞了上来。

有巢找着鱼头跟花儿姥娘他们商量，咋把索子桥再接起来。姥娘们说。折了的地方儿接起来了，别的地方儿不结实，还是得折，不如编条新的。有巢问鱼头："你们非得老在桥底下过吗？躲得开躲不开？"

鱼头说："这有啥躲不开的？今儿在桥这边儿，明儿去桥那边儿，哪儿有鱼去哪儿呗。"

有巢又问他："外头的船打桥底下过的多吗？"

"不是天天儿有，有的也都是来咱这儿的。"

有巢指着河里这儿那儿拴着的破船问："这些烂船还修不修了？"

"修它还不如造新的省事儿呢。赶明儿我们给拉上来，晾干了烧火使。"

有巢说："我不待见索子桥，晃晃悠悠的，早晚得出事儿，这不是出事儿了？好在没死人！这么宽的河，水又深，修个架子桥也不容易。我想着把这些个破船绑一块儿，先凑合个浮桥。有船过的时候，解开当间儿俩船，扒拉出个道儿来，过去了再拴起来。你们瞧行不行？"

花儿姥娘自然愿意，一劲儿说好："这么着，又省事儿又稳当。编个索子桥，光麻就使海了去了，先得搓绳儿，搓好了编带子，还有藤条，几个人连备料带编，得六七天的工夫儿。有那，编出多少好席好篮儿换人家的好物件儿去了。"

有巢说："鱼头哥，你跟船上说说，先凑合一段儿，等咱造一座好桥就撤了这些烂船。"

鱼头说："好说，这浮桥我们船上给拴结实了，不叫出事儿。有巢啊，我可就盼着你那好桥啦，越快造起来越好。"

鱼头叫把破船全收到渡口，散了的榫起来绑好了，漏了的地方儿补起来，又上了一层漆，瞧着挺是样儿。

这几条破船绑哪儿呢？鱼头想来想去，还是绑河姆渡上好，图的是两头儿拴船的木桩子结实，人们上下桥也方便，只是他们自个儿停船麻烦了点儿。把船往一块堆儿绑的时候瞧出毛病来了：船在水上不安生，上下乱跳，左右歪来扭去，人站在上头晃得不行，更甭说背着东西走道儿了。得一个人撑住了船，另一个人才好拴结实了。帮他撑住船的窝窝儿说："一船下头撑一根竹竿，插的河底儿，把船先死死绑到竹竿上，就不动了。"撑上竹竿当桩子，船动不了了。鱼头说："咱索性费点儿事，一船下头左右撑两根竹竿，就更稳当了。"

该绑船了，打两头儿渡口东头儿绑起，一条接一条，绑到当间儿，接成了一条长长的浮桥了。当间儿俩船绑的是活扣儿，底下也没撑桩子，船过来了，解开扣儿，一扒拉开出条道儿来，船过去了，回过头来再把绳子系好了，又是一道浮桥。

有巢上去试了试，一条船一条船地过，摇晃不大，累了还能扶住竹竿，也能坐船帮儿上歇会儿。"我就待见鱼头哥干的活儿。鱼头哥爱好儿，不干是不干，干就干得漂漂亮亮。有了这么好的桥，还造啥桥啊？呵呵。"

鱼头不干了，"说好了赶明儿造一座好桥，我才把这些破船凑合到一块堆儿。这会儿你又变主意啦，那可不行！我们船上过来过去，一天解几回扣儿，凑合些日子还行，一年到头儿这么着成啥啦？手指头都解出茧子来啦！"

有巢说："你这人，说个耍话就急赤白脸，不至于的啊。桥还是造，不过你得跟我一块儿造。"

鱼头乐了："嘿嘿，没说的！还有三青子，河姆渡、软江埠还有花架子桥，不都是咱一块儿干的嘛？好说，好说。"

茅山下来俩石头山的人，他们还是头回来。石头山大娘去茅山看见人家盖屋，也想学，跟大娘和驼儿商量，叫驼儿天天儿过去给指点指点。

驼儿哪儿干呀，就说："我这本事不行，我是跟滩里学的，他们有的是能人，你们去那儿找找看。"

茅山大娘说："就是，盖屋得看风水，打井得找水脉，这些个驼儿都不会，正打算找工夫儿跟滩里学学呢。"

石头山大娘问："那，你们盖屋是谁看的风水啊？"

"有巢啊，就是我们猪娃儿当家儿的。人家来住了几天，先给找好了水脉，又给看了风水，这才打出井来盖了屋。不过，有巢这咱是大娘了，人家滩里地儿大人也多，不比咱这山沟儿里头小家小户儿。一个大族的大娘管着好几千口子，不知道有巢走得出来走不出来。"

石头山大娘一拍手儿，乐了："嘿咿，我还不知道猪娃儿跟的是这么重要的人物儿呐。今儿来着啦，我就借你的大面子去试试，求求人家，托了你的大面子，这有巢就算是来不了，也能给差兑个人儿吧？呵呵，没白来一趟。"

石头山大娘带着儿子下来了，一见软江埠头，俩人就惊呆了。人真不能老挨山里闷着，出来才能见世面。江上没人，他们打花架子桥上过来，瞧见蛋蛋跟几个孩子挨那儿摆弄泥，大娘先过去打招呼儿："哟，你们这是干嘛呐？"

孩子们告诉她："脱坯。"

大娘瞅着那些大泥块子，想不出来这能有啥用，就问："脱坯干吗啊？"

她家小子说："这就是盖屋使的吧？"

孩子们都乐了，蛋蛋说："屋是木头盖的。坯烧成砖修道儿使。"

大娘这才想起走过来没沾土的道儿，说："闹了半天你们那干净道儿是拿这个铺的呀？"

孩子们又是一阵笑。蛋蛋问："你们打哪儿来啊？"

小子说："石头山。"

蛋蛋问："石头山挨着哪儿啊？"

小子说："茅山。知道猪娃儿吧？"

蛋蛋想笑，憋住了，点点头说："噢，是去窑上换东西吧？"

大娘说："不换东西，找你们大娘。"

蛋蛋问："找我们大娘有事儿吗？"

大娘想，这孩子管的还挺多，就说："你领着我去找你们大娘，我就告诉你有啥事儿。"

蛋蛋想着他们离茅山那么近，瞧猪娃儿哥的面子，就答应了。一路上，问这说那没断了话儿。两人一劲儿夸脚底下的道儿好走。

蛋蛋拿脚点着道边儿的砖沿儿，说："这就是我们脱的坯烧出来的砖。"

那小子吃了一惊，说："坯那么大块儿，砖才这么点儿，好家伙，一烧能抽抽儿这么多！你们和泥的时候搁的水太多了，一干可不狠着抽抽儿嘛。"

蛋蛋笑得鼻涕都喷出来了，说："这砖是立着埋进地里的，露出来的跟坯一般儿厚。"

小子脸红了。

"你们那儿的道儿不沿边儿？"

小子摇摇头。

"你们那儿的道儿拿啥铺的呀?"

大娘说:"我们那儿的道儿是脚走出来的,啥也没铺。"

"我知道了,你们找我们大娘是为了修道儿吧?我们可没工夫儿去,你们过来学吧。"

大娘笑了,说:"我们还顾不上修道儿,我们是来请你们大娘过去帮着盖屋的。"

蛋蛋说:"没门儿,趁早儿甭提!"

那小子说:"不一定吧?我娘跟猪娃儿娘熟着呐,你们大娘不能不给这点儿面子吧?"

"啥面子不面子的,你们跟茅山大娘家的驼儿哥学不就得了?干吗跑这么远来这儿啊?"

大娘说:"你知道的还真不少哇,找你们大娘,是为的看风水找水脉,驼儿可不会这个。"

走着说着到了窑上,蛋蛋进去一问,人家告诉他有巢去河姆渡了,为造桥的事儿。蛋蛋出来说:"我们大娘不在,去河姆渡了。"

小子说:"你们大娘就住这儿啊?这屋可真不小!"

"啥呀?这是窑棚!"

到了河姆渡,一打听,说有巢跟鱼头、三青子在船上呐。蛋蛋瞧见了,朝那船招着手儿喊:"姐!姐!有人找你!"那小子问:"你姐就是大娘?"蛋蛋说:"咋啦?你不是认得猪娃儿哥吗?瞧见没?"蛋蛋指了指站在台子上上顶子的人。那小子说:"可不是嘛!嗨,猪娃儿!猪娃儿!"

他这一喊叫,把有巢吓一跳,以为茅山大娘出啥事儿了,赶紧叫把船撑过来了,上来就问:"打茅山来的?"

那大娘笑着说:"是打茅山来的,可不是茅山人。我们是石头山的,打猪娃儿娘那儿来。"

"噢，我姨没事儿吧？"

那边儿猪娃儿也过来了，"嘿，大姨，花狗子，你们咋来了？我娘没事儿吧？"

石头山大娘赶紧说："没事儿，没事儿。听说我们要盖屋，你娘说这儿的大娘会看风水找水脉，这就跑着来请把式来了。呵呵。"

猪娃儿告诉有巢："这是石头山的大娘，我爹就是石头山的，跟茅山打交界。"

有巢犯了难，说："按说您这忙儿我不能不帮，可是您瞧，这儿正要修桥，走不开啊。"

大娘问："修桥比盖屋还难？"

"难多了。刚才试了试，光水就一人多深，再埋下去就更深了，哪儿找这么高的桩子啊？就算有这么高的木头，也禁不起成年儿泡着啊。嗨，没这么个桥又不行，不能老打这些破船上过来过去啊。修个桥比盖十排屋都难呐。"

大娘想了想，又问："要是有了桩子，这桥就好修了？"

"有了桩子，上头架木头就好办了，有的是招儿。"

"这桩子，一块一块石头垒起来行吗？"

"行啊，我刚才就想着烧大块砖摞起来呢，谁知道能不能烧那么厚呢。"

"那多费劲啊，又得脱坯又得烧的，我们山里有的是石头，一根桩子大的整石头都有，就怕运不出来。"

有巢眼亮了，问："真有这么大的石头？"

"多大的都有，我们石头山原来就是海里的一块大石头，看你凿多大的块儿了。有本事，你把石头山劈了都行，哈哈。"

有巢脸展开了，立马儿就说："行，我今儿把活计安排安排，明儿就上石头山，连看风水带瞧石头。"

"痛快，就这么定啦！明儿晌午我去茅山猪娃儿家接你。"

"就这么定了，明儿去我姨那儿，咱不见不散。"

"不见不散！狗子，走，咱回了。"

猪娃儿说："姨，叫花狗子跟我们这儿住一宿吧，明儿一早儿带着有巢直接奔石头山多好？"

花狗子也愿意留下来，跟猪娃儿好好儿说说话儿，就说："娘先回吧。明儿我带大姐去咱家，一点儿也不耽误事儿。"

有巢说："要不姨也挨这儿歇一宿，我带您这儿那儿都瞧瞧。"

大娘说："哪儿有出来就住人家的啊？大人孩子都挺窄卡的。"

蛋蛋说："我们家屋大着呐，再有俩仨人也住得下。顺儿他们家人多住不开，他就挨我那儿住呢。"

大娘也愿意留下，就势儿瞧瞧人家有啥，就说："那我就不客气啦。没见过我们这样儿的吧？来了就住下，呵呵。"又冲蛋蛋说："这半天还不知道你叫个啥哩。"

"我叫蛋蛋。"

"我还没见过这么机灵的孩子呢。有巢你忙你的去，蛋蛋领着我可世界转转。这孩子啥都知道，给我说说，叫我们山里头来的开开眼。"

第三十五回

石头山要改石头命
河姆渡专留河姆心

石头山人祖祖辈辈住的是石头洞，人在里头直不起腰儿来，进去就躺下。石头洞不透风，人出的气儿全窝在里头，石头全成绿的了，打么几天就得刻饬下一层绿毛石头沫子来，扔出去狗都不带闻的。要是再有小孩儿尿伍的，就更不是个味儿了。三十往上的人都闹腿疼，磕膝盖儿肿得发亮，手指头的骨头节儿老粗，一动窣窣响，那声儿就跟攘一把雪似的。

石头山的人图石头洞结实，到底儿是石头，刮多大的风下多大的雪都塌不了，下雹子下雨都不漏。石头山的人勤谨，一辈儿一辈儿从下头往山上运土，种这种那，风刮过来的籽儿也长成了树，树根扎进石头缝里，硬是把石头撑裂了。

石头山大娘带着有巢来看风水瞧石头来了。"有巢啊，这山上的石头，你带上人来，随便儿凿，能开多少开多少，能运多少运多少。开出一片石头来，填上土，就能种一片地，盖一片屋。"

有巢想不出来咋在石头上盖屋，可是人家这儿的石头真好，当桥礅子没治了。

大娘领着她往上爬，一直到了山顶儿。山顶儿是个采石场，男人们拿锤子凿扦子开石头，女人们把石头磨成物件儿。这儿的人手巧，使的东西全是石头一点儿点儿刻饬出来的。大娘拿起磨好的碗来给有巢看，嘿咿，比滩里上了釉子的碗还光乎儿呢，端着也不算太沉。有巢在鲻山和滩里都没见过这稀罕物件儿，一边儿端详一边儿夸："多巧的手能把石头刻饬成这样儿啊！真没治了！"大娘嘻嘻笑着说："待见，你就拿着玩儿吧！我们石头山的人没出息，祖宗使啥我们使啥，八百辈子不带变的，哪儿有你们窑上烧出来的家伙好啊，又薄又轻又好看。一比，简直是天上地下了，我们就是野人啊，呵呵。"

有巢上心的是咋凿石头，这儿凿的都是磨碗磨锅的小块儿石头，她问大娘："桥桩子那么大的石头，能凿出来吗？"

"能，不过多凿会儿呗。"

有巢想了想问："咱换，您干不干？"

"你说换啥？"

"拿我们的细碗换你们凿出来的石头桥桩子，您换不换？"

"行啊，咋换呢？"

"您先告诉我，凿一根桥桩子要多少工夫儿？要一人半高，俩人合着将将能抱过来的。"有巢一边儿说一边儿比划。

"这么大一根啊，四个人紧着干，三天能凿出来。"

"我们烧一窑碗，从和泥到满窑，不算挖土跟烧的工夫儿，得十一个人五天工夫儿，一窑不到四百个碗，一个人一天合差不多七个碗。"

"好家伙，比我们强到天上去了，我们这儿一个女人一天连仨碗都刻饬不出来，还不算凿石头的工夫儿。"

"我们拿一窑碗换四根桥桩子，换不换？"

"好家伙，一百个碗一根桩子，你们不亏呀？"

"亏不亏的不好这么比，练泥拉坯比凿石头的活儿轻省多了。"

"你们一共要几根桥桩子呀？"

"六对儿。"

"六对儿，那就换三窑了，石头山总共不到五百人，这么多碗使到哪辈子去呀？还能换点儿别的吗？"

"换啥都行，一共烧三窑。哪天您再去窑上瞧瞧，哪样儿要多少。我先叫他们给满一窑碗，下两窑花插着满上些罐儿啊盆儿锅啊伍的。您一样儿说个数儿。"

大娘立马儿就在采石场上吆喝起来，声音撞到石头上，带着嗡嗡的回响儿："都停停儿，停停儿，听我说个事儿！这是咱滩里来的大娘，别瞅着年轻，妮子似的，可是个说话带响儿的主儿，今儿给咱送活来啦。滩里要修河姆渡大桥，要十二根石头桩子，全都一个半人高，俩人合抱那么粗。待会儿三狗子给出一块四方大样儿，大伙儿把手里的活儿停停，明儿全都照着三狗子的样样儿凿桥桩子。这可是紧活儿，干快着点儿，干好了。人家滩里许给咱三窑家伙，锅、碗儿、盘子、罐子，要啥有啥，三年不用磨石头家伙了。"

人们吵吵开了，全都说好，就一个说怪话儿的："见过茅山的碗，烧出来的东西不如凿出来的结实，不禁摔。"大娘说："你没事儿摔它干嘛呀？石头碗也禁不住你往石头上摔呀。谁嫌不结实，分的时候甭要，自个儿刻饬石头去！"那人说："你们都要，我干吗不要啊？"大娘说："要就别瞎嘟嘟了，又占便宜又卖乖，多没劲呐！这回明是人滩里让着咱，咱就该把活儿给人往好里干才是。"

有巢想转转，看看哪儿风水好，大娘就领着她往下走。挨着采石场全是住人的石头洞，密密麻麻像岩石上的丝燕儿窝。日头蒸着露水，升起飘飘忽忽的白气，瞅着倒像是人在云彩里飘。这景儿跟采石场乒乒乓乓的声儿太不配了。有巢不禁感慨："住得可真够高的！走道儿腾云驾雾，跟神神娘娘似的。就是紧挨着采石场，碎石头渣滓全进下来了，坏了景致儿，呵呵，也当不成神神娘娘了。"

大娘以为她说石头山的风水不好，就解释说："老辈子的时候可不是这样儿，住得离采石场远着呢，那时候山高，采石场也高。随着采石场一点儿一点儿往下矬，石头山的脑袋早就给凿下来啦。这会儿见着的山顶儿不过是个脖子，要不离住人的洞这么近呢。"

有巢明白了："您就是为了这个要盖屋啊？"

"可不是嘛，采石场再往下矬，石头山连脖子都没了，出不来气儿了，呵呵。"

"嗯，咱这阳面儿住人，山后头也住人吗？"

"不，山后头背阴儿，不住人。可是山后头土多，有树，也长庄稼，不着日头，长得不如人茅山的好。"

有巢跟着她绕着山走，绕了两圈儿下到了半山腰，一直没见着水，她纳闷儿他们吃水打哪儿来。

大娘说："打天上来啊，祖祖辈儿辈儿都是接雨水吃。"

"下雨接雨水，不下雨你们吃啥呀？"

"嘿，叫你问着了！我正要领着你去瞧我们的大井呢。"

"大井？啥时候打的呀？"有巢纳闷儿了。

"哈哈，老辈子就有了。"

有巢想，大概跟茅山草洼子差不多，地动山裂陷下一块去，一下雨就存水。这大娘真逗，管这也叫井。

"到了，这就是我们的水井。"

大娘掀开一大块方石头盖儿，露出圆圆的井口来，有巢弯下腰往里瞧，井里还真有水。

嘿咿，还不是一口井，一溜儿盖着八九十来个方盖子。有巢问："这些个都是井？"

"是啊，一下雨，打开盖子，天上的水，山上的水，都往井里流，哗哗的，跟满山跑马似的。"

有巢一直以为打井是滩里兴起来的，真没想到，这么穷的石头山里，早几辈子就有人打出井来了。她知道打井的苦，那还是挖土挖沙子打井，眼前的井是在石头上生凿出来的，这得费多大的劲啊？这可不是论日子的活儿，得论着年头儿凿啊。肉跟石头较劲儿，石头山的先人们真不是一般的人，神了！神了！瞧井口儿磨得那么光乎儿，这井养了不知多少人了。

大娘说："石头山的人是石头命，吃石头，喝石头，住石头，使石头，一辈儿一辈儿就这么过来的，这口井是四年前打的，旁边儿那口是我姥娘那辈儿人打的。"

听到这里，有巢突然明白，眼前这个女人比自个儿的本事可是大海了去了。她仰起脑袋来才看见，石头山大娘比自个儿高一大截子，咋早没瞧出来呢？

越往下走，土越多，长年累月冲下来的土，还有风刮过来的土，打外头运来的土。土盖住了石头，长出了高粱、老棒子。

有巢问："你们浇庄稼的水打哪儿来啊？"

"靠老天爷啊。下头有条裂出来的沟，挺深，能存住雨水了。"

有巢要去瞧瞧那道裂沟，大娘就带着她往下走，这回没绕山，道儿陡多了，只能半跑着快走，慢了收不住脚后跟儿。

到了，那沟又宽又深，里头有水哗啦哗啦儿响，虽然舔着沟底儿浅浅的一点儿水，可是挺干净。

有巢问："您说这沟里是雨水？"

"是啊，连流带使，这会儿水不多了，一下雨就又满了。"

"我下去瞧瞧去。"

大娘说："可别下去！沟里有长虫窝。从来没人下去过，连沟里的水都没人吃。"

“没事儿，我下去瞧瞧。”

大娘一个没拦住，有巢跳沟里了。大娘急得直嚷嚷：“上来！快上来！留神，别叫长虫咬了！”

有巢站在沟里瞧了瞧，转过身儿来往上走，踩着水啪嗒啪嗒响，一会儿圪蹴下，刻饬刻饬两边儿的石头。大娘在上头跟着跑，急得一劲儿喊她上来。她把这条沟淌到头儿，又来回走走，扒拉扒拉，捧着喝了几口水才上来。

“姨，没见一条长虫啊，呵呵。”

“没赶上还不是便宜啦！”

“亏啦！少吃一锅炖长虫肉。啧啧，那叫一个香！”

“还有吃长虫的？别吓唬人了！”

有巢也不解释，只说沟里的水：“姨，这沟里的水不是存的雨水，是活水呢，打石头缝儿里流出来的水。就是人常说的泉眼，不过是太细了点儿，一点儿一点儿渗出来的，不细看，看不出来。水挺好喝，凉丝丝的挺清气。”

“你还喝了沟里的水？你胆子可真够大的，也不怕喝了长虫吐的水毒死了！”

“你们不是拿沟里的水浇庄稼嘛，也没见庄稼叫毒死了啊，人吃了水浇出来的庄稼也没死，哪儿来的毒啊？甭瞎害怕，越怕，就越跟真事儿似的。”

“你呀，贼大胆儿！”

“姨您听我说，再要凿井就在这沟里凿，把活水存进去。石头缝儿里不停地渗水，一宿能接不少呢。”

大娘刚才光顾着跟她着急了，没听见她说啥，这咱才听明白了，问：“你咋知道水是打石头缝儿里出来的？”

“我拿手心儿接着来的，一会儿接了一捧。这么好的水，白白流了，可惜了儿的。”

“等把你们要的桥桩子凿好了。我就叫人来沟里凿井。”

"您打算挨哪儿盖屋啊？"

"那得听你的啦，把你请来就为的这个嘛。"

"姨，我瞧这地界儿就不错，守着活水，又能见日头，土也多。"

"住这么低？离采石场远了，离祖宗跟天也远了。"

"祖宗不是也一点儿一点儿离天越来越远吗？天靠地养人，天给人的都给到地上，还是多接些地气好，真养人的是地啊。神神要天人要地，呵呵呵呵。至于采石场嘛，往后你们使石头越来越少了，就不用紧守着了。"

"有巢我问你，我们使你们的东西，得拿采石场打出来的东西换，是不是？"

"没错儿，拿桥桩子换锅换碗儿。"

"这么说采石场还是离不了，天天儿爬上爬下的，累呀。你瞧了半天，上头就没好风水了？"

"上头风好水不好，死水不如活水，赶上旱天，连死水都保不住。人还不得下来找水喝？"

这话对，大娘记得小时候那场大旱，死了一多半儿人，后来添了两茬儿人都没补上。

有巢又说："下头风好水也好，活水养人。这儿离采石场是远了，可是种地近了，这阳坡儿上的地多好哇，出一样儿的力气，打的粮食多多了。屋盖在下头，赶明儿就不用跟着采石场往下挪了。其实，这也不是尽下头，住人最好的地方儿就是高处儿的沟里，旱不着淹不着，穿堂风儿吹着，地也不潮。这地界儿活风活水，又是阳面儿，"有巢深深吸了一大口气，满足地轻轻摇头，"啧啧，多养人的气呀，这么好的地界儿，真没处儿找去了。姨，听我的，搬下头来住，少说也得多活上五六年。"

听有巢这么一说，大娘也吸了一口大气，嗯，是好受。她也觉出这地界儿好来了，清风习习，细水儿叮咚儿，气儿比上头软，润乎儿。"行，咱就这儿盖了。有巢哇，你能不能住上几天，给指点着点儿。要是不行，我们就照着茅山的样儿盖了，反正也找好了风水了。"

有巢想了想，说："全照茅山那样儿也不行。茅山的屋盖在草洼子里，跟咱这儿的地不一样儿。他们下头栽那么高的桩子，是为了隔潮，咱这土底下是石头，不如扒开土，在石头上砌根基，墙也使石头，上头的梁使木头。"

"石头也能盖屋啊？"

"能啊，比木头的还结识呢。石头屋跟石头洞不一样儿，愿意盖多高盖多高，留出窗户、门儿来，又豁亮又透气儿。"

"那敢情好了，石头山有的是石头，你说凿多大块儿的吧，女人们不刻饬碗了，叫她们刻饬石头。"

有巢伸开胳膊，从中指尖儿比胳膊肘儿，说："就这么宽儿，四四见方儿，一巴掌厚，也好往下搬。"

"那就不用刻饬了，凿出来就能使了。"

"姨，这回连桥桩子带盖屋，石头山得削下一截子来了。还是守着石头好哇！连我都眼气了，呵呵。"

"眼气了就甭回去了。我叫人先给你盖个石头庙儿，供个有巢娘娘，哈哈。"

有巢说："我可不要您那庙儿，背不动，还把人压死了呢。不过，话又说回来了，照咱盖屋的例儿，得先盖个神神屋，求神神佑护，往后才能把屋盖好了。再说啦，族里祭祖宗敬神神也有个地界儿。我们在滩里跟鲻山还有茅山盖屋，都是先起来神神屋，以后才有了一排一排的住屋。"

当大娘的都知道聚人的重要，这神神屋是一定要修的。"有巢啊，修神神屋，祭啥破土啊？"

一句话触到有巢的伤，打心里疼到嗓子眼儿。她咬了咬嘴唇儿，咽了下去，噎得生疼。"人家茅山祭的长虫，听我姨说，长虫能守住屋，屋底下埋个长虫脑袋，虫虫蚁蚁都不敢来了，人不害病儿。您不是说沟里有长虫窝吗，多叫上些个人下去，连凿石头井带逮长虫。"

"好啊，咱这回把长虫窝掏了，往后吃水也放心了。"

"姨，我今儿先回去，安排给咱石头山烧窑的活儿，还得给桥桩子清理河底儿。咱这儿采石场的活儿也挺重的，要是还能抽出人来，就把这地界儿清理清理，铲铲土。"

"行，你回吧！大人都忙，半大孩子有的是，待会儿全叫这儿来，把铲干净了，往下头地里运。"

"别价，姨，土还得留着和泥砌石头呢，呵呵，咱这儿缺土啊。"

"嗨，我咋把这茬儿给忘了？老了，老了，脑子不够使唤的了，呵呵。"

有巢走了，石头山动了大工程，能拿得起锤子的，全都在采石场凿石头，震得满山乱响，连茅山那么远都能听见动静儿。

茅山大娘问地里干活儿的人："你们听见没有？啥声儿啊这是？"

人们都听见了，也都纳闷儿：

"响了两三天了，挺怪的，咱一干活儿，就响开了；咱不干了，他也没声儿了。"

"那咱干脆歇两天试试，看它还响不响了。"

大娘说："不用歇两天，咱这就歇一会儿，听听响不响。都别出声儿！"

人们不干活儿了，也不说话，这么一来，那响动儿更大了。人们都听出来了，是打石头山那边儿过来的。从来没有过这么大的动静儿，石头山这是干吗啊？大娘想起他们要盖屋的事儿来，这是要盖多大的屋呀？不像。

过了一天，响动小了些。茅山大娘实在纳闷儿，怕那边儿出啥事儿，就跑过来瞧瞧；走到半道儿，碰上石头山的人，跟着一排排圆木头，上头压着大石条，正吆喝着，一边儿撬，一边儿往下走。一打听，才知道是往河姆渡送，当桥桩子使的。嘿咿，怨不得这么大的动静儿哩，这么大的石头，又这么多！茅山大娘叫石头山的人给她狗娃儿捎个话儿：有工夫儿了回来一趟。

话儿捎到了，第二天狗娃儿就回来了，是跟有巢一块儿来的，背着一袋子米，一篓子干鱼。

大娘见有巢亲，"呵呵，真不放心啊，还跟着来了。"

"嘿，姨越是不待见，我就越来，嘻嘻。"

"这话儿说哪儿去了？请你还请不来呐，今儿不走了吧？"

"姨，我跟狗娃儿是过来帮着石头山盖屋的，他们那石头洞……"

"快别提他们那石头洞了！比猪圈还难闻，进去能把人熏一跟头，腰也直不起来，哪儿是人住的啊！你们俩就住这儿，在外间屋跟兔儿做个伴儿，愿意住到多咱就住到多咱。对啦有巢，我正要问你呢，你们不是要修桥吗？"

"呵呵，您都知道啦？瞧，赶一块儿啦！桥也得修，屋也得盖。狗娃儿就先不回去，我得两头儿跑。"

"能人受累啊！一天两天行了，天天儿这么跑，还不把骨头筋跑散了呢！我说，你还是也住下来吧，咱这屋里头外头够大的，打着把式都睡得开，嘿嘿。"

"嗯，这屋是够大的。行，等骨头快散架的时候，就上姨这儿搭伙来。哟，一晃儿就快晌午了。姨，我们俩得过去瞅瞅了，人那儿还等着呢。"说完，跟狗娃儿扛上家伙走了。大娘在后头追着喊："后晌上家来吃饭啊！"

石头山大娘认得狗娃儿，一见就咧着嘴儿笑，"呵呵，有巢今儿带着把式来了。"

有巢说："狗娃儿在滩里盖了两年屋了，是个好把式，我才把他给您带来了。这些日子他就住他娘那儿，天天儿过来跟大伙儿一块堆儿干。我还得两头儿跑着，隔一天过来一回，瞧瞧有啥事儿。"

大娘说："你支支嘴儿就行了。嗨，管着那么一大族人，又是窑上又是船上，还得种地、盖屋、修桥，忙不过来，就别来了。这儿有狗娃儿就够了，万一有啥事儿，我过去找你。"

"姨，能过来我就过来，实在倒腾不开了，就晚来一两天，您甭惦记。"

"行，你给交代清楚了咋干，就回去忙你的去。"

有巢说："哎。窑上让我问问，还有两窑，大伙儿想要啥。我们带来了个罐儿，您瞧瞧使得着使不着。"

狗娃儿把罐儿给了大娘。大娘拿着罐儿，在手里转了一圈儿，说："使得着，使得着。昨儿回来的人都说你们那罐儿好，就先给我们烧一窑罐儿吧。昨儿背回来的碗全分了。人们都不敢使，端手里就跟没东西一样儿，又薄又轻。你可别笑话我们啊！碗差不多了，再要三四十个，留着谁家摔了给补上。"

有巢说："行，那就先烧一窑罐儿。您趁早儿把下一窑也要上，省得插进别的活儿来，又得等好几天。"

"行啊，剩下的，你说要啥好呢？"

"做饭的锅，家家儿都用得着。"

"那就再要一窑锅吧。场子清出来了，你看看行不行。"

打裂沟起，露出一大片石头来，堆了好几堆土，还有一大堆方石头。有巢说："行，够一排屋了。狗娃儿，你跟我下沟里瞧瞧，趁早儿把泉眼下头的存水井挖出来，别叫白白流了。"

两人细细摸了一遍石头沟的墙，渗水的裂缝儿有一大溜儿。狗娃儿摁住一段儿墙说："下头没水缝儿了。打这儿起往上整个儿凿下去，就存住水了。"有巢说："要依我说，宁往下再错错，备着水多的时候渗得多，流了可惜了儿的。这还得姨拿主意。"大娘在上头也说:"要凿就凿大点儿,有的是人,这点儿活儿不值啥,比挨上头凿存水井省事儿多了。嗯,上来吧!"

狗娃儿俩手撑着沟两边儿上去了,大娘在沟边儿接了一把,又把手递给有巢。有巢舀了半罐儿水先递上去,俩手撑着一悠就上来了。

"姨,咱先凿沟,凿下去一溜儿,凿出来的石头盖屋使,您瞧行不行?"

"咋不行呢?又凿了沟,又盖了屋,还省了上下跑的工夫儿,太行了!"

有巢铲了一堆土,当间儿刨了个小坑儿,倒上水,和起泥来,一边儿和泥,一边儿皱眉。"这土太散,不能使,还是运下去种地吧。泥黏了,才能把石头砌一块儿。茅山上头的土黏,咱跟他们说说,挖他们的土行不行。"

大娘犯了难:"这又不是使一点儿,等屋起来了,把人家山头儿也削平了。"

"是得使不少土,咱要是拿东西换呢?"

"使啥换呢?除了石头,咱有的人家都有,人家又不造桥,使不着石头啊。"

狗娃儿说:"我回去跟我娘说说,一个烂土,有个啥呀?"

有巢说:"是没啥,可就是使得太多了。要不,咱们打个罗圈儿换,我们滩里给茅山米,你们给我们石头,茅山给你们土。"

大娘一听就说:"哪儿有这么换的啊?拿米换土?没听说过!"

有巢说:"嗨,又不是一袋子米换一袋子土,反正也使不了多少米,亏不了滩里。"

狗娃儿回家跟娘一说,大娘就笑了:"换米换面,还有换土的?来挖来吧,只要不动窑上使的土就行。"

"那我明儿就叫人家过来挖了哈,娘是不是划出个地界儿来,省得他们可世界乱挖。"

"行，明儿来了先上咱原先住的地界儿，把那些个老土窝儿全铲了，咱好种地。不是和泥嘛？土窝儿的土不散，和成泥黏糊糊儿的正好儿使。"

狗娃儿跟石头山大娘一说，大娘脸上展得像散开云的天，一劲儿说："你娘真是好人呐，这回可给我们帮了大忙儿了！别的不要，你给我们干活儿，这些日子吃的得我们出。"

狗娃儿说："姨，这个就算了，我打滩里背了粮食来了。"

"那你带回滩里去。"

"姨，您可别这么着！有巢说了，帮忙儿就是帮忙儿，我吃的是族里出的，又不是我自个儿的。那么沉的石头桩子你们都给送去了，我来干点活儿，就算是还人情儿吧。"

石头山大娘本来想着人家滩里是大族，要啥有啥，石头山小穷族，跟人家打交道只能吃亏，可是一回一回人家都让着自个儿，只觉得欠人家多了，心里愧得慌。她领着人去挖土，先找到茅山大娘，谢了人家。茅山大娘说："该我谢你们呢，这些土窝儿废了，早晚得拆。"石头山大娘又问有啥嘱咐没有。茅山大娘说："只要是不住人的，你们就挖，铲平了就行了，不够了咱在去别的地界儿挖去。"

石头山大娘想着咋把这块地儿拾掇的像样点儿，叫人们一个土窝儿一个土窝儿地挖，铲平了一个，再挖一个。她想最后给人家把地给刨松了，留着好种地。

姚江边儿上躺着石头山滚来的十二根大桩子，这桩子得一对儿一对儿拿木头撑起来，才戳得结实。有巢后悔早没想到，让人家顺便给凿出榫木头的窟窿了，这会儿也不好再把人叫来了，只好叫三青子他们慢慢儿刻饬，把要撑的木头也一块儿刻饬了，全都一般儿长。临去石头山之前，有巢嘱咐人们每一根桩子下头都齐腰高刻出印儿来，省得埋下去高低不一样儿，等她回来再往河里栽桩子。

有巢打河姆渡跑到石头山，裂沟那地界儿又变了，方石头码成了方方正正的一大摞，原来灰不溜秋的土堆全没了，起了一个小山儿似的黄土堆。狗娃儿告诉她，是拆了老土窝儿的土，跟早先滩里砍茅山的树一样儿，算互相帮忙了。石头山大娘说："手心手背都是肉，往后你们使着石头了，只管说话，咱也是互相帮忙儿嘛，呵呵。"山里人就是憨实，不说换不换的，谁都有使着谁的时候。

裂沟的石头地是斜的，方石头摆上去也跟着斜。有巢让把采石场的下脚碎石头也都运下来，留着垫平找齐使。

大娘问："全运下来？采石场的碎石头海了去了，使得了那么多吗？"

"使不了给我们，堆桥桩子根儿里。"

"行，多少辈子攒下的，够再磊个山了，正愁没地儿打发呢。你堆桥桩子要的急吗？"

"不急，等桥造起来了再慢慢儿堆吧，来来往往有顺道儿的，就背一篓子过去。当紧的是凿沟砌墙根基，明儿您再预备一天，后儿我给您送俩把式来，把这墙根基砌起来。"

有巢说的把式是修道儿的蛋蛋跟顺儿，蛋蛋本不想出来，一听有顺儿，就答应了。有巢说："这活儿跟修道儿盖屋都不一样儿，使的是泥跟石头，要紧的是砌结实了，别叫屋塌了。你们俩明儿先一块堆儿琢磨琢磨，后儿我送你们过去。"

桥桩子上的榫眼还没全凿出来，有巢想紧着有榫眼的先下桩子。在老索子桥下头下桩子可以借上两岸的桥头小屋儿，可是运桥桩子费劲，边儿上的还凑合，几个人扛着下到水里，水没到腰。越往里越深，抬着这么沉的石头，太悬。有巢跟三青子、鱼头人商量来商量去，决定还是挨着浮桥下桩子，到底儿有船可借。人们都说还是河姆渡好，桩子下在河姆渡，就给河姆渡定住了心。

有巢叫先紧着边儿上挖了一对坑，拿竹竿量着，挖到齐腰，才埋桩子。人们扛起一根桩子来，有巢突然喊起来："不行！上头没凿出卡木头的槽儿来。"得亏这会儿想起来了，要是十二根桩子全立起来了，咋好呢？又不能上半空中凿去，只好刨了重来了。有巢一阵后怕，手心儿都湿了。

桩子打浮桥上搁坑里，先往前头坑里搋，再搋后头的。桩子到了坑里，立不稳当，只好铲了河泥往坑里填。

有巢说："唉，这时候有一堆碎石头渣滓就好了。明儿咱去石头山背去！"

三青子说："咱这么忙，背一趟石头半天工夫儿没了。叫顺儿带着他那帮半大小子去背不得了？"

有巢说："顺儿跟蛋蛋明儿过去当把式，帮着砌根基，别的孩子还小，心疼着点儿使吧，别叫压得不长个儿了。"

别人没觉得咋样儿，背就背吧。三青子听着咋这么别扭，他盖了好几年屋了，这会儿得背石头渣滓，去的一个地界儿，蛋蛋跟顺儿可是去当把式的。三青子心里别扭，说不出来，可是挂脸上了。

有巢说："三哥忙，就别跟着去了。"

这下儿逗出了三青子的闲话："都去，我又凭啥不去呢？又不是把式！你要是非要把式，我就不去了。"

有巢听他颠三倒四，乐了："嘿嘿嘿，人家倒是想请你这个大把式过去呢，我舍不得呀，这才叫狗娃儿去了。蛋蛋他们是去干和泥的活儿，皆为他们干了两年挖土、烧砖、修道儿的活儿，我想着砌墙根儿跟砌砖沿儿多少有点儿一样的地方，去俩半大孩子，也不耽误家里的活儿。木头活儿跟砌石头差得远了点儿，一时还用不上。你也甭以为这就躲干净了，嘿嘿，有用着你的时候。"

她这一解释，三青子闹了个大红脸，说："想岔了去了。"

蛤蟆多嘴，偏争："也不知道三哥说的谁想岔了。"

有巢瞪了蛤蟆一眼，笑着说："我想岔了，说了一大堆废话。不说了，不说了。"

第三十六回

伤逆子痴人盼下世
设神屋秀女祈今生

连蛋蛋跟顺儿，十好几个人跟着有巢去了石头山。有子，就是石头山大娘的儿子，一眼瞧见蛋蛋跟顺儿，一手拽过一个来，问这问那。大娘招呼猪娃儿："呵呵，猪娃儿也来了，今儿不回去了吧?"猪娃儿说是跟着来背碎石头的。大娘听说都是来背石头渣淬的，就叫人们把篓子撂下，先歇会儿。人们搁下篓子，大娘就叫石头山的人："三狗子，你领着人上背上这些个篓子上去装碎石头，装满了，背下来。"又小声儿在有子耳朵边儿上嘀咕了一阵儿，有子好像不明白啥，大娘又嘀咕了些啥，有子听明白了，跟着一帮人上去了。

大娘笑得云彩似的，说："嘤嘤，今儿来了这么多把式，帮我们指点指点。"

狗娃儿拉过三青子来说："我跟我哥都是三哥教出来的，三哥才是真把式呢。"

大娘笑着对三青子说："一瞧就是个大把式，太好了，太好了！"

打伙儿也都说三青子是好把式，三青子说："啥把式不把式的，我是跟着有巢学出来的。"

有巢说："提我干吗？我都多少年不盖屋了，手也生了。三哥你就给说说，这石头地上咋盖屋好。"

三青子瞧了瞧一大片秃着的石头说："我在滩里没少盖屋，可一直是跟木头、土打交道，没碰过石头。这砌石头的活儿，还得问咱的俩小把式，蛋蛋，顺儿，你们给说说！"

有巢笑着说："姨要是不嫌弃，就先听俩小把式儿说说。"

大娘嘿嘿乐着说："干吗嫌弃啊？瞧人家孩子小，就不拿人当把式了？我那回去滩里，见了他们修的道儿了，土夯得瓷瓷实实，沿儿砌得齐齐整整，真是把式活儿呢。来，说说，我听听。"

蛋蛋跟顺儿听有巢回去说了在石头上砌根基的事儿，昨儿连琢磨带试活，折腾了整整一天，傍黑拿砖跟泥砌了一截儿，有巢瞧着说不错。今儿一早起来，墙干了，使大劲也没掰动。有巢说："就它了！"这才把他俩带来。

蛋蛋带了麻绳儿来，照着有巢头回在滩里看风水的样儿，跟顺儿拎着转，叫有巢给看影儿定东西南北。看好了，俩孩子给麻绳儿一头儿压了一块石头。

蛋蛋说："这地不平啊。"

石头山的人说拿碎石头垫平了。蛋蛋说："我们修道儿，可都是先把地铲平了。盖屋打根儿上就歪了吧唧的，到了上头更歪了，不如打底儿就把石头凿平了，再往上砌。"

大娘说："对啊，凿平了，再往上砌。"人们也都觉着蛋蛋说得有理。大娘说："那就凿吧，跟低的地方儿找齐了，不算太多，这头儿跟那头儿差着也就两拃。"

石头山的人凿这点活儿不当回事儿，滩里来的人拿起上去背石头的人留下的锤子凿子，跟着学凿石头。地歪，架不住人多手快，不大工夫儿，找补出来一块平地儿。大娘瞄了瞄，问够不够大。有巢说："盖神神屋足够了，盖一排屋稍微小了点。"大娘说："咱就是先盖神神屋，场子留得宽绰点儿，好干活儿。"

蛋蛋跟顺儿和好了泥，照着昨儿在家试过的，在石头地上洒上水，铲两锹泥，厚厚地墩上，摆上一块石头，摁下去，又摆一块，一溜摆了四块，回来花错着又摆了一溜；在两溜儿石头上头洒上水，又抹了一层厚厚的泥，拿带来的碎碗片儿抹上一层泥，挤满了石头缝儿，花错着又压了两溜儿石头。蛋蛋说："我们俩就这点儿本事，也不会凿石头，按说，边儿上应该一块整石头对着一块半拉的就齐齐了。愿意砌厚了，就砌三层、四层石头，只要舍得使泥，溜满了缝儿，管保结实。"

三青子说："挺好的，干脆接着往下砌，好好儿砌起根基来。"

大娘也说干脆往下砌。

三青子走出去几步，问："大娘您瞧这么宽的神神屋够不够？"

大娘看了看说："够了，能一顺儿跪下七八个人了。"

蛋蛋跟顺儿照着三青子量出来的长短，压了一根儿麻绳儿。

有巢问大娘："您想着神神屋里最多盛多少人？"

"祭神神供祖宗，用不着一下子都进来，能盛下五六十人就足够大了。"

三青子又顺长量过去，走了三十步，站住问大娘够不够长。大娘说："可够大了，连祭台带空场儿都有了。"蛋蛋俩人扽着绳儿，压好了石头。几个大人和开了泥。蛋蛋跟顺儿嘀嘀咕咕，比比划划。

大娘问："嗨，俩小把式儿这儿商量啥呐？"

蛋蛋说："姨，我们觉着，要是能四下里凿出一圈儿沟来，让墙长进去，就有根了。"

顺儿说："可是这么一来，就费大劲了，得往外再扩出一圈儿来，还得凿下去这么宽，这么深。"

大娘猛地嚷了一嗓子："嗨，你们大伙儿都听听，咱俩小把式儿说啦，先挖出一圈儿沟来，再在沟里往上砌石头，让墙长住了，就结实了。我是啥都不知道，听把式的，把式们说说咋砌好，要不要这道沟，都说说。"

有巢觉着蛋蛋他们说得有理，却说："姨太待见他们俩了！小孩子家家的话，不一定对。三哥你们说说这墙咋砌好，趁着还没动手儿，咱先多动动嘴儿，好好儿商量商量，把这活儿说透了。等干了半截儿，瞧着不是那么回事儿了再拆，那可就费大劲了。"

三青子说："头回盖屋，又是盖神神屋，咱还是恭恭敬敬好，别怕费事儿，把根基打好了比啥都强。俩小把式儿想得挺是那么回事儿，是该让墙扎进根去。要我说，这沟再费事儿也得凿。反正这会儿有地方儿住，慢慢儿凿吧。"

猪娃儿说："把墙砌沟里，就跟砸下桩子去一样儿，结实多了。这沟要是能深点儿，墙就更结实了。要我说，得凿下去半条腿深，墙才长得住。你们说呢？"

人们七嘴八舌头，不光滩里来的，连石头山的也说该凿出长墙的沟来，半条腿深，差不多了。

大娘说："俩小把式说，这沟得再外头凿出一圈儿来，我也觉着得这么凿，往里，神神屋就小了。你们看呢？"

人们都说该往外凿，既盖，就大大方方盖。石头山的人还说，往外凿其实比往里凿省事儿。于是又叮叮当当凿起来，齐着外沿儿连往外拱带往下凿。

三青子纳闷儿，背碎石头的走了这半天了，咋还没下来？他要上去瞧瞧。大娘说："别去了，我叫他们给送河姆渡去了，一会儿就回来了。哪儿能叫咱把式背石头渣滓呀？"

正说着，几个人果然背着空篓子回来了。

大娘问："你们把石头倒哪儿啦？"

有子说："全倒河姆渡这边儿岸上了，下头就是那一大溜船。"

三青子说："瞧这事儿，本来是我们的活儿，让你们受累跑了一趟。嗨，瞧这事儿！"

三狗子说："没这趟活儿，我们这些人还看不见河姆渡呢，还有这边儿河上的桥，嘿，真好啊！还看见一排一排的屋了，好啊！比我们这儿的石头洞强天上去了。"

大娘说："要不咱也盖屋呐！回来得正好儿，回来了就跟着凿沟吧，瞧见了？围着一圈儿，凿下去半条腿深。"

有子纳闷儿，问："娘，盖屋，干吗又凿沟啊？"

大娘说："留着砌墙使，墙长到沟里就有了根。"又对有巢说："你们回吧，赶回去天就黑了。"

有巢跟三青子和猪娃儿商量了商量，对大娘说："我们再上去背一趟石头，猪娃儿跟狗娃儿留这儿，明儿还来，瞧这墙咋往上砌。"说完要带着人们上去。

大娘说："你甭去！叫有子领着上去就行了。"

有子招呼三青子他们上去了。

大娘跟有巢商量："俩孩子也留下吧，嫌我这儿不好，住猪娃儿娘那儿去，她那儿有的是地方儿。"

有巢跟蛋蛋他们商量了商量，俩孩子愿意留下来。

大娘说："太好了，别瞧他们俩人不大，主意正着呢。有他们俩在，我心里更踏实点儿。有巢，你要是也能留下住两天，就更好了。"

有巢说："我倒是想留下呢，不行啊，孩子还在顺儿家呢。"

"嗨，我咋把这茬儿给忘了呢？"

人们背着石头下来了，三青子放下篓子，要瞧瞧沟凿得多深了，大娘却催他们："天不早了，快回吧！"

有巢跟猪娃儿和蛋蛋、顺儿交代了几句，跟着人们走了。大娘又跟猪娃儿说："眼下凿石头沟，没你们的活儿，等凿出来，天也就黑了。你们哥儿俩带着俩孩子也早点儿过去吧。还没见着你娘吧？快去吧！”

猪娃儿说："行，我们明儿早点儿过来，瞧瞧这墙咋砌。"

蛋蛋说："不行，刚才砌的那截儿还没拆呢。"

四个人动手去拆，石头跟泥长住了，连晃悠带敲打总算给拆了。大娘说："行，明儿这墙就这么砌，一宿准长住了。"

茅山离这儿没多远儿，一会儿就过去了。西边儿日头还没下去，东边儿月亮早早儿来了，灰白的天上多了个亮点儿。到家天还早，兔儿哄着月儿挨外头屋编篮子，一见来了这么多人，月儿吓哭了。兔儿搂着她哄："别哭！别哭！都是老家的人，猪娃儿哥哥，蛋蛋哥哥，顺儿哥哥，来瞧咱来了。"

蛋蛋瞧着兔儿跟月儿，想起了妮儿，圪蹴下伸出俩手，"来！妮儿，叫哥哥抱抱！"月儿不哭了，瞪着圆眼看他。兔儿问："你们咋一下子全来了？"顺儿说："小兔子，我们是来给石头山盖屋的。"兔儿眼睛瞪得老大。"咋？不信？告你说吧，我们是人石头山请来的把式呢！不信你问狗娃儿哥！"兔儿问："狗娃儿哥，他们俩真是把式儿？"狗娃儿"嗯"了一声儿，提溜上罐儿出去打水了。

蛋蛋抱起妮儿来，"柔柔儿"转圈儿，转得月儿咯咯儿笑。蛋蛋说："兔儿，挨家闷了一天了吧？走，出去玩儿会儿！"顺儿也说："挨家闷着多没劲啊，走，兔儿带我们出去转转去！"兔儿带上仨绷弓子，说："走，咱打雀儿去！"

四个孩子走了，家里剩下猪娃儿一人儿。他还是头一回来这屋里，碍着驼儿跟他娘这一层儿，一直别别扭扭不愿意回来。他一看见月儿心里头就怪怪的，这妮子长得太像驼儿了。

狗娃儿回来了。

猪娃儿说："我还是回去得了。石头山那儿有你跟蛋蛋他们俩足够了，明儿有我没我都没啥，可是河姆渡栽桥桩子，少一个人真是挺吃劲的，我还是回去了。"

狗娃儿说："就是走，也得等娘回来见上一面儿再走啊。我这就弄吃的。"

猪娃儿说："回家吃去啦，家里剩有巢一人儿，带个孩子，两头儿跑，太累了。我去地里见见娘就行了，反正有你在哩。"

狗娃儿见留不住他，也就算了。饭做好了，头一个回来的是驼儿，问起石头山的事儿，狗娃儿说了平地凿沟的事儿，使劲儿把俩小把式夸了一顿；又说他哥也来了，等不及，去地里看娘去了。

驼儿问："他还回来吗？"

"不回来了，家里外头一大堆事儿，有巢姐一人儿忙活不过来。"

驼儿笑了笑说："他这是跟我闹别扭儿哩，连这么会儿工夫儿都等不得！他不一定去地里，你娘回来了你趁早儿甭问，他要是没去，空惹你娘难受；要是去了，你娘自会说出来。"

大娘回来了，果然没提猪娃儿，狗娃儿心里有气，埋怨哥哥太不懂事儿了！驼儿说："咱家来人了，蛋蛋跟顺儿，你猜干吗来了？"大娘猜不出来。"告你说吧，人家是石头山请来的把式，帮着盖屋来的。"大娘问："真有这事儿？俩孩子人呢？还在石头山呐？"

正说着，四个孩子回来了，蛋蛋背着月儿，顺儿跟兔儿俩手掐着几个雀儿翅儿。大娘说："嗐嗐，把式来啦？"顺儿跟大娘不熟，腼腆地笑了笑。蛋蛋说："要说打雀儿，还得属兔儿，人家才是把式哩，七只雀儿有四只是兔儿打下来的。"

狗娃儿把七只雀儿全扔火里了，一股燎毛味儿呛得人直咳嗽。一会儿就有了香味儿，狗娃儿扒拉出来，说："不多不少，正好儿一人儿一只。"顺儿说："不够哇，还有猪娃儿哥呢。"蛋蛋说："有猪娃儿哥的，没月儿的，我跟月儿伙着吃一只。"

大娘说："猪娃儿来了？这么晚了，还不回来！他石头山真能使唤人啊。"

蛋蛋说："猪娃儿哥跟我们一块堆儿打石头山回来的。"

大娘问："那他去哪儿了？"

狗娃瞧了驼儿一眼，说："娘，我哥等了一阵子，惦记着滩里，回去了。让我跟您说一声儿。"

大娘脸灰了，冷冷地没说话儿。蛋蛋嘴快，说："我姐不是说好了让他今儿跟姨这儿住吗？他回去干吗？"

狗娃儿紧着找补："有巢姐一人两头儿跑，那边儿造石头桥，这边儿盖石头屋，都是没干过的，都得她经着心，还得管着井娃儿，一人儿实在顾不过来。我哥说等忙过这一阵儿，他再来瞧娘。"

大娘淡淡地说："他忙得连跟我说句话儿的工夫儿都没了，忙他的去吧！"

驼儿跟狗娃儿都给蛋蛋使眼色，蛋蛋早就看见了，可不知道咋回事儿，到这会儿才明白自个儿当了个大漏嘴，后悔得直咬嘴唇儿，真想抽自个儿俩大嘴巴。

黑间躺下，驼儿一直给大娘摩挲胸脯子，听见外头屋响起了呼噜儿，才小声儿说："他这是跟我，你可别生这么大的气，气坏了身子，犯不上的。"

"我气个啥呀？算我没养活他，好在还有狗娃儿。"

"还有兔儿跟咱月儿哩。"

"他连兔儿都不如，他嫌我丢他的人了，连在人前头跟我说句话都嫌丢了他的人，他这是瞧不起我啊！"

"姐，别把这当回事儿！世上有几个他这么想不开的？人有巢不是来了吗？不是叫他也来了吗？人家还是那么大一族的大娘哩。猪娃儿他小心眼儿，你可别也跟着小心眼儿啊！好歹你是当娘的，还是一族的大娘，你不是小心眼儿的人。猪娃儿他这是跟我别扭着，你要是生气，就是跟我了。"

大娘紧紧抱住驼儿，滚烫的泪贴到他脸上。"她爹，你跟了我，不容易啊！"

驼儿抹去她脸上的泪儿，说："别哭了，啊！你跟着我跌份儿了，委屈你了！"

大娘捂住他的嘴说："来世上跟你一场，我知足了！下辈子，咱早早儿到一块堆儿，好好儿过一辈子！"

月亮透过窗户上的麻布丝眼儿钻了进来，把这一对男女裹起来。他们在月亮里相拥睡去……

同一个月亮里，有巢跟猪娃儿吵了个够。

"我还不是为了你才赶回来的？这倒好，好心成了猪下水了！"

"你脑子成了猪下水了！把人丢到仨族里了！合着我拿人耍着玩儿了？"

"我自个儿愿意跑回来，又不是你叫我回来的。"

"你回来我丢人，你想过没？让人瞧着我成啥啦？就骚成这啦？一宿都离不开！哼！"

"嗨，我是，嗨，不是，你知道我是……"

"颠三倒四的东西！我知道你是个屁！一夹不住就不是你了！"

"你听我说完了再骂行不行？"

"你找骂！我不叫你说了？"

"你骂我啥，我都认了。我是不能跟他驼儿住一屋顶儿下头，那成了啥啦？"

"成了啥啦？狗娃儿能住你就不能住？没良心的东西！你们哥儿俩都跑了，要是没有驼儿，谁管你娘啊？"

"你是这么看，别人可不这么看，人都说'他娘招了个儿子……'"

"都谁说来着？你听见哪个人这么说来着？"

"嗨！就算不说，也挡不住人家也这么想啊。"

"王八蛋才这么想呐！女人招男人，愿意招谁招谁，管得着吗？你甭嘴上哼啊哈的，心里头恨人不死，嗷！"

"你骂吧！骂吧！骂了气儿出来了就行了，反正别人也听不见。"

"我骂的是你！你甭往别人身上推！我就没听谁说过这样儿的屁话，狗屁都不是！嗷！恶心！"

"好好，我是王八蛋，我是夹不住的屁，我是狗屁，我没良心，我长了一脑袋猪下水，还有啥？骂吧，全骂出来了，你好痛快！"

"我骂你是图个痛快？你对不起咱死了的姨姨跟二姨啊！你知道她们老姐儿俩为弄成这事儿费了多少心啊！连狗娃儿都为这事儿经着心，硬是闷在家里不找妮子。咋你就想得这么怪呢？你脑子糊屎啦？还是灌尿啦？"

猪娃儿还是头一回听见这些话，一下子软了，半天才说："你要这么说，我也没脾气儿。"

"你没脾气儿了？你知道你把人气成啥啦？"

"得，都是我不好，别生气啦！"

"你走，我才能消了气儿。"

"你让我去哪儿啊？"

"去茅山，给你娘消气儿去！"

"黑灯瞎火，你就忍心轰我走？"

"啥黑灯瞎火的？这么大月亮地儿！你不回去，你娘要气出病儿来的。"

"求求你了，容我这一宿，天不明我就过去。"

有巢一扭身子，把脑袋扎进墙根儿里。

狗娃儿起夜，开开门儿，月亮地儿里一个大黑影儿。他吓得打了个激灵，问："谁？"

"我。别嚷嚷！"

"哥啊？你这么早过来干吗啊？"狗娃儿也压低了嗓音儿。

"怕咱娘生气。"

"娘可是生了大气了。你进去躺下，娘问起来，你就说井娃儿这两天不大好，你回家看了一眼就回来了。我也说你是前半夜儿回来的，就这么着，说好了！"

隔着一层儿麻布，大娘啥都听见了，开头儿也吓了一跳，要起来，后来就止不住眼里的水了。她听见猪娃儿进来躺下了，又听见狗娃儿进来躺下了，哥儿俩嘘嘘着说话儿。听不清说啥，她就想，猪娃儿咋睡到半夜想起来怕她生气来了？她一下子想到了滩里那个精明剔透的人儿。唉，浑小子多亏赶上了个明白人儿，难得的是这明白人儿是个好人，好人想着别人，心疼别人。冲着猪娃儿，她这会儿能起来把他轰出去，冲着有巢跟狗娃儿，她不能犯混。

天刚蒙蒙亮，月儿跟鸡叫似的，照例儿把人闹醒了。驼儿要起来做饭，大娘拽了他一把，咬住他耳朵说："猪娃儿在外头屋睡哩，前半夜儿回来的。"驼儿先是一愣，接着咧开嘴乐了："这就好，我起来给咱做点儿好吃的。"月儿嚷开了："做好吃的！爹做好吃的！"

有巢是叫井娃儿闹醒的，睁开眼不见猪娃儿，心里好后悔，也不知道他是啥时候走的，也不知道他带家伙没有，一个人儿道儿上遇见狼虫虎豹，可咋好啊！有巢啊有巢，你咋这么狠呢？她想爬起来找他去，可是这么早，只能去茅山，猪娃儿要是不在，空叫人家着急；猪娃儿要是在，还不叫人家笑话死了！

吃了前晌饭，有巢把井娃儿送到秀儿家。

"姥娘，我今儿回来得晚，他爹也不在，麻烦您操心了。"

"哟，昨儿才打石头山回来，今儿又去啊？"

"一边儿半天儿，昨儿前晌在那边儿，后晌在这边儿；今儿前晌在这边儿，后晌在那边儿。"

"瞧忙成啥啦！老这么两头儿扯着，还不把人扯散了架呢！"

"没事儿，姥娘，造桥、盖屋赶一块堆儿了，忙就忙这几天。"

昨儿回来，人们把一对桥桩子压结实了，背回来的碎石头全使了，还不够，人家石头山人倒在岸边儿上的碎石头剩下的也不多了。今儿下了桥桩子，赶紧得下石头，要不桩子戳那儿歪一边儿去了。

三青子跟有巢商量："你能不能带上那帮儿半大小子再去背一趟？背不动一筐背半篓子也行啊。我们先下一根桩子，把剩下的碎石头使了，再下一根，等你回来直接就倒桥桩子下头。"

"再下也得打那头儿下，两边儿对着下，剩下的石头留着这边儿下的时候再使。一人半篓子，还是不够呀。"

蛤蟆说："石头山的见了，准给咱送来。"

有巢动了气儿，鼻子里哼哼着热气，骂道："不走长道儿的东西，亏你想得出来！不行！人家盖屋正忙，哪儿能见天让人给咱背石头哇？这么狠着使人情儿，用不了几天儿就掰了。"

三青子问："那咱这就过去背去？"

有巢说："甭去那么早，又跟昨儿似的。咱先下一根桩子，把剩下的碎石头全堆上，然后一块儿过去背去，再带上几个半大孩子。"

人们紧着干完了，上道儿就半晌午了，到了石头山根儿，日头都偏了。有巢叫人们等着，"走得挺热的，先这儿歇会儿，一会儿狗娃下来接你们上采石场。装了石头，蔫不出溜儿走了就得了，甭让人瞧见。"蛤蟆说："这不成了贼了？"有巢说："贼就贼，比占人便宜强。"蛤蟆叨叨了一句："谁占谁便宜啊？三四个人窝她这儿白干，连顿饭都吃不上，哼！"有巢装没听见，噔噔噔噔走了。

昨儿开出来的沟里已经砌上了石头，大娘跟猪娃儿哥儿俩和蛋蛋他们正那儿商量啥。瞧见有巢来了，大娘叫了一声儿："嗨，就知道你不放心，还得来。来得正好儿，正想着你呢！"有巢说：
"我来换换猪娃儿，那边儿有事。"猪娃儿问啥事儿，有巢在他
耳朵边儿上小声儿嘀咕了一阵儿，猪娃儿对大娘说："姨，滩里有
事儿，我先过去了。"大娘说："去吧！"又疑惑地看看有巢。有
巢说："也没啥，三青子叫他商量造桥的事儿。"大娘"噢"了一
声儿，说："家里没出事儿就好，井娃儿有人给看着吧？"

"有，有，挨秀儿姥娘那儿玩儿呢。这不，姥娘还叫给您捎来
一根野猪腿，昨儿分的，娘儿俩舍不得吃。"

大娘乐了，说："人家那是给狗娃儿的，狗娃儿让我给扣住
了，秀儿没骂我吧？"

"瞧您想哪儿去啦！再说，谁敢骂您呐！"

"人家不骂，我自个儿也不落忍啊。快盖起来，就叫狗娃儿
回去。"

"嘤嘤，砌得挺快的。不错！不错！"有巢突然想起啥来，问：
"祭了吗？"

蛋蛋一听祭，张嘴就骂："祭！祭！祭个屎！"

有巢脸刷地黑了，狠狠瞪着蛋蛋，说："小畜生儿，骂你自个
儿呐！我们祭奠是为了屋盖起来不倒不塌，人活着平平妥妥，又
不是没事儿瞎祭，你抽的哪门子疯啊？"

大娘赶紧给岔开："有巢别急啊！祭了，祭了，呵呵。这一溜
儿打算留大门，一窝全剁了脑袋，埋这溜石头底下了。剩下的给
你留一篓子里了，我可不敢瞧那东西，膈应得慌。"

"我不膈应，待会儿给茅山姨姨送过去。嚯嚯，都跟地砌齐
了，该留出大门儿来了。"

大娘说："刚才正商量留门的事儿呢，狗娃儿说啦，往上砌两
层儿再留门儿，省得下雨进水。他们几个说两层儿不够，要是人
住的屋，再砌两层儿成了，这是神神屋，得几层台阶儿上来，才
有气势。台阶儿使的石条少说也得有两块砌墙的石头厚，要是三

层台阶儿，就得再砌六层石头。"

有巢皱了皱眉头，说："那，里头的地也得再砌起六层来？这不成吃饱了撑的啦？要不就上三层台阶儿，又下三层台阶儿。不好，还崴了脚呢！"

狗娃儿问："那你说，还是再砌两层儿好？"

有巢说："高出点儿来能挡住水流不进来就行了，有两层儿高足够了。"

蛋蛋问："那就不要台阶儿了？那还不跟人住的屋一样儿了？一点儿气势也没有。"

有巢说："台阶儿也要，三层儿太矮了，显不出气势来，至少得五层儿，七层儿就更好了。"

顺儿抓着脑袋说："又要那么多台阶，又不往高里砌，不明白咋弄。"

狗娃儿跟蛋蛋也说不明白。

有巢瞧着大娘笑，"姨知道咋弄，姨说吧！"

大娘也笑了，说："你们还是没跟石头打过交道，咱把这一面儿整个儿凿下去，连台阶儿都凿出整的来了，凿出来的石头又能盖屋，一点儿也不耽误事儿。有巢，是这么着吧？"

有巢一拍巴掌儿，说："这才是真把式呐！俩小把式的活儿干完了，今儿跟我回去。狗娃儿留下，石头活儿你不会，留窗户、架梁、上顶子离了你还不行。"

大娘说："还真舍不得俩小把式儿呢，可是孩子不吃咱不喝咱，咱也没理老霸着人孩子。走吧，一磨蹭天就黑了。"

"不能空手儿回去呀，顺儿，蛋蛋，装他们半篓子碎石头！"

大娘说："你就心疼心疼孩子吧！明儿给你送十几篓子下去。走吧！走吧！趁天亮快点儿走！"

有巢嘻嘻笑，"不让拿石头，您得让我拿上好吃的呀！别一劲儿轰我们，吓得赶明儿都不敢来了。"

"得亏你记着呐，连篓子一块儿送你啦！拿上快走吧！"

俩孩子一路上问啥好吃的。有巢说："几块啃不动的石头，别的啥也没有，石头大娘说笑话儿呢。"

俩孩子知道近道儿，一会儿就到茅山了。家里只有兔儿跟月儿，兔儿一下子蹦过来，喜得小鼻子儿皱皱儿起来，俩眼儿眯得瞧不见眼珠儿了，小嘴儿嘻着，小嗓儿水萝卜似的，又甜又脆："哟，有巢姐来啦！"

"哎，来给你们送好吃的来啦。"

"啥好吃的呀？有巢姐。"

"做熟了才能吃呢，你带着月儿先出去玩会儿吧！"

蛋蛋对兔儿说："我姐啥好吃的也没有，走咱打雀儿去吧，回来做熟了就有好吃的了。"说着抱起月儿来。月儿也不认生，搂住蛋蛋脖子，下巴颏儿搁人肩膀儿上，叫蛋蛋抱出去了。

今儿大娘先回来的，老远就嚷嚷："好香好香，狗娃儿弄回来啥好吃的了？"

"姨鼻子真尖，狗娃儿还没回来呢！"

大娘惊喜地叫唤起来："是你啊！想死人啦！今儿别走啦！"

"您这儿来来往往老是人，还不烦死了啊？吃了饭我就把俩孩子带回去，他们挨那边儿反正也没活儿了。狗娃儿留这儿再吃您些日子，反正你们家有，呵呵。"

"嘿嘿，知道我有，来这么一会儿还带着吃的，这不是说我怕人吃吗？呵呵。"大娘揭开锅盖，猛地叫了一嗓子："好家伙，炖这么一大锅肉，你们家不过啦？"

"不过啦，呵呵。没炖的还多着呢，拿盐煨了两罐子，都盖好了，给您搁外头屋了。"

"咋？有巢你扛来一头猪啊？"

"哈哈，想得美！我可舍不得扛一头猪来。人石头山修神神屋，跟您学的，祭了一窝长虫脑袋，膈应这肉，都让我给捞来了。

我知道您爱吃，就拿着孝敬您来了。待会儿先别告诉他们是啥肉，省得这个膈应那个膈应的。"

"你可真行，跟长虫干上了，成了精了你!"

大人孩子全都回来了，一个个儿嗅着鼻子喊香。月儿急赤白脸叫唤："吃肉肉! 吃肉肉! 吃肉肉!"

兔儿问："猪娃儿哥咋还没回来呀?"

大娘想说："不能叫哥，你辈儿大，叫他猪娃儿……"本来还想说"他得管你叫舅呢"，碍着有巢，咽下去了。

有巢说："他回去修桥去了。想他干吗? 我来了才有好吃的呐。"

月儿又扽搂着小手嚷嚷开了："吃好吃的! 吃好吃的!"

第三十七回

石头山修起石头屋
河姆渡烧光河姆桥

六 对大石头桩子齐齐整整戳在姚江里，像几个膀宽腰粗的大男人排开了等着比试。石头桩子就着船拴的浮桥下的，原先的桥屋使不上了，有巢跟三青子商量来商量去，最后定下来，不盖新桥屋了，省得上下多少层台阶儿；这回把桥修长点儿，两边儿岸上也是桥，坡下去接住平地儿。岸上使木头，砸了十好几对儿木头桩子，挨排儿往河边儿走，一对儿比一对儿高，最后一对木头桩子扎进河里，跟河里的石头桩子齐了。木头桩子下头全都横撑滚木，一对儿一对儿撑严实了。木头桩子上头卡立木的横梁竖檩，也全都榫得严丝合缝儿。再上头搭板子，板子下头楔木条儿。手指头粗的大梢钉把板子带木条砸进桩子上架的横木里，一截儿比一截儿高。这头儿接了那头儿接，从两头儿一截一截往河边儿拱出俩缓坡儿来，等着大桥搭起来接上，就能走人了。

河当间儿那两对儿石头桩子离得比别的几对儿宽，能横过一条船来，俩船对着过，碰不了头儿。底下这么宽，上头接起来可是麻烦多了，两根刻饬好了的通天松两头儿拴好了绳子，放在船上运到河当间儿，绳子另一头儿绑竹竿尖儿上，挑起来举到石头桩子顶儿上。上头的人接了，两头儿一块堆儿往上拽，最后卡进桩子顶儿上的石头槽儿里。一根上来了，剩下一根就好上了。两根大檩上，一块挨一块钉上梁一样的方木，从两头儿一直钉到当中间儿，留了个缝儿，也拿木条填住了。

由着三青子的性子，不怕慢，得要好儿，这桥是河姆渡的脸面，一定得修出个样儿来。八个人见天见，顶着毒花花的大日头，直直干了一个热天，总算把桥搭好了。桥长了去了，光两边儿的栏杆儿就使了二十几棵树，打这头儿到那头儿，好得走一阵子呢。工夫儿搭在那儿了，活儿干得就是好，姚江本来就大气，配了条宽宽的腰带，腰杆儿更挺了，精气神儿更足。

桥上头全是木头的，有巢怕禁不起长年累月风吹雨打，跟三青子商量，上头再搭一溜棚子，把大桥给苫住。搭棚子盖屋是三青子他们的大拿，栏杆儿打底儿，往高里接了一截子，上梁比盖屋容易多了，没费多大事儿，一溜桥棚就起来了。河姆渡添了一景儿，招得七乡八井的人全都跑来瞧热闹。滩里人只怕人多把桥踩塌了，老是有人在对岸桥头儿看着护着。

石头山神神屋的大顶子是三青子他们给做的，为的是还人家一趟一趟往河姆渡背碎石头的情儿。这顶子是在石头山做的，打茅山砍来二十五根圆咕隆咚的通天松接成五道长檩，当间儿拱起一条正脊，一边儿两条垂脊。一溜六根顶柱把大梁跟正脊榫住，撑起了大顶结结实实。梢钉把一根根椽子钉在上下两条挨着的檩上，钉下一行的时候椽子插在上头两根椽子当间儿，五根檩条上的椽子错错落落插得满满当当。

上顶子的活儿，三青子他们干得海了去了，开头儿是下头的木头墙起来了，登高儿在墙上头榫梁、卯檩、钉椽子。玩儿一阵儿悬的，有巢才改成了先有做好了顶子，再整个儿往上装，起顶子成了大活儿，十几个人又在里头的，有在外头的，登着高儿，把着檩跟梁，听有巢吆喝。有巢跟另外七八个人站得更高，等下头举起来了，把檩和梁跟下头的木头严丝合缝儿榫好了。这么举太沉了，回回儿上顶子得跟地里和船上借人。后来改成了先上空顶子，再钉椽子。

这回给石头山上顶子，跟先前全不一样儿，神神屋的墙，除了窗户全是石头的。有巢跟狗娃儿商量好了，四面儿墙顶上头留出了一圈儿架梁托檩的石槽儿。

顶子上苫的茅草是茅山人编好了送来的。上顶子那天，三下里的人都来了。谁都没见过石头盖起来的屋，又是神神屋，全都新鲜极了。

上顶子之前，墙上、柱子上的槽儿里倒了泥。石头山二十几个男人喊着号子把大顶子举起来，神神屋里头外头都垫起了高高的石头台，三青子他们坐在台子上，狗娃儿高高儿坐在屋里头当间儿台子，连比划带吆喝："再起高点儿！靠里边点儿！不行，不行，还得抬起来，再往里挪挪……哎，行啦，放！"

檩跟梁稳稳当当坐到槽儿里，当间儿的四道梁下头都有石头柱子接着，泥挤了上来，里头外头男人家叮叮当当砸结实了。全坐实了，三青子他们爬上去又一通敲椽子。打前晌忙到天傍黑，才把顶子苫上。

山风里裹着肉香，裂沟旁边儿支了一溜儿火堆，打大前儿个起，猎来的野猪、黄狼、獾子就没分，今儿全架火上烤了。有子插着个烤熟了的猪头，油滴滴答答往下掉。石头山大娘拿来个大豆盘，有子把猪头放盘子上。大娘端起豆，恭恭敬敬进了神神屋，供在前头石头台上，跪下磕了五个头，求神神佑护石头山人早早儿住进新屋。

"有子，三狗子，先给人滩里的跟茅山的插肉！"大娘一出神神屋就吃喝起来，"今儿神神屋起来了，多亏了你们两家儿了，没滩里的人，没茅山的土跟木头，我们光有石头，盖不起神神屋来。哎，自打盖屋，这么些日子了，狗娃儿也好，有巢也好，别人也好，没吃过我们一口儿，今儿都好好儿吃一顿儿！狗娃儿娘，有巢，吃啊！往后有啥事儿，吱个声儿。我们穷山沟子没别的，有的是人跟石头，人，你们哪会儿叫哪会儿到，石头，要多少有多少，哈哈。吃！吃！都吃啊！有子，舀上水来了吗？"

有子大嗓门儿喊叫着："舀上来了，舀上来了！罐子里有水，拿个碗倒来！大伙儿只管吃，渴了有喝的，守着井，喝完了再舀。"

认得的，不认得的，一块儿吃，一块儿说说笑笑，孩子们吃了喝了，全钻神神屋里了。

石头山盖屋的人跟狗娃儿围着一堆火。"狗娃儿，别回了，就跟我们这儿干活儿分嘴吧！""狗娃儿，你可不能走哇！你走了，后头的屋可就没法儿盖了。""狗娃儿，把你当家儿的接这儿来吧！咱盖的头一个屋就给你家住。"有的人干脆把大娘拉过来吵吵："大娘，啥时候给人狗娃儿分嘴啊？人家白给咱干了这么些日子，不能老白干啊！"

狗娃儿赶紧说："别这么说！我可没白干。有巢姐给我在家里系着疙瘩哩，你们送的石头，都系我绳子上了，我一点儿都没亏。"

大娘说："那好哇，我们接着往滩里送石头，狗娃儿在这儿顶着。"又小声儿说："我再给你分一份儿嘴……"

有巢猛不丁嚷了一嗓子："嗨嗨，嘀嘀咕咕，说啥小话儿呢？偷偷儿挖我的人可不行啊！"

狗娃儿嘿儿嘿儿笑着说："姐，大娘要给我分嘴哩，你说，我能要吗？"

有巢说："能要，要了交给我。"

大娘扑哧儿乐了，"交给你？哼！交给你块大石头，不怕崩了牙，抱回去啃去吧！"

人们嚼着肉，舌头叭唧成一片，一下子哈哈哈哈笑开了锅，开心的笑声里散着油香的肉味儿。有巢也跟着笑，笑够了，朝她的人吆喝："都吃饱了吧？吃饱了，抹抹嘴儿走人！"大娘瞧瞧天不早了，说："我也不留你们了，剩这么多肉，都拿上，拿上，道儿上吃！"有巢说："这成啥啦？肚里装不下了，还拿上，太下作了，不行，不行！"石头山的人打火里插起一块块肉来往滩里人手里塞，两边儿的人推来推去。有巢只好说："拿上吧！一人一块够啦。"

狗娃儿回滩里干了两天，等他回来，头排屋的墙根基础好了。狗娃儿对大娘说："根基起来了，该打隔断、留门儿了。"

大娘说："嘿咿，你来得正好儿。正商量留门儿呢，打隔断的事儿还没顾上商量呢。"

狗娃儿说："隔断这会儿就能打了，一排五家儿，当间儿砌四堵墙，就分开了。打了隔断，就好留门儿了，再往上砌砌，门口儿留一层台阶儿，就找齐了。"

大娘嘴里一劲儿啧啧，说："到底儿是把式，眼里一瞧就把屋给盖起来了。"

狗娃儿心里说："您说得容易！眼里一瞧就盖起屋来了？那敢情好了！为这我琢磨了多少日子了！"

狗娃儿心细，早起来打灶里掏出几块儿炭带来了，这会儿使上了。他一步儿一步儿量过去，又量回来，划了四个黑道儿，叫俩人拽着麻绳儿，一截儿一截儿量出来，比着分，改来改去，把绳儿递给大娘说："姨，您再比比，瞧瞧分匀了没有。"

大娘眯起眼儿瞄了瞄，说："匀啦，匀啦，甭比啦，呵呵。"

狗娃儿说："这边儿匀了。橛子，栓儿，走咱再去那边儿比比。"刚才拽绳儿的俩人跟着他过去，拽紧了绳儿。狗娃儿打一边儿量好了，走到那边儿比着划下道道儿，一块一块量过去，划好了四根道道儿，说："这回齐了，两头儿拉上绳儿，比着砌，管保歪不了。"

大娘戳起大拇哥说："狗娃儿行啊！要不说是把式呐。"

"大娘！大娘！"顺儿跑得上气儿不接下气儿，脑门子上呼呼往外冒汗，冲得红彤彤的脸上一道道儿泥水沟儿。

"哟，顺儿这是咋啦？咋一人儿跑来了？"

"大娘，出事儿了，蛋蛋奔鲻山了……"

"咋？蛋蛋出事儿啦？"

"不是，蛋蛋去鲻山叫人去了，河那边儿的把大桥给烧了，有巢姐领着人过河去了，我来告您一声儿，这就去茅山报信儿。"

狗娃儿急了，话里喷着火："活腻了，顺儿这儿待着，我去告我娘去！"说着话，人已经走出去了。

"顺儿，细细说说，到底儿咋回事儿？谁家烧的大桥？啥时候烧的？整个儿烧了？"

"昨儿黑间烧起来的，打河那一边儿烧过来的，靠那边儿的木头全烧完了。蛤蟆起夜，瞧见江上烧红了，扯着嗓子把人叫起来，舀了江水浇，烧得不剩啥了。都说是四明的人放的火，有巢姐摸黑儿带着人找去了……"

"四明家跟咱滩里有仇儿？"大娘觉着怪，人们也都觉着怪。

顺儿说："没有啊，要说也就是这些日子来瞧大桥的人多，我们怕把桥踩塌了，管着了点，不叫一下子上来那么多人。"

大娘说："那也不至于放火烧桥啊。"

有子急了，说："反正是烧了，再问下去又能顶个屁！快抄家伙走人是正事儿，还啰唆个啥呀？"

大娘一跺脚说："走！手里有啥拿上啥，先奔滩里去！"

一干人下了山，没走出多远儿，碰见茅山的也都下来了。大伙儿一边儿走，一边儿骂：

"烧桥拆道儿，损到家了，没屁眼儿的畜生才这么干呐！"

"灭了屌的，叫他娘的四明断子绝孙！"

"多大的仇儿啊，黑灯半夜放火，准是鬼差使的，娘的也不怕烧了自个儿！"

"四明娘屄的，敢情是喝尿长大的，全扔四明大尿湖里，灌死算了！"

"扔四明湖里？那也太便宜了！烧成灰儿，攘四明湖里头喂大鱼，哼，谁叫他烧人家桥来着！"

"对对，烧成灰儿喂大鱼！"

"烧啊！点篝火堆啊！"

"一把火烧了四明，天底下就明啦，黑间用不着点灯啦！"

狗娃儿心急，怕有巢招架不住，索性带着人跑开了。千八百双脚噼里啪啦把树上的鸟儿都惊飞了。日头打灰不楚楚的云彩里探出个模模糊糊的脸儿，又慌里闪了，剩下一天阴沉的灰。

软江渡口绑着俩小船儿，一边儿一个。狗娃儿叫："顺儿，有子，跟我下来！再下来几个！茅山的打花架子桥上过，石头山的都挨这儿等着！一拨儿一拨儿坐船过去。"

过去一条船，回来两条船，过去的人也不等着，跟着有子直奔河姆渡去了。路像一条大船，上去的人越来越多，黑压压的路不停地往前伸。天也黑下来了，直直压下来，跟人抢道儿。

到了河姆渡，只见江里戳着十几根冒烟的石头柱子，没桥可走了。不过渔船都在对岸拴着，早有先到的鲻山人跳下水游过去撑过来三条。顺儿认得，除了过去叫人的蛋蛋，撑船的还有大妮子跟土小儿。蛋蛋喊他："顺儿你先上来，过去撑条船回来！"顺儿说："用不着，你多带个人儿吧！"说完扑通扎进水里，蛤蟆似的一缩一拱地往前游。狗娃儿打后头追了上来，俩人游到渡口，渡口上下都是人了。狗娃儿他俩解开俩船，顺儿骂了一声："净点子旱鸭子，放着这么多船没人儿撑！"狗娃儿说："你撑过一船人去，就甭回来了，给人们带个道儿，先赶过去一拨儿，多几个人是几个，省得有巢姐他们吃亏。"

江心里船上有人喊狗娃儿，是他娘。

"狗娃儿啊，这么些人，别都窝这儿啊！"

狗娃儿赶紧说："就是就是，娘，您上去等等儿，顺儿回来了给带道儿，您就领上人干去吧！"

他娘说："放心！娘撑不了船游不了水，打架可不怵，少说一个也能顶他娘的仨。嗨，这都认不得道儿，你给支个道儿！别都挨那儿死等着啊。"

娘这是咋啦？直说一会儿顺儿给她带道儿，咋还啰唆啊？狗娃儿没经过这场面，心里头本来就慌，娘一添乱，他脑袋都大了，气哼哼说："娘，走瞎了更麻烦，您还是等会儿吧。我这儿忙得顾不上，顺儿装上一船人就回来给您领道儿。"

"行，行，甭慌！有娘在呢。你跟顺儿甭管谁，快着点儿过来啊！"

鲻山舅舅站在船头嚷嚷："有带道儿的，也先等会儿，还是大伙儿一块堆儿好，别到时候连谁是谁都不知道，自个儿人跟自个儿人干起来。"

狗娃儿忙着说："鲻山舅舅说得是，茅山跟石头山的都认不得鲻山的，还是一块堆儿走好。"

茅山大娘说："可也是，得有个记号儿才是。嘿，有啦，待会儿等着都揪把草，编根绳子捆腰里……"

四明湖畔，这会儿倒和缓了。四明大娘是个瞎子，十个瞎子九个精，四明大娘快五十了，经的事儿多了去了，眼瞎心明，真个成了老妖精。一大早儿有人报信儿，说滩里来了一大群人，带头儿的是有巢，要见大娘。四明大娘问明了有多少人，立马儿叫集合起人来，又差了俩人去外头搬人，一个奔了鹿坑，一个奔了皎口儿。这两族跟四明好几辈儿套着亲戚，她俩儿子一个跟了鹿坑，一个跟了皎口儿，女人后来都当了大娘。皎口儿的大娘死了，这会儿当事的大娘是死大娘的亲外甥女儿，管瞎大娘叫姥娘。

瞎大娘叫人搀着，颤颤巍巍来见有巢。有巢一见是个老瞎子，心颤了一下子，磕膝盖儿软了一阵儿。"有巢大娘在哪儿？"瞎大娘嗓门儿挺亮。

"这儿呐，咱没见过面儿，见面儿没善茬儿，这也由不得我。"

"有巢大娘，四明得罪滩里了？咱们没冤没仇儿啊。"

"得罪？哼！半夜放火烧了我们河姆渡大桥，这叫得罪？没冤没仇儿，这可是你说的！你们凭啥烧我们的桥？"

"啊？河姆渡大桥烧了？"瞎大娘肩膀儿哆嗦了两下儿，眼皮睁开了，露出俩吓人的黑窟窿。"黑狗子，查去！哪个干的，交给人家滩里，任杀任剐。"瞎大娘的话刀子似的。"不过，有巢大娘刚才说了，咱两家没冤没仇儿，烧桥这事儿怪了。您没叫人去别的地界儿打听打听？"

"四明湖算离滩里最近的了，别的地界儿，姚江这一边儿最近的就是皎口儿跟鹿坑了，别说没冤没仇儿了，他家来一趟得半宿工夫儿，一宿光打来回儿了，还不够折腾的呢。"

"嗨，要是存心祸害，哪儿还管折腾不折腾呢？甭管哪儿的，这都不是人干的，我不信是哪一族大娘指使的。您还是先下下火儿，咱一块堆儿查出放火的来是真格儿的。"

有巢眉心蹙了一下儿，这话有理，要是滩里哪个干的呢？她立马儿就否定了，不能，滩里没这么坏的主儿，也没疯子。

没多大工夫儿，黑狗子回来了，说："都问了一过儿，黑间没人出去过。"

有巢不信，冲着黑狗子喊叫："放个屁的工夫儿，你走了几家儿？就说都问过了，蒙谁呀？"

黑狗子牙缝儿里呲出两声儿笑来，说："哼，用不着挨门挨户儿问去，人都集合起来了，要打是咋着？有影儿没影儿的，扑着就来了，甭瞅着我们四明湖没人！"

瞎大娘咳了两声儿，黑狗子闭上了嘴巴。

瞅着老瞎子可怜见的，好家伙，蔫不出溜儿把人都集合起来了！有巢嗓子冒火儿，冲着瞎大娘呼呼地叫唤："没放火，你集合的啥人？老妖精瞎了眼窝还瞅着我们滩里眼儿红啊？"

滩里人按捺不住了，出气儿粗了。

瞎大娘黑洞洞的眼窝里湿出了水儿，嗓音儿颤悠儿了："有巢大娘，我可没别的意思啊，听说滩里来了一大群人，全带着家伙，您说，我能不防备着点儿吗？有巢大娘，听我瞎子一句：谁活成一回人都不容易，桥烧了，还能再造起来，人死了，可就活不过来了。要我说，能不打，咱就别打！"

有巢心动了，是啊，造一座桥，是几十天的事儿，起来一茬儿人，可是十几年的事儿，哪个轻哪个重，用不着掂量也知道。

"还等啥哩？都让人围起来了！"喊话的是蛤蟆。有巢转身一瞧，好家伙，黑压压的人群打后头过来了，前头也来了一群，不是，是两群，一共三群。她心里一惊，猛地抓住瞎大娘，胳膊卡着瞎大娘脖子，紧紧搂在胸前，高喊一声："谁敢动手，我就碎了老瞎屄！"

这一嗓子，把两下里的人全都镇住了。空气干得嘎巴巴响，一点就着。有巢使劲儿夹住瞎大娘的脖子，狞笑道："眼瞎心烂的老娘们，能啊你，这么大工夫儿把人都搬来了！"

瞎大娘张着大嘴呼哧呼哧喘粗气，燎得有巢胸脯子火辣辣地。面对黑压压的人群，有巢慌得没了招儿，只紧紧夹住瞎大娘。

蛤蟆又叫喊上了："咱跟他们拼了！"

"摆置我没个用，镇唬住自个儿的人，算你有能耐！嘿嘿嘿嘿！"瞎大娘冷冷地笑了。

有巢叫这笑扎得骨头疼，咬着嘴唇儿，俩眼死死盯着北边儿。

忽然，她眼睛亮了，大喊一声："都别乱动，听我的，我叫动再动手！"

四明的人哼哼歪歪笑，叽叽喳喳骂："挺厉害呀！""哼，煮熟的鸭子，嘴还不软！""上门儿找死来啦？以为四明好欺负是咋地？""灭了他们，咱人够了！"

黑狗子喊道："放了我们大娘！再不放就灭了你们！在我们地盘儿上打架，有你们的好儿，哼！"

一个女人的嗓门儿尖叫着："还不下手干吗？灭了他们，去滩里住屋吃米去啊！"

有巢胳膊颤了两下儿，瞎大娘死命抓着她。

有巢心上也一惊，一时想不起来这嗓音啥时候在哪儿听见过，俩眼珠子扒拉着人群。人群往前拥，不知道哪个先动了手，一下子乱了。有巢松了胳膊，猛地一甩。瞎大娘身子一歪，黑狗子赶紧接住了。

有巢突然兴奋地大喊："哈，他们搬来的人回去了，咱的人来了，大妮子、猪娃儿娘还有石头山的都来了！"

人们也兴奋地呼应："咱的人来了，上啊！"

"宰四明湖的！灭了四明湖！"

"滩里的，上啊！"

有巢越加兴奋，扯着嗓子不住喊叫："杀呀！宰呀！给咱的大桥出气呀！"

一时间杀声四起。四明人鬼哭狼嚎，四散逃生。四明本来人就比滩里少，哪儿抵得过四下子里的人啊？有巢猛觉得腿给绊住了，不是，是给抱住了。瞎大娘跪着哭喊："我对不起四明啊！四明灭在我手里了，呜呜呜呜呜。有巢大娘，别杀了，你饶了四明湖，留下活人把桥给你们修起来，我把放火的交给你，行了吧？"

有巢一惊，问："啊？你知道谁放的火呀？"

瞎大娘点了点头，说："我也是才知道的，是你们滩里的人。"她猛地站起来，厉声喊道："草妮儿，你毁了四明啦！你要还是个人，就站出来，一人做的一人当，别我们叫四明人给你送死！"

有巢猛然回醒过来，刚才那尖嗓子就是她！瞧着眼前一个个儿抱着脑袋拐拉着腿的，还有栽地上起不来的，她手一挥喊道："找着放火的了，以多欺少不叫事儿，咱收啦！谁也不许再杀啦！"又冲着奔逃的人喊叫："四明的，甭跑了，把放火的草妮儿扭过来，没你们的事儿了！"

瞎大娘也跟着喊："快着，把那货给人家送过来，就没咱的事儿了。快着，别叫跑了！"

后头的人喊喊喳喳问："哪个呀？"

"谁？谁给人放的火？"

"谁这么坏呀？"

草妮儿还真是跑了，疯了似的朝着四明湖跑，肩膀晃荡着，胸脯子摇着，屁股快扭成两半儿了。几个四明人在后头紧追，滩里的也跟着追，一边儿追一边儿嚷嚷："要跳湖，快！追呀！"

"不能便宜了这屄！不能叫跳了湖！"

"抓回来，烧了她！"

"烧了她！烧了她！烧了她！"

追草妮儿的人越来越多，四明的、滩里的，还有赶过来的鲻山的，这儿的那儿的，人群呼啦啦啦往四明湖跑，踩倒了地上的草，惊飞了树上的鸟儿，湖边儿的鸭子嘎嘎叫，扑落着翅膀儿往起乱飞，落下来四下里乱跑。

草妮儿给追回来了，身上全是泥跟水，脑袋上露着头皮，鼓着大包小疙瘩，长头发一缕儿一缕儿耷拉下来。

有巢一把拽住耷拉的头发缕儿，一张灰脸抬起来，泥、水、血、眼泪、鼻涕涂得乱七八糟，红的白的沫沫儿打嘴角儿咕嘟出来，哈喇子掉得老长。有巢丢了手，缩回伸出来的拳头，问："说，你为啥烧桥？"

草妮儿微微睁开打肿了的眼，说："为啥烧？你问她吧！"

人们一下子静下来，连有巢都吃了一惊，瞧瞧草妮儿，又瞧瞧瞎大娘。

瞎大娘嘿嘿嘿嘿笑了，笑得人直发毛，笑够了，问："我叫你烧的？我好嘛常的叫你烧人家桥干吗？"

草妮儿冷冷地说："就是你叫我烧的，你惦记着滩里的窑、滩里的屋呢！你说滩里霸着姚江，拿破锅烂碗换咱的草席儿、大蟹。你不光叫我烧桥，还叫我烧屋来着，我想着我咋也是在滩里长大的，不能跟你似的瞎眼黑心，才没烧屋。"

有巢瞧瞧肩膀儿、胳膊、俩手乱颤悠儿的瞎大娘，又瞧瞧毫无表情的草妮儿，说："嘤嘤，瞧不出来你还挺有良心的！她啥时候跟你说的这话呀？挨哪儿说的？还有谁听见啦？"

草妮儿咬着牙说："昨儿吃了后晌饭，挨四明湖边儿上，我跟我们家臭儿去打水，瞎大娘跟我说的，不信，你问问臭儿。"她成心提高了嗓门儿。

人群里有个女人一边儿往前挤，一边儿骂："你们家臭儿也叫个人？亏你能把个连话都不会说的孩子拉出来给你垫背！别放你娘的狗屁啦！我娘昨儿吃了后晌饭就没出去过，你个疯狗咬人也找对了时晌儿啊！"

草妮儿瞅了那女人一眼，嘴角儿瘪出一丝冷冷的笑意儿，说："那就是你们家还没吃后晌饭，我们家吃的比你们家早。"

"呸！"黑狗子一口唾沫啐过去，正砸在草妮儿眼泡儿上。"整个儿一后晌大娘都挨我们地里坐着编席儿，多少人都见着来着。收了工是我把大娘送回家的。你真能咬人呐！我们四明湖跟人滩里没冤没仇儿，凭啥去烧人家的桥？你跟人家有过节儿，才跑到我们这儿来的。明明是你去人家河姆渡放了火，又陷害大娘，你个狼心狗肺的！"

草妮儿扑通给有巢跪下了，急赤白脸叫唤："有巢，你，你可不能听他们四明湖的，他们一心要灭了咱滩里，好住咱的屋，赇咱的好儿……"

有巢一口唾沫砸到那张仰着的脸上，草妮儿鼻子尖儿上溅起一片细碎的白花儿。有巢抬起腿来，一脚踹过去，草妮儿身子一歪，再没爬起来。

黑狗子跟着一脚踹过去。

草妮儿鼻子嘴里冒出血来，咧着嘴惨叫："踹得好啊，踹吧打吧！踹死我算啦！"说着伸出火红的舌头，转了一圈儿，使劲儿舔去嘴唇儿嘴角儿的血，手撑着地，猛地往起一欠，一口血唾到瞎大娘腿上，嘴唇儿咬白了骂："瞎眼烂心的，舔人家屁股的老狗，你也配当大娘！四明湖叫你毁啦！"

黑狗子又一脚踹过去，喘着粗气骂："毁四明湖的是你，四明湖今儿叫你给祸害完啦！踹死你！踹死你！"两脚过去，草妮儿躺下了。

人群炸了窝，一劲儿喊叫："踹死她！踹死她！"

瞎大娘提高嗓门儿嚷嚷："算啦，把她交给人家滩里处置吧！是死是活，由着人家，咱不沾她！不沾她！"

没人听她说啥，瞎大娘的声音淹没在一片"踹死踹死"的喊声里。后头的人往前拥，一只只大脚踩上来，踏过去，草妮儿脑袋扁了，眼珠子拱出来，身子扭着，弹着。

有巢看着下手上脚的都是四明湖的人，喊叫也听不见，突然俩手指头扒着嘴角儿，伸直了脖子尖尖地吹了两声儿哨儿。等人群静下来，她俩手撮了个筒筒，大声喊："咱的人，都回啦！"喊完了，扒拉开人群，要走。

瞎大娘突然抓住有巢的胳膊，说："就这么回啦？"

有巢纳闷儿，问："那还咋着？"

瞎大娘说："这招灾惹祸的东西是你们滩里的，留下我们没用处，还是你们带回去吧！"

有巢哈哈大笑，道："我们不要啦，给你们啦！"

瞎大娘攥住有巢的手说："你们来，不就是要找出放火的来吗？这会儿找出来了，不能不要啊。"

"你们把她踹死了，我弄回去也问不出个啥来了，你们打发吧！"

瞎大娘一惊，松了抓着有巢的手，问："啊？你说啥来着？死啦？真的死了？这么大工夫儿就死啦？"她苦笑了几声，又嗨嗨叹气，一劲儿摇头，遗憾得不得了："我还等着她说清楚，我咋叫她放火烧桥哩。她不说，苦了我个瞎子了，跳姚江里也洗不清了，嗨！"

有巢哈哈笑了，劝瞎大娘："这女人是畜生，畜生的嘴不是说话使的，是咬人使的，您还指望跟畜类说清了？哈哈哈，大伙儿拿脚巴丫子跟她说清了。留着臭天臭地熏死人，打发了吧！"

瞎大娘翻着没眼珠儿的眼问："那你说咋打发？"

有巢又笑开了，道："反正也死啦，你们爱咋打发咋打发吧，点天灯，喂狗喂猪喂王八，随你们，哈哈哈哈……"

人群也跟着笑开了，哗哗的，像姚江发了水。

瞎大娘也跟着笑了，不好意思地说："有巢哇，啥工夫儿修桥，你说句话，我叫人过去给咱干活儿。"

有巢说："算啦算啦！又不是你们烧的。"

瞎大娘说："这也是为了我们四明湖，过去些个人，跟你们学学盖屋。也不白跟你们学，木头，四明包啦，明儿就砍树，过两天先扛过去些个。"

有巢感动了，说："修桥跟盖屋不一样儿，你们给我们木头就行了。四明多咱盖屋，我带着人过来帮忙儿。"

四明的人直咂舌头，瞎大娘又攥住了有巢的手，说："木头少不了，人也得去些个。滩里遭了这么大的难，四明哪儿能眼看着不管？我给你有力气的，干不了巧活儿，就跟着打杂，由你使唤。"

有巢眼圈儿潮了，紧紧攥了攥瞎大娘的手，说："好大娘，今儿我犯混了，平白无故打了你们的人，别记我们的仇儿就好。"

瞎大娘连连说："不记，不记，遭难的是你们，你们出了气儿就好。"

有巢说："我们软江还有座桥。哪天您来滩里，我领着您上去走走。"

瞎大娘说："我没见过河姆渡大桥，可也听人说了。心肝儿腰子肺全叫狗吃了，才想得出烧人家的桥。我这老嘴也损上一回：狗奤出来的贱种，活该叫乱脚踹死，连一拳头都不值，嗷！"

瞎大娘的闺女冲有巢说："长这么大，头回听见我娘这么说话。嗨，忒气人了，人里头没有的东西。"

有巢说："我这么大岁数儿了，也是今儿个才开了眼，人模人样儿的东西，咬起人来比疯狗饿狼还狠。"说完，扒着俩嘴角儿尖尖吹了声哨儿。

吵吵的人们静下来。

有巢一挥胳膊，喊道："回啦！回啦！"

第三十八回

修善事六族齐下力
讨便宜八里各留心

天灾不由人，人祸顶可恶。烧一座桥，砸个火星儿就燎了；造一座桥可就费大事了，树得一棵一棵地伐，桥梁桥檩都得一根一根地锯呀刮的，榫头卯口都得一个一个刻饬。六个族出人出料干了二十天才完活儿。除了滩里、鲻山、茅山跟石头山的，四明湖跟四明山的也加了伙儿。山里的人抬来了好木头。好在石头桥桩子都还在，要不干到姚江长冻也完不了。

几个族里的人都想往好里做，新桥比烧了的桥还要样儿，坡儿更缓了，桥面儿更宽了，桥棚更高了，苦的全是四明湖的细草席，桥栏杆儿一水儿四明山的硬木头。

通桥那天，四明湖的人全来了，抬来了好几筐大螃蟹。瞎大娘叫人搀着也来了，一上桥就甩开了人，扶着桥栏杆儿走到滩里这一边儿，又扶着栏杆儿走回桥当间儿，跪下求告："神神娘娘保佑，这桥是也是给四明人修的，可不能再出事儿了！"求告完了，四明湖的人把一篓子大螃蟹扔进姚江放了生，剩下的几篓子全给了滩里。

不光四明湖的，别的几家也带来了刚收的鲜物儿，茅山的大枣儿有鸡蛋大，鲻山的棒子带着须须儿，四明山的大柿子挂着霜儿，顶数石头山的馋人，几个罐子一揭盖儿，香味儿把人哈喇子都逗出来了。姚江边儿上点起十几堆火，煮米、焖肉。有巢悄悄儿问有子：“你们把石头山的长虫窝全端了？”有子得意得一脸云彩，嘿儿嘿儿嘿儿光顾乐了。

他娘说：“光石头山的哪儿够啊？连茅山的都给掏了。这回干净了，走道儿不用怕长虫咬了腿了。”有巢嗨嗨直叹气，拍着巴掌儿说：“得，绝了，往后再也甭想吃了！”

姚江边儿上笑声不断。孩子们吃饱了，桥上桥下跑，跑够了，“扑腾”扎进水里，惊得鱼都不敢游过来了。人们打前晌一直热闹到日头落了，才各自散了。

鲻山、茅山、石头山那几家儿轻易走不到姚江那边儿去，鹿坑、皎口儿的八辈子也过不来。这桥起来以后就不一样儿了，吃了喝了，谁都知道谁家有啥好东西了，各家的大娘回去就盘算上给谁家换啥了。远处儿的知道了，也四下里串串看看。靠着河姆渡搭的桥，几下子里一档子一档子换成了，嘿。

鲻山窑上烧出来的东西不如滩里的细，不如滩里的好，可是粗货便宜。去滩里换一个细花碗，到鲻山能换俩粗碗外搭一个大粗盘子，在滩里换一窑的东西，拿到鲻山能换三窑。人们不讲究好儿，能使，结实，就行了，四乡八里的都来跟鲻山换碗换盘子。有走亲戚的男人回到老家一说，老家原来在滩里订好了要换碗换盘子的，也不换了。滩里窑上烧出来的东西堆在窑院里，越堆越多，只有罐子还凑合能换出去，难得有要一对儿大豆的。滩里人想不通了，几下里出力把河姆渡大桥修起来了，却断了滩里的活路，滩里人越想越气，骂人们眼皮子浅，骂鲻山人黑心。

正生气呐，来了个拱火儿的，是会稽山来的，要换罐儿，说来滩里换一窑罐儿，去鄙山能换三窑，差得太远了，滩里要不落下价儿来，他就去鄙山换去了。

顺儿姥娘、花儿姥娘那茬儿人都不在了，尾巴儿在窑上当家儿。窑上的人怕罐儿也换不出去了，跟尾巴儿商量往下落落。尾巴儿不干，跟那人说："哪儿便宜哪儿好，就哪儿换去吧！"那人走了，大伙儿都埋怨尾巴儿不会当家儿，不会说话儿。尾巴儿一气，甩出去一句硬话，打得人脑门子疼："我当不起这家儿来，干不了不干。谁有能耐谁干吧！"谁再说啥，她也不吭声儿了。后晌收了工，她当真去找有巢，说窑上的事儿她不干了。

"哎，我说尾巴儿，你是听了啥闲话了吧？"有巢也烦，可还是笑嘻嘻的。

"没，我是恨自个儿没本事。窑上让我给弄得快没活儿干了，锅碗盘子盆全堆着，连罐儿都没人要了。有巢姐，快换个有能耐的吧，可别让咱的窑塌在我手里头！"

有巢吃了一惊，问："咦，有这事儿？"

"嗯，今儿后晌来了个换罐儿的，说来咱这儿换一个去鄙山能换仨。我一气，把他打发走了，人们都直埋怨。埋怨就埋怨吧，我能咋呀？费挺大劲烧出来的东西，不能当礼儿送了啊。要是咱的罐儿再换不出去，窑上就真的没活儿干了。有巢姐，可别让这窑毁在我手里呀！赶紧换人吧！"

"毁不到你手里，要毁也是毁在我手里，都是河姆渡桥闹的。"说起桥来，有巢就有气，"算了，不说它了，都是草妮儿害的，死了还闹鬼儿，叫人不得安生！尾巴儿，我问你，是哪儿的人说鄙山的罐儿比咱的便宜来着？"

"会稽山的，长着一对儿猪耳朵的那个，来过好几回了。"

"哈哈哈，想起那对扇风耳朵来了！尾巴儿，你听他的呢！瞎话没影儿，露水没种儿，鄙山早就不烧罐儿了，使的是木头桶跟瓮，没人上山下山背口大瓮。会稽山的更不会跟鲻山换东西，他有木头，人家鲻山也有，栎木也不稀罕。那人是为了压价儿诈你呐，没上他的当就好。"

"嗷，这人咋这诡呢？可是，要是鲻山的盘子碗不换那么便宜，他也不敢有影儿没影儿瞎诈哓。有巢姐，鲻山跟咱还是亲戚呢，他们那大娘咋这么行事儿啊？真不够意思！"

自打鲻山大娘没了，拴儿就是那儿的大娘了，拴儿是鱼鳃当家儿的，鱼鳃是滩里船上鱼头的兄弟，所以说是亲戚，没错儿。

有巢说："拴儿不是损人的人，就是太实心眼儿了，傻疙瘩。也是他们窑上没跟外头换过东西，不知道贵贱，才换这么便宜。下回鳃子回来，我好好儿说说他，叫他回去跟拴儿说说，换贵着点儿。他们多赚点儿，也给咱们留点儿换的。"

尾巴儿到了家，三青子早把饭做好了。尾巴儿气儿不顺有些日子了，打窑上回到家里就跟三青子怄气。三青子岁数儿比人家大，平时总是让着，惯得尾巴儿小脾气挺大。今儿见尾巴儿回来这么晚，脸上灰不楚楚的，三青子加着小心问："这咱才回来，饿了吧？窑上活儿紧呀？"

"紧个屁！你不知道都快没活儿啦？成心气人是咋着？"

三青子后悔自个儿不会说话，也不知道再说啥好了。他妹子香儿更不会说话儿："都快没活儿了，还回来这么晚！"三青子气得给了她一巴掌，说："没人把你当哑巴！小贱妮子张嘴就没好话，哼！"香儿嘟嘟囔囔。更小的妹子臭儿给吓哭了。三青子吭吭了两声，说："都快吃吧！"

黑间躺下，三青子小声儿问尾巴儿："瞧你耷拉着个小脸儿，不是有啥事儿吧？"

"没事儿，你甭犯小心眼儿！一家子老的小的防贼似的防我，嗷！我跑不了，就是去了趟有巢姐那儿。"

"想哪儿去了你？家里不是都怕出啥事儿嘛，嘿嘿。"

"出事儿！出事儿！能出啥事儿啊？"

"河姆渡大桥都能烧了，啥事儿不能出啊？没事儿就好。跟有巢商量窑上的事儿去了？"

"嗐！你管那么多干嘛呀？烦不烦呀？"

"不烦不烦。就是为换不出去东西急得吧？有巢说啥来着？"

"说等鳃子哪天回来了，跟他说说，叫拴儿别换那么便宜。"

"嗨，等鳃子哪儿有准儿啊？让你六哥回去一趟，找拴儿说说不结了！"

尾巴儿的六哥是那年有巢他们去鲻山打井带回来的小六儿，一块堆儿来的还有四心儿跟狗剩儿。后来四心儿跟了獾儿，狗剩儿跟了顺儿的三姐，小六儿跟了尾巴儿的三姐爪子。小六儿这人不说不道，蔫有准儿，啥事儿也不张罗，可是派给他的活儿准干好了。小六儿一来就挨在窑上干，这么些年了，都是他去外头东跑西颠换东西，从来没吃过亏。自打鲻山跟人换上了窑上出的东西，小六儿没啥活儿了，他也不张结，出不去了就挨家里打杂儿，从起土到满窑，都跟着干。

"行啊，你咋不早说啊？"尾巴儿一喜欢，狠狠咬了三青子一口。

三青子疼得嘶啦了两声儿，说："你不说跟鲻山说去，我也想不到那儿去。其实有巢自个儿去一趟找拴儿说，比谁说去都强。"

"你瞧不见有巢姐忙成啥啦？能去她还有不去的？就你明白似的，噢！"

"再忙，该去也得去啊。叫我说，自根儿就不该教鲻山这么着来着，活儿不咋样儿，可倒是会挤对人。没见过这样儿的亲戚，光顾自个儿了，行事也太过了！"

"有巢姐倒没这么想，说他们是傻，没换过东西，不知道跟人多要点儿。人有巢姐做事儿老是给人留着道儿，谁跟你似的？啥都要现时现报，眼皮子薄得夹不住个虼蚤，噢！"

第二天一起来，尾巴儿就去跟有巢说。有巢一听，这主意好，就说："你告诉他今儿就去吧！"到了窑上，尾巴儿跟小六儿一说，小六儿说："行，我这就去。你后晌告你姐一声儿。"尾巴儿说："六哥去了多住上些日子，甭急着回来，把事儿办成了是真格儿的。我告诉我姐，说你今儿黑间不回来了。"

小六儿到了鲻山就奔窑上，他大姐在窑上干活儿。小六儿爹娘早就没了，大姐赛娘，待他亲。他上次回来，还是桃花儿热闹的时候，花儿密人少。这会子人密得跟桃花儿似的，乌泱乌泱的，哪儿哪儿都是人。这个招呼儿："六子回来了？"那个招呼儿："六哥这回住几天呀？"小六儿一一回答，问这个好儿，问那个好儿，招呼不过来，干脆问个："都挺好的吧？"

鲻山舅舅问他："六子，有日子没来了，这阵子都去哪儿了？"

"舅，哪儿都没去，挨窑上给女人家打杂儿呐，嗨！"

鲻山舅舅挺纳闷儿，问："咋不出去了？身上不舒坦？"

他大姐也急着问："哪儿不好啊？"

"没事儿，我好好儿的，活蹦乱跳的，就是窑上不咋样儿，没啥活儿干，人都打发干别的去了。"

鲻山舅舅纳闷儿，问："谁不知道咱滩里窑上的活儿好？又细又光乎儿，还画了花儿。七乡八里都使你们的锅碗儿盘子，咋就没活儿干了？六子你可真会哄人！"

小六儿心里说，挤了我们窑上的活儿还装糊涂，嘴上可还是嘻嘻笑笑的："舅，我说的可是实话，人嘛，都图便宜，来鲻山这儿比去滩里换得多，管它粗细，能使就得了。我们窑上真是没啥活儿了，慢慢儿该散了。"

鲻山舅舅呆住了，别人也都不说话了。小六儿瞧他们那样儿，不像是占了便宜卖乖，就说："我们倒没啥，来滩里换米换鱼虾的还不少。我们大娘倒是惦记着你们这儿，好不容易烧出来的家伙，那么换出去跟白给差不多，太亏了。你们稍微往高里提提，照样儿能换的出去，不信就试试，换不出去的我全包了，呵呵。"

那个野名儿叫"母猪"的女人尖着嗓子嘿嘿嘿嘿笑，猫叫似的："你包了？你算老几呀？说话不怕风大闪了舌头！"

小六儿还是呵呵儿笑着逗贫嘴："姨还不知道我是老几？老六啊，呵呵，小六儿，小六儿。我是大嘴巴了，包是包不了，其实还不是为咱鲻山好儿？嘿嘿。"

母猪哼哼儿着说："得了吧你，甭跟我这儿嘿嘿！你这是为谁好儿，你还不知道？我们往高里一抬，人们都跑你们那儿换去了，一样儿的价儿，谁还要我们的粗家伙呀？你们有巢这点儿小鸡猫子，哼！蒙别人行了，想蒙我可没门儿！"

这下子热闹起来了，大妮子先骂母猪，"脏心烂肺，不把人往好处儿想"。接着人们就乱了，有说大妮子说得有理的，有说她向着滩里不为鲻山想的，大妮子也不让，问："我咋不为鲻山想了？说我吃里爬外，可得说明白了！"俩下里嚷嚷起来，窑上炸了窝，惊得雀儿满天飞，落不下来。鲻山舅舅扯着嗓子喊叫了几回，叫人们有话儿好好儿说，可是话没落音儿就叫哇哇的吵闹声给吞了。他知道自个儿老了，镇唬不住人了，就拽过跟人嚷嚷的大妮子来，叫她快去把拴儿找来。大妮子挺气不忿儿的，嘟嘟囔囔："一群瞎起哄的母猪，拴儿来了更有她们的好儿，哼！"跑着找拴去了。

拴儿来了，道儿上就听大妮子说了是咋回事儿，她还是又问了小六儿一回，问得挺细，退货的都是哪些家儿，要的都是些啥，还问要的盘子多少碗多少。这些都是小六儿经手的，他答对起来跟数手指头似的，清清楚楚。鲻山窑上管订货的小子出去跑货去了，拴儿问鲻山舅舅："那些家儿来咱这儿订货来着吗？"

舅舅说："订过，海螺山、海螺湖跟会稽山订的货都交了。茨菇洼、羊角儿山、乌山、南山、四明山的还没烧出来，实在忙不过来呀，拴儿再给添些子人吧！"

拴儿又问小六儿，跟那些家儿以往都是咋换的。小六儿说：

"开头儿是论个儿换，后来就都按窑换了，一窑盘子一窑碗一个价儿，换的东西不一样儿，拴儿姐想知道哪家儿咋换还是啥物件儿咋换？"

拴儿说："我们这咱都是论个儿换，你就说说你们那儿开头儿咋换的吧！比方说跟茨菇洼咋换的。"

小六儿说："自打我去了，跟茨菇洼换香油都是按窑换的，一窑五十个盘子五十个碗，换两罐子香油两袋子麻酥糖。其实是拿五十个碗换两罐子油，五十个盘子换两袋子糖。"

拴儿又问大妮子："咱跟人家咋换的？"

大妮子说："嗨，海了去啦！前些日子光伺候茨菇洼了。"多少她也说不上来。还是舅舅记得清楚："一袋子麻酥糖换了咱一百五十个碗，给他家整整烧了两窑，没剩下几个。"

人们喊喊喳喳，人们都嫌换得太亏了。舅舅却说："吃亏是找便宜，这不是七井八乡都来咱这儿换碗换盘子来了？窑上都忙不过来了，拴儿啊，赶快添些子人是正事儿。"

拴儿说："舅舅，窑上忙不过来，是因为都来咱这儿找便宜来了。越添人，咱越亏，还把别的活儿误了，全给人家干了。依我说，这么吃亏下去不行，咱得往上抬抬。"

舅舅还没来得及搭腔儿，母猪就叫唤上了："咱抬上去，人谁还来咱这儿换啊？都去滩里换好的啦，这不正好儿趁了有巢的意了？"

拴儿是个脆生人儿，事先问明白了，就敢做主儿，不带商量的，刚才不过是给舅舅个面子，偏偏母猪不长眼，招来拴儿一顿呲打："明白人全死了，才轮上你个猪头猪脑拱出来呢！本来就不招人待见，还偏爱哼哼儿！你知道我把价儿抬到多高？谁跟你说了往后不来换来了？告你说：往后再挨这儿瞎嘞嘞，趁早儿给地里挑粪去！"

这一镇唬，母猪蔫儿了，别人也不敢多嘴了。拴儿对大妮子说："小子回来了，叫他去我那儿一趟！"又问小六儿滩里这会儿顶缺的是啥。小六儿说："有吃有住的，也说不上缺啥，当然人们都愿意能换上些自个儿没有的稀罕物件儿，樟木、栎木伍的只能摆神神屋里头，换了也没法儿跟人们分。鸡油木能多换点儿，我来之前人家是一根儿木头换仨盘子俩碗。顶有用的是皮子，分嘴多的人家儿有富余，都爱拿粮食换皮子。也有的愿意换点儿黍子面、糯米伍的，这个不当紧，吃啥都一样儿，过过嗓子过过肠子的事儿。"

拴儿又问皮子咋换。小六儿说："都是按窑换，一窑换三十张狼皮，一张虎皮顶两张狼皮，三张狼皮顶两张豹子，狐狸皮、獾皮跟豹子皮一样儿换。"

拴儿想了想，说："回去告有巢，给我们烧两窑，我们拿皮子换。这个我说了算数儿。往后我们换了四明山的鸡油木，再换给你们。他们倒是要跟我们换来着，我们有的是木头，使不着这个，赶明儿跟他们换上些个给你们。"

小六儿得了这话，说："那我就回去啦，叫他们这就拉坯。"

拴儿说："不急，不在这一天两天的，来了多住两天，跟你家里也说说话儿，几个姐姐天天儿念叨你呢。"

他大姐也说："就是，干吗这么这么急啊？昨儿咱家里分了条獾子腿，今儿后晌炖了，给你解解馋。"

小六儿说："大姐，我过几天还来呢。"

"甭蒙我，哼！"

"嗨，我蒙您干吗？等出了窑，我得带上人来把盘子碗送来，到时候再吃咱家的肉，嘿嘿。"

小六儿欢天喜地回来了。尾巴儿一脸愁相儿，问："六哥咋这么快就回来了？"

小六儿一脸喜相儿，嘿儿嘿儿乐着说："事儿办成了，还不回来干吗？"

尾巴儿一脸疑惑，问："六哥，见着拴儿了？"

"见着了，见着了。"

"跟她提涨涨价儿了吗？"

"尾巴儿，咱可是遇上好人了！人家一问咱的价儿，就说太亏了，得抬抬价儿。不光这，人家还跟咱订了两窑盘子碗，问了价儿，先拿皮子跟咱换，还说等换着四明山的鸡油木，再拿木头跟咱换。拴儿这人真够意思的！"小六儿嘴里喷儿喷儿，大拇哥竖了起来。

尾巴儿给了小六儿肩膀儿一拳头，说："六哥真行！我这就叫人拉坯，你先去告有巢姐一声儿，叫她先放下心来。这些日子，她急得嘴上都起燎泡了。"

人们都听见了，放下手里编的草席子，不用尾巴儿招呼儿就上了拉坯车。这些日子光备土了，筛好的细土堆成了仨小山儿，练好的也不少，都是练了又练的，比和好的面还光乎儿，下手就能拉坯了。

一会儿工夫儿，有巢跟着小六儿来了，咧咧着嘴光笑了。尾巴儿说："多好的事儿啊！这回咱这窑保住了。"

有巢说："我就知道拴儿不会不给面子，可没想到人家这么够意思。咱可得对得起人家拴儿，活儿一定要做得漂漂亮亮。哪个碗哪个盘子都是咱的脸，一定得让人拿在手里端得出去。尾巴儿，再做一对大豆，送给人家鲻山摆神神屋里，咱给拴儿装装脸。她做这么一回主儿不容易，别因为咱让人家挨鲻山难做人。拴儿到底儿是年轻人，比不得老大娘有担待，咱扶不了人家，也不能推人家。"

鲻山本来就出皮子，又跟羊角儿山换来好些皮子。本来鲻山舅舅不叫换，他家小子图人家给得多，算了算，拿烧窑的工夫儿去打猎，弄不来这么多，就做主儿换出去一窑粗碗。谁都不稀罕这个，拴儿正愁分不出去呢，听小六儿说滩里待见皮子，就跟鲻子商量："过些日子你背上一捆皮子，回去瞧瞧你哥你姐。"

鳏子自是喜欢，说："干吗过些日子啊？你把皮子备好了，明儿我就过去。"

"不急，再等几天，人家出了窑，你连送皮子，带验货，一块堆儿带回来。"

"这么说，我去还得带上几个人往回背盘子碗，是吧？"

"不是，既是换，一家走一半，你把皮子送去，他们的人跟着你把盘子碗给咱背来。谁也不吃亏，谁也不占便宜。"

拴儿在窑上干过，知道从挖土到出窑要五天工夫儿，还得打出来一天富余来，到时候正好儿是满月，想着见了满月就叫鳏子天明过去。她不知道滩里的泥早练好了，省出一天工夫儿来，而且细碗比粗碗省火，又少了半天。小六儿走了四天，就带着人把东西背来了。

东西背到窑上，人们全都凑了上来，把四个篓子团团转围住。

小六儿从篓子里拿出个大麻叶儿包着的碗来，剥了大麻叶儿，人们"哇"一声惊叹。小六儿把碗递给鲻山舅舅，又剥了一个，递给旁边儿的人。人们传着碗看，啧儿啧儿成一片。大妮子跑去把拴儿叫了来，俩人回来，胳肢窝底下都夹着一卷皮子。

拴儿一见小六儿就说："正说过两天叫鳏子给你们送皮子去呢，算着咋着还有两天，这么快就送上来了？"

小六儿说："拴儿姐你验验，有不好的我带回去，鳏子哥回去的时候换了好的给他。"

拴儿已经听大妮子说了那盘子碗多么细多么好，连连摆手说："不是，不是这意思。我咋就没想到细碗比粗碗省火哩，瞧，算错了日子，叫你们大老远背了来，怪不落忍的。"

滩里来的几个人抢着给她解释，日子没算错，细活儿不比粗活儿省火，只不过滩里的泥早就练好了，所以省了日子。小六儿把一对大豆拿出来，递给拴儿跟大妮子，说："瞧，这么粗的活儿也没费火。"

当大娘的都看重豆，拴儿问："这对豆煞是好看，咋换呀？"

小六儿说："这是有巢叫送给咱神神屋的，不用换。"

人们一下子静下来，滩里人真实在啊。拴儿眼圈儿潮了，有巢为人太仗义了。过了会儿，有人说话了："咱不能白要人家的，大伙再凑卷子皮子吧！"人们都嚷嚷着凑皮子，一来是叫滩里人感动的，二来也指望着出了皮子能分细碗。

小六儿说："换归换，送归送，大伙儿一凑皮子，不又成换了？我们那点儿好意就全没了，我回去也没法儿给我们大娘交代。"

鲻山舅舅说："亲里亲外，走的是长道儿，不在现时现报。依我说，大伙儿就随了有巢的意吧。"

他家小子也说："就是，有巢一片好心，咱别不领情儿。道儿长了，往后有还的时候。"

拴儿只好说："这回就这么着吧，舅舅跟小子哥说得对，咱走的是长道儿，不在这一回半回的。六子，都是亲戚，我也就不见外了。回去了，再给咱烧上一窑，这回可别送了。"

大妮子说："想得美！老送，人家滩里喝西北风儿啊？"

拴儿说："大妮子你可真会打岔！我脸皮再厚也不至于这么赖皮啊。我的意思是说，这回滩里烧好了，不用人家送上来了，咱下去几个人背回来。"又对小六儿说："六子，真的说好了，不用送上来了。过两天我也跟着去滩里，看看有巢，也瞧瞧你们窑上都有啥宝贝，好换点儿别的好物件儿。"

小六儿心里顺畅，呵呵答应着。几个人卷上皮子回了。

鲻山人越看那些细碗花盘子越待见，都问拴儿咋分咋换。拴儿一劲儿摇头。鲻山舅舅知道她心里没底儿，怕换多了换少了闹是非，就说："瞧你们急的，就跟过了今儿没明儿似的。咋分也得等商量商量啊，谁也不是神神娘娘，张嘴就能说多少。"

拴儿却说:"咱先别分了。"

没人接话儿,愣了一阵儿,鲻山舅舅说:"也好,等换够了一块儿分,省得你先我后的,落一大堆闲话是非。"

人们吵吵开了:

"等到啥时候啊?咋才叫换够了啊?"

"等换够了?一家一个碗算换够了?还是一人一个碗算换够了?"

"一人一个碗?好家伙,那得等到啥时候啊?猴儿吃大蒜,等着翻白眼儿吧!"

"等倒是能等,可那么多盘子碗往哪儿搁啊?磕了碰了算谁的?"

"那还不如换一窑分一窑呢。"

"就是,就是,趁早儿分了吧!"

"我们家四口儿,我要四个碗一个盘子。"

"我要五个碗。"

"我要八个碗。"

"我要……"

拴儿喊叫了一嗓子:"等等!等等!别瞎吵吵,都听我说!"

人们静了下来,等着拴儿说咋分。

"我说,这么细的碗,端到咱这粗手里,还硌坏了呢!"

拴儿这一说,人们哄地笑开了,人们都掂掂细碗,瞧瞧自个儿的手。有人拿手指头搓搓脸,麻扎扎的,又拿碗在脸蛋儿上搓搓,光乎乎儿的,搓完嘿儿嘿儿乐了:"甭说,还真是嗨,比咱这手细乎儿多了。"

母猪突然叫唤起来:"粗手端不了细碗,那你说咋着?合着不分啦?"

拴儿说:"这回叫你说着了,不分啦!"

人们不干了,乱哄哄地吵成一团:

"咋不分了?"

"不分,换它干吗?"

"都是母猪多嘴!"

"猪嘴里吐不出酥糖来,甭听她瞎咧咧!分吧分吧!拴儿说啥时候分就啥时候分,拴儿说咋分就咋分。"

拴儿发话啦:"我是说,这回咱先不分,拿人滩里的细碗跟咱的粗盘子搭配,细盘子跟咱的粗碗搭配,一块堆儿跟外头换。咱也不说涨价儿,背着抱着多换回些东西来。"

小子一拍脑袋,叫了一声"行哇",把人都吓了一跳。"一窑细的换两卷儿皮子,咱三窑粗的还换不了两卷儿皮子?搭配好了,咱换回他五卷儿来!"

拴儿说:"小子哥就给咱好好儿搭配搭配,既把咱的价儿抬上去,又给滩里的开条道儿。这么好的东西窝着,可惜了儿的!"

人们都说这主意好。母猪说:"好是好,就是咱自个儿使不上好碗了。"也有人跟着她说,"咱就认这使粗碗的命吧!"

拴儿说:"只要滩里的窑灭不了火,咱啥时候都能使上细碗,你们要这会儿使,那就是分了它!"

鲻山舅舅赶紧说:"别价别价!先搭配着跟外头换东西去,换回来再去滩里换细碗去,换回来再分也误不了吃饭。"

小子说:"换回来也不分,接着搭配咱的粗碗跟外头换去,回回儿都有赚头儿,越赚越多。"

人们想想也对,拿着滩里的细碗给自个儿多换东西,上算啊!舅舅说:"对,先赚回来是真的,粗碗细碗都是吃饭。"

小子说:"细碗吃得少,粗碗能叫咱多吃上些。"

拴儿说:"不光是咱能多吃上些,滩里也饿不着。嗨,本来人家也饿不着,换些个该换的,日子过得更好些儿。咱两家儿搭着,都能过好了,往后等着吃米吃鱼睡细席儿吧!"

第三十九回

巧妮子争强要脸面
痴蛋蛋信命弃心思

拴儿这主意不赖，錙山的粗活儿搭上滩里的细活儿卖，錙山窑上还是忙不过来，滩里也有了活儿干了。錙山换出去的细碗比打滩里来的便宜了点儿，可是粗碗却贵了。外头的人掂来掂去，光换细的还是贵，光换粗的更不上算，只好两样儿搭配着换。嗨，买的没有卖的精，明知道精不过人家还得跟人家换。

滩里照着换给錙山的价儿根本换不出去，錙山搭配着换的滩里东西比滩里直接换给人家要便宜。尾巴儿跟有巢商量过，眼下还只能靠着錙山，要不就得把价儿落得比錙山还便宜，这么着不合算不说，还得罪人錙山，里外落不下个人。

地下掉俩饭粒儿能招来一窝蚂蚁，别瞧錙山换的就便宜了那么一点儿，远近的人都奔便宜来了。滩里的活儿跟着多起来，原来干别的去了的人又都回到窑上。

没活儿那阵子，蛋蛋去地里收稻子，跟巧儿好上了。其实，蛋蛋还没开窍儿，是巧儿先递过手儿来的，俩人儿一般儿大，蛋蛋嘴上才长出绒儿来，巧儿的胸脯儿已经鼓鼓的了，就是个头儿勉点儿，将将到蛋蛋肩膀儿。巧儿长得喜相，肉肉的厚嘴唇儿，嘴角儿老是朝上翘翘着，细长的眼老是眯眯着，蒙上两道儿又黑又长的眼睫毛儿，让人瞧不透里头有多深。巧儿说话儿好听，不紧不慢，小风儿似的受听，到了蛋蛋耳朵眼儿里，成了根儿鹅脖子下头的绒绒毛儿，转得人痒痒。

巧儿自小儿没了亲娘，她爹是跟着蛋蛋爹去山里头砍树的苦娃子。苦娃子一直跟着蛋蛋爹，老实得跟块石头似的。

蛋蛋又回窑上来了，巧儿要跟着过来。蛋蛋跟有巢说了，末了儿还添了一句："窑上人都待见巧儿着呢，要不，我也不来跟姐姐说。"有巢说："这会儿窑上的人还没全回来，先添个地里的，找着让人说闲话。等等吧，等窑上活儿再多了，添人的时候我想着巧儿。"

蛋蛋头一回替人在有巢跟前央求个事儿，又是替自个儿待见的妮子求事儿，就碰了一脑门子灰，心里挺不好受，不知道该咋跟巧儿说。想好了几句话在嘴里磨了又磨，又预备下满满一篓子好话，才找巧儿去说。

巧儿一听，翘翘的嘴角儿就耷拉下来，一瘪一瘪的，叫人受不了。

蛋蛋说："要不，我还是挨地里干吧。"

巧儿抹了下儿黑眼睫毛儿，睁开湿乎乎的眼，吸溜了下鼻子，说："打窑上下来，嗯，往后再想回去可就难了。"巧儿一下接一下吸溜清鼻涕。

蛋蛋说："难，我就不回去呗。啥也不如跟你挨一块儿好。"

"不行，人往高处儿走，水才往低处儿流呢。说啥也不能打窑上下来！"巧儿使劲儿吸溜了一大下子，咕咚，咽了。

"那我跟有巢姐说说，我明儿搬你们家住去得了，省得天天儿揪心拽肝儿的受活罪。"

"尽说些个浑话！俩人伢子一块堆儿，叫人笑话死了，连我爹跟井娃儿爹娘都得跟着吃瓜落儿。"巧儿湿湿的眼里透出闪闪的亮儿。

"喊，有打死人的，没笑死人的，谁爱笑让他笑去吧。"

"不行，你不在乎，我在乎。"巧儿的嘴儿进豆儿似的厉害。

"嗨，笑又不疼，你在乎它干嘛呀？妮子家小心眼儿，趁了别人的意，制住了自个儿，傻呀。"

"你不傻！"巧儿的嘴儿斜着瘪了一下儿，鼻子斜着往上皱了皱，一只眼角儿里挤出来一大堆瞧不起。

蛋蛋"喊"了一声儿，"瞧瞧你那劲儿！人一辈子有几年呀？我活我自个儿的，谁爱笑话笑他的去，我才不管呢！"

"活你自个儿的，那你找我干嘛呀？尽说些个傻话！我可不是制自个儿，我想的啥，你根本不知道！哼！"

"我还不知道你？喊！你还能想啥呀？心高气短瞎生些个闲气。气出毛病儿来，谁心疼你呀？"

"你呗，嘻嘻。蛋蛋你听我说我想啥呢：人干傻事儿让人瞧不起，走不到人前头去，吃亏。我这会儿把你招到家里，一族的人都得笑话咱俩顾屁股不顾脸，谁也不愿意跟咱一块堆儿干活儿，有了事儿，连个帮忙儿的都没有。整天就咱俩人，多没意思啊。蛋蛋，听我一句：好事儿都是等出来的。再等等，你个儿也长高了，有模有样儿了，是个男人家了，我大大方方把你招进家来，多好！"

蛋蛋听她说得挺在理儿，就反问她："好事儿都是等出来的，你也会说啊？那，我让你等等再来窑上，你干吗又吸溜儿鼻子又抹泪儿的啊？"

"嗨，人没出息呗，最没劲就是没出息。蛋蛋，这事儿你说对了，我等着啦。有巢姐说话算数儿，你别老追着人家问，让人瞧不起我。招你的事儿咱俩再等等，行吧？"

"嘿嘿，'不行'老是你说，我还有个不行的？你还没品出我这人来？我对你是死心塌地了，就瞧你的了，别到时候不理我了，招了别人，把我晾一边儿了。"

"嗯，到时候招个大马猴！"巧儿笑得咯咯儿的，一指头戳到蛋蛋脑门子上。

鲻山订货源源不断，旧人走了，新人又来了，连大海边儿上的都背着海带、大鱼来了。滩里窑上也跟着越来越活泛了，慢慢儿地又跟从前似的了。蛋蛋跟着小六儿隔三差五往鲻山送货，又能见着大姐跟妮儿了，这俩人是他的亲人啊。大妮子回回儿叫他给家里捎东西，左不过是山里的核桃、枣儿、老棒子伍的。蛋蛋回回儿留点儿给巧儿，再去自是带上鱼、虾、米、面。亲戚走动勤了，光阴就像一条倒淌的河，在蛋蛋心上哗啦哗啦流，流回了妮儿小时候，流回了蛋蛋小时候，一桩桩往事儿又回来了，爹、娘、爱笑的小妮子姐姐跟吉娃子，还有鲻山大娘，全都活了，见了他，一个个儿全都亲得不行。

回回儿打鲻山回来，巧儿老是问这回是谁家换的，拿啥换的，咋换的，多少粗碗粗盘子，多少细碗细盘子，人家又在鲻山订了些个啥……

"嘿咿，就跟你给人鲻山当着家儿似的。"

蛋蛋开头儿还真叫她给问住了，往后就留了份儿心，跟鲻山舅舅套话儿，回来细细儿说给巧儿听：谁家拿啥换了些个啥，谁家拿啥订了些个啥。俩人一到一块堆儿就是说了问，问了说，说了又问，问了又说，问了一遍又一遍，说了一遍又一遍，老也说不完。

蛋蛋听得出来，巧儿待见窑上的活儿。眼瞅着忙不过来，又该添人儿了，这回蛋蛋留了个心眼儿，绕着弯儿撺掇尾巴儿跟有巢说去，可是不敢提巧儿要来的，怕尾巴儿多心，巧儿知道了又骂他不知道避讳。巧儿人不大，心眼儿不少，最在意外人咋瞧她，老怕现了眼，在人跟前儿说一句话先咬三下舌头尖儿，能不说就不说话，能少说绝不多说，吃亏让人，少说多做，落得个人人待见。尾巴儿知道蛋蛋不敢在有巢跟前说要人的话，挺得意个儿这么有面子。她自然愿意把巧儿要过来，可还是留了个心眼儿，说："我跟有巢姐说倒没啥，就怕人家巧儿自个儿不愿意，到头儿来弄得我脸上灰不楚楚的。"蛋蛋乐了："只有咱不要她，没有她不来的。谁不愿意来咱窑上啊？尾巴儿姐，这事儿我包了！"尾巴儿瞅了瞅他，问："小子，你们俩不是好上了吧？"蛋蛋脸刷地红了。尾巴儿给了他一拳头，哈哈大笑道："小狗蛋子好福气哇，把我都给蒙了！有你包了，这腿儿我自然要跑，可是不能白跑哇，嘻嘻，我得落下点儿啥，是吧？"蛋蛋赶紧说："那是，那是，我给您逮蛤蟆腿儿去，要多少有多少，管饱让您吃个够！""我可不稀罕你那蛤蟆腿儿，既是你为巧儿求我，那得她孝敬我，嘻嘻。"

蛋蛋急着见着巧儿，把这好事儿告诉她。巧儿一听就急了："说好了的这事儿我等着，你就是沉不住气，这可好了，让尾巴儿姐笑话了吧？你这个人呀，嗨！"

"人家可没笑话你，只怕你不愿意来窑上呢。"

"既是怕我不愿意，她干吗还找有巢姐说去呀？"

"嘿，人家这不是瞧我的面子嘛！"

"你个没心没肺的笨蛋，把我给卖了，把咱俩全都给卖了，往后可叫人家挨脊梁后头笑话吧！"巧儿生了大气。

打这以后，巧儿躲蛋蛋，根本不见他。蛋蛋打鲻山回来，也见不着巧儿，留的好吃的也给不到她手里。他倒也不急，因为知道巧儿过不了多少日子，准上窑上来干活儿，到那时候低头儿不见抬头儿，瞧你还往哪儿躲！

窑上活儿越来越多，添了几个妮子，都跟巧儿差不多大，可就是没有巧儿。蛋蛋没想到尾巴儿这么见小儿，要礼儿是真的。他也没想到巧儿那么倔，误了正事儿。他更没想到的是，有巢说了不算，要了那几个笨手笨脚的生妮子，就是不要巧儿。蛋蛋七猜八想急火儿攻心，舌头边儿上长了个口疮，吃东西磨着疮，活受罪。蛋蛋心里头只有巧儿，她这时候不定咋难受呢，这妮子上火儿，疮会长到心上，那咋成呢？蛋蛋想跟巧儿说说话儿，可就是见不上一面儿，急出了一嘴的燎泡，燎泡破了，全成了口疮，啥也不能吃了，一早儿一晚儿喝点儿稀汤寡水。

一吃了后晌饭，井娃儿就闹着逮蛤蟆腿儿去，好给小舅儿熬汤。蛋蛋领上他去了河边儿，心思全不在蛤蟆跟孩子身上。突然听见井娃儿喊叫，蛋蛋一看，孩子掉水里了，小手儿扎争着，脑袋就瞧不见了。蛋蛋吓出一身汗来，啥也顾不得了，跳进水里，抓住井娃儿往起抱。井娃儿不知道哪儿来的那么大的贼劲儿，拽着蛋蛋胳膊往下沉。蛋蛋跟叫鬼抓住似的，眼瞅着俩人都活不成了，他一巴掌打在井娃儿脑袋上，井娃儿这才松了手。

蛋蛋把他扛肩膀儿上拖了上来，孩子脸紫得吓人，嘴唇儿紧紧闭着。蛋蛋把他脑袋朝下提溜着控肚里的水，井娃儿手脚胳膊腿跟脑袋全耷拉着，听凭蛋蛋摆弄，一声儿不吭。蛋蛋慌了，一声声紧着叫"井娃儿"，孩子不答应。他把手背搁孩子鼻子底下，一点儿气儿都没了。蛋蛋想着是刚才一巴掌把井娃儿打死了，急得哭了，摇摆着井娃儿的脑袋喊："井娃儿！你不能死，不能死啊！"井娃儿没了气儿，他得给井娃儿气儿。他吸了一大口气，掰开井娃儿的嘴，使劲儿往里"噗"地一吹。他怕气儿跑了，使劲儿捏住井娃儿的鼻子，一口一口往嘴里吹，累得脑袋发晕。井娃儿还是一动不动，他只觉得气短，自个儿快没气儿了。他又吹了几口，脑袋里头全空了。最后一口气吹进去，蛋蛋眼儿一黑，身子一歪，啥也不知道了。

一阵凉风儿把蛋蛋吹醒了，其实也就过了一眨眼儿工夫儿。他吸足了一大口气，又去给井娃儿吹，越吹越来劲儿，时不时拍打井娃儿的小脸蛋儿。突然井娃儿嗓子眼儿里咕噜响了，咯儿咯儿咳起来。蛋蛋扶着他坐起来，一只手伸进俩两指头掏他的嘴，一只手给他拍打脊梁。井娃儿哇哇吐了，吐的全是水。蛋蛋长出了一口气，紧紧抱住井娃儿，生怕他再走了。

"小舅儿，我没死吧？"井娃儿睁开了眼，眼里一点儿神儿都没有。

"没，差点儿咱俩就都回不去了。"

"小舅儿，"井娃儿刚要说啥，肚里恶心，又吐起来，吐完了水吐饭，吐完了饭又吐水，吐完了白水吐黄水，吐完了黄水吐绿水。"娘呀，嘴里苦得不行。"可怜的孩儿！

"你把苦胆都吐出来了，能不苦？"

"好好儿一顿后晌饭，全吐光了！咋往回吸溜儿也留不住。"

"傻小子净说些个傻话，那还能要？吐干净了就好了。"

"小舅儿，河里有鬼，拉着我腿，小腿肚子转筋了，扑腾不动，喝了好几口水。"

蛋蛋愣了一下儿，说："天上有娘娘，把你从河鬼手里拽回来了。"他在河里打井娃儿那一巴掌，连想都没想，手就出去了。要不是这一巴掌，俩人都沉底儿喂鱼了。这会儿他才回过神儿来，这一巴掌准是小妮子姐姐出的手。

井娃儿翻着毛乎乎的眼，问："天上有娘娘？"

"嗯，天上有娘娘。"

"小舅儿，你见过娘娘吗？"

"嗯，见过。"蛋蛋不想再说下去，就说："井娃儿，咱回吧！"

"小舅儿，回去可不能叫我娘知道，她知道了该着急了。"

"嗯，也不能叫你爹知道，谁知道了都瞎着急，赶明儿再也不让你来河边儿了。"

"对了。小舅儿，谁也不能叫知道，那帮妮子、小子也不能叫知道，知道了该笑话我了。"

"井娃儿真知道事儿！说得对，这事儿就咱俩知道，烂肚子里了，啥时候也不能说出来。"

井娃儿伸出一根指头跟蛋蛋拉了勾儿，说："谁要是说了，就叫他喂大鱼！"呸一口啐天上。

"井娃儿，别瞎说!"

"小舅儿，你啐地!"

蛋蛋只好往地上啐了一口，圪蹴下，说："来，小舅儿背你回去。"

"小舅儿，我能走。"

"都吐光了，还有劲儿走？来吧，小舅儿背上走得快。"

"真的，刚才心里头慌慌的，这会儿有劲儿了，娘娘给的劲儿。"

"咦，你见着娘娘了?"

"没见着，可是我知道娘娘挨天上帮着我呐。"井娃儿走得挺稳当，就跟啥事儿没出过似的。蛋蛋心里头一下子大水冲了似的清亮，真有神神娘娘啊，连井娃儿都觉出来有娘娘帮衬着了，这事儿还真不能不信。

这事儿，蛋蛋一想起来就后怕，他为捡回来的两条命感激天上的娘娘，隔三差五往神神屋里跑，祭上些个鲜果野味儿；走道儿干活儿都上心了，跟井娃儿一块堆儿更是经着十二分儿小心，眼睛一会儿也不敢离开孩子。巧儿的事儿，他干脆不去想，捡回来一条命，对事事只有感激，哪有怨这个怨那个的？这会儿他信命了，巧儿不能来窑上，是命，俩人命里没缘分，不能强求。经了一场事，蛋蛋整个儿人变了，不争不求，脸上也展开了，大大方方像姚江水。

他不想了，巧儿却找他来了，笑嘻嘻地说："嘿咻，你可真沉得住啊，也不怕变哑巴了？"

蛋蛋也笑嘻嘻的，反问她："你沉不住了？"

"我就是想告你一声儿，有巢姐跟我说了。"

"说啥来着？"

"说不叫我来窑上了。"

"我也知道了。"

"噢，我跟爹说了咱俩的事儿，爹叫把你招过来。"

蛋蛋不信自个儿的耳朵了，大眼瞪得精亮，脸也亮了，声儿都颤悠儿了："你说啥来着？"

"哼，好话不说二遍，没听见就算了。"巧儿嘴噘噘着，脸蛋儿比落在姚江里的日头还红。

"我是问，啥时候招我？"蛋蛋绷不住了，乐得开了花儿。

"等到桃花儿开的候儿吧！"巧儿把脑袋扎进胸脯儿里，声儿小得连她自个儿都快听不见了。

"那我告有巢姐一声儿。"蛋蛋一声叫喊吓了巧儿一大跳，等她抬头看时，人已经跑远了。

有巢听蛋蛋一说，压不住心里的喜，问："真的？"

猪娃儿一拳头搂过来，笑着骂道："小子蔫不出溜儿的，鬼大了去了。跟巧儿啥时候好上的？说，不实说，今儿甭想躲过去。"

"有日子了，巧儿怕人笑话，不愿意叫人知道，我就没告诉你们。"反正这事儿定了，蛋蛋不怕啥了，说就说呗。

井娃儿插了进来："啊？小舅儿连我都不告诉？赶明儿我也不告诉你，哼！"

大人们全都乐了，猪娃儿笑得喘不上气儿来，有巢眼泪儿都笑出来了，蛋蛋逗他："真的连小舅儿都不告诉啊？小声儿告诉我，你待见哪个妮子，我给你说去。"

"不告诉你，谁让你不告诉我呢！"

在家里明了，蛋蛋在外头也就不躲躲闪闪了。巧儿比他还大方，蛋蛋去地里挖土，她当着多少人喊叫："蛋蛋，来这儿挖土来！这儿的黏。"

黑间俩人在花架子桥边儿见了，蛋蛋说："今儿挨地里，臊死我啦！"

"有啥臊的？嘁！"

"当着那么多人，'蛋蛋'、'蛋蛋'叫得那个亲，你也不脸红，嗨！"

"呵，瞧你脸皮儿嫩得！要是叫谁一声儿就脸红，那脸还不成猪肝儿啦？"

蛋蛋不明白，巧儿咋整个儿变了一人儿了？这么一变，大方多了，他越发待见了这妮子了，恨不得一天到晚守着。河还没长冻，桃花儿开还早呢。

窑上活儿忙不过来，又该添人儿了。蛋蛋大大方方问尾巴儿："尾巴儿姐，这回叫巧儿过来吧！"尾巴儿瞪大眼瞧他，突然哈哈大笑起来。蛋蛋给笑毛了，说："尾巴儿姐笑嘛呀？我说的是正事儿。"

尾巴儿抹了抹眼泪儿，说："你也不想想儿，人家能来吗？"

"她咋不能来？"

"你有本事你请她来吧，要不你去找有巢姐说去！"

"我把她请来，你要她？"

"那还能不要？你请去吧，请来了巧儿，天冷了我给你一块皮子。"

这回赌的可是不贱，为了一块皮子，尾巴儿得空八回分嘴，就是说，他们一家子饿半拉月才攒得下来。蛋蛋乐得直叫唤："好嘞，你就赔好儿吧！"

"等等儿！蛋蛋，没有一面儿赌的，要是请不来巧儿，我落你点儿啥呀？"尾巴儿半笑不笑，斜愣眼儿瞅着他。

"好说，也是一块皮子！"

"小子，说了可得算数儿！"

"算数儿，尾巴儿姐，嘿嘿，一块皮子，把巧儿请来了，你给我一块皮子；她要是不来，我给你一块皮子。"

吃了后晌饭，蛋蛋早早儿跑到花架子桥底下，吹根儿竹笛儿等着巧儿。巧儿来了，俩手往他肩膀儿上一搭。他吹得专心，好吓了一跳。

"瞧把你吓的！至于吗？"

"嘿嘿，我还当是狼姥娘来了哩。下回别搭两只手了，啊？"

"不让搭两只手，要是俩胳膊，还不把你吓死啦？"巧儿说着俩胳膊紧紧箍住了蛋蛋脖子。

"嘻嘻，俩胳膊好，胳膊光乎乎儿的长虫似的。"

"谁是长虫啊？你就不能比个好的？"

"嘿，光乎乎儿肉嘟嘟儿的胳膊，跟狼姥娘的毛腿儿不一样儿。"蛋蛋拽过根胳膊上来，啵儿啵儿亲了好几口。

"我就是狼姥娘，我就是狼姥娘！"巧儿张大了嘴，伸出舌头来，一把搂住蛋蛋，又是舔，又是亲，把个蛋蛋生生儿给烧着了。

折腾够了，蛋蛋觉着对不起巧儿，问："还疼吗？"

"坏死了你！有这会儿问，你干吗……"

"巧儿你待我真好，真亲。"

"坏小子，真狠呀你！"

蛋蛋讨好儿地说："巧宝贝儿，我今儿跟尾巴儿姐打赌儿来着，你猜赌的啥！"

"赌的啥？尾巴儿姐心眼儿多着呢，别让她把你给涮了！"

"看谁涮谁了，你倒是猜赌的啥呀！"

"赌的窑上的活儿，对了吧？"

"近了，再猜猜！"

"赌窑上活儿还得多，对了吧？"

"近了，接着猜！"

"赌还得给你们添人，嗨，这还用得着赌啊？"

"用得着，还没猜着，添谁？说说！"

"噢，赌的这呀？那你可赌不过她，添谁，还不都是她要出来的？"

"这回是我要出来的。"

"顺儿，对了吧？"

"不对！往近处儿想！"

巧儿猜了半天，把蛋蛋的一干哥们儿都说到了。

"别老猜小子，是个妮子。"

"嘿，你早不说！这回没跑儿了，是桃核儿！"

"不对，往近处儿想！"

巧儿想到蛋蛋家那一排里，珠儿笨手笨脚，蒜泥儿太小，只有梨花儿了。"知道了，梨花儿，就是她了！"

"不对，连边儿都不着，叫你往近里想嘛。"

"这么近了，还说不对，猜不着，不猜了。"

"你呀，咋就不往自个儿身上想呢？"

巧儿睁大眼睛瞅着蛋蛋，说："你这不是找着给人送皮子吗？"

蛋蛋也睁大了眼睛瞅着巧儿，问："啊？你不来窑上？我跟人家打的赌儿，我把你请到窑上。"

巧儿大眼睛上下骨碌了几下子，才说："真不知道你是咋想的！"

蛋蛋蒙了，他是真不知道巧儿是咋想的了。"不是你要来窑上吗？这会子我跟人家赌了张豹子皮，倒请不动你了，嗨！"

"那是啥时候？这又是啥时候？你就不知道跟着变？真是块石头！"

　　"不懂！你不是说人往高处儿走吗？啥时候也不能往低处儿走哇。"蛋蛋一劲儿晃悠脑袋。

　　"在地里管着好几百号人，经着多大的心，咋能说是低处儿呢？"

　　地里管事儿的狸儿养活孩子死了，可有日子了，有巢一直挨地里顶着，还得经由着这儿那儿的，忙得滴溜溜儿转。蛋蛋真没想到有巢把这么多人靠给了巧儿，上回不让巧儿来窑上，闹了半天是瞧上巧儿的本事了。"啊？巧儿你挨地里管事儿啦？"蛋蛋嘴嘻得拢不起来了。

　　"瞧那傻样儿！"

　　"是真管事儿了吗？"

　　"还没真管，有巢姐把着手儿教我呢。她有事儿不在，我就管着。"

　　"地里是得有个人，可我咋一点儿都不知道呢？"

　　"一族老的小的都知道了，就你不知道，还跟人家赌，傻不傻呀？"

　　"傻，傻，傻完了！"

　　"你成天光想着啥啦？"

　　"我想啥你不知道？还不是光想着你啦，皆为想你，就啥也顾不上问，啥也顾不上管了。嗨，瞧我这傻气冒的！也怨你呀，你咋不跟我说一声儿呢？有巢姐也不说，尾巴儿姐更损，哼，白白蒙了我一张皮子。有巢姐知道了，不骂死我才怪呐。我哪儿弄皮子去呀？实在不行，得求求鲻山我姐了。"

　　"问你，尾巴儿姐跟你说好了啥皮子吗？"

　　"没，那就是狼皮吧，反正不是虎皮豹子皮，量她也要不出来。"

　　巧儿一拍巴掌儿，有了招儿："没说死就好，啥皮都是皮，给她块死耗子皮得了。"说完咯咯儿一阵儿乐，蛋蛋也跟着乐。

"傻样儿!"巧儿把蛋蛋死死搂住了。

蛋蛋想说:"嘿咿,亏你想得出来!"可是嘴给严严实实堵住了……

第四十回

伏众人练就八张脸
成大事还需一颗心

桃儿树刚憋出一身骨朵儿，巧儿爷俩就把蛋蛋接走了。外间屋突然空了，有巢后晌回来，没抓没挠儿的，心里头不好受了好几天，一直缓不过劲儿来。

猪娃儿劝她："天要下雨，娃儿要跟人，该咋就咋吧，又不是跟了外头，还甭说是好人家儿。跟了巧儿这样的妮子，是蛋蛋的福气哇。"

"唉，话是这么说，可蛋蛋跟别的娃儿不一样，他是我半拉兄弟半拉儿啊。他就剩我一个亲人了，还不要说……"有巢想起小妮子来，说不下去了。

前晌去地里，见了巧儿，有巢嘱咐这嘱咐那。巧儿抿着嘴儿，一劲儿点头儿。

旁边儿三妮儿见了，绷住嘴儿要笑不敢笑，冷不丁冒了一句："有巢姐就是偏心眼儿。"

有巢瞧着她脸上怪怪的，知道不是好笑，就问："三妮儿，你倒说说，我咋偏心儿了？"

"我是说，你光嘱咐巧儿，蛋蛋这啦那啦的，咋就不嘱咐你家蛋蛋，该待人家巧儿这啦那啦的呢？"

"呦，这就叫偏心眼儿啊？呵呵，蛋蛋这不是不在我们家了嘛？我不嘱咐他当家儿的，嘱咐谁去呀？蛋蛋成了她家里人了，该她嘱咐嘛。我要再追着蛋蛋嘱咐，我成啥人了？"

巧儿倒是把蛋蛋嘱咐到了，叫蛋蛋截长补短儿回去瞧瞧。蛋蛋回回儿去，不是背捆柴，就是捎两张饼，从来不空手儿，临走把地上拾掇干净，水瓮灌得满满儿的。这都是巧儿嘱咐的。

有巢两口子愿意跟蛋蛋说说话儿，井娃儿却老是缠着小舅儿去河边儿逮蛤蟆腿儿。蛋蛋跟井娃儿商量好了，他来家里，就不去河边儿了，他不来的日子，井娃儿啥时候想去河边儿，就过去找他。这么一来，井娃儿见天儿一撂下碗，就奔巧儿家找小舅儿去了。

有巢拦不住挡不住，骂井娃儿："没见过你这样儿的，见天见烦人家。"

"人家可愿意我去了，才不烦呢！"

"你真不知道事儿！你老去缠小舅儿，巧儿姨没工夫儿跟小舅儿一块堆儿了，嘴上不说，心上烦死你了。"

"巧儿姨一黑间都跟小舅儿一块堆儿，才不在乎这么会儿工夫儿呐。"

"不许去了！等小舅儿过来了，叫他领着你出去。"有巢使了厉害，井娃儿不敢不听。

黑间睡下，巧儿问蛋蛋："今儿井娃儿咋没过来啊？"

"谁知道啊，许是跟拴儿哪儿玩儿去了。"

第二天黑间睡下，巧儿又问："今儿井娃儿咋没过来啊？"

"谁知道啊，有了新伴儿了吧？"

　　第三天后晌，巧儿炸了一锅鱼丸儿，盛了一碗叫蛋蛋给有巢送过去。"顺便儿瞧瞧井娃咋啦，就说老舅想他了。"

　　苦娃子吭吭两声，说他闺女："有巢也是怕孩子招人烦，稍微管管。你甭事儿似的，不年不节的炸鱼丸儿干吗？还拿我去说事，不怕人家笑话！"

　　蛋蛋说："咱先吃饭吧，吃剩下了，我给他们送过去，剩不下就算了。"

　　巧儿一个儿也没舍得吃，还是一个儿也没剩下。吃了饭，蛋蛋抹抹嘴说："我过去了。"巧儿没吭气儿。她爹说："去吧，趁亮儿，快去快回！"

　　蛋蛋一走，巧儿憋着的一肚子火儿全发她爹身上了："干嘛呀这是？让他过去成心恶心人去啊？"

　　"蛋蛋过去瞧瞧是个礼儿，你想哪儿去啦？"

　　"礼儿？攘两巴掌风，哼，也叫礼儿？"

　　"我说妮子，人家一家子憨厚，不过这个，咱一劲儿送这送那，力逼着人家也回送，才不合适呢。"

　　"爹这叫明白话？您没过去过，我也没过去过，咱谁也没力逼着要人家回送。蛋蛋跟咱不一样儿，他是有巢姐拉扯大的，他就不该孝敬着点儿？这可倒好，让人家说咱小家子气，把个蛋蛋挑唆得越来越不知道事儿了。"

　　"嗨，谁都跟你似的呀？整天转心眼儿，不是这个咋想你了，就是那个咋瞧你了，累不累呀？"

　　"别人咋想咋瞧我不管，我不能叫井娃儿家瞧不起咱。蛋蛋挨滩里就咱这一家亲戚，咱不能不给他装脸。"

　　"妮子你甭老拿蛋蛋说事儿！我还瞧不出来？你心里头有的是有巢，就怕有巢不待见你。哼，你当人跟你一样儿啦？尽长些个心眼儿！我就不待见你这酸毛病，一点儿都不随我，哼！"

　　巧儿鼻子眼儿里哼了声儿，说："随您？哼，得亏没随了您！

您就念娘的好儿吧!"

苦娃子给噎得半天没吭气儿,刚张嘴说:"我知道你心气儿高,"就叫她给打住了:"行了行了,没油没盐的,别叨叨了。蛋蛋快回来了,叫他听见了不好。"

苦娃子生了大气,嗓门儿也大了:"咋着?你嫌我说淡话?我今儿偏要说!他听见咋了?他在眼前,我也要说!"

巧儿无奈了,摊上这么个糊涂爹,没辙,只好半求半怨说:"说吧说吧,我不拦着您,叫您说个够。"

苦娃子有气,也有他的理儿:"嗷!人活着靠啥?靠的是本事!有多大本事干多大事儿,没本事才靠巴结呢。"

"曛曛,您本事大,没见您干了多大的事儿啊。"

"你甭老噎我!我没本事,活该窝囊一辈子。我跟你说的是正事儿,你别成心跟我这儿瞎打岔!啥叫有本事?别人没有的你有,别人有的没你的好,你比别人强,那才叫有本事。你三青子哥那样儿的,活儿好,一干人全都得听人家的,才盖得起屋来,你三青子哥这叫有本事。你鱼头哥那样儿的,风里浪里行船跟玩似的,哪儿鱼多哪儿鱼少,人家都知道,船上一干人都得听人家的,换个人玩儿不转。人家供着一族人吃鱼吃虾,你鱼头哥这才叫有本事。你尾巴儿姐那样儿的,跟花儿姥娘学了本事,一块堆儿去的妮子,属她学得好学得多,样样儿拿得起来,满窑离了她不成,你尾巴儿姐这叫有本事。你死了的狸儿姐姐,老天爷啥时候下雨,啥时候刮风,啥时候冷啥时候热,啥时候下种啥时候收,全在她心里,人狸儿这叫本事。你有巢姐,那是有大本事的,盖屋、造桥、烧窑、种地,样样儿行,一族的人,都得听人家的。你有啥本事啊?不就会拉着蛋蛋扒着人家有巢嘛?靠巴结种不了地!这叫屁本事!没本事的窝囊废,在外头受了气,不敢说,回来跟我撒气儿,把你爹当狗哇?"

巧儿本来觉着他说得在理儿,可是他说着说着瞎说八道了,还越说嗓门儿越大，干脆站到窗户跟前儿直着脖子朝外头嚷嚷。

巧儿只觉得脸上给抓得一道子一道子的，恨得使劲儿咬嘴唇儿，心里头骂："我咋摊上这么个爹啊，老糊涂爹你死了算了！"

苦娃子只顾说："一把屎一把尿把你拉扯大了，如今你硬气了，哼，会噎人了。不敢噎别人……"突然闸住不说了。

蛋蛋回来了。

巧儿惊起两胳膊鸡皮疙瘩，讪讪地问："哟，这么快就回来了？井娃儿没事儿吧？"

"没事儿，我姐不叫他过来，怕咱烦。"

"有巢姐这么跟你说的？"

"不是，井娃儿自个儿说的。今儿光顾着说话儿了，没带井娃儿出去，我叫他明儿过来。"

听这话儿，蛋蛋是没听见刚才爷儿俩拌嘴，巧儿心里踏实了。

第二天在地里见了有巢，巧儿嗔怪道："有巢姐可真是的，这么些日子不让井娃儿过来玩儿。我爹怕孩子出了啥事儿，想东想西。昨儿回来说孩子啥事儿没有，老头子才安生了。赶明儿还是叫井娃儿过来吧，我爹待见他，一天见不着孩子，就想东想西，跟我没好气。"

有巢呵呵儿乐了："嗨咿，难得井娃儿这费小子有人待见，准是跟苦舅舅上辈子有缘儿，呵呵。我呢是为你想啊，怕井娃儿天天儿拽着蛋蛋，招你烦。嘻嘻，蛋蛋如今是你的人了。"

巧儿脸上红得像天边儿的霞，嘴可不软："有巢姐这嘴真损，知道我笨嘴拙舌跟不上话儿，成心欺负人！井娃儿跟蛋蛋亲，谁不知道哇？您可别弄得井娃儿记恨我啊！"

"哈哈哈，瞧这笨嘴拙舌的，没理儿也能搅出八分儿理来。你抢了我们家蛋蛋，还怕人恨？"

人们都跟着有巢取笑巧儿，巧儿一着急，脸越发红了，说："知道我缺心眼儿，你们就齐打伙儿欺负我吧！"

獾儿叫起来："听听！听听！这是缺心眼儿的说出来的话嘿！你把我们大伙儿的心眼儿全吃了，你还缺心眼儿？"

巧儿笑着问："獾儿姐这是夸我呢还是损我呢？"

獾儿说："我们大伙儿加一块堆儿也没你心眼儿多。"

巧儿明白，獾儿要说的是："我姐可没你这么多心眼儿。"她仍是笑着说："得，赶明儿你们大伙儿就一块堆儿掏我的心眼儿吃吧！只要你们不嫌它死，咬得动，嘿。"

响晴的大天儿一下子黑了，雨点子噼里啪啦砸下来，一会儿就下大了。有巢瞧这天儿，怕是越下越大了，就叫人们先去窑上避避，雨住了再干。

路上，有巢跟巧儿说："獾儿嘴打人，心眼儿其实不坏。你甭往心里头去就得了！"

巧儿说："有巢姐，不瞒您说，我还真往心里头去了。这个说我心眼儿多，那个说我心眼儿多，有多少心眼儿都叫人家瞧出来了，那不正是缺心眼儿吗？姐姐说句实话：我是不是太张狂了？"

有巢看上巧儿的正是这不张狂，獾儿嘴毒了点儿，难怪巧儿会这么问，其实两头儿都没坏心眼儿，这事儿就好说了。"张狂倒是没有，巧儿啊，你就是太在乎别人咋看咋说自个儿。她们说的心眼儿多，就是这个吧？你甭往心上去，事事看开点儿。要不，肚里非长疙瘩不行，哈哈。我这人，人家为了我都打起来了，我还不知道咋回事儿呢。傻人傻福气，少生了多少闲气，呵呵。"

巧儿知道自个儿没有有巢的本事，不会有她那种"傻福气"，走到这一步儿，全靠的一肚子小心眼儿。这咱叫人家瞧出来了，昨儿爹说她没本事靠巴结，今儿獾儿又当着众人说她耍心眼儿。要不是早先修下的那点儿人缘儿，要不是有巢给她撑着，她就栽了。

雨一直没住，地里的人都在窑上帮忙儿，热热闹闹，工夫儿过得快，一会儿就看不见了。有巢跟尾巴儿商量："今儿都回吧?"尾巴问:"黑咕隆咚觉不出来,到时辰了?"有巢说:"啥时辰?肚子就是时辰啊,咕咕叫唤了,该回去填肚子了,呵呵。"

巧儿回到家里,爹先回来了,饭也做好了,给她盛了一大碗新米饭,夹了个咸菜疙瘩。

"爹,等会儿蛋蛋回来再吃吧?"

"明知道他今儿不回来吃,摆那虚礼儿干嘛呀?"

蛋蛋去鲻山了,打鲻山回来得先去有巢那儿,把换回来的东西搁神神屋里,把大妮子捎的东西给了有巢,在那儿吃顿饭,说说话儿。回回儿都这样儿,蛋蛋去鲻山,老是嘱咐后晌饭别等他。巧儿还是回回儿等。爹不愿意等,她说:"爹先吃吧,我还不饿呢,再等等儿。"舌头硬,肚子却不争气,咕噜咕噜埋怨个没完。

"等也白等,我今儿个就做了俩人的饭。"

爹端起碗,咬了口老咸菜,吧唧吧唧吃开了。巧儿今儿个在外头不痛快,回来爹又给她添堵,吧唧得她直反胃。她真想嚷嚷一通儿,忍了又忍,咽下去了。这倒好,原来的饿劲儿全没了。

爹刚撂下碗,蛋蛋就回来了。

"哟,今儿回来得早啦。"巧儿肚里一惊,赶紧去盛饭,心想,看爹还有啥说的,这么刻薄,到底儿刻薄了谁?

蛋蛋撂下背篓,捧出个圆咕隆咚的家伙来,黄乎乎儿的,像一大块和好的棒子面。

巧儿刮满了一碗米饭,端给蛋蛋,心疼地说:"出去一大长天了,饿了吧?快吃吧!我跟爹刚吃了。"说着拿起圆家伙来问蛋蛋:"哟,这是啥稀罕物儿啊?嗯,是俩对扣的瓢,这干吗使啊?"

蛋蛋说:"有巢姐刻饬的,我瞧着好玩儿,就要了过来。里头装的狗肉。大姐家黄狗死了,狗头跟骨头剔了埋了,剩下肉炖了一大锅,一家人不忍心吃,都给了我。有巢姐留下了一半儿,我急着叫你们尝尝儿,就慌里跑回来了,谁知道你们早吃完了!"

巧儿摆置了半天也开不开。蛋蛋放下碗,要过来,俩手一个在上，一个在下，错着一拧，瓢开了，蒜拌狗肉的香味儿直往鼻子里蹿，勾得人肚里的馋虫往上爬。蛋蛋一边儿吃，一边儿招呼："舅，巧儿，吃肉啊！吃！吃！"

巧儿爹往锅里添了两瓢水，抓了把白面，拌了一碗疙瘩，锅开下了，木头勺贴着锅沿儿搅两圈儿就熟了。巧儿爹给巧儿盛了一碗说："你也吃上点儿，累一天了，回来连口水也没喝上。"

蛋蛋瞪大了眼问："你们没吃啊？"

巧儿爹说："嗨，今儿个怨我，当是你不回来吃了，少做了一个人的饭。我吃了，她没吃，死等着你回来才吃。嗨，咱啥眼儿没见过？就是没见过这么死的心眼儿。"

巧儿翻了她爹一眼，老东西今儿咋这么不取贵呢？她心里头发急，嘴上乐呵呵地对蛋蛋说："还不饿呢。瞧你，有点儿好吃的光想着往家拿，也不怕有巢姐他们笑话！"说着把白面疙瘩汤推给蛋蛋，又拿了个碗，打蛋蛋碗里拨出一半儿米饭来，端着细细儿吃开了。她爹狠狠剜了她两眼，张了张嘴，没说啥。

蛋蛋嗓子眼儿里热乎乎的，说巧儿："谁笑话谁呀？你这不是犯傻吗？趁热儿快吃吧！舅，您也就着狗肉吃上点儿。"说着把白面疙瘩汤推给了巧儿爹。

苦娃子说："你吃，锅里还有呢。"

苦娃子盛了半碗疙瘩汤，问着鲻山的事儿，吃一嘴肉，又往巧儿碗里夹，把个巧儿气得真想撂下碗狠着嚷嚷一顿，扒拉开爹的筷子说："我会夹，您吃自个儿的吧！"蛋蛋呵呵儿笑着说："都吃，都吃！有的是。"

黑间躺下，苦娃子听见里间屋嘁嘁喳喳：

"往后饭熟了就吃，别等我。我在哪儿都饿不着。"

"今儿想着你准回来吃，一块堆儿吃多好呀。"

"知道你心里头有我，可是别招舅舅不痛快。"

苦娃子心里头一热，蛋蛋比自个儿的闺女知道事儿。

"他爱痛快不痛快！"巧儿这话惹他生气。

"好好儿的，咋跟舅舅闹开别扭儿了？"

"没事儿，我是嫌他挺大个人，做事不取贵。"

苦娃子气越发大了，肚里叽咕："这叫啥话？我不取贵？踩踩自个儿老家儿，买哄人家，吃里爬外的贱妮子！"

"哪有这么说老人的？舅舅不过是心疼你，你这么着可真是不知好歹了。"

嘿，还是蛋蛋懂事儿，自个儿养大的，还不如外头来的呢！

"嗯，你这么说，那我往后不闹了。"

苦娃子哼了一声。

"这才是好孩子哩，来，亲一个！"

"往后不许叫我孩子，你才是孩子呐。"

苦娃子直撇嘴。

里间屋嘁嘁喳喳，咯咯儿乐……

苦娃子俩手指头堵住耳朵。耳朵呜呜响，响了好一阵子，震得他脑仁儿都疼了。抽出指头来，里间屋没了动静儿，外头的蛐蛐儿吱吱得更叫人心烦。苦娃子颠来倒去睡不成了，脑袋倒是不疼了，要多清明有多清明，前八辈子的事儿清水过鱼似的一桩桩全上来了。

苦娃子人老实，也倔，跟男人从来没是非，就是跟女人合不来。跟了巧儿娘，过得疙疙瘩瘩，尽吵架了。嗨，也没过多少日子，巧儿娘就死了。孩子刚会爬，可把他苦坏了，咬牙切齿骂巧儿娘狠心，光下不养活。后来，他又跟几个女人过过，都没长性儿，最后死了心，守着巧儿过了。不承想这妮子大了比别的女人更叫人烦，就仿佛天下女人的心思都长她身上了，简直是个病！这妮子两张脸儿，在外头是个面瓜，回来就成了刺猬，在外头啥事儿都能忍了，啥话都能咽了，回到家里一股脑儿全吐他身上。苦娃子心疼自个儿的孩子，人总得有个出气儿的地界儿，活该他就是这地界儿。他看巧儿活得累得慌，可是妮子愿意这样儿，慢慢儿他也惯了。自打蛋蛋进来，他活得难受了，这妮子在外头爱咋咋，他眼不见心不烦，可是在家里看一个人两张脸儿，他受不了，他没法儿跟着巧儿在蛋蛋跟前装假，没吃非说吃了。这样子要装到哪辈子呀？这又图了个啥呀？

巧儿显然是有所图，图的是当人里的头儿。苦娃子没当过头儿，可是见过人家当头儿的。他跟着蛋蛋爹去鲻山砍了几年木头，那人多随和呀，死了多少年还叫人想。后来跟着三青子盖屋，这人脾气暴，可是直来直去，说过去就过去了，他不记别人，别人也不记他。支柱顶梁，人家凭的是本事，有本事就玩儿得转，谁没个脾气呀？有本事，人们就能担待。像巧儿这么着，要嘛没嘛，光靠赔笑脸儿说软话儿，日子长了自个儿得憋死，家里人也得憋出病儿来。今儿个是他苦娃子忍着，等他没了，就该轮着蛋蛋当出气儿的了。这么着咋行啊，他得跟有巢说说，借着蛋蛋跟有巢说说，叫她另找个有本事的管地里的活儿，放了巧儿，从此一家人好好儿过日子。

想是这么想，可是真要找有巢，他又抹不开了。在女人跟前，他真说不上话，跟有巢也一样儿，几次话到嘴边儿，又叫肚里的虫虫儿拽了回去。想想，不如跟蛋蛋说，到底儿是一家人，这孩子也懂事儿。蛋蛋再找有巢说去，比他说还管事儿。可是，一到要说，又张不开嘴了，一个长辈儿跟小辈儿的说这个，不叫事儿啊。不行，不叫事儿也得说！说了，蛋蛋自然要跟巧儿说，苦娃子就是要蛋蛋跟这妮子说去，可是，这么一来，巧儿准会大闹，事儿就更不好说了。还是不行，不能跟蛋蛋说。这么一想，他倒是给自个儿的窝囊找着理儿了，不说了，算了。

这天蛋蛋打有巢那儿过来，告诉苦娃子："舅，我姐叫我跟您说，明儿猪娃儿哥带人去茅山砍木头，叫您也一块儿去，帮猪娃儿哥经着点儿心。"

苦娃子知道，有巢这是瞧得起他，猪娃儿是茅山人，黑间要是休他娘那儿回不来，就得他苦娃子带队了。

猪娃儿没休在茅山。

回来道儿上苦娃子问他："有半年没见你娘了吧？咋不休下说说话儿呢？你们哥儿俩都不在，你娘多闷得慌啊。"

猪娃儿说："我娘有驼儿做伴儿，有兔儿解闷儿，一点儿也不闷得慌；我去了倒是添乱。"

闹了归齐猪娃儿也有心事！苦娃子刚要说啥，顺儿先说了："猪娃儿哥别不是怕有巢姐闷得慌吧？"

猪娃儿嘎嘎嘎嘎笑起来，"我怕有巢闷得慌？她要是闷得慌，天下就没不闷得慌的人了，哈哈哈哈。"说着，冷不丁给了顺儿一拳头。

顺儿吐吐舌头，找补了一句："谁不知道有巢姐开通啊？有你在不是更开通了吗？"说完一闪身，叫猪娃儿的拳头扑了空。

苦娃子猛地想起啥来，说："不闷得慌就好，呵呵。猪娃儿你说说，有巢挨家发脾气吗？"

猪娃儿又笑开了，"发啊，我就是给人家出气儿的啊，呵呵。总不能叫她把气儿撒在外头啊，苦舅，您说是吧？"话说给苦娃子听，眼珠子却瞪着顺儿，拳头也举起来了，吓得顺儿不敢打趣了。

苦娃子不好意思了，点头说："那是。"

猪娃儿又说："开头儿我也不惯，在外头人五人六儿的，回家就不是她了。长了，知道她不是欺负我，不过是叫我让着她，哈哈！这么点儿肚量，我还能没有？再逢着她发脾气，我就知道，这回该着我显大了。嘿嘿，哄哄劝劝，一会儿就没事儿啦。"

苦娃子不由夸他："猪娃儿行啊，有肚量！"

"苦舅，不是我行，不是我有肚量，嘿嘿，那是人家抬举我。您想想，她肯在谁跟前儿露弱啊？在外头就得有在外头的样儿，场面儿上的人，就的有场面儿上的样儿。苦舅，您说是吧？"

　　苦娃子想了想，好像是这么回事儿，点了下头，又问猪娃儿："这么说，有巢也是两张脸儿？家里一张，外头一张？"

　　人们哄地乐了。苦娃子知道说错了话，肚里这个后悔啊，我这不是把巧儿给卖了吗？还把有巢糟践了，又得罪了猪娃儿，嗨，我今儿个这是咋啦？说出去的话，泼出去的水，爱咋咋吧！

　　没想到猪娃儿也跟着众人乐，"两张脸儿？开头儿也许是，这咱，噢，八九十来张脸儿了，还不够使的呢，哈哈。见啥人，扮啥脸儿，遇啥事儿，说啥话。要不，几千口子咋玩得转呢？当大娘就得有这本事，动不动板起一张驴脸来，谁服你呀？"

　　人们听了，一阵"啧啧"，都感叹当大娘不易。

　　苦娃子也跟着"啧啧"，他是给猪娃儿叫好儿，这猪娃儿，真想得开！

　　顺儿问："猪娃儿哥，你几张脸儿啊？"

　　"我？哈哈哈哈，我就一张大本脸，一个鼻子一张嘴，直不楞通来，直不楞通去，说话不带打弯儿的。所以嘛，我管不了人啊，哈哈哈。"

　　顺儿说："猪娃儿哥这张大脸，能对付一个人就够啦，咱滩里就靠你这张大脸活哩！"

　　猪娃儿伸出拳头，顺儿早跑前头去了。猪娃儿追了两步儿，骂道："兔崽子，别跑啊！怕我踩你尾巴啊？"

　　顺儿回过头来扮个鬼脸儿，咧着大嘴笑，"就听说过老龟追不上兔子，没听说过老龟咬兔子尾巴的。"

　　人们都笑，苦娃子也跟着笑，帮了猪娃儿一句："兔子尾巴忒短了，呵呵，啥也咬不住它。"

　　猪娃儿也觉着自个儿好笑，说："嘿，我咋忘了这啦？嗨，短尾巴小兔崽子，有本事你别跑！"

　　人们一路上说说笑笑，一会儿就到家了。

　　苦娃子原想叫猪娃儿回去跟有巢说说，别叫巧儿干了，到底儿没说出来，也没工夫儿说了。不过，他还是得说，跟巧儿说，这妮子得有身真本事，才降得住人，也少受点儿气。他知道，地里那帮女人，一个比一个厉害，巧儿才多大啊？妮子不容易。

第四十一回

旱连天雏燕显能耐
雨冲地老鹰藏心思

老天爷也有转向的时候，一冬天没下雪，还没开春儿就热起来。在家里憋坏了的孩子们喜欢得雀儿似的，光着屁股可世界跑。

桃花儿没落，杏花儿就抢着开了。

稻秧儿还没育呢，巧儿傻了眼，这会儿育秧来不及了，直接往地里撒种儿，又怕老天爷变脸，冻坏了种子还是小苗儿；不种，又怕误了，到时候稻子灌不了浆。苦娃子叫她找有巢讨个主意。有巢也没主意，把地里人找到一块儿商量。商量跟不商量一样儿，哪一个人都有俩主意，种，不种，种了怕冻，不种怕误，到了儿还是没个主意。

巧儿头回觉到肩膀儿沉了，为了三千口子的肚子，她得自个儿拿主意，万一拿错了主意，她得担着。可是，咋担呀？纵使把她扔到姚江里喂大鱼，人们没吃的还是没吃的。

苦娃子见妮子愁成这样儿，劝她："人耍不过天去，还是等着老天爷给咱拿主意吧！"

"等老天爷？等得起吗？种不下去，收不回来，一族的人吃啥啊？把我撕了，一人一嘴也不够吃的呀！"

"妮子，这活儿咱干不了，不干还不成？听你爹的，趁早跟有巢说去，叫有能耐的干去。"

巧儿鼻子出气儿，说："到这时候了说干不了，晚啦！"

苦娃子还是苦苦相劝："我早就不叫你干，是你自个儿非要干来着。没那么大的能耐，非要揽那么大的活儿！肩膀儿能担得了多少就担多少，担不动硬担，还非让压趴下不成？我看你这担子早晚得撂了，晚撂不如早撂，这会儿撂也比压趴下再撂强。"

"爹，不能撂呀！撂了，三千口子吃啥呀？"巧儿急得直跺脚儿。

"有别人吃的，就有咱吃的。没得吃了，齐齐儿饿死。"

巧知道，跟这个爹糊涂说不明白，一气之下奔了地里。

地头儿上蹲着个人，近了，是有巢。原来她大娘也有同样的心思！

有巢见巧儿来了，站起来迎过去。

巧儿招呼也不打，直着说："种了，他一变脸，一长冻就全完了；不种，老这么热下去，啥都误了。咋好呢？"

有巢说："咱玩儿不过老天爷，可他总得占住一样儿，咱就两样儿一齐压，最后咱也占住他一样儿。你看这么行不：种一半儿，育一半儿。"

巧儿脑瓜子一下子豁亮了，想了想，问："他要是两头堵咱呢？"

有巢说："问得好！那还不如守住一样儿，两头儿防他。你们往地里撒种儿，我叫窑上的姨姨们赶紧编席子，夜里苫住，就不怕长冻了。"

　　巧儿拍手叫好："就这么定了！"

　　天一天比一天热，热得像夏天了，地里绿了。巧儿还是不敢松心，天天收工时叫把地苦上。女人们嫌她啰唆，说啥的都有：

　　"没见过这么种地的，过家家也没这么过的！"

　　"天天儿这是干吗啊？晚上苦住，早起揭开，真闲得没活儿干了？"

　　"谁说没活儿干了？天天儿浇地就累得畜生似的，一趟趟往河边儿跑，一罐儿一罐儿提溜水，奶孩子也没这么累的！"

　　人们说得也是，老天爷小气得一滴雨都挤不出来，地里裂了大口子，稻秧儿没了翠生生的绿，耷拉下脑袋，一天比一天蔫儿。人们一罐儿一罐儿提溜水，一个种子坑儿一个种子坑儿地浇，真比喂孩子还辛苦。巧儿也心疼人们，可是她肚里有疙瘩，万一夜里长了冻，不就全毁了？人们说："都热得跟夏天一样儿了，碰哪儿哪儿烫手，这地晾都凉不了，能长得了冻？别咸吃萝卜淡操心啦！"

　　巧儿想想，可也是，只得依了众人，收工的时候不苦了。

　　吃了后晌饭，刮起了西北风儿。巧儿跟家里俩男人说："我心里头不踏实，不怕一万，就怕万一，万一夜里长了冻，冻死了小苗儿，咱滩里就没得吃了。爹，蛋蛋，我使不得别人，只能使你们了，跟我苦地去。"

　　苦娃子知道妮子肩膀头儿的担子，没说的。蛋蛋心疼当家的，可是说："靠咱仨得弄到半夜了，我去叫上我姐跟猪娃儿哥。"

　　巧儿爷儿俩盖了几块席子，蛋蛋领着一大堆人过来了，除了有巢两口子，还有狗娃儿跟秀儿两口子、顺儿跟翠妮儿两口子，都是蛋蛋招呼来的。这么多人，还是盖到月亮出来才算全盖完了。

　　夜里蛋蛋醒了，是叫巧儿说梦话吵醒的。巧儿出气儿又粗又热，却喊叫冷。外头风呼呼地刮，像是要揭了地的皮，屋里冷得人打颤颤。蛋蛋紧紧抱住巧儿，巧身上烫得像窑火。蛋蛋心疼当家儿的，她这些日子累大发了，昨儿又顶着风盖地，心里头火大，一下子激病了。好在地全盖了，没急儿着了。要不，这冻死寒鸦的夜还不把稻秧儿全毁了？他对着巧儿耳朵小声儿说："长冻了！"

"啊？长冻啦？"巧儿一激灵爬起来就要往外跑。

蛋蛋一把拽住她，紧紧搂住，说："得亏昨儿把地全盖好了。睡吧！"

巧儿渴得厉害。蛋蛋出去舀了半瓢水，喝一口，冰凉。他在嘴里噙热了，喂给巧儿，硬是一嘴一嘴把半瓢水喂完了。

早起蛋蛋醒了，不见巧儿，开门出来，苦娃子正做饭呢。

"舅，巧儿呢？"

"去地里了，不放心，怕苗儿冻了。"

蛋蛋怕苦娃子着急，不敢说巧儿病了，说了声"我也看看去"，就奔地里去了。半道儿碰上巧儿往回走。

巧儿问："你跑出来干吗？地里没事儿，得亏昨儿个你找了那么些人帮忙把苗儿全盖上了。"

蛋蛋嗔怪道："病了，也不知道爱惜自个儿！吃了饭，别去地里了，在家好好儿将养两天，就好了。"

巧儿嘿嘿笑笑说："我成土人儿啦？风一吹就化啦？"

"昨儿烧成啥啦，还嘴硬！"蛋蛋说着，拉过巧儿的脑袋，把脑门子对上去，看还烧不烧了。

"哈哈，瞧这两口子亲的！"说话的是獾儿。

巧儿闹了个大红脸，讪讪地说："獾儿姐这么早干吗去啊？"

獾儿说："夜里长冻啦，去地里看看苗儿冻坏了没。昨儿该听你的来，晚点儿回来，盖上就好了。"

蛋蛋说："等你去看，早冻死啦！"

獾儿瞧瞧他俩，问："你们去盖了？"

蛋蛋说："这咱盖……"

巧儿夺过话头儿来："昨儿吃了后晌饭，有巢姐找了几个人盖好了。没事儿了，玃儿姐回去吃饭吧。今儿还得一罐儿一罐儿浇水呢。"

回家路上，蛋蛋问巧儿："明明你的主意，干吗安别人头上啊？"

"你不知道我人头儿低哇？皆为说话不取贵，才拉上有巢姐给我装脸呐。其实，人还不都是你找来的？"

蛋蛋心里叹息："这妮子，心思忒多了！"

老天爷一冷一热打了一阵摆子，就奔热去了。热得人身上没劲，虫虫蚁蚁都不出来了，只有蜘蛛得了劲，肥得有孩子手大，一肚子水儿，成了精啦。生灵的水都叫这东西抽走了，可世界爬满了白花花的网，本来干得不行的草啊树的，又叫蜘蛛抽血缠皮，简直没活头儿了。

一连半月大日头，老天爷舍不得下雨，还使劲儿抽河里井里的水，姚江快干了。滩里人搬石头把河堵住了，上头下不来水，堵也没用。水成了奶，天天儿浇地，只敢拿瓢舀上，往小苗儿根儿上喂一口。井里水也干了，等半天，才洇上一层儿水来，舀上来的全是湿沙子。除了一身一身的黏汗，大天底下难找见个水珠珠儿。

有巢天天傍黑儿去神神屋里跪半天，求神神下雨。

有日子了，有巢前半宿老是睡不着，眼盯着窗户跟老天爷说话儿："老天爷，心软点儿吧，心疼心疼滩里人吧。哪怕下几滴雨呢，让热坏了得人们透透气儿吧！"猪娃儿撒癔症，咕噜了两句："几滴管个屎！要下就痛痛快快下上几天！"有巢捶了他一拳头，骂道："你个死猪臭嘴，偏偏这时候得罪老天爷！你不想活了，也别拽上大伙儿跟你渴死啊！"

起风了，有巢噌地跳起来，开门出去，咕咚跪下，双手合十，心里头喊叫："老天爷显灵吧！老天爷显灵吧！"

贼亮的闪长虫似的蹿出来，有巢一激灵，随后唢唢唢磕了好几个响头。只听得吱吱沙沙一阵响，她想，是不是房子不结实了？又像是往罐子里倒沙子，跟着几声响雷把天震破了，几个大雨点子砸到有巢脑袋上。她猛地站起来，仰起脑袋，使出吃奶的力气喊："老天爷显灵啦……"喊声淹没在轰隆隆隆的雷声里。有巢直觉着老天爷在上头看着她。

老天爷憋不住了，哗哗哗哗往下倒开了。有巢站在雨地里，伸着俩胳膊，让天水冲干净身上的污垢心里的烦恼。

"嗨，大半夜的，这是干嘛呐？看淋病了！"猪娃儿不知道啥时候起来了。

有巢俩手朝上捧着接雨水，感慨无限："还是老天爷体恤咱啊，眼看着咱支不下去了，就显灵了。"

"嗯，这下地里有了水了，滩里有的吃了。回去睡吧，明儿还得虑一大堆事呢。"猪娃儿说着把她拽回去了。

回到屋里，有巢擦了擦一身的湿水，一头栽下，啥也听不见了。这些日子她天天睡不了半宿，忒缺觉了。

猪娃儿摸着她凉丝丝的胸脯，想：这是通天的人呐，早晚要上去的。这么想着，他更珍视眼前的福分了，紧紧抱住了旁边儿冰凉的身子，用浑身的热去暖和它。

老天爷哗啦哗啦一宿没停，有巢呼噜呼噜直直睡到天亮，还是猪娃儿做中了饭，叫起来的。

有巢看不见井娃儿，跑出来找。

嚯，人们全跑出来了，一个个儿仰着脖儿张着嘴，雀儿似的，让雨水往嘴里流。孩子们光着屁股光着脚，在水里跑，溅得两条腿上全是泥点子。

巧儿过来了，浑身精湿，见了有巢，一脸喜兴扑过来。"有巢姐，好雨啊！半夜就下开了，这下儿可好啦。"

这妮子也是半宿没睡。有巢心疼她，说："今儿别去地里了，累了这些日子了，老天爷叫地里的人歇歇，等晴了再去吧。"

巧儿说："刚才在地里还碰见一大堆人来着，全都是在家里待不住的。待会儿我跟他们说说，先歇一天。"

"哈，是你一天不去地里，肚里就缺点儿啥吧？瞧这场雨这样儿，一天半天怕是止不住。你们今儿个先歇了，明儿要是还下，就都来窑上干活儿来。"

跟巧儿分了手，有巢去了地里，一路上全是湿土的香味儿，草活了，树醒了，鸟儿一递一答唱得欢，虫虫出溜儿出溜儿乱爬。活了，活了，都活了，只是不见了往日张扬的贼蜘蛛，乱七八糟的蜘蛛网叫雨水冲得不见影儿了。

地里下透了雨水，渴坏了的小苗儿，喝足了水，齐刷刷蹿了一大截子。她天天吃了后晌饭都来地里看看，然后去神神屋求雨。真没想到小苗儿这么争气，半宿工夫儿，拔也拔不起这么高来啊。有巢下到地里，脚陷进泥里，两股凉气顺着腿出溜儿出溜儿往上爬，爬得人浑身舒坦，她弯下腰，脸蛋儿蹭着湿漉漉的稻秧儿，闻见了新米的香气。一股感激从心眼儿里爬上来，有巢俩眼湿了，她想着，今儿吃了后晌饭得去神神屋谢老天爷。

河里井里都有了水，干死的日子见了湿，又活泛了。

累了这些日子的人，在家里吃好的，喝好的，听着哗哗大雨，就像让老天爷给摩挲胸脯子似的好受。孩子们在外头玩儿水，大人在家里歇阴天儿，不住嘴儿念叨老天爷的好儿，体恤受累的人，心疼喝不上水的苗儿。

歇了一天，有巢叫地里的人先都去窑上，帮着和泥、编席；盖屋的男人们也干不成活儿了，都去了船上，帮着拉网。属船上红火，上头下来的鱼争着往网里钻，哪一网都足足的，鱼也特别大。软江里打上来的一条红花鲤有月娃儿身子那么大，肚子鼓鼓的，把网都挣破了，挂在网上的鱼鳞比大脚趾头指甲盖儿还大。鱼头问有巢咋分这条大鱼。有巢说："这鱼肚里头满是鱼子儿，孵出来有半江鱼苗儿。放了吧！给咱以后下网留着。"人们都说这鱼成了精了，放了好，省得鱼精记恨咱祸害咱。

雨不停地下，一天不停，两天不停，老天爷闹开了肚子，稀里哗啦连着泻了三天，还是没个好的意思。又泻了两天，不哗啦哗啦闹了，淅淅沥沥还是没完没了，把能盛水的地方全灌满了，姚江、软江满满当当，哪口井的水都可边可沿儿的。稻子地是洼地，可世界的水全往地里流，地成了水塘，稻秧儿一点儿一点儿被水吞了，眼瞅着就出不来气儿了。

有巢让窑上、船上的人全往地边儿搬石头，把地圈起来，三青子带着人抹泥砌石头，跟盖屋似的，砌起一圈儿矮墙来，总算把水堵住不往里灌了。巧儿怕淹死稻秧儿，领着人们排水。大人两条腿泡在地里，一碗一碗一罐儿一罐儿舀水；孩子们围在矮墙边儿上，接过来倒了。这是救稻秧儿的命呐，舀一碗水，就是从老天爷手里夺回一粒米来。

堵了地上的水，堵不住天上的水，雨只管淅淅沥沥下，扯天扯地拉不断的雨丝丝，比蜘蛛网还烦人。人们没明没夜，轮着在地里舀水。水越来越深，没了脚面，没了脚脖子，没了腿肚子，朝着磕膝盖往上冲。树矮了，屋矬了，草没了。大人在水里趟，孩子在水里跑，小腿肚子泡肿了，黑脚泡白了。脚板上的老茧泡软了。好在干栏屋高，黑间还有块干地方睡觉，鸡、鸭、鹅、狗也搬上来了。

雨不住，水紧着涨。一族之主的有巢急得抓瞎，抓了头上抓身上。耳朵根子抓烂了，指头上粘着黏糊糊的水水，舔一下，咸了吧唧的。头上抓出一个个大包来，包抓破了，定了痂，又抓破了。胸脯子、肚子、脊梁、腰里、大腿上全是一片一片的红疙瘩，刺痒得要命，越抓越痒。有巢管不住自个儿的手，指甲全咬下来了，两手秃指头还是瞎抓。猪娃儿说这是魔怔了。有巢也觉得是个病，就是管不住两只手。睡着了觉都止不住乱抓，抓到硬痂疤上，噌噌噌噌响。猪娃儿给吵醒了，攥住那管不住的手。一放了，俩手又抓起来，身上一片片烂注注的，一块块硬邦邦的，活像长了一身疥疮。

有巢不敢睡觉了，一宿一宿在神神屋地上跪着，脑门子都磕硬了，一遍一遍求告神神："老天爷，水够了，住了吧，住了吧……"迷迷糊糊，她听见老天爷说话了："雨是你们求的，你跟河神求来的。你这咱不叫下了，可是河神没说够，我还不能停。"

"啊？是这么回事儿啊，我咋就没想到呢？"有巢醒悟了，爬起来就往软江跑。

软江水已经没了渡口，得亏老天爷给提了醒儿！有巢顺着石阶下去，跟河神说话："软江神神，水不少了，再下就发水淹了滩里了。软江神神，跟老天爷说说住了吧！"

软江呼呼而下，她听不见神神说的啥，就问："软江神神，您说啥啊？忒响了，啥也听不见啊。"

软江还是呼呼奔腾，有巢闭上眼，静下心，使劲儿听，听出来了，软江神神说的是"住！住！"

有巢舒了一口长气，这才敢回家睡觉。

睡起来，看不出啥时候了，天黑不楚楚的，一张黑脸阴得跟哭似的。唉，又直直下了一宿！

有巢心里起急，爬起来就往外跑。猪娃儿喊她："哪儿有这么魔怔的？黑夜白天不着家。回来！多少吃上两口儿啊！"有巢回过头来嚷了一嗓子："你跟井娃儿先吃，我去去就回来。"

水没到了磕膝盖，有巢趟着水跑到神神屋里，跪下砰砰磕头，嘴里念叨："老天爷，软江神神说了要住了，快住了吧，快住了吧！"使劲儿大了，头磕硬了，疼得后脖颈子发凉，俩胳膊起了一层鸡皮疙瘩。她一机灵，猛地想起老天爷叫她去问河神，她只问了软江神神，忘了问姚江。她起来就奔跑。

老远就听见轰隆轰隆打雷似的，越近越响。水连着水，姚江已经看不见了，只看见离水越来越近的姚江桥。浪涛轰隆得耳朵都聋了，一下子啥也听不见了。姚江的水，天上的水，可世界都是水，水疯了似的四下里跑。有巢塞住耳朵，不敢出气儿，闭上眼，默默念叨："姚江神神，叫雨住了吧！姚江神神，叫雨住了吧！"过了会儿才听见了，可是轰隆轰隆听不清。她又塞住耳朵，这回听清了，姚江说的是："不行！不行！"

水出溜儿出溜儿爬上来，舐得大腿根儿又凉又痒。有巢一惊，起来就跑，一边儿跑一边儿扯着嘴角儿吹哨儿，吹一声喊两声："发水啦，都快出来！发水啦，都快出来！"出来的人帮着喊："发水啦，发水啦！都快出来！发水啦，都快出来！"有巢急得叫："拿上粮食，快去叫尾巴儿跟巧儿，还有三青子跟鱼头！拿上粮食，都上窑上！全都去窑上！快呀，快！"窑上地高，一时半会儿水还过不去。

大水像开了锅，人们劈了啪啦往锅里跑。鸡鸭鹅狗不知道出了啥事，下不了屋台，咯咯咯咯嘎嘎嘎嘎汪汪汪汪乱叫。

巧儿一家子跑过来了，蛋蛋背着一麻袋子粮食。有巢说："不行了，大水来得忒猛，一时半会儿退不了。快，快叫人都去窑上，带上粮食袋子！"

巧儿接过麻袋子来对蛋蛋说："你去软江那边儿喊人，先去姐姐家，叫猪娃儿哥带上牛角号！"

有巢说："对，快跑，拿上牛角号就吹起来！"

蛋蛋跑了，有巢对巧儿说："你跟尾巴儿带着人们去逃难，万一我有啥事儿，往后你就跟尾巴儿主事儿，多跟三青子哥、鱼头哥商量着点儿。"

巧儿心里咯噔一下子，拽上有巢就跑。她只想着，啥都保不住了，也得保住这个人，滩里不能没有有巢。

牛角号呜呜响起来，人们背着袋子，抱着孩子，老老少少呼啦呼啦奔窑上跑。

　　三千多口子挤在一块堆儿，还是头一回，大人喊，孩子叫，娃娃哭，乱成一锅粥。

　　有巢要过蛋蛋手里的牛角，呜呜吹了两声。人们静了下来。谁家的娃娃"哇哇"大哭，招来一片哭声，娘拍着自家的娃娃，嘴里"噢噢"哄着。大伙儿都瞧着有巢，等她发话。

　　有巢话不多："发水了，出去避避，等水退了再回来。尾巴儿跟三青子哥带着人去鲻山，巧儿跟鱼头哥带上人去茅山。尾巴儿，三青子哥，巧儿，鱼头哥，你们先走，愿意去哪儿的跟上他们去哪儿。说走就走，走吧！"

　　巧儿问："你呢？你去哪儿？"

　　有巢说："我还得跟姚江神神说说话，大水早退一天，咱这少毁一点儿。"

　　蛋蛋一听就急了："神神还发水？狗屁神神！你先走，我们大伙儿跟着！你不走，我们也不走！"

　　人们都吵吵，要有巢一块儿走。

　　有巢一巴掌抽到蛋蛋脸上，冲着巧儿跟尾巴嚷："都是些个废物！还不快走？叫人们跟着你们等死啊？水火不留情，说走就走，我一吹号，都跟着走！"说完，举起牛角呜呜吹起来。

　　巧儿脸涨成一团火，嘴唇儿咬白了，一跺脚，出了口粗气，喊了声："鱼头哥，走！"又朝猪娃儿喊："猪娃儿哥，你给咱领道儿，走吧！"说着一把拽过井娃儿来。

　　猪娃儿瞧着有巢，胸脯儿起来下去，下去起来。有巢怕他说啥，赶紧对他说："走吧，给姨姨和驼儿哥带个好儿。一下子过去这么多人，麻烦茅山了。"说着顺下眼来，闭住了嘴，突然扬起脑袋，胳膊一挥，绷得紧紧的嘴唇儿当间儿迸出一声坚决的"走"！

　　猪娃儿知道这女人说啥就是啥，只好说："你一个人留下，别可世界跑。我跟着人们出去躲两天就回来。你好好儿的，去咱家躲着吧，灰鹅它们还得有人喂呐！"眼里突然潮乎乎的，硬起脑袋走了。

巧儿回头瞧见蛋蛋没动窝，跑回来拽他。蛋蛋小声儿说："我得看着我姐，她不走，我也不能走。"巧儿咬着嘴唇儿，放了手，说："要看就看住了。回来我跟你要人！"

有巢听见了，急赤白脸冲着巧儿跟蛋蛋嚷嚷："谁要你们看着呐？全都是些个不知死的鬼，走！都走！快走！"

人们陆陆续续朝两下里走，像一条发水的河。水收了，河分成两下子，越流越远，瞧不见了。

第四十二回

山洪水横行河姆渡
雨神神接走巢娘娘

人们都走了，整个滩里只剩下有巢和蛋蛋。蛋蛋是死了心了，打也不走，骂也不走。有巢拿他没辙，只当他不在，急急奔姚江去了。蛋蛋紧紧跟着。水已经到大腿根儿了，越往前走，水越深，脚底下辨不出道儿来，深一脚浅一脚，踩到石头硌得生疼，踩到死兔子死耗子心里一哆嗦。趟不动了，就踩水，有巢水性有限，蛋蛋拉一段儿，背一段儿。雨丝丝扯天扯地拉不断，头上的水流到眼里，看哪儿都是水，铺天盖地，卷着黄泥，可世界都是黄汤，开了锅似的咕嘟咕嘟往四下里溢。

到了一棵大树跟前，蛋蛋不走了，放下有巢来说："姐，你上树杈子上坐着歇会儿。"

有巢心里急，说："你在这儿歇着，我去前头看看。"说着就往前走。

蛋蛋一把拽住她胳膊，说："去看个啥啊！一脚扎进个坑里，摔了腿崴了脚，这日子，我可管不了你。"

有巢一把甩开他，没好气说："谁用你管了？叫你走，你不走。你还是追巧儿他们去吧，别跟我这儿捣乱。我有正事，心急火燎的。"

"啥正事？大水来了，逃命才是正事！走，咱俩一块儿追巧儿他们去！"

"不行，我有话跟姚江神神说。"

"就在这儿说不行？"

"不行，得上江边儿上说去。"

"我的姐呐，还江边儿呢！这儿就是江边儿了，不用你去找姚江，姚江找你来了。"

水已经没到大腿根儿了。有巢俩眼直直看着翻滚的黄水，还是哗哗往前趟。蛋蛋拽着她不松手，生生叫她拖了个趔趄。

蛋蛋这回急了，"姐，不能再走了！你不要命了？眼瞅着水越来越猛，你跟它较啥劲呢？"

"你死缠着我干吗？甭管我，快上树上去躲躲，快！"

蛋蛋死死抓住有巢的胳膊，说："姐，咱俩一块儿去那排房里躲躲去，活，活在一堆儿，死，死在一堆儿。"说着拽着有巢就往排房那儿跑。

排房的干栏多半截泡在水里，从台子上摔下来的鸡在水里扑棱，蛋蛋抓起鸡来，鸡咯咯咯咯叫，想从蛋蛋手里挣出翅膀来。蛋蛋往上一拽，鸡扑棱扑棱落在栏杆上，又掉下来了。有巢接住，捏着翅膀上去了。

鹅狗乱叫，水面上漂着稻草、鸡屎。倒是鸭子自在，黄脚板子扒拉着水，嘎嘎嘎嘎叫得欢。上房的梯子淹了好几磴儿，上来才知道是把边儿的房子是尾巴儿跟三青子的家，主人走得急，门都没顾上关好。

上头囚着好几家的鹅跟狗，见有人上来，一阵乱叫。蛋蛋吼了一声："叫个啥！不认得啊？"有巢嘴里咕噜了几声，鹅不叫了，狗也老实了。有巢扶着栏杆，看着一片汪洋，脸比天还阴。蛋蛋也是一脸死灰，一只手在有巢胳膊旁边儿虚着，眼珠儿不带错地盯住有巢。他知道，一族大娘的命攥在他手里，等巧儿他们回来了，他得有个交代。

本来就黑沉沉的天更黑了，俩人都听见别人肚子咕噜开了，有翅膀儿的没翅膀儿的都围着他们俩要吃的。屋里粮食都带走了，吃啥呢？蛋蛋想下去找只死鸡，又怕有巢跑了，就说："姐，咱下去把能捞到的能的全弄上来吧，这些畜生儿也要吃呢。"

俩人下来，不敢弯下腰在水里摸，全靠俩脚在水底扒拉。蛋蛋脚底下碰着了啥，勾上来，是只带毛儿的。有巢接到手里，说："是只死鸡。"蛋蛋说："姐你拿着，我再给咱勾。"这回勾上来一只死耗子。趟出去老远，勾上来的全是死耗子死兔子。有巢说："黑灯瞎火的，算啦，明儿白天再找吧。"

死耗子拽到台子上，几家的鹅狗鸡鸭一阵疯抢，叫破了天。

整个儿一排房也没一根干柴火，蛋蛋纳闷儿，这几家人这些日子吃啥来着。吃惯了熟肉的人难再吃生肉，肚子再恶也想不到这上头去。饿过了劲儿，也就没啥了。黑灯瞎火，啥也干不成，俩人索性睡了。

蛋蛋睡不着觉，听着有巢翻腾，就想说说话儿。有巢没心思，假装儿睡了。蛋蛋觉么着她肚里有鬼，不敢睡着了。这么一来，困劲儿倒上来了，人抵挡了一阵，一眯瞪，再也支不住了。睡也睡不踏实，一惊一乍的，老是怕有巢跑了。

越怕啥，就越来啥，蛋蛋伸手往有巢睡的地方摸，摸不着人，叫了几声，没人答应。嗨，到底儿还是跑了！蛋蛋爬起来就往外跑，好家伙，外面全是水了，连栏杆、树都看不见了，根本找不着下去的梯子。蛋蛋水性好，索性游起水来，胳膊碰上硬东西，他顾不上疼，拼着命往姚江游。远远儿看见个黑点儿，他使劲喊

"姐姐"。游近了，原来是口死猪。游着游着，看见神神屋的大顶子了，他才知道转了向，又一想，也许有巢来这儿求神神来了，就踩着水绕着神神屋找门。绕了一大圈儿也没找着门在哪儿，他吸了一口长气，憋足了，沉下去找。

大水滚滚，在神神屋外头打起了旋儿。蛋蛋觉着叫长虫缠住了似的，越缠越紧，顾不得找门儿了，使足劲儿冒出头来。人在旋涡里不由自主地打转转，越转越快。蛋蛋憋得喘不上气儿来，使劲儿蹬着，不让自个儿沉下去。蹬着蹬着蹬不动了，只觉着身上的劲儿叫鬼给抽走了。猛地听见有人喊他，是有巢。他使出还剩下的劲儿喊："姐，我在这儿呐。"一个浪头扑过来，蛋蛋呛了一口水，连喘带咳嗽，紧紧抓住一根树枝……

"蛋蛋，醒醒！蛋蛋，醒醒！"蛋蛋醒了，俩手还紧紧抓着有巢的胳膊。

"蛋蛋，做噩梦啦？这么怕？"

"姐，梦见你跑了，可把我吓坏了。外头全是水……"

"你说你在那儿呢，去哪儿啦？"

"去神神屋找你去了，神神屋都淹到大顶子啦，好怕呀！"

"嗯，今黑夜雨不算大，别怕！"

"姐，我不怕雨，不怕水，就怕你出事儿。"

"傻小子，我能出啥事儿啊？"

"我怕你去找姚江，让姚江吞了。"

"瞎说，姚江神神不会吞了我。"

蛋蛋一听神神就有气，又怕有巢生他的气，就劝她："姐，哪儿有啥神神啊？神神还会发水逼得咱的人去山里逃难？快别信啥神神了，都是人想出来蒙自个儿的。"

有巢也怕蛋蛋发起倔来，就跟他商量："蛋蛋，瞧这水，一时半会儿退不下去，咱不能这么等死。"

蛋蛋问："那你说咋办呢？"

"我去姚江求神神，只要姚江神神跟老天爷说声儿'够了'，老天爷就不下雨了。"

蛋蛋"嗤"了一声儿，还没张嘴，有巢就说："可不敢瞎说八道！"蛋蛋吸了口气，把嘴边儿的话咽下去了。

"蛋蛋，咱人扭不过神神啊，只能善待神神。大水当前，可不敢瞎想乱说，得罪了神神，遭罪的是咱自个儿。"

在蛋蛋眼里，有巢才是神神。"姐，我问你，咱住的屋是谁盖的？"

"你是说咱家住的？我记得是三青子哥、驼儿哥、蛤蟆他们十几个人帮着盖起来的。"

"是啊，咱的屋是人盖起来的，整个滩里的房子都是咱人盖起来的不是？"

"你又要瞎说了，你又不是不知道，哪回盖屋都先敬拜神神来着。你当是光有咱人就盖起来了？"

"我不是说不该敬拜神神，我是说不该拿人命去敬拜神神。我小妮子姐不该死来着。"蛋蛋的嗓音儿颤悠了。

"小妮子早就转生了啊，大妮姐不是又有了妮儿了吗？"

"你们那么说，谁知道是不是呢。吉娃子抱到鲻山敬了神神，就没见转生。"

"要是不献吉娃子，鲻山大娘就得等大妮子姐生下来把妮儿献了。吉娃子有毛病，活着不如死了，顺儿他娘才献了，为的是孩子少受些个罪。"

"我小妮子姐没毛病，干吗献了啊？我小妮子姐姐要是活到这咱，跟前也该有孩子了。"

有巢当年要是知道蛋蛋娘要献了小妮子敬神神，她说啥也要挡住。兴盖屋的是她有巢，献也该献了她有巢。蛋蛋提起这茬儿，她叹了口气，说："这也是没办法的事，不献个孩子盖不成屋啊。"

"人家茅山盖屋敬的是长虫，也盖起屋来住上人了。"蛋蛋还是气不忿儿。

这话把有巢怔住了。她知道说不过蛋蛋，也不想说倒他，只说："盖屋跟退水不一样，咱能盖起屋来，可是退不了水。要退水，只能跟姚江神神说好话。"

"嗯，你要跟他说啥我管不着，可是不能把自个儿的命祭给啥姚江神神。你就是不为自个儿想想，也该为咱滩里想想，不为滩里想，也该为猪娃儿哥跟井娃儿想想。"

这小子说得事儿似的，把个有巢说软了。"蛋蛋，我不祭，我是要找姚江神神商量商量，别老要水了。只要姚江神神说声水够了，老天爷就下下雨了。"

"明儿我跟你一块儿找姚江商量去。睡吧！"

蛋蛋先醒了，肚子不争气，硬是饿醒了。出来看看，黑蒙蒙的啥也看不见，听不见下雨，闭了会儿眼，再睁开，能模模糊糊看见点儿了，觉着头上湿了。毛毛雨更厉害，一宿工夫儿水又上来一截子。蛋蛋心里发急，直想跟老天爷打上一架，又恨不得一步蹦到姚江边儿上，甭管有没有神神，先骂上一通再说。啥事不能没完没了呀，这下起来没个完了，还叫不叫人活了？

肚子一阵儿抽筋儿，都饿得前胸贴后胸了。蛋蛋一家一家开开门找柴火，找到最头上也没找着一根柴火。他纳了闷儿，这五家人拿啥做饭呢？莫非背上柴火逃难去了？不对啊，谁都知道鲻山、茅山有的是木头。莫非都烧光了？哪儿有这么巧的啊？

天慢慢儿亮了，蛋蛋突然看出这排屋有些怪了，房檐儿厚得很。三青子这么大的私心，给自个儿盖房子多使了料，哼！他蹦起来，手去碰那厚厚的屋檐，这才知道，那是捆好了的柴火，一捆紧挨着一捆，一大溜顺出去，猛一看，还以为是屋檐呢。嘿，还是三青子他们精明，下了这么些天雨，柴火一点儿都不湿。蛋蛋抽了几根柴，支上锅，点着了火，烧上水，拿过昨天弄回来的死鸡来，几把薅干净鸡毛，淘净了肝花，喂了一条馋得围着他转的小狗儿，拎着鸡下到梯子上，就着水涮涮。

水像一条蛇，顺着台阶儿一点儿一点儿往上爬，这么会儿工夫儿，又上来一截儿。这么下去，今儿一天就淹了屋子了，蛋蛋但愿自个儿刚才看错了，记错了。

鸡炖熟了，有巢也睡起来了。出来伸着俩胳膊张着手先看天儿，支着脑袋看了一会儿，大叫一声："不下了嘿！"

蛋蛋在腿上把手蹭干了，也伸出来朝天接着，愁了几天的脸展开了，喜冲冲叫着："真的嘿，不下啦！不下啦！刚住的，刚才还湿乎乎的，你瞧我这一脑袋水，毛毛雨打的。"

蛋蛋捞出鸡来，俩人一人儿半拉，撕巴撕巴，蘸着盐吃了。实在是饿坏了，俩人端着锅，轮着把汤也喝了个干净。

吃了喝了，天也露出脸儿来了，蛋蛋要出去找食。有巢也要跟着去。蛋蛋想，她跟上也好，省得又要往姚江边儿上跑，虽说是雨住了，还是防着她点儿好。

雨不下了，天还阴着，水也不见退，比昨天还深。有巢想各处儿看看，先去了地里。看不见稻秧，看不见砌的围堰，找不着哪儿是地了。俩人绕了半天，还是找不着稻地，毁了，全毁了！

这块儿水深，蛋蛋紧紧攥着有巢的手，一步儿一步儿往前探。蛋蛋怕有巢又要奔姚江，就张罗去水浅的地方找点能吃的，哪怕是捞上些树叶子呢，鸡也要吃啊。

没白出去一趟，捞了不少榆钱儿，包在有巢褂子里，捡了两只死兔子。蹚水比走道儿累多了，再回到房子那边太远了。倒是离姚江桥近些，有巢要过去看看桥有没有事儿，桥礅子泡坏了没。

蛋蛋要过包榆钱的褂子，把俩死兔子也包进去，顶在头上，说："姐，我在前头探道儿，你拽住我裤腰跟着。要是水忒深了，咱就不去桥上了。"有巢连说："行！行！"

越走越深，水齐了腰，蛋蛋说："这不行，前头还要深，你水性又不行，游不了。咱回吧！"

有巢忙说："行，行，没事儿！游不了，就这么趟过去。"头上湿了，毛毛雨又下上了，有巢心里这个急呀，恨不得长上翅膀儿飞到桥上去给姚江神神磕头。

蛋蛋说："人立在水里，水一漫到胸脯儿，就喘不上气儿来了。姐，咱不玩儿悬的，趁着还有点儿劲儿，赶紧往回走吧。回不到屋里，找个树杈子爬上去也能囚上一宿。"

有巢眼尖，看见前头一片柳条儿铺在水上，喜欢得叫起来："咱先上柳树上歇会儿，试试水深，看看是回去还是去桥上。"

蛋蛋拗不过她，只好往前趟，一只手扶着头上顶的大包，一只手拽着有巢，担惊受怕的心吊在嗓子眼儿里。

近了才看清，那是一棵倒了的大树，树身子往水里扑，披头散发的柳条耷拉在水面上。蛋蛋把大包夹在树杈子里，扳了扳树干，没扳动，踹了几下，还是没动。俩人在靠根的地方坐下了，蛋蛋说："就这儿吧，饿了还能撸柳叶儿吃。"

雨住了，天上的云彩像黑烟，忽忽地跑。天黑上来，说不准啥时候了。俩人吃了几把榆钱儿。有巢说："蛋蛋，咱不能泡在水里过夜啊，再趟几步就上了桥了，桥廊子上干松，也淋不着。"

蛋蛋说："你在这儿等着，我先探探前头水有多深。"

有巢答应了。蛋蛋又说："坐着不好，还是趴下，俩手抱住树好，万一大水冲跑了树，一时也沉不下去。"有巢像个听话的孩子，赶紧趴在树身子上，俩手紧紧抠住木头。蛋蛋这才放心去了。

蛋蛋一直往前趟，天一阵儿黑，一阵儿白，雨一会儿下，一会儿停。到了桥坡，蛋蛋觉摸着水浅了，就决定回去接有巢。天突然黑得厉害了，看不出去多远儿，找不着那棵躺着的柳树了。蛋蛋急得喊叫："姐——姐！姐——姐！"

"哎，我在这儿呐！"有巢的声音非常近。

蛋蛋转向了，为了确定有巢在哪儿，就又喊叫："姐——姐！你在哪儿呐？"

"来——啦！"有巢的声音更近了。

蛋蛋怔住了，这才看见水上有个黑团团，他急得赶紧趟过去。到了黑团子近前，才看见有巢顶着大包来了。蛋蛋赶紧接过包来，叫有巢在前头走他在后头护着。他顾不上说有巢，心突突突突跳，快从嗓子眼儿里蹦出来了，后怕着呐。

老桥烧了，这桥是四明人帮着重修起来的，一水儿四明榆木，滩里人管新桥叫榆木桥。宽宽的桥廊，密密的护栏，出檐儿的桥棚，一上来蛋蛋心就踏实了，这里可比树杈子上强多了。有巢却让轰轰的涛声冲得不宁，时不时把手伸到桥栏外头，试试雨还下不下。雨一会儿下一会儿住，天一会儿明一会儿暗，有巢心里一遍又一遍地求告神神，求了老天爷求姚江神神。

"姐，吃把榆钱儿吧！""没火，吃不成兔子啦，姐，凑合吃口吧！"

蛋蛋叫了两遍，有巢都没听见。

夜里，涛声特别响，有巢睡不着，瞪着大眼看天。天上没月亮，也没星星。等蛋蛋睡着了，她起来走到桥心，朝着姚江来处跪下，实实在在磕了几个头，求告起来："姚江神神，水真的不少了，河床子盛不下，溢出来了。姚江神神，您跟老天爷说说水够了吧，再这么下去，姚江就豁大了。"听不见回话，就又哪哪磕头，大声求告……直到轰轰的涛声变成了"行，行"的应声，她一头栽倒，睡死过去。人累了，做的全是好梦。有巢梦见雨住了，天晴了，水退了，人们回来了。她脸上绽开了笑，笑得比天还晴。

叽叽喳喳的鸟儿把她吵醒了，多少天没听见鸟儿叫了。梦见的成了真事儿，分不清是真是梦：白云彩在灰蓝的天上飘，云彩像天，天像小水洼儿，晴了。她狠狠咬了下嘴唇儿，知道疼，晴了，天真的晴了！

蛋蛋还没醒，这孩子累坏了，身子蜷着，嘴角儿挂着哈喇子。

有巢从桥这头儿走到那头儿，姚江奔腾，打雷似的喊着"行，行，行……"有巢跟着喊："行！行！行……"

蛋蛋被喊醒了，还以为是叫他醒醒，眼睁不开，问："啥时候了？"

"天晴了！快起来，去你们家做顿饭吃。"

蛋蛋揉揉眼一看，天真的晴了！他一骨碌爬起来，找着俩死兔子拎上，说："走！"

姐儿俩在蛋蛋家吃了顿有滋有味儿的炖兔子肉，喝了热汤，知足得不得了。

吃了喝了，有巢要出去看看。蛋蛋也跟出来了，水还没退，他不放心。先看了这边儿的房子，一排排房子全立着，只淹了底下的鸡窝。有巢心里踏实了点儿，人们回来总还有个住的地方儿。

姐儿俩一边儿看，一边儿说话儿。有巢说："再盖新屋要打厚厚的地基，万一发水，鸡鸭鹅狗也有块干松地方。"

蛋蛋说："人们回来活儿多了去了，要拾掇的，除了下头的浑水淤泥，还得换换苫屋顶的茅草，下了这么些天雨，都沤烂了。"

有巢说："是啊，苫房顶、除淤泥，活儿是不少，不过，这不算大事，当紧的是地里得赶紧补一茬苗儿。这回得打人们嘴里掏稻种儿了，唉！"

"总得叫人们吃上饭呀。"

"嗯，赶上荒年了，挖野菜打橡子儿凑合过吧，只要不饿死人就行，熬到明年就好了。"

"姐，咱不能去鲻山借点儿粮食？咱的人给他们干活儿，他们还盖房吧？"

"人家自个儿会盖了，天天跑那么远，咱的人忒累。再说，咱滩里活儿还干不过来，抽不出人来。"

"那可咋好呢？咱人总得吃啊。"

有巢想了想，说："水退了，鱼少不了。赶出几只船来，做不动的都去结网，船上多去些个人，姚江软江双管齐下，一天多下几网。两江的肥鱼能养活了咱，咱天天拿鲜鱼去四下里换粮食吃。蛋蛋。你挑上几个身强力壮的，就给咱跑这事。哈哈，今年咱滩里吃百家饭啦。"

说着说着到了窑上。窑上认不得了，膝盖深的黄汤子，窑土全泡了汤，烧陶的窑没了根基，歪歪扭扭，棚子里也是黄汤黄水，台子凳子全泡在水里。蛋蛋感慨地说："一场雨毁了个窑，尾巴儿她们回来可有活儿干啦，一伙子女人可怜见的。"有巢说："只要人没出事儿，毁了啥都是小事儿，窑能再砌起来，棚子能再盖起来。"

离窑上不远有一片樱桃树，蛋蛋脱了裤子，扔给有巢，噌噌上了树，坐在树杈子上摘樱桃。有巢把俩裤脚儿挽了疙瘩，在底下接着。拾掇了几棵树，摘满了两裤筒。有巢说："回咱家吃后晌饭吧。"蛋蛋撸了根条子，捆好了裤子，搭在脖子上，俩鼓鼓的裤筒儿活像孩子腿。有巢看着好笑，说："你先送回去，穿上裤子，拿条麻袋出来，去神神屋找我。天还早，咱再绕世界拾掇点儿能吃的。"

"不下雨了，你还去神神屋干吗？"

"谢神神啊，天刚晴，就把神神忘啦？"

离了窑上，水又慢慢儿深了。蛋蛋怕有巢有个闪失，非要跟上一块儿去。

蛋蛋俩裤筒里往下滴答红汤儿，血似的。有巢说："樱桃都压烂了，快送回去吧！俩人绑一块儿，瞎耽误工夫儿。你送回来，我也谢完了神神，咱还能干点儿啥就干点儿啥。"

眼瞅着水退下去一截子，蛋蛋想，这块地儿水再深也深不过榆木桥底下那块儿，神神屋那块儿又是高地，倒是回家路上水更深，就说："你慢慢儿趟道儿，觉摸着水深了，就别往前走了。我一会儿就回来。"

有巢说："没事儿，我这么大个人，还能淹死了？快去吧！"

蛋蛋在水里跑，劈里啪啦溅起一溜水花儿，听见后头有巢喊叫："别急，慢着点儿！"喊叫得比他跑得还急。蛋蛋回头喊叫："没事儿，水浅多了。"他怕有巢看着着急，干脆游起来。蛋蛋游过的水里留下两道血印子。有巢更怕了，追着喊叫："蛋蛋，等等！我跟你一块儿回家去！"

蛋蛋一下子站起来，等着有巢。有巢劈里啪啦赶过来，浪花花比蛋蛋溅起的还大。

"蛋蛋，你身上哪儿剐破了？就不知道疼？"

"没有啊。"蛋蛋低头一看，腰里围着一圈儿血水，黑红的血不断往水里溶，水更红了。蛋蛋怕了，摸摸肚子，没破，又往腰里摸。

有巢搬起蛋蛋脖子上耷拉着的一条裤筒子，突然大笑起来。裤腿子里压烂了的樱桃汁儿滴答到水里，那圈儿"血水"更红了。蛋蛋也哈哈哈哈笑开了。有巢说："去吧！一会儿去神神屋找我！"蛋蛋后悔了，还不如装个哪儿破了的样儿，让有巢跟他一块儿先回家呢。他刚要说啥，有巢已经奔神神屋去了。

裤筒子里压烂了的樱桃越来越多，眼前的水越来越红。蛋蛋紧着游了一阵子，到了家。上梯子时，裤筒子滴答得更厉害了。到底是住过十来年的家，蛋蛋知道啥家伙在啥地方，找出俩大盆来，把樱桃倒出来。压在裤腿下头的这咱到了浮头儿，嘿咿，全烂了。两条裤腿让樱桃染了，瞧着血咮糊啦的，跟来了月经似的。蛋蛋想着有巢，顾不得穿裤子，也顾不得挑拣烂樱桃，三步两步蹦下梯子，奔了神神屋。

神神屋两扇门关着，有巢还没出来。这儿地高，水没漫上来，雨湿过的地方也干了。蛋蛋一屁股坐下，望着没边儿没沿儿的大水出神儿。树身子露出来的多了，泡了半截的房子显得高了些，水在一点儿一点儿退，要是今天一天不下，明天巧儿他们该回来了。走了才两天半，咋就跟离开了半年似的？蛋蛋忽然觉得没着没落的，谁叫俩人长到一块儿了呢？

有巢老不出来，谢起来没完啦？蛋蛋推开神神屋的门，叫了声"姐姐"。没人应，里头黑乎乎的。蛋蛋揉了揉眼，这才能看见了，可是看不见有巢。他进去叫了几声，还是没人应，有巢确实不在神神屋里。嗯，有巢谢完了神神，等不来人，许是回家接去了。蛋蛋这么想着，就出来，往家里赶，心里埋怨有巢糊涂，说得好好儿的，叫他在神神屋门口儿等，这么会儿工夫又改了主意。

到了家里，也不见有巢，盆里的樱桃，扔地上的裤子，还是刚才那样儿。"准是进门儿没瞧见人，又回神神屋了。真是添乱啊！我的老姐姐啥时候变得着三不着两了？"蛋蛋这么想着，又奔了神神屋，一路喊着"姐姐"。

神神屋里还是没有人。蛋蛋心里毛了，看看地下，全是他的湿脚印子，就连有巢平常跪着求拜的地方也没有湿印儿。这不对啊，莫非有巢没来神神屋？蛋蛋吓得起了一身鸡皮疙瘩，大着嗓门儿喊姐姐，喊着出了神神屋，一路喊着回到刚才摘樱桃的地方，又喊到窑上，窑棚里犄角旮旯都找遍了。

水退了不少，一路上最深的地方也没没过大腿根儿，不至于淹死人。有巢来滩里这些年了，多少还是有点儿水性的，就是摔趴下了，也不至于就让水呛死了。别说有巢了，七八岁儿的孩子在水里跑也淹不死。她这是去了哪儿啦？真让人着急啊。

兴许是挨家挨户看房子去了？打姚江那边儿过来的时候，她还说房子的事来着，说苫房顶的茅草沤烂了啥的。蛋蛋就奔房子跑去，一排一排喊，四十几排房子全喊到了，喊得鸡鸭鹅狗乱叫，就是没人应声儿。他又往家里走，怕是姐姐突然病了，在里间屋躺着，咋说也是有把年纪的人了。家里没人，里间屋根本没人进来过，地上没一滴水印儿。

莫非是去了三青子他们那边看房子去了？蛋蛋又往姚江那边儿跑，一边儿跑一边儿喊，到了，又一排一排喊。最后他上了自己家那排房的梯子，要是这儿还没有……他不敢想了。

屋里果然没人，里间屋外间屋都没有。他突然想起，前天住了三青子家，也许有巢去那儿给人家拾掇去了？这么想着，又有了希望。

三青子那排房的鹅、狗认得他，一个劲儿冲他叫唤。他噌噌几步上了梯子，喊姐姐，这儿也没人应。外间屋、里间屋全找了，连几家街坊的屋子都进去看了。"我的好姐姐哎，你去哪儿了呢？"

蛋蛋突然想起榆木桥，对，准是又去了榆木桥，谢姚江神神去了。

这里的水也退了，昨天歇脚的大柳树全露出来了，离水还有一截子。蛋蛋心里踏实了些，还是可着嗓子喊，一直喊到桥上，这头儿喊到那头儿，就是不见有巢的影子。

哪儿都找到了，她这是去了哪儿了呢？蛋蛋数着走过来的道儿，去过的地方，看了哪里。数到最后，想起软江来，兴许有巢从神神屋出来又去谢软江神神去了。她是能人，能跟各路神神说上话。

蛋蛋又往回走，一道上喊着姐姐。过神神屋时，他又进去看了看。出来时看见下头有个人影儿，他喜欢得心差点儿蹦出来，使劲儿叫："你去哪儿了？叫我可世界找！"

那人影儿站住了，转着脑袋找。"姐，我在这儿呐。"蛋蛋喊叫着冲了下来。

"蛋蛋，咋就你一人儿啊？有巢呢？"原来是尾巴儿！

"尾巴儿姐，就你一人儿回来了？"

"嗯，三青子他们还再鲻山等着，说好了，我今天要是不回去，就是水退了，他们明天就都回来了。我想巧儿她们也快回来了。有巢姐呢？"

蛋蛋说："我正要去软江边儿上找她呢，你打桥上过来没碰见她？"

"没有啊。她要是去了软江，不会碰不上。"

"怪了，哪儿哪儿都找到了，她这可是去了哪儿了呢？水呼啦呼啦地退，不至于淹了啊。"蛋蛋没辙了。

"别瞎说！你们啥时候分开的？"

"早起在我那儿吃了饭，就跟着她看房子，哪儿该修哪儿该拾掇，后来去了窑上，从窑上出来摘了些儿樱桃，她叫我把樱桃送家去，然后去神神屋找她。我去了神神屋，没她，这就绕世界找开了，哪儿哪儿都找了，就差软江桥没去了。"

"蛋蛋，别着急，你再跟我去神神屋看看。"

"尾巴儿姐，神神屋我都去了两回了，别说人了，连个脚印儿都没有！"

"那你说她去哪儿了？水退了，咱这儿又没狮子老虎，她能去了哪儿？"

"我哪儿知道啊，好好儿个大活人，愣是没了，嗨！"

"蛋蛋你个臭嘴烂舌头瞎说啥？有巢既然说了去神神屋，咱就去神神屋找她。走，跟我再去趟神神屋！"

尾巴儿到底儿是个管事的，说出话来叫人不敢不听。

到了神神屋，尾巴儿先在外头绕着神神屋走了一圈儿，才开开门，还是不见有巢。

蛋蛋说："我说啥来着？"

"蛋蛋，你该干吗干吗去吧！"尾巴儿说完，关了门。

蛋蛋给关在门外，气得鼻子直哼哼。"又来了个通天拜神神的，嗷！"

第四十三回

补稻种抢回落水米
误秧期送掉到家粮

逃难到鲻山和茅山的滩里人也没闲着。连天大雨，鲻山和茅山虽然地高，没遭水淹，可是坡上的房子叫大水冲倒了不少。滩里人差不多都会盖屋，这时候成了好帮手，大雨里一直没停地干，帮着把新房地基打了。

大雨住了，逃出去的两路人急急忙忙往家里赶，一下山，就认不得哪儿是哪儿了，像是到了另一个世界。江水像个黄脸强盗，夹裹着死猫烂狗气哼哼往下冲。遍地横七竖八的树，看不见哪儿是道儿，哪儿是沟儿。人们掰下树杈子，扒拉着找道儿。脚底下尽是稀泥烂草，深一脚浅一脚跋涉，树杈子成了拐杖。这些个好歹都是不能动弹的，邪性的是那些个活的，哪儿哪儿都是成了精的灰毛大耗子，开了锅似的可世界溢。成群搭帮的耗子，见了人不怕不也跑。耗子也是逃难的，大水一灌，全都从低洼草地里跑出来了，不知道往哪儿跑呢。

鲻山回来的先到了，几天工夫儿，全不认得了。跟山上比，滩里惨多了，全叫大水淹了。稻地成了一片湖，看不见一根儿立着的稻秆儿。可世界都是黄泥汤子，死鸡死鸭泡得鼓胀胀的，江里冲上来的鱼翻翻着白肚皮，腥臭腥臭的。

去茅山的也回来了，全都扛着树干。茅山树多，大娘让他们扛回来，给腾地方好盖屋。两下子的人见了，全都愁眉苦脸，唉声叹气。只有孩子们说些各自在外头见到的新鲜事，见了大水，更觉得好玩儿，在水里泥里噼里啪啦追着跑，咯咯笑。

滩里遭了大难，万幸的是房子没倒，逃难回来还有个家奔，人们松了一口气。撑着房子的干栏都泡在泥汤子里，鸡窝猪圈全泡了。人们抄起锅碗瓢盆往外掏水，往洼地里泼。洼地里盛不下了往外溢，泥汤子又灌了回来。

可世界都是水洼、水坑、稀泥。大水冲了几口井的围栏，蛋蛋怕有人看不见掉进去，叫上顺儿几个人，紧着拾掇，好歹把井都围上了。

离神神屋不远儿的那口井像一张大嘴，咕嘟咕嘟吸着四面八方流过来的黄泥汤子。蛋蛋猛然想起那个梦，梦里他就是在这儿旋起来的。他恨自个儿咋就没嘱咐有巢留神这口井呢？这井也怪了，吞进多少水去，也不见往上涨。他猛地想起那年鲻山打井，有俩人没上来，后来在姚江里找到了尸首。他不能想了，俩拳头擂鼓似的捶脑袋……

有巢没了，生不见人，死不见尸。一族的人直直找了两天，鱼头的人分两下子，撑着船在姚江、软江里来回去地搜，大人、孩子在岸上可着嗓子喊叫，喊大娘的、喊有巢的、喊姐的，喊声里夹着井娃儿“娘啊娘啊”的小嗓儿……天黑了，人少了，孩子喊娘喊得格外扎心。

猪娃儿在江水里泡了两天，活灵灵的男人变成了半截树桩子，俩眼直呆呆的，眼珠儿不带打转的。巧儿把井娃儿带走了，蛋蛋跟狗娃儿白天黑夜轮着守住猪娃儿，怕他出事儿。

三青子人也木了，好在尾巴儿在他身边儿，时不时地劝着。最有用的一句话是："有巢姐在天上成了娘娘啦。"

三青子去了神神屋，在祭神神台子前头地上整整儿跪了一宿。尾巴儿陪着他跪，求告娘娘，天亮得了娘娘的话："你们俩，还有船上的鱼头，帮着巧儿把滩里的事管起来。"

尾巴儿传完了成了娘娘的有巢的话，又说三青子："娘娘看着咱哩。眼前哪儿哪儿都是活儿，巧儿一个人管不过来。这种时候，你可不能老犯傻啊，帮巧儿虑虑，那几样儿事急着干。"

尾巴儿把有巢娘娘的话告诉了巧儿。巧儿是个拿得起来的主儿，当下跟尾巴儿说："甭管谁管滩里的事儿，都得有人帮衬，离了你，我可一点也玩儿不转哇。"

"没说的，咱谁跟谁呀？"尾巴儿痛快。

巧儿跟尾巴儿在神神屋前头点了一大堆火，求有巢娘娘显灵，保佑滩里男女老少平平安安。

大火烤干了神神屋跟前一块地，巧儿跟尾巴儿把人们召集到干松地儿上。

巧儿说："有巢大娘把水退了，神神把她接到天上去了。咱们的大娘这咱是天上的有巢娘娘。娘娘领着咱们盖的屋一间没倒，领着咱修的姚江桥、软江桥都好好儿的，临走又帮咱把大水给退了。咱滩里人世世代代敬拜有巢娘娘。"说完转过身去跪下，咚咚咚磕头。人们跟着跪下了，蛋蛋也跪下了，神神屋前黑压压一片，起起伏伏磕得地山响。

跪拜起来，尾巴儿大声说："蛋蛋这些日子一直跟着有巢娘娘，蛋蛋给咱说说吧，娘娘临走都嘱咐了些啥话？"

蛋蛋刚要说"我姐"，嘴唇猛地绷住，张开时改成了"娘娘"："有巢娘娘，看了姚江那边的房子，房子都还站着，有巢娘娘说，苫顶子的茅草沤烂了，得换换。娘娘说再盖新屋要打厚厚的地基，万一发水，鸡、鸭、鹅、狗也有块干松地方。还说当紧的是地里得赶紧补上稻种儿，叫咱挖野菜打橡子儿凑合着过，能挤出多少稻种儿就挤多少，今年还能收上一成儿。娘娘还说，水退了，江里鱼少不了，叫咱赶出几只船来，还叫多结几张网，船上不用两条江倒替着歇网了，姚江、软江双管齐下，多去些个人，多下几网，天天拿鲜鱼去四下里换粮食吃。娘娘说两条江的肥鱼能养活了咱滩里，今年咱就吃百家饭啦，还叫我张罗人出去跑，给咱换吃的。我跟着娘娘去窑上看了，娘娘说，只要人没出事儿，毁了啥都是小事儿，只要有人，窑能再砌起来，棚子能再支起来。"

蛋蛋起初舌头像是叫蜇了，卷着说话，一句一句辣辣地疼，疼到心底。说到后来，舌头舒展了。他朝天上望去，那个最疼他的人也望着他，笑眯眯地朝他点头。姐姐离他那么远，昨天还拽着拉着，今天够不着了。

人们静静地听着，有人鼻子抽搭起来。有谁"啊"地叫了半声，又咽下去了。人们都朝猪娃儿看去，猪娃儿俩手抱住耷拉着的脑袋，泪水湿了他脚下圪蹴的地。狗娃儿轻轻捶着他哥的后背，也跟着抽搭。

巧儿忍着眼里的水，把尾巴儿、三青子和鱼头叫到一堆儿嘀咕了一阵儿。娘娘说的，别的都好办，只是补稻种让他们犯了难，往年这时候，稻子都快收了，这咱下种，还能收吗？鱼头怕蛋蛋传话不准。巧儿说蛋蛋跟娘娘最近，不至于听错了话。尾巴儿也说蛋蛋说话从来都靠得住。三青子把蛋蛋叫过来又问了一遍，蛋蛋还是那么说。巧儿说："娘娘叫咱补稻种儿，准知道能收，就照娘娘说的，补！"主意定下了，仨人推举巧儿去对众人说。

巧儿还真担当起来了，一番话蛮像那么回事儿："娘娘惦记着咱们吃的住的，按照娘娘教的，我们几个商量了一下，这么着吧，各家房子打草换顶子的活计，各家先自己张罗着，一早一晚拾掇拾掇。当紧的是按娘娘说的补上大水冲了的地，娘娘既叫咱种，就准能有收成。当下急的是稻种儿，谁家有稻种儿，自愿献出来，一碗稻种儿折八个工。谁家出麻，自个儿结网，一张网折五个工。三青子哥分一半人给猪娃儿跟狗娃儿哥，剩下的人都去挖沟，让水顺着沟流到姚江、软江里去。鱼头哥把人分两下子，一拨儿去姚江，一拨儿去软江。茅山腾地方盖屋，要人帮着砍树，咱的人急着回来，给人家撂下了。猪娃儿哥跟狗娃儿哥再领上人去茅山，帮着砍木头，砍够了回来造船。依照有巢娘娘嘱咐的，蛋蛋管起拿鱼换粮食的事儿来。我们四个人刚才商量了一下，顺儿、蛤蟆骨朵儿、狗尾巴、二憨、春生、石头还有老疙瘩都跟着蛋蛋给咱出去绕世界跑粮食。我们商量的就这些了。"巧儿说完了，转过身子，问尾巴儿他们："你们仁再想想，我忘了啥没说，趁着众人都在这儿，你们给添上。"

尾巴儿说："就照有巢娘娘说的干吧，有娘娘佑护，咱们只管干就是了。"

鱼头、三青子也都说"就这么着吧！"

巧儿说："那就这么着吧，趁着人们都在，谁家愿意出稻种儿，愿意出麻结网，都报个数儿，我们几个心里也好有个底儿。"

鱼头大声跟了一句："往后咱们都听巧儿的，巧儿就是咱们的新大娘。"

蛋蛋打了个愣儿，心想是听差了。人们都呼啦呼啦喊叫，有叫"巧儿大娘"的，有叫"小大娘"的。蛋蛋心里头一咯噔，她这就成大娘啦？她成吗？管管地里几个女人她还行，管三千号人，可不是闹着玩儿的，她可没有巢姐那么大的本事啊。这些人们瞎起哄，弄不好，滩里可就完啦！蛋蛋俩眼朝天，找他的有巢姐。姐姐，你看见了吗？听见了吗？你可不能撒手不管了啊！

巧儿精气神儿十足，高声说："咱们的大娘是有巢娘娘，到多咱有巢娘娘都是咱滩里的大娘。咱就照娘娘说的去干吧！"

　　三青子分了一半儿人给猪娃儿哥儿俩，剩下的又分成两股儿挖沟，一股儿留下，从神神屋这块往软江挖，一股儿跟着他奔了姚江。

　　猪娃儿还是木呆呆地圪蹴着，狗娃儿拉上他哥，领着他们的人奔了茅山。临走，巧儿拉住狗娃儿嘱咐："给你娘带个好儿。就说有巢被神神接到天上去了，这咱成了娘娘。猪娃儿哥还没过来劲儿，让他在茅山多住上几天，缓缓就好了。井娃儿先跟着我和蛋蛋。"

　　狗娃儿嗯嗯答应，眼里两包水，拽上猪娃儿，一扭头走了。

　　船上的分了两下子，鱼头领上他的一半儿人，加上三青子给的人，奔了姚江，剩下的去了软江。

　　蛋蛋招呼顺儿他们进了神神屋，商量出去跑粮食的事儿。蛋蛋心里头有底儿，有巢在他心里。

　　剩下女人们，都是当家的。巧儿脆生生吆喝了一嗓子："咱这就认吧！认网的，上尾巴儿姐这儿系疙瘩；认稻种儿的，来我这儿系疙瘩。"

　　巧儿跟尾巴儿一人手里两根儿绳子，一根儿系留底儿的疙瘩，留着分粮食用；一根儿系疙瘩留着兑现，交够了认的数儿，就把疙瘩解了。人人家里也是一式两份儿，留着记该交的和该分的。人都有出错儿的时候，老天爷还出错儿呢，结绳记事，四根绳子出的错儿少多了。谁腰里都带着几根绳儿，有事解下来，随时系个疙瘩。

　　女人们呼啦啦围过来，围着巧儿的比围着尾巴儿的多多了。头一个是獾儿，一张嘴就许下四大碗稻种儿。

　　巧儿以为听错了，又问了一遍："几碗？"

　　獾儿伸出四根指头，说："一口人一碗，大人、孩子一共四碗。"

　　巧儿吓了一跳，："四碗？你们不过了？一大家子人喝西北风儿啊？"

獾儿说："一人少吃一碗饿不死。咱的命儿还不是攥在老天爷手里？老天爷叫咱死，咱活不了；老天爷叫咱活，咱也死不了。耗子、兔子吃不上稻种儿，不也活得好好儿的？可世界跑，一辈儿一辈儿没绝了种儿哇。"

巧儿劝她："你认这么多，还是先跟四心儿商量商量吧。"

獾儿问围着的女人们："你们谁家商量啊？我们家反正是我说了算。"

众人都说，当然是当家的说了算，没商量的。

有獾儿带头儿，后头的认得更多，都是好几碗。

一碗稻种儿折八个工是巧儿的主意，四个人商量的时候仨人都说定高了，一碗折五个工就不少了。巧儿怕要不出稻种儿来荒了地，坚持定八个工。这会儿，她心里犯开了嘀咕，可是说出去的话泼出去的水，收不回来了，只好硬起头皮，系了一大堆疙瘩。

认了的稻种儿还真都交上来了，四五天工夫地里就全种上了。

补的种儿出芽了，两瓣儿芽里钻出了叶儿，稻苗儿把地染了，黄里透着绿，嫩里藏着生机。女人、男人们心里有了盼头儿，希望把饥黄的菜脸染得粉嘟嘟儿的。

只有巧儿的脸不好看，灰不楚楚，怪怪的。巧儿心里不踏实，见天问蛋蛋，有巢是不是说了叫补种稻子来着。一回两回，回回这么问，问得蛋蛋烦了，跺着脚说："你魔障啦？跟你说了多少回了，咋老问啊？"

"哎，我不是怕你记错了嘛。"

"我记着就是这么说的来着，你要不信，自个儿去神神屋问去！"

"你没听差吧？有巢姐姐别说的是叫咱明年早点儿种上？"

"要是明年种，还能叫'补上'哇？你也忒明白啦！"

"蛋蛋你别犟强，万一娘娘不是这么说的，大伙儿白种了一场，这漏子算谁的呀？"

蛋蛋想教训教训她："没那么大的本事，就不该揽那么大的事，大娘不是你个小妮子当得了的。"话到嘴边儿，却咕咚咽了下去，憋了半天，翻上来一句气话："反正稻种儿下了地，回不来了，问也没用。到时候真要是没收成，把我扔姚江里祭娘娘得了！"

巧儿慌地捂住蛋蛋的嘴，不敢再问。不问了，她心里越发不踏实，见天跑神神屋求拜。

倒是尾巴儿心定，骂巧儿心飘，"你不信蛋蛋，连有巢娘娘的话都不信了，你还信谁啊？有巢娘娘在的时候，领着咱盖屋、造桥、烧窑，哪一件事没成？咋到你这儿就不灵了？"

这些个巧儿都明白，只是肩膀头上太沉了，人们从牙缝儿里挤出来稻种儿，辛辛苦苦种下去了，到时候抽不出穗穗秸不出粒儿，三千多张嘴吃啥呀？她跟有巢娘娘可交代啊？

苗儿两天蹿出一截子，长出了两片叶儿。过了两天，两片叶儿成了四片叶儿。风吹过来，叶儿乱颤，活像一窝一窝刚孵出来的翠鸟儿。

一对儿一对儿翠叶儿裹住水嘟嘟的嫩秆儿，秆儿挺住了，往上蹿。

秆儿里蹿出来穗穗，全是青粒儿，瘪瘪的。

青粒儿顶上了小白花儿，花儿多了，攒出香味儿来，引来成群的蜂儿啊蝶儿的，一点儿都不怕人。人蹲地里薅草，蜂儿、蝶儿忙着扒拉白花儿，扒拉完这边儿的，又成群搭伙飞到那边儿去扒拉。地里热闹起来。

蜂儿、蝶儿忙乎完了，飞走不来了。白花儿蔫儿了，落了。青粒儿鼓了，黄了。穗子沉了，稻秆儿弯了……

割稻子了，女人们刷刷刷刷一会儿撂倒一片。割下来的稻子齐刷刷摆在地里，女人们连腰都舍不得直一下，噌噌噌噌一个劲儿往前割。巧儿一捆捆绑起来，每一捆都一样多，为的是好分。不怕少，就怕不匀。稻捆匀了，按着记工的疙瘩分，就不出是非了。

头场雪下来之前，一家家领走了大捆大捆的稻子。

巧儿把自家领的稻子搓成米，焖了满满一锅新米饭。饭熟了，揭开锅，香喷喷的。巧儿端起锅跑到神神屋里，给有巢娘娘祭上。

人们都劝巧儿，趁势再下一回种。巧儿心动了。

蛋蛋说："娘娘可没跟我说过收了再种的话，这可是你的主意。天这么冷，你就不怕冻死稻种儿？依我说就算了吧，见好就收吧！到时候收不回种儿来，把我扔姚江里也没用。"

"你个烂嘴烂舌头的，瞎咒啥？等收下二茬稻来，叫你的小脸变成猴儿屁股！"

蛋蛋叫她骂的，不由自主摸了摸脸蛋。

巧儿不再搭理蛋蛋，去找尾巴儿商量。尾巴儿说："我也不知道这时候该不该种。咱还是去神神屋问问娘娘吧！"

姐儿俩去了神神屋，低头跪拜。巧儿问娘娘能不能再种一茬儿稻子，她虔敬地跪着，闭起眼等着。终于等到了，却是尾巴儿传话："娘娘说：这咱天冷了，不能再种了。明年早点儿种吧。"

巧儿问尾巴儿："你再问问娘娘，啥时候种。天冷种下去，稻种儿冻不坏啊？"

尾巴儿闭起眼，静静地跪着，过了好大一阵子，才睁开眼，说："娘娘说，先在屋里把稻种儿密密地下在盆里，等长出苗儿来，天暖和了，就插到地里。"

巧儿俩手一拍，叫道："行啊，这就跟孵蛋一样！我咋就没想到呢？尾巴儿你是咋跟娘娘说上话的？我问娘娘，娘娘没搭理我。"

尾巴儿说："娘娘在天上，咱在这儿说话，娘娘听不见。我就在心里头问，不出声，不停地问。问着问着，娘娘听见了，就进到我心里来了，告诉我咋做。"

巧儿当下闭起眼，在心里头一遍又一遍地问："娘娘，明年收了稻子，还能像今年一样再补种一茬吗?"问着问着突然明白了：明年收稻子要是跟今年差不多的时候，就能补上一茬。巧儿告诉尾巴儿："娘娘来我心里了，说要是明年还赶到这时候收稻子，还能再种上一茬。"尾巴儿一拍脑袋，说叫道："对呀，那咱就早早儿种到盆里，等天暖和了，苗也大了。"

第二年风调雨顺，收了早稻子，滩里人欢天喜地。分稻捆时，巧儿扣下了稻种儿，立马儿种到地里。

稻种儿发芽了，出苗了，长叶儿了，打莛儿了，抽穗了，穗儿上憋出了露珠儿似的小白花儿。

突然变了天，一连几天大雾，早起来啥也看不见，走道儿瞧不见脚底下，听见人说话看不见人影儿，出不成船，打不了渔。看不见稻花儿，问不见香味儿，巧儿心上蒙上了雾。

人们都在雾里，恍恍惚惚，看不清前景。

有的说，都啥时候了，怕是收不成了。

有的说，不该种二茬来着，祖祖辈辈都是一茬嘛。

有的说，有巢娘娘护佑着，去年补种，收了稻子，今年也能收。

一场大风刮散了大雾，天露出脸儿来，巧儿一块石头落了地，人们的心晴了。

天没晴，风刮走了大雾，却刮来了大雪。雪变成了冰，没有灌浆的稻穗贴在直挺挺的稻秆上，戳在地里。

女人们心气越来越不平，前两天说收不成的埋怨说准能收的，后来吵吵起来，吵到最后，全都冲着巧儿来了，说啥的都有，最难听的说她假冒有巢娘娘的话装神弄鬼儿，最毒的说她是专门来祸害滩里的妖精。巧儿想起了烧桥的草妮儿，心里打哆嗦，浑身发冷，上下牙乱战战，嘴唇儿都青了，只觉着眼前发黑。旁边儿花儿她娘瞅着不对，赶紧攥住她的手，她才没黑过去。

啥话不能说过了头儿，本来人们都埋怨巧儿，一说到鬼啊妖精伍的，玃儿先不干了："自打没了我姐，一直是人家巧儿管着咱地里的事，从来没出过差池，苦活儿干在前头，分嘴落在后头，多咱祸害过人？这可真是马善有人骑，人善有人欺！"

秀儿说："说啥也不该说巧儿假冒有巢娘娘来着，去年就是巧儿听了有巢娘娘的话，主着补了一茬儿稻子，吃了米就骂人，良心叫狼叼吃啦？"

三妮儿家姐儿几个、花儿娘儿俩还有好几个女人和妮子都帮着巧儿说话。

到后来，人们都说，就算今年白种了，也不能光怨巧儿一个人，大伙儿都有份儿。花儿她娘说："我记着是众人先撺掇来着，后来巧儿才拿了主意种二茬儿稻。大伙儿摸着心脯子好好儿想想，是不是这么回事儿？"

尾巴儿的姐姐爪子说："不用想，是我起头儿撺掇的。明年分了米，我拿出一半儿来陪大伙儿。"

巧儿本来一句话也不想说，酸甜苦辣都往肚里咽。这时候她忍不住了，先叫了一声儿"三姐"，眼睛就辣了，泪直往上涌。"三姐不能这么说，你一片好心，咋还能罚呢？主意是我拿的，没收成，自然该罚我。天暖和了，还得下种，稻种儿我们家包了。"

人们都说不能这样，要罚都罚。爪子花儿她娘说："咱都回家商量商量，赶明儿来了报个数儿，巧儿带绳子来，给系上疙瘩。"

人们七嘴八舌，有的说行，有的还想说啥。

巧儿拍了两下手，大声说："这事谁也别再提了，明儿都去窑上，尾巴儿给咱派活儿。都回吧！"

人们回了，地里剩下巧儿一个人，刚才心里着起来的那把火慢慢儿灭了。她攥住一根稻秆儿，手心黏住了，扎得生疼。她不敢生生撕开，那要掉一层皮的。稻秆慢慢儿化了，水滴嗒到地上又成了冰。巧儿呵着冻红了的手心儿，嘴里出来的一团白雾在手心儿里变成了薄薄的冰碴儿，巧儿的心凉下来。

地里的冰秆儿一直戳到第二年雪化，软成一摊黑黄的泥水。

巧儿的心成了冰坨子，黑间睡下，像个死人，身上没一丁点儿热乎气儿。

蛋蛋啥招儿都使了，咋也焐不热身边儿这块肉。蛋蛋知道巧儿心里头苦，下着气跟她商量："当家的，叫你受难为了。有巢姐撂下的担子太沉了，你的肩膀儿软，担不动哇。这不，连地里的活儿也担不起来了。我看，还是把这俩挑子全都交给别人吧。我要是说错了，你打我骂我都成，就是不能生气。"

巧儿早有这心思，而且想好了俩人，獾儿管地里的活儿，尾巴儿当大娘。

蛋蛋说："这不是小事儿，得好好儿虑虑。"

两口子商量来商量去，把滩里的大人全都过了一遍，最后还是那俩人顶合适。

早起一起来，巧儿就把尾巴儿两口子还有鱼头找到神神屋里商量事儿。巧儿还没张嘴，眼圈儿先红了，定了神才说："我没听有巢娘娘的话，妄自做主儿，种二茬稻，瞎耽误了大伙的工夫，白扔了稻种儿。我不是管地里活儿的材料儿，更不是当大娘的材料儿。尾巴儿有担当，主意正，我想把大娘的事交给尾巴儿管。獾儿姐是地里的好把式，快人快语，我想把地里的活儿交给獾儿姐管。"

鱼头先把獾儿给否了："獾儿嘴打人，绝对不是管事儿的料。狸儿在的时候说过，獾儿把地里的人全得罪遍了，给狸儿找了够不够的麻烦。獾儿要是管地里的活儿，咱滩里就甭种地了。"死了的狸儿是鱼头当家人，又是獾儿的姐姐。鱼头说的是真话，巧儿不能不服，谢天谢地，她还没跟獾儿提这事儿。

三青子把他当家的道儿给堵了："尾巴儿要是当大娘，你们说说，我三青子还能干吗？滩里成我们家的啦，谁服呀？"

巧儿想想，是这么个理儿，她跟蛋蛋商量了半宿，咋就没想到这个呢？这俩大能人咋偏偏是一家人呢？嗨，有巢姐当初撮合他俩的时候，哪儿想到如今会有这事呢？

尾巴儿更有绝的："行啊，巧儿你先把三青子轰出滩里，我就给你当这个大娘，哈哈。"

鱼头瞅着巧儿笑，"巧儿，你干得好好儿的，咋想起拆人家来啦？昨儿黑夜胡做乱梦了吧？"

巧儿正没招儿呢，一嘴叼住了鱼头："地里的活儿我接着管，可是得有个管我的人。他们两口子不愿意帮衬我，我只能请鱼头哥当大娘了。"

三青子和鱼头哄地笑了，鱼头笑得前仰后合，"越说越糊涂啦，连公、母儿都分不出来了，妮子，这可咋好哇！"

"鱼头哥，我说的真是正事儿。"巧儿脸上愁，话里央求。

"自古以来大娘都是女人，我当了大娘还能叫大娘吗？"鱼头逮个理儿，笑得理所当然。

"那就叫大舅、大爹！"听着滑稽，巧儿说得可是认真的。

"行啊，那就从你们家改制子，让蛋蛋当这个大舅、大爹、大什么的。"鱼头干脆逗开了乐子，笑得更开心。尾巴儿跟三青子也嘻嘻哈哈笑个没完。

巧儿实心实意让出别人顶了她管事儿，这仨人却当傻话听，她急得哭了。"你们真要眼睁睁瞧着有巢娘娘创下的基业毁在我这么个没能耐的人手里？"

仨人这才认了真，掰枝儿掰叶儿说起正事儿来。

尾巴儿劝她："少收了一茬儿稻子滩里的基业就完啦？巧儿你可不能这么想。去年遭灾，听娘娘的话补上了。今年收了一茬儿，一点儿也没亏，就算扔了几碗稻种儿，人们也没得说。自打种咱滩里稻子，哪一年收过两茬啊？要是收了两茬儿，我先把你供成娘娘，哈哈！"

三青子白瞪了她一眼，骂道："你张狂啥？你算老几呀？能供出个娘娘来？巧儿这么难为，你还挤对她！"

巧儿头一回见三青子对当家的这么凶，忙给尾巴儿铺台阶儿："尾巴儿跟我，谁跟谁呀？我还听不出来她是说耍话？"

尾巴儿会下台阶儿，也给足了三青子面子："嗨，我瞎说八道，该打嘴！咱自古就出了一个有巢娘娘，不是谁供的，是天上神神拣选的。哪儿有供活人当娘娘的？不过，我可不是成心挤对巧儿啊，今年没成，明年说不定就成了。"

三青子接过话来："我也这么想来着。我没种过地，说错了算没说。我觉着二茬稻还是能种，今年种晚了，赶上下大雪。明年咱早点种。地里腾不出来，能不能也跟种早稻子一样，早点育上苗，收了稻子就把苗插到地里，抢回工夫来？"

几个人都觉得行。巧儿想起了啥，一捶脑门子，说："当初问娘娘，娘娘说要是明年还赶到这时候收稻子，还能再种上一茬。我没听懂，种晚了！后悔啊，当初把娘娘的这话说给你们听，你们也能帮我拿个正主意哇！后悔啊，白白糟践了粮食糟践了人。"

鱼头乐了，"这不结了？往后多问问娘娘，多跟众人商量商量就是了。"

巧儿听这话特别亲，又提起让鱼头当大娘的话来。

"刚才挺清明的，转眼儿又糊涂啦！快别再说啥大娘、大舅、大爹的浑话啦！瞎改制子，惹恼了娘娘，咱滩里可就真完啦！"

巧儿觉着这事不是不能变，可是看着鱼头脸都白了，也就不再说啥。她看开了，谁主事，不在乎他是不是顶着大娘、大爹、大舅啥的名分，而是看他有没有本事，有多大的本事。这四个人里头，数她的本事小，这回种二茬稻，更是没了一丁点儿本事。她真后悔，当时咋就稀里糊涂当上大娘了。有巢姐那样本事的人，怕是不会再有第二个了。只有四个人合起来行事，才能有个担当，硬要他们哪一个人接过这担子去，怕是都跟她巧儿一样挑不动，不如就这么凑合下去吧。

她去神神屋求告，这回等的工夫可大了，半天有巢娘娘才来，俩人说起话儿来，跟平常一样，还是姐儿俩。巧儿的苦，有巢都知道，连每顿做好了饭巧儿蒙一家人说自个儿先偷嘴吃了的事儿都瞒不过她。"可不能这么攒稻种儿啊，井娃儿顿顿在你家吃，猪娃儿在茅山住了不少日子，他那儿还有没开捆的稻子，我跟他说说，叫他给你扛过去两捆，够稻种儿了。"有巢叫她早点儿在屋里育上苗儿，天一暖和就插秧。稻穗儿一灌浆就育上下一茬苗儿，地里收了，赶紧插秧，就又能收一茬儿了。

巧儿拉住有巢的手，说："姐，别走了！"

有巢说："回吧！"巧儿睁开眼，神神屋里空空荡荡。

第四十四回

有巢氏逃脱跑道水
老五叔引领离乡人

有巢氏在滩里祖祖辈辈延续了一千五百多年，单季稻种成了双季稻，黑陶烧成了彩陶，大娘换成了大君。有巢设计的干栏屋盖成了宫室，这可不是皇上跟王公贵族住的宫殿，古人管大梁下头有屋檐，能挡风遮雨的房子叫宫室。后来的什么秦砖汉瓦，那砖是陪死人下葬烧的艺术品，有巢氏自打能烧黑陶，就烧出盖宫室的砖了。这么说吧，王公贵族死了抱的花里胡哨的砖头，就是孩子们的玩具熊，有巢氏住的砖屋才是骑士们的高头大马。

千古文明有时毁于一旦，这么倒霉的事偏偏让有巢氏赶上了。一场比有巢在时还大的洪水逼得姚江改道，被逼疯了的姚江哪里还有什么河道，横冲直闯，加上海水倒灌，滩里成了一片淤泥，掺着东海的沙子。庄稼淹了，房子塌了，人死的死逃的逃了。一片荒滩，路在何方？

逃生的人还记得姚江旧道，顺着记忆里的那条江往北一直走到大海边儿。海滩上有的是死鱼烂虾，要吃鲜的下海，姚江人有这本事。

鱼是好东西，连着吃就出事了，嘴里长疮，肠子打团。吃惯了米的人，种起了稻子。咸咸的海滩不是长稻子的地方，也不是住人的地方，别说宫室了，连四条腿的干栏屋都长不住，塌了盖，盖了塌。

再难，再过不惯，人都能慢慢适应自然环境。可是自然环境就是不让有巢氏适应，一场海水灌回来，淹死了族里一大半人，一家家灭了门，连大君、少君家都没能躲过。能死的死了，死不了的怎么活呀？人的能力到了极限，只有求告神仙了。有巢氏只认得一个神仙，那就是祖祖辈辈供奉的有巢娘娘。建筑是有巢氏的大拿，人们在海滩上筑起个小庙，一族人围着小庙没明没夜求告有巢娘娘。娘娘就是不显灵，小庙又叫海水冲了。上了岁数的人心里嘀咕，不敢说；年轻人憋不住，唠叨埋怨，有个叫黑猪的愣头青竟说："有巢娘娘不是龙王爷的个儿。"旁边一个叫丑子的说："那你还不跳大海，投奔你的龙王爷去？"黑猪说："你先跳，我跟着你跳。""凭什么让我先跳？我跟着有巢娘娘，你个黑心烂肺的猪跳吧，不跳你就不是男人，你呀，连口公猪都不是！"说着说着骂起来，骂着骂着打起来。人们见惯了这俩人拌嘴打架，没一个出来劝架的。都知道谁也接济不了他们，有巢娘娘不管了，闹水的龙王只能把他们坑害得更惨。到如今破家荡产，还不都是龙王祸害的？

心里没了有巢娘娘，族里没了大君，有巢氏的主心骨折了，护族箍崩了。人心成了沙子，抓起来，捏不住。没劲的躺着，越躺越懒；有劲的打架，越打越凶。

老五叔看不下去了，指着打架的人骂："你们连这滩上的野鸭子都不如，鸭子都不你啄我，我啄你，齐心防着咱们，让咱抓不着，吃不了。你们可倒好，恨不得你吃了我，我吃你。撒泡尿照照，你们还有一点人样儿吗？"

老五叔是死了的大君的兄弟，现在族里属他岁数大。人们都知道，老五叔能见着有巢娘娘。大君活着的时候，大事小事都跟这个兄弟商量，族里人对这个小老头更是敬畏有加。如今老五叔一发话，全都不敢打架了。只有黑猪跟丑子没听见，抓着头发撕着脸，扭成一团，在滩上滚来滚去。老五叔气得跳脚，揣这个，踢那个，骂那俩人："丑八怪，死黑猪，你们没完啦？畜生不如的东西，等着有巢娘娘显灵，让龙王收了你们，喂它家的乌龟王八去！"这老头倒好，干脆让有巢娘娘给龙王当主子了。人们都乐了，有巢娘娘能管住龙王，那可就好了。

老五叔只信有巢娘娘，有巢娘娘在他心里，不在那什么庙里，庙是人造出来哄人的，没用！这些日子，老五叔没明没夜地在心里求告有巢娘娘，只是一直不得见娘娘一面，连句话都听不到。他恨那些个打架的，都是他们搅和的，有巢娘娘寒心了，不听他求告了。

老五叔镇住了打架的，自个儿的心也有了着落。夜深人静，他双腿跪在滩上，一遍一遍地呼唤："有巢娘娘，您听得见吗？咱一族人遭了这么大的难，您快来拉一把啊。"求告完，双手合脑门子俯地，想想哪一句话错了，改过来再求告："有巢娘娘，五狗子罪过，这么些年没经心经意敬奉娘娘，大难临头还不问娘娘怎么办，让一族老少跟着遭了大罪。五狗子知罪认罪，该罚该死，娘娘您一定要拉扯大伙一把……"求告一阵子，又俯首贴地，检视自个儿的罪孽："有巢娘娘，五狗子心不诚，意不精，偷懒少敬娘娘，对不起娘娘，对不起一族老少。五狗子任您打罚，娘娘您消消气，消消气……有巢娘娘，给咱一族人指条活路吧，这两千口子怎么活呀……有巢娘娘……"老五叔趴着责备自己，跪起求告娘娘，工夫大了，跪不住趴不下了，就一只胳膊肘撑着半拉身子，一遍又一遍地求告、自责、求告……

　　老五叔眼皮支不住了，头一歪，倒在滩上，心里头还在叨念自个儿的罪过，召得一族人跟着遭难。睁开眼，他看见有巢娘娘在海滩上走，赶紧爬起来，跟着走。娘娘不说话，他也不说话，月亮地里一前一后地走，一直走到姚江边上。娘娘挥开左臂，顺着姚江一遍一遍往上推，推了好一阵子。老五叔看得真真切切，也跟着一遍一遍往上推，推得左胳膊挺累。突然海风大作，茫茫一片白汐涌来，接上有巢娘娘，腾空而去。汐退下去了，滩上留下清晰的两串大脚印，像一对对娃娃卧在沙子上睡着了。

　　老五叔醒来，揉揉眼，想着梦里的情景，有巢娘娘带他离开海滩，往前走，远远能看见海，听得见浪头呼呼叫。他跟着娘娘走啊走，走得腿都酸了，到了姚江。不对，姚江从前打南往北流，现在横冲直闯没了河道。娘娘带着他走了老远老远才看到河，那条河肯定不是造孽的姚江。他猛然明白过来，那是有巢娘娘给他和族里人指出的逃生之路啊。他一遍一遍地回想着梦里的情形，生怕记错了哪一点。误传了有巢娘娘的意思，会坏大事；要是怕误传而不让人们知道娘娘的意思，会误大事。梦里，他毕竟见着了娘娘，一定要把娘娘真正的意思告诉人们，把人们从龙王爪子下头救出来。

　　人们还在沉睡，老五叔使劲拍了几下巴掌，大声喊："都起来！都快起来！有巢娘娘给咱们指了道。这儿不能待，快起来，快起来，赶紧走！"老五叔绕世界跑着喊，时不时蹲下推推睡不醒的人。

　　人们睡得迷迷糊糊，半天没醒过味儿来，都不愿意动，可是没人吭声。只有一个女人嘟嘟囔囔："半夜三更的不让人睡觉，撒什么癔症！显什么勤儿！谁把你当哑巴啦？"黑夜里这话像一把萤火虫儿，扑闪扑闪。半睡不醒的人揉揉眼睛，慢慢醒过来了。

　　出言不逊的是老五叔的老伴儿。这女人是石头山的人，长得也跟块石头似的，鹰鼻鹞眼一脸的棱角，行事更是跟人不一样，没理搅三分，得理不让人，老想跟人打架，老想占先，因此得了个"石头疙瘩"的诨号。两口子舀不到一口锅里，要在平时，老五叔根本就不会搭理她。可现在是什么时候？石头疙瘩当着一族两千口子跟他较劲，太浑了！老五叔怒目圆睁，黑夜里像两把火，吓得石头疙瘩不敢吭声。老五叔扯开嗓门儿，冲着众人喊叫："有巢娘娘来搭救咱，你们还等死不成？谁不走，留下喂王八！"人们看不见他的脸，可闻得出一股冒烟的怒气。

石头疙瘩这辈子还没见过老头子这么说话，心里头问：他这是吃了豹子胆了？要干嘛呀？可是见人们都不说话，看那样是都打算跟上老头子走了，她反倒得意起来，捂起嘴偷偷乐。

人们跟上老五叔，离开了海滩，走了一阵，拐了个弯往北走。老五叔死死记着梦里跟着有巢娘娘走过的道，一点儿不敢偏了。这时候他完全明白过来了，娘娘其实是带着他沿着海边走的，只是没走海滩，离海远点儿，涨潮就出不了事啦。他一拍脑门子，嗨，宁走三里远，不走一步险嘛！

老五叔带着人走了一天，还没找着见那条被他当成姚江的河，却发现人群里少了平时吵得最欢的丑子跟黑猪。老五叔听惯了这俩人吵架，一下子听不见了，觉得空空荡荡，于是叫大伙歇下，看看都少了谁。这一打点，才知道少了二三百口子。老五叔打发几个腿脚麻利的几个小伙子回去看看："黑鱼，三虎子，白瓜，狼尾巴……你们几个回去把丑子跟黑猪，还有谁留在滩上，都找回来。就说有巢娘娘给咱指出了活路儿，叫他们快跟过来，谁想留下，只有死路一条。别瞎走，别贴着海边儿走。回来的时候一直顺着找就找找我们了。"

"老五叔您甭惦记！这么一大群人，准能找着。"黑鱼答应一声，带上几个人一溜小跑去了。

人们拾柴点火，煮些死鱼烂虾吃了，早早睡下。半夜里下起雨来，越下越大，把人们浇醒了。老五叔也醒了，发现地上稀稀拉拉的，少了好些人。他见有人往林子里跑，就大声喊他们："都快快给我回来！树底下避雨，找天打五雷轰呀？"老五叔小时候经见过一件事，一辈子忘不了：族里有个人叫狼羔子的人，下大雨跑到大树底下避雨，让雷劈了，半拉脸都烧焦了。有人说是狼羔子逼死亲爹亲娘，这回遭了天报了。可是老五叔后来见过大雨过后林子里烧死的野猪，就知道树底下不能避雨了。打雷劈树，连树下面的一块儿劈。雷会滚，在林子里追着活物劈。晚辈子没经见过，傻了吧唧去林子里避雨，纯粹是找死。老五叔费了大劲，才把人们都叫回来了。大伙儿在雨地里坐了半宿，都念叨当年宫室的好，如今成了野人，遭了天报啦。老五叔就爱听这话，人知道有报应就好，心里有个怕就好。人要是不信报应，天不怕地不怕，就管不住啦。

天明了，雨还没住，老五叔领上人们赶路了。石头疙瘩噘着嘴嘟囔："咱这是去哪儿啊？瞎摸合眼，有个准儿没有啊？"平时这石头疙瘩没什么人缘儿，少有人搭理；这回倒是得着不少附和。石头疙瘩得意了，冲着老伴儿喊叫："你光长了两只脚，就没长一张嘴？你倒说呀，你要把我们两千口子领到哪儿去？成心折腾人啊？"

老五叔平时任着她嘴上占便宜，这回不得不震唬震唬了："有巢娘娘叫咱往哪儿走，咱就往哪儿走！哪个不听娘娘的，就赌好吧！"这话又把人们镇住了，连石头疙瘩都不敢言语了。老五叔感觉得到，有巢娘娘撑着他，只要他按照娘娘的意思行事，人们就顺着他，连拧了大半辈子胳膊的石头疙瘩也不敢顶撞他。人要有主心骨，有巢娘娘就是他的主心骨。

地上泥泞，深一脚浅一脚走不快。走着就比站着强，等黑鱼他们追上来，人们能看见远处的大河了。"人呢？"老五叔见他们没带回一个人来，瞪着眼问。

"叫大潮冲啦。"回来的人异口同声回答，话早就预备下了。

"你们见着人啦还是见着尸首啦?"老五叔不愿意相信这是真的。

"只见着一片一片的尸首,找出去老远,没见着一个活人。黑猪跟丑子冲散了,也都没离开王八堆,嗨!"

老五叔这才看见回来的人手里都拎着几只破鞋,一只鞋里掉出个贝壳来。老五叔一对眼珠子掉到贝壳上,一只脚在沙子上捻过来捻过去。人们全都看着那只脚,不由跟着捻。他们都想起老五叔前天黑夜连喊带骂的话来,一个个后怕。要不是老五叔,他们都得跟着丑子、黑猪他们喂了王八。老五叔传的是有巢娘娘的话,人们对他又怕又敬。

老五叔蹲下来,人们也跟着蹲下来。老五叔俩手刨沙子,人们也跟着刨沙子。老五叔站起来,跺了一脚,从沙子里喷出一股水来。人们看着惊奇,也跟着跺脚。老五叔又蹲下去,抠出俩大个儿的蛤蜊,立起来,一只手举着一个,对人们说:"咱们这就离开海滩了,离得越远,这东西越金贵。不是肉金贵,是壳儿。听茅山人说过,外头人管蛤蜊壳叫宝贝,拿贝壳能换麻布。大人孩子们拣吧,找沙子有窟窿的地方,跺脚冒出水来,里头就有蛤蜊。吃了肉,留下宝贝壳。女人们缝布袋,能带多少就拣多少,穷家富路。"

石头疙瘩撇着嘴说:"就你能干儿!哪条河里没蛤蜊啊?谁稀罕这个!"

老五叔瞪了她一眼,给人们解释:"咱这是海贝,河贝又薄又小,没这么好看的花纹,人家不认。物离乡贵,离这儿越远越贵。"

人们于是都去捡蛤蜊,专拣大个儿的、好看的。孩子们跑来跑去,把拣来的蛤蜊儿堆成堆儿,一大溜活像一道大堤。女人们扯了衣裳缝成布袋,往里装蛤蜊。

忙活到天黑,老五叔发话了:"背上扛上,走啦!"

人们都愣了，老爷子这是怎么啦？可谁也不好意思说，都看着石头疙瘩。石头疙瘩本来就有气，这下子来了劲儿，破开嗓子嚷嚷："你这是不叫人活啦？拿人当畜生使唤啊？畜生也得吃喝拉撒睡，不走，今儿个咱们就这儿歇啦!"说完了还瞪着眼，看老头子怎么回话。

老五叔平时都由着她，不是怕她，只当没这么个人，遇到她闹得凶，就闭上眼，跟有巢娘娘说话。回回石头疙瘩闹，有巢娘娘都来听他说话，有时还跟他说说话，这种时候，石头疙瘩嗓门儿再高，他也听不见。自从离开祖祖辈辈居住的滩里，他就不停地求告有巢娘娘，走一步路，说一句话，都听娘娘指点。石头疙瘩的话，他听见了，这不是跟他过不去，这是跟有巢娘娘作对。他容不得这个，黑着脸甩给石头疙瘩一句话："跟有巢娘娘作对，你呀，连畜生都不如，不走拉倒，省得拖累大伙儿。"

人们一听这话，都起来跟上老五叔走了。石头疙瘩嘟嘟嚷嚷："别老拿娘娘说事！拉上娘娘，你五狗子就大啦？就高啦？三块砖头高的矬子，还想顶起大梁来？哼!"嘟嚷归嘟嚷，走还是跟着走。

老五叔带着人们沿着河往上走，他记得清清楚楚：梦里跟着有巢娘娘走到了河边，娘娘对着大河立者，左手往河水来处推了好几十下，这是叫他赶快离开这地界，走得越远越好。黑鱼他们回来，他才明白娘娘的意思：海滩不能久停，更不能在海滩上睡觉。走到听不到海涛声了，老五叔才发话叫人们停下来："今儿就这儿歇了!"

人们拾柴烧火煮蛤蜊，这一顿吃得要多香有多香。吃饱了倒下就睡，这一宿，睡得要多美有多美。

老五叔本来还想带着人们再往回走一段，离河远些。可是人们能明白吗？算了，不折腾了，何况有巢娘娘确实是把他领到河边了。这么嘀咕着，他可不敢睡了，生怕大河发水。有巢娘娘把这两千口子交给了他五狗子，他得对得起娘娘，对得起这些条性命。逃难出来，逃的就是水灾，绝不能再叫淹死人了。

两千口子睡着，一个人醒着，高一声低一声起伏不断的鼾声，伴着哗哗啦啦的水声，像一大锅糨子，粘住了老五叔的眼睛、耳朵。迷迷糊糊地，他又见着了有巢娘娘，这回不是他跟着娘娘，倒是娘娘朝他走过来了，跪下半条腿，摇晃他的肩膀。他一惊，腾地坐起来，睁开眼，好家伙，日头都老高了。黑鱼蹲在他跟前，递过来一根树枝子，上头叉着一条烤好的鱼。河边弥漫着烤鱼的香气，大人、孩子尽情地吃着。

黑鱼问："老五叔，今儿个咱往哪儿走啊？"

没等老五叔回答，石头疙瘩抢先说了："哪儿也不去了，哪儿不是活着，就这儿住下啦。"

老五叔累了，他知道人们更累，本想歇半天再走；可石头疙瘩竟然敢发号施令，他不能容这个，除了有巢娘娘，谁也不能命令一族人，于是对众人说："趁吃饱了，歇足了，赶紧再赶上一段路，天黑了再歇。"

人们背起装满蛤蜊、蛤蜊壳儿的布袋，跟着老五叔上路了。路渐渐偏离河岸，到天黑，快看不见河了。歇下来，老五叔叫黑鱼他们去河边打水。白瓜说："走偏了，离河远了。再往河边挪挪吧！"老五叔说："不挪了，就辛苦你们这些人来回跑跑吧！"

歇下的人拾柴烧火，等水来了，煮蛤蜊吃，好一顿美餐。老五叔嘱咐人们，一个蛤蜊壳儿也别扔了。

没走几天，蛤蜊吃完了。谁都不愿意扛那些空壳布袋，一路上连个人毛都没见着，跟谁换这些废物呀？人们心里嘀咕，可是不敢说出来，不管愿意不愿意，都还是扛着布袋跟上老五叔走。谁也不敢离开这个人群，都知道离开别人自个儿就活不成了。甭管愿意不愿意，都得在一块儿。

没了蛤蜊吃，一路上摘的拾的都没咸味儿。老五叔好后悔，怎么就忘了带上些海里的盐呢？人们涮蛤蜊壳儿，嘬那点儿咸味儿。见了不长草的白花地，抓把土搁嘴里，苦咸苦咸的。老五叔真想打发几个人回去弄盐，可是已经走出了这么远，舀水晒盐又得好几天，赶回来能找着人吗？算了，听天由命吧，有咸的吃咸的，没咸的吃淡的，饿不死就行。

缺的不光是盐，在家千般好，出门事事难，缺家什，缺穿缺盖，鞋走飞了……有那享不了的福，没有受不了的罪，漫长的冬天，人们跟着老五叔往前走。只要这个岁数最大的小老头走在头里，谁也不敢赖着不走。其实谁都知道，不走就是冻死在大荒地里。就这样，还是冻死了上百口子，都是本来就病病快快的，再就是些吃奶的孩子。

春暖乍寒时节，又病倒了几十口子，谁要是不跟着走了，他就死定了。这个时候，别人可怜没一点用，生死之间，全看自己能不能站起来，能不能走。老五叔已经好几天吃不下东西了，还是摇摇晃晃地走，活像个幽魂儿。黑鱼、白瓜他们看不下去，非要抬着他走。

恍恍惚惚，他腾云驾雾到了有巢娘娘的天界。娘娘手背一挥，把他推下来。老五叔醒来，原来是抬他的黑鱼、白瓜摔了个跟头。俩人赶紧爬起来，蹲下，一个举老五叔的头，一个抓他两只脚。老五叔不知哪来的一股劲，连踢带拧膀子，把本来就没劲了的黑鱼跟白瓜撂倒了。

石头疙瘩一看老头子挺能干儿，心里乐了，朝瘫在地上的黑鱼、白瓜举起一只手背，中间一根指头招呼他们过来，等他俩过来，有气无力地说："抬上你老婶子，走吧！"黑鱼成心大起嗓门儿，喊得别人能听见："石头婶子，您起来，我们搀着您走。"石头疙瘩瞪起眼，嗓门也大起来："抬起我来！走！"

老五叔过来，要搀起她来。石头疙瘩本来坐着，突然躺地上了，俩眼紧闭，脑袋绕着脖子转起来，嘴角慢慢溢出白沫子，哼哼唧唧唱起来："我本枝头鸟，教人学做巢。盖起干栏屋，挖泥烧大窑。大君不尽孝，子孙不学好。五狗老坏蛋，带人一路逃。前头没有道，赶快往回跑。只要娘娘在，你们命能保……"

黑鱼、白瓜吓得慌忙给石头疙瘩跪下，众人也齐刷刷地跟着跪了下来。

老五叔见他这石头疙瘩装神弄鬼见多了，那一年夏天，她就是这样唱着闹着让亲闺女去什么龙宫拿新衣裳，逼得十三岁的大妮子跳了姚江。老五叔伤透了心，幸亏还有二妮子，孩子体贴爹爹，老五叔把欠大妮子的全还在二妮子身上。这让石头疙瘩气不下，天天鼻子不是鼻子，脸不是脸地找茬。那天老五叔不在家，二妮子跟石头疙瘩拌嘴，她把妮子脑袋按进水缸里，妮子挣扎了半天，活活憋死了。老五叔回来，见二妮子死了，把石头疙瘩暴打一顿，打发她回石头山娘家去。石头疙瘩走了两天，又回来了，找大君告状，说五狗子逼死了二妮子，又把她赶回去，石头山的人气不忿儿，要下山跟滩里械斗，使她好不容易才把人们劝住了。大君知道他兄弟不会逼死二妮子，只有石头疙瘩才干得出这样伤天害理的事来，可是又怕为这个女人伤了跟石头山的和气，就让老五叔收了她。这事闹得老五叔跟亲哥哥几个月不过话，跟石头疙瘩是没半句话，只当身边没这么个只是人的东西。石头疙瘩这辈子坏事干得多了去了，坑蒙拐骗偷，只要对她自个儿好，什么都干得出来。老五叔多少次忍无可忍，都是有巢娘娘劝住了，他烦了就跟娘娘说话，从此跟有巢娘娘心息相通。自从领着众人上了路，天地开阔了，特别是黑夜，不跟石头疙瘩关在一块了，老五叔心情也跟着开阔了，这辈子从来没有过的好过。石头疙瘩说什么，他也不躲藏了，有的听一耳朵又出去了，有的可要说道说道了。

这回石头疙瘩太过了，为了叫人家抬她，竟然假冒有巢娘娘，还要走回头路，就冲这，也不能饶了她！老五叔怒火冲到嗓子眼，骂她都怕脏了嘴，抬腿踢了她两脚，狠狠唾出一句："姚江妖精，你自个儿往回爬吧！"

一个"姚江妖精"，把跪着的人们叫醒了，原来是这女人让他们遭的罪！人们站起来，离得近的往她身上唾，离得远的跺着脚往地上唾。

老五叔喊道："走了，咱们走！前头是有巢娘娘给咱指的道。"黑鱼、白瓜还有好些个人都要抬他。老五叔说："我还没见过活人叫人抬着走的。咱们在滩里的时候，谁让别人抬过？除非死人。你们抬个活死人，那不是抬鬼吗？都是人，都在难中，谁也不能让别人抬着走！我死了，也不用谁抬，哪儿死哪儿埋。就算地不留天不要，有巢娘娘也会把我收了。"

"姚江妖精"拍着大腿呼天抢地，连唱带骂："你们吃姚江，喝姚江，吃了喝了骂姚江。姚江不是好惹的，惹了叫你们都没好下场。淹了庄稼断了粮，毁了大桥冲了房。死牛死马死猪羊，死儿死女死爹娘。跟着五狗去逃难，老狗小狗全死光，哈哈哈哈全死光，全死光……"

人们气得要灭了她，老五叔说："咱们省省劲儿吧，路还长呢。恶人一咒十年旺，她要是夸咱，那咱可要悠着点儿啦。"

人们跟着老五叔，一步一步往前挪。诅咒越来越远，直到再也听不见了。

自打出来逃难，老五叔不用天天跟石头疙瘩关在一块儿，已经很开心了。如今甩了这块老病，他像重新来到世上，见谁都亲，每一天都心存感激，感谢有巢娘娘解救了他，感谢这么多好人跟他做伴儿。

天暖和起来，老五叔的病好了，人年轻了不少，能跟黑鱼他们比着走了。也怪了，石头疙瘩留下后，再没来过他梦里。想起来，这女人也可怜，来世上一趟，又跟世人过不去，除了生气就是气人，吃了一大把花椒，图个嘛啊？可怜归可怜，可恶的是她那颗恨人不死的心，一想到叫她逼死、害死的俩亲妮子，老五叔对她没了一点儿可怜之心，甚至以为是俩妮子把她拽走的，报应啊，活该！

夏天从脚底下过去了，老五叔领着一族人到了一片瓜果繁茂的地界。歇了两天，人们不愿意走了。老五叔想起有巢娘娘把他领到大河边上，一只手朝着河水来处推了十几下子，意思明明白白，是叫他带着人们往大河源头走，永远逃离水患。如今人们想留在这地界，他也不愿意人家强跟着走，于是说："愿意留下的，靠河一边站，愿意走的，往那一边站。"

人们你看我，我看你，然后有些人站到了靠河一边，剩下的都没动窝，看着老五叔怎么办。老五叔叫人分了一布袋蛤蜊壳给留下的人，道声："后会有期，在有巢娘娘那里见面啊。"这么句话，让好些个人受不了，又站了回来，跟着大队伍接着朝前走。

走上些日子，遇到水草丰美地界，就有人留下来。一句"后会有期，咱有巢娘娘那儿见"把留下的和朝前走的摽在了一块堆儿，他们都是有巢的后人，都吃有巢娘娘指给他们的这条水，都会盖宫室造大屋。

汇进大河的有百十条河，窄的浅的能趟过去，宽的深的就得绕道，绕不过去，干脆先住下来，造筏子，过了河，筏子留给了不走的人。"后会有期……"

最后铁了心跟着老五叔走的，都是些个年轻人，他们想看看大河源头到底是什么样。老五叔待见他们能吃苦，不待见他们费女人，一路上养下一大堆娃娃。他打心里头可怜那些媳妇，路上那么难还得抱娃娃喂娃娃，心疼那些又哭又闹的娃娃们，更多的是高兴和欣慰，有巢氏遭了这么大的难，没绝了后，有巢娘娘的香火延续下来了。

蛤蜊壳布袋越背越轻，人越走越少，有见好留下的，有跟了当地人的，有死了的。走过了仨冬天，四个夏天，这个夏天特别热，四百多口子热死了几十口子，都是女人、孩子。

河越来越窄，越来越浅，浅到窄到能趟水过去了。大人孩子下了河，吃奶的娃娃一点儿也不怵水，骑在大人脖子上，抱着大人脑袋，小脚丫拍打起阵阵浪花儿。人们笑得浪花儿一样，一阵阵一圈圈散在河里。

老五叔吸了一口长气，一头扎进水里，闭上眼，身子漂起来。有巢娘娘站在大河源头，站在瀑布里，张开胳膊，瀑布从娘娘胳膊上垂落下来。老五叔胳膊不划腿不蹬，让水托着漂到瀑布底下，任娘娘撩起瀑布，给他洗头。美啊！清新的美，说不出来的美。他问娘娘："不走了吧？"娘娘笑眯眯看着他，瀑布从娘娘胳膊上哗哗落下，水声太大，听不见娘娘说什么。他想，娘娘准是让先歇下来，然后盖宫室，千秋万代住下去……

老五叔冒出水面，换了一大口气，喊人们："过河啦，过了河先歇下。"

河里笑花翻滚，三年啦，人们头一回开怀大笑，大人们哈哈哈哈笑，娃娃们咯儿咯儿咯儿咯儿笑。河水翻着笑浪，带着他们的故事，朝他们的来路流去。

大人孩子笑着爬上岸。岸上的草长疯了，比人还高，绿茫茫望不到边儿。脚底下是五颜六色的小花，香气直往上蹿。老五叔走在前头，右面一字排开，一群半大孩子左右扒拉草，开出一条路。骑在大人脖子上的娃娃们拽大人耳朵，咯咯咯咯笑出一片绿浪。

水边多长虫，这东西喜湿喜阴，这么热天，草丛里少不了长虫。老五叔让人们留神脚底下，遇上了就躲着走。姚江人见长虫见得多了，一眼就知道有毒没毒。老五叔一提醒，好些人真的留神脚底下了，不是躲着长虫走，而是看有没有灰鼠虫、黑梢虫，还有花里胡哨的百花虫，打算美美地吃上顿长虫肉。

突然起了一阵大风，老五叔眼前蹿起一条黑花大长虫，脖子伸得老长，黄白色的鳞晃得人眼花，嘴里嘶嘶吐着信子。这么大的长虫老五叔还没见过，坐着比人还高，大脑袋伸过来咬上一嘴，命就完了，一看就是毒长虫。老五叔心想，这就是老辈子说的毒虫王了，这东西可不能招惹，他转身示意孩子们别出声，跟着他绕开。

那大长虫半坐着，看着人们悄没声地绕开走了，也不去追。

人们再回头看，大长虫没了。一场虚惊，跟做梦似的。

黑鱼家的半大孩子问他爹：“大长虫吃人吗？”

黑鱼笑着骂道：“它有多大的嘴啊，吃得了吗？”

“那它蹿那么高干吗？”

黑鱼转过脸来问老五叔。

老五叔说：“它那是说，这是我的地界，再不走就咬死你们！咱要是跟它较劲儿，它可就蹿过来啦，叫它咬一嘴，立马就死。这东西是毒虫王，专吃毒长虫，嘴里全是毒。”

既然有毒虫王，就是说草里毒长虫不少。老五叔不敢再走草地了，带着人绕道走。离了河边的草地，就是黄沙地，人们头顶着了火的日头，在烫脚的沙子上走，走不远，晕倒了好几个。老五叔让人们歇下来，等天黑了再上路。看着沙子上躺着的男女老少，老五叔心里着急，浑身出汗，脑袋发晕。他闭上眼，半天静不下心来，一遍一遍地问：有巢娘娘，咱往哪儿去啊？娘娘就是不理他。他昏昏沉沉睡过去了，见着了娘娘。娘娘还是笑眯眯，张开俩胳膊，接着瀑布给他洗头，洗得他头上身上凉爽透了。醒来睁开眼，原来刚下了一阵日头雨。人们也给浇醒了，一个个清明利落，问老五叔还往哪儿走。

老五叔对准人影，找着了北，说：“不远了，还得过两条河。”他是缘着有巢娘娘俩胳膊托着的瀑布的情状这么想的，也就这么说了。话一出口，可就犯开了嘀咕，万一过了两条河，还没找到地界儿；万一找到了，可是遍地长虫，狼虫虎豹；万一……万一……脚底下的沙子一会儿就干了，日头比先前还毒，老五叔心急火燎，找不着北了。越走越热，他心里头燥得针扎火燎。老五叔这人有一种本事，心不静的时候什么事都不干。说着容易，这可不是常人做得到的，人常常是心里越乱，越是非要干什么，结果准是干砸了。老五叔明白，这么瞎摸合眼走，走错了还不如不走，先自己打住了，然后叫人们歇了。已经到了后半晌，吃了喝了，虽然天还不黑，可是人累乏了，全倒在沙子上睡着了。

老五叔心里有事，睡不着，一个人接着往前走，走一会儿，拐个弯，再走一阵，又拐回来，左拐右拐，走了半宿，隐隐约约听到了水声。他停下来，堆了一大堆沙子，然后往回走。回来不用左拐右拐，快多了。等到了地方，天亮了，人们也睡醒了。

老五叔说："先别弄吃的了，趁着凉快，先赶一段路。"

白瓜问："往哪儿走啊？"

"往河边走。前头有条河，且得走一阵子呢。"

走到快晌午了也没见那堆沙子，河就更没影儿了。老五叔心里毛了，哪有两条河离得这么近的？是不是自己撒癔症了？

这么折腾了个把月，老五叔天天半夜起来找河，可是都没找到，连水声都没再听见过。他确信那天夜里是撒癔症了。人是信不过的，还得靠神，老五叔的神就是有巢娘娘，那个教给他的先人盖房造屋、造福姚江祖祖辈辈的女神。这些日子他糊涂了，不去求告有巢娘娘，晕头转向瞎找，哪儿能找得到呢？

夜深人静，老五叔又求告起来："有巢娘娘，咱人出来三年多了，天天走，五狗子不认道，领着众人走差了……"他一遍一遍责怪自己，错了这么远，可怎么改啊？往回走？也许离开那条河，那条娘娘给他冲头的河，就上了错道，越错越远……这时候，只有有巢娘娘能给众人指条明道。他在心里千遍万遍呼唤娘娘……信则灵，诚则至，当他问出"快到了您让咱去的地方了吗？"娘娘显身了，点头道："不远了，这一路过来苦了大伙儿了。"老五叔大惊大喜，醒了，赶紧出去探道儿。

娘娘说不远了，又说一路过来……就是说这些日子没走错道儿，还得往前走。他怕转向，找着了天上的斗，朝着斗把儿走。自打过了河，他们一直朝着斗把走。走了小半宿，真的听见水声了。他把一根指头伸进嘴里，咯嘣咬了一下子，疼得赶紧抽出来，猛吸一口气，这回是真的了。这回，他堆了四堆沙子，才往回走，紧着赶回去，叫醒人们赶快过河，娘娘指给的河。

人们一听快到河了，都顾不得吃东西，跟上老五叔走。老五叔记道儿，还是怕走错了，心里头不停地想着刚才回来的道儿，哪有块大石头，哪儿有棵大树……

隐隐听得见水声了，就是找不到那四堆沙子，一堆也没有。老五叔二乎了，莫非又撒癔症了？看看那根手指头，半拉指甲是青的，他是来过这儿。夜里没刮风没下雨，沙堆哪儿去了呢？老五叔低下头，看见沙子上一朵朵梅花，乐了，赶快叫人们歇下来，指着地上的梅花脚印儿，说："瞧见没？这地界儿有野猪，咱们有肉吃啦。"

可不是吗，不远大树下头有几只黑乎乎的东西，尖嘴拱着树根找吃的呢。野猪没见过人，也不怕人，它们脑子只在吃上。姚江人可是见过野猪，对付祸害庄稼的野猪有一套办法，挖坑下套。姚江的野猪套是竹子做的，这地界找不到竹子，黑鱼他们几个噌噌噌噌上了树，掏鸟蛋，撅树枝子。地上的人找石头，挖沙坑，不远一个，挖了十几个坑，都有一人深。树枝子套做好了，大套上有小套儿，大套套猪头，小套儿装鸟蛋。一根草绳，一头儿拴在套上，另一头拴住坑里的石头。

走了整整半晌的人们，又忙乎了半天，下好了套，找了一堆大石头，四百多口子找凉快地方歇着去了。

一阵嗷嗷的猪号把歇晌的人吵起来了，人们赶紧奔大坑跑。野猪在坑里挣扎，越刨沙子塌得越厚，猪叫得越欢。一堆石头砸下去，听不见猪叫了。

自打离开姚江老家，一族人快三年多没闻过猪肉味儿了，那天石头疙瘩死咒恶骂时，把人们的馋虫逗了上来，吐的都是饿唾沫。这回好了，没费多大劲，套住了十几口大野猪。老五叔让挑两口大个儿的，架起大火整只的烤。燎猪毛的味儿呛得人咳嗽，不大会儿，油滴滴答答掉在火上，香气从鼻子钻进嗓子眼儿。

这工夫呼啦啦来了十几个骑马的，身上裹着兽皮，肩上挎着弓，腰里别着箭，一个个鹰鼻鹞眼，领头的嘴里呜哩哇啦不知道说的什么。老五叔活了大半辈子，还没见过这模样的人，指指挂着的烤猪，双手做出请他们下马一起吃的动作。那头领举起马鞭子就抽。姚江男人们刷地把他们围住了，手里都拿着石头。马上的人动作利索，一人抢了地上一口死猪，扬鞭打马跑了。

众人要去追赶，老五叔说："追不上了，都是些个野人，追上咱也打不过，算了！到嘴的还是咱的，猪烤好了，赶快吃了走，离开这鬼地界！"

猪烤得半生不熟，又没盐，人们吃得没滋没味。吃完了，老五叔带着人们赶快离开了这块是非之地，直奔远处水声而去。

前面是有条河，水挺清，流得也不快，扔块石头下去，咕咚一声，看来不浅。做筏子是姚江人的本行，四根木头加两条绳子就能绑个筏子，找根长棍子，一回能撑过去四个人。十几个筏子不大工夫就绑好了，来来回回撑到天黑，都过了河。

老五叔一路上熟悉摸透了河水的脾气，这条河虽然深，可是这些日子旱，眼下发不了水，就叫人们河边儿歇了。这一宿，老五叔长跪不起，直到见着娘娘。娘娘说，再过一条河，遇到好人家，就别走了。得了娘娘这话，老五叔才睡了个踏实觉。

一起来就热，等大伙儿吃了喝了，老五叔就催了："趁着早起还不太热，咱赶紧走，到晌午就走不动了。"

一上午都是在日头下走，藏没处藏，躲没处躲。晒晕了的人们，走道直打晃。老五叔隐隐约约见有巢娘娘在前头引路，突然精神了，喊人们快跟上。走了一阵子，一个个到要倒下了，突然听到哗哗的水声，一阵清风扑面而来。老五叔一下子跪倒，泪水汗水滴答砸进土里。他站起来，等着后头的族人……

后　记

2010 年春节，大难不死的黄苗子先生为我洗尘。饭后回到朝阳医院病房，地上两个画架，立着《狩猎图》和《农作图》，病床上是创作中的《祭祀图》。先生问："《燧人》、《庖牺》、《有巢》后面还写谁？"那时《有巢》已近杀青，我随口答："《女娲》。"先生说："我给你写字，你写多少书，我都给你写字。"面对一周三次透析的九七老人，我不忍求一个字，更不好意思问《祭祀图》金文、铜鼎之寓。

次年紫禁城出版社推出大型画册《艺缘》，前三幅便是先生在朝阳病房为我展示的三图，转年 1 月 8 日，先生驾鹤西归。从此，我没再续写太古足音。黄先生的三幅遗墨，经其子大刚授权，做成藏书票分别放进三本书里，在先生五年祭面世，以兹纪念。

2016 年圣诞作者记于莱茵之流岚河畔

图书在版编目（CIP）数据

有巢／王容芬著. —北京：中央编译出版社，2017.3
（太古足音）
ISBN 978-7-5117-3212-5

Ⅰ. ①有…
Ⅱ. ①王…
Ⅲ. ①长篇历史小说-中国-当代
Ⅳ. ①I247.5

中国版本图书馆 CIP 数据核字（2016）第 320465 号

有巢

出 版 人：葛海彦
出版统筹：贾宇琰
责任编辑：盛菊艳
责任印制：尹　珺
出版发行：中央编译出版社
地　　址：北京西城区车公庄大街乙 5 号鸿儒大厦 B 座（100044）
电　　话：（010）52612345（总编室）　（010）52612335（编辑室）
　　　　　（010）52612316（发行部）　（010）52612317（网络销售）
　　　　　（010）52612346（馆配部）　（010）55626985（读者服务部）
传　　真：（010）66515838
经　　销：全国新华书店
印　　刷：河北下花园光华印刷有限责任公司
开　　本：880 毫米 × 1230 毫米　1/32
字　　数：539 千字
印　　张：21.5
版　　次：2017 年 3 月第 1 版第 1 次印刷
定　　价：58.00 元

网　　址：www.cctphome.com　邮　　箱：cctp@cctphome.com
新浪微博：@中央编译出版社　微　　信：中央编译出版社（ID: cctphome）
淘宝店铺：中央编译出版社直销店（http://shop108367160.taobao.com）
　　　　　（010）55626985

凡有印装质量问题，本社负责调换，电话：（010）55626985